CRIME SCENE // CRIME SCENE // CRIME SCENE //

CASE

DMAX

Dieses Buch ist ein Roman. Handlungen und Personen sind frei erfunden. Ähnlichkeiten mit lebenden oder toten Personen sind nicht gewollt und rein zufällig.

Meinrad Braun

Gabun

Krimi Case n° 02

emons:DMAX

Bibliografische Information der Deutschen Nationalbibliothek
Die Deutsche Nationalbibliothek verzeichnet diese Publikation in der Deutschen Nationalbibliografie; detaillierte bibliografische Daten sind im Internet über http://dnb.d-nb.de abrufbar.

MIX
Papier aus verantwortungsvollen Quellen
FSC® C019821
FSC www.fsc.org

Die Originalausgabe erschien 2013.
Umschlagmotive: iStock/AarStudio; iStock/craftvision; iStock/sanjeri; iStock/wpohldesign; *Ethiopian National Defense Force 1st Lt. Ayella Gissa takes aim with an AK-47 assault rifle on a simulated enemy during a practical exercise as part of Combined Joint Task Force*, Chief Mass Communication Specialist Eric A. Clement, U.S. Navy, 2007, from Wikimedia Commons: https://commons.wikimedia.org/wiki/File:Afrimil-ethiopiansoldier.jpg; *This is a collection of 0.02, 0.03 and 0.04 carat solitaire diamonds weighing in total 5.36 carats*, Swamibu, 2007, from Wikimedia Commons: https://commons.wikimedia.org/wiki/File:Diamonds.jpg; *The Maasai Mara National Reserve*, Svein-Magne Tunli, 2014, from Wikimedia Commons: https://commons.wikimedia.org/wiki/File:Maasai_Mara_National_Reserve_Kenya.jpg
Gestaltung Innenteil: César Satz & Grafik GmbH, Köln
Druck und Bindung: Druckerei C.H. Beck, Nördlingen
Printed in Germany 2017
ISBN 978-3-7408-0090-1
Krimi Case n° 02
Neuausgabe

EINS

Ich stand im Stau. Unter einem Himmel von der Farbe benutzter Watte reihten sich die Autos hintereinander. Also den Motor abschalten, warten. Geht ja immer weiter irgendwann. Ich starrte auf die schwarzen Zeichen auf dem nächsten Nummernschild: nicht entzifferbar, Geheimschrift. Lea tauchte vor mir auf, ihr Spiegelbild. Ich schaute ihr über die Schulter, sah ihr dabei zu, wie sie sich durch den Vorhang ihrer schwarzen Schneewittchenhaare musterte, als wäre sie sich gerade zum ersten Mal begegnet, und sich mit einem wolkenweißen Wattebausch das Make-up von den Wangen wischte, mit der schicksalhaften Ernsthaftigkeit, die Frauen entwickeln können, wenn sie in einen Spiegel sehen. Unsichtbarer Voyeur, verfolgte ich die Bewegung, mit der sie eine neue Watteflocke zwischen Daumen und Zeigefinger nahm, ohne den Blickkontakt mit sich selbst aufzugeben, die Watte mal rechts, mal links auf die Haut unter den Lidern drückte, an die Stelle, an der die ersten Falten auftauchen würden. Lea schminkte sich jeden Morgen. Sich zu schminken war selbstverständlich für sie, ein Zeichen für Erfolg. Die benutzte Watte ließ sie liegen. Kleine Schlechtwetterwolken auf der Konsole im Badezimmer, wenn ich sie, nachdem Lea aus dem Haus gegangen war, aufsammelte und in den Mülleimer warf, bevor ich mich rasierte. Sie hatten einen fettigen Griff und verströmten einen Hauch Parfum, wie die Erinnerung an eine aufregende Nacht.

Jemand hupte: weiterfahren. Ich war spät dran. Pünktlichkeit war nicht meine Stärke. Erfolg wahrscheinlich auch nicht, wobei ich den Zusammenhang von Pünktlichkeit und Erfolg nicht hätte begründen können. Besser, nicht darüber nachzudenken. Ich war müde, ich hatte in dieser Nacht kaum geschlafen. Der Bereitschaft zum Grübeln erlag ich weniger, wenn ich müde war. Man kann zwar im Sommer ohne Weiteres ein paar Nächte im Auto verbringen, aber in einem Auto fühlt man sich weder drinnen noch draußen. Man muss ständig an neuen Orten parken, wenn man schlafen gehen will. Ein Auto ist auf die Dauer kein Heim.

Nachdem ich ein paar Kilometer im Stop-and-go über die Autobahn geschlichen war, nahm ich die nächste Ausfahrt, tastete mich durch einige Kreisel und fuhr anschließend durch das Industriegebiet in Britz, vorbei an verrußten Betonwänden und endlos langen Zäunen aus Aluminiumblechprofilen, deren trostloses Grau noch niemanden dazu verführt hatte, ein paar aufmunternde Graffiti darauf zu sprühen. Am Tor von Klemm fuhr ich erst einmal vorbei, weil mir die riesigen Buchstaben auf dem Gebäudedach nicht aufgefallen waren, sie waren einfach zu groß, um sie zu bemerken. Bei der zweiten Runde um den Block geriet ich hinter einen Traktor mit zwei Heuwendern auf dem Anhänger, die verrosteten Stahlzähne ineinander verhakt. Im Kampf verendete extraterrestrische Wesen von einem weit entfernten Metallplaneten. Ich folgte dem Traktor, dabei beobachtete ich die hin- und herschwankenden Eisenskelette. Unentschieden, die Sache war unentschieden ausgegangen, das Schicksal hatte beschlossen, die Wesen in irdischen Schrott zu verwandeln. Und Schrott, der konnte nur zu Klemm gehen.

Der Traktor tuckerte langsam durch die Einfahrt, gesteuert von einer Gestalt, die bloß aus einem ausgestopften Parka mit Kapuze zu bestehen schien. Im August! Wahrscheinlich ein Androide, der sich Sorgen um seine Betriebstemperatur machen musste. Die Außerirdischen befinden sich längst unter uns, aber keiner will sie haben. Bekommen keine Jobs und keine Stütze, arbeiten inzwischen umsonst. Ungeduldig mit den Fingern aufs Lenkrad trommelnd, rollte ich hinter dem Traktor über ölfleckige Betonplatten auf das Firmengelände, sah nun auch die enorm großen fünf Buchstaben auf dem Betondach, fünf Versalien in einem verblichenen Taubenblau.

Das Gelände war angefüllt mit Metallgegenständen jeder Art. Als habe jemand eine enorme Menge Schrott von oben hineingeschüttet, so viel, wie eben reinpasste. Man konnte förmlich sehen, wie die Schrottlawine in einer historischen Gründungskatastrophe hier niedergegangen war, sich ausbreitete und gegen die drei Meter hohen Betonmauern schwappte, ehe sie zur Ruhe kam. Gesandt von weisen Angehörigen einer fernen Intelligenz, die die Bewohner der Erde bestrafen wollten für den Mist, den sie fortlaufend produzierten, um ihn anschließend wegzuwerfen. In dem so entstandenen Schrottsee dümpelten ein paar Container, beladen mit blinkenden Metallbändern, verrosteten Regalen, zerknittertem Blech. Eine Plattform ragte aus dem Metallsee, daran ein Schild: »Waage«. Die Waage war das einzige intakte Gebilde auf dem ganzen Gelände, alles andere hatte Form und Maß eingebüßt. Das hatte etwas Biblisches. Der Jüngste Tag. Da wird gewogen.

Ich blieb im Wagen sitzen, nachdem ich angehalten hatte. Vielleicht wollte ich nicht aussteigen, nachdem ich einen ersten Eindruck gewonnen hatte. Die ARGE hatte den Job bei Klemm als »Sortierer« beschrieben, Vorkenntnisse nicht erforderlich. Ich ließ das Fenster herunter. Die Geruchsprobe ergab ein penetrantes Gemisch aus Schmieröl und Pinkelecke in einer Unterführung. Vielleicht war ich ja am falschen Ende des Letzten Gerichts eingebogen und befand mich bereits in der Hölle. Ich streckte Kopf und Arm aus dem Fenster und winkte mit der Hand in Richtung Waage, wo zwei Männer am Geländer lehnten. Sie blickten zum Horizont, beide in die gleiche Richtung, als befänden sie sich an der Reling eines Schiffes auf hoher See. Einer von ihnen rauchte, das Rauchwölkchen trieb langsam über seinem Kopf davon, bis es sich auflöste. Sie schauten nicht in meine Richtung. Ich winkte noch einmal, erkannte: vergeblich, dann stieg ich aus.

Der Traktor mit den verkämpften Heuwendern auf dem Anhänger stand inzwischen vor der Waage, die daraufsitzende Mumie im Parka wackelte willenlos im Takt des vor sich hin hämmernden Motors. Einer der beiden Männer auf der Plattform betrat einen verglasten Verschlag, derjenige, der rauchte, blieb am Geländer stehen, ohne seine Haltung zu ändern. Er trug ein Unterhemd und fleckige Jeans, sein Bauch wölbte sich weich über den Gürtel heraus.

»Was wollen Sie?«, sagte eine heisere Stimme hinter meinem Rücken.

Ich drehte mich um, ertappt. Überlegte, was ich wollte. Man hätte dazu einiges sagen können, die Frage hing in der Luft, verführerisch: Was ich wolle. Am Ort des Jüngsten Gerichts. Womöglich ein überlasteter Engel. Vielleicht wird im Himmel ja auch das Personal verschlankt. Der Frager trug einen Blaumann und ein unförmig großes Walkie-Talkie aus dem vorigen Jahrhundert, seine Augen irrlichterten. Bei seinem Anblick wurde einem sofort klar, welche Zumutung es war, dass jemand da war und möglicherweise etwas wollte. Prompt verursachte die Frage in meinem Gehirn die übliche Unordnung bei grundsätzlichen Fragen. Ich kann das nur mit Mühe unterdrücken. Dann ist es gut, wenn ich gleich etwas zu sagen weiß, wie in diesem Fall.

Ich sagte: »Das Büro? Wo ist das?«

Der genervt wirkende Mann runzelte die Stirn, vielleicht weil ich mit dieser einfachen Antwort keinen weiteren Anlass gab, eine Zumutung zu sein, und wies mit dem Walkie-Talkie nach links auf zwei weiter entfernt liegende Schrotthaufen, dann wandte er sich wortlos wieder ab, als hätte ich ihn persönlich enttäuscht. Ich machte mich auf den Weg. Vorher warf ich noch einen kurzen Blick auf meinen blassroten Subaru. Ich hielt es nicht für wahrscheinlich, dass man den Wagen versehentlich in einen der Container einsortieren würde, obwohl er schon ziemlich angerostet war und der rechte Kotflügel eine hässliche Beule hatte. Schließlich waren die Nummernschilder noch dran.

Der mir angewiesene Weg führte an der Waage vorbei, auf der jetzt der Traktor mitsamt Anhänger gewogen wurde. Beim Vorbeigehen sah ich, dass die vermummte Gestalt auf dem Traktor sich zusätzlich mit einer Sonnenbrille und einem fransigen Vollbart getarnt hatte. Ich stellte mir das Wesen dahinter aus verlöteten Metallteilen bestehend vor, zwei große Muttern anstelle der Augen, schlecht geölte Beinscharniere. Ungefähr so wie den »Tin-Man« im »Zauberer von Oz«. Auf der Plattform der Waage stand noch immer der Mann im fleckigen Unterhemd und rauchte. Er hatte ein gebräuntes, fleischiges Gesicht und ein blondes Schnurrbärtchen, seine Hand lag auf dem Geländer, die Zigarette im Proletengriff, zwischen Daumen und Mittelfinger geklemmt, Zeigefinger auf dem Mundstück. Die andere Hand hatte er gegen die linke Hüfte gestemmt, Handfläche nach außen gedreht. Der Mann sah über mich hinweg in die Ferne, er hatte seine Haltung noch nicht geändert, seitdem ich ihn zum ersten Mal wahrgenommen hatte. Der Chef? Unwahrscheinlich. So zieht man sich nicht an, wenn einem etwas gehört, auch dann nicht, wenn es ein Schrottplatz ist.

Ich wich Lachen am Boden aus, auf denen das Licht der Sonne, die eben durch die Wolken kam, in Regenbogenfarben spielte, und versuchte, nicht auf einen der scharfkantigen Metalltrümmer zu treten, die überall herumlagen wie nach einem Bombentreffer. Hinter dem nächsten Schrotthaufen tauchte ein intaktes Gebäude auf. An der Tür hing ein Schild, darauf stand in taubenblauen Buchstaben »Klemm«, darunter »Büro. Anmeldung hier«.

Ich musste mich mit der Anmeldung beeilen, ich war mindestens eine Stunde über die vereinbarte Zeit. Dennoch blieb ich an der Tür zum Büro stehen und drehte mich noch einmal um, schaute zurück zu dem Mann auf der Plattform. Ich dachte überhaupt nichts dabei, höchstens dass ich nicht die geringste Lust verspürte, in dieses Büro hineinzugehen, dass ich es immer gehasst habe, Büros zu betreten, und dass mich gewisse Umstände trotzdem immer wieder zwangen, eben das zu tun, nämlich Büros aufzusuchen, mich dort anzumelden, meinen Namen zu sagen und mein Anliegen. Dass ich mich immer schon gefragt habe, was eigentlich mein Anliegen wäre und ob ich überhaupt so etwas haben könnte wie ein Anliegen. Währenddessen schaute ich zu dem Mann hinüber, der auf der Plattform am Geländer lehnte und rauchte, die Hand in die Hüfte gestemmt. Als ich nach der Türklinke griff, zwinkerte er mir zu. Er tat es, kurz bevor ich mich abwandte, gedanklich von meinem eigenen nicht auffindbaren Anliegen zum Allgemeinen wechselnd und den Mann dabei einbeziehend, weil er eben da war und ich ihn gerade anschaute. Er sah aus, als habe er überhaupt kein Anliegen. Zwinkerte aber. Komisch, dachte ich, als ich das Büro betrat, um mich anzumelden und mein Anliegen vorzutragen, und vergaß den Mann erst einmal wieder. Es war Wessing.

Ich wurde als Sortierer ordnungsgemäß bei der Firma Klemm eingestellt. Im Grunde war das nicht mein Anliegen gewesen. Mein Anliegen war es, den Sprit für meinen Subaru und die Karte für das Handy wieder bezahlen zu können. Das stimmte natürlich so auch nicht. Es gab in meinem Leben einiges, woraus man ein

Anliegen hätte machen können, aber diese anderen, schwieriger zu lösenden Probleme verdienten Aufschub. Probleme aufzuschieben fiel mir nicht schwer, Lea hätte das sofort bestätigt. Sie tauchte ohnehin ständig vor meinem inneren Auge auf, aber ich entschied mich dafür, sie nicht anzusprechen, ich ließ es aus gutem Grund bei einem Standbild bewenden, dieses Standbild zeigte sie mir am Frühstückstisch. Sie öffnete gerade ein Ei. Mit ihren kleinen, sorgfältig manikürten Kinderhänden.

Bei Klemm war es jedenfalls nicht schwierig, zu tun, was man mir auftrug. Ich sollte Metall sortieren. Eisen, Zink, Aluminium und Kupfer waren die Metalle, die vorkamen. Ein Kran machte die grobe Arbeit, wuchtete ausgediente Maschinen und sperriges Gerät in die Höhe, zog es hierhin und dorthin und ließ es, wenn der rechte Ort dafür gefunden war, ein paarmal in zerstörerischer Absicht auf die Erde hinunterkrachen. Anschließend packte der Kran noch einmal zu und lud die Bruchstücke in die Container.

Den Kran bediente der genervte Mann, der mich eingewiesen hatte, er hieß Herms. Herms, bei Klemm hatte er nur einen Nachnamen, wirkte wie jemand, der einmal verschüttet gewesen ist und dauernd aufpassen muss, dass er nicht wieder unter irgendetwas begraben wird. Ein abgestürzter Engel. Seine typische Handbewegung war Abwinken. Er sprach nicht gern, seine eigenen gesprochenen Worte schienen ihn zu irritieren, deshalb ließ er es meistens bei einem einzigen bewenden. »Morgen!« oder »Tschüss!«, anschließend verscheuchte er das Wort mit einem Kopfschütteln wie eine Wespe.

Meine Aufgabe also bestand darin, die Feinarbeit zu machen, nachdem Herms die grobe erledigt hatte. Es dauerte nicht lange, bis ich herausfand, dass das auch die Drecksarbeit war. Um an das Kupfer heranzukommen, mussten die Metallgehäuse der Generatoren und Elektromotoren zerlegt werden. Dafür standen mir ein Ratschenkasten, eine Brechstange und eine Trennscheibe zur Verfügung. Dann sollte ich das zutage geförderte Buntmetall und die abgetrennten Teile in die passenden Container werfen. Die Container wurden, wenn sie voll waren, von Lastern abgeholt, die sie in die Schmelze fuhren.

Eine vom Grunde her sinnvolle und deshalb auch gute Arbeit, dachte ich, während ich die fünf Kilo schwere Trennscheibe zusammen mit der nicht wesentlich leichteren Kabeltrommel über das weitläufige Areal schleppte. Ich hinterließ dabei eine Schleifspur wie ein Karren mit zwei blockierten Rädern und ein Kabel, das sich hinter mir über den Boden schlängelte. Eine durchaus sinnvolle Tätigkeit, so dachte ich immer noch, wenn ich das röhrende Gerät, das in meinen Händen bockte, in eiserne Gerippe und Streben hineindrückte, dem aufspritzenden Funkenregen mit zugekniffenen Augen auswich und hoffte, dass ich mir die Knochen nicht durchschnitt. Mein drittes Werkzeug, die Brechstange, ich schätzte sie auf zehn Kilo, deponierte ich schon am ersten Tag hinter der Wand zum Klo, nachdem ich gemerkt hatte, dass ich die Schultergürtelmuskulatur eines Gorillas, die zu ihrem Einsatz notwendig gewesen wäre, nicht hatte und mit Anfang dreißig auch nicht mehr entwickeln würde. Wenn dich einer fragt, was du gerade für einen Job hast, dachte ich zur Ermutigung an den ersten beiden Tagen, sagst du einfach, du bist in der Recyclingbranche tätig, das klingt präsentabel. Als Disponent für Buntmetalle vielleicht. Sortierer klang zu aussichtslos, nach schmutzigen Fingernägeln, nach nicht erlangtem Hauptschulabschluss.

Es fragte mich aber niemand. Mein Bekanntenkreis, der zu neunzig Prozent Leas Bekanntenkreis gewesen war, hatte sich in letzter Zeit stark verkleinert. Eine Folge davon war, dass ich am Feierabend Zeit hatte. Nach einem Tag bei Klemm war ich abends ohnehin so geschafft, dass ich schon mal nach Dienstschluss einfach auf einem passenden Stück Schrott sitzen blieb, um anschließend im Licht der untergehenden Augustsonne ein Bier zu trinken. Bier holte man sich im Büro bei Alina zum Freundschaftspreis von eins fünfzig. So kamen wir uns näher, Wessing und ich.

Wessing hatte seinen Stammplatz auf der Waage. Dort verbrachte er den Tag. Er vermied es grundsätzlich, in den Schrott hinunterzusteigen, außer für einen Klogang. Auf der Waage oben schaffte er mit Eminem zusammen, der die Mechanik bediente und die Lieferscheine ausstellte, nach denen die Fahrer bezahlt wurden, die den Schrott brachten. Das System war einfach. Man wog die Fuhre samt Fahrer vor und nach dem Abladen, die Gewichtsdifferenz und die geschätzten Anteile der Metallsorten wurden in den Lieferschein eingetragen, daraus ergab sich der Preis für den angelieferten Schrott. Das Schätzen der Anteile von Eisen, Aluminium oder Kupfer, die in dem gewogenen Schrott steckten, war Wessings Job. Er hielt Gericht über Wert und Mengen, und er tat das mit einer gelassenen Souveränität, die ich später noch oft an ihm bemerken sollte. Vorhin etwa, als ich meine Trennscheibe wieder einmal an der Waage vorbeigeschleift hatte, hörte ich ihn von der Plattform herunter mit einem Fahrer sprechen.

»Höchstens fünf Prozent Kupfer dabei«, sagte er, an die Reling vor der Glaskabine gelehnt, und in seiner Stimme klang neben Sachkenntnis Bedauern an. Er reckte den Hals etwas, ohne den Oberkörper zu bemühen, und taxierte abfällig die beiden verdreckten Generatoren auf der Ladefläche des Kleinlasters, schnaubte eine kleine Wolke Zigarettenrauch aus der Nase darüber hinweg. Der Fahrer guckte aus dem heruntergelassenen Fenster zu ihm hinauf.

»Wahrscheinlich bloß drei Prozent«, fuhr Wessing fort. »Die Wicklungen an diesen Maschinen haben seit den Achtzigern nur noch halbe Dicke, aber ich will mal nicht so sein, wir sagen fünf, okay?«

Der Fahrer nickte. Gewogen und für ziemlich leicht befunden. Fünf Prozent Kupfer bei fast einer Tonne Schrott. Wessing besiegelte sein Urteil durch Schweigen. Er stand noch immer an der Reling, als ich mich hundert Meter weiter zum Ausruhen hinsetzte und noch einmal zurückschaute, ehe ich die Trennscheibe in die Kabeltrommel einstöpselte.

Wessings Bewegungen, das war mir früh aufgefallen, hatten etwas Sparsames, als verbrauche er nicht mehr Energie als unbedingt nötig. Vielleicht, und das schien mir noch wahrscheinlicher, nahm er das Ganze auch nicht ernst genug, um sich anzustrengen. Das gab ihm eine hier bei Klemm eigentlich unangebrachte Nonchalance – auch die Art, wie er beim Rauchen die Hand in die Hüfte stützte, mit nach außen gekehrter Handfläche. Seine Arbeit zwang ihn nie dazu, seine Haltung zu ändern oder irgendetwas anzufassen. Seinen Posten am Geländer brauchte er den ganzen Tag nicht aufzugeben.

Ich wunderte mich deshalb darüber, dass Wessing sich am dritten Abend zu mir setzte. Neugier, dachte ich. Was sich als zutreffend herausstellte. Ich passte nicht hierher, das war nicht zu übersehen, obwohl ich versuchte, alles richtig zu machen, unnötig zu sagen, dass mir das nicht gelang.

Bei diesem ersten gemeinsamen Feierabendbier riet mir Wessing, das Sortieren nicht zu übertreiben, ich solle keine Wissenschaft daraus machen. Das Metall werde vor dem Einschmelzen ohnehin noch einmal auseinandergeklaubt. Der Ankauf sei so billig, dass der Gewinn für Klemm mindestens zwanzig Prozent betrage. Mit Rohstoffen liege man immer richtig. Langfristig jedenfalls, die Schwellenländer hätten einen Riesenbedarf. Und erst die Chinesen. Ob ich wüsste, dass die Chinesen inzwischen so scharf auf Eisen seien, dass in Teilen Berlins die Kanaldeckel angeschraubt würden, damit sie keiner klaute. Das müsse man sich mal vorstellen: die Kanaldeckel festgeschraubt! Danach schwiegen wir, tranken unser Bier aus und verabschiedeten uns voneinander.

Am nächsten Tag um die Mittagszeit – Wessing hatte für einen Klogang seinen Aussichtspunkt verlassen – blieb er auf dem Rückweg bei mir stehen, als ich gerade mit schmerzenden Armen darum bemüht war, mit meiner Trennscheibe einer Gerüststrebe den Garaus zu machen. Wessing bückte sich und hob die Ohrenschützer auf, die ich auf den Boden neben die Kabeltrommel geschmissen hatte. Reichte sie mir, während meine Trennscheibe aufkreischte wie eine Vollbremsung nach der anderen.

»Pass auf deine Finger auf und zieh die Mickymäuse da an.« Wessing musterte mich prüfend. Nahm mir anschließend die Trennscheibe aus der Hand und schnitt den Rest des Stahlgerüsts glatt durch wie ein Brot.

»Du musst die Maschine selber ziehen lassen. Nicht draufdrücken.«

Er zwinkerte mir zu und ging. Beeindruckt zog ich die Ohrenschützer an und schob mir die klobige Schutzbrille, die ich in die Tasche gesteckt hatte, über das Gesicht.

Ich schätzte ihn auf ungefähr fünfzig. Gustav Wessing. Er sah aus wie jemand, von dem man sagen konnte: Er hat etwas hinter sich. Nicht Unglück oder Leid. Herausforderungen eher: Natur, Meer oder Wüste. Heute würde ich mehr über ihn erzählen können, aber schon beim ersten Eindruck wirkte Wessing so, dass ich dachte: auf See gewesen. Sein schmales Gesicht, das doch aus groben Knochen gebaut war, wurde von tief eingeschnittenen Falten unterteilt. Dazu ein altmodisches, ausrasiertes Schnurrbärtchen, so kurz wie seine blonden Stoppelhaare. Das Bärtchen hätte an den meisten Männern lächerlich gewirkt, Wessing gab es das gewisse Etwas. Er war muskulös, hatte den aufgesetzten Bauch des Biertrinkers, den er ungeniert über den Gürtel seiner Jeans quellen ließ. Und er redete mit allen und mit jedem, mit mir eben auch, dachte ich.

Mit den anderen Angestellten, mit Eminem auf der Waage und mit Herms, sprach ich während der ganzen Zeit bei Klemm vielleicht fünf Sätze. Dann gab es noch Alina, die am PC im Büro saß, meistens im Internet auf Facebook war oder bei »Wer kennt Wen« flirtete und uns nach Feierabend das Bier ausgab, bevor sie ihr Büro abschloss. Den Chef bekam man kaum zu Gesicht, die Schrottleute kamen ohne seine Gegenwart zu Rande. Einmal pro Woche fuhr er in seinem schwarzen Audi über das Gelände, hielt beim Büro, befruchtete Alinas PC mit seinem USB-Stick und stellte sich anschließend für zehn Minuten zu Wessing auf die Plattform. Eine ferne Gestalt, die Hände in den Hosentaschen, mit Glatze, Anzug und Punktkrawatte. Dann fuhr er wieder davon.

»Die Augen des Herrn machen die Kühe fett«, kommentierte Wessing beim abendlichen Bier dieses Ritual.

Er erzählte mir Schrottgeschichten, wenn wir nebeneinandersaßen und der Sonne zusahen, wie sie das rötliche Abendlicht auf den irren Formen verbogener Aluminiumprofile spielen ließ, aus dem Rost antike Brauntöne herausholte, auf den Kupferrohren gediegen glänzte, sich in den Öllachen in bunten Chaosformationen spiegelte. Einmal habe man, berichtete Wessing, einen Kühlschrank am Bagger gehabt, altes amerikanisches Modell, schwer wie Blei, und als die Tür aufschwang, seien zwei menschliche Arme herausgefallen. Schon ziemlich verfault, der Kühlschrank habe ja bereits Wochen hier gestanden. Aber ohne Weiteres kenntlich: zwei Frauenarme, weiße Haut. Man habe dabeigestanden, gestaunt. Ringe an den Fingern, nichts Echtes allerdings und auch kein Ehering. Es habe ein enormes Bohei gegeben, die Polizei wäre mit Hunden da gewesen, die den ganzen Schrott abgeschnüffelt hätten, ohne dass noch weitere Körperteile zum Vorschein gekommen seien. Seines Wissens habe sich auch nichts weiter ergeben, auch nicht über den Kontakt zu der Firma, die den Kühlschrank angeliefert habe. Einer der Händler eben, die ihr Lager jedes Jahr ausmisteten und hierherbrächten.

»Egal was es mal gewesen ist. Wenn das Zeug bei uns durch die Waage gegangen ist, ist es nur noch Schrott«, stellte Wessing fest, »und nach der Schmelze ist es wieder Reinmetall. Nagelneues Eisen, Kupfer oder Alu.«

Das sagte er mit merklicher Zufriedenheit und unter mehrmaligem Nicken, als habe diese Transformation etwas ihn persönlich Erfüllendes, und meine biblischen Phantasien über Schrottplätze wanderten ins Buddhistische. Wiedergeburt, dachte ich. Aus Nichts wird wieder Etwas. Schön eigentlich, besser als umgekehrt jedenfalls. Seit diesem Vorfall allerdings, fügte Wessing an, öffne man die Türen von Kühlschränken und Gefriertruhen, wenn sie angeliefert würden.

»Auch wegen der Ratten hier. Kann ja mal ein Hund drinliegen«, meinte Wessing. Er führte eine unterstreichende Kreisbewegung aus, dabei hielt er die Bierflasche vorsichtig senkrecht, um nichts zu verschütten. »Die Leute übernehmen sich oft mit Haustieren«, urteilte er abschließend. Dann wechselte er das Thema.

»Was hast du eigentlich vorher gemacht, Bernd?«

Schließlich sei das hier, Wessing umfasste mit einer erneuten Bewegung seiner Flasche den vor uns ausgebreiteten Schrott, ja wohl nicht mein Metier. »Nicht dein Metier«, so drückte er sich aus, er leistete sich ab und zu gehobene Begriffe.

Ich hätte Biologie studiert, gab ich Auskunft, und während meiner Doktorarbeit sei mir das Geld ausgegangen. Nebenbei hätte ich in einem Hotel in Charlottenburg gearbeitet, am Empfang und als Nachtportier. Was ich ihm nicht erzählte, war, dass ich den Job von Lea bekommen hatte. Von Lea, schwarz wie Ebenholz, weiß wie Schnee. Hotelfachfrau, Assistentin der Geschäftsführung, zielbewusst, entschlusskräftig. Lea, die mir vor zwei Wochen kurz hintereinander zuerst die Jobfrage und dann die Familienfrage gestellt und mir nach dem Ausbleiben einer zielorientierten Antwort auf beide Fragen die Beziehung, die Wohnung und den Job aufgekündigt hatte. Das erzählte ich Wessing nicht. Was ich ihm erzählte, war, dass ich vor Kurzem die Lust an den Wissenschaften verloren und mich dazu entschlossen hätte, mal ein paar Monate zu pausieren. Aber ich erzählte ihm nichts von meinen Nächten im Auto und auch nichts davon, dass ich mich für unfähig hielt, mein Leben zu planen, weil das bis vor zwei Wochen immer jemand anderer für mich getan hatte, und dass es, nachdem meine SMS-Korrespondenz einseitig geblieben war, so aussah, als müsste ich es nun endgültig selber tun. Davon nichts. Vermutlich, dachte ich später, hat Wessing das alles gespürt. Er spürte Schwächen bei anderen mit dem Instinkt des Jägers für geschwächtes Wild.

Worüber ich meine Doktorarbeit denn gemacht hätte, wollte Wessing wissen, während wir zwischen Schrotthaufen auf der sonnenwarmen Mauer vor dem Büro saßen, das Alina längst abgeschlossen hatte, und den Grillen zuhörten, wie sie in der Wärme des Sommerabends aus allen Winkeln heraus zirpten, als müssten sie etwas Hartes in Scheiben schneiden.

»Über Insekten«, sagte ich. »Genauer gesagt über staatenbildende Insekten, über Ameisen.«

Wessing zog die Luft in der Nase hoch, mit einem Geräusch, das mich dazu brachte, zu ihm hinüberzusehen. Er grinste und erwiderte meinen Blick, dann zwinkerte er mir zu. Das war, bemerkte ich, das dritte Mal, dass er mir zuzwinkerte. Bald darauf hörte ich auf, Wessings Zwinkern zu zählen. Es kam öfter, und die Bedeutung dieses Zwinkerns wandelte sich zusehends, das sollte sich aber erst später zeigen. Die Grillen ließen weiter ihre Flügel vibrieren, stimmten ihre Claims im Schrott untereinander ab. Der hochgradig mit Gift und Schwermetallen verseuchte Boden, in den sie ihre Löcher gruben, schien ihnen nichts anzuhaben. Insekten werden uns alle überleben. Sie verdauen jede Art Gift, auch den atomaren GAU werden sie noch überstehen und den Klimawandel sowieso. Die passenden Bewohner für einen gefährdeten Planeten. Ich sah, während die Grillen zirpten, noch immer Wessing an, der nach dem Zwinkern bedeutsam seine Augenbrauen angehoben hatte. Die Querfalten in seinem Gesicht hatten sich im Erstaunen ebenfalls nach oben begeben.

»Ist irgendwas komisch daran?«, wollte ich wissen.

Wessing schüttelte den Kopf.

»Nein. Ameisen, das ist prima«, sagte er.

»Verstehe ich nicht.«

»Ich wollte dich sowieso fragen, ob du hier alt werden möchtest.«

Wessing nickte ein paarmal vor sich hin. Ich fühlte mich ausgeschlossen von solcher Art Bestätigung, mit der er, auch das wusste ich damals noch nicht, bereits über mich verfügte.

»Ich verstehe dich immer noch nicht.«

»Na ja. Du verdienst zehn Euro die Stunde bei Klemm. Schläfst im Auto. Hängst abends hier rum.«

Wessing umrahmte mit der Flasche in seiner Hand den in der Sonne glitzernden Schrott und brachte die Bewegung zum Abschluss, indem er die Flasche an die Lippen setzte und mich dabei zusehen ließ, wie er trank. Luft gluckerte in die Flasche hinein, das flache Licht schien durch die grüne Radeberger-Flasche, auf dem absinkenden Schaumspiegel reihten sich Blasen nebeneinander. Wessing setzte ab, wischte sich mit dem flachen Daumen über das Bärtchen und beendete die Kunstpause, indem er wieder Blickkontakt aufnahm. Freundlich, väterlich fast, so schien es mir damals.

»Ich vermute, du könntest was Besseres gebrauchen, oder?«

»Wovon redest du eigentlich?«

»Ein Jahr für pauschal fünfzigtausend plus Spesen, freie Kost und Logis, das Geld kommt ohne Umwege direkt auf die Hand. Kaum ein Risiko dabei. Was hältst du davon?«

Sagte Wessing, auf der Mauer hockend. Im fleckigen Unterhemd, sein Bauch quoll über den Jeansgürtel, Quer- und Längsfalten gliederten sein Gesicht überzeugend abenteuerlich, die Bierflasche ruhte auf seinem rechten Knie. Er machte einen Witz. Oder doch nicht. Da war etwas in seinen blauen Augen.

»Das meinst du nicht ernst.«

»Ich meine das ernst. Du bist doch ungebunden, oder?« Wessing nickte bedeutungsvoll zu meinem roten Subaru hinüber, der hinter dem Büro parkte. »Sonst würdest du nicht im Auto pennen.«

»Woher willst du denn das wissen?«

»Ich hab schließlich Augen im Kopf. Dein Schlafsack liegt aufgerollt dort drin, der Beifahrersitz ist runtergeklappt, und du putzt dir die Zähne da hinten im Klo.«

Ich schwieg. Es gab nichts hinzuzufügen.

»Also, was ist? Was meinst du zu meinem Angebot?«

»Was ist das? Und wo?«

»Tourismus. In Afrika.« Wessing trank, ließ mich dabei nicht aus den Augen, setzte die Flasche wieder ab und präzisierte. »Aber gehobener Tourismus. In einem Team, das einen Wildpark aufbaut. Mit Robert Fox. Kennst du Robert Fox? Der die Filme über Gorillas gemacht hat? War bei Greenpeace, arbeitet inzwischen für GEO.«

»Was für ein Team? Und was soll ich dabei tun?«

»Das Projekt ist noch im Aufbau. Es funktioniert so, pass auf: Man pachtet von der Regierung hunderttausend Hektar Wildnis, natürlich braucht man Beziehungen, das kann nicht jeder, und das soll ja auch nicht sein. Also hunderttausend Hektar Urwald, Flüsse, Savanne. Dort wird nicht gejagt, keine Abholzerei, keine Brandrodung. Da rein baut man ein Luxuscamp. Nur eine kleine Gruppe Besucher wird zugelassen, sagen wir zehn Personen. Das sind zehntausend Hektar für jeden Gast, rein rechnerisch, meine ich. Die Gäste bekommen im Camp Drei-Sterne-Küche, Wellness, Internet. High-End-Luxus, aber alles ökologisch sauber. Dazu volles Wildnisprogramm direkt von der Terrasse aus. Elefanten, Zebras, Giraffen und so weiter. Vor allem – und das ist der entscheidende Punkt – sind sie unter sich. Und dafür bezahlen sie ordentlich.«

Wessing sah mich prüfend von der Seite an, mit noch immer

sehr blauen Augen. Nickte einige Male, die Lippen genießerisch geschürzt, als schmecke er nach, was er gesagt hatte, fuhr fort.

»Wildnis ist teuer. Vor allem wenn sie so aussehen soll, wie Afrika mal ausgesehen hat. Ich war lange genug in Afrika, Bernd. Die Natur dort geht kaputt, wenn man sie den Afrikanern überlässt. Es gibt ja bloß noch ein paar hundert Gorillas, dasselbe gilt im Grunde für die Schimpansen oder für die Leoparden. Wenn nicht schnell was passiert, sind in zehn Jahren keine mehr da. Und es gibt Leute, die jeden Preis dafür bezahlen, wenn sie vorher noch was davon zu sehen kriegen.«

»Du warst in Afrika?«

»Zwanzig Jahre. Unter anderem habe ich Leute auf Safari begleitet. In Namibia.«

»Und jetzt bist du hier?«

»Wie du siehst. Auf Urlaub in der Heimat, wenn du so willst.«

Wessings Gesichtsfalten bildeten ein abweisendes Muster. Ich hätte vielleicht in diesem Moment nachfragen sollen – nach Wessings abgerissener Glückssträhne oder danach, was »unter anderem« bedeutete. Aber wer weiß, was er mir erzählt hätte.

»Wieso fragst du gerade mich?«, sagte ich stattdessen.

»Hat sich doch bereits herausgestellt. Du bist jung, bist Biologe, hast einen halben Doktortitel, in Afrika ist das ein ganzer. Fox braucht Leute, die was im Kopf haben. Wer Tourismus auf dem Niveau betreiben will, muss was von der Natur verstehen. Du bist ein netter Typ, kannst vermutlich einigermaßen Englisch, verträgst sicher ein bisschen Hitze und weißt viel über Tiere. Über Insekten, okay. In Afrika gibt es mehr Insekten, als einem lieb ist. Dort gibt es Schmetterlinge, die sind so groß wie Spatzen. Ameisen natürlich auch, jede Menge.«

»Wo ist das: dort?«

Wessings Blick glitt rasch über mein Gesicht, als wollte er herausfinden, wie viel ich getrunken haben könnte.

»In Gabun.«

»Wo liegt Gabun?«

»An der Westküste. Zwischen Kamerun und Kongo.«

»Na großartig. Wieso nicht gleich im Kongo?«

»Mal langsam«, sagte Wessing. »Keine Sorge, Gabun ist ein sehr ruhiges Land. Das Projekt ist mit der Regierung abgestimmt, auf höchster Ebene. Platintourismus und Ökopark, eine bessere Reklame gibt's gar nicht für die, die legen uns einen roten Teppich in den Urwald.«

»Wie soll sich das denn finanzieren? Zehn Gäste bringen doch unmöglich die Kosten für so ein Projekt auf.«

»Der Tagessatz ist zweitausend Dollar pro Gast. Alles inklusive, mit Transfer vom Flughafen, dem Aufenthalt in der Lodge und den Safaris, das sind immerhin mal zwanzigtausend Dollar jeden Tag, theoretisch wenigstens. Aber das Entscheidende ist nicht die Kohle der Gäste. Das sind die Carbonbonds.«

»Was ist das?«

»Also, wenn du ein Chemiewerk hast oder eine andere Dreckschleuder betreibst, die zu viel Kohlendioxid in die Luft pumpt, kannst du Carbonbonds kaufen, um das auszugleichen. Die Bonds werden an der Börse international gehandelt. Gabun hat noch zwei Drittel Regenwald. Der wird von uns im Projekt geschützt, mit Unterstützung der Regierung. Und die verkaufen dafür weltweit Carbonbonds. Wenn die Sache erst mal richtig läuft, sind die Gästehonorare bloß die Sahnehaube. Die Butter auf dem Brot. Wir tun was für den Planeten und werden anständig dafür bezahlt. Wie es sein soll.«

Wessing trank sein Bier aus, stand auf und stellte die Flasche auf die Mauer. Im Aufstehen drehte er sich noch einmal um und zwinkerte mir zu.

Nach diesem Gespräch musste ich nachdenken. Ich verbrachte eine weitere Nacht im Auto auf einem der bewährten Parkplätze, schrieb Lea mit dem Rest meines Handyguthabens zwischen sieben und vierundzwanzig Uhr ein Dutzend SMS, in denen ich meine Unentschlossenheit ausführlich bereute. Natürlich wollte ich eine Familie, behauptete ich, und meine Karriere wäre mir alles andere als gleichgültig. Ich teilte ihr mit, ich wolle sie nur noch ein Mal sehen, bevor ich wegen eines gut bezahlten neuen Jobs für ein paar Wochen – ich untertrieb vorsichtshalber – nach Afrika ginge. Nur noch ein Mal.

Ich bekam keine Antwort. Nach dem Erwachen auf dem Liegesitz des Subaru fand ich auf meinem Handy bloß die Nachricht, dass ich das Guthaben aufladen müsse, sonst ginge nichts mehr. Eine Stunde später, bei Klemm, stand ich vor der Waage und schaute zu Wessing hinauf. Sagte, ich würde mitmachen. Wessing nickte zufrieden zu mir herunter.

»Wir sprechen uns heute Abend«, kündigte er an.

An diesem Tag tat ich nicht viel für mein Geld. Um meine Nervosität abzubauen, plauderte ich, versteckt hinter einem hohen Schrotthaufen, mit der netten Dame von der Katzenhilfe, die jeden Tag aufs Gelände kam, um nach der Schrottkatze zu sehen. Die Katze, ein fettes, gewöhnlich aggressiv um sich starrendes Vieh, das so tat, als gehöre der Schrottplatz ihm, war nirgends zu sehen. Woher denn die gemütliche Katzenhütte käme, die sie neulich hier aufgestellt habe, wollte ich von der Dame wissen. Ich erfuhr, dass die Arbeitslosenselbsthilfe in Marzahn im Auftrag der organisierten Katzenhilfe, ein gemeinnütziger Verein übrigens, diese Hütten baue und die Katzenfreunde sie überall in der Stadt aufstellten, wo verwilderte Katzen lebten. Vor allem im Winter wäre das wichtig, damit die Tiere es nicht kalt hätten. Sie selbst, eröffnete sie mir, lebe seit Jahren allein, das Älterwerden sei doch sehr beschwerlich, aber das könne ich – dazu bekam ich einen freundlichen Blick – ja noch gar nicht wissen. Die alte Dame hob ihre Handtasche und fing an, darin zu kramen, vermutlich wollte sie mir ein Trinkgeld geben fürs Zuhören oder dafür, dass ich die Katze gut behandelte, sie fand aber nichts und nahm die Hand wieder aus der Tasche.

Die Gesellschaft, fuhr sie fort, sei so gleichgültig geworden, besonders nach der Wende, es zähle ja nur noch das Geld, und die armen Tiere – die könnten doch wirklich nichts dafür. Das reichte mir. Ich hob meine Trennscheibe hoch zum Zeichen, dass ich das Gespräch beenden müsse. Die alte Dame verabschiedete sich mit den Worten, ich hätte es gut, ich dürfe noch arbeiten.

Ich verdrückte mich hinter einen der nächsten Schrotthaufen, setzte mich auf einen Eisenträger, weit weg von irgendwelchen Kühlschränken mit oder ohne Inhalt, aß meine drei Schokoriegel auf und wartete auf den Feierabend. Über Wessings Vorschlag hatte ich bisher kaum nachgedacht. Ich hatte eigentlich vorgehabt, mein Studium wieder aufzunehmen, meinem Doktorvater zu erzählen, dass ich eine kreative Pause eingeschoben hätte, und meine Eltern anzupumpen oder an der Uni einen Aushilfsjob zu ergattern. Gabun, sagte jemand in mir. Afrika. Ein Wildpark. Die unbekannte Stimme machte eine Pause und ließ sich danach noch einmal hören: Fünfzigtausend, sagte die Stimme. Dollar oder Euro?, fragte da noch eine Stimme, ich glaube, eine weibliche, sie klang nach Lea. Ich war nachdenklich.

Nach einer Weile erschien hinter einem umgekippten Küchenherd eine Ratte, richtete sich auf den Hinterbeinen auf und musterte mich gründlich. Sie bestätigte die allgemeine Auffassung, dass Ratten klug seien, indem sie mich als harmlos einstufte, dann lief sie ein paar Meter entfernt an mir vorbei, ohne sich weiter um mich zu kümmern. Ich wusste, dass Gift auslag, damit die Ratten in Schach gehalten wurden, hatte aber noch nie eine tote Ratte herumliegen sehen. Wahrscheinlich fraßen die Ratten das Gift nicht. Und – warum sollte es auf einem Schrottplatz eigentlich keine Ratten geben? Wo, wenn nicht hier?

Beim abendlichen Bier riet mir Wessing, umgehend bei Klemm zu kündigen. Er werde in Gabun anfragen, ob man schon am Samstag fliegen könne. Das war in drei Tagen.

»Hast du denn auch gekündigt?«

Nicht notwendig, meinte Wessing leichthin, seine Beschäftigung bei Klemm basiere auf Vertrauen. Seine Mimik verschloss, was unter »Vertrauen« zu verstehen wäre, unter einem Bermudadreieck aus Quer- und Längsfalten, und ich verzichtete auf eine Nachfrage. Später fragte ich mich, was Lea getan hätte, wenn sie in meiner Lage gewesen wäre. Jedenfalls hätte sie »Vertrauen« nicht gelten lassen, das hatte ich am eigenen Leib erfahren müssen.

Wir saßen wie immer auf der Mauer vor dem Büro. Wessing beugte sich zu mir herüber, bedachte mich mit einem Blick und zupfte dazu am Ärmel meines verschwitzten T-Shirts.

»Hast du einen Satz ordentliche Klamotten, Bernd? Nur für den ersten Tag. Wenn wir aus dem Flieger kommen, sollten wir respektabel aussehen, also wie Leute, die geschäftlich ins Land kommen. Versteh mich nicht falsch«, er ließ meinen Ärmel wieder los, »es wird keine Probleme mit der Einreise geben. Die Kollegen holen uns am Flughafen ab, wir steigen in ein Auto, das schon auf uns wartet, und fahren ins Hotel. Aber wir müssen einen Besuch machen.«

»Was für einen Besuch?«

»Im Ministerium. Ich stelle dich vor.«

»Im Ministerium? Das ist jetzt ein Witz, oder?«

Wessing runzelte die Stirn, als denke er nicht über meine Frage nach, sondern als überlege er etwas anderes.

»Kein Witz«, sagte er. »In Afrika gehen solche Sachen nur im persönlichen Kontakt. Du musst dort aufkreuzen, deinen Diener machen, Hände schütteln. Dafür solltest du seriös aussehen, die Leute dort schätzen das.«

Er zog den Bauch ein, um seinen Gürtel zu entlasten, nahm das Portemonnaie aus der Hüfttasche seiner fleckigen Jeans und zählte zehn Fünfzig-Euro-Scheine ab. Reichte mir das Geld. Ich nahm den kleinen Stapel automatisch an.

»Vorschuss«, sagte Wessing. »Für den Fall, dass du gerade knapp bist. Wenn du was zum Anziehen kaufst, denk an die Schuhe. Die Schuhe sind am wichtigsten, die müssen teuer aussehen.«

»Ich muss mich noch impfen lassen«, fiel mir ein. »Und was ist mit einem Visum?«

»Brauchst du alles nicht. Malariatabletten haben wir tütenweise, alle Impfungen, die was nützen, gibt es dort ebenfalls. Serum gegen Schlangenbisse haben wir auch. Wir haben auch einen Arzt, der das Team versorgt, der wird eingeflogen, wenn es nötig ist.«

»Serum«, wiederholte ich. »Einen Arzt.«

Es wurde mir zu viel. In meinem Gehirn spulte sich inzwischen ein Film ab, einziger Zuschauer: ich selbst. Der Vorspann lief gerade, er zeigte mir den Satz: »Du willst also wirklich nach Gabun?« Dazu klassische Horrormusik, Beethoven oder Wagner. Parallel zu dem Film, in dem Malariaplasmodien, Hakenwürmer und wimmelnde Ebolaviren in Großaufnahme gezeigt wurden, führte Wessings Stimme am Rand meines Bewusstseins weiter aus, weshalb in Gabun Visa auch am Flughafen oder gleich im Ministerium ausgestellt werden könnten, wenn man Vertrauen in die Gäste setze. Das Wort »Vertrauen« wurde in meinem Film kurz als rotes Banner eingeblendet und verschwand.

Nach den Mikroben erschienen auf der Leinwand die Giftschlangen, vor allem die Schwarze Mamba, an die ich mich aus dem Studium erinnerte. Bis zu drei Meter lang, äußerst aggressiv und so dick wie ein Unterschenkel. Kann von Bäumen herunter angreifen, ihr Nervengift ist absolut tödlich, sogar für einen tonnenschweren Büffel. Wessing nannte derweil ein paar französische Namen von Regierungsvertretern, die ich sofort wieder vergaß, dann erschienen in meinem Film die Wildbienen, die ganze Dörfer entvölkern können, wenn sie schlecht auf die Bewohner zu sprechen sind, und als die Bienen davongesurrt waren, kamen Treiberameisen. Sie strömten aus allen Himmelsrichtungen auf mich zu, drei Schichten Ameisen hoch, und fraßen unterwegs, ohne ihr Tempo merklich zu verringern, die Büsche am Waldrand, das Gras vor meinen Füßen und die gesamte Ausrüstung auf, die ich vor meinem Zelt, einem schlappen Hundehüttenmodell, abgelegt hatte. Ich versuchte im Geist, an der Zeltstange hochzuklettern, und dachte noch, dass Feuer die wirksamste Waffe gegen sie war, weil Feuer das Einzige ist, was sie nicht fressen können. Gewaltsam riss ich mich schließlich aus meinem Film heraus, mit einem hilflos gefassten Vorsatz: Ich würde immer ein Feuerzeug einstecken haben.

Ich atmete schwer. Zu Wessing, der inzwischen verstummt war, entweder weil er fürs Erste genug mitgeteilt hatte oder weil er bemerkt hatte, dass ich nicht mehr zuhörte, sagte ich: »Ich brauche ein bisschen Zeit. Wenn das schon in drei Tagen sein soll.«

»Kein Problem. Ich sage Alina morgen Bescheid, dass du krank bist. Und übermorgen holst du deine Papiere und deinen Lohn ab. Dann besprechen wir alles Weitere. Ach ja: Verkauf deine alte Kiste. Schlaf dafür noch zwei Nächte im Hotel, da kannst du wenigstens duschen.«

An den nächsten beiden Tagen hatte ich zu tun. Meine persönlichen Besitztümer, soweit sie nicht in den Subaru gepasst hatten, waren vermutlich inzwischen durch den Reißwolf gegangen.

Denn Lea hatte mir in ihrer letzten SMS vor vierzehn Tagen, am Tag nach unserer Trennung, angekündigt, sie werde die Sachen vom Sperrmüll abholen lassen, wenn ich nicht binnen vierundzwanzig Stunden käme und sie davon befreite. Bei der Gelegenheit wolle sie auch ihren Hausschlüssel zurückhaben, sonst werde sie das Schloss auswechseln lassen. Damals noch im Stadium bitteren Gekränktseins dachte ich nicht daran, brav aufzukreuzen und meine Wäsche, meine Pullover und was immer ich ein halbes Jahr zuvor in Leas schicke Drei-Zimmer-Wohnung in der Bleibtreustraße transportiert hatte, wieder abzuholen. Das bedeutete, ich besaß bloß ein paar T-Shirts, zwei alte Jeans und ein paar rasch zusammengekaufte Unterhosen von Tchibo. Und meinen Memorystick, den ich am Schlüsselbund trug, auf dem meine Doktorarbeit, mein übriges geistiges Leben in Datenform und ein paar Fotos aus glücklicheren Tagen gespeichert waren.

Während ich am Kurfürstendamm an den Schaufensterauslagen vorbeiging, um mich inspirieren zu lassen, dachte ich an Lea. Ich dachte überhaupt oft an sie. Meistens sah ich ihr vor Zorn flammendes Gesicht vor mir, ein Gesicht voll unbeirrbarer Selbstgerechtigkeit, das aus dem Vorhang ihrer Schneewittchenhaare herausleuchtete. Ich liebte sie, wenn sie zornig war. Liebte die Hitze, die Wut, mit der sie auf mich losging. Nichts davon war mir eigen. Bloß eine Portion Ironie brachte ich zustande, etwas passiven Widerstand, das reichte aber schon, um Lea in Fahrt zu bringen. Vielleicht hätte ich an unserem letzten gemeinsamen Tag nicht sagen sollen, ich wäre kein Zuchthengst, und vielleicht auch nicht, dass Kinder einem den Alltag schwer machten, die Erotik versauten, von der Karriere ganz zu schweigen, weil sie die egoistischsten Lebewesen wären, die es gäbe. Ich wüsste das, ich wäre auch mal eins gewesen.

»Und das bist du immer noch!«, hatte Lea mich angeschrien. Dann, zu schrecklich irritierender Ruhe wechselnd: »Ich will dich hier nicht mehr sehen. Ich werde dich nicht weiter durchziehen. Ich such mir einen Erwachsenen. Raus.«

Das war mein Abgang gewesen. Nicht dass sie unrecht gehabt hätte. Aber ich war nur ehrlich gewesen. Ich dachte, ehrlich zu sein wäre ein Geschenk für unsere Beziehung, ich hatte in Ehrlichkeit einen Wert gesehen. Einen Wert, den Lea auch hätte schätzen können. Werte können sich ja wandeln. Aber das tat sie nicht, sie schätzte meine Ehrlichkeit nicht im Geringsten. Nun hatte ich sie ständig im Ohr. Ich verließ den Kurfürstendamm und suchte eine Gegend auf, die besser zu meiner Barschaft passte. Als ich im Kaufhof eine Hose anprobierte, meinte die Verkäuferin:

»Die können Sie prima tragen. Sie sind ja sehr schlank. Vielleicht einen Sakko dazu, der die Schultern etwas breiter macht?«

Ich schaute die Verkäuferin an. Sie war groß und blond. Lea in meinem Kopf sagte: »Du siehst bescheuert darin aus. Wie ein verkrachter Biologiestudent.«

Ich kaufte die Hose nicht. Im nächsten Geschäft ertappte ich mich wieder dabei, Sachen auszusuchen, die Lea gefallen hätten, aber ich fand nichts, was sie akzeptiert hätte. Ich beschloss, am anderen Ende anzufangen, bei den Schuhen. Vorher rief ich Wessing an, mit meinem inzwischen wieder aufgeladenen Handy. Er hatte schließlich gesagt, auf die Schuhe komme es an. Außerdem wollte ich mich vergewissern, ob alles noch wahr wäre. Die ganze Geschichte mit Afrika, dem Job, Gabun. Ich hatte plötzlich das Gefühl, es wäre nur eine große Blase, die platzen könnte, wenn ich daran rührte.

Lea. Sie saß noch immer in meinem Kopf. Zuständig für das Platzenlassen von Blasen.

»Gustav? Ich bin's, Bernd. Wie war das noch mit den Schuhen? Wie sollten die aussehen, so ›Business‹, oder wie?«

Wessings Stimme drang blechern aus dem Handy, vom Lärm des Schrottplatzes umgeben, vermutlich wuchtete der Bagger hinter ihm gerade schwere Teile in den Container. Es rumste ein paarmal, ehe er antworten konnte. Business, das wäre in Ordnung, meinte er.

»Sag der Verkäuferin, du möchtest sie fürs Büro.«

»Und du bist sicher, ich brauche nichts weiter als nur Klamotten? Keine besonderen Sachen, tropentaugliche Hemden, Sonnenöl mit Schutzfaktor hundert?«

Wessing lachte in das Geräusch des hinunterfallenden Schrotts hinein.

»Keine Sorge. Eine Zahnbürste, wenn es dich beruhigt. Wir rüsten dich dort vollständig aus.«

Das half. Nach dem Anruf bei Wessing trat Lea in meinem Bewusstsein einen Schritt zurück, und ich kaufte ein Paar bieder aussehende Lloyds-Schuhe, rahmengenäht, zum Sonderpreis. Anschließend noch zwei leichte Baumwollhosen und zwei Hemden, ohne dass Lea etwas dagegen einwandte.

Anschließend ging ich in den Zoo. Vielleicht um mich einzustimmen, ich tat es, ohne nachzudenken. In Krisen, und so musste man diese Situation wohl nennen, misstraute ich aus leidvoller Erfahrung meinem logischen Denken. Mein Gehirn verspulte sich sonst in Grübelschleifen, ich kam vom einen zum anderen, aber zu keinem Entschluss. Vielleicht eine Neigung zur Dissoziation aufgrund einer traumatischen Kindheit unter der Fuchtel meiner streitsüchtigen Eltern. Wie oft hatte ich als Kind meinen Turnbeutel oder meine Schulbrote vergessen. Eine meiner späteren Vermeidungsstrategien als Student war die Beschäftigung mit philosophischen Texten gewesen, die ich mir aus dem Internet zusammensuchte, wobei ich wechselnden Erkenntnissen ausgesetzt war. Der rote Faden bei dieser Suche war nicht irgendeine Systematik gewesen, sondern mein Bedürfnis, das eine durch das andere in Frage zu stellen, bei Philosophie ging das am besten. Es machte mich zufrieden, dass nichts im Denken Bestand zu haben schien, dass es sich am Ende um eine Reise in den Nebel handelte, bei der man nur entscheiden konnte, irgendwo für eine Weile innezuhalten. Eine Umkehr war nicht möglich. Selbst wenn man versuchte, im Kreis zu gehen. Irgendwo hatte ich gelesen, vielleicht bei Wittgenstein, dass Logik ständig der Gefahr unterliege, sich selbst zu erklären, und ich fand das in meinem eigenen Denken auf faszinierende Weise bestätigt. Nicht zu viel nachdenken über das Denken.

Ich ging ins Tropenhaus, vielleicht tat ich es, um mir die Temperatur und die Luftfeuchtigkeit in Afrika vorstellen zu können, oder vielleicht, weil ich mich an die freundlichen japanischen Kois in der Eingangshalle erinnerte, die sich von jedem streicheln ließen und einem dabei die Finger abküssten. Das Becken war leider leer, die Kois nicht mehr da. Vielleicht hatten respektlose Zeitgenossen die Tiere mitgenommen und verspeist, schließlich hungerten immer mehr Bürger. Die Stütze war auch viel zu knapp, um teuren Fisch zu kaufen, obwohl Fisch als sehr gesund gilt. Die armen Kois. Zu zutraulich gewesen. Nicht ratsam, jedem die Finger abzuküssen in einer Stadt wie Berlin.

Ich betrat die von zwei Palmen flankierte Halle durch eine schwere Glastür. Als sie sich hinter mir schloss, fand ich die Temperatur erträglich, es war genauso heiß wie draußen auf der Straße, nur etwas feuchter. Viel feuchter, stellte ich fest, als sich große Flecke unter meinen Achseln gebildet hatten.

Ich schlenderte unter Gummibäumen und mir unbekannten Palmenarten hindurch. Knorrige Äste streckten sich mir entgegen, harte, wie poliert aussehende Blätter wuchsen daran. Vitale Pflanzen, die bereit waren für besondere Herausforderungen, für den Anprall der Sonnenstrahlung in den Tropen, das unerbittliche Ringen um Licht im Dämmer des Dschungels. Ein paar Heimchen piepsten im Hintergrund. Ein klein wenig Abenteuerlust begann in mir zu keimen. Ein Riesenfarn, so groß wie ein Sonnenschirm im Straßencafé, breitete seine Wedel aus, ich schritt darunter hindurch. Auf der Beschreibung stand allerdings »Karibik«, also würde ich dem nicht begegnen. Dafür erinnerte ich mich jetzt zunehmend an Sachverhalte, über die ich etwas im Studium gelesen hatte. Mein Gedächtnis kann eine Menge speichern, nur die Verfügbarkeit ist ein wenig eingeschränkt; manchmal komme ich mir beim Nachdenken vor wie jemand, der am Gepäckband im Flughafen steht und auf seinen Koffer wartet. Aber jetzt fiel mir eine Menge ein.

Dass die Habitate in der Äquatorialregion eine Unzahl von Insektenarten beherbergen, zum Beispiel. Sie haben ideale Bedingungen, keinen Winter, die Lebenszyklen werden nicht von Kälte bedroht, Fortpflanzung ohne klimatische Hindernisse. Das Hamsterrad der Natur läuft für Kerbtiere in den Tropen ohne Pause. Sie produzieren eine enorme Biomasse, die Wirbeltiere könnten blass vor Neid werden. Und ein Viertel davon bringen allein die Ameisen auf. Indem sie raffiniert organisierte Staaten entwickeln, von denen andere Ameisenvölker durch Raub und

Überfälle als Schmarotzer leben und sich entführte Ameisen als Sklaven halten, die für sie arbeiten müssen.

Die Pilze züchtenden Blattschneiderameisen fielen mir ein, die den Tropenreisenden früher so gut gefallen hatten, weil sie brav in einer Reihe hintereinander ihre Blattstückchen über dem Kopf trugen und sich dabei exakt so benahmen wie die halb nackten schwarzen Boys auf Safari, die ich als Bub im Zigarettenalbum meines Großvaters bewundert hatte. Ein paar Bilder hatten in dem Album leider gefehlt, waren schon herausgerissen worden. Aber an einige der verbliebenen konnte ich mich ganz gut erinnern. Es gab eine Kakaoplantage in Südwestafrika mit einem berittenen Aufseher davor, der einen Tropenhelm trug, man sah steif dastehende Pygmäen neben Stapeln von Elefantenstoßzähnen, spitzbrüstige Frauen mit schlanken Hälsen und vorgewölbtem Bauch, die Arme voller Metallreifen. Einen abweisend blickenden Massai mit Speer und Schild. Das Album war längst weg, vermutlich auf dem Sperrmüll gelandet, wie die anderen Sachen von Opa. Als er gestorben war, hatte meine Mutter darüber gejammert, dass das Haus voller Gerümpel gewesen wäre, danach darüber, dass man in Mecklenburg kein Haus verkaufen könne, man müsse es wohl verschenken. Ich ließ das zugehörige Gedankengepäck auf dem Band weiterkreisen und wandte mich dem nächstgelegenen Terrarium zu.

Darin befand sich ein grüner Klumpen vom Format eines Tagesrucksacks. Er hing von einem Ast herunter. Der Klumpen waberte, als würde er schmelzen, grüne Tröpfchen fielen herab. Als ich mich vorbeugte, erkannte ich eine Unmenge Beinchen, Flügel und Fühler. Der Klumpen bestand aus frisch geschlüpften Stabheuschrecken, und er führte eine langsam rotierende Bewegung aus, die dadurch zustande kam, dass die kleinen Stabheuschrecken versuchten, an etwas Fressbares heranzukommen, und ständig feststellten, dass sie sich nicht gegenseitig fressen konnten. Immer wieder fielen ein paar Dutzend herunter, das war das, was ich für Tropfen gehalten hatte. Kein einziges Blatt befand sich mehr im Terrarium, nur noch blank geputzte Äste, die aussahen, als habe man sie in ein Sandstrahlgebläse gehalten. Ich überlegte, wie groß und wie schwer der Klumpen werden würde, wenn die Heuschrecken ihre endgültige Größe von acht Zentimetern erreicht hätten. Als überschlagenes Ergebnis kam heraus, dass man einen eigenen Saal im Museum dafür hätte ausrüsten müssen.

Beeindruckt flanierte ich weiter an den Terrarien vorbei. Blieb stehen, um einer Rotte Raubkäfer zuzusehen. Sie schubsten sich gegenseitig weg von kleinen Fleischstücken, an denen sie mit ihren metallisch glänzenden Zangen rissen, ihre Panzer klackten gegeneinander wie kleine schwarze Billardkugeln. Wurde einer umgeworfen, drehte er sich geschickt wie ein Judokämpfer wieder herum und ging dem anderen an die Beine. Sie schafften es, das Fleisch aufzufressen, noch während sie sich darum prügelten. Aus einem anderen Glaskäfig starrte ein »Wandelndes Blatt« mit leeren Facettenaugen heraus wie ein böser Geist, perfekt getarnt, und schaukelte langsam hin und her. Das Schaukeln beschwor einen nicht vorhandenen Wind – vielleicht versuchte die Heuschrecke auch, einen möglichen Gegner mit ihrer Horrormaske zu hypnotisieren.

Nachdem ich mich von dem »Wandelnden Blatt« abgewandt hatte, machte ich einen Fehler. Ich schlenderte in die Schlangenabteilung hinüber. Sie befand sich im angrenzenden Raum, ich dachte mir nichts dabei. Vage erinnerte ich mich daran, dass die Anakondas in Südamerika lebten, die zuständige Riesenschlange der Alten Welt war der Python. Sie hatten auch einen da. Ich trat näher, sah, dass der Python, wie bei Riesenschlangen üblich, bewegungslos nach Art eines zusammengerollten Gartenschlauchs in einer Ecke seines Abteils lag und energiesparend schlief. Nicht aufregend, entschied ich und wandte mich ab.

Ich passierte noch ein paar Terrarien, in denen man sich bewegungslos verharrende Reptilien hätte ansehen können, dazu hatte ich aber keine Lust. Ich wollte die Abteilung schon verlassen, da wurde ich auf das Schild eines kleinen Terrariums aufmerksam: »Gabunviper« stand dort. Aha, dachte ich, Gabun! Ich näherte mein Gesicht der Scheibe. Nichts drin. Ich schaute auf das Schild. Dort stand: »Verbreitung im tropischen Afrika«. Eine Karte der Erdhalbkugel zeigte einen großen roten Fleck mitten auf dem afrikanischen Kontinent. Daneben ein verblasstes Foto. Darauf sah man den dreieckigen Kopf einer Viper, eine dünne schwarze

Linie zog sich durch das lidlose Auge. »Bis zu zwei Meter lang«, las ich und: »Die schwerste Giftschlange der Welt mit den längsten Giftzähnen: fünf Zentimeter«. Das Terrarium war aber nicht größer als höchstens einen Meter. Nur weißer Sand darin, ein flacher Stein lag noch da und ein dürrer Knüppel. Wo war die Gabunviper?

Ich suchte die gewellte Sandfläche ab, Zentimeter für Zentimeter, dann sah ich sie. Sie hatte mich die ganze Zeit durch die dicke Glasscheibe hindurch angestarrt, ihre Augen ragten nebeneinander aus dem Sand wie zwei verlorene Glasperlen. Das Vieh hatte sich komplett eingegraben. Danach verzichtete ich auf einen Besuch bei den Krokodilen und verließ das Reptilienhaus. Ich würde gute, sehr gute Stiefel brauchen.

Am nächsten Tag ging ich wie geplant meine Papiere holen. Das Büro bei Klemm war abgedunkelt, die Rollläden halb heruntergelassen. Alina saß vor dem PC, die langen blonden Haare hatte sie hochgesteckt, sie war geschminkt wie zum Ausgehen, ihre Lippen hatten einen feuchten Schimmer. Sie starrte konzentriert auf den Bildschirm, in ihrem Gesicht wetterleuchteten die Bilder und Nachrichten der gerade angesagten Chatseite.

»Morgen, Alina.«

Alina tippte statt einer Antwort ein paar Buchstaben ein, knappe Sätze. Keine Denkpausen. Fortgeschrittene Bekanntschaft, dachte ich.

»Morgen, Bernd. Du holst deine Sachen«, stellte Alina mit Verzögerung fest, ohne die Augen vom Bildschirm zu nehmen. Ihr eingefrorenes Lächeln galt nicht mir, sondern dem virtuellen Gesprächspartner, auf dessen Antwort sie gerade wartete, ihre Finger schwebten raubvogelhaft über der Tastatur, als wollte sie die Buchstaben nicht entkommen lassen.

»Ja«, antwortete ich, ebenfalls kurz bleibend.

Ich hatte gehofft, sie würde mein neues Outfit bemerken. Ich trug ein frisches weißes T-Shirt über meiner neuen sandfarbenen Markenjeans und hatte mir mein leichtes beiges Baumwollsakko – tropentauglich – über die Schulter geworfen. Ich fand, ich sah ein bisschen aus wie Leonardo DiCaprio. Ein bisschen.

»Deine Sachen«, Alina tippte, »liegen hier auf dem Tisch.«

Sie klopfte auf eine Klarsichthülle neben der Tastatur. Mit der anderen Hand schlug sie sich auf die Lippen und lachte leise. Über eine geistreiche Antwort des virtuellen Liebhabers vermutlich.

»Ja. Okay«, sagte ich. »Also, tschüss dann.«

»Tschü-üss.«

Alina winkte mir zu, während sie weiter den Bildschirm anschmachtete, als habe der Computer sie gefragt, ob sie ihn heiraten wolle. Vielleicht kann man Computer küssen, und sie verwandeln sich dann in irgendwas. Die Kois fielen mir ein. Hatten am Ende zu viel geküsst. Alinas Winken geriet zu einem Wedeln, sie wedelte mich raus. Wie eine lästige Fliege, dachte ich und war empört. Aus der Empörung schöpfte ich Kraft, ich verharrte in der Drehung.

»Sag mal Alina, also Wessing …«

»Ja?« Alina tippte wieder, die Zunge gegen die Oberlippe gepresst.

»Wie lange ist Wessing eigentlich schon bei euch?«

Alina tippte, das Licht des Bildschirms füllte ihre Augen, als wären es hellblaue Leuchtkörper. Meine Frage wurde angeklickt, weggeführt und hinten in ihrem Gehirn geparkt, weil gerade Sprachzentrum, Motorik und sexuelle Bedürfnisse Alinas gesamte Energie benötigten.

»Alina«, blieb ich dran. »Wie lange ist Gustav schon bei euch.«

Alina nahm ihren Blick vom Bildschirm, sah mich zum ersten Mal an. Ihr Gesichtsausdruck erinnerte an jemanden, dem gerade die U-Bahn vor der Nase weggefahren ist.

»Wessing?«, fragte sie verständnislos.

Das sexuelle Programm. Lief weiter, noch nicht ausgeschaltet. Das älteste und das zäheste.

»Ja, Wessing. Wie lange ist der schon bei Klemm?«

Alina schüttelte den Kopf. »Keine Ahnung. Seit ich hier arbeite, also zwei Jahre, war er zweimal da.«

»Was heißt zweimal da?«

Alina runzelte die Stirn. Der Endorphinspiegel sank.

»Der kommt immer mal für ein paar Wochen, glaube ich. Hilft hier aus.«

»Ist der nicht angestellt?«

»Nein, das geht so. Ist abgesprochen.« Ihre Pupillen wurden klein. »Wieso willst du das denn wissen?« Entzug von Endorphinen. Das älteste Programm der Wirbeltiere bremste das Zentralnervensystem.

»Nur so, Neugier. Also, tschüss dann.«

Alina saugte sich aufs Neue am Bildschirm fest, ihre Augen wurden wieder groß und himmelblau.

»Tschüss, Bernd, mach's gut. Hast 'n neues Sakko, toll!«

Ich verzichtete auf einen Kommentar. Schloss die Tür von Klemms Büro hinter mir und wanderte an den Schrotthügeln vorbei, zum letzten Mal, dachte ich. Wahrscheinlich hätte ich mich in einen der versifften Kühlschränke verbissen und Monate umsonst hier gearbeitet, wenn ich gewusst hätte, was auf mich zukam.

Als Nächstes setzte ich Wessings Empfehlung um, meinen Subaru zu verkaufen. Ich fuhr zu einem der Billighändler auf der Platte Richtung Wannsee, die einem »Bargeld für Auto« versprachen. An zweien fuhr ich vorbei, sie hatten um diese Zeit, es war später Vormittag, noch nicht auf. Beim dritten stand das Tor offen. Auf dem Hof verrostete eine deprimierende Sammlung von ausrangierten Autos, die Preise mit Rasierschaum auf die Scheiben gemalt. Ich wollte es hinter mich bringen, fuhr auf das Gelände und ging ins Büro, dabei musste ich an einem Pitbullmischling vorbei, der sofort aufsprang und mir einen eisigen Blick zuwarf, ohne einen Ton von sich zu geben, zum Glück war er an einer Kette festgemacht. Im Büro saß ein dunkler Typ mit Dreadlocks vor dem PC. Er speicherte widerstrebend sein Spiel und folgte mir nach draußen. Warf einen Blick auf mein Auto und teilte mir mit, dass der Fahrzeugwert hauptsächlich darin zu sehen wäre, dass noch zwei Monate TÜV drauf waren. Ich erstickte die Beschimpfung meines Subaru, zu der er gleich ansetzen würde, im Keim. Nach allem, was wir miteinander geteilt hatten, hatte ich den Wagen ins Herz geschlossen und wollte nicht, dass ein Fremder sich abfällig über ihn äußerte.

Ich stellte die Killerfrage: »Wie viel?«

Ohne zu handeln – den Spaß gönnte ich dem Kerl nicht, steckte ich die vierhundert Euro ein, die er aus einer Geldtasche herausfingerte, und gab ihm die Papiere und den Fahrzeugbrief. Nahm meine Tasche (gestern gekauft, Segeltuch, schicke Lederappliken) mit den neu erworbenen Klamotten darin vom Rücksitz und verließ den Hof. Den Händlergehilfen mit dem Autoschlüssel in der Hand ließ ich stehen, den Pitbull ebenfalls. Ich habe ein sentimentales Verhältnis zu gewissen Dingen. Zu Gebrauchtem, Benutztem, was meine Spuren trägt. Mein Subaru, stellte ich mir vor, während ich zur S-Bahn-Station trottete, würde bald eine Reise antreten, ostwärts, in ein Land ohne TÜV. Ich wünschte ihm, dass zukünftig eine Familie in ihm fuhr. Wenigstens mein Auto sollte die Familienfrage positiv beantworten können. Es sollte noch lange auf den Straßen entlangrumpeln dürfen, so lange, bis keiner mehr Lust haben würde, an ihm herumzuschweißen.

Mit meiner Barschaft ausgestattet, konnte ich die letzte Nacht im Hotel verbringen. Ich stieg am Savignyplatz aus und schlenderte durch Charlottenburg. Nicht um Lea zu sehen, nein. Ich hielt mich ein ganzes Stück entfernt von ihrem Hotel, auch die Bleibtreustraße mied ich. Ich trieb mich lediglich ein wenig in der Gegend herum, vielleicht traf ich sie zufällig auf der Straße, warum auch nicht? Hey, das ist ja ein Zufall, würde ich sagen, an meinem letzten Tag in Berlin! Weißt du, wo ich morgen nämlich hinfliege? Nach Gabun! Ich hab ein tolles Angebot bekommen, als Biologe in einem Wildpark, wir arbeiten direkt mit der Regierung zusammen, unter anderem für Greenpeace und GEO. Lass uns einen Kaffee trinken, ich erzähl's dir. Na ja.

Vor einem Antiquariat in der Knesebeckstraße blieb ich stehen. Mir war eingefallen, dass ich was zu lesen brauchen würde. Keine Philosophie, was Unterhaltsames. Für die halbe Stunde vor dem Einschlafen, für die Siesta. In heißen Ländern, wusste ich, zog man sich gern am Nachmittag eine Stunde zurück, um abends dafür länger aufbleiben zu können. Und in diesem Wildpark würde ich sicher eine gemütliche Hütte haben, ein Bett darin mit Moskitonetz, auf dem würde ich liegen und lesen, während der Siesta oder vor dem Einschlafen, und würde dem Zirpen der Zikaden zuhören unter dem Himmel Afrikas.

Ich betrat den Laden und fragte den Besitzer – den ich lesend antraf, was mich rührte; bei so vielen Büchern noch immer nicht genug gekriegt vom Lesen! –, ob er ein Buch über Afrika habe. Ein englisches Buch, ergänzte ich, weil mir eingefallen war, dass mein an sich passables Englisch, das längere Zeit ungesprochen geblieben war, eine Politur vertragen konnte. Der Antiquar legte sein Buch weg und sah mich zwei Sekunden lang mit einem verloren wirkenden Blick an, weilte vielleicht noch in der gerade gelesenen Geschichte.

»Warten Sie mal«, sagte er dann.

Er verschwand in einer der Bücherschluchten. Während ich auf seine Rückkehr wartete, hatte ich Zeit, mir Gründe dafür auszudenken, weshalb ein Antiquar lesend in seinem Geschäft sitzt. Zum Beispiel weil niemand kommt und etwas kaufen will, außer jetzt gerade. Der Antiquar kam mit einem kleinen Taschenbuch zurück und legte es vor mich auf den Tisch.

»›Herz der Finsternis‹«, sagte er. »Von Joseph Conrad. Auf Englisch, eine Penguin-Ausgabe, gut erhalten. ›Heart of Darkness‹ also, in diesem Fall. Ein Euro.«

Ich nahm das abgestoßene Buch in die Hand. Ein Euro, das schien mir gut angelegt. Von dem Buch hatte ich gehört. Weil ich nett zu dem Antiquar sein wollte, die Vermutung schlecht gehender Geschäfte noch im Sinn, fragte ich ihn, worum es in dem Buch denn gehe, während ich einen Euro aus meiner Börse holte und ihn auf den Tisch legte. Gutes Geld für gutes Buch, ein blanker Taler für das Herz der Finsternis. Der Mann, Nickelbrille, Glatze – das Antiquariat hieß »Biber«, und ich stellte ihn mir eine Sekunde lang als bücherfressenden Nager vor, das klappte auch, er hatte so eine Statur –, der Mann also sagte mit einem Lächeln, das ganz normale Vorderzähne bloßlegte:

»Es geht darum, dass man nie wissen kann, was in einem steckt.«

»Bevor man es probiert hat, oder?«, ergänzte ich höflich.

»Genau. Darum geht es.«

Die Brille des Mannes glitzerte. Nicht zu entscheiden, ob überheblich oder freundlich, seine Augen blieben hinter dem Glitzern verborgen. Fische in zugefrorenen Tümpeln. Ich steckte das Buch in meine Reisetasche und verließ den Laden.

Eine Viertelstunde später nahm ich mir ein Zimmer im »Odeon«, einem der billigeren Hotels in der Gegend. Ich stieg in den verspiegelten Aufzug, dort nahm ich keinen Blickkontakt zu mir auf, ich hatte mir nichts mitzuteilen. Bei Begegnungen in Aufzügen ist Schweigen angesagt, man schaut auch besser nicht in den Spiegel, das Licht kommt von oben, und das ist sehr unvorteilhaft. Man sieht bescheuert darin aus. Im Zimmer stellte ich meine Tasche auf das dafür vorgesehene verkratzte Resopaltischchen. Sah mich in dem winzigen Raum um.

Auf Reisen, dachte ich. So ist das, wenn man aufbricht. Risse in den Tapeten, es roch nach Neutralreiniger und ein bisschen nach Schimmel. Auf dem gemachten Bett lag eine winzige Schokoladentafel, wie zum Hohn. Und wieder ein Spiegel, diesmal sah ich rein, machte eine Grimasse. Bernd Jesper, für längere Zeit nicht in Berlin, unbestätigten Meldungen zufolge nach Afrika abgereist. Anschließend probierte ich: Verkrachter Student bei dubiosem Projekt in Gabun ums Leben gekommen, die Landesbehörden ermitteln. Und: Berliner Biologe übernimmt nach kurzer Einarbeitungszeit naturnahe Edellodge in Afrika. Interessiert keinen, entschied ich.

Ich zog mich aus und suchte die Duschkabine auf. Unter der Brause überlegte ich, was noch getan werden müsse. Meine Eltern anrufen, nacheinander, wen zuerst, ließ ich offen. Wasser lief über mein Gesicht, ich drehte den Kopf in den Nacken, ließ es über meine Haare strömen, stellte mir meinen Vater am Telefon vor, wie er das ihm mögliche Interesse aufzubringen versuchte und nacheinander die abkürzenden Kernfragen stellte: Was machst du gerade, wie weit ist deine Promotion, und Lea, wie geht's ihr? So viel Aufmerksamkeit würde er investieren, um mir anschließend eine halbe Stunde lang vorzujammern, was alles gerade schieflief in seinem Leben und wer dafür verantwortlich war. Damit würden wir das restliche Telefonat zubringen.

Meine Mutter würde erst gar keinen Interessensbonus einrichten und gleich mit Vorwürfen anfangen. Erstens, warum ich mich monatelang nicht gemeldet hätte, zweitens, wieso ich mein Studium nicht endlich fertigbekäme, drittens, was in drei Teufels Namen ich in Afrika wollte. Nach Lea würde sie sich gar nicht erst erkundigen, die beiden vertrugen sich nicht. Waren sich zu ähnlich, meine Mutter war der Ansicht, Lea tue mir nicht gut. Vielleicht hatte sie recht. Das Wasser glättete meine Haare wie einen nassen Helm, lief über meine Schultern, wo es sich in Perlen verwandelte, ohne eine einzige Frage an mich zu stellen. Es feite mich, je länger ich unter der warmen Dusche stand, desto mehr. Natürlich wollte ich auch Lea noch mal anrufen, ein allerletztes Mal. Mit gefasster Stimme zwei, drei ausgewählte Sätze auf ihre Mailbox sprechen: eine Auszeit nehmen, ein guter Job im Ausland, vieles eingesehen, hoffe auf ein Gespräch nach meiner Rückkehr. Ich stellte die Brause ab. Im gleichen Augenblick begriff ich, dass ich niemanden anrufen würde. Ich erkannte, dass ich wortlos gehen konnte, einfach verschwinden. Wie die Kois aus dem Aquarium, die niemanden mehr küssten.

Diese Idee kam mir, während ich mich abtrocknete, so attraktiv vor, dass ich mich anzog, mein ganzes Geld in die Tasche schob – zur Sicherheit – und mit nassen Haaren hinunter in die Hotelbar ging, in der kein Mensch saß. Das störte mich nicht, weil meine Gedanken noch auf der Spur der Wassertropfen waren, die mir erlaubt hatten, keine Erklärungen mehr abzugeben, einfach zu schweigen.

Die Wassertropfen manifestierten sich nach kurzer Wartezeit in Form eines schön gezapften Pils, das vor mich hingestellt wurde. Sie liefen, Kühle verheißend, an der Außenseite des Glases herunter, und sie hatten sich in eine wolkenweiße Schaumkrone obendrauf verwandelt. Feine Bläschen stiegen vom Boden des Glases nach oben, das Bier erschien mir wie ein kleiner Kosmos, eine einfache, physikalisch transparente Angelegenheit, deren Gesetzmäßigkeiten man problemlos studieren konnte, während man davorsaß. Ich trank das Glas aus. Das erste Bier nach dem Duschen hat was.

Beim zweiten Pils, das der schweigende Pakistani hinter dem Tresen mit einem rätselhaften Lächeln vor mich hinstellte, fiel mir ein, dass ich als Kind mal einen kleinen Teufel besessen hatte, der in einer Limoflasche mit Hilfe der Bläschen nach oben steigen konnte. War er an der Oberfläche angelangt, perlten alle Bläschen von ihm ab, und er sank wieder nach unten, bis er wieder genug gesammelt hatte, um nach oben zu kommen, einen Mantel aus Silber um sich, als habe er die Taschen voller Geld, bloß um es wegzuwerfen, wenn er oben angekommen war. So und nicht anders, dachte ich, würde mein Leben jetzt sein. Nach dem dritten Pils bezahlte ich und ging schlafen. Man solle mich um acht Uhr wecken, hinterließ ich an der Rezeption.

ZWEI

Als sich das Flugzeug auf das Meer hinuntersenkte, um zum Landeanflug auf Libreville anzusetzen, war ich zuversichtlich. Wessing döste neben mir, den Gurt vorschriftsmäßig um die Wampe gelegt. Sein Schnarchen, eher zart für einen so kräftigen Mann, mischte sich mit dem Dröhnen der Turbinen, zu denen gerade das Sausen der Landeklappen dazugekommen war. Der Blick durch das Fenster zeigte mir ein paar Bohrinseln. Sie lagen wie abgegessene Teller auf einem zerknitterten blauen Meer, spielzeuggroße Schiffe daneben, von winzigen Booten umgeben, bunt wie ausgestreutes Konfetti.

Wir sanken der Erde entgegen, die Maschine ruckelte, musste Höhe und Geschwindigkeit wieder loswerden. In meinem Magen stellte sich eine gewisse Spannung ein. Beim Landeanflug auf Libreville abgestürzt, dachte ich, keine Überlebenden, Pilot unter Drogeneinfluss, wie die Autopsie ergab, unter den Opfern zwei Deutsche. Es ruckelte noch stärker. Der leere Kaffeebecher fiel zusammen mit dem »Herz der Finsternis« von meinem ausgeklappten Tablett herunter. Unter uns rutschten Felsen und ein gelber Strand vorbei, dann flogen wir mit dem ausgeklappten Fahrwerk eine Kurve über einem Flickenteppich aus grauen Vierecken, durchschossen von buschig grüner Natur. Bevor ich damit gerechnet hatte, setzten die Räder auf. Quietschen von Gummireifen, ein heftiges Rumpeln. Wir waren in Afrika gelandet. Rollten langsam über das Flugfeld zum Terminal. Als das Flugzeug still stand und die Handys zu piepsen begannen, erhob ich mich.

»Na denn«, sagte Wessing, noch ehe er die Augen geöffnet hatte. Er streckte sich, griff unter den Sitz nach seinem breitkrempigen Hut und angelte sein Handgepäck aus dem Fach, eine speckige Jutetasche. Sonst hatte er nichts mit.

Als wir das Flugzeug verließen, stieß ich hinter der geöffneten Tür auf eine feuchtwarme Wand, die mich am Weitergehen hinderte. Sofort schoss mir der Schweiß aus den Poren. Die Frage:

Was willst du eigentlich hier? fand keine Antwort, weil mir mein Hintermann die Tasche in den Rücken drückte.

»Excuse me«, sagte er. Ich antwortete brav: »Sorry, Sir.«

Wir gingen beide entschuldigt hinaus, stakten eine altmodische Gangway hinunter und betraten das glühend heiße Flugfeld, das von einer langen Reihe halb tot aussehender Palmen mit staubverkrusteten Wedeln begrenzt wurde. Ich trottete hinter Wessing her, der kräftig ausschritt, um die klimatisierte Halle zu erreichen. Wir gingen etwas schwammig auf dem weich gewordenen Teer. Neben uns startete eine Maschine kreischend auf dem Rollfeld, es stank nach Kerosin, und ich fand, dass es entsetzlich heiß war. Viel heißer, als ich erwartet hatte.

Wessing trug ausnahmsweise keine Jeans, sondern eine Tuchhose mit imitiertem Krokogürtel und polierter Messingschnalle, außerdem teuer aussehende Schuhe und ein leichtes Hemd mit kurzen Ärmeln. Das gab ihm einen gewissen Schick; er wirkte, als gehe er zur Einladung auf eine Grillparty, bei der auch Damen anwesend sein würden. Ich hatte meine neuen Sachen an. Man konnte uns ansehen, dass wir den bereits abgesprochenen Eindruck machen wollten. Wessings Hut allerdings passte überhaupt nicht zu seinem übrigen Aufzug, das Ding sah eher aus wie ein Requisit für einen Abenteuerfilm. Ich nahm an, dass er ihn im Ministerium wieder abnehmen würde. Wir betraten zusammen das Flughafengebäude, in dem die Außentemperatur von einer Klimaanlage halbiert wurde, was mich sofort frösteln ließ. Während ich unter flappenden Deckenventilatoren mit verschränkten Armen – sonst hätten mir vielleicht die Zähne geklappert – darauf wartete, dass meine Sporttasche auf dem Gepäckband erschien, hatte Wessing sein Handy aus der Tasche geklaubt und telefonierte.

Ich hörte ihn gaumig lachen und französische Brocken reden. Sah mir so lange die einschüchternde Phalanx muskulöser Kalaschnikowträger an, die die Ausgänge bewachten, betrachtete die verglasten Kabinen mit gelassen wirkenden Uniformierten – über jedem ein Extra-Ventilator – und die langen Schlangen ergeben wartender Reisender. Es würde dauern, bis wir hier rauskamen, bis dahin hatte ich eine Lungenentzündung. Immerhin sichtete ich meine Tasche auf dem Band, zwischen verschnürten, aufgeplatzten und wieder mit Packband gesicherten Gepäckstücken, und angelte sie herunter. Als ich mich zu Wessing begab, bemerkte ich einen gut gekleideten Herrn, der gerade aus den Kulissen hinter der Zollabfertigung herausgetreten war, sich umsah und schnurstracks auf uns zuging. Er begrüßte Wessing freundschaftlich mit zusicherndem Druck beider Hände, streifte mich mit einem wohlwollenden Blick, nickte mir zu und schritt, mit dem ausgestreckten Zeigefinger winkend, einfach zwischen den Bewaffneten hindurch. Sie rührten sich nicht, starrten geradeaus ohne einen Lidschlag, als wir an ihnen vorbeigingen, der magische Finger des soignierten Herrn hatte sie offensichtlich in Stein verwandelt.

Alles ging genau so weiter, wie Wessing es angekündigt hatte. Vor dem Ausgang winkte unser Begleiter ein dunkelblaues Auto heran, ich stieg mit Wessing zusammen ein, und wir fuhren los. Ein schweigender Mann mit sehr schwarzer Haut, körniger Glatzenrasur und einer Ray-Ban-Sonnenbrille wie ein schwarzer Cop in einem alten amerikanischen Film chauffierte uns. Er startete mit lässigem Aufquietschen der Reifen und schoss in den quirligen Verkehr hinein, dort führte er uns kühne Spurwechsel vor, bei denen er gekonnte Beschleunigungs- und Bremsmanöver vornahm. Durch die getönten Scheiben drang das Hupen der zur Seite gedrängten anderen Verkehrsteilnehmer nur gedämpft herein. Die Klimaanlage arbeitete auf Hochtouren, ich fror erbärmlich in meinem kurzärmeligen Baumwollhemd. Niemand sagte etwas. Der Fahrer konnte sich meiner Aufmerksamkeit für sein Können ohne Abstriche gewiss sein. Nur Wessing döste vor sich hin, wie er es bereits im Flugzeug getan hatte; er besaß die Fähigkeit, sich abzuschalten, seinen Organismus auf Sparprogramm zu setzen, Soldaten oder Gefängnisinsassen, heißt es, lernen so etwas. Es wirkte nicht kränkend bei ihm, er war da und doch nicht da. Und ich starrte schweigend aus dem Fenster. Niemand hielt sich an irgendwelche Vorschriften, trotzdem wurde Straßenverkehr daraus. Ich musste schließlich doch eingenickt sein; ich erwachte, als sich die Wagentür öffnete und mich eine warme Mischung aus Abgasen und Fäkaliengestank überrollte, gleichzeitig drehte der Straßenlärm auf volle Lautstärke hoch.

Wir stiegen aus. Hinter Wessings breitem Rücken stolperte ich auf ein mehrstöckiges Gebäude zu, vor der breiten Treppe posierte rechts und links je ein hitzeunempfindlicher Soldat mit Stahlhelm und einem Sturmgewehr vor der Brust, reglos, aber vielleicht waren es auch gut gemachte Puppen. Ich vergaß, den Schriftzug zu lesen, der sich an der Front des Gebäudes befand, dafür war es zu heiß. Nachher erfuhr ich, dass es sich um das Landwirtschaftsministerium gehandelt hatte.

Neben dem unbeirrt voranstrebenden Wessing kam ich mir vor wie ein Kind, das zum ersten Schultag begleitet wird. Wir passierten eine verglaste Portiersloge, hinter der spiegelnden Scheibe sah ich einen Mützenschirm, dem Wessing jovial zuwinkte, als Antwort erschien eine Hand neben der Mütze. Das Treppenhaus war menschenleer, das Gebäude wie ausgestorben, wir trafen niemanden an. Im zweiten Stock bat Wessing mich um meinen Ausweis und mein Flugticket. Er bedeutete mir, mich auf einen der Plastiksessel im Flur zu setzen, er werde unsere Angelegenheiten erledigen. Wenn er mich benötige, käme er wieder. Dankbar ließ ich mich in den Sessel fallen. Ich war sehr müde.

Die Klimaanlage röchelte vor sich hin wie ein Sterbender. Mir war schon wieder kalt. Ich schaute auf die kubistischen Drucke an den Wänden, auf die orangefarbenen Designersessel in Muschelform, mein Blick rutschte an verworfenen Einrichtungsideen der siebziger Jahre entlang, ohne ihre museale Qualität würdigen zu können. Stattdessen sank mir das Kinn auf die Brust, und ich richtete meinen Blick unwillkürlich hinunter auf die Straße, wo ich eine Gestalt bemerkte, die am Gehsteigrand hockte, ein alter Mann. Ich sah nur den kahlen Schädel und den gekrümmten Rücken.

Die Gestalt trug ein viel zu großes Unterhemd und eine verblichene kurze Hose, mit den mageren Gliedern und dem kahlen Hinterkopf erinnerte sie mich an einen Moorfund aus einem jungsteinzeitlichen Hockergrab, den ich mal im Museum gesehen hatte, auch die zusammengekauerte Haltung passte. Der alte Mann hielt ein weißes Huhn auf dem Schoß und streichelte es. Mit der anderen Hand warf er etwas auf den Boden, es sah aus wie Muscheln. Immer wieder, ohne die Streichelbewegung zu unterbrechen, sammelte er die Muscheln ein und warf sie aus, mit einer leichten Bewegung aus dem Handgelenk, dabei schaute er in den rasenden Verkehr hinaus, so gelassen, als wäre die Straße ein Urwaldfluss. Ich wiederum starrte durch die bis zum Boden reichenden Fenster auf die Mumie hinunter und auf das Huhn, das sich auf ihrem Schoß zu einer Federkugel zusammengekuschelt hatte.

Ich konnte nicht wegsehen, ich hatte die Muscheln längst gezählt, die immer wieder auf den Boden fielen und eingesammelt wurden, ohne dass die Gestalt ihre Haltung änderte. Sieben. Es waren sieben Muscheln. Mit jedem Wurf begann ich mehr Furcht zu entwickeln, dass diesmal eine der weißen Muscheln fehlen könnte. Für die Dauer einer nicht fassbaren Zeitspanne erlangten der alte Mann, das Huhn und die Handbewegung, mit der er die Muscheln einstrich und auswarf, schicksalhafte Schwere für mich. Ich kam nämlich auf die fixe Idee, dass das Huhn sich plötzlich aufrichten und eine der Muscheln aufpicken könnte, es würde diejenige sein, die mein Schicksal bezeichnete, und zwanghaft dachte ich weiter, dass das auf keinen Fall geschehen dürfe, es mussten sieben Muscheln bleiben, so lange, bis Wessing wiederkäme.

Das Schicksalshuhn schlief weiter, es blieb die ganze Zeit bei sieben Muscheln, die von der Mumie geworfen und wieder eingesammelt wurden, ohne dass sich die Gestalt umwandte, was mir angesichts meiner Verstricktheit mit ihr ebenfalls Angst eingejagt hätte, obwohl ich zunehmend damit rechnete, dass sie es gleich tun würde.

Wessing kam zurück. Ich war gerettet. Er schwenkte zwei Papierstapel durch die Luft. Wir könnten gehen, meinte er, er habe alles geregelt.

Auf der Rückfahrt zum Flughafen schlief ich sofort wieder ein. Ich erwachte erst, den Kopf an Wessings Schulter, als wir angekommen waren. Der schweigende Fahrer hob zum Abschied lässig zwei Finger vom Lenkrad, völlig passend zu seiner Sonnenbrille und zu dem, was er fahrtechnisch draufhatte. Wessing und ich stiegen aus, nahmen unser Gepäck und gingen hinaus auf ein von rotem Sand bedecktes Nebenflugfeld, auf dem große schwarze Raben mit gravitätischen Schritten umhergingen; sie erinnerten auf frappierende Art an Menschen in Gedanken, die ihre Hände hinter dem Rücken verschränken. Die großen Vögel traten nur ungern ein paar Schritte für uns zur Seite, dabei schielten sie beleidigt mit lang bewimperten Augen nach oben, als gehöre das Flugfeld eigentlich ihnen und wir seien bloß geduldet.

Es war sehr heiß. Als wir zwischen den dicht beieinanderstehenden Sportflugzeugen hindurchgingen, strahlten die Rümpfe Hitze ab, als bewegten wir uns durch einen Toaster. Wessing steuerte zielbewusst auf ein beigefarbenes Sportflugzeug mittlerer Größe zu, das ein Stück abseits abgestellt war. Auf dem Rumpf stand »Cherokee«, in schwungvollen roten Kursivlettern, die mich an den Schriftzug von »Coca-Cola« erinnerten. Im Schatten des Flügels stand ein Mann, er trug einen verwaschenen Camouflage-Anzug und hatte die Arme verschränkt. Als wir näher herankamen, musste ich an einen üblen General aus einem Vietnam-Film denken. Der Mann hatte die Statur eines Schwergewichtsboxers, kurz geschnittenes weißes Haar, ein breites Gesicht mit grauen Bartstoppeln und hielt die Augen zusammengekniffen, als spähe er ständig gegen die Sonne. Er rauchte einen Zigarillo und rührte sich nicht, auch nicht, als wir vor ihm stehen blieben. Wessing legte mir die Hand auf die Schulter.

»Bernd, das ist Lars Olson. Lary, das ist Bernd.«

Olson machte noch engere Schlitze aus seinen Augen und musterte mich ein paar Herzschläge lang, ohne das Ergebnis bekannt zu geben. Dann entknotete er seine Arme und streckte mir die Hand entgegen. Er quetschte schmerzhaft meine Finger, ich war schon darauf gefasst und hielt kurz die Luft an, um nicht aufzustöhnen. Auf Olsons ausgestrecktem Unterarm bemerkte ich eine ungeschickt gestochene, verschwommene Tätowierung. Sie zeigte gekreuzte Säbel, dazwischen zwei Buchstaben, der Rest der blauen Punkte verlor sich unter weißblonden Borsten. Olson ließ meine Hand wieder los.

»Okay«, sagte er, den Zigarillo im Mundwinkel.

Als Nächstes deutete er mit dem Kopf in Richtung Flugzeugtür. Ich kam mir vor, als hätte ich bei den Ledernacken angemustert.

Wir kletterten in das mit Getränkekisten und Pappkartons bis unter das Dach vollgepackte Flugzeug. Ich drückte mich nach hinten zwischen die Kartons, den Aufdrucken nach waren Lebensmittel darin, schnallte mich an und packte mir meine Tasche auf den Schoß. Der Motor startete mit einem spotzenden Knattern, lief nach ein paar Sekunden rund. Es quiekte im Sprechfunk, die verzerrte Stimme einer Comicfigur sagte etwas Unverständliches auf Französisch. Olson knurrte ein paar englische Brocken, dann rollte das Flugzeug zur Piste hinüber, machte einen Schwenk nach rechts und röhrte ohne weitere Umstände los.

Nach einem kurzen Spurt hoben wir ab. Kaum huschten die ersten Baumwipfel unter uns vorbei, zog Olson das Flugzeug in einer ansteigenden Kurve hoch, bei der es fast auf dem Flügel zu stehen kam, dabei rutschte die gesamte Ladung nach hinten. Man hörte das Klingeln von Flaschen, die gegeneinanderstießen, ich stützte mit der einen Hand einen Stapel Kartons, mit der anderen hielt ich mich fest. Dann drehten wir nach Osten ab. Die glühende Sonne wanderte hinter die Kabine, die Schatten der dürren Bäume am Boden, über die wir hinwegschwebten, zeigten nach vorn.

In viel zu geringer Höhe, so kam es mir vor, flogen wir über unbewohntes Buschland von mal grüner, mal brauner Farbe, durchschnitten von ein paar staubigen Straßen, hier und da ein Haus mit Wellblechdach. Tümpel und Wasseradern glänzten auf und verschwanden wieder zwischen den Baumkronen. Die warme Luft blies durch die geöffneten Fenster herein, riss würzigen Rauch von Olsons Zigarillo nach hinten zu mir, ließ meine Haare flattern. Der Schatten des Flugzeugs wanderte über den Boden, verschwand und tauchte wieder auf. Setzte Punkt hinter Punkt auf einer Landkarte für Opas Zigarettenalbum. Punkte, die dorthin führen würden, wo die Bilder fehlten. Bernd fliegt nach Afrika.

Die beiden Männer vor mir rauchten schweigend. Sie machten den Eindruck, als hätten sie schon Tage miteinander zugebracht. Ich schaute auf Olsons weiße Stoppelhaare. Nicht dass ich mir jemanden wie ihn ausgesucht hätte, aber besser, auf seiner Seite zu stehen als andersherum, dachte ich. Ein Buschpilot muss nicht aussehen wie ein Chauffeur. Es wird, dachte ich, schon alles seine Ordnung haben, und es ist ein Job wie andere auch. Man hat Aufgaben, muss Gäste bedienen, im Grunde dasselbe wie in einem Hotel. Das Surren des Motors nähte einen Streifen Zuversicht über meine offenen Fragen. Es gelang mir, ein bisschen zu dösen.

Einige Zeit später, wir waren schon eine Weile in der Luft, durchbrach Wessings Stimme das Motorengeräusch und weckte mich auf. Er sagte etwas zu Olson, das mir holländisch vorkam, daraufhin brachen die beiden in lautes Lachen aus, das noch einmal aufkeimte, als Olson Wessing in die Seite stieß; das Flugzeug reagierte sofort mit einem Schlenker, den Olson im Weiterlachen auffing. Ich beugte mich in dem torkelnden Flugzeug nach vorn, hatte das Gefühl, es habe sich vielleicht um einen Witz gehandelt, der auch für mich bestimmt sein könnte, Wessing merkte es, er drehte sich um und schrie in den Lärm des Motors hinein: »Afrikaans.« Das wäre Afrikaans gewesen. Ich fragte nicht weiter nach, lehnte mich wieder zurück, aber Wessing wandte sich noch einmal an mich: »Ein altes Sprichwort der Buren.« Und sprach die merkwürdig klingenden Worte langsam noch einmal für mich, die Hand als Sprechmuschel an den Mund gelegt:

»Wenn du einen Büffel sattelst, musst du ihn auch reiten können.«

Was die beiden daran so heiter gestimmt hatte, konnte ich allerdings nicht verstehen. Später hätte ich es gut erklären können, aber in diesem Augenblick wurde meine Aufmerksamkeit davon in Anspruch genommen, dass wir unser Ziel erreicht hatten.

»Die Lodge«, rief Wessing nach hinten.

Ich sah nach unten und erblickte unter uns das gewundene grüne Band eines Flusses, daneben lag ein gerodetes Feld von der Größe eines Fußballplatzes, darauf verstreut ein paar neu aussehende Pavillons mit spitzen Grasdächern, zwei Geländewagen daneben. Vor uns die Landebahn, ein schmaler Streifen, hineingemäht in das hohe Gras.

Der Fluss war bedeckt von Seerosenblättern, kreisrund, mit erhabenem Rand, so groß wie Serviertabletts. Hier und dort zwischen den Blättern ein Stück offenes Wasser. Durch eine dieser Lücken schwamm eine große Schlange, für kurze Zeit war sie in ihrer ganzen Länge zu sehen. Wenn das Licht sie traf, leuchteten die schwarz-gelben Muster auf ihrer Haut. Als sie wieder zwischen den Blättern verschwunden war, erhoben sich dort, wo sie an die Blätter rührte, Scharen tintenfarbener Libellen. Sie zuckten ein paarmal auf und ab, ehe sie sich wieder niederließen; es sah aus, als hinterlasse die sich entfernende Schlange eine Spur von Rauchschwaden.

Als ich den Weg der Schlange von meinem Platz am Ufer aus nicht mehr verfolgen konnte, flogen zwei große Vögel flussaufwärts. Sie wirkten wie prähistorische Flugechsen mit ihren zurückgelegten Hälsen und den langen Schnäbeln. Einer von ihnen gab einen Trompetenstoß von sich, es klang wie eine altmodische Autohupe. Ihre Flügel verursachten ein klappendes Geräusch, als bemühten sich zwei einsame Konzertbesucher, Beifall zu klatschen.

»Nashornvögel«, sagte jemand hinter mir.

Ich drehte mich um. Fox. Er hatte sich lautlos angeschlichen. Zeigte mir sein Lächeln, das ich jedes Mal zu sehen bekam, wenn wir uns begegneten. Ein Lächeln für die Sache, ermutigend für mich, Greenhorn, Biologe in spe und angehender Guide. Das Lächeln von Robert Fox, zweiundvierzig, Greenpeace-Aktivist, Extrembergsteiger und Tierfilmer. Mit gepflegtem Dreitagebart und schwarzen Locken unter seinem Hut; jetzt schaute er mit frohem Gesichtsausdruck den Vögeln nach.

»Ich bin Bob, du musst Bernd sein. Willkommen im Park!« – so hatte seine Begrüßung gelautet, als ich mit Wessing und Olson aus dem Flugzeug geklettert war. Während ich mich seinem Händedruck aussetzte – nicht ganz so schlimm wie der von Olson –, hatte ich versucht, meinen Denkapparat auszuschalten, um nicht hilflos an Fox' Behauptung zu scheitern, ich müsse Bernd sein. Musste ich Bernd sein? Schwer für mich, nicht zu denken, wenn ich nervös bin. Die Sprache hält oft Schlimmes für mich bereit.

»Schwarze Nashornvögel, um genau zu sein«, sagte Fox.

»Mhm«, kommentierte ich.

Man konnte Interesse von mir erwarten. Schließlich sollte ich lernen, Touristen durch diese Gegend zu führen. Fox' Hand berührte meine Schulter. Er hatte die irritierende Gewohnheit, einen ständig anzufassen, es gehörte zu seinem Stil, er stand auf Intimität.

»Sie bauen ihr Nest irgendwo am Fluss«, sagte er. »Eine Art Tonkugel, und sie hängen sie über das Wasser an einen Ast. Eine gemütliche Höhle, krisensicher, abgesehen von den Baumschlangen vielleicht. Tolle Vögel.«

Fox lächelte wieder, bewundernd diesmal, und schüttelte dazu den Kopf, um anzudeuten, dass die Natur der Nashornvögel nicht so einfach zu begreifen war.

»Sie brauchen eine Menge Platz, verstehst du«, sagte er.

Seine Hände umschlossen schützend eine imaginäre Nistkugel. Auch die Nashornvögel gehörten zum Projekt, waren Passagiere der Arche, die Fox im Begriff war zu bauen. Einiges an Tieren stand auf seiner Liste, wie bei Noah. Soviel ich wusste, hatte der dann nur noch für ein paar Menschen Platz gehabt, für ausgesuchtes Personal eben.

»Die Bantu verehren die Nashornvögel«, sagte Fox, »weil sie ausgemachte Chauvinisten sind. Das Männchen mauert nämlich sein Weibchen im Nest ein, wenn die Eier erst mal drin sind. Er muss sie dann monatelang durchfüttern, aber sie kann ihm nicht mehr weglaufen. Na ja«, schloss er und reckte seine dunkel behaarten, muskulösen Arme. »Nicht gerade unsere Mythologie, was, Bernd?«

Ich blinzelte zu ihm hoch. Fing sein ermutigendes Lächeln ein, meine rechte Schulter bereitete sich auf den Klaps vor, der nicht kam.

»Ich muss noch eine Menge lernen«, sagte ich, um etwas zu sagen.

»Wird schon. Du hast dein Spezialgebiet. Man kann nicht alles wissen«, sagte Fox.

Ich ließ mir das dazugehörende Lächeln entgehen, nickte bloß, während wir zusammen auf den Fluss hinausschauten. Vielleicht kamen noch mal interessante Vögel vorbei.

»Die Giulianis wollen bald Gorillas sehen«, sagte Fox nach einer Weile.

»Du könntest morgen Wessing und Farouk dabei helfen, im Wald ein Camp herzurichten«, fuhr er fort. »Nehmt den großen

Landrover und wechselt euch beim Fahren ab, damit du die Pisten kennenlernst, okay?«

Da war er, der Klaps auf die Schulter. Ich zuckte zusammen. Fox rückte an seinem Hut und wandte sich zum Gehen.

»Übrigens«, er blieb stehen und drehte sich noch mal um, »geh nicht zu nahe ans Ufer. Es gibt hier drei Meter lange Krokodile, die warten nicht darauf, bis du ins Wasser steigst, sondern holen dich rein, wenn sie denken, dass sie dich kriegen können. Sie ziehen dich unter Wasser, unten am Grund quetschen sie dich dann zwischen die Baumwurzeln und warten ein paar Tage, bis du richtig zart bist. Also: Vorsicht am Wasser!«

Ich holte tief Luft, um Fox' Warnung geistig zu bewältigen, vor allem die präzisen Details, und sah hinter ihm her. Er ging durch das gemähte Gras ins Gegenlicht hinein, wiegender Schritt, gebräunte Beine unter den ausgeblichenen kurzen Hosen, Schnürstiefel aus Segeltuch. Sandfarbenes Hemd, breitkrempiger Hut. Ich blieb noch eine Weile sitzen, zehn Meter vom Ufer entfernt. Das Dableiben verwandelte sich prompt in eine Mutprobe, weil ich jetzt ständig das Schilf beobachtete, in dem vielleicht eine drei Meter lange Echse darauf wartete, sich in einem Moment der Unaufmerksamkeit auf mich zu stürzen und mich ins Wasser zu zerren. Nach zehn Minuten hielt ich die Probe für bestanden und machte mich auf den Weg zu meiner Hütte.

Die Lodge lag auf einer gerodeten Grasfläche, ein paar hundert Meter vom Fluss entfernt. Das Gras – wenn man die zwei Meter hohen, messerscharfen Halme so nennen mochte – wurde ab und zu mit einem kleinen Traktor gemäht, es wuchs mit beängstigender Geschwindigkeit nach. Auf der gemähten Fläche hatte man ein kleines Dorf aus Hütten errichtet. Ihre spitzen Grasdächer sollten an ein afrikanisches Dorf erinnern, jedes Haus besaß eine großzügige überdachte Terrasse, die auf Pfosten stand. Das Zentrum bildete die sogenannte Tafel, ein langer, schwerer Tisch für etwa zwanzig Personen; er stand auf einem großen Podest und war dekorativ aus den behauenen Hälften tropischer Bäume gezimmert, mit ebensolchen Bänken daran. Dort traf man sich zum Frühstück und zum Abendessen.

Das Mittagessen wurde im Schatten großer Bäume als Buffet angeboten, die dafür bestimmten Leckereien hatte ich vor drei Stunden anrichten geholfen. Heute gab es luftgetrockneten Büffelschinken mit Melonenspalten, Avocadohälften mit Limonenvinaigrette und in Zitrone gegartes kaltes Huhn und dazu passende Weine. Unsere Gäste, erkannte ich, hatten die Tafel bereits verlassen, bis jetzt waren es nur drei: das Ehepaar Giuliani aus Florida und eine deutsche Ärztin, Frau Dr. Decker. Sie bewohnten zwei der fünf Pavillons, je achtzig Quadratmeter groß, innen abgeteilt durch Paravents aus geflochtenem Elefantengras, möbliert mit Mahagonimöbeln; angeblich hatte ein Bautrupp aus Franceville das Ganze vor acht Wochen aufgebaut. Für uns Angestellte standen fünf kleinere Hütten zur Verfügung. Dazu gab es noch das Büro, ebenfalls in einer Grashütte untergebracht, die Küche und eine zusätzliche Toilette am Rand der Lichtung für den Fall, dass jemand nicht seine eigene benutzen wollte.

Ich blieb auf dem Weg zu meiner Hütte bei einem Termitenbau stehen, zwei Meter hoch, hart wie ein Fels und heiß wie ein Backofen. Während ich mir die Termiten vorstellte, die sich darin unsichtbar und klimasicher in ihren Tunneln hin- und herbewegten, überlegte ich mir, was man Gästen Interessantes über sie erzählen konnte. Dass sie aussahen wie Ameisen, aber eigentlich zu den Heuschrecken gehörten? Dass Termiten Wasser aus dreißig Metern Tiefe mit raffiniert gebauten Leitungen heraufholen konnten? Dass sie sich mit winzigen Spuren aktiver Duftstoffe verständigten, von denen ein Milligramm ausreichen würde, um einen Termitenpfad um die ganze Erde zu legen?

Spannend, aber sicher nicht spannend genug. Nicht für Gäste, die dafür zweitausend Dollar am Tag bezahlten. Man konnte die Viecher ja nicht einmal vorzeigen. Sie bewegten sich aus guten Gründen immer in Tunneln. Man hätte so einen Tunnel aufbrechen müssen, um sie zu Gesicht zu bekommen und ihnen dabei zusehen zu können, wie sie ihn in zehn Minuten wieder reparierten. Außerdem, da machte ich mir keine Illusionen: Die meisten Menschen finden Insekten ekelhaft bis uninteressant, Männer gehören eher zur letzteren, Frauen zur ersteren Fraktion.

Ich verließ den Termitenbau und schlenderte weiter durch

das von nachmittäglichem Summen und Zirpen erfüllte Gras. Dabei sind Insekten eigentlich viel interessanter als Wirbeltiere. Würde man sie eines fernen Tages auf einem anderen belebten Planeten entdecken, würde man sagen: Aha, so geht es also auch, eine völlig andere Sorte von Lebewesen, sehr fremdartig, aber immerhin haben sie Gene, und sie entstehen aus Eiern, das ist aber auch alles, was sie mit uns gemeinsam haben.

Bei meiner Hütte angekommen, bestieg ich das dazugehörende Podest und öffnete meine Haustür. Die Hütten für die Angestellten besaßen keine Veranda und auch keinen Spa-Bereich, wie die der Gäste, aber immerhin gab es eine Duschkabine. Ich wusste das zu schätzen. So luxuriös hatte ich lange nicht gewohnt; wenn ich ehrlich war, eigentlich noch nie, außer bei Lea.

Weil mir die Insekten noch durch den Kopf geisterten, war ich wieder einmal froh über das Holzpodest, auf dem der kleine Pavillon stand, und über den übersichtlichen hellen Lehmboden, den ich gerade sorgfältig musterte, um festzustellen, ob ein schädliches Kerbtier seinen Weg in meine Hütte gefunden hatte. Es gab Fliegengitter an den beiden Fenstern, aber man konnte nie wissen. Ich wusste, wozu Insekten fähig waren. Ich legte mich also flach und spähte unter das Feldbett, hob das Moskitonetz ein Stück in die Höhe.

Alles in Ordnung. Ich zog mein Hemd aus und hängte es über einen Bügel, streifte ein frisches T-Shirt über. Man wurde dazu angehalten, die Waschmaschinen nicht zu oft zu benutzen; der Strom kam von Generatoren, bislang noch eine Brückentechnologie, wie Fox sich ausdrückte. Später würden Solarmodule eingesetzt werden. Man könne auch mal etwas von Hand auswaschen, hatte er das Team bei einem Meeting belehrt, das ich inzwischen mitgemacht hatte. Mit leicht abbaubarer Neutralseife, eine Flasche davon stand in der Duschkabine. Die beiden schweren Waschmaschinen sollten für die Gästewäsche verfügbar bleiben, vor allem für die Bademäntel und die vielen Handtücher aus dem Spa-Bereich. Ich überlegte, ob ich meine tropentauglichen Schnürstiefel anbehalten sollte, die ich mir beim Outdoorspezialisten gekauft hatte, und entschied mich dann doch für Chucks. Den Weg zur Tafel und zurück würde ich ohne Kontakt mit einer

Puffotter bewältigen. Ich stellte die Stiefel draußen in die Sonne und schloss die Tür ab.

Durch die vor Hitze flimmernde Luft ging ich hinüber zum Küchengebäude, um meinen Dienst anzutreten. Der Bau war aus Holzpfosten errichtet, zwischen die man Bambusmatten gehängt hatte, und mit Wellblechplatten gedeckt. Dahinter standen die vier mit dicken Strohmatten schallgedämpften Benzingeneratoren. Sie versorgten die Kühltruhen, die Waschmaschinen, die Küchengeräte, die Saunaöfen und die Duschen, wenn die Hitzekollektoren auf den Hüttendächern überfordert waren. Die Schalldämpfung funktionierte ganz gut, man hörte die Motoren erst, wenn man nahe an die Küche heranging: ein basso continuo zu dem beständigen Summen der Insekten im Elefantengras. Die Gäste sollten wahrscheinlich nicht daran erinnert werden, dass ihr Aufenthalt in der Lodge mehr Benzin verbrauchte, als wenn sie den ganzen Tag ihre Autos vor dem Café laufen lassen würden.

Das Wasser, das wir für die Duschen und zum Spülen benutzten, kam aus einem gebohrten Brunnen, und es war, so das Prädikat der Projektleitung in Gestalt von Fox, von sehr guter Qualität. Zur Sicherheit wurde es zusätzlich permanent gefiltert. Fox trank es demonstrativ an der Tafel, aber alle anderen tranken Wasser aus Kunststoffflaschen. Die leeren wanderten zusammen mit dem anderen Kunststoffmüll in ein schickes kleines Rundhaus, vier Meter im Grundriss und drei Meter hoch, das mit seinem spitzen Grasdach unter den anderen Gebäuden nicht auffiel.

Ich teilte den Perlenvorhang, der als Mückenschutz vor dem Eingang des Küchengebäudes hing, und trat ein. Am Arbeitstisch stand Ze Zé, er nahm keine Notiz von mir. Ze Zé schnitt Gurken mit seinem japanischen Küchenmesser. Eine Haarbreite von seinen Fingern entfernt – ich konnte nicht hinsehen – tanzte die Damastklinge des Messers auf dem Schneidbrett auf und ab, ich wusste: Bildschöne Gurkenscheiben stapelten sich hinter der Klinge, so sauber geschnitten, dass man sie hätte einrahmen können. Ich ging hinüber zum Kühlschrank und holte mir einen Orangensaft, das Geräusch des Messers ratterte wie gedämpftes Maschinengewehrfeuer zu mir herüber.

Als ich mich umdrehte, schnalzte Ze Zé mit der Zunge, schob

sich eine Gurkenscheibe in den Mund und schloss die Augen, als empfange er den Leib Christi. Er öffnete die Augen wieder und sah mich an.

»Trink nicht so viel Saft, Bernd. Hast du gewusst, dass die alten Zen-Lehrer den Koch als die zweitwichtigste Person im Kloster angesehen haben? Nach dem Abt?«

Ich schüttelte den Kopf. Hatte ich nicht gewusst. Ze Zé schippte die eben geschnittenen Gurkenscheiben mit dem Messerrücken vom Brett hinunter in eine Schüssel.

»Was gibt's heute Abend?«, fragte ich.

Ze Zé runzelte die Stirn. Zudringliche Frage vielleicht, für einen Küchenhelfer. Keine Demut. Kein Mönch.

»Auf jeden Fall einen Salat. Früchte und feines Gemüse. Schneid mal drei Ananas auf. Aber sauber, ja?«

Ich stellte meine Saftdose ab und holte die Ananas aus einer der drei großen Kühltruhen, die nebeneinander im Küchenschuppen standen. Meine Arme tauchten in die Kälte ein, sie stand wie Flüssigkeit in der Truhe. Ich wühlte nach den Ananas. Die Truhe war vollgepackt mit Obst, Gemüse und Salat. Ze Zé bestand auf frischen Zutaten, er machte nichts aus Konserven. Alle zwei, drei Tage wurde in Franceville eingekauft, für den Hinflug stopfte man das Flugzeug mit den Müllsäcken aus dem dafür vorgesehenen Häuschen aus.

Ich legte die Ananas auf den Tisch und zog vorsichtig eines der haarscharf geschliffenen Messer Ze Zés aus dem Palisanderblock. Damit schnitt ich die Enden der Früchte ab, ich bemühte mich, gerade zu schneiden. Ze Zé hatte seine Augen überall. Er würde mir das Messer aus der Hand reißen, wenn ich es an Achtsamkeit – das war die Grundhaltung, auf die Ze Zé in der Küche Wert legte – würde fehlen lassen.

Awareness. Gehaucht mit Ze Zés französischem Akzent, das stimmlose »S« wie ein abgeschossener Pfeil aus einem Zen-Bogen, im Nichts endend. Der Begriff wäre unübersetzbar, hatte Ze Zé mir heute früh beim Zwiebelschneiden auseinandergesetzt. Die Franzosen würden ihn nicht kennen, sie seien zur Achtsamkeit nicht in der Lage. Die Asiaten und die Afrikaner, so Ze Zé, besäßen ein natürliches Talent dafür. Nur die zum Dulden verurteilten Völker, so seine Hypothese, hätten die Fähigkeiten zur Kontemplation entwickelt, sie verfügten auch über die ältere Kultur, das gehe in eins. Ich hatte das nicht kommentiert, die Zwiebeln hatten mir in diesem Augenblick die Tränen in die Augen getrieben.

Ze Zé, auf dem Weg zum Backofen, schielte zu mir herüber. Er hatte schon am ersten Tag erkannt, dass man mir noch eine Menge beibringen musste. Ich hatte die Ananas inzwischen geviertelt, geachtelt und die Schale sauber abgetrennt. Nun schnitt ich mit dem Messer, sehr achtsam neben meinen Fingern hantierend, kleine Dreiecke von den Spalten ab. Ze Zé entließ mich aus seinem Blick. Er ging zu einer der Kühltruhen, hob den Deckel an und warf eine überzählige Rolle Baguetteteig hinein. Verharrte einen Moment sinnend, die Hände am Truhendeckel.

»Vielleicht«, sagte er, »mache ich heute Omeletts mit Périgord-Trüffeln. Und danach Red Snapper auf einem Lauchbett. Dazu einen Chablis.«

Er sprach nicht mit mir, sondern vor sich hin, rezitierte das Evangelium seiner Rezepte. Die angesprochenen Trüffel lagen bereits auf dem Arbeitstisch, zwei dunkle Knollen mit weißlichem Anschnitt. Ich nahm eine in die Hand und roch daran.

»Finger weg, das sind fünfhundert Dollar!«, warnte Ze Zé.

Ich fand, dass sie stanken, hütete mich aber, einen Kommentar abzugeben. Über Trüffel wurde bei Ze Zé nicht diskutiert. Diese Trüffel stammten von unseren Gästen, den Giulianis, sie hatten sie als Geschenk mitgebracht. Die Giulianis kamen aus Cape Coral in Florida. Von dort aus brachen sie, wie sie gern erzählten, ein paarmal im Jahr auf, um die Welt zu sehen.

»Bevor wir den Löffel abgeben«, hatte mir Giuliani gestern beim Abendessen anvertraut, nachdem er mich zu einem Whisky – »zu einem sehr guten Whisky, mein Junge« – eingeladen hatte. Er führe eine Liste, auf der stehe, was er noch tun müsse, ehe er den Löffel abgebe. Ein netter Witz, denn eines der beiden Restaurants der Giulianis in Cape Coral hieß »The Spoon«. Das andere hieß »Cayman«, es war spezialisiert auf Fisch. Den Bezug zu den gleichnamigen Inseln musste man sich nicht unbedingt denken, man konnte es aber, wenn man sich der Vorstellung überließ, worüber dort beim Essen wohl geredet wurde. Ze Zé jedenfalls sah in den Giulianis eine besondere Herausforderung, ihr Lob spornte ihn zu Höchstleistungen an. Schließlich musste mit dem Essen dreimal am Tag das Niveau der Lodge unter Beweis gestellt werden, vor allem solange Essen das einzige Programm darstellte.

Die erste Safari ließ nämlich noch auf sich warten, daher war ein gewisser Druck bei der Belegschaft entstanden. Fox hatte für die nächsten Tage den Kontakt mit Flachlandgorillas versprochen, der ein fester Bestandteil des Programms war. Zusammen mit Farouk hatte er den Wald und die Hügellandschaft, an deren Flanke die Lodge lag, durchkämmt, und Farouk hatte dabei Spuren von Gorillatrupps ausfindig gemacht.

Farouk M'bele, »mein Kollege«, so hatte Wessing sich ausgedrückt, als wir einander vorgestellt wurden. Farouk, Spezialist für Menschenaffen, arbeitete als Primatenforscher an der Universität von Libreville. Mich hatte er bis jetzt kaum beachtet, ich konnte meine zoologischen Kenntnisse auch nicht wirksam einbringen. Was sind schon Ameisen gegen Gorillas oder Bonobo-Schimpansen? Immerhin hatte er mir heute früh beim Zwiebelschneiden Gesellschaft geleistet.

Ich ließ meine Ananasdreiecke vom Schneidbrett in die Schüssel rutschen. Noch eine Spalte zu schneiden. Ich versuchte es mal ein bisschen schneller. Bereits der dritte Schnitt trennte ein hauchdünnes Scheibchen Haut von meinem linken Zeigefinger; es ging so flugs, dass ich es erst bemerkte, als die Haut schon ab war. Ich starrte auf meinen Finger und wartete auf Blut, es kam keines. Das Messer hatte spielend den äußeren Teil der Hornhaut abgeschnitten, der nicht durchblutet war. Den Rest der Spalte schnitt ich ganz langsam. Ich war noch nicht reif für solch ein Messer. Kein Samurai und auch kein Mönch.

»Brauchst du mich noch?«, fragte ich Ze Zé.

Ich steckte das Messer vorsichtig in den Block zurück. Nachdem Ze Zé, versunken in seine Kompositionen, nicht geantwortet hatte, ging ich in die Knie und kroch unter den Tisch, um die Ananasschalen aufzusammeln. Zen, lehrte Ze Zé, bestehe zum Beispiel darin, dass man seinen Dreck wegräume. Unter dem Tisch kramend hörte ich das satte Ploppen von Korken. Ze Zé entkorkte den für das Dinner ausgewählten Wein, um ihn zu dekantieren. Ein paar Ananasschalen, bemerkte ich, waren bereits von Ameisen entdeckt worden. Kleine rote Exemplare, die sich kaum herunterklopfen ließen. Sie würden im Mülleimer landen, nichts zu machen. Von da aus würden sie ihren gesamten Stamm benachrichtigen, und wir hätten in einer Stunde eine Ameisenstraße in der Küche, es sei denn, ich leerte den Eimer.

Die Ketten am Eingang klimperten, jemand kam in die Küche. Unter dem Tisch hervor sah ich Ze Zé demonstrativ mitten in der Bewegung erstarren wie vom Blitz getroffen.

Bei diesem Blitz konnte es sich nur um Felicité handeln. Ich tauchte unter meinem Tisch hervor. Sie stand breitbeinig gegen das Licht, ihre Silhouette im Gegenlicht hätte ein hinreißendes Foto für einen Bauarbeiterspind abgegeben, sie hatte bloß ein T-Shirt an und eine alte Jeans. Ze Zé starrte sie an, er hielt die Flasche in der Hand, den Korken halb herausgezogen, auf seinem Gesicht erschien das Lächeln, das ihr vorbehalten war, Felicités Abglanz. Felicité hielt vier leere Bierflaschen in den Händen.

»Teatime«, sagte sie. »Ich hol eben mal vier neue.«

»Felicité!«, hauchte Ze Zé guttural.

Sie angelte inzwischen die neuen Flaschen aus der Kühltruhe, Ze Zé starrte sie an, als wäre sie nackt. Aber sie beachtete seine Anbetung ebenso wenig wie die Anbetung von irgendjemand anderem.

»Hallo, Bern'«, sagte sie, als ich mit meinem Abfall in der Hand an ihr vorbeitrottete. Dazu ließ sie die vollen Flaschen freundlich gegeneinanderklirren. Ich versuchte ein normales Lächeln, was nicht leicht ist bei einer solchen Frau.

»Besprechung«, fügte sie hinzu und rollte beeindruckend mit den Augen.

Mit den vier Bierflaschen verließ sie den Küchenschuppen. Ich sah hinter ihr her und fragte mich – nicht zum ersten Mal –, wie sie es eigentlich anstellte, in ihre Jeans hineinzukommen, fand keine Antwort und verschob das Thema auf eine stillere Stunde. Schaute zu Ze Zé hinüber. Der, noch unter der Wirkung Felicités stehend, entließ mich mit zerstreutem Kopfschütteln, arbeitete wohl an mönchischem Verzicht. Vermutlich hielt er mich sowieso nicht für kompetent genug, an den Hauptgängen mitzuwirken. Ich nutzte seinen Zustand aus und nahm im Vorbeigehen noch einen Mangosaft aus dem Kühlschrank. Aber Ze Zé, obwohl er mir den Rücken zuwandte, war doch ein erfahrener Küchenmeister.

»Mann, Mann, Bernd«, knurrte er hinter mir her. »Einen Dollar, so eine Dose kostet einen Dollar.«

Ich hob zu seinem Kopfschütteln bloß die Schultern und ging hinaus. An Luxus, dachte ich, gewöhnt man sich schnell.

In meiner Hütte überprüfte ich zunächst den Insektenstatus im Innenraum, dann schüttelte ich meine Schnürstiefel aus, um Skorpione hinauszubefördern, die vielleicht in der Zwischenzeit hineingekrochen waren. Später lernte ich, dass man Skorpione nicht einfach wegschütteln kann, wenn sie sich vorgenommen haben, sich irgendwo festzuklammern, aber in diesem Augenblick beruhigte mich das Schütteln, und ich schlüpfte entspannt in die schweren Stiefel.

Ich machte mich daran, im großen Bogen zum Fluss hinüberzugehen, dazu musste ich über die Rodung. Ich wollte auf jeden Fall in Sichtweite der Lodge bleiben. Außerhalb des gemähten Bereichs wuchs das mannshohe Gras mit messerscharfen Halmen, dahinter kamen die Urwaldbäume, deren Kronen im Schein der tief stehenden Sonne rotbraun zu mir herüberleuchteten. Ich strolchte über die Lichtung. Aus dem nahen Wald hörte ich Geräusche, die ich inzwischen als Abendgeräusche einordnen konnte. Zu den aggressiven, aus allen Ecken loskrachenden Tönen der Zikaden gesellten sich abends ein zartes mehrstimmiges Fiepen und ein Geräusch, als schlügen Zwerge an kleine Glasglöckchen. Baumfrösche, wie Fox mir erklärt hatte. Ab und zu ein Plumpsen dazwischen, als lasse jemand einen Stein in einen tiefen Brunnen fallen. Ein Vogel, auch das hatte ich bereits gelernt. Welcher, hatte ich allerdings wieder vergessen. Noch immer war es heiß wie in einem Backofen.

In den Baumkronen lebte eine hyperaktive Sorte Affen, die einen mit ihren kleinen, blitzartig zwischen den Blättern herausgestreckten Greisengesichtern anstarrten. Sie hatten die Gewohnheit, in gewissen Abständen in soziale Instabilität zu kippen und mit tobendem Kreischen in die äußersten Wipfel der Bäume abzuhauen, um sich gegenseitig haareraufend und kopfschüttelnd zu beschimpfen. Nach einer Weile beruhigten sie sich wieder und verschwanden mit steil gereckten Schwänzen im Dunkel des Walddachs.

Nachdem ich ihnen eine Weile zugesehen hatte, beschloss ich zurückzugehen. Da bemerkte ich Wessing. Er saß ein Stück von den Hütten entfernt im Gras auf einem Klappstuhl aus rotem Markisenstoff, den Hut ins Genick geschoben, in der Linken eine Zigarette, in der Rechten eine Bierdose. Es sah aus, als wäre er gerade dabei, einen Film mit unsichtbarer Crew zu drehen. Im Licht der abendlichen Sonne wirkte er mindestens so tropentauglich wie Fox, vielleicht noch authentischer, weil er verwitterter aussah, gleichgültiger gegen seine Umgebung. Ich schlenderte durch die kniehohen Stoppeln zu ihm hinüber, trat dabei vorsichtig auf. Die fette Viper aus dem Berliner Zoo war mir bei Wessings Anblick wieder eingefallen.

»Na?«, begrüßte er mich.

Er ließ einen flinken Blick über mich wandern. Mein Platz in einem Afrika-Movie, dachte ich, wäre wohl eher hinter als vor der Kamera. Ananas schneiden für die Filmcrew zum Beispiel. Obwohl ich dabei war, mir einen Bart wachsen zu lassen, um meine Erscheinung abenteuerlicher zu machen, aber der war erst drei Tage alt.

»Hast du dich eingelebt?«, wollte Wessing wissen.

»Ich muss noch rausfinden, wie ich hier nützlich sein kann.«

»Wirst du. Du machst einfach, was ansteht. Machen wir alle so«, sagte er großzügig.

Die Abendsonne blondierte ihm das Bärtchen, seine Falten hatten sich entspannt in die Horizontale begeben. Ich musste an John Wayne denken, in einem Film, dessen Titel ich vergessen hatte. Ich wusste nur noch, dass sie dort ständig in Jeeps hinter Nashörnern herfuhren und dass mir John Wayne mit seiner ständigen Leidensmiene in Afrika fehl am Platz vorgekommen war. Wie Olson in der Lodge. Wayne gehörte filmisch nach Colorado, wo er Gerechtigkeit herstellen musste, und Olson nach Vietnam, um Unrecht zu tun. Wessing aber, der gehörte ohne Zweifel hierher.

»Sag mal, Gustav, ihr habt doch Gewehre dabei, ein ganzes Arsenal. Wozu braucht ihr die eigentlich?«

Wessing blies Rauch in die Luft für eine Denkpause. Sah dem Rauch zu, wie er langsam in der windstillen Luft zerging.

»Besser, wir brauchen sie nicht«, sagte er. »Aber sicher ist sicher. Es gibt hier Löwen, zum Beispiel. Was willst du machen, wenn du einen davon geärgert hast oder wenn ein Warzenschweinkeiler dich absolut nicht leiden kann?«

Was wollte ich dann machen? Dazu fiel mir nichts Stichhaltiges ein. Nur dass es eine meiner Aufgaben sein würde, die Gäste demnächst zwischen Löwen, Krokodilen, Warzenschweinen und was immer noch für Biestern herumzuführen.

»Kommt das vor?«

Wessing schüttelte den Kopf. »Eigentlich nicht. Einmal in zehn Jahren. Nur wenn dich eine Löwin annimmt und du hast nichts anderes in der Hand als deine Kamera, ist das fatal.«

Er sagte »fatal«, nicht etwa »scheiße« oder »Mist«. Immer wieder überraschend, Wessings Wortschatz.

»Also geht jemand mit, der ein Gewehr hat«, schloss ich.

»Wenn wir mit Gästen zu Fuß unterwegs sind, schon. Die wollen an die Tiere ran, deswegen.«

»Und die Gorillas?«

»Machen keinen Ärger«, meinte Wessing. »Sanfte Riesen.«

Ich nickte ihm zu, nicht beruhigt, aber für den Moment ohne weitere Fragen.

Auf den Rest meines Spaziergangs verzichtete ich. Ich ging zurück zu meiner Hütte, um für das Abendessen die Pfadfinderkluft gegen eine saubere Jeans und ein schickes Hemd einzutauschen. Als ich auf dem Bett saß und im Faltschränkchen nach den Malariatabletten suchte, dachte ich an Lea. In den letzten Tagen hatte sie sich zurückgehalten, wahrscheinlich nahm mein Gehirn aus Überlastungsgründen und wegen der Hitze einfach Rücksicht auf sich selbst. Nun drangen ihre Kommentare in mein Bewusstsein wie eine schlecht empfangene Kurzwellensendung, die Lautstärke ihrer Sätze schwoll dabei an und ab, Lea war ja auch ein paar tausend Kilometer entfernt. Ich empfing nur Stichworte: Windige Provisorien, klang es heraus, dubiose Gestalten, schrille Ökofritzen, zuletzt, gerade noch vernehmlich: Und wer ist das überhaupt, diese schwarze Venus?

Wir saßen beim Abendessen, die Tafel wirkte mit bloß drei Gästen deutlich unterbesetzt. Am oberen Ende die Giulianis, korpulent und gut gelaunt, auf der rechten Seite Frau Dr. Decker mit grämlichem Ausdruck und deutlichem Untergewicht. Zwischen ihnen präsidierte Fox. Windlichter flackerten neben den Gedecken, in den Ästen der nahe stehenden Bäume hingen weiße Papierlaternen, auch am Boden brannten Teelichter mit Papiertüten darüber. Solche Sachen machte Felicité, »die Agentin für alles Schöne« – Originalton Fox –, sie zeichnete für die Möblierung der Gästehäuser verantwortlich, und sie hatte die besten von Fox' phantastischen Tierfotos als Wandschmuck ausgesucht und gerahmt. Zu ihren Aufgaben gehörte außerdem das Verwalten der Internetkontakte mittels Satellit, unserer Verbindung zur übrigen Welt. Wessing und Olson waren vom Küchendienst befreit, ich hätte Olson auch nicht gern beim Tellerwaschen Gesellschaft geleistet. Damit blieben natürlich nur Farouk und ich als Küchenhelfer übrig, aber wenigstens nicht ich allein.

Fox war noch beim üblichen Trinkspruch des Abends, bei dem er Aktuelles und Vergangenes in einen Bezug zu bringen wusste. Er hatte uns eben von Greenpeace erzählt, von den Kämpfen für den Planeten, an denen er teilnehmen durfte, und davon, dass der »Park« eine Fortsetzung dieses Weges darstellen solle, wenn auch eine friedlichere. Dass wir uns als Gefährten sehen mögen, unterwegs in eine bessere Zukunft. Fox erhob sich, wir stießen an.

»Auf unsere Visionen.«

Niemand außer mir schien das komisch zu finden. Auf meine Visionen zumindest wollte ich nicht trinken, sie machten mir manchmal Sorgen. Aber andere hatten andere Visionen, vor allem Fox schien mir ein Visionär positiven Schlages, er wirkte überzeugend im Licht der Kerzen; sein Blick, als er sein Glas hob, ging nach vorn, aufwärts, an mir vorbei zu den Sternen. Unwillkürlich dachte ich bei diesem unserem Abendmahl an das letzte, das jeder kennt und das ja auch oft dargestellt wird, und Fox sah mit Bart und den Locken dem berühmten Hauptdarsteller nicht unähnlich. Ich dachte also an Visionen und was daraus entstehen kann, aber es gelang mir diesmal, meine unseligen Gedankengänge abzubremsen. Stopp, sagte ich zu mir. Lass es.

Gläser klangen, das Essen war eröffnet. Beim Tischgespräch kam Fox zu seinen Abenteuern im Pazifik zurück. Ab und zu rang er um ein englisches Wort, aber die Giulianis halfen gerne aus, Frau Dr. Decker nickte langsam und gleichmäßig, und Fox wurde wieder flott. Wir fuhren weiter mit ihm im Schlauchboot durch die fliegende Gischt direkt vor die Harpunengeschütze japanischer Walfangschiffe, kämpften in einem Meer voller Blut um das Leben der Wale. Anschließend stieg die Tischgesellschaft mit Fox und seinen Gesellen noch auf den Gipfel eines nepalesischen Achttausenders und war, am Ziel angelangt, genau wie er, überwältigt.

»Das war ein Geschenk für mich. Dass ich dort sein konnte. In dieser Stille. Überirdisch.«

Von Fox' weiter vorgetragenen Erlebnissen bekam ich nicht mehr alles mit, der Küchendienst endete eben erst nach dem Dinner. Ich räumte ab und trug die benutzten Vorspeisenteller durch die wunderbare Nacht in den Küchenschuppen hinüber, begleitet vom Feilen der Zikaden.

Als ich zurückkam, stellte ich die drei Flaschen Chablis, die ich mitgebracht hatte, in die Kühler und nahm meinen Platz zwischen Felicité und Wessing wieder ein. Fox erzählte gerade vom Radfahren, gab einen kurzen Abriss des Fahrrads als freundlicher Technologie: Es existiere kein Gerät, das mehr Mobilität mit weniger Umweltbelastung verbinde, lehrte er uns, damit sei das Fahrrad ein Beweis dafür, dass so etwas funktioniere. Eine ökologische Ikone eben und so gut, dass es seit über hundert Jahren kaum verändert worden wäre. Mir gegenüber saßen Farouk und Olson. Olson hatte seinen Salat nicht angerührt, er trank auch keinen Wein. Er lebte wahrscheinlich ausschließlich von Fleisch wie ein kreidezeitlicher Raubsaurier. Anstatt zu essen, war er inzwischen beim vierten Bier angelangt, die Dosen standen in einer Reihe neben seinem gefüllten Teller. Vermutlich war er, wie Wessing, ein Anhänger der Whisky-und-Curry-Diät.

Wessing vertrat die Auffassung, in den Tropen sei Wein nicht angebracht, man schlafe schlecht danach. Bier oder Schnaps hätten sich bewährt, man sehe das an den Engländern, die hätten es hundert Jahre lang praktiziert, und die meisten von ihnen hätten es überlebt. Dazu scharfes Essen, viel Fleisch, möglichst wenig Gemüse. Das, dachte ich, sollte Frau Dr. Decker nicht zu Ohren kommen, die vor einer Flasche Mineralwasser an der Tafel hockte. Mit ihren siebzig Jahren sah sie so dürr und zäh aus wie Tutanchamun als Mumie.

Fox nahm den Faden wieder auf. Es ging nun nicht mehr um das Fahrrad an sich, er erzählte vom »Ironman« in Hawaii, vor zwei Jahren war auch er dabei gewesen.

»Ich war da gerade vierzig geworden und wollte es noch mal wissen«, sagte er, und mein Gehirn bot sich gleich an, diesen Satz auszuloten: Was wollte er wissen, und welches »Es« war gemeint? Ich zog sofort die Notbremse, lächelte stattdessen Frau Dr. Decker an, die gerade in meine Richtung schaute, und hob mein Glas. Sie erwiderte die Bewegung mit ihrem Wasser, trank aber nicht, sondern stellte das Glas wieder auf den Tisch, dazu musterte sie mich, nicht unfreundlich, eher – klinisch, würde ich sagen.

Fox führte aus, dass er beim »Ironman« nicht gewonnen habe, natürlich nicht, da gab es diese Technofaschisten mit ihren Superbikes, und es gab, man müsse ehrlich sein – er schüttelte den Kopf in Demut –, einfach bessere Männer. Aber dabei sein, darum gehe es.

»Ich muss immer wieder an meine Grenze gehen, das ist wie … ähm …« Fox blieb wieder hängen.

Oda Giuliani schlug »Gier« vor, nein, das war es nicht. Zusammen kriegten sie es dann hin. Genau, »Sucht« war gemeint. Nach diesem letzten Bekenntnis wirkte Fox erschöpft und schwieg.

Ich trank noch einen Schluck Wein und schaute zu ihm hinüber. Seine gestikulierenden Hände, sein Abenteurergesicht, leider von einem Klobrillenbart entstellt, aber dafür standen ihm die grau durchwirkten Locken. Er erinnerte mich im Kerzenlicht jetzt gerade stark an meinen Chemielehrer, der nicht begriff, dass sich in unserer Klasse niemand für die Redoxreaktion erwärmen konnte.

Ich schob mir ein Stück von dem Red Snapper in den Mund, Ze Zé hatte Ingwer dazugetan, es schmeckte ausgezeichnet. Für Frau Dr. Decker hatte er ein Gebinde aus dünn geschnittener Rohkost gezaubert, das sie sehr langsam verzehrte, und ich musste an die Schildkröte denken, die ich mir als Kind ertrotzt und geduldig mit Tomatenscheiben gefüttert hatte, bis sie mich in den Finger biss. Wir hatten sie in einer Kiste im Keller gehalten, wo sie einen strengen, fremden Geruch verursachte. Sie starb im ersten Winter, weil wir vergessen hatten, sie in den Kühlschrank zu setzen. Verhungert, meinte der Tierarzt, sie habe eben keinen Winterschlaf gehabt. Verantwortung übernehmen, dachte ich. Bei einem Tier kann man das üben, später ist man sein eigenes Problem, aber wann ist später?

Der Wein begann mir in den Kopf zu steigen, während die Zikaden ihre Flügeldecken knarren ließen, nach Sonnenuntergang taten sie es noch aggressiver, gemessen an ihrer Größe konnten sie mehr Lärm machen als eine Motorsäge. Die Jasminzweige in den Vasen schimmerten cremeweiß, von Windlichtern angestrahlt. Ich spürte Felicités Gegenwart an meiner rechten Seite. Wie eine extra Wärmelampe, dabei hatte es bestimmt noch dreißig Grad. Ihr Parfum stieg mir in die Nase, ein Holzgeruch, darin feine Duftspuren von ihrem Schweiß. Jeder Mensch hat angeblich ein eigenes Pheromonmuster. Die ältesten Signale der Lebewesen, viel älter als andere Kommunikationsformen, unbewusst wahrgenommen und unterhalb der Bewusstseinsschwelle blitzschnell decodiert. Ameisen kommunizieren fast ausschließlich mit Duftstoffen, sie regeln damit alles. Pheromone kann man nicht hemmen, sie werden sezerniert, dringen ohne Umwege in das olfaktorische System ein, lösen tief im Stammhirn Reaktionen aus: Angst, Wut, sexuelle Lust. Animalisch. Keine Gegenwehr möglich.

Ich warf Felicité einen raschen Blick zu, so vorsichtig, als wäre sie eine Kiste Dynamit. Sie nahm keine Notiz von mir, schaufelte, die Mandelaugen auf ihren Teller geheftet, mit Appetit den Fisch in sich hinein. Einer der batteriebetriebenen Insektenkiller auf dem Tisch gab ihrer Haut, die sonst die Farbe von Latte macchiato hatte, einen exotischen Blauton. Sie weiß genau, dachte ich, dass Fox sich nur für sie so produziert. Je weniger beeindruckt sie sich zeigte, umso mehr gab er an. Ein Traumpaar eigentlich.

Ich schob etwas Lauch auf meine Gabel, trank noch einen Schluck Wein, den letzten, schwor ich mir. Der Holzton in meiner Nase wich dem Aroma des Chablis. Dynamit, dachte ich noch einmal entsagend. Ein Küchenmönch, Ze Zés Bruder im Zölibat. Und fand es eigentlich erleichternd, nicht gegen Fox oder Farouk um Felicités Aufmerksamkeit kämpfen zu müssen, sie war einfach zu schön, jedenfalls für mich.

Ich genoss es, Felicité ab und zu anzusehen. Und schielte noch einmal unauffällig hinüber zu ihr. In dem ausgeschnittenen Etuikleid kam mir ihre Haut so glatt vor wie die auf einem gestürzten Pudding. Wäre ich ein Koi gewesen, ich hätte mit dem Küssen nicht gezögert. Ich schaute lieber wieder weg und blickte stattdessen auf den letzten Hauch Orange, den die Nacht in die Baumkronen herunterdrückte. Fox' Worte trieben an mir vorbei. Die Abendtafel mit ihren Papierlaternen sah vor der Schwärze des Urwalds jetzt so aus, als wäre ein Sternbild auf die Lodge heruntergefallen.

Das leise Geplauder ließ mich in meinen Gedanken versinken. Wollte ich »es« etwa auch wissen? So wie Fox? Und was war mein »Es«? Sollte man überhaupt versuchen, ein »Es« zu entschlüsseln, und war »Wissen« dafür der richtige Weg – oder einfach handeln? Da beugte sich Farouk, er saß mir direkt gegenüber, über den Tisch und fixierte mich mit seinen vollkommen schwarzen Augen, bei denen man Iris und Pupille kaum unterscheiden konnte – so etwas sieht bedrohlich aus –, und sagte ziemlich laut:

»Ich wollte immer schon mal wissen, was an Ameisen eigentlich so interessant ist.«

Mein Denken, das gerade noch vom abendländisch-christlichen Weg zum buddhistischen hatte abbiegen wollen, vollführte eine Vollbremsung. Farouks Frage, die keine Frage war, hatte die Tischgesellschaft zum Verstummen gebracht. Was war schon so interessant an Ameisen? Das gemütliche Kissen aus Chablis und afrikanischer Nacht war weggerutscht. Farouk wollte mich vorführen, ein Duell unter Biologen anzetteln, er wollte mich zur Ameise degradieren. Nach zwei Gläsern Chablis und vor den Augen der schönsten Frau, die mir je begegnet war.

Ich spürte, wie sich eine Panikattacke anbahnte, aber ich antwortete ihm. Ich sagte, dass Ameisen schon deshalb bemerkenswert wären, weil sie genauso schwer wiegen würden wie die gesamte Menschheit. Ich hoffte, dass ich auf Englisch das Wortspiel nicht verpatzte. Man schaute weiter in meine Richtung. Fox kaute mit vollem Mund, war noch in der Pause, also musste ich reden.

»Es gibt ungefähr sechs bis sieben Milliarden Menschen«, sagte ich. »Und vermutlich bis zu zehn Billiarden Ameisen. Wenn ein Mensch das Gewicht von einer bis zwei Millionen Ameisen hat, das kommt etwa hin, dann wiegen Menschen und Ameisen etwa gleich viel.«

Alle lachten. Ich hoffte, dass ich jetzt Ruhe haben würde.

»Okay. Und was hast du erforscht an den Ameisen?«

Farouk ließ nicht locker. Dabei hatte ich ja kaum etwas erforscht. Ich hatte unzählige Downloads gemacht und Texte gesammelt wie ein Messie Pizzakartons.

»Ich habe versucht herauszubekommen, worin ihre Moral besteht.«

Ich wagte einen Blick in die Runde. Fox grinste, Felicité nippte selbstvergessen an ihrem Glas, Ze Zés Augen lösten sich nahezu hörbar von ihren Lippen und wanderten in meine Richtung. Die Giulianis, schon leicht betrunken, lächelten mir zu, in vorweggenommener Vergebung. Ich schaute konzentriert auf einen Punkt zwischen Farouks Augenbrauen, da saß ein kleiner violetter Pickel, den fixierte ich und erreichte, dass Farouks Gesicht und der Ausdruck darauf zu Nebel zergingen.

»Hoch entwickelte Ameisen sind altruistisch«, sagte ich. »Die Mehrzahl von ihnen verzichtet auf Sex und Nachkommenschaft und arbeitet für ihre Kolonie, ohne dass sie individuell profitiert. Man erklärt das genetisch, durch Selektion und ähnliche Mechanismen. Aber es ist viel komplexer. Sie haben tatsächlich so etwas wie eine Gesellschaft und lösen ihre Konflikte ausgesprochen zweckmäßig und effektiv.«

Niemand sagte etwas. Frau Dr. Decker schaute nachdenklich zu mir herüber, gründlich kauend. Im Hintergrund feilten die Zikaden wütend am Rest des vergangenen Abendhimmels. Ich schaute auf den Nebel, der eben noch Farouk gewesen war, wie er unter seinen wolligen Haaren hin- und herwaberte, und redete weiter.

»Sie leben in fast allen Habitaten, und sie überstehen Katastrophen, weil die Kolonie funktioniert wie ein großer Organismus, wie eine Art Superintelligenz. Sie züchten Pilze auf einem Papierbrei, den sie in unterirdischen Klimakammern keimfrei wachsen lassen, und sie halten sich andere Insekten wie Vieh, um sie zu melken. Sie bauen Ställe für sie und passen auf sie auf. Sie haben keine Befehlshaber. Ihre Gehirne sind winzig, deshalb verteilen sie ihre Intelligenz. Gelenkt durch Gerüche und Berührungen weiß jede Ameise, was sie gerade zu tun hat. Sie kombinieren einfach ein paar binäre Entscheidungsmöglichkeiten miteinander wie ein Computer, das ergibt eine Bandbreite wie bei einem Schachspiel und reicht, um ihr Verhalten so zu steuern, dass man denkt, sie seien vollkommen vernünftig, wenn man ihnen zusieht. Sie sind nicht als Einzelwesen intelligent, es ist ihre Kolonie, die ausgesprochen schlau reagiert. Gerade umgekehrt wie bei uns Menschen, würde ich sagen.«

Noch immer Schweigen. Ich griff nach meinem Glas. Farouks Gesicht tauchte wieder aus dem Nebel auf, er grinste mich an. Hatte sich verwandelt, in einen Kollegen womöglich.

»Formidable. Auf die Ameisen«, sagte Felicité neben mir plötzlich.

Unsere Gläser klangen aneinander. Ich roch ihren Duft, mein Gehirn hatte ihn auf einmal hereingelassen, und wahrscheinlich klickten schon ein paar Verbindungen zur Hypophyse, aber mein Bewusstsein sagte mir trotz der Wirkung des Chablis, ich solle froh darüber sein, dass sich das pheromongesteuerte Verhalten der Säugetiere im Vergleich zu demjenigen der Ameisen in zwanzig Millionen Jahren ziemlich zurückentwickelt hat.

DREI

Aufbruch nach dem Frühstück, hatte es geheißen. Um acht Uhr war es bereits so heiß, dass die Luft in der Sonne flimmerte und die Baumkronen über der Lichtung zu einer Fata Morgana verdoppelte. Schon die hundert Meter hinüber zum Landrover ließen mir den Schweiß ausbrechen. Wessing, den fleckigen Hut auf dem Kopf, hockte hinter dem Steuer. Hatte schon gewartet, setzte seine verbeulte Wasserflasche ab.

»Ausgeschlafen?«

Er legte den Gang ein. Es krachte im Getriebe, der Geländewagen holperte los. Hinter uns wackelten Pakete mit Wasserflaschen, große Kühlboxen mit Weinflaschen, mit kaltem Huhn in Portwein und Gemüselasagneschnitten. Wir hatten Malariatabletten, Heftpflaster und Macheten dabei und die Filmausrüstung der Giulianis.

Die staubige Piste lag vor uns wie eine Schrunde. Vor ein paar Jahren, erzählte Wessing, hätten Holzfäller sie angelegt, um Bäume aus dem Urwald zu holen, ehe sie von der Regierung gestoppt wurden. Hatten es zu toll getrieben, selbst für afrikanische Verhältnisse. Sich außerdem blöd angestellt, vermutete Wessing, hatten die falschen Leute geärgert oder den richtigen zu wenig Geld gegeben. Er lachte zufrieden.

Der Motor nagelte vor sich hin, ich ließ mir durch das offene Fenster die heiße Luft ins Gesicht wehen. Das Gras zu beiden Seiten des Weges bestand aus mannshohen dunkelgrünen Halmen, deren erdzeitaltererprobte Substanz jeder Art von Hitzeeinwirkung standhielt, außer vielleicht einem Schweißbrenner. Ab und zu ragte wie ein angenagter Obelisk eine weiße Termitenburg heraus. Wenn der Wagen in ein Waldstück hineinfuhr, fiel der Schatten auf uns herab, und wir rollten übergangslos in eine Kühle hinein, die man geradezu anfassen konnte. In der plötzlichen Dunkelheit keckerte es los, Vögel flatterten wie explodierende Tücher durch ein Netz blasser Lichtbalken. Eine Affenhorde raste einmal vor uns über den Boden und in die Wipfel hinauf, bellend wie eine Meute von Hunden. Vor lauter Aufregung kriegten sie Durchfall, ihre Kacke pladderte auf unsere Windschutzscheibe herunter.

Wessing befuhr die Piste sehr langsam, das Lenkrad in ständiger Bewegung. Es ging auch nicht anders, weil ab und zu Löcher oder ein Graben kamen, in die man nicht hineinfahren durfte. Einmal hielt er auf einer offenen Fläche an, die von nichts als den drahtharten Gräsern bewachsen war, und reichte mir den Feldstecher herüber. Ich konnte nichts entdecken, hörte nur, wie die Zikaden ein paar Dezibel zulegten. Wessings dicker Zeigefinger zeigte nach rechts.

»Büffel. Schau mal unter die Bäume dort am Waldrand.«

Ich brauchte eine Weile, ehe ich sie fand. Sie standen nahezu unsichtbar im Blättergewirr. Bloß ihre Ohren sah man ab und zu zucken, wahrscheinlich um die Fliegen zu vertreiben. Und die aufwärts gebogenen Hörner des vorderen sah ich, sie ragten breit ausladend aus einem buckligen Hornschild, der ihm über die ganze Stirn reichte. Er hatte einen mürrischen, unzivilisierten Gesichtsausdruck. Aus vielleicht hundert Metern Entfernung starrte er uns an wie ein Kampfhund den Briefträger.

»Kaffernbüffel«, sagte Wessing. »Können unangenehm werden, vor allem wenn sie angeschossen sind.«

Der Landrover rollte weiter. Wir ließen die Büffel zurück, der Wald hatte sie wieder verschluckt. Niemand hatte auf sie geschossen.

»Wer schießt auf Büffel?«

»Jagdgäste natürlich«, antwortete Wessing. »Gibt's ja hier nicht, zum Glück.«

»Du warst mal Jäger?«

»Ja, in Namibia. Hab ich dir ja schon erzählt. Die Leute zahlen heutzutage eine Menge Geld, um Großwild zu jagen. Amerikaner, Schweizer, Deutsche. Viele Russen auch inzwischen. Wer richtig Geld hat, will ›The Big Five‹, wie zu Hemingways Zeiten.«

Wessing streckte die Finger seiner rechten Hand aus.

»Elefant, Rhino, Löwe, Büffel und Leopard«, zählte er auf und klappte dazu je einen Finger wieder ein. »Die Kamin-Kollektion.«

»Kamin-Kollektion?«

»Die Stoßzähne kommen rechts und links an den Kamin, die Felle davor, an die Wand das Nashorn und der Büffel.«

Ich versuchte, mir das vorzustellen. Sah plötzlich Hemingway mit depressivem, altersfleckigem Gesicht vor mir. Er saß unter ausgestopften Tierköpfen, ein Glas Whisky in der Hand, und hielt den Blick auf ein Gewehr gerichtet, das an der Wand hing. Ich schaltete den Gedankengang schnell wieder ab.

»Was macht man als Jäger?«

»Man sorgt dafür, dass die Gäste zufrieden sind und ihre Abschüsse kriegen.«

»Selber jagt man nicht?«

»Nein. Kein Förster im Silberwald. Das ist ein reines Geschäft.«

»Wenn einer danebenschießt?«

»Ist nicht schlimm. Dann fährt man noch mal raus. Schlimmer ist es, wenn er nicht danebenschießt.«

Wessing grinste zu mir herüber, schob sich den Hut mit dem schweißfleckigen Lederband ins Genick und kratzte sich den Haaransatz.

»Es fängt damit an, dass die meisten Gäste Gewehre mitnehmen, die zu schwer für sie sind. Sie fühlen sich sicherer, wenn sie so eine Kanone dabeihaben. Aber dann mucken sie beim Schießen, weil sie Angst vor ihrem eigenen Gewehr haben, und treffen nicht. Zweitens schleppen sie das schwere Ding nicht selber, sondern geben es dem Jäger, der soll es tragen. Dann hat man zwei Gewehre an den Schultern hängen, wenn man rausgeht, das sind zusammen ungefähr zehn Kilo.«

»Aber was heißt: Schlimmer, wenn er nicht danebenschießt?«

»Na, wenn der Gast einen Löwen oder einen Büffel angeschossen hat. Der nimmt ihn entweder gleich an, oder er geht in den Busch, beides ist unangenehm. Ein Löwe macht im Sprint zwanzig Meter in der Sekunde. Keine Zeit zum Diskutieren. Das muss dann der Jäger erledigen.«

»Aha.«

Ich ließ meinen Blick über das grasbewachsene Gelände wandern, durch das unser Wagen schaukelte, und überlegte, wann man hier zu Fuß frühestens ein Rudel Löwen entdecken würde, wenn man direkt darauf zuliefe.

»Sind Löwen am gefährlichsten?«

»Nein. Am gefährlichsten sind Leoparden, wenn sie angeschossen sind. Und Elefanten. Leoparden sind kaum zu stoppen. Man sieht sie nicht, wenn man in den Busch reingeht. Sie verkriechen sich an der dichtesten Stelle, irgendwo im Kraut, wo du denkst, dass sie nicht stecken können. Und dann sind sie so schnell auf einem drauf, dass man sie kaum aufhalten kann. Einer von den Jägern bei uns hat schon mal einen Massai mit seinem Speer mitgenommen bei so einer Sache. Damit der Abstand gewahrt bleibt.«

Wessings Finger klopften den Takt irgendeiner Erinnerung auf das Lenkrad. Ich schaute ihn von der Seite an. Er wirkte entspannt.

»Und die Elefanten?«

»Man muss sie gut treffen. Am Ohransatz ist gut. Und zur Not, wenn er über dir steht und den Rüssel hebt, um dich plattzumachen, von unten durch das Maul ins Gehirn.« Er zwinkerte mir zu. »Wenn du's genau wissen willst.«

Ich wollte es nicht noch genauer wissen.

Wir rollten langsam weiter. Es quietschte, wenn der Wagen in den Federn schaukelte, die Luft strömte durch die offenen Fenster mit Föhntemperatur herein. Über den Grashalmen verschwammen die Konturen in der Hitze. Ich blinzelte. War da jemand? Doch, da war etwas. Eine dunkle Gestalt. Kopf, Schultern, ein reglos dastehendes Wesen.

Ich berührte Wessing an der Schulter.

»Gustav! Da ist jemand.«

Der Landrover kam mit ächzenden Bremstrommeln zum Stehen.

»Wo?«

Ich deutete aus dem Fenster. Wessing suchte die Lichtung mit dem Feldstecher ab. Die Gestalt war weg. Ich hatte sie aber noch auf meiner sensorischen Rinde. Wessing setzte das Glas wieder ab.

»Ein Affe?«

»Nein, das glaube ich nicht. Das war ein Mensch. Ziemlich klein, alt. Ja, genau, eine alte Frau oder ein alter Mann.«

Wessing schob das Fernglas zurück unter die Lenkradkonsole und ließ den Wagen weiterrollen.

»Unwahrscheinlich. Hier lebt niemand, die nächste Siedlung ist fast vierzig Kilometer entfernt. Früher war hier irgendwo mal ein Dorf, ist aber einige Zeit her. Vielleicht doch ein Affe«, fügte er hinzu. »Die können einem ziemlich menschlich vorkommen, wirst du bald sehen.«

Ich war sicher, dass die Gestalt ein Mensch gewesen war. Sogar an einen gewissen Ausdruck konnte ich mich erinnern, die Gestalt hatte uns beobachtet. Und, seltsam – ich hatte ein Gefühl des Wiedererkennens gehabt. Der Alte am Straßenrand in Libreville fiel mir ein, der das weiße Huhn auf dem Schoß gehabt hatte und die Muscheln auf dem Boden. Sieben waren es gewesen. Du spinnst ja, sagte ich mir. Dir ist einfach zu heiß.

Der Wald hielt eine Art Dunkelheit für mich bereit, die ich bislang noch nicht erlebt hatte. Sie hatte nichts mit der schattigen Kühle der Wälder zu tun, in denen ich mich bisher ab und zu aufgehalten hatte. Im Großen und Ganzen waren das der Schwarzwald gewesen, der wirklich dunkel sein konnte, und der Grunewald, der mir nicht dunkel, aber auf eine andere Art immer finster vorgekommen war. Der Wald, den wir betraten, erschuf seine eigene Dämmerung, als besäße er die Fähigkeit, die äquatorialen Sonnenstrahlen, die auf sein Laubdach niedergingen, in sanftere Formen strahlender Energie umzuwandeln.

Als ich auf meine Hände hinunterschaute, leuchteten sie auf einmal in einem kühlen Blau. Sie kamen mir vor, als hätte ich sie noch nie zuvor gesehen. Sie sahen so fremd aus wie zwei nackte Waldbewohner, die sich auf meine Rucksackriemen verirrt hatten. Leuchtende Flecken in allen Schattierungen von Grün wanderten über mein durchgeschwitztes Hemd. Wessings Buschhut schwankte vor mir hin und her, er war von einem warmen, über der Krempe spielenden Violett überhaucht. Weit über uns hingen gleißende Strahlenbündel, ein schwankendes Gerüst aus Licht. Etagen tiefer schienen Blätter, Lianen und die bemoosten Baumstämme mit ihren funkengeladenen Rändern unter Strom zu stehen, als wollten sie vor Energie platzen. Es herrschte Stille ringsum, eine Stille, die wir verursacht hatten. Meine Schritte erschienen mir viel zu laut. Immer wieder flatterte etwas vor uns davon, oder es raschelte im feucht glänzenden Blattgewirr, wo sich etwas bewegte. Aus der Ferne kam ein Klagen, das in regelmäßigem Abstand wiederkehrte und uns tiefer in den Wald hineinzuziehen schien, ein nie gehörter Ruf, sehnsüchtig, fremd.

Wessing und ich marschierten zum Treffpunkt. Wir trugen das Gepäck, das wir aus dem Wagen ausgeladen hatten, einen Trampelpfad entlang. Irgendwo im Wald sollten wir auf Farouk und Fox treffen und ihnen dabei helfen, ein Übernachtungscamp aufzubauen. Ich trug zwei Stative, ein paar Kamerataschen und zwei elend schwere Kartons mit Wasserflaschen. Natürlich auch meinen Mückenschutz, die Malariatabletten, meinen kleinen privaten Notfallkit mit einem Skalpell und einer Zeckenpinzette darin, Sachen, über deren möglichen Einsatz ich nicht zu viel nachdenken wollte.

Ich war froh, dass Wessing voranging. Wenn es raschelte, liefen Filmstreifen in meinem Kopf ab, zum Beispiel von einer Baumschlange, die wie eine Peitsche auf mich herunterschnellte, oder von einer tödlichen Grubenotter, in die sich der dürre Ast verwandelte, auf den ich eben getreten war. Ein paar Moskitos surrten über mir, aber sie ekelten sich bis jetzt noch vor dem Autan, das ich mir auf alle unbekleideten Körperstellen gerieben hatte. Am Seitenfach von Wessings Rucksack baumelte eine Machete, sie wirkte beruhigend. Aber wir brauchten sie nicht. Der Pfad war frei, man konnte hier ganz gemütlich entlanggehen. Dennoch, in meinem Blut pulsierte das Wissen, dass es hier keine Gitter für die wilden Tiere gab. Wir befanden uns unter ihnen, in ein paar hundert Quadratkilometern Urwald.

Als wir im Camp eintrafen, standen dort schon zwei hübsche Behausungen, die Fox und Farouk errichtet hatten. Die Wände bestanden aus Stangen mit zusammengebundenen Spitzen, so war eine Art kleiner Jurte entstanden. Zwischen den Stangen befand sich ein Geflecht aus Zweigen, als Schindeln dienten Blätter, so groß wie Einkaufstüten. An den niedrigen Eingängen hingen Moskitonetze. Vor einer der Hütten hockte Farouk am Boden und las, ohne aufzusehen, als wir ankamen, in einem Buch. Bei seinem Anblick fiel mir ein, dass ich ganz vergessen hatte, Joseph

Conrad einzustecken. Ich hatte auch vergessen, darin zu lesen, die Muße dafür hatte mir bislang gefehlt.

Fox trat auf uns zu, begrüßte uns würdevoll mit offener Handfläche. Unbewaffnet, hieß das nach der Gebärdensprache Karl Mays. Ich musste mich zurückhalten, um ihn nicht mit »Mein weißer Bruder« anzusprechen.

»Was machen die Gorillas?«, fragte ich stattdessen.

Bernd, das unbefangene Greenhorn. Fox schüttelte mir kommentarlos die Hand, grinste ermutigend, nahm mir den Rucksack ab.

Farouk sah auf. »Die fressen Ameisen«, sagte er, klappte das Buch zu und stand auf. »Sie stecken Äste in die Löcher an Termitenbauten und lutschen die Viecher ab, die sich daran festklammern. Und wenn sie damit fertig sind, stellen sie sich der Größe nach auf und warten, bis wir kommen.« Er machte eine einladende Bewegung Richtung Hütte. »Fühlt euch wie zu Hause.«

Ich verzichtete darauf, Farouk den Unterschied zwischen Termiten und Ameisen zu erklären. Stattdessen kauerte ich mich vor eine der Hütten, schob das Moskitonetz beiseite und warf einen Blick hinein. Das einzige Mobiliar war ein Gestell aus eingerammten Pfosten, dazwischen befanden sich ein paar Arme voller Zweige, die wohl die Matratze bildeten. Ich ließ meinen Blick über den Boden wandern. Weicher Waldboden, vermoderte Blätter, Ästchen. Kompost sozusagen. Das ideale Habitat für bodenbewohnende Insekten.

»Wer schläft hier?«, fragte ich, nachdem ich zurück ins Freie gekrochen war.

»Na, du zum Beispiel«, sagte Farouk.

Alle lachten, nur ich nicht.

»Besser als in deinem Auto«, sagte Wessing, der mir über die Schulter schaute. »Und bedeutend sicherer.«

Ich wandte mich zu ihm um, und er zwinkerte mir zu, eine Zehntelsekunde, bevor ich das Zwinkern vermisst hätte. Immer kriegte er es so hin, dass es unerwartet kam.

Ich gab ihm keine Antwort. Hier schlafen also. Damit hatte ich nicht gerechnet. Wenn es wenigstens ein kleines Zelt mit angenähtem Boden gewesen wäre. Ich nahm mich zusammen, packte meinen Rucksack aus, verstaute die Sachen in einer der Hütten, kroch wieder heraus.

Fox lehnte an einem Baum und schrieb mit einem Bleistiftstummel in ein winziges ledergebundenes Buch. Low-Tech, die Gedankenstütze eines Entdeckers aus dem 19. Jahrhundert. Ich hoffte, dass er trotzdem das Satellitenhandy dabeihatte, falls hier etwas schiefging, und dass er es hierlassen würde, wenn ich schon im Urwald übernachten musste.

Wessing fischte ein zerdrücktes Päckchen Zigaretten aus der Seitentasche seiner Hose und klopfte sich auf dem Handrücken eine Zigarette heraus.

»Nicht rauchen!« Farouk ließ sein Buch sinken und wedelte mit der Hand den noch gar nicht vorhandenen Rauch beiseite. »Sonst kannst du die Gorillas vergessen. Die riechen deine Zigarette zwei Kilometer weit.«

Wessing steckte die Zigaretten ohne Protest wieder ein. Er stellte die Füße breit, betrachtete einen Moment lang nach vorn gebeugt den Boden, als wollte er nach vierblättrigen Kleeblättern suchen, dann warf er seine Jacke auf die Erde und setzte sich darauf. Ich fühlte mich nicht informiert.

»Was heißt, ich schlafe hier?«

Ich hatte gedacht, dass wir beim Aufbauen helfen und danach wieder in die Lodge gehen würden. Fox blickte von seinem Notizbuch auf.

»Jemand sollte hierbleiben, damit die Sachen morgen noch da sind, wenn die Giulianis kommen«, sagte er in einem Ton, in dem man einem Kind erklärt, dass es sein Zimmer aufräumen soll.

Ich schaute hinauf in das grün funkelnde Blätterdach, wo gerade wieder etwas heftig geflattert hatte, und gewann die Überzeugung, dass ich nicht hierbleiben wollte, schon gar nicht allein. Womöglich kamen die Gorillas vorzeitig zu Besuch. Als habe er meine Gedanken erraten, klappte Fox das Büchlein zu, verstaute den Bleistiftstummel in der Schlaufe und sagte, Farouk hätte sich bereit erklärt, heute Nacht mit mir zusammen draußen zu bleiben.

»Dschungeltaufe«, sagte Fox. »Ihr könnt euch ja gegenseitig was von Ameisen und Schimpansen erzählen. Ein paar Ameisen werdet ihr bestimmt antreffen, Schimpansen wahrscheinlich nicht.«

Farouk stand auf, trat einen Schritt auf mich zu und klopfte mir auf die Schulter.

»Du bist doch Biologe, Bernd. Hier ist pure Natur. Außerdem«, er sah mich mit schief gelegtem Kopf von der Seite an, »fand ich deinen Toast auf die Ameisen gestern Abend ziemlich witzig.«

Er gab mir einen sanften Rippenstoß, dann ging er zu seinem Rucksack und kramte darin herum. Gleichmütig. Unter seinem T-Shirt regten sich ansehnliche Schultermuskeln. Zweifellos dschungeltauglich. Ich versuchte, die Fassung wiederzuerringen. Ein paar Mückenstiche würde ich abkriegen, ich würde meine Schuhe gründlich ausschütteln, wir würden ein Feuer machen und so weiter. Da drehte Farouk sich um und hielt eine Flasche Wein hoch, die er aus dem Rucksack gezogen hatte.

»Bordeaux«, sagte er. »Cuvé Ze Zé. Hab ich für uns reserviert. Dazu gibt's kaltes Lamm. Einverstanden?«

Beim Bau der dritten Behausung im Pygmäenstil half ich mit. Fox erklärte, die Pygmäen ließen ihre Hütten einfach stehen, wenn sie weiterwanderten, man baue sie aus dem, was man gerade vorfinde. Es handle sich im Übrigen um die ältesten Häuser der Menschheit, Rundhütten, aus dem Material gebaut, das man vorfindet, wie bei den Iglus und den Hütten der Eiszeitjäger, die einst aus Mammutknochen errichtet worden seien. Technik der Steinzeit, noch heute im Gebrauch.

Beeindruckt suchte ich nach tütengroßen Blättern, nachdem Farouk mir gesagt hatte, wo sie wuchsen und wie sie hießen: Wilde Banane. Mit ein paar Machetenschlägen kappte Fox neben mir ein kleines Bäumchen und schlug den Wipfel ab. Wir steckten ein paar davon kreisförmig in den Boden, bogen sie oben zusammen und verbanden das Ganze mit Zweigen und Ranken; die Blätter wurden anschließend einfach mit den Stielen daran gehängt. Es klappte ganz gut, nur einmal geriet ich beim Dachdecken an ein paar flinke schwarze Ameisen. Den langen Greifzangen nach handelte es sich um Soldaten einer größeren bodenbewohnenden Art. Sie verpassten mir zwei schmerzhafte Injektionen Säure in den rechten Handrücken, bevor ich sie wegschnippen konnte.

»Gibt es hier überhaupt Pygmäen?«, fragte ich, mir die Hand reibend.

Ich fand, dass jetzt eine Pause fällig war. Wessing, der sich überhaupt nicht am steinzeitlichen Hausbau beteiligte, lag bereits seit einiger Zeit in einer der fertigen Hütten, testete wahrscheinlich das Waldbett.

»Es gibt welche in Gabun. Aber die meisten leben im Kongo«, sagte Fox.

Er setzte sich zu mir auf die praktische Urwaldbank, die wir vorhin aus Astgabeln und darübergelegten Knüppeln gebaut hatten, und gab mir eine der Wasserflaschen, die danebenstanden.

»Eigentlich leben die Pygmäen überall im Primärwald, sie sind die wahren Waldmenschen. Aber sie waren auch schon immer die Gejagten. Die Bantu hielten sie für Tiere und haben sie als Sklaven gehalten. Jetzt werden sie durch die Holzfäller und die Soldaten dezimiert, die im Wald hausen. Ihre Kultur ist empfindlich, sie sind Jäger, und ein Jäger braucht mehr Platz als hundert Bauern. Wenn nichts passiert, sind sie in ein paar Jahrzehnten nur noch Schatten, so wie die Inuit in der Polarregion, oder sie verschwinden ganz.«

»Weiß man, weshalb sie so klein sind?« Ich sah zu Farouk hinüber. Vielleicht hatte der als Primatenforscher auch Lust, etwas zu meiner Bildung beizutragen. Er fühlte sich angesprochen.

»Nein«, sagte Farouk. »Man weiß es nicht. Vielleicht weil viele Dschungelbewohner klein sind. Das Leben im Wald ist einfacher, wenn man nicht so groß ist. Die Ducker im Urwald zum Beispiel sind die kleinsten Antilopen, die es gibt, manche Arten sind nicht größer als eine Katze. Aber ich persönlich –« Er zögerte einen Moment.

Er hat eine eigene Theorie, dachte ich. Hätte mich sonst auch gewundert, jeder Biologe, den ich kenne, hat eigene Theorien.

»Also, ich glaube«, setzte Farouk wieder an, »dass es früher einen ziemlich heterogenen Genpool gegeben hat, ich meine den vor zehn Millionen Jahren, den Genpool, aus dem die Menschen entstanden sind. Die Körpergröße zum Beispiel ist variabel, das hat man bei den prähistorischen Zwergen von Flores gesehen, die waren ja noch kleiner als die Pygmäen.«

Er zerknüllte die Verpackung seines Dörrobstriegels und entsorgte sie in der Tasche seiner Hose, warf uns einen Blick zu, ob wir noch zuhörten. »Das Kongobecken und Westafrika wurden von der jüngeren Entwicklung abgetrennt, die in Ostafrika vor sich gegangen ist. Der zentralafrikanische Graben entstand vor dreißig Millionen Jahren. Heute liegen darin einige große Seen, er stellt die Ostgrenze des Kongo dar. Die höchste Erhebung am Rand des Grabens ist das Ruwenzori-Gebirge, das ständig wächst. Der Graben trennt zwei Großhabitate voneinander; als die Berge höher wurden, kamen die Regenwolken irgendwann nicht mehr hinüber. Die Menschheit entstand vor vielleicht zehn Millionen Jahren, unsere Vorfahren haben sich bekanntlich östlich des Grabens entwickelt. Sie mussten sich an die trockenen Savannen anpassen. Der Dschungel westlich des Grabens gehörte den Affen, ihren Brüdern, wenn man so will.«

Farouk grinste. Er hatte unsere Aufmerksamkeit. Ich war neugierig auf seine Theorie.

»Für unsere Vorfahren, die alle mal Urwaldbewohner waren, war das, wenn du eine Metapher möchtest, wie wenn ein Zug abfährt. Sie mussten einsteigen oder dableiben. Na ja, die künftige Menschheit ist eingestiegen und musste sich weiterentwickeln, sie war dem Anpassungsdruck ausgesetzt. Der Dschungel im Westen aber blieb, wie er war. Feucht, grün, undurchdringlich. Viele Millionen Jahre lang. Natürlich sind die Menschen auch dorthin gegangen, sie gehen schließlich überallhin. Man konnte von außen kommen, von Norden, von Süden oder von der Küste, wie die Bantu, das ist ja erst ein paar hundert Jahre her, oder man ging mitten rein, wie die Pygmäen. Aber vielleicht, und das ist der springende Punkt, waren sie auch schon immer dort und haben sich im Wald entwickelt, wer weiß? Interessant ist zum Beispiel, dass sie nur eine einzige Sprache haben, die Bantu haben Dutzende.«

»Michael Fay«, sagte Fox, »hat vor zehn Jahren ganz Afrika von seinem Flugzeug aus fotografiert. Ich habe mir seine Bilder angesehen. Östlich vom Ruwenzori-Gebirge leben sechshundert Menschen pro Quadratkilometer, im Urwald westlich davon vielleicht drei. Das wird nicht mehr lange so bleiben. Es ist wie zu Zeiten des Goldrauschs. Der Wald im Kongo ist ein gesetzloses Land, in dem Desperados und Barbaren das Sagen haben. Ihre Holzfällertrupps holen heraus, was sie am besten verkaufen können. Sie benehmen sich wie früher die Weißen. Heute sind sie die Speerspitze der sogenannten Zivilisation, die das Ende der afrikanischen Wälder einläutet. Wenn wir es zulassen.«

Fox betrachtete einen Moment lang die Fingerknöchel an seiner geballten Faust und atmete langsam aus. »Michael Fay hat übrigens damals seine Fotos auch dem Präsidenten von Gabun gezeigt, Omar Bongo und seinem gesamten Kabinett, als Bongo gerade mal zu Hause und nicht in Paris war. Der Präsident war so beeindruckt von der Schönheit Gabuns, dass er daraufhin gleich ein Dutzend Gebiete zu Nationalparks erklärt hat.«

Jetzt hätte eigentlich jemand Beifall klatschen müssen. Stattdessen räusperte ich mich anerkennend, die Luft war auch ziemlich feucht. Fox und Farouk sahen ein wenig verlegen aus, so wie Leute, die gerade etwas Wichtiges gesagt haben. Wessing war aus der Hütte herausgekrochen, die er ausprobiert hatte, kam mit ungutem Faltenwurf im Gesicht auf die Beine und reckte demonstrativ entspannt die Arme. Mit seinem feinen Gefühl für Takt sagte er in die schweigende Runde hinein, es wäre langsam Zeit aufzubrechen. Fox nickte, schloss sich an. Sie schulterten ihre leeren Rucksäcke. Über Wessings breitem Rücken sah ich eine kleine Staffel Mücken auf- und abschweben. Kurz darauf waren sie im Wald verschwunden. Ich, ihnen nachschauend, fühlte mich verlassen.

Der Wein, den Farouk mitgebracht hatte, versöhnte mich ein wenig mit der bevorstehenden Nacht. Wir saßen auf der Bank vor den Hütten und reichten uns die Flasche. Zwischen zwei Schlucken Bordeaux kam die Dämmerung. Ohne Ankündigung und so schnell, als habe jemand den Wald in einen Sack gesteckt. Farouk schlug vor, sich in eine der Hütten zurückzuziehen, eine Lampe im Freien werde unweigerlich die Mücken anlocken und alles andere, was mehr als vier Beine habe. Seitdem es dunkel geworden war, hatte sich die Geräuschkulisse um einiges gesteigert. Es zirpte und keckerte aggressiv auf eine Weise, wie man es tagsüber ganz und gar nicht zu hören bekommen hatte. Die Laute tausender paarungswilliger Lurche und Insekten gaben dem finsteren Wald eine andere Dimension, er war größer und lebendiger geworden als am Tag, wesentlich lebendiger.

Nachdem ich hinter Farouk in unsere Blätterhütte hineingekrochen war, leuchtete ich erst einmal die Wände und den Boden ab. Ich dachte zum Beispiel an den großen Hundertfüßer, den ich gestern Abend in der Lodge unter einem Stein hatte verschwinden sehen: gut zwanzig Zentimeter lang, in den Farben eines giftigen Korallenbewohners, so flink wie eine Schabe und so gefährlich wie ein Skorpion. Oder an die verschiedenen Arten nachtaktiver Jagdspinnen, bei denen die kleinen meines Wissens am gefährlichsten waren. Ab und zu streifte das Licht meiner Lampe Farouk. Der hockte auf unserer gemeinsamen Urwaldmatratze und legte im Licht seiner Stirnlampe die Häppchen für unser Abendbrot appetitlich auf einem Bananenblatt zurecht. Bis jetzt hatte ich bloß ein paar einzelne Ameisen am Boden entdeckt. Sie gehörten zu einer mir unbekannten Art, mit Sicherheit waren es keine Treiberameisen, deren mögliche Machenschaften mir klar vor Augen standen. Ich hoffte, dass sie heute Nacht nicht gerade knapp an Nahrung waren und einen ihrer gefürchteten Ausfälle machten oder vielleicht eine neue Königin durch den Wald rollten, in einer lebenden Kugel aus ein paar Millionen aggressiver Soldaten, und dabei auf unsere Hütte stießen.

»Lass gut sein, Bernd«, brummte Farouk schließlich. Er nahm mir die Lampe aus der Hand und hielt mir stattdessen die Weinflasche hin. »Wir werden die Nacht überleben. Erzähl mir von den Ameisen, du hast mich neugierig gemacht. Von ihrer – wie sagtest du gestern? Genau. Von ihrer Moral.«

Ich nahm von dem gebratenen Lamm, dazu ein Stück Fladenbrot. Einen Schluck Bordeaux hinterher.

»Nicht dass sie eine hätten, die Ameisen«, sagte ich. »Eine Moral.«

»Das hast du doch behauptet.«

»Ja. Vielleicht haben sie ja eine. Kommt darauf an, was man darunter versteht.«

Farouks Stirnlampe streifte mich. Ich richtete meine eigene Lampe auf das Dach aus regelmäßig übereinandergeschichteten Blättern. Sie hatten tatsächlich etwas von Dachziegeln.

»Sie sind natürlich auch nicht intelligent«, tastete ich mich weiter vor.

»Also, was sind sie denn?«

»Sie haben so etwas wie ein ökonomisches Konzept. Ein Konzept der Nachhaltigkeit zunächst mal. Ameisen existieren schon sehr lange, hundert Millionen Jahre ungefähr. In dieser Zeit haben sie so ziemlich alles entwickelt, was die Menschheit auch zuwege gebracht hat. Eine Regierung, Kolonien, Kriege, soziale Kasten, Viehzucht, kontrollierten Gartenbau, Wassersysteme, Sklavenhaltung, Soldaten in gesonderten Garnisonen, Friedhöfe.«

»Du meinst, sie haben das alles gelernt, um so lange zu überleben?«

»Ja.« Ich fuchtelte mit der Taschenlampe hin und her. »Nein.« Ich schaltete sie aus, hob im Dunkeln die Arme. »Ich glaube nicht an das Überleben durch Anpassung«, sagte ich. »Überleben ist jämmerlich. Die Natur hat für mich nichts Jämmerliches.«

»Du glaubst nicht an Darwin? Du bist doch Biologe und dazu noch Europäer.«

Farouk lachte, er schob sich ein Stück kaltes Lamm in den Mund. Ich konnte jetzt nicht mehr zurück.

»Ich glaube, dass man bei den Ameisen ganz gut erkennen kann, wohin alles führt«, sagte ich. »Das Lebendige, meine ich. Okay, man kann die Ameisenkolonie mit einem Staat vergleichen oder auch mit einem Organismus. Sie funktioniert so, als wäre sie ein großer Organismus. Das Immunsystem sind die Soldaten, die Keimdrüsen stehen für die Königin, die Arbeiterinnen für die Körperzellen. Es gibt sogar einen Substratfluss darin wie bei der Verdauung. Die Arbeiterinnen geben sich nämlich Nährstoffe gegenseitig weiter und hinterlassen überall Pheromone, genau wie Nährstoffe und Hormone in unserem Körper zirkulieren. Dazu brauchen sie natürlich keine Moral, das wird niemand ernsthaft behaupten. Die Moral steckt in der Idee, sie täten solche unglaublichen Sachen, um ihre Gene effizient zu erhalten. Sie steckt in der Vernunft der Wissenschaftler, die denken, man müsse möglichst fit sein, um seine Gene weiterzugeben. Als wenn die Natur ständig dabei wäre, am Genom zu tüfteln, mit dem Ergebnis natürlich, dass wir dabei herausgekommen sind. Und Darwin.« Ich atmete tief aus. Da war ich nun selbst bei meinen Theorien. Jeder Biologe hat eine.

»Was glaubst du, wenn du nicht an Darwin glaubst?«

Farouk sah diabolisch aus in seinem Muscleshirt, beschienen vom Oberlicht seiner Stirnlampe, der Schweiß glänzte auf seinen nackten Schultern. Wie ein verschütteter Bergmann in einem Wochenschaubericht aus einem Schwellenland. Er setzte die Weinflasche an und trank.

»Ich glaube an die Theorie der Verschwendung«, sagte ich. »Nicht an irgendeinen vernünftigen Sinn dahinter oder einen Zweck, der ist bloß menschlich und im Übrigen eben moralisch. Bei koloniebildenden Arten kommen nämlich enorm viele Ameisen um. Von den neu gegründeten Kolonien überleben höchstens fünf Prozent, die anderen gehen alle zugrunde. Nur junge Ameisen dürfen im Nest arbeiten, sie sind Ammen für die Larven, füttern die Königin, unter anderem mit ihren eigenen, unbefruchteten Eiern. Ausschließlich die Eier der Königin dürfen versorgt werden, alle anderen werden gefressen. Wenn die Arbeiterinnen älter werden, müssen sie rausgehen, dort sterben die meisten von ihnen.«

»Du meinst, sie opfern sich?«

Ich schüttelte den Kopf. »Wenn du moralisch denkst, ja. Damit die Gene der Kolonie überleben. Das ist die vernünftige Sicht, die darwinistische. Es gibt aber zum Beispiel primitive Ameisenarten, die gar keine Staaten bilden, bloß kleine Trupps. Die kommen seit hundert Millionen Jahren auch so zurecht. In den großen Staaten, in denen, die man für am weitesten entwickelt hält, werden die meisten Ameisen verschlissen. Das ist wie der Unterschied zwischen einer Spekulationsblase und einem Handwerksbetrieb. Wenn man Gewinn machen will, funktioniert beides, nur das Risiko steigt.«

Ich warf Farouk einen Blick zu. Seine schwarze Haut. Porig,

mit feuchtem Glanz. Eine von oben beleuchtete Bronzestatue in einem Muscleshirt. Die Weinflasche ruhte auf seinem rechten Knie. Ich griff danach.

»Noch was Interessantes«, sagte ich. »Die Männchen sind haploid. Sie haben nur den halben Chromosomensatz. Die Königin legt bei Bedarf ohne Weiteres Zutun ein paar hundert haploide Eier, daraus werden Männchen. Die Männchen schwärmen aus und befruchten junge Königinnen. Sonst haben sie keine Aufgabe.«

»Muss ein schönes Leben sein.«

»Wie man's nimmt. Ich sagte doch vorhin: Verschwendung. Die Männchen werden anschließend getötet. Das Umbringen von Artgenossen gehört bei den Insektenkolonien ohnehin zu den üblichen Problemlösungen, wie bei den Menschen ja auch, wenn man es realistisch sieht. Sobald die menschlichen Kulturen sich höher entwickelt haben, hat der Überhang an jungen Männern ständig gestört, der musste irgendwie abgebaut werden. Durch Krieg, beim Pyramidenbau, zum Rudern von Galeeren, mit solchen Lösungen. Oder heutzutage mit unbezahlten Praktikumsstellen. Um zu den Ameisen zurückzukommen, sie sind mit dem Töten von Artgenossen nicht zurückhaltend, das ist ihr wichtigstes Regulativ. Das andere ist Sex. Sie sind total restriktiv mit Sex. Nur die Königin hat Sex, sie arbeitet nicht. Alle anderen müssen arbeiten und haben keinen Sex. Übrigens haben sie auch eine Bestattungspraxis. Artgenossen tragen sie auf Friedhöfe, damit die Kolonie nicht krank wird. Infizierte Ameisen gehen selbstständig raus, um zu sterben.«

»Nobel«, kommentierte Farouk.

»Immer bei den Ameisen. Ihre Errungenschaften haben die vernünftigen Forscher sehr beeindruckt. Leider haben sie nichts weniger als einen freien Willen, aber das ist bei uns Menschen ja auch fraglich, wie die Neurowissenschaftler herausgefunden haben. Die Ameisen funktionieren vor allem so gut, weil sie sich mit Freiheit erst gar nicht befassen. Sie sind normiert und berechenbar, sie sind sozusagen ständig online, sie bleiben auf Sendung. So gesehen sind sie die perfekten Untertanen. Jede Ameise kann nur ein paar Handlungen ausführen, die werden dann wieder ein paarmal mit verschiedenen Kontexten verknüpft, und schon funktioniert alles wunderbar. So ein System verkraftet eine Menge Stress, seit zig Millionen Jahren.«

»Und du glaubst nicht, dass wir leben, um unsere Gene weiterzugeben, Bernd?« Farouk grinste bronzen aus dem Halbdunkel herüber.

»Ich glaube, dass lebende Systeme sich nicht zum Höheren entwickeln, das ist ein Mythos. Das Leben klettert keine Leiter hinauf. Es breitet sich aus, wie eine Infektion, wie ein fraktales Ornament. Was lebt, hat seine Blütezeit, um Sex zu treiben, die Nachkommen zu versorgen, dann möchte es sterben. Jede Zelle hat Todesgene. In unserem Innern wissen wir, dass der Tod unsere Bestimmung ist, nicht irgendeine Fitness. Kultur und Moral sind beständige Versuche, das Wissen um den Tod möglichst überzeugend auszutricksen. Bei den Ameisen kann man das deutlich sehen, im Vergleich sozusagen, weil sie einen richtigen Staat bilden, aber sie haben meines Wissens keine Religion, und sie geben auch keine Kredite. Sie arbeiten ja auch nicht, aber nur deshalb, weil sie nicht wissen, dass sie arbeiten. Und sie wirtschaften mit dem Tod. Bei anderen Tieren ist es weniger deutlich. Bei denen, die man die ›höheren Tiere‹ nennt. Nimm mal zum Beispiel deine Schimpansen.«

»Meine Schimpansen?«

»Na ja, deine Forschungsobjekte, die Primaten, die Menschenaffen, die im Urwald leben.«

»Was ist mit denen? Haben die auch keine Moral?«

»Keine Ahnung. Wenn ja, worin besteht die, was denkst du?«

»Ich würde sagen: Rette deinen Arsch. Das ist ihre Moral.«

»Und wenn sie angegriffen werden?«

»Dann hauen sie ab.«

»Sie haben einfach zu viele Möglichkeiten, zu viel Verstand, oder? Jeder denkt, er kommt noch davon.«

»Vielleicht. Sie sind ziemlich anarchisch. Ich glaube, im Urwald lebt man einfach sehr entspannt, wenn man ein Affe ist. Ab und zu wird einer umgebracht, ein Leopard holt ihn vom Ast oder ein Affenadler. Zack, weg ist er, die anderen haben das schnell vergessen. Draußen in der Savanne übrigens, wo die Paviane leben und wo sich ja später auch unsere Vorfahren herumgetrieben haben, dort ist es anders.«

»Nämlich wie?«

»Wenn ein Leopard sich an eine Pavianhorde anschleicht, und die Paviane merken es, dann bilden ein paar junge Männchen eine Gang und greifen ihn an. Sie bringen ihn um.« Farouk reichte mir die schon ziemlich leere Weinflasche herüber. »Stell dir einen Kampfhund mit den Armen eines Ringers vor, dann hast du ein Pavianmännchen. Der Leopard stirbt, aber er stirbt nicht allein, er nimmt ein paar von ihnen mit.«

»Was denkst du, wieso tun sie das? Etwa um die Gene ihres Clans zu retten?« Der Wein war gut, ich trank die Flasche vollends aus.

Farouk nahm sie mir aus der Hand, drehte mit vorwurfsvoller Miene demonstrativ den Hals nach unten.

»Quatsch. Weil sie ihre Eier behalten wollen«, sagte er. »Das glaube ich. Also, wenn man das genetisch erklären müsste, käme man sich ziemlich bescheuert vor. Man sollte nicht alles so rational sehen.«

Farouk zerrte seinen Schlafsack zu sich her, leuchtete ihn sorgfältig ab und entrollte ihn auf der Matratze aus aufgeschichteten Zweigen.

»Lass uns mal schlafen gehen, Bernd. Morgen ist auch noch ein Tag.«

Am Boden entdeckte ich noch ein halbes Dutzend unverdächtig aussehender Ameisen, die vor dem Licht meiner Lampe zurück in die Dunkelheit flüchteten. Ich war beruhigt und legte mich neben Farouk zum Schlafen nieder.

Ich verfiel in einen Halbschlaf, durchzogen von Dschungelgeräuschen, die ohne Anfang und Ende waren, und versuchte mir vorzustellen, dass die Geräusche einfach nur Leben signalisierten. Dass die Millionen Wesen draußen bloß vor sich hin werkelten und nichts gegen mich persönlich unternehmen wollten. Von diesem friedlichen Bild ermüdet, schlief ich irgendwann ein und träumte. Ich träumte von einem Tier, das durch den nächtlichen Wald stampfte, von einem großen, dunklen, aggressiven Tier, es ragte hoch bis zu den Wipfeln der Urwaldbäume, der

Mond schien durch die Lücken im Laubdach und beschien die Schuppen auf seinem enormen Echsenkopf. Als ich begriff, dass es sich um einen Tyrannosaurus handelte, und zwar exakt um denjenigen, der in »Jurassic Park« eine Hauptrolle spielt, erinnerte ich mich – ebenfalls im Traum – daran, dass man sich in solch einer Situation keinesfalls bewegen darf, und bewegte mich nicht. Davon erwachte ich, und noch immer brach etwas geräuschvoll durchs Unterholz, dicht neben der Hütte. Ich bewegte mich und packte Farouk am Arm.

»Hörst du das?«

»Klar höre ich das, ich bin ja nicht taub.«

Mit meiner freien Hand tastete ich nach der Taschenlampe. »Was ist das?«

»Woher soll ich das wissen? Irgendein Tier.«

Ich starrte in Farouks Richtung, ohne ihn zu sehen, es war stockfinster in der Hütte. Farouk war offensichtlich nicht zurechnungsfähig, abgestumpft oder betrunken. Ich war auf mich allein gestellt. Ich suchte mit beiden Händen nach meiner Lampe, dabei rollte ich von der Matratze aus Zweigen herunter gegen die Blätterwand der Hütte und brachte sie fast zum Einsturz. Farouk griff nach meinem Arm und hielt ihn eine Weile fest. Sein Griff fühlte sich kräftig an.

»Entspann dich«, sagte er. »Schlaf weiter.«

Er ließ meinen Arm wieder los und drehte sich auf die andere Seite hinüber. »Das ist ein kleines Tier«, sagte er. »So groß wie eine Ratte vielleicht. Und wahrscheinlich ist es auch eine. Reg dich nicht auf.«

Am nächsten Tag frühstückten wir ein paar Energieriegel und tranken dazu etwas von dem rationierten Mineralwasser. Kurz darauf trafen, begleitet von Fox und Wessing, die Gäste ein. Die Giulianis, schwer atmend, aber mit vom Anblick des Urwalds beglücktem Gesichtsausdruck, und die griesgrämig blickende Ärztin, die bloß einen kleinen Daypack dabeihatte, wahrscheinlich mit ihrer Tagesration Karotten. Wessing und Fox brachten in zwei vollgestopften Rucksäcken den Lunch, jeder trug außerdem in der Hand noch zwei große Packen mit Mineralwasserflaschen.

Die Sachen wurden in den Hütten deponiert. Es gab noch einen Espresso vom Gaskocher für alle, dann wurde das Safarigepäck aufgeteilt.

Die Logistik zu optimieren, ließ Fox uns anschließend beim Kaffee wissen, sei ein bewährtes Expeditionsprinzip. Die Römer hätten ein Imperium beherrscht, nicht durch Tapferkeit, sondern durch Straßenbau. Wessing blieb bei den Hütten. Bekam noch einmal von Farouk eingeschärft, er solle bloß nicht rauchen.

Wieder nahm der Wald uns auf. Wir folgten dem Holzfällerpfad, der sich in Fußbreite durch das steiler werdende Gelände schlängelte. Fox bewegte sich mit seinem beneidenswert verschlissen aussehenden Rucksack so trainiert, dass man hätte glauben können, er verkrafte noch eine Traglast an Lebensmitteln zusätzlich. In meinem Gepäck befanden sich das Stativ der Giulianis und eine Kühlbox mit Ze Zés extra für die Safari komponierten Anchovisbutterstullen, belegt mit Lachs und Scheibchen aus Kapernäpfeln. Außerdem zogen vier Zweiliterflaschen Evian an meinen Traggurten. Ich schielte nach der alten Ärztin, die in ihren kurzen Hosen mager und sehnig vor mir schritt, als wäre sie jeden Tag im Urwald unterwegs. Zumindest tut ihr die Hitze nicht viel, dachte ich schnaufend. Wer nur fünfundvierzig Kilo wog, konnte keinen großen Wasserhaushalt haben.

Der Wald, durch den wir gingen, hatte sich seit gestern Nacht verändert, er war mir nähergekommen. Tausend Augen wusste ich nun in dem scheinbar unbewohnten Gewirr aus Blättern und Zweigen, hinter den fetten Schmarotzerpflanzen, deren Luftwurzeln büschelweise aus den Astgabeln hoch aufragender Baumstämme herunterbaumelten wie in einer Seilerei. Unsichtbare Wipfelbewohner, Vögel, nahm ich an, folgten uns, oder sie flohen vor uns. Das war nicht zu unterscheiden, weil ein beständig losbrechendes Flattern und Knacksen über uns zu vernehmen war. Vielleicht waren es ja gar keine Vögel.

Am Boden herrschte eine aufmerksame Stille. Alles verbarg sich.

Nur einmal innerhalb einer Stunde begegneten wir einem Tier, einer grünen Eidechse. Ein Fleck smaragdgrüner Haut, im Dämmerlicht des Dschungels glomm er wie ein Juwel, ein glänzendes Auge darin, das uns musterte. Ein gezackter Kamm. Im nächsten Augenblick, als habe das Tier nur darauf gewartet, entdeckt zu werden, war die Eidechse verschwunden. Nicht einmal die Blätter, zwischen denen sie hervorgelugt hatte, hatten sich bewegt, sie war einfach nicht mehr da. Das war für lange Zeit das einzige Lebewesen, das wir auf unserem Marsch antrafen, einer Wanderung durch das artenreichste Biotop der Welt.

»Sekundärwald«, erklärte Fox, der stehen geblieben war, mit einer ausholenden Armbewegung. »Hier waren früher mal Dörfer. Jedenfalls Menschen, die gerodet haben. Der Wald ist nachgewachsen, aber ein paar der größeren Arten fehlen.«

Ich überlegte, ob das ein Nachteil war, ein Problem gar, und entschied, es müsse sich um ein Problem handeln, nachdem ich bereits gelernt hatte, dass alles, was Menschen verursachten, in Fox' Augen zu einem Problem wurde, vorausgesetzt, man tastete die Natur an. Die Natur war in sich vollkommen, der Mensch war es, der störte. Man konnte sein Stören nur reduzieren, der Makel des Zerstörers haftete dem Menschen seit der Vertreibung aus dem Garten Eden an. Aber waren die ersten Menschen nicht vielmehr wegen ihrer respektlosen Wissbegier und ihrer Neigung zum Ungehorsam aus dem Paradies vertrieben worden? Ihr zerstörerisches Einwirken auf die Natur hatte der Gott des Alten Testaments, soweit meine Bibelkenntnisse reichten, weder vor noch nach der Vertreibung als wesentlich angesehen.

Außerdem – ich trottete mit meinem schweren Rucksack hinter den anderen her – hegte ich seit Langem schon Zweifel an allem, was »natürlich« hieß. Am natürlichsten wäre die Erde, wenn es den Menschen gar nicht gäbe, bloß wäre dann keiner da, der das natürlich fände. Ich sagte schon, es war heiß und ich hatte schwer zu tragen, ich konnte meine Gedanken unter diesen Umständen schlecht anhalten.

Unser Gänsemarsch kam zum Stehen. Fox eilte nach vorn, ich folgte ihm. Und sah Vern Giuliani am Boden sitzen, gegen einen Baum gelehnt. Frau Dr. Decker kauerte neben ihm, fühlte ihm mit unergründlicher Miene den Puls. Giulianis Gesichtsfarbe war von einem intensiven Rosa. Kleine Schweißtröpfchen standen gleichmäßig verteilt auf seiner Haut. Er tupfte sie mit einem weißen Baumwolltaschentuch ab, das er aus seiner Expeditionshose gezogen hatte. Auf den Stoff, sah ich, war ein blaues Wappen eingestickt.

»Zu viele Brandys«, sagte Giuliani matt und grinste in die Runde.

Man stand um ihn herum, lachte aufmunternd, tauschte besorgte Blicke. Ich holte eine der Wasserflaschen aus dem Rucksack. Giuliani trank sie, von Fox genötigt, innerhalb von fünf Minuten, dadurch reduzierte er meine Traglast, wie ich rasch berechnete, um vier Pfund. Giulianis Gewicht schätzte ich, da ich gerade mit Rechnen befasst war, auf etwa hundertvierzig Kilo. Damit wog er so viel wie ein ausgewachsener Gorilla. Leider war Giuliani nicht so urwalderprobt wie ein Affe. Bloß sein Lachen, das man oft zu hören bekam, wenn auch nicht gerade jetzt, hätte einem Gorilla Ehre gemacht.

Wir lagerten uns um ihn. Frau Dr. Decker fühlte in kurzen Abständen seinen Puls, Oda Giulianis flehendem Blick begegnete sie mit der Miene einer Sphinx, und ich fragte mich unwillkürlich, wie viele arme Teufel sie schon in den Tod begleitet haben mochte. Fox schlug vor, wir sollten uns jetzt alle ein wenig ausruhen, mit dem Klima sei nicht zu spaßen. Er erlaubte jedem zur Aufmunterung den Genuss eines Energieriegels; das Papier, warnte er, solle man gleich in die Hosentasche stecken, man wolle schließlich keine Spuren hinterlassen. Weiter ließ er uns wissen, den anstrengendsten Teil des Weges hätten wir bereits hinter uns. Bald beginne ein Stück Grasland. An dem Fluss dort wanderten mit größter Wahrscheinlichkeit die Gorillas entlang. Mit etwas Glück könnten wir außerdem Waldelefanten antreffen, die kämen auch immer mal wieder dorthin.

Fox zeigte uns, während er sprach, durchgehend sein Lächeln, die ermutigende Variante natürlich. Ab und zu blieb sein Blick an Giuliani hängen, neben dem jetzt seine Frau saß, beide mit dem Rücken gegen den Baum gelehnt, sie hielt seine Hand. Sie bemühten sich, ebenfalls zuversichtlich auszusehen. Abschied, dachte ich, eine lange Ehe, ein bewegtes Leben. Alles geht einmal zu Ende. Der alten Ärztin, die dabeihockte, verpasste ich probeweise ein Paar schwarze Flügel, so zwischen Todesengel und

Geier, diese Mischung kam hin. Ich hoffte, dass Giuliani keinen Herzinfarkt hatte, und versuchte, mich von dieser Vorstellung und ihren Konsequenzen für das Unternehmen abzulenken. Damit mir das leichter fiel, lehnte ich mich mitsamt meinem Rucksack gegen einen Baustamm, schloss die Augen und stellte mir die Giulianis in Cape Coral vor, wo sie zu Hause waren.

Obwohl ich noch nie in Florida gewesen war, gelang es mir mühelos, sie auf der Terrasse einer weißen Villa sitzen zu sehen, mit Blick hinaus auf die Keys, die draußen im blauem Meer am Horizont gerade noch zu erkennen waren, sie saßen in zwei Liegestühlen auf einer Terrasse und hielten sich an den Händen, sie sahen zuversichtlich aus. Das Wasser in dem weißen Pool vor ihnen war ein Block aus flüssigem Glas, ein legal angemeldeter mexikanischer Bademeister ging langsam und dekorativ daran entlang, und ich sah, wie Giuliani in seinem Liegestuhl lachend nach seinem dritten Gimlet griff.

Da spürte ich Fox' Hand auf meiner Schulter und verlor mein inneres Bild. Inzwischen zuckte ich auch nicht mehr zusammen, wenigstens nicht äußerlich. Ich öffnete die Augen.

»Weißt du, was das Besondere an Afrika ist?«, fragte mich Fox, der neben mir stand, im Vortragston.

Ich wusste es nicht und schaute ihn fragend an, auch die anderen wandten ihm ihre Gesichter zu. Verschwitzt, dennoch immer motiviert, Neues zu lernen.

»Im Pleistozän«, Fox sah in die Runde, »das vor fast zwei Millionen Jahren begann und vor zehntausend Jahren zu Ende ging, starben fast überall auf der Erde die Großtiere aus. Die Mammuts, die Mastodonten, die großen flugunfähigen Vögel. Bloß der Moa hat überlebt, aber nicht für lange. Auch die Riesenfaultiere, die Riesenbiber, die Säbelzahnkatzen sind ausgestorben. Man weiß nicht, wodurch sie umgekommen sind, einen Teil von ihnen haben jedenfalls schon die ersten Menschen auf dem Gewissen. Im präkolumbianischen Amerika zum Beispiel verschwand das Riesenfaultier innerhalb von ein paar hundert Jahren, nachdem die Clovis-Kultur aufgetaucht war, mit effizienten Lanzenspitzen aus Feuerstein.«

Fox lächelte einen nach dem anderen an. Wir hörten alle zu,

auch Giuliani. Er fächelte sich mit der Hand Luft zu, wie ein Karpfen mit der Brustflosse wedelt.

»Aber in Afrika war es anders«, fuhr Fox fort. »Dort haben Großsäuger überlebt, die es schon vor Zehntausenden von Jahren gab. Elefanten, Giraffen, Nashörner, Flusspferde, das Okapi. Dieser Kontinent ist ihr letzter Lebensraum. Afrika, das ist ein Panorama der Urzeit, wie sie war, ehe der Mensch aufgetreten ist. Das gibt es sonst nicht mehr auf der Erde.«

Fox' Blick kehrte zu mir zurück. Ich erwiderte ihn mit einem Nicken. Seine Hand lag noch auf meiner Schulter, wir hatten einen Pakt. Ein gemeinsames Ziel. Ich reichte Giuliani noch eine Flasche Evian. Er gurgelte sie zur Hälfte hinunter. Wenig später gab Frau Dr. Decker ihn nach einer letzten Pulskontrolle für den Weitermarsch frei.

Nach einer kurzen Schlepperei ging es nun stetig bergab, und bald ließen wir den dichten Wald hinter uns. Fox und Farouk setzten sich an die Spitze der Kolonne, ein Zeichen dafür, dass es jetzt ernst wurde. Der Weg verlief durch festes, hohes Gras in einer breiten frei getrampelten Schneise. Ein Elefantenpfad, erklärte uns Fox. Auf einer Lichtung hielten wir an. Er werde nun, teilte Fox mit, zusammen mit Farouk das Terrain sondieren und nach den Gorillas Ausschau halten. Man habe vor, sich am Fluss entlangzubewegen, wo die Sicht am besten sei. Dort hoffe er, auf einen der Gorillatrupps zu treffen, die hier durchzögen. Der Plan wurde gutgeheißen. Eine gewisse Aufregung machte sich breit. Als Fox und Farouk weg waren, winkte Giuliani mich heran. Aus einer seiner Taschen zog er eine kleine silberne Flasche.

»Komm, mein Sohn«, sagte er.

Oda Giuliani sah mich mütterlich an, das tat sie jedes Mal, wenn Vern in diesen pastoralen Ton verfiel. Ich nahm an, dass sie kinderlos waren, sonst hätte sich das abgenützt.

»Mein Sohn«, fuhr Giuliani im Stil eines Erweckungspredigers fort, »du musst das hier probieren.«

Ich schnupperte an dem silbernen Flachmann, den er aufgeschraubt hatte, es roch nach Schnaps. Automatisch warf ich der Ärztin einen Blick zu; ich vermutete, dass es vielleicht nicht gesund wäre, jetzt mit Giuliani einen zu heben. Sie passte nicht auf, stelzte in einiger Entfernung vogelartig herum, suchte irgendwas am Boden.

»Das ist der älteste Cognac, den du bekommen kannst, Junge«, sagte Giuliani dumpf.

Er beugte sich vor, um in den winzigen Schraubverschluss eingießen zu können, seine Hand zitterte, einiges ging daneben.

»Vergiss alles«, keuchte er, »was du je über Cognac gehört oder gelesen hast.«

Seine Hand zitterte noch immer, als er mir den fingerhutgroßen Becher herüberreichte. Ich griff danach wie nach einem Sakrament. Versuchte, Neugier und Andacht in meinem Gesichtsausdruck zu mischen, und kippte mir den Inhalt in den Mund. Es schmeckte gut, wie guter Schnaps eben. Giuliani sah mich so konzentriert an wie jemanden, der gefragt wird, ob er den Krebs auf seiner Röntgenaufnahme erkennen könne. Ich fühlte, dass ich in diesem Augenblick viel falsch machen konnte, und entschied mich für das Einfachste.

Ich sagte: »Mann. Das ist ein Schnaps.«

Dabei versuchte ich, wie ein Sohn und wie ein Sünder gleichzeitig auszusehen. Es klappte. Giulianis Gesicht explodierte aus der Besorgnis hinaus ins Vergnügen. Er schlug mir heftig auf die Schulter.

»Ich hab's dir gesagt, mein Sohn«, ächzte er. »Das ist ein Lebensretter. Ein Le-bens-retter, sage ich.«

Oda stimmte hell in sein Lachen ein. Ich fand die beiden so komisch, dass ich mitlachen musste. Frau Dr. Decker schaute missbilligend herüber, in der Hand eine ausgerissene Pflanze. Aber selbst sie geriet an ein Lächeln, fortgerissen aus ihrer Muffigkeit von Giulianis Frohsinn.

Das Lachen hatte mir den Schweiß auf die Stirn getrieben, alles klebte an mir. Ich bot Giuliani den Rest der Wasserflasche an. In den Trinkpausen erzählte er, im letzten Jahr seien sie auf einem ähnlichen Trip in Tibet gewesen. Nicht Tibet, korrigierte Oda, Nordafrika. Sie könne sich gut daran erinnern, dass die Typen am Flughafen alle schwarz gewesen seien und die Führer der Reisegruppe auch. Giuliani versetzte, dass die Sherpas und Tibeter auch schwarz seien, jedenfalls ziemlich schwarz, aber Oda blieb fest. Die beiden einigten sich schließlich darauf, dass es doch in Afrika gewesen sei, und zwar eine Tour auf den hohen Atlas – stimmt, nun erinnerte sich auch Giuliani. Das sei die härteste Nummer seines Weltenbummlerdaseins gewesen, nicht nur weil da oben kein Baum und Strauch wachse, bei fast viertausend Metern sei das ja auch nicht zu erwarten, sondern weil die Eingeborenen maßlos unfreundlich gewesen seien. Keine Manieren. Sie gehörten zu den Leuten, die Amerikaner hassten, stellte er kopfschüttelnd fest. Es würden immer mehr. Immer mehr Menschen auf der Welt hassten Amerika, begreife das, wer könne. Warum nur?

»Doch Oda, sie hassen uns.«

Giuliani streckte abwehrend beide Hände aus. Es war ihm ernst. Der eine Kerl habe ihm doch frech ins Gesicht gesagt, dass er zu dick sei und dass man ihn bloß hier herauf mitgenommen habe, weil der Reiseveranstalter darauf bestanden habe. Und das Essen sei sowieso unter aller Kritik gewesen, eigentlich ungenießbar. Bohnen und solches Zeug, dazu trockene Datteln und Wasser, bloß Wasser. Okay, die Gegend liege in der Wüste. Aber schlimmer noch, der eingebildete Beduine sei voller Verachtung für die ihm anvertrauten Menschen gewesen. Wahrscheinlich aus religiösem Fanatismus. Ein Allah-Jünger, ein Fundamentalist.

»Sehr gut aussehend«, warf Oda ein.

»Ein durch und durch arroganter Typ«, beharrte Giuliani.

Der Kerl habe jeden Abend Nüsse verteilt an die Gruppe, als Belohnung. Wie für Kinder an Weihnachten. Nüsse!

»Und weißt du, was er zu mir gesagt hat, Junge? Zu mir?« Giuliani lachte dröhnend, ein Gorilla wäre stolz gewesen auf so ein Lachen. »Er hat gesagt: Du musst abnehmen, du bekommst keine Nüsse.«

Ich lachte mit, hörte meinem leiseren, weniger überzeugenden Lachen zu. Welche Türen würden sich mir öffnen, besäße ich ein Lachen wie Giuliani. Aber vielleicht war es mit dem Lachen ähnlich wie bei den Tenören. Unter hundert Kilo geht kein hohes C, das behauptete zumindest Lea, die ich gelegentlich in die Oper begleitet hatte. Wagner. Mein Gott, Wagner. In glücklicheren Tagen hatte ich mich darüber mokant geäußert, ich erinnerte mich mit Reue daran. Wie gern wäre ich jetzt in eine Wagner-Oper gegangen. Fünf Stunden in einem temperierten Raum zu dämmern, in der Pause ein Bier trinken, neben Lea stehen, hübsch zurechtgemacht in ihrem langen roten Kleid mit den dünnen Trägern über den runden Schultern, und vorbeidefilierende Leute zu grüßen, die wir beide nicht kennen, die unsere Honneurs aber erwidern, aus den gleichen Gründen, aus denen wir ihnen zunicken.

Zurückgelangt in die Hitze Gabuns schaute ich dorthin, wo eben noch Frau Dr. Decker herumstolziert war; ich hatte unbewusst registriert, wie sie aus meinem Gesichtsfeld verschwand. In der Tat, sie war nicht mehr da. Nur hohe Grashalme, die in der Hitze flimmerten. Die Löwen fielen mir ein und die Geschwindigkeit, mit der sie angreifen konnten. War ich nicht verantwortlich? Ein Guide! Ich rappelte mich hoch, warf einen orientierenden Blick in die Runde, da spürte ich sie in meinem Rücken, noch ehe ich sie gesehen hatte. Sie stand genau hinter mir. Eine Gottesanbeterin auf Beutefang. Stand es etwa schlecht um mich?

Sie hielt mir eine Hand voll ausgerupfter Gräser hin.

»Schauen Sie«, sagte sie.

Ich schaute. Wusste nicht, was sie von mir erwartete, deshalb sagte ich beeindruckt: »Aha.«

»Gerste«, bemerkte sie und ließ die Grashalme fallen. »Hier muss mal jemand Getreide angebaut haben.«

Ihr Gesichtsausdruck ließ nicht erkennen, ob sie daraus eine Unterhaltung machen wollte. Ich zog die Augenbrauen hoch. Im letzten Moment unterdrückte ich ein zweites »Aha«.

Sie wandte sich von mir ab und ging ein Stück den Pfad entlang. Jetzt fiel es mir ein, endlich. Ihre Bewegungen waren es. Der Vogel, der mir im Zoo immer am merkwürdigsten vorgekommen war, weil er so alt aussah, schon als Kind wusste ich seinen Namen: Marabu.

Nach einer knappen Stunde kehrten Fox und Farouk mit vielversprechendem Gesichtsausdruck zurück, sie hatten klar und deutlich frische Spuren von Gorillas ausgemacht. Man könne so gut wie sicher mit einem Kontakt rechnen.

Wir nahmen unser Gepäck auf und begaben uns hinunter zum Fluss. In der feuchten Uferzone kam man gut voran, hier wuchs kein hohes Gras, das uns den Blick verstellt hätte, nur Schilf. Ich trottete durch den Sumpf, überlegte, ob die Gabunviper ihren zwanzig Pfund schweren Körper auch hier so raffiniert eingraben konnte, dass bloß ihre Augen herausguckten, und achtete im Übrigen darauf, dass ich dicht hinter Fox und Farouk blieb, damit ich nicht als Erster attackiert würde.

Das Gelände war so übersichtlich, dass man auch nicht fürchten musste, unversehens von einem Krokodil angefallen zu werden. Ich hatte meine Hausaufgaben gemacht, zumindest was das Gefahrenpotenzial der Gegend anging. Die im Moment einzig reale Bedrohung stellten die zahlreichen Mücken dar, die uns folgten, alle hundert Meter schloss sich ein neues Geschwader an. Fox hatte am Rand des Sumpfes vorsorglich Mückenschleier ausgegeben, die man sich über den Hut hängen konnte. Die bloßen Arme könne man ab und zu mit etwas Autan besprühen, wenn es ganz schlimm werde, eine Empfehlung, die bei Farouk gleich Kopfschütteln ausgelöst hatte. Gut, mit sehr wenig Autan. Dass die Gorillas kein Autan benutzten, war uns allen klar, sie rauchten ja auch nicht.

So stapften wir mit gedämpften Tritten durch den licht bewachsenen Ufersumpf, jeder eine kleine Mückenwolke über sich. Sexuell erhitzte Amphibien ließen ihr Quaken an- und abschwellen, regten sich hin und wieder zusätzlich noch wegen etwas auf, dabei kletterten sie ein paar Halbtöne hoch, bis sich ihre Lust am Krachmachen erschöpfte, fielen dann wieder auf den Grundton ab. Einmal schlängelte sich eine schwarze Schlange eilig und dennoch graziös durch ein seichtes Gewässer, sonst sahen wir nichts. Wir trafen auch keine Gorillas, den ganzen Tag über nicht, den Tag, der die beiden Giulianis zusammen viertausend Dollar gekostet hatte. Dafür hatten wir ziemlich viele Mückenstiche abbekommen. Die Moskitos nutzten es weidlich aus, dass wir mit Insektenmitteln gespart hatten.

Bei der anschließenden Besprechung, wir aßen dazu Ze Zés Lachsstullen mit Anchovisbutter, schworen Fox und Farouk, dass die Affen nicht weit entfernt sein konnten und dass ihr bevorzugtes Habitat genau dasjenige wäre, das man hier vor sich habe. Ihre Spuren seien da, definitiv, aber sie zeigten sich nicht. Leider nicht. Ich stellte mir vor, wie uns die Gorillas aus dem hohen Gras heraus beobachtet hatten. Vielleicht hatten sie einen befreundeten Trupp dazu eingeladen, so etwas wie uns bekam man hier nicht jeden Tag zu sehen.

Der Abend wurde trotzdem vergnüglich. Bei unserer Rückkehr hatte Wessing schon das Abendbrot vorbereitet, auf improvisierten Tischen, gedeckt mit Bananenblättern. Die Nacht kam früh, unvermittelt saßen wir im Finstern. Aber wir saßen bei Bordeaux, Mineralwasser und kaltem Huhn in Portwein. Ein Feuer flackerte, warf ein warmes Licht auf unsere entspannten Gesichter und auf die runden Blätterhütten. Frau Dr. Decker knabberte Karotten und rohe Zucchinischeibchen. Sie hatte getrocknete Blätter in ihrem Rucksack mitgebracht, aus denen sie sich einen Tee brühte, Ginseng und Blutpflaumenblätter, hatte sie auf meine höfliche Nachfrage verraten, ihre Privatmischung. Wozu das gut war, sagte sie nicht.

Der Urwald hatte sein Nachtprogramm aufgenommen, ergänzt diesmal um das Lachen der Expeditionsteilnehmer. Denn Giuliani wusste packend von Geschäften zu erzählen, die man mit Grundstücken in Florida machen konnte. Er kenne Leute, sagte er, die eine Villa bereits zweimal gekauft hätten, ohne sie einmal angeschaut zu haben.

»Zu viel Geld«, sagte Giuliani, »die Leute haben zu viel Geld. Wenn sie alt werden, kriegen sie Panik, kaufen alles, was sie kriegen können. Geld auf dem Konto«, schloss er, »macht Angst.« Und nickte dazu wissend. Am Ende, fügte er weise an, seien es die einfachen Dinge, die zählten.

Oda seufzte dazu, ob mütterlich, konnte ich bei den Lichtverhältnissen nicht erkennen. Farouk hatte mir verraten, dass die Giulianis in Cape Coral ein paar Dutzend feine Immobilien hielten, die legale Spitze eines Eisbergs aus Geld, der, vermutete Farouk, nicht durch Arbeit zustande gekommen sein konnte. Ohnehin, meinte er, seien die Vereinigten Staaten von Amerika fest in der Hand der Mafia. Farouks Paranoia ging so weit zu glauben, dass allein der Name »Giuliani« einen Hinweis auf

Verns fragwürdige Verbindungen biete, und er brauste auf, als ich lachte. Ich solle mir doch mal vorstellen, was in den USA passieren würde, wenn jemand namens Farouk M'bele eine Wohnung mieten wolle. Nichts passiert dann, hatte ich gesagt, und nun hatte Farouk gelacht.

Fox erhob sich, sein Weinglas in der Hand, für den abendlichen Trinkspruch. Die Gorillas, sagte er mit einem Lächeln, das er ermutigend und tröstlich zugleich hinbekam, hätten uns heute gezeigt, dass sie sich nicht an Vereinbarungen hielten. Ein bisschen enttäuschend vielleicht, aber so sei sie nun einmal, die Wildnis, unberechenbar. Und der Wildnis wegen sei man schließlich hierhergekommen. Morgen werde man einen zweiten Versuch machen, er wünsche uns dafür Glück und für heute gute Nacht. Für die »Facilities«, so drückte er sich aus, habe man einen eigenen kleinen Verschlag errichtet. Eine gemütliche Urwaldtoilette, sie liege, nicht zu verfehlen, ein Stück entfernt im Wald, in der Verlängerung der vier Hütten. Fox deutete mit dem Strahl seiner Taschenlampe nach links, dort leuchtete dreißig Schritt entfernt im Finstern ein Moskitonetz auf. Jeder solle sich vergewissern, ehe er seine Hütte betrete, dass eine eigene Lampe vorhanden sei und dass sie funktioniere. Es seien Dynamos darin, keine Batterien. Man müsse sie aufladen, ein paarmal mit der Hand pumpen reiche schon.

In meiner zweiten Nacht an Farouks Seite störte mich das nächtliche Urwaldkonzert schon weniger. Ich hätte auch das Rascheln einer Waldratte gut ertragen, wenn eine gekommen wäre, es kam aber keine. Schwerer zu ertragen war Farouks Schnarchen.

Ich stupste ihn ein paarmal an. Nachdem Farouk sich mit protestierendem Grunzen auf die andere Seite gedreht hatte, dauerte es keine fünf Minuten, dann fing er wieder an. Zu viel Bordeaux. Ich lag auf der Matratze aus Zweigen, starrte ins Dunkel und hörte zu, wie Farouks Gaumensegel in gleichmäßigem Abstand von der eintretenden Luft zum Vibrieren gebracht wurde. Jeder Atemzug ein Ringen nach lebensspendendem Sauerstoff. Atmung. Der Trick, mit dem ein paar gewiefte Pflanzenzellen einst ihre Konkurrenz überrundet hatten, ein Trick, der die Voraussetzung wurde für flinkes, adaptives Leben, das herumhuschen konnte und wenig später die braven Primärproduzenten auffraß, die konservativ bei der Fotosynthese geblieben waren. Atmung hieß Turbostoffwechsel, effiziente Verbrennung. Auch in Farouks reglosem bronzefarbenem Athletenkörper wurde gerade Sauerstoff verbrannt, den er mühsam hereinschnarchte, automatisch, unbemerkt von seinem Bewusstsein, das im Traum spazieren ging. Sein Atemzentrum arbeitete zuverlässig ohne ihn, es brauchte ihn gar nicht. Hielt den Atemrhythmus in Gang, ließ Kohlensäuregas ausströmen als Substrat für die umliegenden Urwaldpflanzen, die daraus wieder neue Strukturen errichteten, um gefressen zu werden oder um zu vermodern.

Es half nicht, langweiliges Zeug zu denken, ich wurde davon nicht schläfrig. Denken kann ich stundenlang. Schließlich hielt ich es nicht mehr aus. Zudem spürte ich inzwischen ein menschliches Bedürfnis, das sich nicht auf den kommenden Tag verschieben ließ. Ich tastete nach meiner Lampe, die ich neben der Matratze deponiert hatte, knipste sie an und leuchtete den Boden ab, ehe ich meine Füße daraufsetzte. Die mir bereits vertrauten Ameisen einer unbekannten Art waren wieder da, sie verbargen sich vor dem Licht flink unter den verfaulten Blättern. Ich leuchtete in meine Stiefel hinein, schüttelte sie vorsichtshalber aus, kroch nach draußen.

Dort umfing mich das Fiepen, das an- und abschwellende Keckern des nächtlichen Waldes, dazu absolute, gestaltlose Dunkelheit, das Blätterdach ließ kein kosmisches Licht hindurchdringen. Umso mehr versetzte mir ein Leuchtkäfer einen Schreck, als er einen Meter über meinem Kopf vorbeisauste wie eine zu tief fliegende Sternschnuppe. Unter meinen Pumpbewegungen schnitt die Taschenlampe ein Tortenstück Realität aus der Finsternis heraus: Baumstämme, Blätter, eine Hütte, die Sitzbänke. Ich ließ den Lichtstrahl umherwandern, gewärtig, irgendwo das berühmte Paar Augen aufleuchten zu sehen; es war nicht vorhanden.

Schwerer als erwartet war das Örtchen zu finden. Schließlich erinnerte ich mich an Fox' Beschreibung und stapfte in die angegebene Richtung, sorgfältig den Boden ableuchtend, auf den ich meine Füße setzte. Sah schließlich eine Reihe Pfosten vor mir, darüber ein Blätterdach. Das Waldklo. Aber kein Moskitonetz daran, komisch, es war vorhin doch noch da gewesen. Ich bückte mich unter das Dach und ließ den Strahl meiner Lampe durch den Innenraum wandern.

Der Lichtstrahl blieb an etwas hängen. Da war jemand. Besetzt. Ein Schimpanse. Nein, ein Mensch. Das uralte Gesicht einer Mumie starrte mich an, ein zusammengeknetetes Bündel aus welkem Fleisch mit zwei wulstigen Augenschlitzen, in rissigen Ton gedrückte Nasenlöcher, zerfetzte Ohrläppchen. Meine Lampe zitterte. Die ausgedörrten Lippen der Erscheinung bewegten sich, gaben ein paar Zahnstummel auf bläulichen Gaumenspangen frei. Das Geschöpf grinste mich an. Aus seiner Kehle drang ein grunzendes Geräusch.

Hinter meiner zitternden Lampe hervor hätte ich gern mit einem schüchternen »Hallo« geantwortet. Ich war aber nicht dazu fähig, ich stöhnte bloß. Das Wesen reagierte nicht. Es war in eine Art Vorhang eingewickelt, ich erkannte – mein Verstand arbeitete noch mit Notlaufeigenschaften – das Moskitonetz, das am Eingang gefehlt hatte. Mit der gleichen verzögerten Geschwindigkeit machte mein Bewusstsein mir klar, dass es unhöflich war, dem Wesen weiter ins Gesicht zu leuchten, das sich mir durch ein Lächeln – es war zweifellos ein Lächeln gewesen – als Mensch zu erkennen gegeben hatte. Ich ließ die Lampe sinken.

Das Licht glitt an der Gestalt hinunter, und ich sah auf der nackten Brust des Waldmenschen zwischen den lehmfarbenen Brustwarzen eine faustgroße Scheußlichkeit hängen, einen Schrumpfkopf oder einen halb verwesten Tierschädel mit gebllecktem Gebiss und toten Augenhöhlen, durch die sich die Umhängeschnur hindurchfädelte. Ein unvergesslicher Gestank erreichte meine Nase, der Gestank ging von dem Ding aus. Ein Geruch nach absoluter Endgültigkeit, nach Tod und Verwesung. Der abgesunkene Lichtstrahl blieb auf den Füßen des Geschöpfs stehen. Sie bestanden aus Schlamm, oder sie waren von einer Haut überzogen, die sich von Schlamm in nichts unterschied.

Adrenalin pumpte durch mein Gefäßsystem, mein Vegetativum war zu neunzig Prozent auf Totstellen geschaltet. Das Waldwesen, unbeleuchtet jetzt, reagierte auf die veränderte Interaktionslage mit einem hysterischen Kichern, gefolgt von kehligen, überaus prononciert ausgesprochenen Worten, die mir vorkamen wie ein dringlich an mich gerichtetes Ansinnen, es verdichtete sich in einem geheimnisvollen Wort, das einige Male wiederholt wurde. Zwei-, dreimal sprach der Waldmensch das magische Wort. Es hörte sich an wie: »Sigah!«

Ich schüttelte den Kopf. Zwecklos in der totalen Finsternis, aber mehr brachten meine zehn Prozent verbliebenes Leben nicht zustande. Ich besaß nichts, was Sigah hieß. Wusste nicht, was Sigah war, und konnte es mir auch nicht vorstellen. Mit überhaupt nichts konnte ich dienen.

Die verkrusteten Füße verschwanden aus dem Lichtkreis der Lampe, das Gespenst schlurfte hinaus. Erst als es draußen still geworden war, wagte ich, hinter ihm herzuleuchten. Das Klo war leer. Der Waldgeist hatte mir Platz gemacht.

VIER

»Du hättest ihn ruhig mit herbringen können.«

Farouk starrte mich an, mit verschwollenen Augen, das konnte man auch im Streulicht seiner Stirnlampe erkennen. Er setzte sich auf.

»Wer weiß, was der vorhat. Unser Moskitonetz hat er jedenfalls geklaut, so viel kann ich deinem Gestammel entnehmen.«

Farouks Atem roch nach Knoblauch und halb verstoffwechseltem Alkohol. Ich rückte ein Stück von ihm ab.

»Er sah furchtbar aus«, sagte ich. »Wie ein Gespenst.«

»Alte Leute hier sind wirklich alt. Die sehen nicht so gepflegt aus wie bei euch in Europa, Mann.«

»Was heißt Sigah? Was wollte er mir damit sagen?«

»Er wollte was zu rauchen.«

Farouk knipste seine Stirnlampe aus und warf sich mit einem Krachen auf sein Blätterlager, drehte sich auf die andere Seite und rupfte seinen Schlafsack zurecht.

»Leg dich schlafen«, brummte er. »Wir sehen morgen mal nach ihm. Wahrscheinlich ist er längst über alle Berge.«

Ich legte mich wieder hin. Wartete auf das Wiedereinsetzen von Farouks Schnarchen und wurde nicht enttäuscht. Ich versuchte, aus einer Grübelschleife zu entrinnen, in der ich mich fragte, was in aller Welt mich dazu gebracht haben mochte hierherzukommen. Ich war zu Hause immer zurechtgekommen. Ich konnte einen Computer bedienen, Seminarscheine machen, Geld aus dem Automaten ziehen. Sogar einfache Gerichte konnte ich kochen.

Lea. Sie hatte meine Unbeholfenheit charmant gefunden, zumindest am Anfang. Tüchtig, wie sie war, fand sie mich drollig. Ein weltfremder Typ, ein zukünftiger Wissenschaftler, zerstreut, aber nett. Ein lebender Teddybär. Hier im Wald gab es keinen Platz für Teddybären. Wer sich dumm anstellte, wurde gefressen. Daran änderte die Tatsache nichts, dass ich schon zu glauben begann, bei der Begegnung im Waldklo habe es sich um eine Halluzination gehandelt. Aber ehe ich einschlief, erinnerte ich mich an die Gestalt in Libreville am Straßenrand vor dem Landwirtschaftsministerium, und mir kam der seltsame Gedanke, dass die Gestalt, die das Huhn auf dem Schoß gehabt hatte und deren Gesicht ich nicht gesehen hatte, mit ihrer ledernen Erscheinung einer Moorleiche wie ein Zwillingsbruder des sonderbaren Waldtrolls ausgesehen hatte, und womöglich hatte er auch im Gras gestanden und uns beobachtet, als wir hierhergefahren waren. Mit diesen Gedanken schlief ich ein.

Beim Frühstück drehte sich das Gespräch um die Einrichtung der Lodge, die auf die Giulianis, wie sie meinten, einen sehr positiven Eindruck machte. Oda Giuliani lobte das Interieur: Mahagoni, Teak, Eisenholz. Sehr geschmackvoll, und: Woher man das Holz beziehe? Fox erklärte, die Möbel in den Gästehäusern seien von einheimischen Handwerkern aus Treibholz von der afrikanischen Küste geschreinert worden, man habe zusätzlich Tsunamiholz aus Indonesien verwendet. Mahagoni und Teak habe man wegen der Wetterbeständigkeit genommen und um die Optik zu vereinheitlichen. Man befinde sich damit noch in einer Pionierphase, sagte Fox und tunkte seine Brioche in den Kaffee, den ich gerade Tasse für Tasse auf dem Gaskocher mit dem Espressokocher zubereitete.

»Einiges funktioniert noch nicht so, wie wir uns das vorstellen«, sagte er, »aber das mit den Möbeln klappt schon ganz gut.«

»Tsunamiholz, das ist wundervoll. Also, wenn man das kaufen kann«, sagte Oda Giuliani mit einem Blick auf ihren Mann, »dann bestellen wir welches für ein paar von den Häusern, die uns besonders am Herzen liegen, oder?«

Giulianis zustimmende Handbewegung war wie ein unterschriebener Vertrag. Er grinste Fox an, wartete auf Rückbestätigung.

»Das geht leider nicht«, meinte der.

Man müsse aufpassen, dass solche Sachen nicht gleich kommerzialisiert würden. Aber ein, zwei Garnituren, nicht als Geschäft, sondern als Geschenk, das ließe sich sicher machen.

»Abgemacht, als Geschenk. Wir machen Ihnen ein Gegengeschenk«, sagte Giuliani. »Haben Sie italienische Vorfahren, Bob?« Er lachte sein Gorillalachen. »So viel Geschäftssinn hätte ich bei

Ihnen gar nicht vermutet. Erzählen Sie. Was haben Sie noch vor in Ihrer Lodge? Wir lernen von Ihnen.«

»Wir streben natürlich ein umfassendes Öko-Zertifikat an, nach den wichtigsten internationalen Kategorien. Also: nachhaltige Lebensmittelbeschaffung auf kurzen Wegen, Berücksichtigung einheimischer Produktion, Reduktion von Müll und Chemie, Nutzen von Sonnenenergie. Wir werden unsere Fahrzeuge in Zukunft nicht mehr mit Dieselöl, sondern mit aufbereitetem Frittieröl fahren, das beziehen wir aus Franceville. Und natürlich die Solaranlagen, das ist mir besonders wichtig. Wir werden bald innovative Hitzetechnik mit Parabolrinnen hierhaben. Wir werden außerdem Urwald aufforsten, und wir werden im Park Kakaopflanzungen anlegen und den Kakao dann fair handeln.«

»Lohnt sich das?«

Giuliani streckte seine leere Espressotasse horizontal von sich. Ich füllte sie nach. Mein Hotelreflex.

»Es lohnt sich doppelt«, antwortete Fox mit einem bescheidenen Lächeln. »Zum einen ist der Kakaopreis enorm gestiegen, seitdem Greenpeace die Praxis der Kakaopflanzer in Westafrika aufgedeckt hat. Sie haben das sicher gelesen, es ging durch die Presse: überwiegend Kinderarbeit. Die großen Konzerne machen sich nicht gern die Hände schmutzig an so was, die Erzeuger haben jetzt Absatzprobleme schon für den normalen Kakao. Zweitens werden wir in den besten Lagen Criollokakao pflanzen, für besondere Abnehmer. Das ist der teuerste Kakao der Welt. Ich habe schon mit Leuten gesprochen, die damit handeln. Criollo wird einem zurzeit aus der Hand gerissen. Eine Tafel Schokolade davon kostet in Europa zehn Euro.«

Giuliani klatschte in die Hände. »Wir sprechen uns noch mal, wenn Sie ein Stück weiter damit sind, Bob. Sie gefallen mir. Ich mache gern Geschäfte mit Leuten, die mir gefallen.«

Er kippte seinen Espresso hinunter. Ich wartete mit der Kanne in der Hand auf die ausgestreckte Tasse, aber sie kam nicht. Fox sah zu Frau Dr. Decker hinüber, die auf der Urwaldbank saß und in ihre Teetasse blies. Er wollte niemanden ausschließen. Vielleicht war er auch nicht sicher, ob sie ihm zugehört hatte. Sie bemerkte seinen Blick.

»Klingt gut«, sagte sie in ihrem holprigen Englisch. Blies noch einmal in ihre Tasse. »Sie haben noch nichts darüber erzählt, was die Einheimischen eigentlich von Ihrem Projekt haben. Von der reinen Natur kann man ja nicht leben, auch wenn sie noch so schön ist.«

»Sie haben völlig recht«, sagte Fox. »Wir beteiligen die Bauern natürlich, so gut wir können. Nicht nur, indem wir ihre Produkte kaufen, das sagte ich ja schon. Wir geben ihnen auch Arbeit bei der Aufforstung und später in den Plantagen. Wenn Umsiedlungen notwendig sind, wird Geld für Schulen und Krankenhäuser gespendet, bei Landerwerb oder Verpachtungen hilft die Regierung.«

Frau Dr. Decker sah hinter ihrem Tee hervor. »Umsiedlungen«, nickte sie. »Dafür gibt's dann wohl eine Abfindung, oder?«

»Wir gehen davon aus, dass die Regierung sich an die Gesetze hält«, sagte Fox kühl.

Die Ärztin antwortete mit einem langen Blick.

»Was war das hier eigentlich früher für ein Dorf?«, wollte sie wissen. »Hier haben doch Leute gewohnt.«

»Zwei, drei Dörfer, glaube ich. Waldbauern. Sie haben illegal Holz gefällt. Als man das entdeckt hat, haben sie das Dorf verlassen.«

»Wohin hat man sie geschickt?«

»Na ja, sie haben eine andere Gegend zugewiesen bekommen, wo sie ihren Maniok und was immer sie wollen anbauen können. Das war auch sinnvoll. Brandrodung ist nun einmal keine ökologisch angemessene Art, Landwirtschaft zu betreiben. Die machen den Urwald damit kaputt. Das ging vielleicht vor ein paar hundert Jahren, als es kaum Bauern im Wald gab, aber der Primärwald geht dadurch ohne Gnade verloren, einige langsam wachsende Arten überstehen es nicht, die werden schlicht ausgerottet.«

Frau Dr. Decker nickte langsam. Eine pflanzliche Droge im Tee vielleicht, die gleichmütig und hitzeresistent macht. Sie nippte vorsichtig daran wie ein großer Vogel an der Tränke, ohne Fox zu antworten.

Man schickte sich an aufzubrechen. Während die anderen ihre Rucksäcke zusammenpackten, trat ich zu Wessing, der sich gerade einen doppelten Extrakaffee kochte, um sich für die anstehende Wache bei den Hütten zu stärken.

Er sah etwas zerzaust aus, vielleicht weil er sich mit zwei Dosen Bier gestern Abend hatte begnügen müssen. Ob er sich an das Rauchverbot halten würde, wenn die Gruppe außer Sicht war, durfte man bezweifeln.

»Du bleibst heute wieder da?«, sagte ich.

»Die Mutter der Kompanie, genau. Ich halte Wache. Passe auf, dass die Gorillas euch nicht die Schlafsäcke klauen.«

»Heute Nacht hatten wir Besuch, wollte ich dir noch sagen. Ein alter Mann, der saß dort drüben im Klo. Ich glaube, er hat unser Moskitonetz mitgenommen.«

»Aha.« Wessings Augen waren schmal geworden. »Und weiter?«

Ich erzählte ihm von meiner Begegnung, bemerkte, wie Wessing sich wieder entspannte.

»Was denkst du, Gustav, was wollte der?«

»Keine Ahnung. Bisschen spionieren. Harmloser Besuch.«

»Gibt es auch anderen? Besuch, der nicht harmlos ist?«

»Es gibt Wilderer. Die sind hinter Elefanten her, die Chinesen wollen Elfenbein. Das läuft eher in Kenia oder im Kongo, hier nicht. Außerdem würde ein Wilderer sich nicht mit dir im Klo treffen. Die wollen nicht gesehen werden.«

»Und wenn doch?«

»Dann kriegen sie Ärger.« Wessing grinste. »Mach dir mal keine Sorgen wegen des Alten, Bernd. Es gibt einige abgedrehte Leute in Afrika. Man hat hier keine Klapsmühle um die Ecke, wo man sie reinstecken kann. Sie laufen einfach frei herum. Das war vermutlich so ein Exemplar.«

Ich dachte an die gestochen scharfen Worte, die der Waldmensch gesprochen hatte, und an seine in jeder Hinsicht erdrückende Präsenz. Mit Verrückten hatte ich wenig Erfahrung, aber der Alte war mir nicht so vorgekommen, als habe er eine Behandlung nötig.

»Der hatte einen Schädel umhängen, ein halb verwestes Ding.«

Wessing wandte sich ab, nahm den gurgelnden Espressobereiter vom Gas.

»Ich sage ja, abgedreht. Auf jetzt, du musst gehen. Mach dich auf die Socken.«

Ich schloss mich der Gruppe an. Das scheußliche Ding, das der Alte um den Hals hängen hatte, war eindeutig ein Schädel gewesen, aber kein menschlicher Schädel, dazu war er viel zu klein gewesen. Dennoch hatten die versumpften Augenhöhlen etwas Menschliches gehabt. Ein Affenschädel.

Wir rasteten am Waldrand, wo das Grasland begann. Die Morgensonne ließ die Spitzen der Halme in der flimmernden Hitze verschwimmen, darüber lag eine opake Schicht flüssiger Luft, durchschwommen von aufsteigenden Insekten, die sich darin auflösten, als würden sie verbrennen. Ihr Summen stand in der Senke wie das Geräusch eines enormen Transformators. Giuliani nuckelte an seiner Flasche Evian. Drei waren noch für ihn da. Wir anderen hatten jeder zwei Liter pro Tag, Frau Dr. Decker hatte ihre eigene Wasserflasche dabei, vielleicht mit homöopathischen Dosen eines vegetabilen Aufputschmittels versetzt.

»Wenn es nicht reicht, desinfizieren wir Wasser nach Art der Bantu«, witzelte Fox. »Man legt es einfach in solchen Flaschen zwei Stunden in die Sonne.« Er deutete auf die Evianflasche. »Sosehr ich die Dinger hasse, aber dafür würden sie sich eignen. Das Sonnenlicht reicht bereits, um die schlimmsten Keime abzutöten.«

Niemand zeigte Interesse an diesem Trick. Auch Giuliani nicht. Er war gerade damit beschäftigt, zusammen mit seiner Frau auf seinem Satellitenhandy die eingegangenen Mails durchzugehen. Es fiepte und poppte minutenlang.

»Tut mir leid«, sagte Giuliani mit einem Blick in die wartende Runde. »Ab und zu muss ich meinen Leuten zeigen, dass ich noch am Leben bin.«

Farouk lag mit geschlossenen Augen auf dem Rücken und döste. Ich sah, wie eine Ameise über seinen nackten Unterarm kletterte. Vielleicht hatte er mental bereits Verbindung mit den Gorillas aufgenommen. Ich wandte mich Fox zu, erzählte von meinem nächtlichen Abenteuer.

»Wir sind hier nicht allein, Bernd«, erklärte mir Fox. »Die Lodge ist zwar ein gutes Stück entfernt von Ansiedlungen, aber es gibt schon ab und zu ein paar Leute, die im Wald unterwegs sind.«

»Der sah ganz schön schräg aus, der Alte.«

»Ja, die Alten hier, die können ziemlich urig sein. Viele Leute sterben jung, manche werden steinalt. Man weiß nicht, wie sie das eigentlich machen. Hohe Resistenz gegen Krankheiten oder so was.«

Giuliani hatte sein Handy inzwischen eingesteckt, hob die Finger zum Victory-Zeichen. Man konnte weitermarschieren.

Fox erhob sich, schulterte seinen Rucksack, zog die Gurte zurecht, rückte an seinem Hut. Sehnige braune Beine. Daniel Boone, der Waldläufer. Er setzte sich in Bewegung, so schwer beladen wie ich auch. Farouk als Gorilla-Guide kam heute mit einem leichtem Daypack davon, die Gäste waren ohnehin von jeglichem Gepäck befreit, sie hatten bloß kleine Täschchen am Gürtel hängen.

Ich hielt mich neben Fox, beneidete ihn um seinen wiegenden Trappergang. Hoffte darauf, dass mein Bart mir mit der Zeit auch einen gewissen Waldläuferanstrich geben würde. Bisher war es noch nicht so weit damit her.

»Was macht man mit einem Affenschädel, Robert?«

»Oh, das.« Fox' Augenbrauen zogen sich zusammen. »Das ist ein Fetisch, denke ich. Ein – ja, also ein Fetisch eben.«

»Was fängt man damit an? Ich meine, wieso hat er das Ding um den Hals hängen? Es hing noch Fleisch daran, es war halb verwest und stank wie die Hölle.«

Fox schwieg eine Weile. Seine Daumen fuhren ein paarmal unter die Riemen des Rucksacks. Er schaute an der Gruppe entlang, als prüfe er die Marschordnung, ich dachte schon, er habe die Frage vergessen.

»Sprich mit Felicité darüber«, sagte er. »Ich kann dir dazu nichts sagen. Das ist ihr Spezialgebiet. Alles, was mit Zaubern zu tun hat.«

Zaubern. Meine Güte. Damals dachte ich, Fox wüsste einfach nicht Bescheid. Erst später begriff ich, dass es nicht gut war, über so etwas zu viel zu reden.

Also Felicité. Ausgerechnet mit ihr sollte ich über einen halb verwesten Affenschädel sprechen. Aber wer weiß. Es war ein Anlass, auf sie zuzugehen, und ich war ein gelehriger Schüler, das hatte ich schon mehrfach bewiesen.

»Mach ich«, sagte ich.

Diesmal hatten wir mehr Glück. Die Gruppe erreichte eben das Sumpfgelände, als Farouk, der an der Spitze ging, seinen Arm seitwärts ausstreckte und die Hand ein paarmal nach unten bewegte. Alle kauerten sich auf den Boden. Farouk deutete zum Flussufer hinüber.

Da waren sie. In den Lücken zwischen dem hohen Gras sah man ihre braunen Rücken auftauchen. Drei kleine und ein großer Gorilla richteten ihre Gesichter mit den eng zusammenstehenden Augen ernst und abweisend auf uns: ungebetene Gäste. Aber sie nahmen es gelassen. Nachdem sie die fremden, am Boden kauernden menschlichen Gestalten ein paar Sekunden lang gemustert hatten, wandten sie sich ab und entfernten sich gemessen in ihrem nachdenklichen Knöchelgang, mit locker durchhängenden Bäuchen, die Schulterblätter drückten sich dabei rechts und links heraus. Eine mürrische Schwere war an ihnen: Pflanzenfresser, immer hungrig. Der größte Gorilla wartete am Rand des Grasdickichts, bis die anderen darin verschwunden waren. Er schaute wachsam zu uns herüber, seine Nüstern witterten. Die Mimik drückte es deutlich aus: nicht näher kommen. An seinem Hinterkopf wuchsen die Haare zu einem spitzen Schopf zusammen, es wirkte, als trage er eine coole Mütze, die er aus der Stirn nach hinten geschoben hatte. Seine Arme sahen aus wie zwei auf den Boden gestellte Rindenmulchsäcke.

»Das ist ein junges Männchen mit seinem Harem«, flüsterte Farouk. »Wir gehen langsam weiter, die wollen wahrscheinlich runter zum Flussufer.«

Unwillkürlich hatte ich den Atem angehalten. Die Gesichter der inzwischen verschwundenen Gorillas standen noch auf meiner Netzhaut, ihre ernsten Mienen schienen jede Einmischung in ihre Geschäfte zu verbieten. Wäre es nach mir gegangen, hätte man jetzt umkehren können. Die Giulianis aber hatten Feuer gefangen. Sie schraubten hastig ihre Kameras auf die Stative,

Farouk nahm eines davon an sich, drückte mir das andere in die Hand. Die Mücken hatten Verstärkung bestellt und erhalten. Oda Giuliani zog ihr Mückenspray aus der Tasche, aber Farouk, der seine Augen überall hatte, wedelte verneinend mit der Hand. Verboten. Sie verstand, steckte es wieder ein.

Am Flussufer angelangt, winkte Farouk uns heran. Pfadfindergleich scharte sich die Gruppe zum Halbkreis. Farouk sagte in eindringlichem Flüsterton:

»Die Gorillas wissen, dass wir hinter ihnen sind. Der Chef wird nach uns sehen. Keine Angst, er sieht bloß nach. Dann müsst ihr schnell sein mit den Kameras. Und bitte nicht anstarren, das kann er nicht leiden. Guckt einfach auf seine Füße, okay?«

Mein Herz meldete sich auf einmal ganz deutlich. Es pumpte mit bemerkenswerter Stärke Blut durch meinen ganzen Körper bis in meine Ohren hinein. Ich würde den Gorillamann sicher nicht anstarren, und wenn er einen Handstand machte. Ich hoffte sehr, dass die Gorillas, die mir aus der Distanz von fünfzig Metern schon ziemlich groß vorgekommen waren, meine friedlichen und ökologisch korrekten Absichten erkennen konnten.

Wir setzten uns in Bewegung. Auf dem Fluss lagen Hunderte großer Seerosenblätter, die meisten faulten vor sich hin, Blüten waren keine da. Libellen hüpften in einem von der Sonne angeheizten Rhythmus auf und ab. Zikaden sandten gedehnte Morsestrophen in den summenden Hintergrundton hinein, der über dem Wasser lag. Farouk stapfte geräuschvoll am Ufer entlang. Man brauche nicht leise zu sein, hatte er uns instruiert. Besser, die Gorillas wüssten, wo wir uns aufhielten, damit es keine Überraschungen gab. Er winkte den Giulianis, dicht aufzuschließen. Ich wurde angewiesen, die Filmkamera auf dem Stativ schon mal auf Stand-by zu schalten. Ich tat es, die Diode blinkte neben meinem Ohr, als nehme sie an der allgemeinen Aufregung teil. Fox hielt sich am Schluss der Gruppe, deckte den Rückzug. Ich schaute wieder nach vorn, und da kam er.

Der Gorilla. Er trat mit ausgesprochener Majestät aus dem hohen Gras heraus, ein grauer Kopf auf mächtigen Schultern, das Gesicht eine Totenmaske. Niemand sagte ein Wort. Der Gorilla starrte uns an, die Arme auf den Boden gerammt, mit Fäusten so groß wie Vollkornbrote, und wir starrten ihn an. Alle. Das schoss mir nach zwei Sekunden durch den Kopf, weil ich ihm nämlich direkt in die Augen starrte, und die anderen vermutlich auch. Man kann an einer solchen Erscheinung einfach nicht vorbeiblicken, wenn sie plötzlich mitten in der Wildnis vor einem steht. Das dachte der Gorilla wahrscheinlich auch, denn er starrte regungslos zurück, aus dunklen, unter dicken Wülsten dicht nebeneinanderliegenden Augenhöhlen, in denen keine Augen zu erkennen waren. Niemand dachte daran zu filmen, dazu waren alle zu perplex. Die Zikaden machten solange weiter, die Fliegen, Moskitos, Bienen und Libellen produzierten ihr endloses, erhitztes Summen für zwei weitere Sekunden, zwei sehr gedehnte Sekunden. Dann klingelte Fox' Handy. Der Einzige, der reagierte, war der Gorilla. Er warf sich herum wie von der Tarantel gestochen und schmiss sich zurück in das hohe Gras, das hinter ihm zusammenschlug, als hatte es ihn nie gegeben.

Als Nächster reagierte Fox. Er sagte: »Gottverdammte Scheiße.« Auf Deutsch.

Das Handy klingelte weiter. Alle drehten sich jetzt um. Die Gesichter der Giulianis noch immer ungläubig, staunend, Farouks Miene wutverzerrt.

»Dann geh doch ran, verdammt noch mal«, zischte er.

Fox drückte den Knopf und hob das Handy ans Ohr. Nun sahen auch die Giulianis ziemlich enttäuscht aus, als hätten sie erst jetzt begriffen, was geschehen war.

»Was? Das kann er nicht machen«, hörte ich Fox sagen. »Was glaubt er, wo er hier ist?« Es klang, als rede er über den Gorilla, der gerade abgehauen war.

»Ich ruf dich später zurück«, sagte er. »Aber das geht einfach nicht, verstehst du.«

Farouk hatte inzwischen einen kleinen Busch aus der Uferböschung gerissen, ihn auf den sumpfigen Boden geschmissen und trampelte darauf herum. Wir schauten ihm dabei zu, während Fox telefonierte. Mich verfolgte noch immer zwanghaft die Idee, Fox telefoniere gerade mit dem Agenten des Gorillas, der vertragswidrig abgehauen war, und reklamiere den verpatzten Auftritt. Farouk versetzte seinem Busch noch einen Tritt, dann starrte er wütend zu uns herüber. So etwas, dachte ich, machen eigentlich Affen, wenn sie sauer sind, aber vielleicht war das genetisch verankert. Angeborenes Primatenverhalten.

»Das war Wessing«, sagte Fox. »Es gibt Neuigkeiten. Nichts, was uns hier beschäftigen muss.« Zu Farouk, der regungslos auf den Boden starrte: »Tut mir leid. Ich hätte das Ding ausschalten sollen. Man denkt nicht immer an alles.«

Um es kurz zu machen, die Safari bekam eine zweite Chance. Nachdem Farouk sich wieder beruhigt hatte, folgten wir der vermuteten Route des Gorillatrupps weiter am Ufer entlang. Nach einer Viertelstunde zeigte Farouk auf einen flachen Hang, der sich rechter Hand zum Waldrand hinaufzog. Dort waren die Gorillas. Sie wanderten gemächlich hintereinanderher, vielleicht zweihundert Meter entfernt. Ich war mit der Filmkamera zur Stelle, reichte sie Giuliani. Während die Kameras lautlos die Gorillas in Bilddateien verwandelten, sah ich der Affengruppe dabei zu, wie sie langsam durch das Gras ging. Ab und zu steckte eines der kleineren Tiere versonnen etwas in den Mund, einen Grashalm vielleicht. Der Gorillamann am Schluss blieb immer mal wieder stehen, die Schulterblätter hochgedrückt, sein unbehaarter schwarzer Bauch wie ein Lastwagenschlauch, der Mützenschopf stand in die Höhe. Er sah nur einmal zu uns herüber, ich fand, verächtlich. Dann verschluckte sie der Wald.

Giuliani drückte auf den Aus-Knopf, blickte in die Runde, hob den rechten Daumen. Fox grinste zu ihm hinüber, sein Lächeln wirkte diesmal eher erleichtert als ermutigend. Frau Dr. Decker hatte keine Anstalten gemacht, zu filmen oder zu fotografieren. Sie stand bloß da und starrte auf die Stelle, an der die Gorillas zuletzt gewesen waren.

Man kehrte zurück ins Lager. Wessing saß bei den Hütten, ungewohnt still. Er tauschte Blicke mit Fox, der sehr verstimmt schien. Sie zogen sich zurück, blieben ein Stück von den Hütten entfernt stehen, Fox redete leise auf Wessing ein, seine Hände öffneten sich ein paarmal, gaben irgendetwas an die Luft frei. Wessing zuckte einmal ostentativ die Achseln. Als sie zurückkamen, hieß es: aufbrechen.

Die Essensreste vergruben wir: Nahrung für Mikroben und Ameisen, sie sollten alles in die Substrate zurückverwandeln. Man hätte die Reste ja liegen lassen können, aber vielleicht waren Huhn in Portwein und Lachs auch nicht geeignet für größere Urwaldbewohner. Möglicherweise wurden sie krank davon, ihre Blutfettwerte würden steigen, oder sie mussten mit Zuckerkrankheit im Alter rechnen. Keine Ahnung. Jedenfalls waren wir darum bemüht, keine Spuren zu hinterlassen, es sollte sein, als wären wir nie da gewesen.

Scharen von Schmetterlingen fanden sich ein, nachdem wir die Reste aus den Tupperdosen geklopft hatten. Sie bildeten ein wunderschönes in der Luft taumelndes Ensemble von Farben, und sie interessierten sich lebhaft für kaltes Huhn in Portwein. Ich fand es schade, es ihnen vorzuenthalten, ich hätte ihnen alles überlassen. Eine ganze Weile schwebten sie, purpurrot und blau, noch über den zugebuddelten Löchern. Die vier Hütten ließen wir im Wald zurück. Die Natur würde sich alles zurückholen. Nach ein paar Monaten werde man keine Spur mehr davon finden, sagte Fox. Der restliche Müll wurde sauber getrennt und auf die Rucksäcke verteilt. Danach tauchten wir im Gänsemarsch in den Wald ein. Ich schloss mich Wessing an.

»Was war das eigentlich vorhin?«, fragte ich. »Wieso hast du Fox angerufen?«

Wessing musterte unter seiner tief stehenden Hutkrempe konzentriert den Pfad. Wich hier einem Loch aus, kurvte da um ein Büschel Laub herum. Nach einer Weile sagte er:

»Wir kriegen einen Gast. Überraschend, das war Robert nicht recht.«

»Gibt es denn Anmeldefristen?«

Wessing lachte. Sein unbekümmertes Lachen, bei dem die Falten in seinem Gesicht fröhliche Wellen schlugen.

»Nein, eigentlich nicht. Es ist ein Bekannter von Lary und mir, verstehst du. Er hat Lary gefragt, ob er hierherkommen kann, und Lary hat gesagt, es ist in Ordnung. Lary ist ziemlich spontan bei solchen Sachen. Fox fühlt sich übergangen, das ist alles.«

»Wer ist der Bekannte?«

»Er heißt Knud De Vries. Er ist gerade in der Gegend und neugierig auf den Park. Er kommt heute Abend.«

Farouk räumte draußen an der Tafel ab, brachte das Geschirr herein, und ich machte im Küchenschuppen den Abwasch mit Felicité. Ze Zé führte Aufsicht und stapelte das saubere Geschirr weg. Ich trocknete mit zwei Küchenhandtüchern ab, einem geblümten und einem karierten. Felicité, neben mir werkelnd, trug wie immer sehr enge Jeans und ein nicht ganz so enges gelbes Top, heute hatte sie eine kleine Schürze darübergebunden. An ihr sah es aus, als habe sie sich für eine anzügliche Revue mal eben als Küchenhilfe kostümiert. Sie konnte nichts dafür. Sie hätte anziehen können, was immer sie wollte, auch ein Nonnenhabit. Es war ihre Figur, bei der die Östrogene ihre Aufgabe wirklich ernst genommen hatten, ihre fast übertrieben schönen Augen, die exakt gebogenen Brauen, ihre Lippen, dazu noch ein Profil wie Nofretete. Ihre langen Finger wendeten das Geschirr im Spülwasser hin und her, sie ließ den Schwamm darüberkreisen, man hätte so ein Teller sein mögen. Ich hätte ihr stundenlang zusehen können. Eine ägyptische Königstochter beim Abspülen.

Niemand redete, das gemeinsame Arbeiten sorgte für eine familiäre Stille. Nur Ze Zé störte meine pfadfinderhaft scheue Andacht, er strich am Spülbecken vorbei und wob ein Netz begehrlicher Blicke, jedes Mal wenn er das saubere Geschirr abholte. Wären seine Blicke Spinnweben gewesen, hätte Felicité sich nicht mehr rühren können. Er neigte in Gegenwart von so viel Schönheit nicht zur Befangenheit wie ich, sondern zu aufdringlichem Balzgehabe. Ich dagegen, ich gönnte mir nur hier und da einen vorsichtigen Blick, zum Beispiel auf das hübsche, samtig aussehende Grübchen zwischen Felicités Schlüsselbeinen. Ich hätte gern mal einen Finger daraufgelegt, nur um zu spüren, ob sich ihre Haut so weich anfühlte, wie sie aussah. Stattdessen trocknete ich Teller ab. Ich hätte gern gewusst, wie die Narbe auf ihrer Oberlippe zustande gekommen war, eine dünne weiße Linie, die an der Nasenwurzel begann und bis ins Lippenrot hineinreichte.

Eben kam Ze Zé wieder, diesmal trug er ein Tablett, darauf standen vier Gläser, gefüllt mit Campari-Orange. Eine kleine

Aufmerksamkeit vom Küchenchef. Pause, hieß das. Er schien doch einen Rest Manieren zu besitzen. Farouk, der hinter Ze Zé in den Küchenschuppen hereinkam, nahm schwungvoll ein Glas vom Tablett, ohne zu fragen.

»He!«, machte Ze Zé, für den Augenblick zum Lakaien degradiert.

Von Farouk, der Ze Zé in die Schranken zu weisen wagte. Farouk, promovierter Biologe und Primatenspezialist. Der mit Felicité unbefangen umging. Mit seinen breiten Schultern, der virilen, dunklen Stimme und dazu noch akademischen Würden. Ich bremste die Grübelschleife, die mich dazu einlud, den Männern in der Lodge einen Rang zuzuweisen mit dem unausweichlichen Ergebnis, dass ich am Ende der Schlange landete. Und zwang mich dazu, Farouk zuzuhören, der den beiden anderen eben erzählte, wie der Gorillamann geschaut hatte, als Fox' Handy klingelte. Farouk ließ die Eiswürfel demonstrativ ein paarmal gegen das Glas klappern.

»Was glaubt ihr, hätte der Gorilla gemacht, wenn Fox ihm das Handy gegeben und gesagt hätte: ›Hier. Ist für dich.‹«

In die Heiterkeit hinein fiel mir etwas ein. Möglicherweise hatte das Abbrechen drohender Grübelschleifen meinen Mut bloßgelegt, vielleicht aber auch eine lauernde Dreistigkeit, die mir manchmal zu eigen ist. Ich wandte mich an Felicité, die wieder angefangen hatte, den Schwamm über den Tellern kreisen zu lassen, und fragte sie, wozu man eigentlich einen verwesten Affenschädel gebrauchen könne.

Der Schwamm in ihrer Hand kam zum Stillstand. Sie schaute mich mit einem Ausdruck an, als hätte ich sie gefragt, wie sie ihre Haare eigentlich so glatt bekomme. Vielleicht hatte sie auch gerade bemerkt, dass ich überhaupt vorhanden war. Mein Mut fiel in sich zusammen und wollte sich wieder in eine Grübelschleife verwandeln.

»Na, einen halb verwesten Affenschädel, den man um den Hals hängen hat«, präzisierte ich, ins Flapsige gleitend, vielleicht rettete mich das. »Fox meinte, du wüsstest über solche Dinge Bescheid.«

Felicité nahm ihre Augen von mir und die Bewegung mit dem Spülschwamm wieder auf.

»Ach so, Fox. Der meint das also.«

»Na, ich weiß es jedenfalls nicht, und ich hätte gern eine Erklärung.«

Farouk verdrehte die Augen und ging hinaus, den Campari in der Hand. Ich konnte nicht mehr zurück.

»Der Schädel, den der Alte um den Hals hängen hatte, war nicht mal sauber«, sagte ich. »Das war Aas. So was hängt sich doch keiner um den Hals. Da hing noch das Fleisch dran, es stank wie die Pest.«

Felicité antwortete nicht. Sie starrte in das Spülwasser hinein.

»Was ist? Wird dir schlecht?«

Felicité schüttelte den Kopf. Schenkte mir ein Lächeln, eine ganz kurz eingeschaltete Höhensonne.

»Sei nicht böse, Bern', nimm es nicht persönlich. Aber lass mich damit in Frieden. Über manche Sachen spricht man einfach nicht.«

Wir spülten schweigend zu Ende. Ich hatte verstanden. Bernd Jesper war aussortiert worden aus der Reihe wartend aufgestellter Männer. Zum Küchendienst eingeteilt auf Lebenszeit. Lea, sehr weit weg, ging an meinem Bewusstsein vorbei und verdrehte die Augen. In den Fettnapf getreten, lieber Bernd, und wie.

Als Felicité ihre Schürze abgenommen hatte, verließ sie den Küchenschuppen. Ich wandte mich Ze Zé zu. Er war gerade dabei, mit einem ölgetränkten Lappen und den konzentrierten Gesten eines Priesters seine japanischen Messer für die Nacht zu versorgen, das Abschlussritual, mit dem er den Tag als Koch beschloss, vielleicht auch als Klostervorstand und als Samurai.

»Was hatte sie denn?«

Ze Zé prüfte die Schneide eines langen Filetiermessers vorsichtig mit dem Daumen. Er hatte die dicken Lippen nach vorn gestülpt, dachte nach oder genoss die Schärfe der Klinge. Ich nahm mir ein Bier aus der Kühltruhe.

»Zauber«, sagte Ze Zé dann. »Dein alter Waldmann war vermutlich ein Zauberer, verstehst du, und Felicité gehört zu den Leuten, die das ernst nehmen.«

»Ein Zauberer?«

»Dein Affenschädel. So was hat niemand bei sich, der bei Trost ist, und geht damit auch noch nachts in den Wald. Nicht hier in Afrika. Nur ein Zauberer tut so was.«

»Was wollte der von uns?«

Ze Zé zuckte mit den Achseln. Schob das Messer vorsichtig neben die anderen in einen der Schlitze des Messerblocks und richtete die Rücken aneinander aus.

»Woher soll ich das wissen? Es ist auch besser, es nicht zu wissen. Wenn du an so was glaubst, ist das sowieso besser, und wenn du nicht daran glaubst, kann es dir egal sein, oder?«

Ze Zé grinste über das ganze Gesicht, begeistert von dieser Art Logik, einer ausweglosen Logik, die mir bekannt vorkam. Einen Moment lang fühlte ich mich mit ihm verwandt.

Ob es nun klug war, an solche Dinge zu glauben oder nicht, ich beschloss, die Küchenarbeit zu beenden. Hängte die beiden feuchten Küchentücher an den Haken, Ze Zé zuliebe, der darauf achtete, dass nichts herumlag, nickte ihm zu und verließ den Küchenschuppen.

Draußen umfing mich der warme Nachtwind. Zu dem Knarren der Zikaden kam vom Fluss her das vertraute Quaken. Über den scharfen Rändern der Wolken glänzten die Sterne. Niemand da. Nur Felicité. Sie saß im Schein der Windlichter an der abgeräumten Tafel und rauchte.

»Kann ich mich zu dir setzen?«

Ich erhielt einen Blick. Egal, ich konnte mich nur blamieren.

»Sicher.«

Ich setzte mich an die Tafel. Sah ihr dabei zu, wie sie einen Zug aus ihrer Zigarette nahm. Ihre braune Schulter mit dem Träger des Büstenhalters darauf, ihr Schlüsselbein, über dem die Haut sich spannte, ihr Hals. Ich habe eine Schwäche für Übergänge bei Frauen. Wo sich die Glieder fügen. Nacken, Ellbogen, Hüften, das kann mich betören. Lea zum Beispiel hatte kleine, feste Hände, die Handflächen kaum breiter als ihre Handgelenke.

»Du bist mir nicht böse?«, fragte ich.

Sie schüttelte den Kopf.

»Nein. Ich bin dir nicht böse«, sagte sie. Sie griff nach ihrem Glas. »Vielleicht sollte ich erklären, weshalb ich den Ruf habe, etwas von Magie zu verstehen. Das ist es ja wohl, was Fox gemeint hat.«

Sie sah mich an, als wollte sie herausfinden, ob man mir etwas anvertrauen könne, ein wenig Spott dabei. Ich machte ein Gesicht wie jemand, dem man alles anvertrauen kann.

»Meine Familie lebt auf Martinique. Wir stammen von afrikanischen Sklaven ab. Außerdem von chinesischen und indischen Einwanderern, die für die Franzosen Wäsche wuschen und Häuser bauten. Ein paar Europäer sind bestimmt auch noch in der Mischung. Ich habe mich immer für Afrika interessiert. In Haiti habe ich Candomblé-Kulte studiert und hier in Libreville die Wurzeln davon bei den Bantu.«

»Was ist Candomblé?«

»So etwas Ähnliches wie Voodoo.«

»Was machst du überhaupt hier in der Lodge?«

»Dasselbe wie du. Ich brauche Geld. Ich will promovieren. Fox war auf einem Vortrag, den ich in Libreville gehalten habe. Anschließend hat er meine Arbeiten gelesen. Da hat er mir angeboten mitzumachen.«

Ich konnte mir vorstellen, dass Fox Platz auf seiner Liste geschaffen hatte, auch wenn sie noch so voll gewesen war, als er Felicité begegnet war. Ich an seiner Stelle hätte den Personalplan auch angepasst.

»Ich hätte gern eine Zigarette«, sagte ich.

Sie gab mir das Paket und ihr Feuerzeug. Ich nahm eine Zigarette heraus und steckte sie an. Der Rauch machte mich schwindlig, aber wieder mutiger.

»Ze Zé hat vorhin gesagt, der Alte, von dem ich dir erzählt habe, wäre womöglich ein Zauberer gewesen. Glaubst du an Zauberei?«

»Ich glaube an Magie, Bern', und ich glaube nicht daran. Aber das heißt nicht, dass ich unvorsichtig wäre. Man kann auch Vorsicht üben, wo man etwas nicht glaubt, oder?«

Ich hätte jetzt sagen müssen, ich verstünde das, aber ich wollte nicht wie ein Idiot wirken, also schwieg ich, ich verstand es auch im Grunde nicht. Ich versuchte lieber, wie jemand zu wirken, dem man vertrauen kann, das lag mir. Wenn ich überhaupt etwas kann, dann diesen Eindruck erwecken. In Felicités Lächeln erkannte ich problemlos indische, chinesische, afrikanische und französische Vorfahren, zusammen mit den spiegelnden Fünkchen der Windlichter, die in ihren Augen tanzten. Um Boden unter die Füße zu bekommen, wollte ich gerade zu ihr sagen, dass der alte Waldschrat wahrscheinlich nur das Moskitonetz haben wollte und dazu noch ein paar Zigaretten, als man ein Flugzeug kommen hörte. Das Motorengeräusch näherte sich. Wir drehten uns um und sahen die Lichter der Maschine über den Bäumen. Sie tauchten dahinter weg, das Flugzeug landete. Kurz darauf wurde das Gas weggenommen, der Motor tuckerte aus.

»Da kommt unser neuer Gast«, sagte Felicité.

»Kennst du ihn?«

»Nein. Ich habe heute im Internet nachgesehen, nachdem Olson, der nebenbei bemerkt ein richtiges Ekel ist«, sie warf die Zigarette zu Boden und trat heftig darauf, »nachdem Olson mir seinen Namen gesagt hat. De Vries heißt er. Komm, wir sehen ihn uns an.«

»Ein Ekel?«

»Olson starrt mich dauernd an. Außerdem versucht er, mich anzufassen, kaum bin ich in Reichweite. Gestern, als ihr nicht da wart, war ich deswegen den ganzen Tag bei Ze Zé in der Küche oder in meiner Hütte.«

Vom Regen in die Traufe, dachte ich, was Ze Zé anging. Wenn Olsons Charakter seinem Aussehen entsprach, wäre wahrscheinlich jede Frau in seiner Reichweite in Gefahr. Und Felicité war die Einzige hier, die in Frage kam.

»Seit wann ist Olson denn überhaupt hier?«

»Der kam eine Woche, ehe du kamst und dieser Wessing.«

»Und wer hat das Flugzeug geflogen?«

»Na, Fox. Er hat ihn mitgebracht und war nicht gerade begeistert, aber was sollte er machen.«

»Verstehe ich nicht, musste er ihn denn einstellen?«

Felicité warf mir einen Blick zu. »Die Regierung meint, dass wir beschützt werden müssen.«

»Aha«, sagte ich. »Wovor?«

»Lass mal, Bern'«, sagte Felicité. »Darüber reden wir später, okay?«

»Und wer ist das jetzt, dieser De Vries?«

»Ein Diamantenhändler aus Kapstadt. Er hat sich nicht offiziell angemeldet. Ich wüsste gern, wieso der plötzlich in einer Nacht-und-Nebel-Aktion hierherkommt.«

Von der Piste her näherte sich ein Lichtschein. Olsons Bärenumriss wurde erkennbar, ausgeschnitten von einer den Boden beleuchtenden Taschenlampe. In seiner Begleitung befand sich ein groß gewachsener, hagerer Mann mit einer Reisetasche in der Hand, einen hellen Hut auf dem Kopf. Ein Stück entfernt am Rand des Rollfelds wartete Fox zusammen mit Wessing. Wessing ging den Ankommenden allein entgegen, er nahm De Vries die Tasche ab, der schüttelte ihm die Hand. Man hörte sie lachen, sie blieben beieinander stehen. De Vries sagte laut etwas, die Worte klangen nicht englisch und nicht französisch. Afrikaans, dachte ich. Wer den Büffel sattelt, der – wie war das noch? De Vries schlug Wessing auf die Schulter, dann setzten sie sich zu dritt in Bewegung.

Als sie bei Fox ankamen, zog De Vries seinen Hut, einen altmodisch aussehenden Panamahut, und reichte Fox die Hand. Der Gutsbesitzer kommt zurück, wird von den Knechten und vom Verwalter begrüßt, so etwa wirkte die Szene. Seltsam. Fox zeigte kein Lächeln, er hatte wohl keines parat, das in die Situation passte. Wir gingen hinüber, Felicité und ich, und begrüßten De Vries.

Amüsierte hellgraue Augen, die einen rasch musterten, ein hageres Vogelgesicht. Er konnte gewinnend lächeln, seine Manieren beeindruckten sogar Felicité, die er mit genau der richtigen Portion Bewunderung begrüßte. Er schien nur ihr Gesicht zu beachten, musterte sie nicht wie ein pleitebedrohter Bordellbesitzer. Bloß ein feines Lächeln, eine charmante Bemerkung und ein Satz auf Französisch, den sie geschmeichelt beantwortete, ihr Haar dabei mit einer Hand richtend.

Auch ich fühlte mich wahrgenommen. De Vries wandte sich mir zu, als wäre er nur meinetwegen hergekommen, schüttelte mir kräftig die Hand.

»Herr Jesper, nicht wahr?«, sagte er in steifem Deutsch mit

holländisch klingendem Akzent. »Guten Abend. De Vries. Ich habe schon einiges von Ihnen gehört. Man hat mir erzählt, Sie arbeiten über Ameisen. Sie werden genug Forschungsobjekte hier vorfinden, habe ich recht?«

Ich brauchte nichts zu sagen, ein freundliches Nicken reichte. So bewegte sich unsere kleine Gruppe plaudernd in Richtung des Gästedorfs, das heißt: De Vries plauderte mit Felicité. Über die Windward Islands, die er gut kannte, und über Martinique, wo die schönsten Frauen der Welt lebten, sie könne das ruhig persönlich nehmen. Und so weiter.

Wir anderen folgten schweigend. Olson mit dem Blick eines Attentäters, er trug De Vries' Tasche und dazu unverkennbar ein Gewehr, das in einem Lederfutteral steckte. Wessing warf Fox ab und zu einen Blick zu, und Fox wirkte, als habe er etwas Wichtiges vergessen, was ihm nicht einfallen wollte. Einmal blieb De Vries stehen, vom Konzert der Zikaden umgeben unter dem Nachthimmel, an dem die Milchstraße bis hinab zum Horizont reichte. Breitete die Arme aus und schaute in die Runde, als habe er die Sterne persönlich herbestellt. Niemand sagte etwas dazu.

Ich hatte Küchendienst, wie jeden zweiten Tag. Meine Erfahrungen im Dienstleistungsgewerbe kamen mir zustatten, es fiel mir nicht schwer. Mehr noch, ich machte es eigentlich ganz gern. Wenigstens eine Arbeit, bei der ich das Gefühl hatte, nützlich sein zu können. Ich stellte mich dabei ganz geschickt an, tat, was man mir anwies. Beim Abräumen des Frühstücksbuffets draußen sprach mich De Vries an, der an der Tafel sitzen geblieben war. Ob ich Lust hätte, einen Kaffee mit ihm zu trinken. Ich bejahte, ging in den Küchenschuppen und holte eine volle Kanne. Zu Ze Zé und Farouk sagte ich, dass ich später weitermachen würde, sie sollten den Abwasch stehen lassen.

»Setzen Sie sich zu mir, Herr Jesper«, sagte De Vries.

Ich goss Kaffee in unsere Tassen.

»Mit Ihnen zu sprechen ist nicht nur interessant, Herr Jesper, es ist auch eine Gelegenheit, mein Deutsch zu verbessern.«

Seine von vielen Fältchen umgebenen hellgrauen Augen. Das zurückgekämmte graue Haar mit den tiefen Geheimratsecken.

Ich schätzte ihn auf fünfundsechzig, aber auf den ersten Blick sah er wesentlich jünger aus.

»Ihr Deutsch ist sehr gut«, sagte ich. Er war ein Gast, also machte ich Konversation. »Wo haben Sie in Deutschland gelebt?«

»Ich habe gar nicht dort gelebt«, sagte De Vries. »Wir hatten eine deutsche Angestellte. Sie war so etwas wie meine – auf Deutsch sagt man, glaube ich, Kinderfrau. Sie hat mir deutsche Lieder vorgesungen. Lieder vom Wald, vom Meer, solche Lieder, wissen Sie. Die deutschen Lieder sind sehr schön. Ich sage das nicht nur aus der Perspektive des Kindes.«

De Vries beobachtete mich. Sein prüfender Blick enthielt Wohlwollen, nichts anderes.

»Sie hieß Margarete, das ist doch ein sehr deutscher Name, oder nicht? Nun, ich heiße Knud, das könnte deutsch sein, aber es kommt aus dem Holländischen.«

Er trank einen Schluck Kaffee, seine Möwenaugen wanderten über die spitzen Grasdächer der Gästehäuser hinüber zum Fluss. Einen Moment lang dachte ich, er habe dort etwas bemerkt. Nichts zu sehen. De Vries wandte sich wieder mir zu.

»Die Niederländer sind in der ganzen Welt angekommen, Herr Jesper. Fromme und tapfere Leute. Sie waren immer sehr unternehmend, sagt man so?«

»Unternehmerisch«, korrigierte ich.

»Ja, genau. Sie haben sich aufgemacht in die Welt, mit Bibel und Gewehr. Das stimmt jetzt wieder nicht ganz, sprachlich, meine ich.«

»Mit Bibel und Flinte, sagt man.«

»Genau. Mit Bibel und Flinte.«

»Ihre Vorfahren waren Buren?«

»Ja. Und ich bin auch einer.« De Vries lachte laut und herzlich. »Nun ja, nehmen Sie das nicht zu ernst, Herr Jesper. Man ist bei uns stolz auf seine Vorfahren, es ist nichts Nationales, eher Respekt. Vor ihrem Unternehmergeist, oder wie man da sagt.«

»Unternehmungsgeist?«, schlug ich vor.

»Ja, das ist gut. Unternehmungsgeist. Was für ein kompliziertes Wort, das ist auch sehr deutsch, oder?«

Ich zuckte innerlich mit den Achseln. Konversation, dachte ich. De Vries schenkte mir Kaffee nach.

»Wie sind Sie in diese Lodge gekommen, Herr Jesper? Durch Ihren – Unternehmungsgeist?«

De Vries' helle Augen ruhten auf mir. Wenn sich jemand für mich interessiert, nimmt mich das immer für ihn ein.

»Gustav Wessing hat mich angeheuert. In Berlin, auf einem Schrottplatz.«

»Gustav also. Oh, Gustav ist auch sehr unternehmend. Er könnte ein Bure sein. Wir kennen uns schon lange, müssen Sie wissen. Auch Lars Olson kenne ich gut. Wessing und Olson haben früher für mich gearbeitet. Das erzähle ich Ihnen mal bei Gelegenheit. Wir haben interessante Sachen gemacht, auf einer Farm mit großer Jagd in Namibia, die gehört meiner Familie.« De Vries winkte mit der Hand ab, als sei das jetzt nicht von Bedeutung. »Nun, und Olson hat mich hergebracht, gestern. Ich wollte mal hier vorbeikommen, einen Besuch machen. Bei uns in Afrika besucht man sich gern, Herr Jesper. Wir halten auf gute Nachbarschaft.«

Ich glaubte, eine Frage herausgehört zu haben, die ich nicht beantworten konnte. Was immer er von mir wollte, ich hatte nichts beizusteuern als höfliche Aufmerksamkeit.

»Was für ein – Unternehmen, wenn ich so sagen darf, betreiben Sie, Herr De Vries?«

»Ich kaufe Diamanten.«

Ich musste lachen. »Verkaufen Sie sie auch wieder?«

»Nicht gern. Es kommt auf die Diamanten an. Manche verkaufe ich wieder. Manche nicht.«

De Vries kramte in der Tasche seiner Leinenjacke. Er legte einen milchweißen Stein auf den Tisch, so groß wie eine Haselnuss.

»Nehmen Sie mal.«

Ich nahm den Stein in die Hand. Er hätte ein Kieselstein von einem Flussufer sein können, aber ich ahnte, was es war.

»Ein Diamant?«

De Vries nickte. Seine Augen ruhten auf mir. »Ja. Das ist einer, den ich nicht verkaufen möchte.«

Ich nahm an, dass er gefragt werden wollte, was der Diamant wert sei, und tat ihm den Gefallen.

»Ist er sehr wertvoll?«

De Vries zuckte die Achseln. »Ja. Natürlich ist er wertvoll. Die Farbe, die Form. Was man daraus machen kann, welchen Schliff und all das. Aber das ist es nicht.«

Ich drehte den Rohdiamanten zwischen Daumen und Zeigefinger. Versuchte, seine Farbe zu erkennen. Er war weiß, ein klein wenig Rosa darin.

»Was ist er wert?«

»Ein paar tausend Dollar, so wie er jetzt ist. Vier-, fünftausend. Aber, wie ich schon sagte, das ist es nicht. Was glauben Sie, Herr Jesper, macht den Reiz von Diamanten aus? Nicht ihre Schönheit, das ist nicht der wirkliche Reiz. Niemand kann auf einer Dinnerparty ein gutes Imitat von echten Steinen unterscheiden. Sie brauchen eine Lupe und eine Menge Sachverstand. Nein. Es ist was anderes, es ist das Blut, Herr Jesper. Das Blut, das daran klebt, und die unglaubliche Mühe, die darinsteckt. Das ist es, und die Tatsache, dass Diamanten bloß aus Dreck bestehen, aus sehr konzentriertem Dreck allerdings, der schwer zu bekommen ist.« De Vries lachte leise. »Diamanten sind purer Luxus. Sie sind verwandelter Dreck, für den Menschen gestorben sind und für den man sehr viel bezahlen muss. Ein nobles Spielzeug für Frauen, die versessen darauf sind, sie zu tragen, und für Männer, die sie besitzen wollen. Sie sind für nichts anderes zu gebrauchen als für den puren Luxus. Darin besteht ihr Reiz.«

Ich legte den Diamanten vorsichtig auf den Tisch. De Vries musterte mich amüsiert. Seine hellen Augen, die Fältchen darum führten winzige Bewegungen aus. Das Porträt eines Weißkopfseeadlers fiel mir ein, sein helles Auge, Zentrum eines Orkans in dem gesträubten Gefieder.

»Ich glaube, ich sollte in der Küche weitermachen.«

De Vries erhob sich ebenfalls. »Ich hoffe, ich habe Sie nicht gekränkt, Herr Jesper. Das war nicht meine Absicht. Sie alle, Sie und Ihre Kollegen, tragen dazu bei, dass Afrika bleibt, wie es einmal war. Wir Afrikaner sind Ihnen zu Dank verpflichtet.«

De Vries' Gesichtsausdruck hätte nicht überzeugender sein können.

»Danke«, sagte ich lahm.

»Ich möchte Ihnen den Diamanten schenken, Herr Jesper. Sie sind mir sympathisch, und Sie hören meinen Geschichten zu, das ist sehr freundlich.«

»Das kann ich nicht annehmen. Tut mir leid.«

De Vries griff nach meiner Hand, öffnete sie ohne Umstände und legte den Diamanten hinein, wie man einem Kind eine Murmel gibt.

»Machen Sie mir die Freude. Es verpflichtet Sie zu nichts. Ich leiste mir manchmal Gesten wie diese, es amüsiert mich. Für mich ist es ein Vergnügen, und Sie können damit machen, was Sie wollen.«

De Vries nickte mir zu und verließ die Tafel. Ich stand da, einen Rohdiamanten von einigen tausend Dollar Wert in der Hand – dass das zutreffend war, bezweifelte ich nicht –, und fühlte mich unwohl. Nicht verpflichtet, das nicht. Ich öffnete meine Hand, sah mir den Diamanten an, sein milchiges Rosa, in dem eine Kostbarkeit steckte, und ich spürte, dass De Vries mich mit diesem Stein infizieren wollte wie mit einem Keim. Ich steckte den Stein in meine Hosentasche und ging in den Küchenschuppen.

Was mich geärgert hatte, wurde mir erst nach einer Weile klar, erst nachdem ich neben einem vor sich hin maulenden Ze Zé allein einen Berg Abwasch sauber gespült hatte. Was mich wirklich ärgerte, war, dass De Vries in mir anscheinend die schwächste Stelle des Systems sah, und ich fragte mich, ob er damit recht hatte.

Am Nachmittag kam Olson mit dem vollbepackten Flugzeug zurück. Wir luden zentnerweise Mineralwasser aus, Bierdosen, Kartons mit Tiefkühlkost, Gemüse und Obst. Und vier tote Perlhühner, noch nicht gerupft, für das Abendessen. Ze Zé hatte sie bestellt. Stand daneben mit der Miene eines Sklavenhändlers und drückte zwischen Daumen und Zeigefinger den Hühnern prüfend die blassroten Kämme. Er beabsichtigte, Perlhuhn mit Morcheln zu kochen, dazu sollte es Möhrengemüse und ein Gratin aus Yamswurzeln geben.

Anschließend saß ich allein im Küchenschuppen und hielt

eines der toten Hühner auf den Knien. Ratlos, nachdem Ze Zé mir im Hinausgehen die Anweisung erteilt hatte, ich solle schon mal mit dem Rupfen anfangen. Farouk könne mir helfen, wenn er auftauche, er, Ze Zé, habe jetzt keine Zeit, nach ihm zu suchen. Er müsse mit Felicité die Einkaufsliste für die nächsten drei Tage besprechen, nachdem man nun einen Gast mehr habe. Anzunehmen, dass die Besprechung länger dauern würde.

Ich schaute auf das tote Perlhuhn in meinem Schoß, wusste, dass noch drei auf dem Deckel der Tiefkühltruhe lagen. Auf den schwarzen Federn des Huhns saßen weiße Punkte, wie mit dem Pinsel aufgetupft und so geschmackvoll der Größe jeder einzelnen Feder angepasst, dass man sich das Huhn anders gar nicht hätte denken können. Seine Augen waren geschlossen, sie gaben seinem Antlitz einen entschlossen verweigernden Ausdruck, als habe es sich dafür entschieden, sich mit nichts Irdischem mehr zu befassen. Der Kopf ganz federlos, die dünne, runzlige Haut um die bewimperten Augen von einer überraschenden Zartheit, die auch die beiden Hautkämme am Kinn besaßen, sie hatten die Farbe von Lippenrot. Nur die harten Füße, gelb geschuppt, erinnerten an die Abkunft der Vögel von den Dinosauriern.

Ich stellte mir die Ahnen des Perlhuhns vor, flinke kleine Raptoren, die in Scharen kreischend über hügeliges Gelände rannten und ihre mit rudimentären Federn besetzten Vorderbeine zum Segeln ausstreckten, wenn sie auf der Flucht vor größeren Räubern über eine Senke hinwegschwebten. Das Huhn nahm an meinen Überlegungen nicht teil, es ruhte vornehm im Zentrum seiner Außerweltlichkeit und wartete darauf, dass ich es rupfte. Das stand ihm ja zu, es sollte gegessen werden und nicht ungenutzt verderben. Ich fing mit einer Flügelfeder an, versuchte, sie herauszuziehen. Es ging nicht. Die Feder steckte im Fleisch wie hineingeschossen. Ich griff fester zu. Riss heftig an dem totenstarren Körper, dabei biss ich mir auf die Lippen. Das Huhn gab die Feder nicht her.

Herzliches Lachen vom Eingang her. Farouks Schattenriss verdunkelte den Raum. Seine breiten Schultern, die Baseballkappe, die Hände in den Taschen seiner Shorts.

»Bernd rupft ein Huhn. Mann, das muss ich fotografieren.«

Er fingerte sein Handy aus der Hosentasche, um sein Vorhaben in die Tat umzusetzen. Ich erhob mich, holte aus. Das Huhn traf Farouk an der linken Schulter. Er war unvorbereitet und ging zu Boden wie ein gefällter Baum. Schon stand ich neben der Kühltruhe und schwang das zweite Huhn über die Schulter, während Farouk sich hochrappelte, die Hand abwehrend ausgestreckt.

»Nein, Bernd, bitte nicht noch eins.« Er lachte Tränen. »Es reicht, ich helf dir, okay?«

Ich ließ das Huhn fallen. »Du rupfst das erste und ich das zweite, in Ordnung?«

Es war natürlich ganz einfach. Farouk setzte den Wasserkocher in Gang und übergoss alle Hühner erst einmal mit kochendem Wasser. Bald rupften wir wie im Akkord, einträchtig nebeneinandersitzend. Um unsere Füße wuchs ein Haufen schwarzer Federn, kleine Flaumfedern schwebten wie Rußwölkchen durch den Küchenschuppen.

»Was wollt ihr bloß machen, wenn man euch das Essen nicht mehr in Form von Steaks serviert?«, brummte Farouk, der vor sich hin rupfte, als habe er sein Lebtag nichts anderes gemacht.

Auf diese Frage gab ich keine Antwort. Ich war zufrieden damit, dass ich den Dreh jetzt raushatte. Die gelbe Haut des Huhns, das ohne seine Federn immer magerer wurde, sah nicht appetitlich aus. Es erinnerte mich an die ungenießbar aussehenden Suppenhühner, um die ich im Supermarkt immer einen Bogen gemacht hatte. Aber Farouk rupfte voller Vorfreude. Ze Zé, versicherte er, werde aus den Hühnern eine Delikatesse machen.

»Ein Huhn kann man auf hundert Arten zubereiten«, sagte er. »Ein Huhn ist überhaupt das Größte.«

Farouk führte weiter aus, dass er am liebsten Huhn mit Knoblauch, Pfefferschoten und Zitrone esse, das sei deftiger als Ze Zés Rezept, aber dafür einfacher zu machen. Ein arabisches Gericht, das seine Mutter gern zubereitet habe, dazu habe es Couscous gegeben.

»Der echte Couscous wird von Hand gemacht, den kannst du nicht kaufen. Das Mehl reibt man mit der Hand in einer irdenen Schüssel zu kleinen Klümpchen, das dauert Stunden.«

Ich verbot mir die Bemerkung, dass man in dieser Zeit deutlich Nützlicheres hätte anstellen können, fragte stattdessen: »Sind deine Eltern Moslems?«

Farouk starrte mich wütend an, das tote, halb nackte Huhn hing in seiner Faust. »Wieso willst du das wissen? Sind das schon wieder solche beschissenen Vorurteile, bloß weil ich gesagt habe, ich esse gern arabische Gerichte, oder was?«

»Jetzt halt mal die Luft an«, sagte ich. »Ich wollte es nur wissen. Vorurteile habe ich überhaupt keine. Von mir aus kannst du aus einer Familie von Menschenfressern kommen.«

Farouk lachte. Glucksend, als sei eines der Hühner wieder zum Leben erwacht. Stieß Luft aus der Nase und sagte: »Okay, ich bin da empfindlich. Sie waren Moslems, und ich wollte nichts damit zu tun haben. Ich habe sie wahrscheinlich jahrelang gekränkt. Ich war modern, verstehst du, ich habe sie verachtet. Ich war dumm, das will ich eigentlich damit sagen.«

Von draußen näherten sich Stimmen. Ze Zés werbender Bariton, weiche klangvolle Vokale. Und er quasselte ohne Pause, demnach kam er mit Felicité. Als sie den Schuppen betraten, riss sie die Augen weit auf. Farouk und ich hielten die vier weitgehend gerupften Hühner wortlos an den Hälsen in die Höhe. Es musste ausgesehen haben wie ein Gruppengalgen. Ze Zé fasste sich an die Stirn und sah zum Himmel.

»Pfui Teufel«, sagte Felicité. »Was ist das?«

»Siehst du«, sagte ich zu Farouk. »Felicité kauft auch im Supermarkt.«

Wir erfuhren, dass es möglicherweise noch einen weiteren Gast geben werde. De Vries habe Fox gebeten, einen seiner Freunde für ein paar Tage aufzunehmen. Ze Zé meinte, Fox sei stinksauer.

»Er hat gesagt, wenn das so weitergeht, schmeißt er alles hin. Er lässt sich nicht so behandeln. Bernd, hol mal die Morcheln aus dem Regal. Zwei Gläser. Getrocknete braune Pilze sind drin.«

»Ich weiß, wie Morcheln aussehen.«

Ich suchte die Gläser aus dem Regal. Felicité hatte sich an den Tisch gesetzt, sie knackte eine der beiden Dosen mit Orangensaft auf, die Ze Zé aus dem Kühlschrank geholt hatte. Ehe Ze Zé nach der anderen greifen konnte, hatte Farouk sie sich geschnappt.

»Wir gehören auch zur Familie«, sagte Farouk ungerührt und

warf mir die Dose zu. Ze Zé kramte daraufhin mit gerunzelter Stirn zwei weitere Dosen aus der Truhe.

»Weich die Morcheln in einer Glasschüssel ein«, brummte er. »Eine Stunde lang. Dann fischst du sie mit dem Sieb raus und tust sie in eine zweite Schüssel. Gieß das Einweichwasser vorsichtig dazu. Der Sand muss in der ersten Schüssel bleiben. Mach das hin und her, bis kein Sand mehr drin ist.«

Ich öffnete den Orangensaft. Ze Zé hatte sich inzwischen die Hühner geschnappt, warf sie nebeneinander auf ein Holzbrett und hackte ihnen mit dem Fleischerbeil die Köpfe ab. Felicité sah in die andere Richtung und hielt sich die Ohren zu.

»Wieso ist Fox sauer?«, fragte ich, als die enthaupteten Hühner aus dem Blickfeld waren.

Felicité hatte das Kinn elegant in die Hand gestützt. Mit der Fußspitze bohrte sie angeekelt in dem schwarzen Federhaufen.

»De Vries hat sich selbst eingeladen«, sagte sie. »Fox fühlt sich übergangen. Das gilt auch für unseren neuen Gast«, Felicités Brauen hoben sich, »Herrn Saffkin«, sagte sie gedehnt.

»Na gut. Aber warum sollten keine Gäste kommen? Zahlen sie nicht?«

Felicité kickte ein Häufchen Perlhuhnfedern in die Luft. Sie sah prüfend an ihrem ausgestreckten Bein entlang, während die Federn langsam wieder auf den Boden hinunterschwebten.

»Sie zahlen schon. Der Punkt ist: De Vries und Saffkin haben vermutlich gute Kontakte nach Libreville. Und wenn die Regierung etwas von ihm will, kann Fox nicht Nein sagen. Ich denke, er wollte einfach vorher gefragt werden.«

Felicité sah zu Ze Zé hinüber, der eine Marinade zusammengerührt hatte und die Hühner damit einpinselte. Es roch intensiv nach Muskat und Pfefferschoten.

»Jedenfalls ist klar, zumindest mir, dass weder De Vries noch Saffkin hier Urlaub machen wollen«, sagte Felicité. »Saffkin kam vor einer Stunde mit dem Flugzeug an. Er hatte nichts als einen Laptop dabei. Was er hier wirklich will, das weiß niemand von uns, das weiß nur De Vries.«

FÜNF

De Vries enthob uns am Abend aller Spekulationen über Saffkin. Nachdem die Giulianis und Frau Dr. Decker sich an der abendlichen Tafel eingefunden hatten, erschien er in Begleitung eines charmanten dunkelhaarigen Herrn in den Vierzigern, der einen hellen Anzug und eine Krawatte trug und mich an George Clooney erinnerte. Ich hatte eben den Aperitif serviert, eine Runde Prosecco, und mich danach ebenfalls zu Tisch gesetzt.

Fox hielt auf rotierendes Placement, diesmal war die Ärztin meine Tischnachbarin. Wessing und Olson fehlten. Ich konnte mir vorstellen, dass sie zusammen in die Stadt geflogen waren, vielleicht weil das Nachtleben hier nicht ihren Vorstellungen entsprach. In einer Dreiviertelstunde war man mit dem Flugzeug in Libreville. De Vries stand neben der Tafel, sein Sektglas in der Hand. Er wartete, bis die Unterhaltung versiegte.

»Ich darf Ihnen Alexander Saffkin vorstellen«, sagte er. »Er ist mein Geschäftspartner aus Kasachstan. Herr Fox ist mir entgegengekommen, ich bin sehr dankbar dafür. Ich habe erfahren, dass Alexander zurzeit in der Nähe ist, und Herr Fox hat ihn auf meine Bitte hin eingeladen, ein paar Tage hier zu verbringen. So kann ich das Angenehme mit dem Nützlichen verbinden.«

Saffkin verneigte sich ein klein wenig und sah in die Runde.

»Alexander Saffkin. Für meine Freunde Sascha«, sagte er mit starkem Akzent. Er blieb stehen, und Fox erhob sich, um ihn zu begrüßen. Er schüttelte ihm die Hand, ließ dabei allerdings die Grußformel »Willkommen im Park« weg, die für mich vor einigen Tagen eine Verheißung gewesen war.

Wir tranken alle einen Schluck Sekt auf das Projekt. Anschließend teilte Fox uns mit, das Programm sehe als nächsten Höhepunkt einen Besuch bei Schimpansen vor, etwas ganz Besonderes, führte er aus, nachdem die Schimpansen in ganz Westafrika inzwischen durch Ebolaviren dezimiert worden seien. In Gabun sei das noch kein großes Problem, die Populationen wären nur wenig betroffen, man könne noch etwas tun. Fox sprach von Schluckimpfungen, und sofort musste ich mir die Schimpansen in einer Reihe vorstellen, wie sie ihr Stück Zucker abholten, erfuhr aber, dass man Früchte mit dem Impfstoff versehe und für die Affen auslege. Von unserem Mitarbeiter Farouk M'bele, Wissenschaftler und Berater des Landwirtschaftsministeriums, würden wir aus berufenem Munde alles über Schimpansen erfahren, was man über sie wissen könne.

Ich stand auf, ging in die Küche und half beim Auftragen des Abendessens. Stellte vor jeden der Gäste einen von Ze Zé mittels Balsamicocreme kalligrafisch signierten Vorspeisenteller und drehte ihn, bis er richtig stand und appetitlich aussah.

Felicité trug heute ein elegantes Top und einen kurzen Baumwollrock, der ihre gemeißelten Knie sehen ließ. Sie saß zwischen Saffkin und De Vries. Ein schönes Bild. Felicité im Kerzenlicht mit ihrem schneeweißen Lächeln, die ebenso weißen Hemden der beiden Männer. Ein Trio, das auch in Leas Hotel Punkte gemacht hätte, man hätte den dreien sicher einen der Tische gegeben, die dicht an den Glasfenstern zur Straße standen.

Im Vorübergehen hörte ich Saffkin russische Brocken reden, verstand das Wort »Astrachan«. Hörte De Vries und Saffkin verschwörerisch lachen, roch das Parfum von Felicité. Frau Dr. Decker bekam von mir ihren Salat aus Zucchini in feinen Juliennestreifen mit Frühlingszwiebeln und Avocadowürfeln serviert, Ze Zé hatte sich Mühe gegeben. Ich drehte ihn, bis er richtig stand.

Dann war ich fertig und setzte mich auf meinen Platz.

»Ich dachte, Ebola wäre eine Krankheit, die nur Menschen bekommen«, sagte ich zu der Ärztin.

»Bushmeat«, antwortete sie gleichmütig, während sie mit der Gabel in ihren Reptilienfingern das Gemüse sortierte. »Davon kommt es. Ebola ist eine der Krankheiten, die man vermeiden könnte.«

»Was ist Bushmeat? Klingt wie ein Gericht.«

Das Perlhuhn, fand ich, war ausgezeichnet, sehr zart. Das Morchelaroma passte wunderbar zu dem grob geschroteten weißen Pfeffer.

»Es ist kein Gericht«, sagte Frau Dr. Decker. »Es ist das Fleisch von abgeknallten Dschungeltieren, hauptsächlich von Affen. Ein

Nebengeschäft beim Abholzen der Wälder. Die Holzfällertrupps sind bewaffnet. Sie schießen auf alles, was sie sehen, und hacken es dann mit der Machete klein. Das essen sie selbst und verkaufen es in den Dörfern. Das Fleisch ist ein idealer Nährboden für den Virus, und der infiziert eben am liebsten Affen und Menschen. Die Leute in den Dörfern reißen den Holzfällern das Fleisch aus der Hand. Sie dürfen nicht auf die Jagd, und sie können auch nicht zum Metzger gehen.«

Ich nahm einen Perlhuhnflügel, sah ihn einen Augenblick lang an und legte ihn langsam wieder auf den Teller zurück. Mir war flau geworden.

»Einen Toast auf den Koch«, sagte De Vries gerade uns gegenüber.

Saffkin und Felicité hoben ihre Gläser. Saffkin hätte gut zu Felicité gepasst. Sein Anzug war bestimmt auf Maß gemacht, er bewegte sich sicher und gelassen. An seinem Handgelenk glänzte unter der Manschette eine goldene Uhr. Lea hatte mir einmal erklärt, dass ein erfahrener Rezeptionist an der Armbanduhr den Stil eines Gastes einschätzen könne: bloß protzig oder wirklich elegant. Vielleicht deshalb, weil man an der Rezeption die Schuhe nicht sehen konnte. Auch diese Lektion hatte ich wie so manche nicht vollständig gelernt, jedenfalls sah das, was an Saffkins Handgelenk glitzerte, als er sein Sektglas erhoben hielt, eher protzig als elegant aus.

»Sie haben in Afrika gearbeitet?«, fuhr ich in meiner Konversation mit Frau Dr. Decker fort. Ich wollte nichts mehr von verseuchtem Fleisch hören. Die vier gerupften Perlhühner, nackt und sehr tot aussehend, waren mir wieder vor Augen gekommen.

»Ich war im Sudan«, sagte sie. »Für Ärzte ohne Grenzen. In Darfur.«

»War das interessant?«

»Wie man's nimmt«, sagte sie. »Wir haben es mit knapper Not überlebt. Das letzte Flugzeug kam nicht mehr durch. Wir saßen im vorletzten.«

Jetzt wäre es mir fast lieber gewesen, sie würde wieder vom Essen reden. Sie lächelte, als habe sie meine Gedanken erraten, und sagte:

»Lassen wir das. Das gehört nicht hierher. Aber dort habe ich etwas gesehen, was ich nicht vergessen werde. Ich erzähle es Ihnen.«

Ich war auf alles gefasst.

»Ich habe einen Tankwagen gesehen, der durch die Flüchtlingslager fuhr. Ein alter Lastwagen, so marode, dass er gerade noch von der Stelle kam. In Europa hätte man so etwas nicht mehr auf die Straße gelassen. Der Tankwagen tuckerte langsam durch das Lager, alle hundert Meter blieb er stehen. Da standen schon Dutzende von Kindern mit ihren Schüsseln. Der Fahrer, ein alter Mann, stieg aus und öffnete das Ventil am Tank, um ihnen Hirsebrei in die Schüsseln zu füllen. Dann fuhr er hundert Meter weiter zur nächsten Kindergruppe und hielt wieder an.« Sie lächelte. »Diesen Mann, Herr Jesper, habe ich mehr beneidet als die meisten Menschen, die mir in meinem Leben begegnet sind, und das waren weiß Gott nicht wenig.«

Ich schaute auf meinen Teller. Auf den Perlhuhnflügel, die kleinen Morchelhälften daneben in einem Klecks dunkelbrauner Sauce, im Kreis angerichtet das Karottenhäufchen und die Juliennestreifchen aus Zucchini, farblich passend aufeinander abgestimmt.

»Ich weiß nicht, ob ich Sie das fragen darf«, sagte ich. »Wieso sind Sie eigentlich hier?«

»Ich werde sterben«, sagte sie. »In drei oder vielleicht auch in vier Monaten. Ich bin vor zwei Wochen aus einer Klinik getürmt, in München. Anschließend sollte ich in ein Hospiz gehen, vielleicht wollte ich es ja auch selbst, das weiß ich nicht mehr so genau. Ich hatte nämlich ursprünglich vor, ganz human zu sterben, ohne Aufhebens davon zu machen. Und plötzlich wollte ich Afrika noch einmal sehen.«

Das Lächeln verjüngte sie. Zum ersten Mal nahm ich wahr, dass sie grüne Augen hatte mit kleinen braunen Sprenkeln darin.

Sie machte eine Kopfbewegung hin zu meinem Teller. »Essen Sie, Herr Jesper. Das Huhn hat es verdient, dass Sie ihm die Ehre antun. Man soll seinen Teller aufessen. Mein Sohn war der Einzige aus der Familie, der mich ernst genommen hat. Er hat die Buchung über das Internet gemacht.«

Ich schwieg und aß weiter.

Uns gegenüber lachte De Vries gerade amüsiert. Und Felicité schenkte Saffkin ein Lächeln, beide Männer sahen sie bewundernd an. Ihre zimtfarbenen Schultern glänzten wie Seide. Das Leben, dachte ich, ist ein Fest. Das Huhn schmeckte mir wieder.

»Sind Sie schon immer Vegetarierin gewesen?«, fragte ich.

»Nein, überhaupt nicht«, sagte Frau Dr. Decker. »Sie glauben nicht, wie gerne ich einen Schweinsbraten mit Knödeln essen würde. Oder Ihr Huhn hier. Aber dann wäre ich in vier Wochen schon tot. Mit Rohkost lebe ich ein bisschen länger, das ist alles. Einen Rest Vernunft braucht man auch im Umgang mit dem Tod. Man sollte es nicht glauben, aber sterben ist eine Kunst. Deshalb brauche ich unter anderem viel Schlaf.« Sie schenkte mir erneut ein faltiges Lächeln. »Gute Nacht, Herr Jesper.«

Sie stand auf, nickte in die Runde und verließ die Tafel.

Saffkin und De Vries hatten sich ebenfalls erhoben. De Vries beugte sich zu Felicité, ich sah, wie seine Hand einen Moment ihre nackte Schulter berührte. Die Giulianis unterhielten sich angeregt am Ende der Tafel mit Fox und Farouk, wahrscheinlich über geimpfte Schimpansen.

De Vries wandte sich an mich.

»Haben Sie Lust, noch für eine halbe Stunde mit uns zu kommen, Herr Jesper? Vielleicht mit einer Flasche Champagner. Und vier Gläsern.«

Felicité sah zu mir herüber. Sie nickte unmerklich.

Ich ging in den Küchenschuppen hinüber und holte eine Flasche Pommery aus Ze Zés Vorrat, machte einen Strich und ein »P« auf die Liste an der Kühlschranktür hinter De Vries' Namen. Eigentlich war alles inklusive, aber Ze Zé hatte für De Vries eine Liste angelegt, für alle Fälle.

Mit der Flasche und vier Gläsern fand ich mich auf De Vries' Terrasse ein, wo er mit Saffkin und Felicité saß, die Korbstühle hatten sie nach außen gerichtet, dorthin, wo die Nacht über dem unsichtbaren Fluss lag. Ein Windlicht stand hinter ihnen auf dem Tisch. Es war noch immer sehr warm. Die Zikaden waren in den gleichmäßigen Rhythmus verfallen, den sie die ganze Nacht durchhalten konnten. Das Windlicht warf flackernde Schatten auf die porösen Adobewände. An einem der Pfosten, die das Vordach trugen, klebte unbeweglich ein großer, ganz weißer Gecko.

Ich machte mich daran, die Champagnerflasche zu öffnen. Das war etwas, was ich konnte. Saffkin sah mir dabei zu, mit der Geistesabwesenheit, die man entwickelt, wenn man entweder sehr in Gedanken oder betrunken ist. Felicités Gesichtsausdruck war nicht zu entschlüsseln. Sie wirkte angespannt, obwohl sie mit De Vries flirtete, der sich gerade gestikulierend sein Französisch von ihr verbessern ließ. Mir war nicht klar, wohin das hier führen würde, zum Beispiel wie viel persönliche Betreuung Gäste erwarten durften. Vielleicht gab es Sonderkonditionen. Jedenfalls wollte Felicité mich dabeihaben, so viel hatte ich begriffen.

Während ich die Drähte an der Flasche aufdröselte, musste ich – so geht es mir leider oft, wenn ich nervös bin – an eine der blödsinnigen Studien denken, die ich gelesen hatte. Vielleicht fiel mir wegen der hochhackigen Schuhe Felicités, die ihre Beine übereinandergeschlagen hatte, diejenige ein, die belegte, dass Frauen, die hochhackige Schuhe tragen, schneller zum Orgasmus kommen. Weil ihre Beckenmuskulatur durch das Tragen solcher Schuhe angeregt wird – angeblich. Ich vergaß, den Korken mit der Serviette zu bremsen, es knallte. Die Zikaden hielten inne, und das Portando der Frösche vom Fluss her bekam eine kleine Delle, ehe es wieder einsetzte. Vorsichtig goss ich die Gläser voll.

De Vries lächelte mich an, deutete auf den unbesetzten Sessel in der Reihe. Er hob sein Glas und stieß mit uns an. Danach beugte er sich vor, sah an Felicité vorbei zu Saffkin hinüber.

»Was für ein Abend«, sagte er. »Mein lieber Sascha, wollen Sie unseren Freunden nicht erzählen, wie der Kaviar seinerzeit die Wirtschaft in Kasachstan in Schwung gebracht hat?«, sagte er. »Ich kenne die Geschichte schon, aber ich höre sie zu gern.«

Saffkins schwere Lider hoben sich ein Stück. Vermutlich hatte De Vries mit seinem Vorschlag weniger die kasachische Wirtschaft im Auge als seinen Gast, den er in Schwung bringen wollte. Jetlag, dachte ich, oder vielleicht das Russische schlechthin, das ich aus Berlin bereits kannte und das, wie Lea betonte, ihrer Meinung nach hauptsächlich aus Faulheit bestünde. Sie pflegte die russischen Angestellten im Hotel deshalb besonders streng zu überwachen. Ob es darüber auch Studien gab? Über den Zusammenhang zwischen Faulheit und Herkunft? Vielleicht solche wie die lustige, aber ernsthaft durchgeführte Untersuchung, die belegte, dass Leute mit großen Füßen mehr Geld verdienen als die mit kleinen, allerdings war das Geschlecht bei dieser Studie nicht berücksichtigt worden. Eine Lachnummer. Saffkin jedenfalls, fand ich, stand diese gewisse russische Faulheit gut, sie gab ihm etwas Lässiges, Frivoles. Er drehte sein Glas in der Hand und betrachtete die Farbe des Champagners, und mir fiel gleich wieder der flinke Teufel ein, der in meiner Kinderzeit so hurtig an den Bläschen hochgestiegen war.

»Nun, vor ein paar Jahren«, begann er in seinem langsamen Englisch, »gab es fast keinen Kaviar mehr auf der Welt. Ich persönlich mag das Zeug überhaupt nicht. Aber die Russen baden am liebsten darin, und die Saudis wollen ihn schon zum Frühstück.«

Saffkin stellte sein Glas auf die breite Sessellehne, ohne dass er daraus getrunken hatte. Er ließ sich zurück in die Polster sinken.

»Heute erntet man am Kaspischen Meer wieder fünfzig- bis sechzigtausend Tonnen pro Jahr«, fuhr er fort. »Zwei Drittel gehen nach Moskau, das restliche Drittel zu gleichen Teilen nach Amerika und in die Emirate. Nach Europa inzwischen um einiges mehr, seitdem die Russen dort sind. Das Geschäft läuft sehr gut. Vor zwanzig Jahren, als alles anders wurde bei uns, gab es plötzlich Banden, die mit dem Boot vom Meer her kamen und sich den Weg zu den Stören freigeschossen haben. Es ging um Devisen, ein richtiger Krieg. Als Gorbatschow Anfang der neunziger Jahre die Preise freigegeben hatte, war im großen Sowjetreich sofort alles zusammengestürzt wie ein Kartenhaus. Stellen Sie sich vor: Die Preise für Brot und Mieten wurden von der Regierung liberalisiert, aber nicht diejenigen für Öl, Gas und Metall, das bedeutete, dass Brot schlagartig teurer wurde, Öl aber nicht. Wenn Sie Russe waren oder einen Russen gut kannten, konnten Sie russisches Öl, Gas oder Metall zu einem Vierzigstel der Weltmarktpreise einkaufen und es wieder verkaufen, wohin auch immer. Mit Devisen, die kamen bei uns natürlich auch aus dem Kaviargeschäft, konnte man sibirisches Öl für einen Dollar das Barrel kaufen und in den baltischen Staaten für dreißig Dollar wieder verkaufen. Es hat vier, fünf Jahre gedauert, dann waren ein paar tausend Russen Multimillionäre.«

De Vries füllte unsere Gläser nach. Saffkin deckte sein Glas mit der flachen Hand ab.

»Ich langweile Sie nicht?«, fragte er mit einem Blick auf Felicité.

Ich langweilte mich nicht. Felicité schwieg, sie nippte an ihrem Champagner.

»Ich weiß nicht, ob ich Kaviar mag«, sagte ich, als Saffkin sich nach vorn beugte und mich ansah. »Ich habe noch nie welchen gegessen.«

»Man mag ihn, oder man mag ihn nicht«, sagte Saffkin. »Ich komme aus Atyrau. Sie wissen vielleicht nicht, wo das ist. Es liegt am Kaspischen Meer. Dort gibt es nicht nur Kaviar. Rund um das Kaspische Meer liegen Ölfelder, in Aserbaidschan, Tschetschenien, bei Astrachan, die meisten aber in Kasachstan. Wir haben eine Zukunft. Die Ölfelder von Tengiz können mit denen in Saudi-Arabien ohne Weiteres mithalten. Und wir würden die Sache gerne in der Hand behalten. Dazu brauchen wir Förderanlagen, Raffinerien, Pipelines, Vertriebswege. Mit anderen Worten, wir brauchen eine Menge Geld.«

»Sie haben die Bohrinseln vergessen«, sagte Felicité kühl. Sie hatte sich gerade eine Zigarette aus dem Päckchen genommen, das ihr De Vries anbot. Saffkin beugte sich zu ihr hinüber und gab ihr Feuer. Ich sah, dass die Zigarette, die sie zwischen den Fingern hielt, zitterte.

»Sicher. Auch Bohrinseln«, sagte er.

»Dann können Sie die Welt noch schneller ruinieren.« Felicité blies den Rauch aus den Nasenlöchern. »Sie können Ihr Kaspisches Meer verdrecken und Ihren Himmel verräuchern. Hauptsache, es bringt Profit.«

Ich hatte die Luft angehalten. So hätte ich mit einem Gast nicht gesprochen, Gäste haben immer recht. Aber ich sah auch nicht so aus wie Felicité, und vielleicht taugte meine Schulung unter Leas Aufsicht in einem Berliner Mittelklasse-Hotel auch nicht als Grundlage für diese Art von Konversation. Ich sah betreten zu Boden, dabei blieb mein Blick an Saffkins Schuhen hängen, der in seinem Sessel saß und die Beine ausgestreckt hatte. Sie waren schwarz und spiegelblank, eine geflochtene Lederborte lief um den genähten Rand. Wessing hätte nichts an ihnen auszusetzen gehabt.

Saffkin antwortete Felicité nicht. In dem allgemeinen Schweigen, einem nun ziemlich angespannten Schweigen, ging mir durch den Kopf, dass sich südamerikanische Prachtkäfer am liebsten mit braunen Laborflaschen paaren. Ein amerikanisches Team hatte die Studie veröffentlicht. Ich glaube, dasselbe Team hatte festgestellt, dass Fruchtfliegen, die lange keinen Sex hatten, vermehrt zum Alkoholkonsum neigen.

»Sie haben recht, Mademoiselle«, brach De Vries das Schweigen. »Profit reizt, das kann man nicht leugnen. Auf der anderen Seite – was man sich nimmt, nimmt man noch lange nicht jemand anderem weg. Die Welt ist ja keine Suppenschüssel, vor der wir alle sitzen.«

Felicité sah schweigend an uns vorbei in die nächtliche Wildnis hinaus. Dorthin, wo die Natur unter sich war, für die sie kämpfte und für die ich auch aufgerufen war zu kämpfen. Ich hätte mir gewünscht, ihr Gefährte sein zu können in diesem Kampf. Sie war gerade sehr schön, fand ich. Ich habe ja ein Faible für Zorn bei Frauen. Vielleicht hatte ich mich in Lea verliebt – bei der Vorstellung im Theater des Westens, bei der sie zu spät kam und sich neben mich setzte –, weil sie so ungehemmt ausrasten konnte. Ich hatte nämlich mithören können, so wie alle anderen Zuhörer, wie sie den Typ an der Kasse gezwungen hatte, sie noch reinzulassen. Aus Felicités Gesicht machte der Zorn eine Statue. De Vries lächelte, hob die Brauen, es ging ihm genau wie mir, hundert Prozent.

»Der Markt ist ein Wesen ohne Skrupel«, sagte er, ohne seinen Blick von Felicité zu nehmen. »Eine Unzahl Leute wollen kleine Profiteure sein, ist es nicht so, Mademoiselle? Sie alle glauben an den Profit, sie wollen nicht nur arbeiten, sie wollen an einem Spieltisch sitzen, sie wollen gewinnen. Und in Wirklichkeit werden in Millisekunden Kurse berechnet und Aktien verkauft, der Einsatz der kleinen Profiteure ist nur eine von vielen Blasen, die platzen. So etwas kann man nicht mit Politik in den Griff bekommen. Um auf Alexanders Anekdote zurückzukommen – Gorbatschow, der heute ein geachteter Politiker ist, hat es vielleicht gut gemeint, aber er hat damals wie ein Idiot gehandelt.«

Felicité blies eine kleine Wolke Zigarettenrauch in meine Richtung, ein Blick von ihr traf mich. Ich sollte ihr helfen und wusste nicht, wie. Ein Gefährte sein. Ich müsste jetzt etwas sagen, aber mir wäre nur Jämmerliches eingefallen, vielleicht dass jeder verantwortlich sei und dass der Respekt vor der Erde damit anfange, dass man seinen Müll trenne. Jeder eine Ameise des guten Willens. Aber Felicité brauchte keine Hilfe, entschied ich, jedenfalls nicht von jemandem wie mir.

Ihre Nasenlöcher weiteten sich, ich meinte beinahe, sie schnauben zu hören, als sie sich De Vries zuwandte.

»Mit Ihren Geschäften gehören Sie doch dazu«, herrschte sie ihn an, »zu den Profiteuren, die Sie verachten.«

De Vries nickte vor sich hin, den Kopf schräg gelegt. »Vielleicht, Mademoiselle«, sagte er. »Aber es gibt doch nichts Reizvolleres als ein großes Spiel, oder?« Es machte ihm offensichtlich Spaß, sich mit ihr zu balgen. »Denken Sie an die Liebe«, fuhr er fort. »Jedes Spiel hat sein Risiko. Reiz und Risiko sind nicht voneinander zu trennen.«

Er wandte sich an Saffkin. »Wie ist es bei Ihnen, Sascha? Sind Sie auch ein – wie sagten Sie eben, Mademoiselle? – ein Profiteur?«

Saffkins Augen unter den schweren Lidern verengten sich. Er rührte sich nicht, seine Beine waren noch immer ausgestreckt, die polierten Schuhe fingen das Licht ein.

»Ich bin in erster Linie faul«, sagte Saffkin.

Kannte er Lea? Kannte sie ihn? Dass er auf einer Geschäftsreise mal in Charlottenburg abgestiegen war, konnte ja durchaus sein. Statistisch gesehen jedenfalls.

»Es gibt eine Romanfigur in der russischen Literatur«, fuhr Saffkin fort, »mit der ich mich verwandt fühle. Kennen Sie Gontscharows Geschichte von Oblomow? Er verspottet die Karrieristen im zaristischen Petersburg. Sein Oblomow verbringt das ganze Leben im Bett, weil es sich nicht lohnt, für irgendetwas aufzustehen. Er ist so etwas wie ein – wie sagt man auf Englisch zu Antipode? Ja, also der Antipode zu Dostojewskis ›Spieler‹. Oblomow spielt nicht mit. Er ist gelangweilt von dem, was seine Freunde tun. Oblomow ist die russische Version des Snobs.«

»Nun, Sie liegen ja nicht im Bett«, sagte Felicité in eine Wolke ausgeblasenen Zigarettenrauchs hinein. »So faul scheinen Sie nicht zu sein. Sie sind hierhergekommen. Und Sie werden Ihre Gründe dafür haben.«

»Es gibt zwei Gründe dafür«, sagte Saffkin. »Einmal, weil ich hoffe, dass es sich lohnt, deshalb bin ich hier, das gebe ich zu. Zweitens würde ich es nicht wagen, wie Oblomow zu leben, obwohl ich gerne faul bin. Meine Familie – nun«, er lachte leise, »sie würde es mir nicht erlauben. Bei uns hält man auf Familie. Aber ich zweifle oft daran, ob etwas richtig ist. Ich zögere lange, bevor ich handle. Russische Tugenden, verstehen Sie.«

»Nein. Ich glaube nicht«, erwiderte Felicité. Sie warf ihre Zigarette auf den Boden und setzte einen ihrer Schuhe mit dem Stiletto-Absatz darauf. »Für mich«, schloss sie, die einzelnen Worte kamen prononciert nacheinander wie das Blatt eines Grand Hand, »ist es nicht wichtig, ob sich etwas lohnt.«

»Touché!«, lachte De Vries. »Ich muss Alexander in Schutz nehmen. Ich glaube, er spricht in diesem Fall nicht vom Lohn, sondern vom Reiz. Und dieser Unterschied müsste gerade Ihnen geläufig sein, Mademoiselle.«

»Ich habe Sie vorhin so verstanden, dass der größte Reiz für Sie der Profit ist«, sagte Felicité, ohne De Vries anzusehen.

»Das stimmt nicht«, protestierte De Vries. »Sie halten meine Ansichten für unmoralisch, da mögen Sie recht haben. Aber bedenken Sie, dass sich das Spielfeld, von dem wir reden, selbst reguliert. Es gibt keine finsteren Bösewichte, die an den Strippen ziehen, es existiert keine Weltverschwörung. Es gibt keine Casinoaufsicht, keine internationale Steuerbehörde. Würden Sie ein Schachspiel für unmoralisch halten, Mademoiselle? Es gibt inzwischen vielleicht ein paar hundert große Spieler auf der Welt, die kleinen Profiteure, die Banken, sogar die Staaten selbst, schaufeln ihnen das Geld zu, sie wollen ja alle mitspielen. Die großen Spieler wissen das, sie halten die Bank. Sie glauben doch nicht, dass für Milliardäre der Besitz von Geld noch eine Rolle spielt.

Viele von ihnen stiften große Summen für wohltätige Zwecke. Man ist großzügig, wenn man einmal dort angekommen ist. Dort ist keine Gier mehr, Mademoiselle, keine Gier nach Geld. Das sind andere Motive.«

»Ja, es gibt viele üble Spiele«, sagte Felicité. »Auch der Krieg ist so ein Spiel, oder nicht, Monsieur? Und Ihre großen, reizvollen Spiele zerstören die Existenz und die Lebensgrundlagen der Menschen. Es ist nicht meine Art, beim Champagner über so etwas zu plaudern. Ich finde an Ihren Spielen nichts, was Anerkennung verdienen würde. Guten Abend, meine Herren.«

Felicité erhob sich, ihr Gesicht eine Maske. Ich vermied ihren Blick, fühlte mich jämmerlich vor so viel Redlichkeit. Der Diamant in meiner Hosentasche erschien mir als ein Kainsmal. Alles, was ich zustande brachte, war eine betroffene Miene. Betroffenheit ist nie ganz verkehrt und von Ratlosigkeit kaum zu unterscheiden. Ich hatte das einige Male bei Lea probiert. Felicité sah niemanden an, als sie ging, nur ein Hauch ihres Parfums blieb auf der Terrasse zurück.

Ein paar Herzschläge später, wir schauten noch dorthin, wohin sie verschwunden war, wandte De Vries sich mir zu. Anscheinend war er nicht allzu beeindruckt von Felicités Auftritt.

»Beantworten Sie mir eine Frage, Herr Jesper. Man sagt, dass die Insekten uns alle überleben werden. Was haben sie, was wir nicht haben?«

»Ich verstehe Ihre Frage nicht ganz«, sagte ich. Es hatte sich gezeigt, dass es nicht ungefährlich war, mit De Vries Konversation zu machen. Und nun war ich auch noch allein.

»Soviel ich weiß«, fuhr er fort, »sind sie unempfindlich gegen alles, was uns vergiftet, oder? Außerdem existieren sie schon sehr lange, viel länger als wir. Also müssen sie ja irgendetwas richtig gemacht haben, oder?«

Ich überlegte, ob ich mich darauf einlassen sollte.

»Sie haben uns einiges voraus«, sagte ich. »Sie existieren in unterschiedlichen Formen. Als Larve, als Puppe und als fertiges Insekt. Dabei adaptieren sie sich an verschiedene Lebensräume, an Wasser, an unterirdische Regionen, an die Luft. Sie verfallen in Kältestarre über den Winter, sie vertragen enorm viel Hitze, und in ihrer endgültigen Form leben sie dann manchmal nur noch für ein paar Tage. Gerade lange genug, um sich fortzupflanzen. Das Entscheidende, was anders ist an ihnen, also körperlich, ist, dass sie nicht wie wir daran gebunden sind, eine definierte Gestalt zu besitzen. Sie sind Gestaltwandler. Sie haben verschiedene Identitäten, wenn Sie so wollen.«

»Identitäten?«

»Na ja, sie verwandeln sich ein paarmal. Wir sind Ei und Embryo, danach wachsen wir kongruent, wir verwandeln uns nicht mehr. Ein Insekt ist Ei, Larve, Puppe und Imago, so heißt das fertige Tier. Aber was ist fertig? Die Larve eines Schmetterlings lebt ein paar Monate, die Puppe überwintert, aber mancher fertige Schmetterling stirbt ein paar Wochen, nachdem er geschlüpft ist. Manche Schmetterlinge haben gar keine Fresswerkzeuge. Sie paaren sich, und sie sterben.«

»Sie wollen sagen, dass wir anderen Tiere zu viel Wert darauf legen, eine eigene Individualität und ein langes Leben zu haben?«

Touché, hätte ich jetzt gesagt, wenn ich De Vries' Vokabular verwenden würde.

»So ungefähr«, sagte ich. »Wir wissen von frühester Kindheit an, dass wir ständig in Gefahr sind. Wir haben eigentlich immer Angst, das dürfte den Preis für unser Ich-Bewusstsein darstellen, das wir den Tieren nicht zugestehen wollen. Und wir vernichten unsere Ressourcen, um uns ein bisschen sicherer zu fühlen, und im Großen und Ganzen funktioniert es nicht einmal.«

»Sollte man anders leben? Ist es das, was wir von den Insekten lernen können, Herr Jesper?«

»Ich weiß nicht, wie man besser lebt. Ich möchte jedenfalls nicht leben wie ein Insekt, so viel kann ich sagen.«

De Vries sah zu Saffkin hinüber, der in den Nachthimmel hinaufstarrte. Nicht festzustellen, ob er zuhörte. Er reagierte nicht, vielleicht war er bereits eingeschlafen.

»Ich auch nicht«, wandte sich De Vries mir wieder zu. »Aber dennoch. Mir scheint, dass die Insekten im Unterschied zu den anderen Tieren, um die man sich inzwischen Sorgen machen muss, ganz gut ohne fremde Hilfe zurechtkommen. Sie sind erfolgreicher im Kampf ums Dasein, nicht wahr?«

»Es kommt darauf an, wie man Erfolg definiert.«

»Das ist wahr, was ist Erfolg? Ihre schöne Kollegin hat uns vorhin klargemacht, dass Erfolg mit Anstand einhergehen sollte. Glauben Sie das auch, Herr Jesper?«

Ich zuckte mit den Achseln, ich hatte keine Lust, mich auch noch in die Nesseln zu setzen.

»Unsere Vorfahren, die Buren«, fuhr De Vries fort, »die glaubten, dass es auch umgekehrt funktioniert. Dass es gut und anständig ist, wenn man Erfolg hat.«

Er lachte. Ich hätte sagen können, dass es sicher Studien gab, die belegten, dass anständige Leute, vielleicht wenn sie dazu noch weiße Hautfarbe besaßen und von frommen protestantischen Emigranten abstammten, erfolgreicher waren als andere Amerikaner, ohne dass man dazu noch die Schuhgröße bemühen musste.

»Und Sie, Sascha«, sagte De Vries, »was meinen Sie dazu?«

Saffkin, da war ich sicher, interessierte sich nicht für Insekten. Wahrscheinlich kamen sie in der russischen Literatur nicht vor. Sie produzieren außer Seide und Honig auch nichts Verkäufliches.

»Man ruiniert sich«, sagte Saffkin nach einer Weile, schlief also doch noch nicht. »Oder man gewinnt. Wenn Sie mich fragen, Erfolg ist ganz gut, aber er hat wenig mit dem Ziel zu tun. Sonst würde man ja aufhören, wenn man Erfolg hat.« Er schlug das andere Bein über und legte die Arme hinter den Kopf. »Zeigen Sie mir einen Spieler, der aufhören kann.«

Seit zwei Stunden paddelten wir in zwei Kanadiern flussabwärts. Fox und die Giulianis im vorderen, im hinteren De Vries, Wessing und ich. Saffkin und Frau Dr. Decker waren in der Lodge geblieben, der Russe war auch zum Frühstück nicht erschienen. Wahrscheinlich schlief er noch, getreu seinem Vorbild, dem bettlägerigen Oblomow.

Mit der leichten Strömung glitten wir zwischen schwankenden Blättertabletts hindurch, auf denen tiefblaue und korallenrote Libellen wippten. Ab und zu klatschte etwas ins Wasser, wahrscheinlich Frösche, die Seerosenblätter als Terrassen nutzten. Die Sonne brütete auf dem Wasser. Wir hielten uns nach Möglichkeit im Schatten der Uferbäume. Über der Wasserfläche lag das beständige Summen fliegender Insekten, das herausfordernde Keckern der Frösche und das Orchester der Zikaden, es klang, als bräche man ständig Dutzende von Bambusstäben ab.

Eindrucksvoller aber war die Stille unter der Wasseroberfläche. Man ahnte sie, wenn das Paddel eintauchte. Eine gehaltvolle Stille, wie ich wusste. Ich rechnete zwar nicht mit einem Krokodil, das einen fünf Meter langen Kanadier angreifen würde, aber ich fürchtete mich davor zu kentern. Dann, war ich mir sicher, würden sämtliche Organismen, die geduldig unter uns lauerten, angefangen von wimmelnden Bilharzien bis zu den schon erwähnten Echsen, ohne Zögern zum Angriff auf uns übergehen. Fox hatte uns darum bei der heutigen Einweisung, bei der ich übrigens zum ersten Mal ein Paddel in die Hand genommen hatte, zur Vorsicht geraten. »Versucht vor allem, nicht umzufallen«, hatte er gesagt. Am gefährlichsten sei das Aus- und Einsteigen, genauso gefährlich sei Aufstehen. Deshalb war Aufstehen streng verboten. Ich würde nicht aufstehen, sondern sitzen bleiben. Eingestiegen war ich bereits, und das Aussteigen würde ich auch hinbekommen.

Wessing steuerte, ich paddelte in der Mitte, vorn saß De Vries in der klassischen Position des Schiffsführers, das heißt: Er paddelte nicht. Zwischen Wessings Knien lag, unübersehbar, ein Gewehr. De Vries hatte seinen breitkrempigen Hut ins Gesicht gezogen und blickte versonnen auf das Wasser. Er trug zu unserer Bootspartie eine Baumwolljacke und leichte Hosen, die in geschnürten Stiefeln steckten. Die Sachen sahen – wie soll ich sagen – altmodisch britisch aus, wie ein Kostüm aus dem untergegangenen Empire.

Ein paar Bootslängen vor uns glitt der andere Kanadier durchs Wasser. Fox tauchte am Heck sein Paddel ein, vorn saß Vern Giuliani. Fox hatte natürlich keine Waffe im Boot, aus Prinzip, wie er vor unserer Abfahrt kurz mitgeteilt hatte, mit einem langen Blick auf das Gewehr, das De Vries Wessing so selbstverständlich ins Boot gereicht hatte, als wäre es ein Regenschirm. Er habe nicht vor, meinte Fox, so nahe an die Flusspferde heranzufahren, dass man sich mit Gewehren schützen müsse. Aus Sicherheitsgründen erlaube er Wessing aber, eines mitzuführen.

Der Fluss verbreiterte sich, und die Strömung ließ nach. Wir passierten eine Insel, an den Ufern nackter grauer Schlamm, darauf lagen ein paar Baumstämme. Baumstämme? Ich brauchte nicht auf Wessings Hinweis zu warten, eine Sekunde zuvor hatte auch ich bemerkt, dass es Krokodile waren. Drei, vier Meter lang, ich konnte es nicht abschätzen. Wir paddelten in Steinwurfweite an ihnen vorbei. Sie lagen seltsam platt da, als wäre man mit einer Walze über sie gefahren, und sie rührten sich nicht. Wir schienen ihnen gleichgültig zu sein. Die Giulianis fotografierten, Fox paddelte ein Stück näher an die Tiere heran. Wessing verminderte die Fahrt und schloss auf. Die Krokodile rührten sich keinen Millimeter, man sah jetzt auch, dass sie die Augen geschlossen hatten. Eines hatte seinen Rachen aufgesperrt, es war aber kein Kuhreiher da, um ihm die Zähne zu putzen, wie ich es in vielen Tierfilmen gesehen hatte. Klappt eben auch nicht immer alles in der realen Natur.

Wir dümpelten im Wasser, die Paddel ruhten. Niemand sagte etwas. Die Blitzlichter erhellten den Schatten unter den Uferbäumen. Ich drehte mich zu Wessing um. Unwillkürlich fiel mein Blick auf das Gewehr zwischen seinen Knien. Es kam mir ziemlich kurz vor, altmodisch auch, mit den beiden nebeneinanderliegenden Läufen und den Hähnen zum Spannen.

»Ist das ein Vorderlader, Gustav?«

Wessing grinste, zog sein Paddel wieder durch und wies mit dem Kopf nach vorn. »Das Gewehr gehört Herrn De Vries«, sagte er.

De Vries drehte sich nach mir um und musterte mich. Ein wenig spöttisch, wollte mir scheinen, während wir wieder Fahrt aufnahmen.

»Eine 500 Nitro Express, Herr Jesper. Sehr überzeugend. Eines meiner liebsten Gewehre. Es hat meinem Vater gehört.«

»Aha«, sagte ich.

Während sich die Giulianis knipsend von den Krokodilen lösten, überlegte ich, was De Vries mit »überzeugend« ausdrücken wollte, und kam zu dem Schluss, dass er damit die Wirkung gemeint hatte. Ich kannte mich mit Gewehren nicht aus, aber wenn man sie schon brauchte, sollte ihre Wirkung auch überzeugend sein.

Als wir die Insel hinter uns gelassen hatten, paddelten wir auf einen See hinaus. Jedenfalls sah es so aus, weil die schilfbestandenen Ufer weit auseinandertraten. Die Kanadier trieben hintereinander auf der freien Wasserfläche, die großen Seerosenblätter gab es hier nicht mehr, vielleicht war das Wasser tiefer. Ein paar Reiher waren von dem schlammigen Uferstreifen aufgeflogen, sie zogen Kreise über dem Dickicht, das am Ufer wuchs. Das Wasser unter uns schien dunkel, fast schwarz. Im vorderen Kanu schaute Fox durch sein Fernglas. De Vries stieß mich an, deutete nach links vorn.

»Schauen Sie, dort drüben. Zweihundert Meter. Ein Stück vom Ufer entfernt.«

Ich folgte De Vries' ausgestrecktem Finger und erkannte ein paar graubraune Flecken, ein ganzes Stück weg. Sie sahen aus wie schlecht aufgepumpte Schlauchboote, ich sah aber, dass Ohren daran waren. Die Köpfe von Flusspferden. Fox hatte sie inzwischen auch gesehen, er winkte uns heran, wir schlossen auf. Unsere Boote legten sich nebeneinander. Giuliani grinste mich an, streckte den Erfolgsdaumen in die Höhe. Sein Gesicht zeigte diesmal kein gefährliches Rosa, das Krisenmaßnahmen erfordert hätte. Ebenso wie Oda trug er einen großen Panamahut mit vorhangartig herunterhängendem Mückenschleier.

»Da drüben ist eine kleine Herde«, sagte Fox. »Ein großer Bulle ist dabei. Wir können noch ein Stück näher heran, ich denke, hundert Meter Abstand reichen uns. Und wir sollten uns nahe am Ufer halten. Zur Not können wir dann immer noch aussteigen, wenn der Bulle ungemütlich wird.«

Wir schlugen nach den Mücken, die sofort gemerkt hatten, dass unsere Boote stillstanden und den taktischen Vorteil nutzten. Auf meinen bloßen Armen brannte sich die Sonne durch den Schutzfaktor vierzig. Ich krempelte die Ärmel herunter. Es war unerträglich heiß hier draußen, wo der Schatten der Uferbäume nicht mehr hinreichte.

»Gustav, du bleibst zwei Bootslängen hinter uns«, sagte Fox. »Wir fahren erst mal vor, damit Oda und Vern ihre Fotos kriegen. Wollen Sie auch Fotos machen, Herr De Vries?«

De Vries schüttelte den Kopf. »Danke, nein.«

Fox streifte De Vries mit einem Blick, dann nickte er Giuliani zu. »Also los. Wir bleiben dicht am Ufer.«

Als wir näher heranpaddelten, hörten wir die Flusspferde schmatzen und grunzen. Akustisch erinnerten sie mich an Schweine, aber ich habe mit Schweinen persönlich wenig Umgang gehabt. Nur das pfeifende Atmen, mit dem sie Luft im Wasser ausstießen, passte nicht zu meiner Vorstellung von Schweinen, es klang auf seine Art aber erfrischend. Ein Leben als Flusspferd, dachte ich, wäre nicht unangenehm. Dicke Haut, keine ernsthaften Feinde, selbst Krokodile verzichteten auf Händel mit einem, da konnte es bei einer solchen Hitze im Wasser ganz gemütlich sein.

Fox gab ein Handzeichen. Wessing tauchte sein Paddel in Bremsstellung ins Wasser, ich machte es ihm nach. Wir trieben nun dicht am Ufer entlang, einige Bäume gaben schon wieder Schatten. Die Giulianis filmten, knieten nebeneinander wie Pat und Patachon, jeder mit seiner eigenen Kamera. Fox, den zünftigen Buschhut ins Genick geschoben, steuerte mit der Grandezza eines Indianers das Kanu dicht an der Uferlinie entlang. Ich verstand schon, die Flusspferde sollten uns nicht sehen, das hielt ich für sehr vernünftig.

Ein Stück weiter vorn lag ein umgestürzter Baum im Wasser. Seine Äste bildeten ein perfektes Bootsversteck. Etwas näher zwar, schätzte ich, als die geplanten hundert Meter, aber Fox wusste sicher, was er tat, als er darauf zupaddelte. Zweitausend Dollar am Tag mal zwei, dachte ich. Er steuerte das Boot vor die Krone des gestürzten Baumes. Wandte sich um und winkte uns. Wir sollten folgen.

Von dem Moment an, als der vordere Kanadier sich zwischen die dicht belaubten Äste schob, folgten die Ereignisse sehr schnell aufeinander. Als Erstes hörte ich Oda Giuliani aufschreien. Sie schrie sehr laut, mit schriller Stimme, ein einziges Wort.

»Hornissen!«

Dann wieder, als zähle sie sie einzeln ab: »Hor-nis-sen! Hor-nis-sen!«

Das vordere Boot drehte sich um seine Achse. Ich hörte, wie Fox Giuliani etwas zurief.

»Raus! Schnell raus hier!«, verstand ich und hörte Giuliani fluchen, eine unflätige Mischung aus Sakralem und Sexuellem.

Wessing tippte mir von hinten mit dem Paddelschaft auf die Schulter, stach dann tief ein und zog durch.

»Los, Bernd«, brummte er. »Zieh deine Jacke schon mal aus, zum Wedeln.«

Das andere Boot steckte fest in der Laubkrone des umgestürzten Baumes, die Äste wackelten heftig, aber das Boot kam nicht frei. Wilde Paddelschläge ließen das Wasser aufspritzen.

Dann schoss der Kanadier auf einmal aus der Baumkrone heraus, eine Staffel Insekten schwenkte mit wie das Wölkchen über einem Dampfer, die Hornissen. Wahrscheinlich waren es ja Bienen, aber entomologische Präzision war hier nicht angebracht, denn Fox' Kanadier sauste, von Vern Giulianis wuchtigen Paddelschlägen angetrieben, unter dem schrillen Heulen Oda Giulianis, die ihren Hut verloren hatte und den Kopf mit den Händen beschirmte, auf das offene Wasser hinaus. Was die falsche Richtung war, auch Fox hatte das erkannt.

»Umkehren!«, brüllte er. »Halt! Zurück!« Auf Deutsch.

Es half nichts. Vern Giulianis von Panik erfüllte hundertvierzig Kilo waren nicht so leicht zu stoppen. Er paddelte auf die Flusspferdherde zu. Vielleicht noch fünfzig Meter bis zum ersten der grauen Köpfe. Die falsche Richtung.

Das sah auch der Flusspferdbulle so. Man hörte ein Geräusch, als würde an einer Baustelle der Kompressor abgeblasen. Die Köpfe der Nilpferde verschwanden. Das Wasser geriet in Bewegung wie von einem lokalen Erdbeben.

De Vries drehte sich zu uns um. Er machte eine Handbewegung.

»Gustav, beeil dich. Der Bulle.«

Wessing schnaufte. Nicht ganz wie ein Nilpferd, aber mit einer gewissen Entschlossenheit. Dann paddelte er los, nicht rückwärts, womit ich mit meinem natürlichen Reflex für das Überleben gerechnet hatte, nein, er paddelte vorwärts. De Vries beugte sich nach hinten, stützte sich mit der Hand auf meiner Sitzbank ab und langte an mir vorbei nach seinem Gewehr. Er sah mich mit seinen hellgrauen Augen einen kurzen Moment lang sehr genau an.

»Bleiben Sie mir im Boot, Herr Jesper. Und paddeln Sie tüchtig mit.«

Wessing war schon um den gestürzten Baum gekurvt und trieb mit kräftigen Paddelschlägen das Kanu an dem anderen Boot vorbei, das sich inzwischen im Kreis drehte. Die Giulianis schlugen auf die Bienen ein, die sie umschwirrten, Vern Giuliani zweckentfremdete sogar sein Paddel dafür. Fox versuchte, das Boot vor dem Umkippen zu bewahren, er rief den Giulianis zu, sie sollten sitzen bleiben, noch immer auf Deutsch. Als wir vorbeischossen, schaute er zu uns herüber mit einem Gesicht wie jemand, dem der letzte Zug davonfährt.

Das Wasser um uns herum kochte. Direkt vor uns, sehr nahe, brach etwas durch die Oberfläche, was ich noch nie gesehen hatte. Nessie, der Fluch der Karibik, das Monster vom Amazonas. Ein langer Schädel mit vernarbter, uralter Haut und riesigen Nüstern. Der Flusspferdbulle, entschlossen dazu, uns den Garaus zu machen. Ich hörte es zweimal klicken. Sah De Vries das Gewehr hochheben und dachte nichts anderes als: Schieß! Schieß endlich, um Himmels willen!, während ich zwei weitere Sekunden lang das Haupt des Flusspferdbullen auf uns zurauschen sah, seine wütenden Augen, die nach hinten geklappten Ohren und das enorme Kielwasser dahinter.

Sieben, acht Meter noch. Ein ohrenzerfetzendes Krachen. Das ganze Kanu taumelte unter dem Rückstoß. De Vries nahm das Gewehr herunter, beugte sich halb über Bord, als wollte er dem Vieh die Waffe in die Nüstern stoßen, und es krachte noch einmal, als falle der Himmel endgültig auf uns herunter.

Fast im selben Moment machte das Kanu einen Schwenk um neunzig Grad nach rechts, ich schloss die Augen und klammerte mich an der Sitzbank fest, weil ich glaubte, dass der Bulle uns erwischt hätte. Es war aber Wessing, der bis zum zweiten Schuss gewartet hatte, ehe er auswich. Kaltblütig.

Ich war es nicht in diesem Augenblick. Als ich nicht starb, etwa fünf Sekunden später, riss ich die Augen wieder auf und hörte De Vries lachen. Er klopfte mir auf die Schulter. Ein Paddel wurde mir in die Hand gedrückt. Wessings faltiges Gesicht tauchte neben mir auf, auch er grinste, es war wie in einer Geisterbahn.

»Alles vorbei, Bernd«, sagte er. »Jetzt kümmern wir uns um die anderen. Mach mit.«

Und – ich war ihm dankbar dafür, er zwinkerte mir zu.

Über dem Wasser waberte stechender Pulvergeruch, in meinen Ohren pfiff das Knalltrauma. Während ich mit bebenden Händen mein Paddel eintauchte, klappte De Vries das Gewehr auf und zog zwei Patronenhülsen heraus, aus denen es noch rauchte. Er steckte die leeren Hülsen in die Hosentasche, schlug den Jackenaufschlag zurück und zog zwei frische Patronen aus seinem Gürtel, in dem sich vier bestückte Lederschlaufen befanden. Er schob die Patronen in die aufgeklappten Läufe.

»Gut gemacht, Herr Jesper«, sagte er. »Das war knapp. Schauen Sie.«

Mit dem Daumen deutete er rückwärts. Im Wasser sah ich den Bullen. Sein grauer Rücken trieb wie ein harpunierter Wal dicht unter der Oberfläche. Der Kopf oder das, was davon übrig war, verbarg sich in einer roten Wolke, die sich im schwarzen Wasser ausbreitete. Ich wandte mich ab. Mir war zum Heulen, wieso, hätte ich nicht sagen können.

Als wir zu dem anderen Kanu kamen, war dort bereits eine gewisse Ordnung eingekehrt. Fox hatte das Boot aus der Angriffsdistanz der Bienen herausgepaddelt. Die Giulianis waren damit beschäftigt, ihre Stiche mit Antihistaminsalbe zu versorgen und uns, vor allem De Vries, anzustarren. Die Boote legten sich nebeneinander. Fox reichte De Vries die Hand.

»Danke«, sagte er mit einem schiefen Grinsen. »Das hätte danebengehen können.«

»Ja, hätte es«, lächelte De Vries. »Wir hatten mehr Glück als Sie, Robert. Wir sind nicht gestochen worden.«

Beim Abendessen herrschte gedämpfte Stimmung. Oda Giuliani führte das Wort an der Tafel. Sie erzählte ausführlich, wo und wie oft sie gestochen worden war und dass Antihistaminika gegen die Stiche afrikanischer Bienen nicht helfen würden. Die Firma mache eindeutig falsche Angaben, man müsse diese Leute verklagen. Bienen seien schließlich Bienen, und auf der Packung stehe dies und das, und so weiter. Frau Dr. Decker riet ihr mit der Miene eines Sitting Bull, Spucke anzuwenden, das wäre billig und unbegrenzt verfügbar, ein Rat, der von Oda ignoriert wurde. Ich vermied es, Felicité anzusehen, die zum Glück heute nicht neben mir saß, und sah mich genötigt, in die Diskussion einzuwerfen, dass wilde Bienen seit jeher in Afrika gefürchtet wären und ganze Dörfer in die Flucht schlagen könnten. Insofern handle es sich ja im Grunde um ein typisch afrikanisches Abenteuer. Damit wollte ich Fox' Leitgedanken von der Nähe zur unverfälschten Natur aufgreifen und mich selbst auch einmal einbringen. Schließlich war ich als Guide vorgesehen, und mein Spezialgebiet, wenn ich überhaupt eines vorzuweisen hatte, waren nun einmal Insekten.

Aber Fox hörte mir nicht zu, brütete über seiner Safransuppe mit Crevetten, als habe er einen Freund verloren. Giuliani fachsimpelte mit De Vries über Gewehre. Olson, der zu diesem Thema sicher einiges beizutragen gehabt hätte, war wieder abwesend, und Wessing äußerte sich nicht.

Saffkin tauchte schließlich verspätet auf, er teilte mit, sein Satellitenhandy sei verschwunden und nicht mehr aufgetaucht, obwohl er es überall gesucht habe. Er überlege, ob er es vielleicht im Hotel habe liegen lassen. De Vries bot ihm an, seines zu benutzen. Saffkins Einwände ließ er nicht gelten, er reichte es ihm, und Saffkin steckte es ein.

Nach der Suppe ergriff Fox das Wort. Alle Gesichter wandten sich ihm zu. Wir brauchten eine Orientierung. Ein unersetzliches Wildtier hatte den Tod gefunden. Die Gemeinde der Lodge war traumatisiert und uneins, wie es das Volk Gottes gelegentlich im Alten Testament auch gewesen war.

»Ich habe heute einen Fehler gemacht«, begann Fox. »Doch, das habe ich.« Mit beiden Händen wehrte er laut werdende Proteste ab. »Einen schweren Fehler sogar. Ich hätte die Distanz zu den Flusspferden einhalten sollen. Der Bulle, der erschossen wurde, wollte nur seine Herde schützen. Dafür ist er gestorben, und dafür trage ich die Verantwortung.«

Wir schwiegen alle, er hatte ja recht. Er trug die Verantwortung. Man sah ihm an, wie schwer sie wog. Nach einer kleinen Pause fuhr Fox fort.

»Herr De Vries hat uns vermutlich das Leben gerettet. Dafür möchte ich mich bei ihm bedanken.«

Ein kleiner Applaus. Fox nickte De Vries zu. Dann sah er reihum in unsere Gesichter.

»Aber es ist nicht nur traurig, wenn Wildtiere erschossen werden. Es ist im Grunde auch dumm. Weiß jemand in der Runde, was ein Löwe wert ist?«

Wir wussten es nicht, auch das Ehepaar Giuliani nicht, es hing nur an Fox' Lippen, der in seinen verbeulten Khakisachen vor ihnen stand, ein Bild der Redlichkeit, wie ich fand, und gerade dabei war, De Vries, dem Wildtöter, die Schau zu stehlen.

»Ein auf der Jagd erschossener Löwe bringt fünftausend Dollar. Einer, den man auf einer Fotosafari fotografieren kann, viermal so viel. Auch eine Kosten-Nutzen-Rechnung, finde ich. Außerdem«, Fox' Blick streifte De Vries, der ihn aufmerksam ansah, »werden bei der Jagd immer die besten Exemplare einer Art erschossen, die Jäger stehen ja auf diese Trophäen, und damit wird der Genpool in unverantwortlicher Weise geschwächt. Das darf man nicht vergessen.«

Nach dieser Einlassung sah Fox schon weniger belastet aus. Das hatte er den ganzen Tag schon loswerden wollen. Die Giulianis schauten jetzt De Vries an, ich ebenfalls. Vom Helden des Tages war er unversehens zu einem weißen Jäger mutiert.

»Sie sind ein Gegner der Jagd, Robert, das ehrt Sie«, sagte De Vries und nickte bekräftigend, es war ihm ernst. »Wie es Sie auch ehrt«, fuhr er fort, »was Sie hier auf die Beine stellen, um die Natur zu retten. Ich verstehe das gut, das ist sinnvoll, sehr vernünftig. Die Erde geht ja zugrunde, wie wir alle wissen, wenn man nicht vernünftig wird.«

Fox starrte De Vries an. Da konnte er nur zustimmen.

»Aber das ist nicht alles. Bei der Jagd geht es noch um etwas anderes als um Vernunft. Man jagt heute nicht mehr Tiere, um ihr Fleisch zu essen, das war einmal. Stattdessen hält man sie unter erniedrigenden Bedingungen als Fleischlieferanten, man behandelt sie schlimmer als Gegenstände. Aber die Jagd ehrt das Tier. Man jagt die schönsten und stärksten Tiere, weil sie die größte Herausforderung darstellen. Die Jagd war immer ein großes Spiel, so heißt sie auch noch heute im Englischen. Und deshalb, das möchte ich gerade Ihnen noch sagen, Robert, ist es natürlich, zu jagen. Naturschutz ist nicht natürlich. Aber ohne Zweifel vernünftig.«

Fox schüttelte den Kopf. Sein Gesicht sah wieder so aus wie heute Nachmittag im Kanu, als wir an ihm vorbeigefahren waren. Ob er genau so blass war, konnte ich im Kerzenlicht nicht erkennen.

»Das ist eine Einstellung, die sich Eliten erlauben können«, sagte er. »Sie mögen das so sehen, einige andere sicher auch. Aber wir wollen die Natur schützen, weil sie nicht bloß einigen privilegierten Leuten, sondern allen gehört. Für mich«, Fox fixierte De Vries, »ist das ein mindestens ebenso vornehmes Ziel wie das Erschießen von Großwild.«

De Vries hob sein Glas. »Nichts für ungut, Robert. Ich gebe Ihnen recht. Meine Einstellung ist undemokratisch und elitär, das stimmt. Und ich war unhöflich, sie so gedankenlos zu äußern. Trinken wir auf Ihr Projekt. Es soll wachsen und gedeihen.«

Ich hob mein Glas. In meiner Hosentasche fühlte ich den Diamanten, so groß wie eine Haselnuss und so viel wert wie ein erschossener Löwe.

SECHS

Ze Zé beabsichtigte, heute Charolais-Rindersteaks mit Bohnengemüse und gegrillten Tomaten zu servieren. Danach einen Obstsalat, den ich zusammen mit Farouk vorbereitete, der eben von seiner halbtägigen Erkundungstour zu den Schimpansen zurückgekehrt war, leider ohne Ergebnisse vorweisen zu können. Ich hütete mich, genauer nachzufragen.

Farouk sah müde aus. Stirn und Wangen waren von Insektenstichen angeschwollen wie ein Streuselkuchen. Vielleicht hatte bei den Schimpansen die Schluckimpfung versagt, oder sie waren impfmüde geworden und nicht hingegangen, dachte ich. Oder sie hatten womöglich aus purer Bosheit beschlossen, auszusterben, so wie die chinesischen Pandas, die inzwischen von Pandaspezialisten in Pandakostümen wieder an die Wildnis gewöhnt werden müssen. Ich hütete mich aber, etwas Derartiges von mir zu geben, Farouks Gesichtsausdruck erlaubte keine Ironie. Vielleicht brauchte er Trost, aber ich hatte keinen für ihn.

Wir saßen vor dem Küchenschuppen in der Abendsonne und schnippelten Äpfel, Bananen und Ananas. Aus der dunklen Mauer des nahen Waldes drangen die Geräusche des Nachmittags. In den Kronen stritten sich die schon erwähnten Affen, die Blätter in den Baumwipfeln bebten ab und zu von ihren Wutanfällen. Ich nahm einen Schluck von dem Campari, der inzwischen regelhaft dem Küchendienst zugesprochen wurde. Farouk hatte das bei Ze Zé durchgesetzt, der dem keinen Widerstand mehr entgegenbrachte, wie er es sonst bei allen Vorschlägen anderer zu tun pflegte – eine unangenehme Eigenschaft von Köchen, glaube ich.

Ze Zé machte einen bedrückten Eindruck. Er litt an etwas, was seine diversen Identitäten durchdrang, er litt als Samurai, als Klostervorstand und als Koch. Das prasselnde Stakkato seines Hackmessers hatte die Schlagzahl vermindert, nicht mehr Presto agitato, allenfalls noch Andante grazioso. Den Grund ahnte ich schon: unglückliche Liebe. Irgendetwas war vorgefallen. Felicité, das Objekt dieser Liebe, hatte sich nämlich ebenfalls verändert.

Man sah sie nicht mehr in ihren anatomisch formtreuen Jeans und T-Shirts. Keine bauchfreien Tops mehr, kein nachmittägliches Sonnenbad auf ihrer Terrasse im Bikini. Sie hatte die Durchschlagskraft ihres Outfits deutlich reduziert, und auch dahinter musste man Absichten vermuten. Heute trug sie zum Beispiel eine weite orientalische Hose und eine hochgeschlossene Bluse, zu meiner Überraschung hatte sie außerdem noch ein Kopftuch umgebunden.

Ich nahm das Messer wieder zur Hand. Mir fiel ein, was sie über Olson gesagt hatte, und ich nahm an, dass der Grund ihrer Tarnung hier zu suchen war, vielleicht auch derjenige für Ze Zés Antriebsverlust: Eifersucht. Ich schnippelte weiter an den Äpfeln und an meinen Gedanken. Ich kannte das. Ich war immer eifersüchtig gewesen, wusste, dass es in Leas Hotel einige Herren aus der Geschäftsabteilung gab, die es auf sie abgesehen hatten. Aber ich vertraute ihr, was ich dadurch zeigte, dass ich nie nachfragte. Ich hätte es wahrscheinlich nicht ertragen, wenn ich das Gefühl entwickelt hätte, dass sie mich anlog. Was sie im Fall des Falles wohl getan hätte. Vertrauen heißt ja oft, dass man etwas nicht so genau wissen möchte, Nichtwissen ist manchmal eine Gnade.

Saffkin war heute wieder nicht zum Frühstück erschienen, ich hatte ihn den ganzen Tag noch nicht zu Gesicht bekommen. Aber er hielt sich ohnehin nicht an die Essenszeiten: Oblomow. Wahrscheinlich lag er für zweitausend Dollar am Tag in seinem Pavillon und döste vor sich hin. Wahrer Luxus. Ich schob meine Ananasecken vom Brett herunter in die zwischen mir und dem vor sich hin dösenden Farouk stehende Schüssel, die schon halb mit Obststückchen gefüllt war.

Vern Giuliani erschien drüben an der Tafel, zusammen mit De Vries. Sein Gewehr hing an Giulianis Schulter. Giuliani klopfte De Vries im Gehen mehrere Male auf den Rücken, dazu ließ er eine einnehmend gedämpfte Variante seines Lachens ertönen. Sie bemerkten uns, nickten zu uns herüber und setzten sich zusammen an den langen Tisch. Mein Gästereflex setzte ein. Ich erhob mich, aber Farouk hielt mich am Ärmel fest.

»Bist du ein beschissener Kellner, oder was?«, fauchte er.

Seine schwarzen Augen funkelten mich an. Ich sah in ihnen

den vergeblichen Dschungeltrip, den Verdruss, versagt zu haben. Auf Farouks Stirn stand eine Ansammlung kleiner Schweißtröpfchen, gleichmäßig verteilt zwischen den Insektenstichen. Die vielen kleinen Krater auf seiner Haut bildeten ein Muster wie auf der Oberfläche eines neu entdeckten Asteroiden. Er hielt eine Ananas am Schopf und das Messer in der Hand. Für den Moment wirkte das, als habe er gerade einem Gegner den Kopf abgeschnitten.

»Ich wollte bloß fragen, ob sie was trinken möchten.«

Farouk warf die Ananas in die Luft, fing sie am anderen Ende wieder auf und hieb ihr mit einem Messerstreich den Schopf ab. Schüttelte den Kopf.

»Du musst nicht so servil sein, Bernd. Das ist kein Stil. Wir sind nicht hier, um die zu bedienen, wir sind Guides. Wissenschaftler. Keine Kellner.«

Ich zuckte die Achseln. Sah hinüber zu Giuliani, der sich eben von seinem Platz erhoben hatte und mit dem Gewehr auf den Wald zielte. De Vries war sitzen geblieben, die Hände im Schoß. Er beobachte Giuliani noch einen Moment, dann sah er zu uns herüber und winkte mir zu. Ich stand auf und ging zu ihnen, Farouk hin oder her. Giuliani drehte sich um hundertachtzig Grad, und ich schaute direkt in die Gewehrmündung. Da war De Vries schon auf den Beinen und drückte das Gewehr zur Seite.

»Das sollte man nicht tun.«

»Die ist doch nicht geladen.«

»Auch dann nicht. Verzeihen Sie, Sir, wenn ich so erzieherisch auftrete, aber es ist mein Gewehr, und ich fühle mich dafür verantwortlich.«

Giuliani setzte die Waffe ab und brummte, das sei schon okay. Er wog das Gewehr prüfend in der Hand.

»Ziemlich kurz, oder? Wo haben Sie die gekauft?«

Ich stand dabei, nun nicht mehr Zielscheibe, aber wie ein Kellner, das schon.

»Könnten Sie uns wohl einen Kaffee holen, Herr Jesper?«, sagte De Vries. Zu Giuliani gewandt: »Das Gewehr hat meinem Vater gehört. Ich habe es vor Jahren von Schwarzpulver auf Nitropatronen umändern lassen. Es ist so kurz, weil es ein Back-up-Gun war. Die Läufe sind nur zweiundfünfzig Zentimeter lang.«

Giuliani drehte das Gewehr hin und her. Schnaufte interessiert.

»Schöne Gravur. Elefanten in Gold. Das war teuer, oder?«

De Vries lächelte nur.

»Was ist ein Back-up-Gun?«, wollte ich wissen. Nicht bloß ein Kellner. Es interessierte mich.

»Das braucht man für die Nachsuche. Wenn man mitten im Busch steckt und schnell schießen muss.« De Vries lachte. »Mein Vater war sehr passioniert. Er hat dieses Gewehr immer mitgenommen, er hat es nicht nur bei der Nachsuche geführt. Er hat einst den berühmten ›Thirty Yards Club‹ gegründet. Vielleicht sollte ich eher sagen: den berüchtigten.«

»Könnte was mit Golf zu tun haben«, meinte Giuliani. »Auf die Entfernung sollte man einputten können. War es das?«

Sie lachten beide, De Vries schüttelte den Kopf.

»Nicht ganz.«

»Ich bringe den Kaffee«, sagte ich. »Und Sie erzählen mir anschließend, was das für ein Club war, ja?«

De Vries nickte mir zu. »Gern. Übrigens sind Sie bereits Mitglied in diesem Club, Herr Jesper.«

Ich ging an Farouk vorbei, der eine Grimasse zog und mir zuzischte, ich könnte ihm ja einen Campari mitbringen, wenn ich gerade im Service wäre, was ich geflissentlich ignorierte und natürlich auch nicht ausführte.

Als ich mit dem Kaffee wieder zurück war, erklärte De Vries Giuliani gerade den Auswurfmechanismus für die Patronen. Zwei davon ragten ein Stück aus der aufgeklappten Waffe heraus.

»Der Büchsenmacher musste für Nitropatronen neue Läufe einpassen. Aber das Halbzollkaliber wollte ich behalten. Es hat Tradition bei uns. Ich habe das Gewehr dafür nach London geschickt zu Arnold & Rigby, die es damals in den dreißiger Jahren gebaut haben.«

De Vries ließ die Läufe einschnappen. Dann drückte er den Hebel auf dem Rücken des Gewehrs zur Seite und öffnete es wieder. Die beiden Patronen erschienen nebeneinander. Er zog sie heraus und stellte sie auf den Tisch. Sie waren beeindruckend groß, mir kamen sie vor wie kleine Granaten. Giuliani nahm eine in die Hand und wog sie. Er hob die Brauen und pfiff durch die Zähne. De Vries ließ ihn nicht aus den Augen.

»Ah, vielen Dank, Herr Jesper«, sagte er. »Kaffee am Nachmittag, das muss sein. Bitte sehr.«

De Vries reichte Giuliani, der die Hand danach ausstreckte, das Gewehr. Im Tausch ließ er sich die eine Patrone zurückgeben. Die andere, die noch auf dem Tisch stand, steckte er ebenfalls wieder in die Tasche.

»Entschuldigen Sie. Aber solange ich weiß, wo die Patronen sind, kann nichts passieren.«

De Vries wandte sich mir zu. »Der ›Thirty Yards Club‹, Herr Jesper, war so etwas wie die ›Fifty Fathoms‹ der Taucher in alten Tagen. Es sollte ein Maß sein, das nicht alle erreichen können. Die Gentlemen in der Umgebung meines Vaters fanden das sportlich. Überflüssig zu erwähnen, dass viele Engländer darunter waren. Die ›Thirty Yards‹ also bezeichnen die maximale Distanz, aus der geschossen werden durfte. Man musste sich verpflichten, nicht vorher zu schießen. Ein Mitglied des Clubs war Sir Ingilby, dessen Urgroßvater dadurch berühmt wurde, dass er seine Windspiele in seiner Heimat in Yorkshire mit Fackelzügen beerdigen ließ, bei denen das ganze Dorf anwesend zu sein hatte. Sir Ingilby starb übrigens bei einer Nashornattacke. Er behauptete immer, dass Nashörner kurzsichtig wären. Sie kämen bloß näher herangestürmt, um besser sehen zu können. Um das zu beweisen, blieb er stehen, ohne zu schießen, als das Rhino angriff. Es stoppte dann tatsächlich fünf Meter vor ihm. Ingilby drehte sich um und breitete die Hände aus. Seht ihr, was habe ich gesagt, sollte das wohl heißen. Das war das Letzte, was er tat.«

»Dreißig Yards, das sind weniger als dreißig Meter, richtig?«, wollte ich wissen.

De Vries nickte. »Stimmt. Achtundzwanzig Meter. Mein Vater sagte immer, er wollte so nahe dran sein wie ein Löwe oder ein Leopard, wenn er jagte.« Er zog die Achseln hoch und sah mir in die Augen. »Na ja, Herr Jesper. Seit heute wissen Sie, wie das ist.«

Ich wusste es. Und wusste, dass ich für diese Art von Sport nicht gemacht war. Das Pfeifen in meinem Kopf war inzwischen etwas leiser geworden, meine Trommelfelle waren noch einmal davongekommen. Ich deutete auf meine Ohren.

»Ihr Vater muss schwerhörig gewesen sein.«

»Das kann man wohl sagen. Vor allem hörte er nicht auf das, was man ihm riet, mich eingeschlossen. Aber das ist eine andere Geschichte.«

Giuliani legte noch einmal mit dem Gewehr an. Er zielte auf den Wald.

»Ich habe etwas Erfahrung mit Gewehren, De Vries«, sagte er. »Was mich wundert: Es ist keine Optik dran, kein Zielfernrohr. Wieso nicht?«, brummte er, den Schaft an die Backe gepresst.

»Das brauchen Sie nicht. Ein Zielfernrohr benötigt zu viel Zeit, man muss erst hineinsehen. Außerdem würde es Ihnen vielleicht den Schädel spalten, wenn Sie mit solch einem Gewehr schießen.«

Giuliani setzte das Gewehr so abrupt ab, als wäre es noch geladen.

»Verdammt, De Vries, ich würde zu gern mal damit schießen.«

»Fragen Sie Herrn Fox. Er ist der Hausherr hier. Was mich angeht, ich habe nichts dagegen.«

Ich verabschiedete mich. Ich würde nicht damit schießen, das schwor ich mir. Was voreilig war.

Nach dem abendlichen Abspülen wollte ich mir noch ein wenig die Beine vertreten. Ich war als Letzter im Küchenschuppen geblieben. Als ich das Licht gelöscht und die Tür verschlossen hatte, suchte ich meinen Spazierweg auf, den ausgetretenen Pfad, der um die Gästepavillons herumführte, den ich ab und zu entlangging.

Ich trat ins Freie unter die Sterne, die heute ohne störendes Mondlicht besonders verrückt funkelten. Ich glaube, zum ersten Mal habe ich begriffen, was Sterne sind, als ich sie in Afrika sah. In Berlin kann man natürlich auch Sterne sehen, aber man versteht nicht, wieso sie die Menschen in früheren Zeiten so beeindruckt haben. Hier schon. Die Milchstraße war tatsächlich eine, sie erstreckte sich von Horizont zu Horizont. Eine Weile starrte ich in den Nachthimmel hinauf, bis mir der Nacken wehtat, dann machte ich mich auf den Weg. Ein gutes Stück entfernt sah ich die Windlichter der Tafel wie eine verstreute Schar Glühwürmchen glimmen, die warme Luft ließ sie flackern. Lachen und Gesprächsfetzen trieben zu mir herüber. Ich beschleunigte meinen Schritt, um an der dunkelsten Stelle hinter dem Küchenschuppen vorbeizukommen. Dann blieb ich stehen.

Neben der Wand war etwas.

Nicht etwas, jemand war da. Ich ahnte eine Gestalt, unbeweglich, aber dennoch sehr anwesend. Der Schreck begann in meinem Bauch und kroch mir in die Glieder hinein. Das Wesen tat einen Schritt in meine Richtung und hob spinnengliedrig den Arm, dabei geriet es aus der Finsternis in den schwachen Widerschein der Windlichter. Ich erkannte den Mumienkopf, die ledrigen Falten, das zahnlose Grinsen.

»Dede«, sagte der Waldschrat.

Sein nasenzerfressender Gestank waberte mit Verzögerung hinter ihm her und verdichtete sich nach einer Sekunde zu einer Dunstglocke über uns beiden, als er vor mir stehen geblieben war. Automatisch hörte ich auf zu atmen. Auf der faltigen Brust zwischen Brustwarzen, die abgekauten Bleistiftstummeln glichen, sah ich das scheußliche Ding hängen, das den Pestgeruch aussandte. Die Hand des Waldschrats zupfte an meinem Ärmel, ich zuckte zurück. Er wollte etwas von mir. Ich konnte nicht antworten, ihn etwa fragen, was ich für ihn tun könnte, in keiner Sprache der Erde. Weil ich noch immer die Luft anhielt.

»De-dede-dedede«, sagte der Alte noch einmal, aber wesentlich lauter und ungeduldiger, und zupfte mich weiter am Ärmel. Ich schüttelte den Kopf und zuckte gleichzeitig die Achseln. Dann musste ich einatmen und verlor fast das Bewusstsein von dem Gestank.

»Deda«, schloss der Alte unwirsch.

Vielleicht hatte er bemerkt, dass ich ihn nicht verstand. Er zog noch einmal an meinem Ärmel und stieß zwei Finger der anderen Hand gegen seinen Mund, riss ihn weit auf, zeigte mir einen Zahnstummel, der darin glänzte wie ein schlecht eingeschlagener Nagel. Hunger. Der Mann hatte einfach nur Hunger. Ich holte erleichtert Luft und bereute es sofort. Mir wurde übel.

»Ich hole was zu essen, okay?«, sagte ich.

»Deda.«

Sagte mein neuer Gast, damit zufrieden, eine gewisse Wirkung bei mir erzielt zu haben. Ich machte mit offener, nach unten gekehrter Handfläche das international anerkannte Zeichen für »hier warten« und strebte zum Küchenschuppen. Ehe ich hineinging, drehte ich mich um. Der Waldschrat folgte mir auf den Fersen, den Kopf witternd vorgestreckt. Ich machte noch einmal besagtes Zeichen. Der Gestank des Alten hätte möglicherweise das Haltbarkeitsdatum unserer Lebensmittel auf einen Schlag um vier Wochen vordatiert.

Diesmal wirkte es, die nächtliche Erscheinung verharrte vor dem Eingang. Drinnen angekommen stopfte ich im Licht des geöffneten Kühlschranks hastig kalte Pute, Lammschinken und pochierte Wachteleier, gefüllt mit Anchovis, die Reste der heutigen Vorspeise, in eine Papiertüte – Plastiktüten waren Ze Zé verhasst –, tat ein halbes Brot dazu und zwei Avocados. Draußen drückte ich die Tüte dem Alten in die Hand. Der nickte, grinste und sagte zufrieden einiges, von dem ich nur das Wort »Mojo« behalten konnte.

»Mojomojo«, sagte er zum Abschied und verschwand wie ein Gespenst in einer verborgenen Tür der Finsternis.

Danach verzichtete ich auf die Fortsetzung meines Spaziergangs. Ich ging auf direktem Weg zur Tafel hinüber und setzte mich zu Wessing und Farouk, die eine Unterhaltung über Autos führten. Wessing klopfte mir zur Begrüßung auf die Schulter, dann wandte er sich wieder Farouk zu, der eben ausführte, wieso die Zukunft der Mobilität im elektrischen Antrieb liege. Ich hörte ihm nicht zu, mein Blick wanderte zu Fox und Felicité, sie tuschelten miteinander. Nicht auf diese gewisse Art, das zeigte mir ein zweiter Blick. Felicité war wütend, sie beschwerte sich. Noch ein paar geflüsterte Worte stieß sie aus, dann schwieg sie, um mit zornig gerunzelten Brauen auf den Tisch zu starren. Mein Blick wanderte weiter zu De Vries, der mit den Giulianis plauderte. Saffkin saß daneben und brütete stumm vor sich hin, er machte den Eindruck, als konzentriere er sich auf eine für uns unhörbare Musik. Hatte aber nichts im Ohr. Man muss ja immer nachsehen, ob die Menschen gerade verkabelt sind, das erklärt oft, warum sie einem nicht antworten oder so komisch gucken.

Vier Cognacschwenker standen auf dem Tisch. Wahrscheinlich, dachte ich, hat Giuliani De Vries und Saffkin mit seinem Lebensretter bekannt gemacht. Als kleines Dankeschön für die Einweisung an einer Großwildbüchse. Frau Dr. Decker fehlte an der Tafel. Sie war vermutlich bereits zu Bett gegangen, um ihre verbliebene Lebensspanne nicht zu verringern.

»Elektroautos kannst du in China verkaufen«, sagte Wessing eben zu Farouk. »Die Chinesen lassen sich das vielleicht gefallen. Anderswo kannst du keinem zumuten, in so einem Ding zu fahren.«

»Du musst größer denken, Gustav«, sagte Farouk. »Man könnte die Straßen ja mit Fotovoltaikbelag ausrüsten, und die Autos haben einfach Stromabnehmer, damit können sie darauf fahren und laden. Wenn du ins Straßennetz reinfährst, steckst du einfach deine Kreditkarte irgendwo rein, und schon kannst du fahren, so lange du bezahlt hast, beim Rausfahren wird der Betrag abgebucht. Keine Tankstellen mehr, kein Dreck, keine Öllobby.«

Wessing kam nicht zum Antworten, denn in diesem Moment fiel ein Schuss.

Alles verstummte. Der ganze Tisch sah zu Fox hin, als habe der geschossen. Der Schuss hatte ziemlich laut geklungen, es konnte nicht weit weg gewesen sein.

»Um Gottes willen!«, flüsterte Oda Giuliani in die theaterwürdige Stille.

Ihr Gesicht hatte einen Ausdruck, der auch bei weniger erfahrenem Servicepersonal als bei mir Alarm ausgelöst hätte. Fox reagierte, er legte ihr seine Hand auf den Arm.

»Wir sehen gleich nach, keine Sorge.« Zu Wessing gewandt: »Gustav, kommst du mit? Holst du uns zwei Taschenlampen?«

Wessing nickte und stand auf, als habe er sich gerade zum Bierholen verabredet und nicht dazu, nachzusehen, wo scharf geschossen worden war. Wir anderen saßen ratlos da, als spielten wir plötzlich in einem Film mit, dessen Ausgang wir nicht kannten. Ich jedenfalls sah mich sofort als Ziel für jeden Wilderer, der aus der Dunkelheit heraus auf mich zielte, an der Tafel sitzen, den Kugeln seiner Kalaschnikow preisgegeben im Schein der Windlichter. Außer den Wilderern, denen wir vor die Flinte geraten waren, sah ich noch gewaltbereite Grenzgänger aus dem benachbarten Kongo mit der Ambition, ein paar zahlungskräftige Geiseln nach Hause mitzunehmen. De Vries hatte sich zurückgelehnt, er beobachtete Fox, der neben der Tafel stand und darauf wartete, dass Wessing zurückkam.

»Bitte machen Sie sich keine Sorgen«, sagte Fox in die Runde. »Wir kümmern uns darum, es besteht absolut keine Gefahr, das versichere ich Ihnen.«

Noch ehe Wessing mit den Lampen zurückgekommen war, kam jemand anderer.

Zuerst hörte man ein menschliches Knurren, begleitet von leisem Lamentieren, dann trat Olson ins Licht der Tafel. Er war bewaffnet, und er war nicht allein. In der einen Hand hielt er ein Sturmgewehr, in der anderen den Arm des alten Mannes, dem ich vorhin die Tüte mit Essen geschenkt hatte. Der Alte hing in Olsons Griff wie das personalisierte Elend. Er jammerte leise vor sich hin. Sein dünner Arm verschwand vollständig im Griff von Olsons Pranke. Olson machte sein finsteres Landsknechtsgesicht, das Gewehr, eine automatische Waffe mit gekrümmtem Magazin, hielt er einsatzbereit auf die Hüfte gestützt, den Zeigefinger ausgestreckt über dem Abzugsbügel. Er schubste den Alten ein Stück vorwärts und ließ ihn dann los. Der Waldschrat fiel Fox buchstäblich vor die Füße. Einen Moment lang lag er am Boden wie ein Haufen Lumpen.

Mein Gott, Olson hat ihn erschossen, dachte ich. Aber der Alte kam wieder hoch. Olsons Griff entkommen, fing er damit an, ein Gewitter aus kehligen Silben auszustoßen. Olson stand mit seinem Gewehr neben ihm wie eine Figur aus einem »Warcraft«-Spiel, vollkommen taub für die Suada des Waldschrats. Das Gewehr noch immer in Bereitschaftsstellung auf den Oberschenkel gestellt, langte er in die Tasche und steckte sich mit der freien Hand einen von seinen Zigarillos in den Mund, mit einem zweiten Griff holte er sein Sturmfeuerzeug heraus und ließ es klicken. Paffend sah er hinunter auf den Alten, der, zwei Köpfe kleiner, vor ihm stand und sich zunehmend in Rage redete.

»Farouk, was sagt er?«, wollte Fox wissen.

Farouk starrte zu Fox hinüber, in seinem Gesicht wetterleuchtete das Kerzenlicht und sein immer abrufbarer Jähzorn.

»Er sagt, dass er sich beschweren will. Er wäre hier zu Hause, und man habe auf ihn geschossen. Er findet das sehr unhöflich. Das ist jedenfalls das Wesentliche.«

»Hat er gesagt, was er hier sucht, im Camp?«

»Man hätte ihn nicht eingeladen, sagt er, und da wäre er eben gekommen.«

Farouks Blick wanderte zu Olson hinüber und kehrte wieder zu Fox zurück, ich spürte, dass er kurz davor war zu platzen. Mein Bedürfnis nach Harmonie ist ja groß. In solchen Situationen könnte ich den Grad der Explosivität genau angeben, etwa wie bei der Erdbebenmessung. In diesem Fall waren es schätzungsweise acht bis neun auf der nach oben offenen Jesper-Skala.

De Vries hob die Hand. »Herr Fox, ich glaube, das genügt. Der alte Mann ist ganz harmlos. Sie können Herrn Olson sicher sagen, dass er ihn gehen lassen soll. Wenn ich einen Vorschlag machen dürfte.«

»Natürlich. Lary, bitte. Es ist alles okay.«

Olson starrte Fox zwei Sekunden lang trotzig in die Augen. Zwei Sekunden, die genügten, uns allen klarzumachen, dass er sich niemandem unterwerfen würde, schon gar nicht mit einem geladenen Gewehr auf dem Oberschenkel, dann trat er einen Schritt zurück. Dabei sah er zu Wessing hinüber, der inzwischen auf der anderen Seite der Tafel aufgetaucht war, zwei Taschenlampen in der Hand. Wessing hielt Blickkontakt mit Olson, er nickte ein paarmal sehr deutlich mit dem Kopf. Olson braucht viel Führung, dachte ich. Damals wusste ich noch nicht, wie viel Führung.

Der Gestank, der von dem Alten ausging, war inzwischen bei Tisch angekommen, er kroch zu uns herauf wie eine Giftgaswolke. Alle schnupperten und sahen sich um, man wollte wohl nicht glauben, dass ein einzelner Besucher diese Geruchsattacke verursachen könne.

»Bernd, würdest du dem Mann bitte ein paar Sachen zu essen geben«, wandte sich Fox an mich. »Du kannst ja was aus der Küche holen. Dann begleitest du ihn aus dem Camp.« Er lächelte mich an, kollegial diesmal, dann setzte er sich wieder auf seinen Platz neben Felicité. Die starrte wie hypnotisiert auf den Alten. Ihre Lippen waren geöffnet, und ihr Atem ging rasch. Ihre Augen folgten den Bewegungen des Waldschrats, sie schien mir aus der Fassung geraten.

Während ich ihn von der Tafel wegkomplimentierte, schimpfte der Alte leise vor sich hin und schüttelte empört den Kopf. Am Eingang des Schuppens wartete er höflich, bis ich zum zweiten Mal eine Tüte mit Lebensmitteln für ihn vollgestopft hatte, er kannte das ja inzwischen. Diesmal nahm ich zwei Hände voll gesalzener Cashewnüsse, drei Brötchen, ein Päckchen Aufschnitt und einen eingepackten Käse, um dem Menü etwas Abwechslung zu verleihen. Der Alte nahm die Tüte draußen in Empfang.

»Mojo«, sagte er und verschwand.

Ich kehrte zur Tafel zurück. Farouk saß nicht mehr dort. Olson und Wessing waren ebenfalls verschwunden. Die Schar war klein geworden. Auch Felicité fehlte. Fox unterhielt sich mit De Vries, Saffkin und den Giulianis. Ich setzte mich zu ihnen.

»Wieso hat Olson geschossen, Robert?«, fragte ich.

Fox zuckte die Achseln. »Ich weiß es nicht. Wahrscheinlich hat er in die Luft geschossen, damit der Mann stehen bleibt.«

Ich überlegte, ob es hier üblich war, in die Luft zu schießen, wenn unbekannte Besucher auftauchten.

»Vielleicht hat er gedacht, er wäre ein Dieb oder ein Wilderer«, half De Vries aus, mit einem Blick auf Fox.

Saffkin warf ein, Besuche bei Nacht sollte man grundsätzlich anmelden oder auf den nächsten Tag verschieben, damit vermeide man Probleme, vor allem in Krisengebieten. Ich überlegte, was für Saffkin wohl Krisengebiete sein könnten.

»Sie sagten, dass Wilderer hierherkommen könnten, Bob«, wandte sich Giuliani besorgt an Fox.

»Wir haben keinen Grund, das anzunehmen«, sagte Fox. »Lars Olson ist da ziemlich übereilt und eigenmächtig vorgegangen. Ich werde noch mal mit ihm reden.«

Das Thema war ihm unangenehm. Trotzdem hakte ich nach. Ich ging schließlich jeden Abend im Dunkeln zu meiner Hütte.

»Schiebt Olson hier Wache?«, wollte ich wissen.

Fox lächelte. Das könne man so nicht sehen, meinte er. Er wolle auch nicht die Vorstellung aufkommen lassen, dass das Camp bewacht werde. Es sei Olsons Privatsache, um das Camp herumzustreifen und die Augen offen zu halten, einen Auftrag dazu habe er nicht. Nicht von ihm, von Fox. Und Schaden richte er damit schließlich keinen an.

Fox brachte das Gespräch wieder auf die Schimpansen. Ich war nicht beruhigt, die anderen auch nicht, aber niemand äußerte sich. Man werde, teilte er mit, in den nächsten Tagen mit hoher Sicherheit eine Gruppe finden. Es sei inzwischen sehr selten, dass man Schimpansen in ihrem Lebensraum beobachten könne, und Farouk habe ihm ein paar Orte genannt, wo sie sich aufhielten. Farouk irre sich in solchen Fragen eigentlich nie. Morgen sei eine Präsentation geplant, bei der Farouk seine aktuellen Forschungsergebnisse darstellen werde. Zum Beispiel, dass Schimpansen sich gegenseitig mit Heilpflanzen behandelten und dass sie Werkzeuge benutzten, das könne man auf den Videoaufnahmen sehr gut sehen. Farouk sei eine Kapazität, was Schimpansen beträfe, er habe einige Studien zu dem Thema publiziert.

Saffkin gähnte. Die Giulianis wirkten noch immer besorgt. De Vries schwieg höflich. Ich verabschiedete mich und zog mich zurück.

Schon als ich die Tür meiner Hütte öffnete, roch ich ihn. Den gleichen Gestank wie vorhin an der Tafel. Ich zog meine Jacke aus und schnupperte an meinem Ärmel, den der Alte angefasst hatte. Die Jacke war es nicht. Ich durchsuchte meine Sachen, leuchtete mit der Lampe den Boden ab und brauchte nicht lange, bis ich das Ding fand. Es lag unter meinem Feldbett, und es war in frische Blätter eingepackt. Vielleicht hatte der Alte ja irgendwie Rücksicht auf meine Empfindungen nehmen wollen. Ich stieß das Päckchen angewidert mit dem Fuß unter dem Bett hervor. Da lag der Schädel und stank vor sich hin, im Licht meiner Taschenlampe, deren Akku ich geistesabwesend mit rhythmischem Pumpen erneuerte, als käme es darauf an, das ekelhafte Präsent möglichst hell zu beleuchten. Ein Trupp roter Ameisen interessierte sich bereits dafür, sie fuchtelten mit ihren hochgereckten

Zangen in das Licht meiner Lampe hinein, um ihre Entdeckung zu verteidigen.

Ich begriff nicht, was der Alte sich dabei gedacht hatte. Ich hatte schließlich nicht auf ihn geschossen. Im Gegenteil, ich hatte ihm Delikatessen eingepackt, und dafür hatte er mir ein stinkendes Stück Aas geschenkt. Nobel, verdammt noch mal, dachte ich.

Ich öffnete die Tür, rollte das Ding vorsichtig mit der Fußspitze zum Eingang und kickte es hinaus in die Dunkelheit. Um einschlafen zu können, versprühte ich ringsum eine Viertelflasche Autan, danach war der Geruch weg.

Beim Einschlafen, in der Minute, in der man zwischen Träumen und Wachen schwebt, sah ich meinen Großvater mit einer Bienenpfeife im Mund durch die Lodge wandern. An seinem ausgestreckten Arm hing ein Bienenschwarm, so groß wie ein Tagesrucksack. Ich fragte mich, wie er eigentlich hierherkam, aber es war so selbstverständlich, dass er da war, dass ich das Fragen bleiben ließ. Ich sah ihm zu, sah das Glitzern der schwirrenden Bienenflügel, Tausende von Augen, das flinke Krabbeln. Ich war sehr glücklich.

Beim Abräumen nach dem Frühstück sagte ich zu Felicité, ich müsse mit ihr reden. Nachdem die anderen gegangen waren, setzten wir uns mit einem Extrakaffee an die leere Tafel.

»Ich wollte auch mit dir reden«, sagte sie.

Sie trug wieder ihre Hosen und das Kopftuch. Tausendundeine Nacht, dachte ich.

»Kann ich anfangen?«, fragte ich.

Als ich ihr erzählte, was ich gestern in meiner Hütte gefunden hatte, holte sie tief Luft.

»Hast du den Fetisch noch?«, fragte sie.

»Nein. Ich hab das Ding aus dem Zelt gekickt. Habe ich dir doch gerade erzählt.«

»Es klingt komisch, Bern', aber ich glaube, du musst ihn wieder an dich nehmen. Tut mir leid.«

Felicité sah an mir vorbei, ihre obere Zahnreihe lag auf der Unterlippe. Schlimm, hieß das. Etwas Schlimmes, aber was? Was war denn schlimm damit?

»Das ist doch Blödsinn«, sagte ich. »Erklär mir bitte mal, weshalb ich das tun soll.«

»Mit dem Alten stimmt was nicht«, sagte sie leise. »Ich habe das gespürt. Gestern Abend habe ich mich gefragt, weshalb er gekommen ist. Und weshalb er sich hat fangen lassen.«

»Er hat sich fangen *lassen*?«

»Ja, natürlich. Er hätte leicht verschwinden können, das wollte er aber nicht. Olson hätte ihn nie gekriegt.«

»Gut. Aber das bedeutet ja nicht, dass ich nach einem stinkenden Stück Aas im Gras suchen soll und – wie sagtest du eben? – es wieder an mich nehmen muss.«

»Hör zu«, sagte Felicité, »mit Magie ist eine Absicht verbunden. Man will Einfluss gewinnen. Auf jemanden oder auf etwas.«

»Ich verstehe«, sagte ich, ohne etwas verstanden zu haben.

»Es ist wie bei einem Kampf oder bei einem Spiel. Es geht um Macht.«

Jetzt hätte ich wieder sagen müssen, dass ich verstehe, aber ich sah sie nur an.

»Schwache Kräfte, dafür benutzt man Geld, Gegenstände, Rituale, so etwas. Für größeren Einfluss braucht man mehr. Schmerz, Blut, Körperteile, Tod.«

»Affenköpfe.«

»Ja, richtig. Auch Affenköpfe.«

»Was kann man damit anrichten?«

Sie zuckte die Achseln. »Das kommt darauf an. So ein Fetisch kann ein Fluch sein oder ein Geschenk. Meiner Meinung nach stellt er jedenfalls ein Angebot dar, auf das du eingehen solltest. Vielleicht gilt das Angebot auch nicht nur dir allein.«

»Aha.«

Sie beugte sich zu mir und legte mir die Hand auf die Schulter. »Denk nach, Bern'.« Ihre Hand auf meiner Schulter. Ich würde so lange nachdenken, wie sie sie dort ließ. »Was glaubst du, weshalb ausgerechnet du dem alten Mann vor ein paar Tagen im Wald begegnet bist und nicht Farouk oder Fox? Und weshalb du jetzt auch den Fetisch bekommen hast?«

Noch immer lag ihre Hand auf meiner Schulter. Ich roch ihr Parfum, die interessante Holznote. Eine fürsorgliche Intimität lag in ihrer Berührung. Als hätte ich mir wehgetan. Meine große Schwester. Sie bedauerte mich, zum Teufel.

»Jemand, der an Magie glaubt«, fuhr sie fort, »und ich sage jetzt nicht, dass ich daran glaube, der wäre überzeugt davon, dass der Alte dich ausgesucht hat.«

»Und wieso muss ich das Ding an mich nehmen?«

»Jemand, der an solche Sachen glaubt, würde sagen, du musst den Kopf behalten, bis alles daran verwest ist, so lange ist die Kraft wirksam. Du darfst ihn während dieser Zeit nicht wegwerfen. Um es klar zu sagen: Du könntest es nicht. Er kommt zu dir zurück.«

»Er kommt – zu mir zurück? Ist das eine Gruselgeschichte?«

Felicité sah sehr ernst aus mit ihrem Kopftuch, wie eine Seherin.

»Ich weiß, Bern', das klingt sehr merkwürdig. Aber auch ich – und wie gesagt, ich glaube an Magie und glaube nicht daran –, auch ich würde das Ding lieber bei mir aufbewahren, als die Erfahrung zu machen, dass es«, sie faltete die Hände vor der Brust und schloss die Augen, während sie tief einatmete, »dass es von sich aus wiederkommt. Um meine Ungewissheit zu behalten, verstehst du. Was willst du machen, wenn du die verlierst?«

Ich starrte sie an. Versuchte zu begreifen, was sie eben gesagt hatte. Das war nicht gut für mein Gehirn. Meine Ungewissheit behalten. Ich war bisher der Meinung gewesen, dass meine Ungewissheit nicht zu den Teilen meines Selbst gehörte, die geschützt werden müssten. Ein kalter Hauch streifte mich. Schwärzester Aberglaube, vielleicht der blanke Horror. Felicité berührte meinen Arm, noch immer fürsorglich.

»Wir sprechen ein anderes Mal darüber. Über solche Dinge soll man nicht zu viel reden. Ich möchte dir nämlich auch noch was sagen. Da geht es um handfestere Sachen, in Ordnung?«

Ich nickte vor mich hin, mit einem Bein noch im Metaphysischen. Dafür, dass ich kaum jemals eine Kirche von innen gesehen hatte, war es Felicité ziemlich schnell gelungen, mich an die Pforten der Geisterwelt zu befördern.

»Im Camp geht was vor, Bern', was nicht zu unserem Programm gehört« sagte sie. »Erstens mal ist dieser Olson nicht bloß ein Unsympath, der ist auch ein Söldner. Zumindest ist er mal einer gewesen.«

Felicité klopfte sich eine neue Zigarette aus dem Päckchen. Ich griff zu, als sie es mir hinhielt, ich brauchte auch eine.

»Ich habe gestern den ganzen Tag im Netz gesucht. Er hieß früher Jack Barber. Aber Lars Olson ist sein richtiger Name, den trägt er offenbar seit einiger Zeit wieder. Er war vor Jahren bei Einsätzen im Kongo dabei, er war auch mal in der Fremdenlegion, und er ist einer der alten Kämpfer der Söldnerorganisation ›Executive Outcomes‹. Ich würde gern herausbekommen, was er hier zu suchen hat. Und ich möchte, dass du mir sagst, was du über Wessing weißt. Die kennen sich allem Anschein nach schon lange, vielleicht gehört er auch in diese Organisation. Und De Vries, der kennt die beiden auch. Wessing war es doch, der dich hierher mitgebracht hat, oder?«

Sie sah mich an, die Augen schmal, ihre Brauen zusammengezogen. Solche Signale kannte ich: Gewitter.

»Denkst du etwa, ich wäre auch ein Söldner?«

Felicité schüttelte den Kopf. Wich meinem Blick aus, lächelte.

»Nein. Sonst würde ich nicht mit dir reden. Aber ich wüsste gern, wer hier wohin gehört.« Sie schüttelte den Kopf. »Hör zu: De Vries taucht hier unangemeldet auf, er lässt einen Geschäftspartner nachkommen, um mit ihm zu verhandeln, und ganz zufällig findet er bei uns eine persönliche Eskorte vor, bestehend aus zwei alten Bekannten von ihm aus der Söldnerszene. Das ist doch kein Zufall. Wer ist dieser Wessing? Du kennst ihn aus Deutschland. Was weißt du über ihn? Ich habe im Netz nichts gefunden.«

Ich erzählte Felicité von meiner Bekanntschaft mit Wessing auf Klemms Schrottplatz in Berlin-Britz und von seinem Vorschlag, für einen guten Job mit ihm nach Afrika zu kommen. Sah ihn wieder vor mir, in seinem fleckigen T-Shirt, die Hand in die Hüfte gestemmt. Wessing ein Söldner, ich konnte es nicht fassen.

»Wie ist Olson überhaupt in das Projekt gekommen?«, fragte ich. »Er war es doch, der De Vries angeblich hierher eingeladen hat.«

»Fox hat ihn nicht eingestellt, das war Dogou. Jaques Dogou

hat ihn herbeordert, der ist Ministerialrat im Landwirtschaftsministerium. Wir haben Olson und Wessing von Dogou zugeteilt bekommen. Sie sind als Helfer oder als Aufpasser hier, das kann man nicht genau auseinanderhalten. Wenn sie von Dogou kommen, dann berichten sie ihm auch, was hier vor sich geht. Fox selber hat nur mich und Farouk eingestellt. Und Farouk kannte Ze Zé, der kam über ihn zum Team. Du kamst mit Wessing. Dogou ist es, der im Ministerium unser Projekt mit der Regierung abstimmt. Er organisiert den Verkauf der Carbon-Bonds und stellt unsere Vorfinanzierung.«

Felicité sah zu Boden, wohin sie die Zigarette geworfen hatte, die sie gerade austrat. Mir fiel auf, dass sie ihre Zigaretten nur halb aufrauchte. Sie ist nervös oder dabei, es sich abzugewöhnen, dachte ich.

»Du weißt, wie das läuft mit den Bonds, Bern'?«

»So ungefähr«, sagte ich.

»Vielleicht weißt du nicht alles. Bis jetzt können Carbon-Bonds nur für solche Gebiete zertifiziert werden, die aufgeforstet wurden, aber spätestens bei der nächsten UN-Klima-Konferenz wird wahrscheinlich auch naturbelassener Regenwald zertifiziert werden. Einfach dafür, dass er noch existiert. Unser Projekt, der ›Park‹, ist schon dafür konzipiert. Man rechnet eine Notierung mit fünf US-Dollar im Jahr für eine Tonne neutralisiertes CO_2. Allein für uns hier bedeutet das etwa fünfhunderttausend Dollar, die das Ministerium jedes Jahr kassiert, ohne einen Finger dafür zu rühren.« Felicité ließ mich nicht aus den Augen.

»Soll ich uns einen Kaffee holen?«, fragte ich, um irgendwie von Nutzen zu sein.

Sie schüttelte den Kopf. »Wir müssen Kompromisse akzeptieren, Bern'. Lass es ein Geschäft für die sein, okay, meinetwegen. Du kannst vielleicht nicht einschätzen, was unberührter Wald in Zukunft für uns alle bedeuten wird. Auf acht Prozent der Erdoberfläche wächst Wald. Aber der Anteil der Wasserfläche, der im Meer von Plastikmüll bedeckt ist, beträgt inzwischen bereits fünfundzwanzig Prozent, der Müll blockiert den Stoffwechsel der Unterwasserpflanzen, abgesehen davon, dass er beschissen aussieht.«

Aus Felicités mandelförmigen Augen sahen mich Chinesen, Afrikaner, Inder und Franzosen an. Alle waren sie mit verantwortlich für im Meer schwimmenden Plastikmüll. Und alle erwarteten etwas von mir. Felicité schnippte die Asche von ihrer nächsten Zigarette, nahm einen tiefen Zug, blies den Rauch von sich.

»Die Carbon-Bonds sind das, woran die Regierung wirklich interessiert ist, das weiß Robert auch. Solange das funktioniert, werden wir unterstützt. Fox kann nur hoffen, dass man ihn das Projekt gestalten lässt.«

»Er hat den Büffel gesattelt«, sagte ich.

»Wie meinst du das?«

Ich erzählte ihr von dem Gespräch, das Wessing und Olson auf Afrikaans im Flugzeug miteinander geführt hatten, und jetzt fiel mir auch der Rest des Spruchs wieder ein.

»Wer einen Büffel sattelt, sollte ihn auch reiten können. Sie haben Fox damit gemeint.«

Ich sah das schicke Gebäude in Libreville wieder vor mir, das Landwirtschaftsministerium mit den Schalensesseln aus den siebziger Jahren. Ich erinnerte mich sonst an nichts mehr, außer an den Alten mit dem Huhn am Straßenrand und daran, dass ich anschließend im Auto geschlafen hatte. Der Alte mit dem Huhn. Ich vertrieb die seltsame Idee aus meinem Kopf, die mir gerade gekommen war.

»Wenn sie Söldner sind, Wessing und Olson, was schert uns das?«, sagte ich.

»Sie sind hier, um uns auf die Finger zu sehen, Bern', im Auftrag von Dogou. Und seitdem De Vries hier ist, glaube ich, dass er uns benutzt. Er sucht einen sicheren Ort für sein Treffen mit diesem Russen, mit Saffkin. Möglich, dass jemand hinter ihm und seinen Geschäften her ist.«

»Was für Geschäfte sollen das sein?«

»Rohstoffe, Diamanten, Gold, Öl. Alles, was der Markt will. Man kann hier schnell reich werden, wenn man skrupellos genug ist.«

Ich fasste mir ein Herz. Machte ein Gesicht wie jemand, dem man vertrauen kann.

»Kann ich etwas tun?«

Sie zuckte die Achseln. Warf ihre Zigarette auf den Boden und trat sie aus. Zwei zerdrückte Zigaretten lagen da.

»Ich weiß es nicht. Ich traue dir.«

Ich versuchte unwillkürlich, meinen Gesichtsausdruck so zu lassen, wie er war. Vertrauenswürdig. Brachte ein Nicken zustande und schenkte ihr ein Lächeln.

»Danke«, sagte ich und war alles andere als dankbar.

Zehn Minuten später stand ich vor meiner Hütte und überlegte, ob ich hineingehen sollte oder nicht. Ich starrte auf meinen Schatten, dessen Konturen sich scharf auf den Brettern vor der Eingangstür abzeichneten, spürte, wie die Sonne versuchte, mir ein Loch in den Scheitel zu brennen, mein dichtes braunes Haar in Asche zu verwandeln und mein Gehirn zu garen.

Drei Minuten brauchte ich, dann öffnete ich die Tür.

Gut, dass ich mich darauf vorbereitet hatte. Ich sah nämlich genau das vor mir, was ich befürchtet hatte. Vielleicht nicht die dicht frequentierte Ameisenstraße von einem Ende des Fußbodens zum anderen, an die hatte ich nicht gedacht. Das Ding aber, das lag wieder da. Es lag am Ende der Ameisenstraße auf dem Boden neben meinem Feldbett. Die Verpackung aus einem fleckigen Bananenblatt war verschwunden, es zeigte sich in seiner ganzen widerlichen Präsenz. Trupps roter Ameisen schwärmten zwischen den gebleckten Zähnen des Affenschädels ein und aus, koordinierten sich mit ihren Fühlern, werkelten geschäftig an den Proteinresten in den verschrumpelten Augenhöhlen. Und der Schädel, das ging mir nach einer Weile auf, während ich ihn anstarrte: Er starrte zurück. Grinste mich höhnisch an. Ich bin wieder da, schien er mir mitteilen zu wollen.

Ich machte einen großen Bogen um ihn, setzte mich auf mein Bett. Meine Gedanken liefen weiter, ohne dass ich es wollte, verfassten eine Presseerklärung für mein Selbst, sie lautete so: Ist doch ganz einfach. Der Alte ist wiedergekommen, streift sowieso ständig hier herum, hat das Ding im Gras gerochen und hat es, eigensinnig wie er ist, wieder in deine Hütte gelegt. Er will nun mal, dass du sein Geschenk annimmst. Er möchte sich erkenntlich zeigen für die beiden Tüten mit Fressalien. So weit die offizielle

Version. Ich wollte mir nicht vorstellen, wie der Schädel sonst wieder hätte hereinkommen können. Trotzdem dachte mein Gehirn anschließend weiter, das tut es eben, ich kann nichts dagegen machen, es arbeitet oft im Auftrag, aber nicht immer in meinem.

Ich stand deshalb auf und verließ meine Behausung, manchmal hilft es, wenn ich mich bewege. Die Sonne schlug wie mit Keulen auf das vertrocknete Gras ringsum ein, und ich spürte, wie die Schweißtropfen an meinem Rücken herunterliefen, während in meinem Kopf ein Gruselfilm weiterlief, der den Affenschädel in Nahaufnahme zeigte, wie er sich mit dem Unterkiefer Biss für Biss in mein Zelt zurückhakelte, begleitet von einem Fackelzug von … nein, das war ja bei den Hunden des Lords gewesen, begleitet also von einer Ehrengarde aus roten Ameisen. Ohne Fackeln. Vielleicht hatte ich ja einen Sonnenstich.

Ich musste mich dringend hinlegen. Du wirst ihn nicht los, hatte Felicité gesagt. So etwas Ähnliches hatte auch das tote Grinsen des Schädels ausgedrückt, auf das ich eben gestarrt hatte: Du wirst mich nicht los. Nun begriff ich, wie kostbar es war, bestimmte Dinge nicht zu wissen. Lea hätte vielleicht gesagt, ich wäre feige. Vielleicht war ich auch feige, das war mir egal, ich traf eine Entscheidung.

Ich betrat die Hütte wieder und suchte eine Plastiktüte. Das war nicht so einfach, weil Plastiktüten in der Lodge gemieden wurden, man packte aus ökologischen Erwägungen alles in Papiertüten. Ich hatte aber eine; es war die, in die ich meine Schmutzwäsche stopfte, sie stammte noch von Tengelmann in Berlin. Ich stülpte also mit angehaltenem Atem die Tengelmann-Tüte umgekehrt über meine Hand und nahm so den Affenschädel vom Boden auf, klopfte einige Ameisen ab, dann musste ich wieder Luft holen und inhalierte die üble Gestanksexplosion, die ich verursacht hatte. Ich wickelte den Schädel zusammen mit dem Rest des Ameisentrupps fest in die Tüte. Ich opferte sie aus Geruchsgründen. Zog die Tüte straff und verschnürte sie mit einem Schnürsenkel, den ich aus einem meiner Lloyds-Schuhe herausfädelte. Das verschnürte Bündel schob ich unter die Schmutzwäsche, die ich im Klo lagerte.

Ich nahm an, dass es damit genug war. Der Waldschrat würde

wohl nicht verlangen, dass ich sein Geschenk am Körper trug. Wobei, schoss mir durch den Kopf, als ich die Hütte wieder verließ, das die sicherste Methode gewesen wäre, ihn nicht zu verlieren. Mit einer Schnur durch die Augenhöhlen, so wie er es gemacht hatte. Aber so weit war ich noch nicht. Ich brauchte jetzt erst mal etwas Kaltes zu trinken.

Draußen schwammen die Dächer der Gästepavillons über dem Gras, sie taten es allerdings, wie manchmal um die Mittagszeit, auf dem Kopf stehend. Fata Morgana. Ich fasste mir an die Schläfe. Mein Kopf erschien mir sehr heiß. Über der erhitzten Stille lag wie stets das Summen der Insekten. Sie machten gar nicht so viel Aufhebens davon, dass sie die eigentlichen Bewohner der Erde waren. Eines Insektenplaneten, auf dessen grasbewachsenem Boden der Park in der wabernden Hitze lag wie eine Unterwassersiedlung, über die sie hinwegschwammen unter der Oberfläche eines wolkenlosen Himmels. Aus der Sicht der Insekten stellten die Warmblüter eine merkwürdige Verirrung des Lebens dar, die an ihren Exzessen bald zugrunde gehen würde, geradeso wie die Dinosaurier, denen die Insekten ja auch schon beim Aussterben zugesehen hatten.

Ich steuerte mit sinkendem Blutdruck auf den Küchenschuppen zu, mein Denken zentrierte sich auf das Bild des geöffneten Kühlschranks, darin sah ich eine jungfräuliche Flasche Cola stehen, betaut mit vielen kleinen Wassertropfen. Ich sah sie in meine Hand gleiten, sah mich den Schraubverschluss öffnen, horchte auf das Zischen, es kam und war köstlich leise, weil die Kälte die ganze Kohlensäure noch drinhielt. Aber zuerst noch aufs Klo. Ich bog also vor dem Küchenschuppen rechts ab zur Gemeinschaftstoilette.

Die Toiletten in der Lodge, das muss ich hier anfügen, waren ökologisch ausgereift. Es waren natürlich Trockentoiletten, nach neuesten Erkenntnissen geplant und gebaut, unabhängig vom Nassbereich mit den Duschen, Bädern und der Solarsauna. Die Toiletten benötigten kein Wasser, nur Sägemehl und bakteriellen Kompostierer, von dem wir alle ein Säckchen erhalten hatten, um unser persönliches Toilettenbiotop in Gang zu setzen. Das europäische Wasserklosett, so hatte uns Fox in einem seiner Kurzvorträge erklärt, belege wie kaum etwas anderes den Aberwitz der Zivilisation. Nachdem man zunächst Jahrhunderte klaglos im Gestank zugebracht habe, sei man unversehens auf die Idee gekommen, ausgerechnet mit Trinkwasser die Scheiße wegzuspülen, um dann hinterher dasselbe Wasser klären zu müssen, damit man es wieder trinken konnte. Dümmer gehe es nicht mehr, hatte Fox gemeint und der Hoffnung Ausdruck gegeben, dass sich nicht nur der Benzinpreis, sondern auch die Wasserrechnung endlich dem Wert der Rohstoffe anpassen würde. Aus Begeisterung für diese Idee hatte man in der Lodge eine Gemeinschaftstrockentoilette zusätzlich gebaut, auf die ich nun zusteuerte.

Ich näherte mich den beiden mit Elefantengras gedeckten Häuschen, die man von der anderen Seite her betrat, von dort, wo die Erbauer das hohe Grasdickicht hatten stehen lassen, damit die Toiletten ein wenig Schatten abbekamen. Das Standbild der eiskalten Colaflasche war noch festgefroren vor meinem inneren Auge, es gab mir Kraft. Da hörte ich etwas.

Und blieb im Durchgang zwischen den Häuschen stehen. Ich hörte ein Keuchen. Jemand atmete schnell und keuchte dabei, ein Knurren kam dazu, das ich zuerst einem Tier zugeordnet hätte, wäre da nicht ein antwortendes Keuchen gewesen, kurz darauf ein Stöhnen. Ich weiß nicht, wieso ich sofort an Sex dachte, jedenfalls blieb ich stehen, weil mich ein natürlicher Reflex daran hindert, Leute beim Sex zu stören. Die Fruchtfliegen aus einer Studie fielen mir ein und ihre reziproke Beziehung zu Alkohol und Sex. Ich stand also im Durchgang zwischen den Toilettenhäuschen und dachte paralysiert im Kreis, weil mir außer den Fruchtfliegen die hier möglichen Paarungen durch den Kopf gingen. Viele davon gab es ja nicht.

Als ich jemanden weinen hörte und in dem Weinen zweifelsfrei Felicités Stimme erkannte, fasste ich allen Mut zusammen, das ist bei mir ja nicht viel, und machte die paar Schritte vollends um die Ecke.

Und sah Olson mit Felicité ringen. Ringen ist nicht korrekt: Olson quetschte Felicité gegen die hellbraun verputzte Adobewand des Toilettenhäuschens. Aus der zerrissenen Bluse sahen ihre Brüste heraus. Olson, dessen Hosen zu den Knöcheln heruntergelassen waren, hatte sich ihr Haar um die Pranke gewickelt und drückte ihr so den Kopf gegen die Wand, mit der anderen Hand hatte er ihr gerade die Pluderhose samt Slip über den Hintern heruntergezerrt. Olsons Brust und Bauch waren schafwollartig bewachsen, seine Erektion ragte wie eine Fahnenstange aus einem Kranz weißblonder Schamhaare. Felicité hielt die Augen geschlossen, ihr Mund stand offen. Sie keuchte, als stecke sie in einem Schraubstock, krallte sich mit einer Hand in den Putz der Toilettenwand, mit der anderen in Olsons Unterarm. Eine Sekunde lang dachte ich: Sie hat es gerne wild, und fürchtete, dass ich ungelegen kam. Diesen Eindruck unterstrich Olson, der herumfuhr, als er mich bemerkte.

»Hau ab«, bellte er mich an. »Oder willst du zusehen?«

Felicité öffnete bei Olsons Worten die Augen und starrte mich an, ihr Kopf von Olsons Griff an der Wand fixiert wie angenagelt. Ihre Lippen bewegten sich, aber sie brachte kein Wort heraus. Genauso wenig wie ich. Ich stand noch immer da und spürte, dass ich den Ablauf der Dinge aufhielt. Olson hakte meine Anwesenheit ab und zog Felicité die Pluderhosen über die Knie herunter, dabei erzitterten ihre braunen Hinterbacken.

Du musst jetzt was machen, Bernd, sagte ich zu mir, du kannst ihm nicht dabei zusehen, wie er sie vergewaltigt, das kannst du einfach nicht. Komisch, dass man in solchen Momenten mit sich selber redet. Dass man überhaupt die Zeit dazu hat, meine ich. Zeit ist sehr relativ. Die Sekunden meiner Untätigkeit zogen so langsam an mir vorbei, dass ich in dieser gefühlten Zeit vielleicht noch einen Karatekurs hätte absolvieren können. Ich weiß aber nicht, wie viel Zeit ich in Wirklichkeit noch gehabt hätte, denn Olson hatte Felicités Hose jetzt unten an den Knöcheln und stieß sie weg von der Wand zu den mannshohen Grasbüscheln hinüber. Und ich – ich war noch nicht bis zu einem Handlungsentwurf gekommen. Was ich tun oder hätte sagen können, erschien mir in diesem Moment viel zu belanglos, als dass es Bestand gehabt hätte vor der Zwangsläufigkeit, mit der Olson zu Werke ging. Wahrscheinlich lähmte mich vor allem die Tatsache, dass er mich einfach ignorierte. In diesem Moment hatte ich Hilfe nötig, und sie kam. Als habe eine gnädige außerirdische Instanz ein Einsehen gehabt. Toiletten sind eben kein einsamer Ort. Der Anblick von Farouks stämmiger Gestalt, die um die Ecke bog, löste mir die Zunge.

»Farouk, um Himmels willen«, stieß ich hervor. »Hilf mir.«

Das war nicht ganz zutreffend, im Grunde aber stimmte es doch. Zwar war es vor allem Felicité, die Hilfe nötig hatte, aber in diesem Augenblick brauchte auch ich Hilfe. Farouk erstarrte für eine Sekunde, erfasste die Szene. Sah Olson, der Felicité zu Boden gedrückt hielt und ihr das Knie zwischen die Beine stieß. Farouk warf noch einen Blick auf mich, der ich in hilflosem Aktionismus die Arme erhoben hatte, und handelte dann zielorientiert. Er postierte sich hinter Olson, dem seine vollgepackte Cargo-Hose noch an den Knöcheln hing, die Taschen ausgebeult von kantigen Dingen, Messern, Schlagringen, Handgranaten, und trat Olson mit aller Kraft in den nackten Hintern. Es gab ein Geräusch wie bei einem gut getretenen Elfmeter, und Olson kollerte seitwärts ins Gebüsch. Ich fühlte grenzenlose Erleichterung.

Farouk. Mit seinen trainierten Muskeln unter dem weißen T-Shirt, seinem immer bereiten Zorn. In diesem Augenblick ein Held. Das steckte mich an, und ich eilte mit ihm zusammen zu Felicité, die sich am Boden zusammengekrümmt hatte. Das war fürsorglich von uns beiden, aber verfrüht und wenig umsichtig, denn jemanden wie Olson machte ein Tritt in den Hintern nicht kampfunfähig.

Er war schon wieder auf den Beinen. Die schwere Hose zog er mit einer Hand hoch, um beweglicher zu sein. Mit der freien Faust verpasste er Farouk einen Hieb in die Nieren, der ihn zu Boden gehen ließ. Ich wich zurück, sah mich nach etwas um, das als Waffe dienen konnte, und fand nichts. Aber meine Stimme war wieder befreit, ich konnte schreien. Ich rief – warum, weiß ich nicht –, ich rief nach Wessing. Zu meinem Glück kam Farouk gleich wieder auf die Beine und zog damit Olsons Zorn komplett auf sich, ich konnte weiter schreien, ohne eine unmittelbare Attacke Olsons befürchten zu müssen. Farouk und ich, wir hätten ein eingespieltes Team von Stierkämpfern sein können. Während ich abwechselnd »Gustaaav!« und »Hilfe!« brüllte und den Boden absuchte, um einen Stein zu finden, der zur Körperverletzung taugte, verpasste Olson mit unbewegter Nussknackermiene Farouk einen regelwidrigen Tritt in den Bauch und anschließend einen Kinnhaken, der ihn erneut zu Boden schickte.

Dann wandte sich Olson mir zu. Eigentlich hätte ich stolz darauf sein können, dass er mich überhaupt bemerkte. Ich wich zurück zur Toilettenwand, einen Stein hatte ich noch nicht gefunden. Am Rand meines Gesichtsfelds lagen Olsons Opfer, Farouk und Felicité, am Boden, beide in embryonaler Leidensstellung, und ich, ich ergriff die Flucht. Ich gebe es zu, ich wollte nicht der Dritte sein. Ich drehte mich um und lief davon. Ich lief Wessing direkt in die Arme, der eben zwischen den Toilettenhäuschen angekommen war, in der Hand – tatsächlich: eine Pistole.

»Gustav«, stieß ich aus. »Olson. Er ist durchgedreht. Er hat Farouk – und Felicité …«

Wessing drückte mich beiseite. Ich kehrte um und folgte ihm auf dem Fuß zurück zum Schauplatz, den ich eben verlassen hatte. Olson stand mit geballter Faust über Farouk gebeugt, der sein Gesicht mit den Händen schützte, Felicité war verschwunden.

Wessing steckte die Pistole in den Gürtel seiner Jeans.

»Hör auf, Lary«, knurrte er. »Hör verdammt noch mal auf.«

Er riss an Olsons Schulter. Aber Olson hörte nicht auf, er kauerte über Farouk, das Gesicht mordlustig verzerrt, schien nichts gehört zu haben. Stammhirngesteuert, auf vorsprachlichem Niveau. Wessing beugte sich hinunter, holte aus und verpasste Olson mit aller Kraft eine Ohrfeige. Erst eine rechts, dann eine zweite links. Olson richtete sich langsam auf und starrte Wessing an wie ein ertappter Kettensägenmörder. Ich hätte in diesem Moment nicht auf Wessing gewettet.

»Lars – Olson!«, schrie Wessing ihn an, im Kommandoton, die Fäuste in die Hüften gestemmt.

Olson starrte in Wessings Gesicht, nackt wie ein Frühmensch, die Kampfhose hing ihm wieder an den Knöcheln. Er öffnete langsam den Mund, als falle ihm das Denken im Moment sehr schwer. Dann schüttelte er den Kopf wie ein Hund, der aus dem Wasser aufgetaucht ist. Sah auf Farouk hinunter, der zwischen seinen Beinen am Boden lag.

»Lary«, sagte Wessing, jetzt in normaler Lautstärke. »Ist gut jetzt. Los, komm, Lary. Komm, weg hier.«

Er packte Olson am Arm und zog ihn fort von Farouk. Zu meinem Erstaunen funktionierte es. Olson stolperte gehorsam mit Wessing davon, seine offene Hose mit der Hand festhaltend.

Ein paar Atemzüge danach traf Fox ein, er stieß auf Wessing und Olson. Im Durchgang zwischen den Toiletten blieben sie stehen, Olson an Wessings Arm starrte mit halb offenem Mund an Fox vorbei, das Großhirn abgeschaltet.

»Später, Robert«, hörte ich Wessing sagen. »Lary ist komplett ausgetickt. Tut mir leid.«

Als Fox sich auf dem Schauplatz umsah, hatte ich mich schon etwas erholt.

»Was ist hier passiert?«

Ich warf einen Blick auf Farouk, der gegen die Wand der Toilette gelehnt saß, die Augen geschlossen, ein blutgetränktes Papiertaschentuch gegen seine Nase gedrückt. Von Felicité keine Spur. Vermutlich hatte sie sich in die Toilette geflüchtet. Ich begann zu berichten. Als ich zu der Stelle kam, an der ich Farouks Eingreifen schilderte, sagte Farouk, ohne die Augen zu öffnen:

»Ja, ja. Und Bernd hier hat dabeigestanden und zugesehen, wie dieser Verrückte mich zusammengeprügelt hat. Du bist eine Memme, Bernd, ein richtiges Arschloch. Du bist –«, Farouk holte tief Luft und machte eine Pause, um Blut aus der Nase tropfen zu lassen, »– eine Ameise.«

Ich sagte nichts dazu. Er hatte recht.

SIEBEN

Als ich meinen abendlichen Küchendienst antreten wollte, traf ich auf Ze Zé.

Er stand im Schuppen, das Kinn in einem Ledergürtel, den er um einen Deckenbalken geschlungen hatte. Beide Arme hielt er waagerecht von sich gestreckt. Sein Gesicht zeigte Schmerz, Konzentration.

»Lendenwirbelblockade«, sagte er gepresst. Dazu kamen seine Arme langsam wieder aus der Horizontalen herunter. »Ganz großer Mist. Das dauert Wochen.«

Probeweise ließ er die Arme pendeln, vielleicht um seine Probleme gestisch zu unterstreichen. Farouk, der mit geschwollener Nase, einen Tetrapak mit Orangensaft vor sich, am Tisch saß, warf ihm einen finsteren Blick zu und beschrieb mit dem Zeigefinger einen Kreis um seinen Hals.

»Mach's einmal, aber dann richtig«, brummte er. »Ich kann dir zeigen, wie der Knoten geht.«

Ich setzte mich neben Farouk, achtete auf einen gewissen Abstand.

»Tut mir leid«, sagte ich zu ihm. »Ich hatte vorhin einfach die Hosen voll.«

»Ist schon okay«, sagte Farouk. »Der Kerl ist gemeingefährlich. Der muss gehen, sonst gehe ich.«

»Das wird nicht so einfach sein«, quetschte Ze Zé heraus, den Kopf in der Schlinge.

»Was soll das heißen?«, sagte Farouk, dann schlug er mit der Faust auf den Tisch, dass der Tetrapak einen Hüpfer machte, und brüllte: »Jetzt lass doch mal diese blöden Mätzchen und stell dich normal hin oder setz dich zu uns, zum Teufel!«

»Du bist ganz schön nervös«, stellte Ze Zé fest.

Er nahm seinen Kopf aus der Schlinge und hinkte zu uns an den Tisch herüber.

»Der Kerl macht doch hier, was er will. Ich hätte ihm auch gern mal in den Arsch getreten.«

Er holte zwei weitere Safttüten und setzte sich zu uns. Eine schob er mir zu.

»Reg dich wieder ab«, sagte er zu Farouk. »Fox wird ihn feuern, aber nur, wenn er kann. Olson kommt von Dogou. So wie der andere, dieser Wessing. Das sind Spitzel, das weißt du doch.«

Farouk winkte ab. »Wenn schon. Es gibt noch ein anderes Problem.« Er betupfte vorsichtig seine Nase, drehte seinen Saft in der Hand hin und her und machte dabei ein Gesicht, als prüfe er das Haltbarkeitsdatum. »Dieser Russe, Saffkin, er ist verschwunden. Jedenfalls hat ihn seit gestern Abend niemand mehr gesehen. Fox hat es mir vorhin gesagt, er hat ihn gesucht, um was mit ihm zu besprechen. Aber er war nicht in seiner Hütte und auch sonst nirgends in der Lodge.«

»Die Krokodile«, sagte Ze Zé. »Vielleicht wollte er mal baden, und sie haben das nicht richtig verstanden.«

»Du bist ein Clown. Weißt du nicht, was das für uns bedeutet, Mann?« Farouk knallte die Safttüte auf den Tisch. Ein Regen aus Tropfen landete auf der Platte. »Wenn er nicht wieder auftaucht, können wir alle einpacken«, schrie er. »Ein Ausländer verschwindet, ein Gast. Noch dazu einer, den Dogou kennt. Du kannst darauf wetten, dass die in Libreville wissen, dass Saffkin hier ist.« Er schüttelte den Kopf. »Nein, das gibt großen Ärger. Fox war schon am Fluss und überall sonst, wohin man sich hier verlaufen könnte. Saffkin ist nicht da.«

»War jemand auf der Piste?«, fragte ich.

Farouk nickte. »Wessing ist mit dem Jeep los. Vielleicht findet er ihn. Aber ehrlich gesagt, ich mache mir Sorgen.« Seine Augen waren verdunkelt, seine Brauen standen dicht beisammen in Schlechtwetterstellung. »Wenn wir Saffkin nicht finden«, sagte er, »müssen wir ihn als vermisst melden. Das gibt eine Untersuchung, und das Projekt nimmt Schaden. Wer kommt dann noch hierher? Nur weil der verdammte Kerl Extratouren machen muss.«

»Du siehst das zu negativ.« Ze Zé drehte vorsichtig seinen Kopf hin und her mit einem Ausdruck, als horche er auf ein Knacksen im Halswirbelbereich. »Es gibt ein bisschen Ärger, ein paar Mails, dann pfeifen sie die Polizei wieder zurück.«

»Falls sie ihn nicht finden«, ergänzte Farouk finster. »Dann vielleicht. Und was ist, wenn ihm was passiert ist?«

Ze Zé hielt in seiner Kopfdrehung inne. Zog eine Augenbraue in die Höhe. Er zuckte mit den Achseln und stand auf. Warf die Safttüte in den Plastiksack für Wertstoffmüll und starrte ins Leere.

Ich verabschiedete mich. Ich konnte mir nicht vorstellen, dass Saffkin zu Extratouren neigte oder dass ihm etwas passiert war, aber etwas ging hier vor. Olsons ungehemmte Barbarei erschien mir in diesem Moment als Signal für eine Veränderung im »Park«. Mir wurde klar, dass er keine Angst vor den Konsequenzen gehabt hatte. Er dachte, er kann machen, was er will. Ich hatte ja kaum Erfahrung mit Kriminalität. Aber ich begann zu begreifen, was es bedeutet, von solchen Leuten beschützt zu werden.

Und Saffkin? Wenn er sich hier irgendwo schlafen gelegt hatte, würde er schwer zu finden sein, aber möglicherweise handelte es sich um einen sehr langen Schlaf.

Um es kurz zu machen, Saffkin wurde nicht gefunden. Wessing kam unverrichteter Dinge zurück. Saffkin könne, meinte Wessing, bei dieser Hitze nicht zehn Kilometer gegangen sein. Wir suchten das Camp noch einmal gemeinsam ab, drehten jeden Stein um, ohne Ergebnis.

Bei einer rasch zusammengerufenen Teambesprechung, bei der Olson wie zu erwarten fehlte, teilte uns Fox die Agenda mit: Er werde nach dem Abendessen die Polizei verständigen, wenn Saffkin bis dahin nicht aufgetaucht sei, mit den Gästen habe er bereits gesprochen. Die Giulianis seien nervös, überlegten, ob sie abreisen sollten. Eine Katastrophe. Nur die Ärztin habe gemeint, sie wolle bleiben, vielleicht würde sie am Ende unser einziger Gast sein.

Ich trottete zu meiner Hütte. In meinem Inneren war noch keine Ruhe eingekehrt. Ich sah dauernd Felicité vor mir. Von dem geilen Olson bedrängt, für den sie wahrscheinlich nur eine weibliche Ausgabe seiner Spezies darstellte, die ihm gerade verfügbar schien. Ich hatte mich wie ein kleiner Junge verhalten. Farouk musste mir zeigen, was ein Mann in solch einer Situation tut. Selbst wenn ich eine Pistole gehabt hätte – ich ließ offen, was ich dann getan hätte. Es wäre vielleicht noch viel schlimmer gewesen, dazustehen, eine Waffe in der Hand, und es nicht fertigzubekommen, auf Olson zu schießen.

Noch eine halbe Stunde, dann musste ich bei den Vorbereitungen für das Essen helfen. Ich setzte mich auf das Feldbett, die Tür ließ ich offen, um Luft hereinzulassen. Mein Fuß stieß gegen den eingepackten Fetisch, der unter dem Bett seinen Platz bekommen hatte. Ich beugte mich hinunter. Die Ameisen strömten ein und aus, sie hatten inzwischen Löcher in die Plastiktüte genagt. Ich hinderte sie nicht daran, ihre Arbeit beschleunigte den Verfall, sie verkürzte die Frist, an deren Bedeutung ich nicht glauben wollte. Du musst ihn behalten, bis alles verwest ist, hatte Felicité gesagt. Eigentlich, fiel mir ein, hätte ich das Ding ins Wasser hängen sollen, um die Verwesung voranzutreiben. Aber ich wollte nicht erleben, dass es womöglich eine Stunde später, mit einem Kranz aus Butterblumen verziert, wieder in meiner Hütte lag. Ich sagte es schon, ich war ziemlich durcheinander.

Ich saß auf meinem Bett und fasste einen Entschluss: Ich würde kündigen. Mit der nächsten Einkaufstour würde ich nach Libreville zurückfliegen. Vielleicht gab man mir genug Geld für ein Ticket nach Hause, immerhin hatte ich einige Zeit mitgearbeitet. Ich hatte mir durchaus Mühe gegeben. Aber ich war zu der Erkenntnis gekommen, dass ich für diese Art Arbeit nicht taugte. Farouk hatte mit seiner Feststellung recht gehabt: Ich war feige. Das hatte mir bisher nicht viel ausgemacht, nun schämte ich mich dafür.

Felicités irrer Blick stand mir wieder vor Augen. Als Olson ihren Kopf gegen die Wand drückte. Sie würde mir mein Verhalten nicht verzeihen. Ich verzieh es mir selber auch nicht. Ich starrte auf die roten Ameisen, die in die Tütenkugel hinein- und herausströmten. Nein, eine Ameise war ich nicht. Damit hatte Farouk nicht recht gehabt. Eine Ameise hätte sich in Olson verbissen, die wäre ohne zu zögern in den Tod gegangen. Ihr Programm sah Feigheit nicht vor, dazu musste man schon ein Zentralnervensystem besitzen.

Ich erhob mich. Starrte auf die Eingangstür meiner Hütte, auf die schön gemaserten Dielen aus Tropenholz. Unwillkürlich fühlte ich nach dem Diamanten in meiner Hosentasche. Ich nahm mir vor, ihn zu spenden. Es war ein Blutdiamant. Er würde mir kein Glück bringen. Ich würde ihn für die Zukunft der Lodge spenden, für die Weiterfahrt der Arche Noah, von der ich gerade dabei war abzumustern. Der Diamant sollte einen Beitrag leisten für eine bessere Welt. Das war das Mindeste, was ich tun konnte.

Draußen empfing mich die Hitze, das Gras flimmerte, als brenne es. Ich schlug den Weg Richtung Küche ein. Da kam mir jemand entgegen. Eine magere Silhouette, die sich gegen das Licht abhob, mit dem Gang eines Marabu.

Frau Dr. Decker blieb mitten auf dem Weg stehen.

»Tag, Frau Doktor«, sagte ich in meinem Gästeton.

»Ich habe Sie gesucht, Herr Jesper.«

Beinahe hätte ich »Aha« gesagt. Ich hielt die Hand über die Augen, um nicht von der Sonne geblendet zu werden. Im Gesicht der Ärztin war etwas, das ich schwer entziffern konnte, etwas, das nicht nach Urlaub oder Safari aussah. Sie wirkte eher, als habe sie Notdienst und wäre eben zu einer Operation erschienen.

»Ich möchte Ihnen etwas zeigen. Sie griff in ihre Umhängetasche und zog einen Schuh heraus. »Kennen Sie den?«

Ich nahm ihr den Schuh aus der Hand. Ein schwarzer Herrenschuh. Etwa meine Größe. Durch und durch feucht. Ich drehte ihn hin und her, erkannte die ledergeflochtene Borte, das kunstvolle Lochmuster im Oberleder. Was sollte ich jetzt sagen?

»Teurer Schuh«, sagte ich.

»Teuer, ja. Ein handgenähter Budapester. So was kostet ein paar hundert Euro. Haben Sie eine Idee, wie der in den Fluss gekommen ist?«

»Sie waren am Fluss?«

»Ich bin manchmal ungehorsam. Ich habe außerdem keine Angst vor Krokodilen. Also habe ich heute früh einen Spaziergang zum Fluss gemacht.« Sie berührte mich am Arm. »Der Schuh lag im flachen Wasser, einen Meter vom Ufer entfernt. Kaum zu übersehen. Ein Fuß steckte nicht mehr drin. Was geht hier vor, Herr Jesper?«

Ich schaute auf den Schuh. Dachte an Saffkins träge Lider, hinter denen man Faulheit, aber auch etwas anderes vermuten konnte. Zeigen Sie mir einen Spieler, der aufhören kann, hatte er gesagt.

»Wieso kommen Sie damit zu mir?«

»Weil ich Ihnen noch am ehesten traue und weil ich glaube, dass Sie mehr wissen als ich. Auch wenn Sie vielleicht nicht alles wissen.«

»Ich weiß nur, dass Herr Saffkin den ganzen Tag nicht aufgetaucht ist und dass er gesucht wird«, sagte ich. »Und ich glaube, dass ihm der Schuh gehört. Oder gehört hat«, ergänzte ich.

»Na ja, er könnte ihn selbst ins Wasser geworfen haben. Ich will nicht das Schlimmste annehmen. Aber warum hätte er so etwas tun sollen?«

Ich antwortete nicht, warf einen Blick zur Tafel hinüber. Die Stühle unter den Sonnenschirmen waren noch nicht besetzt.

»Was passiert jetzt?«, fragte Frau Dr. Decker.

Ich zuckte die Achseln und gab ihr den Schuh zurück. »Sie sollten den Schuh Robert Fox zeigen. Er wird jetzt wohl die Polizei verständigen müssen. Es sei denn, Herr Saffkin ist inzwischen aufgetaucht.«

Den restlichen Weg bis zur Tafel legten wir schweigend zurück. Auch die Ärztin vertraute mir. Ich bildete mir nichts darauf ein, nahm es als Ausweis meiner Harmlosigkeit. Man vertraut eben dem Schaf eher als dem Wolf. Das bedeutet aber nicht, dass man einem Schaf viel zutraut.

»Setzen Sie sich noch einen Moment zu mir in den Schatten, Herr Jesper. Ich bin neugierig, ich will Sie noch was fragen.«

Wir bestiegen das Podest. Ich begleitete Frau Dr. Decker zu dem großen Sonnenschirm am Ende der Tafel, unter dem man noch zwei kleine Tische aufgestellt hatte, ein paar Stühle standen dabei. Ich schaute auf meine Uhr. In zehn Minuten musste ich zu Ze Zé.

»Es dauert nicht lange«, sagte sie. »Was ist mit der schönen jungen Frau passiert, mit Felicitas?«

»Mit Felicité. Wieso?«

»Mein Haus steht nicht weit von ihrer Hütte. Sie ist dort drin und weint. Ich habe sie gehört, als ich vorhin weggegangen bin.«

»Ich weiß es nicht«, sagte ich.

»Wirklich nicht?«

»Tut mir leid, aber ich muss jetzt in die Küche.«

»Natürlich.«

Ich stand auf. Frau Dr. Decker sah an mir vorbei, dorthin, wo die Sonne gerade über dem Wald unterging. Alle sehen an mir vorbei, dachte ich. Ich bin wahrscheinlich im Begriff, ganz vom Erdboden zu verschwinden. Aber ich konnte doch nicht mit ihr über Felicité reden.

Dann sagte ich: »Olson hat sie fast vergewaltigt.«

Die alte Ärztin nickte, als habe sie sich das schon gedacht.

»Der ist ein richtiger Kotzbrocken«, sagte sie.

Ich schwieg zustimmend, dankbar für das schöne Wort »Kotzbrocken«, so holzig und wahr. Unversehens bekam ich Heimweh.

»Wieso gehen Sie nicht zu ihr und kümmern sich um sie?«

Ich warf Frau Dr. Decker einen Blick zu. In ihrem Gesicht war nichts Mütterliches, kein Mitleid, keine Fürsorge. Etwas davon und ich wäre wieder ausgewichen. Sie sah mich gleichmütig an, mit dem uralten Blick eines Marabu. Ich nickte ihr zu, verließ die Tafel.

Vor Felicités Hütte blieb ich stehen. Nichts zu hören. Ich klopfte an ihre Tür, ohne nachzudenken, um den Mut nicht zu verlieren, der mir eben zugewachsen war. Es kam keine Antwort. Mit dem Rest meines Schwungs öffnete ich die Tür. Felicité saß auf ihrem Feldbett und hatte ihren Laptop auf dem Schoß.

Blickte auf.

»Bern'«, stellte sie fest.

Sie hatte nur ein T-Shirt und einen Slip an.

»Entschuldige«, sagte ich. »Ich –« Durch meinen Kopf rasten mit hoher Geschwindigkeit ein paar betuliche Wendungen, dann tauchte der Marabu-Blick von Frau Dr. Decker vor mir auf, und ich sagte: »Ich wollte mal nach dir sehen.«

Ich hielt aus, was ich gesagt hatte, und vor allem, was ich erwartete. Es kam ganz anders. Felicité lächelte. Ihr Gesicht war weich. An ihrer linken Wange war ein Kratzer von der Wand des Klohäuschens, sonst sah man ihr nicht das Geringste an.

»Das ist nett«, sagte sie. »Sehr nett von dir.«

Sie sah mich noch immer an. Ihre nebeneinandergestellten

Füße mit den kleinen schimmernden Nägeln auf dem Bett sahen sehr hübsch aus.

»Tut mir leid«, sagte ich. »Ich habe mich vorhin ziemlich blöd benommen.«

Sie schüttelte den Kopf. »Du bist dageblieben, obwohl du Angst hattest.«

»Allerdings«, sagte ich. »Angst hatte ich.«

Ich warf einen Blick in den Raum. Felicités Hütte machte einen aufgeräumten Eindruck. In dem offenen Schrank lagen gefaltete Wäschestücke aufeinander, ein paar Sachen hingen auf Bügeln an der Wand. Fotos an den Wänden, eine kleine Statue aus schwarzem Holz stand in der Fensteröffnung. Felicités Laptop summte vor sich hin.

»Arbeitest du?«

»Ich suche nach dem Schwein. Der hat genug Spuren hinterlassen.«

»Olson?«

»Ja.«

»Hast du noch was über ihn gefunden?«

»Einiges. Über ihn, über De Vries und auch was über Saffkin.«

Sie sah mich über den Rand des aufgeklappten Laptops an. Freundlich, schwesterlich. Anscheinend trug sie mir meine Feigheit nicht nach, das erleichterte mich ein wenig. Wer erwartet schon Tapferkeit von einem Schaf.

»Ich geh dann mal.«

Mein Gott, dachte ich, da ist es, das Betuliche, ich kann nichts dagegen machen, früher oder später tropft mir so was aus dem Mund.

»Danke, Bern'. Jeder kämpft auf seine Art, okay?«

Ich nickte ihr zu, wandte mich um. Als ich die Tür schloss, hörte ich die Tasten ihres Notebooks klappern.

Wenn das meine Art zu kämpfen war, dann würde ich es auf dem Gebiet nicht weit bringen, dachte ich auf dem Weg zur Küche. Nachträglich prüfte ich noch einmal Felicités Gesichtsausdruck. Auf Spuren von Häme oder Verachtung, Mitleid. Ich bin gut im Nachprüfen von Gesichtern. Leas Gesichtsausdruck zum Beispiel konnte ich mit neunzig Prozent Wahrscheinlichkeit deuten, vor allem kurz vor einem ihrer Ausbrüche. Ich sah es an ihren Augen, die tief und dunkel wurden, und an ihren Lippen, sie fingen an zu zittern. Es hatte etwas Erotisches an sich gehabt, zumindest bei ihr. Das Erkennen von Wutausbrüchen hatte ich schon früh im Leben trainiert, am besten gelang es mir bei Frauen. Meine Mutter war ein ideales Übungsobjekt gewesen.

Nein, Felicité hatte mir keine Schuldgefühle vermitteln wollen. Anständig von ihr. Sie traute mir aber auch nichts zu. Vielleicht war das noch demütigender, als wenn sie zornig gewesen wäre. Mein Entschluss stand fest. Ich würde den »Park« verlassen.

Abends gab es Pangasiusfilets auf einem Lauchbett mit grünen Fettuccini in Limettensauce. Olson und Wessing saßen am Tischende, Olson hatte eine trotzige Barrikade aus Bierdosen um sich aufgebaut. Unbesiegt, gerüstet für eine Belagerung. Er saß da mit den Pranken auf dem Tisch, eine Statue aus Beton, aus sehr reizbarem Beton. Wessing wich nicht von seiner Seite, leerte eine Dose nach der anderen mit ihm. Bier, nahm ich an, wirkte sich dämpfend auf Olsons Frontalhirn und damit auf seine Gewaltbereitschaft aus, und Wessing sorgte dafür, dass er genügend davon bekam. Felicité fehlte in der Runde. Sie wurde von Fox vor Beginn der abendlichen Ansprache entschuldigt, sie fühle sich nicht wohl. Mehr erzählte er nicht. De Vries' Miene konnte ich nicht entschlüsseln. Er machte einen angespannten Eindruck, zum ersten Mal erlebte ich ihn so. Er wirkte ungeduldig, als warte er auf etwas.

Fox eröffnete die Tafel mit der Mitteilung, dass Saffkin vermisst werde und dass er umgehend die Behörden verständigen müsse. Die Polizei werde vermutlich morgen eintreffen, um eine Untersuchung einzuleiten. Man könne nicht mehr anders handeln, alle Möglichkeiten seien ausgeschöpft. Er bedaure sehr, dass den Gästen derlei zugemutet werde, natürlich sei der Aufenthalt in der Lodge ab dem heutigen Tag kostenfrei. Alle Leistungen würden auch weiterhin angeboten, so lange, bis der »Park« wieder reibungslos laufe.

Die Giulianis flüsterten daraufhin miteinander, dann teilte Vern Giuliani Fox mit, sie hätten beschlossen, morgen abzureisen. Fox wies sie darauf hin, dass sie sich für die Vernehmung bereithalten müssten, eine Abreise vorher sei leider nicht möglich. Man müsse alle Eventualitäten bedenken. Möglicherweise bestehe auch Gefahr für andere Gäste, deshalb sei erhöhte Aufmerksamkeit geboten.

Beim Essen herrschte nach dieser Mitteilung bedrücktes Schweigen. Ich stand auf und ging an der Tafel entlang, um nachzuschenken. Es gab einen kalten Chablis, die Flaschen holte ich aus zwei bereitstehenden Kühlern. Nachdem ich allen außer Wessing und Olson die Gläser gefüllt hatte, stand De Vries auf und hob sein Glas.

»Ich möchte mich bei Ihnen bedanken, Robert«, sagte er. »Ich bedaure die Lage, in die ich Sie indirekt damit gebracht habe, dass ich Alexander Saffkin hierher eingeladen habe. Ich habe zwar keine Ahnung, wo er sich befindet, aber ich bin sicher, alles löst sich auf und findet eine Erklärung. Als kleinen Ausgleich für die Unannehmlichkeiten möchte ich Sie und alle Ihre Gäste für eine Woche auf meine Farm in Namibia einladen, falls Sie Ihren Urlaub hier unterbrechen müssen oder falls Sie einfach nur Lust dazu haben sollten, wann immer das sein sollte. Ich erstatte Ihnen natürlich auch den Flug dorthin.« De Vries wandte sich an Fox, das Glas in der Hand. »Und Sie, Robert, würde ich gerne so bald wie möglich als Berater für diese Farm gewinnen. Ihr Projekt hat mich beeindruckt. Auf Ihr Wohl!«

Fox bedankte sich. Auch im Namen der Gäste, wie er sagte. Er tat es sehr förmlich. Wir tranken einander zu und widmeten dann unsere Aufmerksamkeit dem Essen. Ze Zé hatte den Lauch mit Ingwer und Zitronengras blanchiert. Das Filet war auf dem Lauchbett zart geblieben, die Aromen von Wein und Fisch ergänzten sich perfekt. Frau Dr. Decker saß mir diesmal gegenüber. Wir befanden uns am Ende der Tafel neben Wessing und Olson, der seinen Fisch mit der Miene eines rastenden Kopfgeldjägers in sich hineinstopfte. Wessing warf mir ab und zu einen konzentrierten Blick zu, allerdings ohne zu zwinkern. Er behielt alles ringsum im Auge, vermutlich war Olsons psychotischer Schub noch nicht ganz abgeklungen.

Der Platz neben mir, es wäre derjenige Felicités gewesen, war frei geblieben. Weiter oben am Tisch saßen die Giulianis mit

De Vries und Fox. De Vries unterhielt sich halblaut mit den Giulianis über seine Farm, sie machten den Eindruck, als wären sie schon halb überredet, ihn zu besuchen. Mir gegenüber hob Frau Dr. Decker ihr Glas mit Mineralwasser und trank mir zu.

»So leben wir alle Tage«, sagte sie.

Mit diagnostischem Interesse betrachtete sie den mampfenden Olson, dann wandte sie sich wieder der Gemüsebeilage auf ihrem Teller zu.

»Was haben Sie noch vor im Leben, Herr Jesper?«, fragte sie mich unvermittelt, als ich eben an meinem Chablis nippte. Fast hätte ich mich verschluckt. »Werden Sie Ihre Arbeit mit den Ameisen fortsetzen?«

Ich zuckte die Achseln. »Vielleicht. Ich weiß nicht, es ist ja nicht besonders aufregend.«

»Tun Sie's«, sagte sie. »Ich hätte auch lieber so etwas gemacht. Wenn ich mir alles überlege, meine ich.«

Das hielt ich für höfliches Geplauder. Ich war momentan nicht in der Laune, mir tantenhafte Ratschläge geben zu lassen.

»Sie hatten doch bestimmt einen spannenden Beruf«, sagte ich. »Außerdem war es –«, ich suchte nach dem richtigen Ausdruck und fand ihn nicht, »also, es war doch wichtig, Leuten zu helfen, die in Not sind?«

Schon während ich das sagte, fand ich es unerträglich.

Frau Dr. Decker schob ihre Gabel langsam unter ein paar Streifen Lauch. Die Bewegung stoppte, als könne sie nicht gleichzeitig essen und nachdenken.

»Ja«, sagte sie. »Sicher. Es war wichtig. Wenn ich es nicht gemacht hätte, hätte es jemand anderer gemacht.« Die Gabel blieb auf dem Teller, die Spinnenfinger verharrten noch einen Moment. »Aber es hat mich auch zermürbt.«

Ich hörte, wie Olson eine weitere Bierdose aufknackte. Er nahm so wenig Notiz von uns wie ein Langzeitpsychiatriepatient unter Vollmedikation. Ich setzte die Konversation fort.

»Sie waren auf der richtigen Seite, oder?«

»Sie meinen, das wäre ein Tausch«, sagte Frau Dr. Decker. »Man könne das tauschen, Not gegen Heil.« Sie schüttelte den Kopf. »Das ist ein Irrtum, Herr Jesper. Man kann da nichts tauschen. Dazu braucht es einen Bezug.« Sie lachte leise. »Gott, zum Beispiel. Aber der ist auch schon tot.«

Dazu wusste ich nichts zu sagen. Ich überlegte, ob ich zuerst das letzte Stück Fisch oder das Gemüse essen sollte, dann entschied ich mich für den Fisch.

Frau Dr. Decker warf mir einen Blick zu. »Die Ameisen und ihre Moral, das haben Sie doch neulich gesagt, oder? Das hat mir ganz gut gefallen. Es ist nämlich das, was ich erlebt habe. Die Moral der Ameisen, mich eingeschlossen.«

»Natürlich haben sie keine Moral«, sagte ich. »Die Ameisenforscher sind beeindruckt davon, dass sie ein intelligentes System zustande bringen, bei dem sie sich sogar selbst opfern. Sie unterstellen den Ameisen eine Art Moral des Überlebens.«

»Zum Überleben braucht es keine Moral«, sagte Frau Dr. Decker. »Zum Sterben auch nicht. Das geht ganz ohne Moral.«

»Wozu braucht man dann eine Moral, Ihrer Meinung nach?«

»Um Macht auszuüben vielleicht, Herr Jesper, für den Rausch, den die Macht verleiht. Um den Tod austeilen zu können. Vielleicht braucht man Moral sogar, um sich selbst zu zerstören.«

»Wieso glauben Sie das?«

»Erstens, weil ich es oft genug gesehen habe. Ich war eine Statistin, die Verbände gewechselt, betäubt und operiert hat in diesem Theater der Vernichtung, und ich war ein Teil davon. Selbst die Warlords in Darfour haben ihre Moral, wissen Sie. Sie haben geglaubt, dass sie richtig handeln, auf irgendeine verrückte Art richtig. Zweitens, weil ich gerade selbst auf den Tod warte und das überhaupt nicht reizvoll finde. Bei mir findet es am anderen Ende statt, Herr Jesper, am jämmerlichen Ende. Auf mich wartet kein großer Tod, bloß das Ende des Überlebens.«

»Wie ist die Verbindung zur Moral der Ameisen? Das verstehe ich nicht.«

»Die Tiere – wissen Sie das eigentlich? Die Tiere waren einmal heilig. Die Primitiven haben sich vor den Tieren geschämt. Vielleicht haben sie begriffen, was wir vergessen haben. Dass wir Menschen nicht zur Reife gelangen, so wie die Tiere. Unserer Natur nach bleiben wir Säuglinge. Brüllende oder schluchzende Kleinkinder, die gerne Käfer zertreten, wenn man sie das tun lässt.

Die Moral, Herr Jesper, ist eine Erfindung der Menschen, die die eitelsten Tiere sind, die es je gab. Sie ist bloß eine Behauptung, sonst nichts.«

Vollmond. Ein roter, sehr großer Mond war am Himmel erschienen. Er hatte über der Lodge gehangen wie ein Zeichen von nahem Unheil. Vielleicht schlief ich deswegen so unruhig. In meinen Träumen war es Winter. Eiskalter Wind trieb den Schnee durch die Straßen eines mir unbekannten Dorfes, das noch dazu aussah wie aus einer anderen Zeit. An verlassenen Hütten klapperten die Fensterläden, vielleicht heulte auch irgendwo ein Wolf, ich konnte es vom Heulen des Windes in meinem Traum nicht unterscheiden. Ich wusste aber, dass ich mich verstecken musste. Jemand war hinter mir her, mein Leben hing davon ab, dass man mich nicht fand. Der Waldschrat war es, er suchte mich. Er war auf der Suche nach Feiglingen, zusammen mit einer Armee aus verwesenden, stinkenden Affen, die mit grinsenden Totenköpfen in der zerlumpten Kleidung der verlorenen napoleonischen Armee dort draußen durch den Schnee ritten, eine höllische Kavallerie, verflucht und untot. Es gab keine Moral, es gab kein Pardon und keine Rettung, es gab nichts mehr.

Ich horchte ängstlich auf Hufgetrappel. In der Kate, in der ich mich befand, war es bitterkalt. Durch das kaputte Fenster schien der Mond herein. Sie würden mich finden, früher oder später. Als es klopfte, lag ich zitternd vor Kälte auf meinem Strohsack und starrte unverwandt auf die Tür. Der Alte hatte mich gefunden, es war aus mit mir.

»Herr Jesper«, rief draußen jemand mit gedämpfter Stimme.

Ich wachte auf. Es klopfte noch immer. Ich öffnete die Augen, von denen ich gedacht hatte, sie wären bereits offen.

»Herr Jesper. Wachen Sie auf!«

Ich erhob mich von meinem Feldbett. Es war nicht kalt, es war heiß. Mein Körper schaltete automatisch von Eiseskälte auf Backofenhitze um, es fühlte sich nicht wesentlich anders an, und ich öffnete die Tür.

Draußen stand De Vries. Wie eine Romangestalt in seinem Khaki-Anzug, vom Mondlicht übergossen. Er hatte sein Gewehr im Futteral umhängen, neben ihm stand eine lederne Reisetasche, um ihn war das Feilen der Zikaden, das sich in der fernen Nacht verlor. Ich dachte, mein Gehirn habe sich einfach mal eben in ein anderes Traumprogramm hineingezappt.

»Machen Sie kein Licht«, sagte De Vries. »Kann ich hereinkommen?«

Ich trat einen Schritt zurück. Er setzte sich auf mein Feldbett. Die Tür hatte ich offen gelassen, damit wenigstens das Mondlicht von draußen hereindrang, wenn ich schon kein Licht anschalten sollte. De Vries machte eine erklärende Geste.

»Ich muss fort, Herr Jesper«, sagte er. »Ich muss mich um meine Geschäfte kümmern. Die Untersuchung, die hier stattfinden wird, kann ich nicht abwarten. Glauben Sie mir, was immer hier geschehen ist, ich habe nichts damit zu tun. Im Gegenteil. Es schadet meinen Plänen, wenn Alexander Saffkin nicht mehr auftaucht. Deshalb kann ich es mir auch nicht erlauben, an endlosen Vernehmungen teilzunehmen. Ich komme mit einer Bitte, Herr Jesper. Würden Sie mich für ein paar Stunden begleiten? Ich brauche jemanden für eine Gefälligkeit, es ist nichts Besonderes.«

Ich starrte ihn an. Mein Blick streifte das Gewehr in dem abgewetzten Lederfutteral. Ihn begleiten, in den Busch womöglich.

»Es handelt sich um einen – nun, sagen wir, um einen Botengang. Sie sollen etwas für mich abgeben, das ich nicht persönlich abliefern kann.«

»Abgeben? Wo abgeben?«

Ich konnte reden, auch wenn es eher ein Stammeln war. In der Zwischenzeit hatte ich meine Hose geangelt und schlüpfte hinein. Beim Hochziehen streifte für einen Moment etwas Hartes meinen Oberschenkel. Ich wusste keinen besseren Platz für den Diamanten als meine Hosentasche.

»Ich muss nach Osten«, sagte De Vries. »Nach Bandundu. Dort wartet ein anderes Flugzeug, mit dem fliegen Sie weiter, überbringen meine Nachricht und fliegen anschließend zurück nach Libreville. Von dort aus können Sie dann hierher zurückkommen, Sie nehmen sich einfach ein Flugzeug, das kostet sie fünfzig Dollar. Ich gebe Ihnen für den Botendienst zehntausend.«

»Was ist das für eine Nachricht?«

»Es handelt sich genau genommen nicht um eine Nachricht. Es ist ein Beutel mit Rohdiamanten von sehr guter Qualität. Ich fürchte, wenn in Ihrer Lodge alles durchsucht werden wird, bin ich die Diamanten los. Die Polizei hier neigt zu Beschlagnahmungen, vor allem wenn es sich um wertvolle Dinge handelt. Dann sehe ich die Diamanten nicht wieder.«

»Wieso machen Sie das nicht selbst? Ihre Diamanten abliefern?«

De Vries klopfte mir freundlich auf die Schulter. »Ich würde es tun, wenn ich könnte. Aber möglicherweise möchte man verhindern, dass die Diamanten ihren Bestimmungsort erreichen. Sie stellen die Anzahlung für ein Geschäft dar, verstehen Sie. Eine persönliche Gefälligkeit. Wenn die Anzahlung nicht ankommt, kommt das Geschäft nicht zustande. Ich durchschaue noch nicht, was hier geschieht, Herr Jesper, aber es ist sehr wichtig für mich, dass die Diamanten ankommen. Falls jemand das verhindern möchte, kann ich sie nicht selbst übergeben, weil man mich kennt. Sie aber kennt niemand, und man wird auch keine Zeit haben, Sie kennenzulernen, weil Sie eine halbe Stunde später wieder abfliegen werden.«

Wieder abfliegen, dachte ich. Oder auch nicht.

»Und Sie gehen mit?«, sagte ich. »Nach – wie war das?«

»Ich fliege mit Ihnen nach Bandundu. Von dort fliegen Sie mit jemand anderem weiter. Ich bringe währenddessen das Flugzeug wieder hierher zurück und werde der Polizei alles erklären. Ich leihe mir das Flugzeug einfach aus. Noch gibt es kein offizielles Verbot der Behörden, das Camp zu verlassen.«

»Und wenn ich ablehne?«

»Ich möchte Sie nicht zwingen. Bedenken Sie aber, dass eine Untersuchung durch die Polizei hierzulande ziemlich unangenehm werden kann. Vor allem wenn ein Ausländer verschwunden ist.«

»Was ist mit Saffkin passiert?«

»Ich sagte schon, ich weiß es nicht. Ich glaube aber nicht, dass ihm etwas zugestoßen ist. Möglicherweise ist er mit fremder Hilfe aus der Lodge verschwunden. Freiwillig oder unfreiwillig, ich durchschaue das nicht. Aber ich rechne damit, dass die Polizei jemanden dafür verantwortlich machen wird, und zwar vorzugsweise jemanden, der zur Verfügung steht. Und ich weiß, dass es Leute gibt, die ein Interesse daran haben, dass mein Geschäft mit Saffkin nicht zustande kommt.«

»Was für Leute?«

»Wollen Sie das wirklich wissen, Herr Jesper? Ich denke, je weniger Sie wissen, desto besser ist es für Sie. Sie brauchten eigentlich nicht einmal zu wissen, was in dem Beutel ist. Vielleicht versuchen Sie einfach, es wieder zu vergessen.«

»Klar. Weil es gefährlich ist.«

»Was heißt gefährlich? Wenn der Fuchs in den Hühnerstall geht, ist das eine gefährliche Situation. Wenn ein Huhn hineingeht, verzeihen Sie mir den Vergleich, dann schaut niemand hin.«

Ein Huhn, dachte ich. Wieso sprach er von einem Huhn? Ich sah für einen Moment den Alten in Libreville mit seinem Huhn am Straßenrand sitzen, die sieben Muscheln am Boden liegen. Durch die offene Tür starrte der rote Mond in meine Hütte. Aber zehntausend Dollar – in dem Augenblick, in dem ich sowieso gehen wollte.

»Wo ist das überhaupt?«, sagte ich. »Bandundu?«

»Bandundu liegt am Kasai. Das ist ein Fluss, der in den Kongo mündet.«

»In den Kongo.«

Ich muss den Satz in dem Ton gesprochen haben, in dem man sagt: Keine Chance. Oder: Nie wieder. De Vries lachte leise.

»Erschrecken Sie nicht, Herr Jesper. Die Demokratische Republik Kongo, das ist in dieser Ecke hauptsächlich Wald, ab und zu eine größere Ansiedlung. Da ist nichts, was Ihnen Sorgen bereiten könnte. Sie steigen von einem Flugzeug in ein anderes um, das passiert direkt auf einem kleinen Flughafen. Dann fliegen sie ein Stück durch die Nacht und gehen nach der Landung einfach in ein Hotel. Es ist ein Hotel, in dem auch Ausländer verkehren. Sie fallen gar nicht auf. Dort geben Sie sich zu erkennen, und eine bestimmte Person bekommt den Beutel, eine Person, die ich vorher telefonisch informiert habe und die Sie erwartet. Einmal Paketdienst für zehntausend Dollar, Herr Jesper.«

Ich raffte im Dunkeln meine Sachen zusammen, stopfte sie in die schicke Sporttasche, mit der ich im »Park« angekommen war. Eigentlich hatte ich bis jetzt noch gar keine Entscheidung getroffen. Ich verhielt mich einfach so, wie man es von mir erwartete. Wie De Vries es von mir erwartete. Ich hatte seinen Erwartungen nichts entgegenzusetzen. Er war höflich, er hatte Manieren, er versprach mir viel Geld, und er wollte etwas von mir. Mein Gästereflex eben. Lea wäre in dieser Hinsicht mit mir zufrieden gewesen.

Ich gebe zu, während ich schmutzige und saubere Sachen zusammen in meine Sporttasche stopfte, dachte ich einen Moment lang daran, bei ihr in der Bleibtreustraße aufzukreuzen. In zwei, drei Tagen. Nach meiner Rückkehr, wenn alles vorbei sein würde, mit dem Rest der zehntausend Dollar in der Tasche und mit dem Diamanten. Nur einen Moment lang dachte ich an das verblüffte Gesicht, das sie machen würde, an den Diamanten in ihren kleinen Kinderhänden. Ein paar Stunden nur, hatte De Vries gerade gesagt. Diese paar Stunden hätte ich sonst einfach bloß verschlafen und dabei schlecht geträumt, und anschließend hätte ich dabei geholfen, das Frühstück vorzubereiten.

De Vries stand vor meiner Hütte, das Gewehr umgehängt, seinen Panamahut nach hinten geschoben. Die Zikaden schnarrten zustimmend, seine Gestalt zeichnete sich gegen das Mondlicht ab. Selbst Hemingway hätte sich ihm ohne Zögern anvertraut. Als Letztes steckte ich das »Herz der Finsternis« in die Tasche. Ich wollte keine Spuren zurücklassen.

Zusammen gingen wir im Dunkeln über das Gelände zum Flugfeld hinüber. Ich versuchte, nicht an die Puffottern zu denken, die meiner Information nach mit Vorliebe nachts unterwegs waren. De Vries jedenfalls schlenderte durch das kurz gehaltene Gras, als gehe er über seinen Rasen zu Hause. Die Hütten der Lodge lagen im Dunkeln, nirgends ein beleuchtetes Fenster. Dennoch war ich davon überzeugt, dass De Vries Wessing und Olson in seine Pläne eingeweiht hatte. Was immer er im Schilde führte, ich glaubte ihm. Obwohl ich Saffkins Schuh in der Hand gehalten hatte. Es hätte nicht zu ihm gepasst, jemanden umzubringen, mit dem er am Tag vorher Champagner getrunken hatte.

Die Zikaden machten gedehnte Mitternachtsgeräusche. Meine Stiefel waren nass von den Tautropfen, die sich auf dem Gras gebildet hatten. Wir näherten uns dem Flugzeug, es stand am Beginn der Piste mit hochgereckter Nase im Mondlicht. Ein abflugbereites Rieseninsekt.

Mit dieser Unternehmung, sagte ich mir, sollte mein afrikanisches Abenteuer sein Ende finden. In ein paar Minuten wären wir in der Luft, und die Lodge würde Vergangenheit sein. Fox und Farouk, auch Ze Zé würden mir vergeben, am Ende auch Felicité. Sie würden mir vergeben, weil ich nicht von Bedeutung war bei dem, was sie vorhatten. Ich war bloß ein Zaungast gewesen.

Ob ich mir selbst vergeben konnte, wusste ich noch nicht. Alles ging zu schnell, zur Vergebung braucht man mehr Zeit. Natürlich wusste ich, dass Diamanten von armselig gekleideten Leuten aus dem Dreck gekratzt wurden, Aufseher mit Gewehren hinter sich, aber in diesem Moment war mir das egal. Ich hatte ja kaum etwas damit zu tun, beruhigte ich mich. Ich überbrachte nur eine Anzahlung, in landestypischer Währung sozusagen. Mein Gewissen würde schon verkraften, was ich tat. Es kam vor, dass ich nicht meinen Überzeugungen gemäß handelte, schon weil ich mir das gar nicht zutraute.

De Vries war stehen geblieben. Ich stoppte ebenfalls. Er lauschte mit seitwärts geneigtem Kopf, seine Hand lag wie selbstverständlich auf dem Futteral mit dem Gewehr. Auf der Jagd. Mein Herz fing an zu klopfen. Dann ging er weiter, die letzten Meter zum Flugzeug hinüber. Als ich den Riemen meiner Tasche höher auf die Schulter schob, fiel mir noch etwas ein, was mich zusammenzucken ließ. Ich griff in die Tasche und wühlte darin. Meine Sachen hatte ich vorhin einfach so hineingestopft, in der Dunkelheit hatte ich kaum erkennen können, was es war. Ich bohrte meine Hand zwischen T-Shirts, Unterhosen, Hemden, ich wusste, wonach ich suchte, und dann fühlte ich ihn: rund, steinhart, eingewickelt in die Plastiktüte. Ich wurde ihn nicht los. Sofort stolperte ich, über nichts weiter als über diese Erkenntnis.

De Vries hielt mich am Arm. »Vorsicht«, sagte er. »Steigen Sie ein.«

Er stellte den Fuß auf die Radabdeckung des Flugzeugs und öffnete die Tür für mich. Ich schwang mich in die Kabine. Sah die beiden Steuerräder im Cockpit, die vielen Armaturen, niemand war dort. De Vries zeigte auf die Bank in der zweiten Reihe, dahinter war das Flugzeug mit Müllsäcken ausgestopft, schon für den nächsten Einkaufsflug vorbereitet. Als De Vries auf dem rechten Pilotensitz Platz genommen hatte, wurde die Tür auf der anderen Seite geöffnet. Noch jemand schwang sich herein, mit einem breitkrempigen Hut auf dem Kopf. Ich traute meinen Augen nicht.

»Gustav?«

Wessing tat, was in solch einem Augenblick von ihm zu erwarten war. Er drehte sich um, fixierte mich aus einem ironischen Faltenwurf heraus und zwinkerte mir zu.

»Wir sollten uns beeilen, Herr Jesper«, sagte de Vries. »Schnallen Sie sich an.«

Wessing drehte den Anlasser. Lärm zerriss die Nacht. Die Scheinwerfer des Flugzeugs gingen an, beleuchteten den abgemähten Grasstreifen, aus dem die Piste bestand. Wessing ließ das Flugzeug zur Mitte der Grasbahn rollen, dann gab er Vollgas. Die Fliehkraft drückte mich in die Sitzpolster, wir schossen auf die Dunkelheit zu, die am Ende der Piste hinter hohem Gras stand wie eine Mauer. Ich schloss die Augen.

Und öffnete sie wieder, als wir abhoben, fünf Sekunden später. Wir drehten im Steigen eine Rechtskurve. Unter uns die Lichtung, vom Mondlicht beschienen, darauf das kreisförmige Ornament der grasgedeckten Pavillons. Der einzeln stehende Küchenschuppen. Die Tafel. Alles schon aus der Kirchturmperspektive. Die Kurve ging in eine Gerade über, und ich musste den Kopf rückwärts drehen, um einen letzten Blick auf die Lodge zu werfen. Sie sah so friedlich und still aus, als befände sie sich bereits in einer anderen Zeit.

Wir überflogen den Fluss, eine Silberader mit kleinen und kleinsten Verästelungen, der Mond holte sie unter dem dunklen Flor der Urwaldbäume heraus. In geringer Höhe, schnurgerade, steuerte Wessing das Flugzeug irgendwohin, über uns sah ich durch das gewölbte Kabinenfenster die Sterne, die über den ganzen Himmel ausgeschüttet schienen bis hinunter zum Horizont.

Wessing schien zu wissen, wohin er wollte. Den speckigen

Hut auf dem Kopf, die Ärmel aufgekrempelt. Sein Gesicht im dunklen Cockpit beleuchtet von den Lämpchen am Armaturenbrett. Entspannte Querfalten, der unrasierte Bart ein unebenes Stoppelfeld.

De Vries kramte in seiner Tasche. »In einer knappen Stunde sind wir da. Ich werde uns schon mal ankündigen.«

Ich hörte ihn auf seinem Handy tippen, der goldene Siegelring an seinem Finger glänzte. Roch Wessings Zigarette, der Rauch trieb nach hinten, zog an mir vorbei durch das halb geöffnete Fenster. Der Motor warf eine Kette Explosionen aus den Auspuffrohren in die Nacht, der Propeller saugte die warme Nachtluft an und zog uns weiter über einen schwarzen Grund, in dem ab und zu ein Blinken von Wasserflächen erschien, wenn das Mondlicht sie traf. Ich versuchte, mich zu entspannen.

»Bonsoir, meine Herren.«

Felicité. Ich hatte ihre Stimme sofort erkannt. Es raschelte hinter mir in dem Haufen Müllsäcke, mit denen das Flugzeug beladen war. Ihr Gesicht tauchte neben mir auf, als sie die Säcke zur Seite geschoben hatte.

Sie schaute mich nicht an, sah angespannt nach vorn, ihre Augen waren hart. Sie griff nach der Lehne der Sitzbank und schob sich auf den Platz neben mir. Unsere Schenkel berührten sich, aber sie reagierte überhaupt nicht auf mich, als wäre auch ich ein Müllsack. Ihr Duft war mit ihr gekommen, das Parfum mit der Holznote. Es war nicht die Situation, in der man »Hallo« gesagt hätte oder etwas Derartiges. Ich bin in solchen Fällen erst einmal still. Nicht so De Vries.

»Wie angenehm«, sagte er, sich halb zu ihr umwendend, das Handy noch am Ohr. »Sie wollen uns begleiten, Mademoiselle?«

Felicité antwortete nicht. Sie hielt den Rahmen der vorderen Sitzbank umklammert, als brauche sie einen festen Halt. Ihre andere Hand steckte in der blauen Jeansjacke, die sie über ihrem T-Shirt trug. Ich hörte das Klicken, mit dem De Vries sein Handy ausschaltete.

»Kein Kontakt«, sagte er. »In ein paar Minuten vielleicht.«

Er wandte sich nach hinten zu uns.

»Wir machen einen Ausflug, Mademoiselle. Herr Jesper begleitet uns. Ich musste mir Ihr Flugzeug für ein paar Stunden ausleihen, tut mir leid. Morgen früh steht es wieder an seinem Platz.«

Felicité achtete nicht auf De Vries und auf das, was er sagte. Sie war gespannt wie eine Feder, und sie konzentrierte sich ganz auf Wessing. Ich bin sehr sensitiv für Krisen. Noch ehe ich das Messer in ihrer Hand sah, saß die Angst schon in meinen Eingeweiden, breitete sich in mir aus wie verschüttete Tinte. Als sie es aus ihrer Jacke zog, reflektierte die Klinge für eine Sekunde das schwache Licht vom Armaturenbrett. Felicité drückte das Messer an Wessings Hals. Ich kannte es. Es stammte aus Ze Zés Kollektion, die Klinge war eine gute Spanne lang, und an seiner Schärfe konnte kein Zweifel bestehen. Ich hatte damit schon Ananasschöpfe abgetrennt.

»Wir fliegen zurück«, zischte Felicité zwischen zusammengebissenen Zähnen. »Und zwar sofort.«

In ihren Augen standen Funken vom gleichen Licht, wie es auf der polierten Schneide glänzte. Wessing hatte automatisch den Kopf ein Stück nach links gerückt, weg von der Klinge an seinem Hals. Er konnte das Messer zwar nicht sehen, aber ganz bestimmt fühlen. In seiner rechten Gesichtshälfte waren ein paar Falten in Habacht-Stellung gegangen, er sah aus, als wollte er mit steifem Hals eben mal »Hoppla!« sagen.

De Vries machte eine beschwichtigende Bewegung mit der offenen Hand. Eine sehr langsame Bewegung. Er sagte: »Natürlich, Mademoiselle. Selbstverständlich fliegen wir wieder zurück. Wenn wir Herrn Jesper abgesetzt haben. Höchstens eine Stunde noch, dann bringt Gustav Sie und das Flugzeug wieder in die Lodge. Versprochen.«

Er hob dazu die Hand mit drei abgespreizten Schwurfingern. Der Luftzug vom Fenster ließ seinen Hemdsärmel flattern.

»Nehmen Sie mich nicht auf den Arm«, sagte Felicité. Ihre Stimme war so leise, dass man sie in dem Lärm, den das Flugzeug machte, kaum hören konnte. »Sie fliegen *auf der Stelle* zurück«, fügte sie dann um einiges lauter hinzu. »Ich lasse nicht zu, dass Sie sich aus dem Staub machen. Sie bringen unser Projekt in Schwierigkeiten, und dann verdrücken Sie sich. Das könnte Ihnen so passen.«

Die Messerklinge, sah ich, drückte eine Delle in Wessings Haut. Noch schnitt sie nicht ein. Wessing sah weiter ruhig geradeaus und ließ seine Hände auf dem Lenkrad liegen, als wäre es die einfachste Sache von der Welt, mit einem Sushimesser am Hals ein Flugzeug durch die Nacht zu fliegen.

»Niemand macht sich aus dem Staub, Mademoiselle«, sagte De Vries. »Und ich habe mit dem Verschwinden von Alexander Saffkin nichts zu tun, falls Sie darauf anspielen. Im Gegenteil. Für mich entstehen daraus Probleme, und deshalb musste ich rasch handeln.«

»Sie müssen rasch verschwinden, meinen Sie.«

»Nein, ich muss den Schaden begrenzen, den er angerichtet hat.«

Felicité korrigierte ihre Sitzposition, ohne das Messer an Wessings Hals um einen Millimeter zu verschieben, sie wechselte mit der freien Hand von De Vries' Kopfstütze zu der Wessings und hielt sich daran fest. Ich überlegte, wie viel Entschlossenheit es brauchte, um mit diesem Messer Wessing ernsthaft zu verletzen, und kam zu dem Schluss, dass Felicité es ernst meinte.

»Ich weiß, was Sie vorhaben«, sagte sie, »und weshalb Sie in die Lodge gekommen sind. Sie kaufen Coltan im Kongo, Sie kaufen auch einiges andere, aber zurzeit vor allem Coltan, so viel Sie kriegen können. Das tun Sie, weil die Cash-Handys von Safaricom vor ein paar Monaten einen Handyboom in Afrika losgetreten haben. Die Rohstoffpreise für Tantal haben sich verdreifacht. Das war es, was Sie mit Saffkin besprochen haben. Sie haben ihn zu uns auf die Lodge gelockt, um ihn aus diesem Geschäft zu werfen. Deshalb ist er verschwunden, wohin auch immer.«

De Vries legte seinen Ellbogen auf die Lücke zwischen den Kopfstützen und stützte das Kinn darauf. Sein Gesicht war direkt vor mir, seine Haare wirkten wie das Gefieder eines seltsamen Vogels. Er nickte ein paarmal, dabei legte er den Kopf ein wenig schräg und versuchte, Felicité ins Gesicht zu sehen.

»Mein Kompliment, Mademoiselle. Sie haben gut recherchiert. Fast alles daran ist richtig, nur nicht Ihre Schlussfolgerungen. Alexander wollte nämlich umgekehrt mich ausbooten. Ich vermute, dass er sein Verschwinden inszeniert hat, um mich in der Lodge festzunageln. Irgendjemand hat ihm dabei geholfen, ich wüsste gerne, wer das war. Das werde ich noch herausfinden. Was glauben Sie wohl, Mademoiselle, weshalb Saffkin sich mein Satellitenhandy ausgeliehen hat, bevor er verschwunden ist? Mit allen gespeicherten Kontakten darauf? Ich muss zugeben, dass er mich an der Nase herumgeführt hat. Ich habe ihm vertraut. Ich dachte, wir wären Partner. Er hat jetzt einen Tag Vorsprung. Wenn ich in Ihrer Lodge mit der Polizei von Libreville verhandeln müsste und dazu noch meine Sachen beschlagnahmt werden würden, hätte er mindestens eine Woche Vorsprung. Wissen Sie, was er in dieser Zeit tun wird? Nein? Das können Sie auch nicht wissen.«

»Vielleicht doch«, sagte Felicité.

Sie starrte De Vries mit zusammengepressten Lippen an. Ich spürte, wie rasch ihr Atem ging, obwohl die Stelle, an der unsere Schultern sich berührten, vielleicht so groß war wie eine Briefmarke.

»Also was?«

»Er macht das Coltangeschäft mit den Chinesen. Die werden nämlich die Handys für Safaricom bauen.«

»Touché«, sagte De Vries. »Sie haben ein Talent für Zusammenhänge.«

»Dann sind Sie eben aus einem Geschäft draußen«, sagte Felicité. »Was tut das schon. In einigen anderen treiben Sie Ihr schmutziges Spiel weiter.«

»Und warum auch nicht, Mademoiselle? Welchen Grund haben Sie, mir das übel zu nehmen?«

»Leute wie Sie verkaufen dieses Land und richten es zugrunde. Dabei bleiben sie hübsch unter sich und pflegen ihre Selbstgerechtigkeit, die Sie so launig vertreten beim Champagnertrinken. Aber dieses Mal mache ich Ihnen einen Strich durch die Rechnung, das schwöre ich. Fliegen Sie zurück, und zwar sofort. Sonst schneide ich Ihrem Piloten hier die Kehle durch, und wenn wir alle dabei draufgehen.«

Ich spürte den Diamanten an meinem Oberschenkel. Den Beweis für meinen Verrat, für meine Haltlosigkeit. Und ich hatte gedacht, Felicité würde mir vergeben. Zwei Geschenke hatte ich bekommen, seitdem ich in Afrika war. Eines war Blutgeld, wie mir im Augenblick wieder klargemacht worden war, das andere ein verwesender Schädel, den ich nicht loswurde. Das waren keine Geschenke, es war ein Fluch in zwei verschiedenen Ausführungen.

Ich fühlte mich nicht gut. Einen halben Meter von mir entfernt drückte Felicité ein Messer an Wessings Hals, und die Situation spitzte sich zu, im wahrsten Sinn des Wortes. Wessings Ruhe war kein gutes Zeichen für Felicités Pläne. Und ich glaubte auch nicht, dass De Vries aufgeben würde.

»Ich verstehe Sie, Mademoiselle«, sagte er in das Röhren des Motors hinein. Er wirkte ein wenig geknickt. Vielleicht täuschte ich mich ja in ihm. »Sie sind überzeugt von Ihren Idealen«, fuhr er fort. »Das ehrt Sie, ich respektiere das. Und wenn ich Sie bitte, mir trotz Ihrer Bedenken eine Chance zu lassen?«

Während er das sagte, beugte sich De Vries weiter über den Rücksitz. Er wollte Felicité seine Bitte möglichst nahebringen, so wirkte es jedenfalls.

Von irgendwoher war ein Stofftaschentuch in seine Hand gekommen, mit dem er sich über die Nase wischte. Ein Trick, ich spürte es sofort. Aber was für ein Trick? Felicité antwortete nicht, während De Vries noch einmal nickte, das Taschentuch in der Hand. Meine Muskeln spannten sich ganz von selbst an.

»Na gut«, sagte De Vries. »Sie haben gewonnen, Mademoiselle. Ich sehe schon, Sie geben nicht nach. Dann kehren wir eben um.«

Er hielt sich das Taschentuch wieder an die Nase und schnäuzte sich umständlich.

»Gustav«, sagte er zu Wessing. »Mach dich fertig!«

Es klappte beinahe. Wessing warf den Kopf zur Seite, eine Zehntelsekunde später hatte De Vries die Messerklinge mit dem Tuch gepackt. Felicité war überrumpelt, trotzdem versuchte sie noch, zuzustoßen, aber das Tuch fing die Schneide ab. Als sie Wessings Hals verfehlte, riss Felicité das Messer aus dem Tuch heraus und stach auf De Vries ein. Ich duckte mich, das Messer blitzte an meinem Gesicht vorbei. Es erwischte De Vries am linken Unterarm, ehe er Felicités Handgelenk packen konnte.

Das Flugzeug schmierte steil ab, wir verloren Höhe. Die Müllsäcke rutschten nach vorn. De Vries umklammerte Felicités Handgelenk und die Messerklinge. Warmes Blut tropfte auf mein Hemd.

»Merde, lassen Sie mich los!«, schrie Felicité.

Sie riss das Messer hin und her, De Vries hielt sie am Handgelenk und blockierte die Klinge mit dem Taschentuch. Ich presste meinen Rücken in das Sitzpolster, um Halt zu finden, und hoffte, De Vries würde nicht loslassen. Das Flugzeug kippte röhrend um seine Achse, es ging abwärts mit uns, auf den Urwald zu oder was immer dort unten sein mochte. De Vries rang noch immer mit Felicité, während Wessing wieder nach dem Lenkrad grapschte. Als sich ihr Handgelenk über dem Rahmen von Wessings Sitz befand, schlug er es hart dagegen. Sie schrie auf und ließ das Messer los. De Vries warf es ins Cockpit, wo es irgendwo klirrend aufschlug.

»Merde!«, rief sie laut, dann noch einmal mit leisem Schluchzen: »Merde.«

Ich hatte schon die mondbeschienenen Baumwipfel rasch auf uns zukommen sehen. Wir waren ein taumelnder Leuchtkäfer gewesen, der zu dem wimmelnden Getier hinabfiel, das dort unten bei seinen nächtlichen Umtrieben innehielt und erwartungsvoll den Kopf hob. Aber der Fahrstuhl ins Verderben wurde angehalten. Die Tragfläche richtete sich gerade, und die Bäume, die schon ihre Kronen nach uns ausgestreckt hatten, blieben unter uns zurück. Felicité hielt sich ihr rechtes Handgelenk. Nun war sie nicht mehr hart wie Stahl, sie wirkte, als habe sie alle Kraft verloren.

»Hast du hier irgendwo eine Taschenlampe, Gustav?«, hörte ich De Vries zu Wessing sagen.

Felicités Schluchzen, so dicht neben mir, erschütterte mich. Körperlich, weil sich unsere Schultern berührten, seelisch, weil ich das Gefühl hatte, sie schon wieder im Stich gelassen zu haben. Ich stand nicht auf ihrer Seite. Dabei hätte ich gern dort gestanden, es hätte mir Ehre gemacht. Sicher hätte ich ihr nicht dabei geholfen, Wessing zu erstechen, trotzdem schämte ich mich vor ihr. Frau Dr. Decker erschien vor mir und nickte mir zu wie ein

Marabu. Also legte ich Felicité meine Hand auf den Oberarm, ganz leicht nur.

Sofort schüttelte sie mich ab, mit einer Bewegung, als wollte sie eine Fliege verscheuchen. Schnell nahm ich die Hand wieder weg. Auch Marabus haben manchmal unrecht. Vor mir im Cockpit flammte das Licht einer Taschenlampe auf.

»Herr Jesper«, De Vries hatte sich umgedreht, »können Sie mir mal helfen?«

Er beleuchtete seinen Arm mit der Lampe. Das aufgekrempelte Hemd und der Arm waren dunkel von Blut. Von seinem Ellbogen tropfte es wie aus einer Regenrinne. Mein Magen zog sich zusammen. Oberhalb seines Handgelenks klaffte eine tiefe Wunde, ein paar Zentimeter lang.

»Ich glaube, wir sollten das erst mal abbinden.« De Vries zerschnitt mit Ze Zés Messer den Hemdärmel. Auf der Klinge waren Blutspritzer. Nach seinen Anweisungen band ich den Stoffstreifen um seinen Oberarm und zog ihn fest.

»Danke.«

Er beleuchtete eine Sekunde lang mein Gesicht mit der Lampe. »Alles in Ordnung, Herr Jesper?«

Ich nickte. Um Felicité kümmerte sich niemand. Offenbar hielten weder De Vries noch Wessing sie weiter für gefährlich. Vielleicht ein Fehler, dachte ich. Erstens saß ich direkt neben ihr und hatte deshalb Gründe, mich in Acht zu nehmen, zweitens kenne ich mich aus mit temperamentvollen Frauen. Sie wäre durchaus zu einem zweiten Anlauf in der Lage gewesen, Lea war ohne Weiteres in der Lage gewesen, mehrere Wutanfälle, unterbrochen von regenerierendem Weinen, zuwege zu bringen. Aber Felicité unternahm nichts. Sie weinte nur leise vor sich hin.

De Vries hielt sich das Handy ans Ohr. Nachdem er eine Weile daran gehorcht hatte, schüttelte er den Kopf.

»Wir müssten doch bald am Fluss sein, Gustav.«

»Ich weiß«, brummte Wessing. »Wir sind auch höchstens eine Meile vom Kurs ab. Vorhin hatte ich nicht so den Überblick.«

Er grinste De Vries an, der erwiderte sein Lächeln und klopfte ihm auf die Schulter.

»Wir können immer noch zur Not nach Osten fliegen, bis wir

auf den Kongo treffen«, sagte Wessing. »Dann orientieren wir uns am linken Ufer aufwärts bis zur Kasai-Mündung.«

De Vries nickte. Dann drehte er sich zu uns um, ich sage »uns«, denn sein Blick erfasste zuerst Felicité, dann mich. Er wandte sich uns zu, dem jungen Paar auf der Rückbank. Zu meiner Überraschung reagierte Felicité darauf.

»Sie haben mir wehgetan«, sagte sie.

Ihre Stimme war dünn, man konnte die Worte in dem Lärm kaum verstehen. Sie klang wie ein Kind, das sich beklagen möchte. Ich hatte mich schon wieder in ihr getäuscht.

»Zeigen Sie mal«, sagte De Vries.

Sie überließ ihm ihren rechten Arm. De Vries tastete ihren Unterarm ab, sein eigener Arm war blutverschmiert. Felicités Kraft schien gebrochen. Alle Wut abgeschaltet. Er hatte ihr wehgetan. Ich glaubte es nicht. De Vries drückte vorsichtig auf ein paar Stellen an ihrem Handgelenk.

»Nichts Ernstes«, urteilte er. »Nur verstaucht.« Er ließ ihren Arm los. »Tut mir leid. Aber ich sah keinen anderen Weg, Sie an Ihrem Vorhaben zu hindern. Sie hätten uns alle umbringen können.« Er warf mir einen Blick zu. »Kümmern Sie sich ein bisschen um sie, Herr Jesper. Vielleicht gibt es hier einen Verbandskasten mit einer Salbe drin.«

Einen Verbandskasten mit einer Salbe. Ich fühlte mich meilenweit von Felicité entfernt, ich schämte mich, wusste nicht einmal, wofür, kannte mich bei ihr überhaupt nicht mehr aus, und nun sollte ich mich um sie kümmern.

»Such mal unter den Sitzen, Bernd«, ließ Wessing sich vernehmen. »Vielleicht ist da auch ein ordentlicher Verband drin für Herrn De Vries.«

Das Flugzeug röhrte durch die Nacht wie von einer Schnur gezogen, als könne an unserer Bestimmung kein Zweifel bestehen. Ab und zu hob uns eine gleichgültige Hand in die Höhe, dann sackten wir ein Stück herunter. Ich tastete die Unterseite der Sitzbänke ab, um den Verbandskasten zu finden. Felicité hatte mittlerweile aufgehört zu schluchzen, sie hatte die Hände vors Gesicht gelegt. Nachdem ich eine Weile im Dunkeln herumgesucht hatte, fand ich den Kasten, er war mit Klettband unter Wessings

Sitz befestigt. Mit der Taschenlampe durchsuchte ich den Inhalt, fand ein Päckchen Mull, mit dem ich De Vries' Arm verband, aber keine Salbe für Felicité. De Vries knüpfte ein Dreieckstuch zusammen und gab es mir. Felicité solle ihren Arm hineinlegen, meinte er. Sie reagierte nicht. Ich behielt das Dreiecktuch auf dem Schoß für den Fall, dass sie es später anlegen wollte. Immer beflissen, dachte ich. Vielleicht merkte sie ja irgendwann, dass ich auch hier war.

»Da!«, sagte Wessing.

Er wies mit dem Zeigefinger zum Fenster. Ich sah hinaus. Die Baumkronen wichen unter uns zurück, und wir flogen auf eine Wasserfläche hinaus, die schwarz war wie die Nacht, bedeckt mit Feldern silberner Knitterfalten. Ein paar lang gestreckte Inseln lagen in Ufernähe, danach kam freie Wasserfläche.

»Der Kongo?«, fragte ich wie ein Schuljunge.

»Das ist er«, sagte Wessing vergnügt.

De Vries hatte das Handy wieder am Ohr, schüttelte den Kopf. Schaltete es dann ab.

»Ich kriege keinen Kontakt«, sagte er.

Wessing klopfte mit dem Zigarettenpäckchen gegen das Steuerrad, führte es zum Mund und zog mit den Lippen eine Zigarette heraus.

»In ein paar Stunden kann viel passieren«, sagte er.

Sein Feuerzeug klickte, die Flamme beleuchtete das borstige Schnurrbärtchen und die Falten um seinen Mund.

Wir flogen eine Linkskurve und blieben so über der dunklen Fläche des Kongo. Rechts drüben, weit entfernt am anderen Ufer, glänzte eine Linie aus Lichtern. Mir fiel ein, dass der Fluss die Landesgrenze war, die Grenze zu einem Staat, den zu besuchen ich nie vorgehabt hatte.

»Ist es nicht gefährlich«, hörte ich mich fragen, »wenn wir da einfach so rüberfliegen?«

»Nee«, sagte Wessing. »Bevor da unten jemand aufwacht, sind wir drüber weg. Hier macht sich nachts keiner Gedanken über einen einzelnen Flieger.«

Nach ein paar Minuten querten wir den Fluss und flogen am jenseitigen Ufer entlang. Auch hier eine Reihe von Inseln, das Ufer durchbrochen von schwarzen Flussadern, die sich im Wald verloren. In großen Abständen ein paar Lichter am Boden. Schemen von Gebäuden, meist mit Wellblechdächern gedeckt, huschten unter uns vorbei. Eine flackernde Neonlampe an einer Stange, filigrane Linien von Zäunen. Hier und dort standen Fahrzeuge herum wie vergessenes Spielzeug. Wir huschten über die Lichtkegel von Autos hinweg, die unter Bäumen auftauchten und verschwanden. Die hereinströmende Luft blies uns die nächtliche Hitze ins Gesicht. Der Mond blieb in der linken Windschutzscheibe gefangen, nahe dem gläsernen Kreis des surrenden Propellers. Ich fragte mich, wie Wessing in diesem Gewirr von Wasserarmen die Mündung eines Flusses finden wollte.

»Jetzt«, sagte De Vries, das Handy am Ohr. »Endlich! Bonsoir.«

Er fing an, französisch in sein Handy zu sprechen. Ich verstand nicht viel, bemerkte aber, dass Felicités Erstarrung sich löste, sie hob den Kopf, um zuzuhören. De Vries sprach rasch, in forderndem Tonfall. Es ging um Änderungen, so viel bekam ich mit. De Vries wollte keine Änderungen. Warum nicht in Bandundu, fragte er ein paarmal zornig. Ja, meinte er, in Bandundu. Nirgendwo sonst. Es wäre so verabredet. Und warum nicht? Er werde sich noch einmal melden, schloss er und drückte auf »Aus«.

»Das gefällt mir nicht, Gustav«, sagte De Vries. »Gefällt mir überhaupt nicht.«

Er strich sich mit ausgestrecktem Zeigefinger an der Nase entlang, das Handy klemmte noch in seiner Hand.

»Das war jemand, den ich nicht kenne«, fuhr er fort. »Der möchte, dass wir woandershin fliegen, nicht nach Bandundu. Das wäre zu gefährlich, sagt er. Er will uns anweisen.« De Vries sah Wessing an. »Was denkst du?«

Wessing blies den Rauch aus, den er eben inhaliert hatte. Die hereinströmende Luft erfasste ihn, wirbelte ihn durch die Kabine.

»Die wollen uns reinlegen«, sagte er.

»Das glaube ich auch«, meinte De Vries. »Saffkin hat bereits vorgearbeitet.«

»Der Tank ist voll.« Wessing sah zu De Vries hinüber, seine Brauen hatten einen ermutigenden Schwung. »Vielleicht reicht es bis Katanga.«

De Vries lächelte. »Das wären acht, eher neun Stunden, Gustav. Einiges über tausend Kilometer.«

Wessing nickte. »Kann hinkommen.«

»Was haben Sie eigentlich vor?«, fragte Felicité auf Französisch. Ihre Frage war eine, die auch ich hätte stellen können, aber ich machte den Mund nicht auf, ich hätte mit der Antwort ohnehin nicht viel anfangen können. Und das Flugzeug brummte unaufhaltsam weiter mit uns vieren über das Territorium der Demokratischen Republik Kongo und näherte sich mit einer Geschwindigkeit von hundertfünfzig Stundenkilometern Gegenden, in denen nichts weniger als sichere Verhältnisse herrschten.

»Wir mussten unsere Pläne ändern, Mademoiselle«, antwortete ihr De Vries. »Ich wollte ursprünglich in Bandundu umkehren. Herr Jesper sollte von dort aus weiterfliegen und eine Nachricht für mich nach Katanga bringen. Aber es sieht so aus, als wäre Alexander Saffkin uns zuvorgekommen. Jemand, den ich nicht kenne, hat mir gerade am Telefon vorgeschlagen, ich solle nicht in Bandundu landen, man müsse das Ganze umorganisieren. Aber das glaube ich nicht. Ich glaube, dass man uns eine Falle stellen möchte. Deshalb fliegen wir jetzt direkt nach Katanga weiter. Das ist die einzige Chance, Saffkins Vorsprung noch einzuholen.«

De Vries wandte sich mir zu. »Ich werde Sie natürlich trotzdem bezahlen, Herr Jesper. Und Sie, Mademoiselle, müssen uns noch ein wenig Gesellschaft leisten. Wenn alles erledigt ist, können Sie beide morgen wieder zurückfliegen.«

Felicité antwortete ihm nicht. Sie wich seinem Blick aus. Ich sah, dass sie sich auf die Lippen biss.

»Gut«, schloss De Vries. Er wandte sich an Wessing. »Ich schlage vor, wir fliegen nicht bis zur Mündung hoch, Gustav. Damit verlieren wir Zeit. Traust du es dir zu, den Kasai unterwegs zu finden?«

»Sicher. Wir haben ja das Navi.« Wessing deutete auf das Satellitennavigationsgerät am Armaturenbrett. »Kann kaum schiefgehen. Wir sollten sicherheitshalber erst mal der Eisenbahnlinie folgen, wenn wir sie finden. Da können wir auch tanken.«

Wessing redete, als ginge es um eine Autobahnfahrt von Berlin nach Köln, vorbei an Raststätten, Tankstellen, Ausfahrten und

Hotels. Aber ich wusste genau, dass nur Luft vor uns lag, in der nichts davon vorhanden war. Oder gab es im Urwald Tankstellen? Ich wusste es nicht, ich war müde. Ich hörte auf das Brummen des Motors, fühlte die unsichtbare Wand, die mich von Felicité trennte, und ergab mich in das Unvermeidliche. Wir würden stundenlang durch die Nacht fliegen, ich würde tun, was man mir anwies, und mit ein wenig Glück würde ich, wenn ich nichts falsch machte, in drei Tagen zu Hause sein. Ich habe immer einen gesunden Schlaf gehabt. Obwohl ich es vermeiden wollte, mich an Felicité anzulehnen, schlief ich schließlich an sie gelehnt ein.

ACHT

»Wachen Sie auf, Herr Jesper. Wir landen.«

Jemand hielt mich an der Schulter gefasst. De Vries' Stimme holte mich zurück aus Charlottenburg, wo ich eben noch gewesen war, in dem schicken Hotel, in dem ich mit und unter Lea gearbeitet hatte. Sie hatte mir gerade zugelächelt, mit ihrem privaten Lächeln, als sie an der Portierstheke vorbeiging, hinter der ich meinen Platz hatte, seriös mit Binder um den Hals. In ihrem grauen Kostüm, das Haar elegant hochgesteckt, in Begleitung eines Herrn vom Management, mal wieder unterwegs zu einer Besprechung. Besprechungen mit Herren der Geschäftsleitung kamen öfter vor im Hotel, dennoch schenkte Lea diesen Herren, soviel ich wusste, nur ihr professionelles Lächeln. Das private Lächeln bekam ich, und es stand noch immer vor mir, als ich die Augen öffnete. Das Lächeln in meinem Traum hatte verheißen, dass mir alles vergeben war, und es enthielt die Aussicht darauf, dass Leas Kinderhände mich nach Feierabend davon überzeugen würden, dass wir eine Zukunft hatten. Aber Leas Lächeln wurde vom warmen Nachtwind weggeblasen.

Ich hörte wieder das ohrenbetäubende Röhren des Flugzeugmotors, und mein Magen machte einen Sprung nach oben, als wir hinuntersackten, um irgendwo in der Finsternis zu landen.

Direkt vor mir runzelte sich Wessings Nackenhaut, seine Haarstoppeln stachelten gegen den Hutrand. Neben ihm sträubte sich De Vries' grauer Haarschopf im Wind. An meiner linken Seite schlief Felicité, schlief sie? Ihr Gesicht war abgewandt.

Ein paar Palmwedel wischten an uns vorbei, dann hatten die Räder Bodenkontakt. Das Flugzeug machte einen kleinen Sprung, dann holperten wir auf einer ebenen Piste entlang. Rollten noch ein Stück, Wessing trat auf die Bremse. Schaltete den Motor ab.

»Wenn das hier erledigt ist, machen wir eine Pause«, sagte De Vries. »Eine Stunde schlafen, aber in der Maschine.«

Wessing nickte, halb nach hinten gewandt. Er bückte sich zum

Armaturenbrett hinunter. Als er sich wieder aufrichtete, hielt er eine Pistole in der Hand. Er stieg aus den Gurten und schob die Waffe in den Bund seiner Hose. Ich starrte auf den Griff der Pistole, der aus seinem Gürtel herausragte, so selbstverständlich wie bei anderen Leuten ein Portemonnaie. De Vries drehte sich zu uns um.

»Wir brauchen Treibstoff«, erklärte er. »Wir haben das meiste geschafft. Wir befinden uns an der Bahnlinie, die dem Kasai folgt. Das hier ist bloß ein kleiner Bahnhof mit einem Flugplatz. Gustav besorgt uns Sprit, ich gehe mit ihm. Es ist nicht gefährlich, niemand rechnet mit uns. Bleiben Sie bitte trotzdem im Flugzeug, gehen Sie nicht raus.«

Ich sah aus dem Fenster. Über mir hing, an einer Palme befestigt, eine Lampe. Sie beleuchtete eine Reihe anderer Palmen. Weiter hinten hing die nächste Lampe. Im Dämmerlicht konnte man den glänzenden Schienenstrang erkennen. Auf einem Gleis standen Wagen mit Containern darauf. Durch das offene Fenster kamen die Nachtgeräusche des Dschungels, das schon vertraute Konzert der Insekten und Amphibien, die sich nachts nicht einkriegen konnten vor Fresslust und Fortpflanzungsdrang. Es roch nach dem Dunst von Fäulnis und ungebremstem Pflanzenwachstum, nach Rauch, Müll und nach Benzin. Und es war heiß. Sehr heiß. Um die einsame Lampe dort oben an der Palme kreisten schwarze Flugobjekte, Fledermäuse oder große Insekten, die von dem müden Licht begeistert waren, es wahrscheinlich für den Vollmond hielten.

»Wie bist du eigentlich ins Flugzeug reingekommen?«, fragte ich. Es war mir inzwischen egal, ob Felicité mir antwortete oder mich verfluchte.

»Ich habe Müllsäcke zum Flugzeug getragen«, sagte sie, ohne ihre Haltung zu verändern. »Wessing stand dort und passte auf. Einmal ging er für ein paar Minuten weg. Dann war ich drin. Und du?« Sie wandte sich mir zu und musterte mich kühl. »Du hast dich von De Vries anheuern lassen, oder?«

»Ich wollte weg aus der Lodge. Deshalb.«

Felicité nickte. Sie massierte mit den Fingern ihr rechtes Handgelenk. »Schon gut. Ich mache dir keinen Vorwurf. Aber diese Leute zerstören alles, was wir aufgebaut haben.«

»Was hattest du überhaupt vor?«

»Das weiß ich selbst nicht genau.« Sie schnaubte durch die Nase. »Ich wollte einfach nicht tatenlos zusehen, wie die ihr Ding drehen. Ich wollte sie dazu zwingen zurückzufliegen.«

Das Licht der Lampe fiel auf ihr Gesicht. Sie war mir nicht böse, auch jetzt nicht, stellte ich fest. Mir konnte man auch nicht böse sein. De Vries konnte man hassen, Wessing sicher auch und Olson sowieso, aber mich wahrscheinlich nicht. Nicht hassenswert. Dass ich meinerseits sauer auf sie sein könnte, kam mir nicht in den Sinn, obwohl sie mich um ein Haar vor ein paar Stunden ihren Überzeugungen geopfert hätte.

»Wieso wolltest du weg aus der Lodge?«, fragte sie.

Ich horchte auf den aggressiven Geräuschteppich draußen. Stellte mir vor, wie dort, wo der Wald begann, in diesem Moment gefressen und getötet wurde. Zähne und Klauen.

»Ich habe mich geschämt, vielleicht deshalb«, sagte ich, zu meiner eigenen Überraschung unzensiert, und setzte hinzu: »Ich kam mir vollkommen unnütz vor.«

Ich neige sonst nicht dazu, die Wahrheit zu sagen, in der Regel bekommt mir das nicht. Aber bestimmte Leute bringen mich dazu. Frau Dr. Decker zum Beispiel und jetzt Felicité.

»Wegen Olson? Weil du ihn nicht attackiert hast, wie Farouk?«

»Unter anderem ja«, gab ich zu.

»Das ist eben nicht deine Art«, stellte sie fest, als wäre damit alles Nötige gesagt.

Nicht meine Art. Das stimmte. Aber was zum Teufel war meine Art?

In diesem Augenblick hörte man Leute reden, sie kamen näher. Ich konnte De Vries' Stimme erkennen und noch andere, fremde dabei. Und alle schrien durcheinander. Es klang unfreundlich. Meinem Gefühl nach um einiges unfreundlicher, als man es ist, wenn man um drei Uhr nachts aus dem Bett geholt wird.

»Die haben Ärger«, sagte Felicité. »Komm, wir gehen raus. Ich möchte wissen, was da läuft.«

Sie zwängte sich an mir vorbei zur Tür. Wir verließen das Flugzeug, obwohl uns De Vries davor gewarnt hatte, aber Felicité hielt sich nicht an Warnungen, das war eben nicht ihre Art.

Die Graspiste verlief direkt neben den Bahngleisen, beschienen von den schwindsüchtigen Lampen, alle umwabert von den gespenstischen Flattertieren wie von einer kleinen dunklen Wolke. Ein paar hundert Meter weiter standen ein paar wellblechgedeckte Schuppen, davor ein alter Geländewagen in verblichenem Weiß und zwei Sportflugzeuge, kleiner als unseres.

Fünfzig Meter von uns entfernt sah ich De Vries in lebhaftem Gespräch mit zwei jungen Männern, die Camouflagehosen trugen. Ihre Oberkörper waren nackt, und ihre schwarze Haut glänzte. Auch im fahlen Lampenlicht konnte man erkennen, dass sie die Muskulatur von Zehnkämpfern besaßen. Einer von ihnen hatte dünne Kabel im Ohr, die in seiner Hosentasche endeten. Der nicht verkabelte Mann hatte eine große eiserne Zange in der Hand, die er in einer schwingenden Bewegung hielt. Die andere Hand schwebte zur Faust geballt unter De Vries' Nase. Die drei redeten laut durcheinander, ich konnte bloß ein paar französische Brocken entschlüsseln. Wessing nahm an der Unterhaltung nicht teil. Er hielt sich ein Stück entfernt, beide Daumen in den Gürtel seiner Jeans gehakt, die Beine leicht gegrätscht wie ein ungeduldiger Fußballtrainer, der seine Mannschaft beobachtet.

Der Mann mit der Zange hatte eben zweimal laut »Non!« gerufen. Jetzt machte er den Mund zu und schob die Unterlippe vor. Er starrte De Vries böse an. Sein Gesichtsausdruck wie ein Beispiel für die nonverbalen Zeichen der Aggressivität in einem Lehrbuch. De Vries hielt ein Bündel Geldscheine in der ausgestreckten Hand, vielleicht zu wenig.

Sie bemerkten uns in dem Moment, als De Vries die Geldscheine wieder zurückzog. Alle vier Gesichter wandten sich uns zu, das heißt. vermutlich wandten sie sich Felicité zu. Die beiden muskelbepackten Unbekannten zeigten eine fassungslose Miene, ungefähr so wie die Leute, die sich in der Cola-Werbung gerade in der Wüste schinden, wenn der Getränketransporter eintrifft. Ein paar Zikaden gaben ihre Morsezeichen dazu ab. Die sekundenlang in Staunen eingefrorene Szene hatte die Brisanz eines Pulverfasses, auf das eine brennende Zündschnur zuläuft.

Als Erster handelte Wessing. Er brach den Bann, indem er seine Pistole aus dem Hosenbund zog, er packte sie am Lauf, machte, alles eine einzige flüssige Bewegung, einen Schritt auf den Mann mit der Zange zu und hieb ihm den Pistolengriff auf den Kopf. Der Mann hatte nicht einmal Zeit gehabt, sich zu Wessing umzudrehen. Die Zange fiel ihm aus der Hand, und er ging zu Boden. Wessing nahm die Pistole in die andere Hand, eine Sekunde später zeigte die Mündung auf den Begleiter des Gefällten. Der riss die Augen auf und wich ein Stück zurück. Wessing machte eine nach oben gerichtete Kopfbewegung, deren Bedeutung der Mann eher begriff als ich. Er hob die Hände.

De Vries wandte sich uns zu. »Gehen Sie ins Flugzeug zurück. Wir haben nicht viel Zeit, wir müssen das rasch abschließen. Ich möchte Sie hier nicht zurücklassen.«

Das begriff ich sofort, und es war durchaus in meinem Sinn. Ich wollte nicht hierbleiben, am Ende der Welt. Wessing hatte den Gürtel aus der Hose des Mannes gerissen, der am Boden lag, drehte ihn mit dem Fuß auf den Bauch und band ihm die Ellbogen auf dem Rücken zusammen. Dann verlangte er den Gürtel das anderen Mannes, erhielt ihn und band dem Bewusstlosen damit die Fußgelenke zusammen.

»So«, konstatierte Wessing auf Deutsch, ein bisschen außer Atem. »Jetzt noch den Sprit, und dann nichts wie weg.«

Der Mann mit den Kabeln im Ohr sah vom einen zum andern. Seine Augen waren noch immer weit aufgerissen. De Vries wies mit der Hand auf den Schuppen und sagte ein paar Worte zu ihm. Der Mann nickte und setzte sich in Bewegung, dabei hielt er seine Hose fest. Er hatte ja eben seinen Gürtel abgeben müssen.

»Gebt acht, dass der da solange keine Dummheiten macht«, sagte Wessing zu uns. »Falls ihr das vor eurem Gewissen vertreten könnt, meine ich. Es ist in eurem Interesse, wir sind hier wahrscheinlich nicht sonderlich beliebt. Und bleibt vor allem dicht beim Flugzeug.«

Wessing folgte De Vries zu dem Schuppen, vor dem die beiden Flugzeuge und der Geländewagen standen. Vielleicht hat er mir vorher noch einmal zugezwinkert, es hätte zu ihm gepasst, aber ich weiß es nicht mehr. Der Mann, der seine Hose festhalten musste, klaubte einen Schlüsselbund aus der Tasche und öffnete die Tür des Schuppens. Zu dritt verschwanden sie darin.

Felicité kauerte sich neben den Mann, der am Boden lag; er war dabei, aufzuwachen. Sein Gesicht verzerrte sich, vor Schmerz, wie ich annahm. Er bewegte die Schultern und stöhnte vor sich hin. Ehe ich noch überlegen konnte, ob hier wohl Erste Hilfe angebracht wäre, bemerkte ich etwas am anderen Ende des Bahnhofs.

Licht. Unter den Bäumen war Licht aufgeblitzt und wieder verschwunden, nun kam es wieder. Dort befand sich eine primitive Verladerampe, aus Baumstämmen gezimmert, dahinter musste eine Straße liegen, denn von dort näherten sich, nun war es zweifelsfrei zu erkennen, zwei Autos. Ihre Scheinwerfer schwankten hinter den Bäumen auf und ab, man hörte die Motoren aufjaulen, wenn sie über Bodenwellen hinwegfuhren, die unsteten Lichtbündel kamen rasch näher. In meinem Kopf entsteht in solchen Situationen der übliche Katastrophenstau. Mehrere Szenarien entwickeln sich parallel, und das wirkt sich bei realen Problemen wie bei dem, das sich hier andeutete, nicht günstig aus. Ich konnte die verschiedenen Möglichkeiten nicht einmal ansatzweise zu Ende denken. Zum Glück oder zum Unglück, das kann ich bis heute nicht endgültig beurteilen, reagierte Felicité schneller.

»Wir müssen hier weg«, entschied sie.

Als wäre es das Einfachste auf der Welt, von hier wegzukommen. Der Schuppen, in den sich De Vries und Wessing mit ihrem unfreiwilligen Helfer begeben hatten, war mindestens zweihundert Meter entfernt. Wahrscheinlich, nein: ganz sicher sahen sie nicht, was wir sahen, und sie hörten auch nicht, wie die beiden Autos jetzt mit Karacho hinter der Rampe herauskamen und schlingernd auf das Gelände einbogen. Es waren zwei Pick-ups, wie man jetzt erkennen konnte, in den Scheinwerfern des hinteren leuchtete die Staubwolke des vorderen für eine Sekunde hell auf, als habe zwischen den Autos eine Granate eingeschlagen.

»Los, komm«, sagte Felicité.

Sie zerrte an meinem Hemdärmel. Ich gehorchte, gehorchen kann ich wahrscheinlich auch noch im Zustand der Paralyse. Wir rannten die fünfzig Meter zum Flugzeug. Und sprangen hinein, direkt in ein weiteres Katastrophenszenario. Das reichhaltige Armaturenbrett starrte uns an. Jeder von uns hatte eine Steuereinheit vor sich.

»Ich kann nicht fliegen«, sagte ich wie ein Frosch, der unversehens in ein Vogelnest geraten ist.

»Du musst aber! Ich kann es auch nicht«, zischte Felicité.

Solche Logik hätte mich in ruhigen Zeiten leicht eine Viertelstunde lang beschäftigen können. Aber wir hatten keine Viertelstunde, wir hatten wahrscheinlich nur noch eine Minute oder zwei. Ich überlegte ernsthaft, ob wir uns nicht einfach ergeben sollten, und starrte hilfesuchend zur Schuppentür hinüber, wo sich nichts rührte. Dafür waren die beiden Autos jetzt fast am Ziel, ihre Scheinwerfer beleuchteten unser Flugzeug. Ich streckte den Kopf aus dem Fenster und erblickte den vorderen Pick-up, der direkt auf uns zufuhr. Auf der offenen Ladefläche stand ein Haufen Männer, geisterhaft illuminiert von den Scheinwerfern des nachfolgenden Wagens. Ich meinte, sie brüllen zu hören, sie hielten Gerät in den Händen, Hacken oder Knüppel, und sie sahen aus wie eine Abordnung von Heizern aus der Hölle. Es konnte kein Zweifel daran bestehen, dass sie uns in dreißig Sekunden aus der Maschine zerren und massakrieren würden, wenn uns nicht sofort etwas einfiel.

Felicité langte ans Armaturenbrett, dort steckte der Schlüssel, das bemerkte ich erst, als sie ihn umdrehte. Der Motor sprang an. Ich tat reflektorisch, was ich in meinem Subaru getan hätte. Unter meinem Fuß fühlte ich ein Pedal, ich gab Gas. Es tat sich nichts. Felicité riss an einem Hebel in der Mitte des Armaturenbretts. Der Propeller röhrte auf, es war der Gashebel, und das Flugzeug setzte sich in Bewegung. Wir rollten, schneller werdend, unter dem Schummerlicht der blakenden Hängelampen die Piste entlang, verfolgt von zwei Pick-ups mit gewaltbereiten Kongolesen. Mein Herz raste, oder es stand still, ich klammerte mich an das Steuerrad. Felicités Finger irrten wie bei einer dringlichen Beschwörung über die Armaturen, und plötzlich flammte Licht auf. Vor uns leuchteten hundert Meter Gras auf, dahinter eine dunkle Wand aus Bäumen. Da ich keine Ahnung hatte, wie man wendet oder wie man eine Kurve dreht, gelangte ich irgendwie zu der Überzeugung, dass Umkehren nicht mehr möglich war und es nun galt, alles einzusetzen. Ich zog den Hebel, von dem wir jetzt wussten, dass es der Gashebel war, bis zum Anschlag nach hinten. Das Flugzeug schoss nach vorn, wir machten lange Bocksprünge über die löchrige Piste, aber wir flogen nicht. Die Baumreihe kam rasend schnell auf uns zu, eine zwanzig Meter hohe schwarze Wand.

Felicité schrie mir etwas ins Ohr, ich reagierte nicht, da packte sie ihren Steuerknüppel, an meinem klammerte ich mich mit beiden Händen fest wie ein widerspenstiger Krake, aber als er mir entgegenkam, begriff ich, und wir rissen unsere Steuerräder nach hinten. In dem Augenblick, als das Flugzeug die Nase hochnahm, hörte ich ein hartes »Plang«, und die rechte Windschutzscheibe verwandelte sich in ein Spinnennetz, das ein Loch in der Mitte hatte. Den Knall des Schusses hörten wir nicht, er ging unter im Dröhnen des Motors. Das Flugzeug stieg so steil in die Höhe, dass wir wahrscheinlich einen Looping gedreht hätten, wenn wir es nicht gemeinsam hingekriegt hätten, die Maschine halbwegs zu trimmen. Das taten wir in einem Antagonismus aus Angst und Besonnenheit, ich riss am Steuerknüppel, und Felicité bremste meine spastischen Bewegungen wieder ab.

So kam das Flugzeug mit einigem Wackeln aus dem Steilflug in eine Linkskurve und schraubte sich in den Nachthimmel hinauf. Wir schnauften vor Anstrengung so laut, dass wir einander trotz des Motorenlärms hören konnten. Die Linkskurve endete, als ich meine Füße bewegte, die ich auf die Pedale der Seitenruder gestellt hatte. Ich hatte herausgefunden, dass man damit Kurven fliegen konnte, und erreichte, dass das Flugzeug kippte und in eine scharfe Rechtskurve ging. So entfernten wir uns in Schlangenlinien von dem Geisterflugplatz, auf dem jetzt zwei Pick-ups standen mit lynchbereiten Typen darauf, die uns hinterherschauten und vermutlich darauf warteten, dass wir wieder herunterfielen. Wir entfernten uns auch unwiderruflich von De Vries und Wessing, die sicher selbst mit dringenden Problemen konfrontiert waren.

Draußen vor den Kabinenfenstern erschienen die Sterne. Unter uns rollte ein Teppich aus dunklen Baumkronen ab, deren Spitzen im Mondlicht ein kaltes Grün zeigten, von hier oben sah es aus wie ein großes, ordentliches Feld mit Grünkohl. Ich sah zu Felicité hinüber. Sie legte mir ihren gesunden Arm um die Schulter und gab mir einen Kuss auf die Wange.

»Voilà! Wir sind oben. Das hast du klasse gemacht, Bern'«, sagte sie.

Ich fühlte den Kuss, und ich fühlte ihn nicht. Ich war noch immer dabei zu überleben. Ich? Hatte ich etwas gemacht?

»Und wie kommen wir wieder runter?«, fragte ich und fügte an: »Wo sind wir überhaupt?« Als wäre die erste Frage nicht schon schwer genug zu beantworten gewesen. Ich sehe immer alles negativ, ich weiß.

»Keine Ahnung«, sagte Felicité und steckte sich eine Zigarette in den Mund. Gleichmütig, fand ich, sehr gleichmütig. »Willst du eine?«, fragte sie.

Ich schüttelte den Kopf. Sie zündete ihre Zigarette an und nahm einen Zug, sah mich kurz von der Seite an, als sie den Rauch ausblies.

»Wir versuchen, die Bahnlinie wiederzufinden«, sagte sie dann. »Die kann nicht weit sein. Vielleicht sind wir schon fast in Katanga.«

»Wo um Himmels willen ist Katanga?«

»Im Südosten, an der Grenze zu Tansania.«

»Und wo sollen wir landen?«

»Wir fliegen die Bahnlinie entlang. Sicher finden wir einen Platz, wo wir landen können. Irgendeine Ansiedlung, wo Leute wohnen. Wir haben es geschafft zu fliegen. Das Landen kriegen wir auch noch hin.«

Ich hätte jetzt weiterfragen können, was wir an diesem unbekannten Ort nach der erfolgreichen Landung machen würden, falls wir es überhaupt schafften zu landen, aber ich wollte vor Felicité nicht dauernd als Bedenkenträger auftreten. Also hielt ich den Mund und versuchte, das Flugzeug in der Luft zu halten. Immerhin konnte ich das mittlerweile, die Maschine reagierte auf meine vorsichtigen Versuche, die Seitenruder zu betätigen. Felicité fasste meine Schulter und rüttelte freundlich daran, eine hübsche Geste, fand ich, nicht ohne zärtliche Vertrautheit. Ich begann, mich ein klein wenig zu entspannen, das Eis in meiner Brust schmolz von den Rändern her, vor allem an meiner rechten Schulter, die Felicité eben wieder losgelassen hatte.

»In welcher Richtung müssen wir die Eisenbahn suchen, was denkst du?«

Sie zuckte die Achseln. »Wir haben ein paar Kurven gedreht. Ich weiß es nicht.«

»Und was ist mit dem Sprit?«, fiel mir ein. »Gibt es hier eine Tankanzeige?«

Felicité beugte sich über die Armaturen. Es gab viele Instrumente, viel mehr als in einem Auto. Sie leuchtete sie mit der Feuerzeugflamme ab.

»Hier«, sagte sie schließlich und klopfte mit dem Fingernagel ihres kleinen Fingers auf eines der glimmenden Instrumente, das mit »Fuel« bezeichnet war. Der Zeiger befand sich im unteren Viertel. »Noch einiges drin.«

»Wieso wollten die dann tanken?«

»Weiß ich auch nicht. Vielleicht gibt es dort, wo sie hinwollten, keinen Sprit mehr. Jedenfalls haben wir noch etwas Reserve.«

»Und das Navigationssystem? Was ist mit dem?«

Mir war eingefallen, dass Wessing während des Fluges davon gesprochen hatte. Ich hatte nur keine Vorstellung davon, wie das in einem Flugzeug funktionieren sollte. Man konnte schlecht eine Adresse eingeben, oder etwa doch?

Nach einiger Suche fanden wir einen kleinen Bildschirm, der auf Knopfdruck Gradzahlen anzeigte, Länge und Breite also. Damit konnten wir nichts anfangen, wir hatten keine Karte, um die Position zu vergleichen. Wir fanden auch keine, obwohl wir alles durchsuchten, was an Papieren im Cockpit herumlag. Vielleicht hatte De Vries sie in seiner Jacke gehabt.

»Ich schlage vor, wir fliegen einfach nach Süden oder Osten«, sagte Felicité.

»Wo ist Osten?«, fragte ich. »Gibt's hier einen Kompass?«

Felicité zuckte die Achseln. Wir suchten die Armaturen ab, aber wir fanden keinen.

»Man könnte nach den Sternen fliegen«, sagte Felicité. »Wir sind knapp unterhalb des Äquators. Ich weiß nicht, ob man das

Kreuz des Südens sehen kann, es müsste direkt über dem Horizont liegen.«

Sie machte eine Grimasse dazu. Das Kreuz des Südens. Überflüssig, einen Kommentar abzugeben. Felicité warf ihre Zigarette aus dem Fenster. Der Fahrtwind riss sie in die Nacht hinaus.

»Bern'«, sagte sie dann ruhig, »ich glaube, wir brauchen einfach ein bisschen Glück. Wir fliegen geradeaus weiter, ich habe das Gefühl, das kommt hin. Bei Tagesanbruch sehen wir, wohin wir gekommen sind.« Sie sah auf ihre Uhr. »In einer Stunde etwa.«

Was sollte ich darauf antworten. Ich wich dem Gedanken an den Urwald unter uns aus, der Vorstellung von wimmelndem Leben in jeder Größe, immer hungrig, das in den diversen Etagen der Nahrungspyramide auf uns wartete. Gut möglich, dass wir ein paar hundert Kilometer weglosen Wald vor unserem Propeller hatten. Glück brauchten wir, keine Frage.

Aber die Instrumente, von denen ich bislang nur die Tankuhr identifiziert hatte, leuchteten beruhigend, der Motor röhrte, wir schwebten, gehalten von unsichtbaren Kräften, über dem dunklen Land. Felicité saß neben mir, zündete sich die nächste Zigarette an, sah aus dem Fenster.

Ich hätte nicht geglaubt, dass mir das in einer solchen Situation gelingen würde, aber ich war unbeschwert, ich war es tatsächlich. In dieser Stimmung entdeckte ich etwas zwischen den Bäumen, was ich übersehen hätte, wäre nicht das Mondlicht gewesen, das den Teppich der Baumwipfel versilberte. Da gab es eine Lücke. Eine dunkle Linie unterbrach die geschlossene Decke.

»Da, links unten. Schau mal!«

Ich brachte mit dem Seitenruder das Flugzeug nach links. Wir gingen in eine sanfte Kurve. Felicité öffnete ihren Gurt und lehnte sich über mich, durch die zerschossene Scheibe auf ihrer Seite konnte sie nicht genug sehen.

»Formidable«, sagte sie. »Bleib dran. Ich glaube, es ist die Bahn.«

Ich fädelte mich mit wackelnden Tragflächen über der schwarzen Linie ein. Nur ein dünner Riss im Teppich des Urwalds. Aber wenn es die Bahn war, dann war es unsere Nabelschnur zur Zivilisation. Wir hatten es geschafft.

Ich roch den Rauch von Felicités Zigarette. Spürte Zuversicht, einen Hauch davon. Noch immer waren wir ein verirrter Leuchtkäfer über dem großen Wald, aber wir hatten ein Ziel.

»Erzähl mir was«, sagte Felicité. »Was war das Beste, was du je erlebt hast?«

Das Beste, was ich je erlebt hatte. Ich ließ die Finger über den abgenutzten Kunststoff des Steuerrads gleiten. Schaute auf die schwach leuchtenden Instrumente, roch das heiße Öl des Motors. Plötzlich liebte ich dieses alte Flugzeug, das uns aus der Gefahr gebracht hatte und das uns dorthin bringen würde, wo es Betten, Duschen und kalte Getränke gab. Was war das Beste, was ich je erlebt hatte? Ich dachte nicht nach, weil mir in diesem Moment etwas einfiel, vielleicht tatsächlich das Beste, was ich erlebt hatte.

»Ich war noch klein«, fing ich an. »Vielleicht vier oder fünf. Meine Eltern waren ausgegangen, und ich hatte einen Babysitter. Ein Mädchen, ich glaube, Anja. Ja, Anja. So hieß sie. Ich weinte, weil meine Eltern weg waren und weil es dunkel war. Anja war damals zum ersten oder zum zweiten Mal bei uns, ich weiß es nicht mehr. Ich weinte jedenfalls und wollte, dass meine Eltern zurückkommen. Anja wusste wohl nicht, was sie tun sollte.« Ich warf Felicité einen Blick zu. »Sie hat ein Bett für uns gemacht auf dem Sofa«, fuhr ich fort. »Mit Kissen und einem Plumeau. Dann hat sie sich mit mir da reingelegt und mich in den Arm genommen. Sie trug einen langen Pferdeschwanz, und sie hat ihr Haar aufgemacht. Ich durfte mich damit zudecken. So schlief ich ein. Sie roch nach Veilchen, ein billiges Parfum wahrscheinlich. Aber ich kann es heute noch riechen, ich habe es mal gesucht in einer Parfümerie, aber ich habe es nicht gefunden. Obwohl ich es immer noch in der Nase habe.« Ich wandte mich zu Felicité. »Ist das nicht komisch?«

»Nicht komisch«, lächelte sie. »Anscheinend warst du zum ersten Mal verliebt, Bern'. Das vergisst man nicht.«

Ich hätte jetzt gern etwas Geistreiches gesagt, etwas wie: Und wann warst du zum ersten Mal verliebt – so oder ähnlich. Aber das klappt nicht bei mir. Außerdem passierte etwas, etwas, das zärtliche Themen, blondes Haar, eine beschützte Kindheit, alles, was sich gerade atmosphärisch aufgebaut hatte, aus den Kabinenfenstern hinaus in die Nacht riss.

Der Motor setzte aus.

Er spuckte, lief noch einmal an, für zehn Sekunden vielleicht, dann stand der Propeller endgültig still. Ich starrte Felicité an, als erwarte ich dazu einen Kommentar von ihr. Da aber die Situation für sich sprach, starrte sie nur stumm zurück. Schon während wir uns anstarrten, begannen wir, Höhe zu verlieren. Felicité drehte den Zündschlüssel. Der Anlasser wieherte, der Propeller ruckte ein paar Viertelkreise, dann stand er wieder still. Nachdem der Motor schwieg, hörte man jetzt, wie es in den Verstrebungen des Flugzeugs zu pfeifen anfing. Wir befanden uns im Sinkflug und wurden schneller. Die Tankanzeige? Ich starrte sie an, sie stand unvermindert auf Viertelvoll. Das Ding war kaputt, ganz einfach kaputt.

Wessing hatte das gewusst, wurde mir klar. Er wusste, dass sie nicht mehr weiterkamen. Deshalb hatten sie keine Wahl gehabt vorhin an dem kleinen Bahnhof, sie brauchten dringend Sprit. Man kann in kürzester Zeit eine Menge denken, aber nicht handeln. Mir war klar, dass eine der Katastrophen, die in meinem Kopf auf Wiedervorlage gesetzt waren, einer unmittelbaren Lösung bedufte, und zwar unter erschwerten Bedingungen. Wir mussten demnächst landen.

»Du musst einen Landeplatz suchen!«, rief Felicité.

Zweifellos hatte sie damit recht. Einen Augenblick lang stand Lea vor meinem inneren Auge, ein selten klares Bild mit scharfen Konturen. Wahrscheinlich speicherte mein Gehirn gewisse Szenen mit Lea im Traumazentrum. Diesmal trug sie nicht ihr graues Kostüm, sondern einen Bademantel, es musste demnach Morgen sein, oder es war mitten in der Nacht. Sie hatte sich vor mir aufgebaut, das konnte sie, obwohl sie einen Kopf kleiner war als ich, und sie sagte zu mir: »Du bist so unglaublich naiv, Bernd, so *un-glaub-lich* naiv.« »Unglaublich naiv« war ein Lieblingsausdruck von Lea. Sie zerlegte die Silben in ohrgerechte Portionen, damit ich es mir merkte. Im Anschluss an diese Beurteilung folgte in der Regel ein Ratschlag, aber für den hatte ich jetzt keine Zeit mehr. Auch Lea würde keinen Landeplatz für uns finden. Also schaltete ich sie einfach ab und versuchte, in die Realität zurückzukommen.

In der Realität verloren wir weiter an Höhe, im Cockpit pfiff es jetzt wie auf einem Segelschiff bei Sturm. Ich bekam eine Ahnung von der Geschwindigkeit, die wir draufhatten. Felicité lehnte sich auf mich. Sie versuchte, aus meinem Fenster nach vorn zu sehen, ihres war ja zersplittert.

»Da!«, sagte sie.

»Wo?«, fragte ich.

»Na, dort!«

Es war wie in einem Comic und hätte noch ein paarmal so hin und her gehen können, aber wir hatten wie schon gesagt nicht viel Zeit. Ich folgte Felicités Finger mit dem Blick und sah sie nun auch, die ausgefressenen Lücken in der grünen Decke des Waldes, ein kleines Stück links von der Schneise, in der die Bahnlinie verlief.

»Kannst du da runter?«

Felicité wartete meine Antwort nicht ab, die Antwort auf eine Frage, die ich mir noch nicht einmal selbst gestellt hatte. Sie öffnete ihren Gurt, hangelte sich an ihrem Sitz vorbei zur Rückbank und fing an, die Müllsäcke nach vorn zu zerren. Zuerst dachte ich, sie hätte den Verstand verloren, dann begriff ich, was sie vorhatte, und half mit, so gut ich konnte. Gemeinsam stopften wir, Müllsack für Müllsack, das Cockpit aus. Nur meine Scheibe ließen wir frei. Ich war der Pilot, aber nur deshalb, weil meine Scheibe noch heil war.

Ich bewunderte Felicité. Sie war einfach schneller als ich, jedenfalls wenn es zu handeln galt. Während ich mir einen besonders dicken Müllsack auf den Schoß zerrte, um im letzten Moment eine Art Airbag daraus zu machen, versuchte ich, mir die physikalischen Prinzipien ins Gedächtnis zu rufen, die jetzt zu beachten waren, denn wir bewegten uns erschreckend schnell auf das Walddach hinunter. Das Einzige, was mir einfiel, war, dass der menschliche Organismus für jähe Verzögerungskräfte zu empfindlich war, Wirbeltiere verkraften nicht so viel Beschleunigungskräfte wie Insekten, die können viel mehr davon vertragen, aber wie machten das die Vögel? Die Lichtung, die wir entdeckt hatten, war inzwischen bereits vom Walddach verschluckt. Wir waren zu tief, um sie noch sehen zu können.

Vögel sind Wirbeltiere, sie konnten quasi überall landen. Baumkronen huschten dicht unter uns vorbei. Ich konnte schon die Äste erkennen, darunter befanden sich dicke Stämme, von denen jeder einzelne uns zertrümmern konnte. Vögel, fiel mir jetzt ein, bremsten, indem sie aufwärtsflogen. Die Nase musste nach oben, genau wie beim Start.

»Ich probiere es«, sagte ich gequetscht. Meine Zähne hatten angefangen, vor Angst zu klappern, obwohl es im Cockpit so warm war wie in der Düse eines Föhns. »Zieh die Gurte an«, sagte ich zu Felicité.

Sie strippte unsere Gurte, so fest es ging. Ich sah die Baumwipfel jetzt nicht mehr, nur ein Meer aus Wald links und rechts von uns, in das wir gleich eintauchen würden, ich meinte, den Rumpf schon an den Ästen streifen zu hören. Aber ich sah jetzt die Stelle, wo das Blätterdach abriss.

Dahinter musste sie sein, die Lichtung. Noch zwanzig, dreißig Meter. Ich zog das Steuerruder an. Das Flugzeug torkelte über die letzten Bäume. Dann verloren wir Schwung, und es ging abwärts wie in einem sehr schnellen Fahrstuhl. Vor uns keine Bäume mehr, aber sekundenlang das Glitzern von Wasser. Keine Lichtung, schoss es mir durch den Kopf, ein Sumpf. Es war ein Sumpf, auf den wir hinuntersegelten, und das viel zu schnell. Ich hielt mit der einen Hand das Steuerrad gezogen bis zum Anschlag und grapschte gleichzeitig mit der anderen nach meinem Müllsack, riss ihn an mich und umarmte ihn so fest, wie ich bislang nie irgendetwas oder jemanden umarmt hatte.

Es gab einen heftigen Schlag. Das Fahrwerk krachte mit einem Ruck weg, und es haute mich in die Gurte, mein Kopf schlug in den zerplatzenden Müllsack, es riss uns weiter, das Flugzeug schlidderte seitwärts auf einer Tragfläche, durch das offene Fenster schoss kübelweise Sumpfwasser herein. Als das Flugzeug mit dem Rest seiner Bewegungsenergie gegen etwas prallte, knallte ich noch einmal in den Haufen Tetrapaks und Plastikbecher hinein, den ich die ganze Zeit umarmte. Ich hielt die Augen zugepresst, bis sich nichts mehr rührte. Danach wartete ich auf eine Explosion.

Es kam keine. Stattdessen Stille. Ich hörte für ein paar Sekunden nichts, meine Ohren standen wohl noch unter Schock. Dann drangen die Dschungelgeräusche durch das offene Fenster herein, erst ganz leise, dann immer lauter, als drehe jemand langsam einen Regler wieder auf Normalstärke hoch. Meine Sinne kehrten zurück.

Als Nächstes öffnete ich die Augen, aber ich sah nichts. Es herrschte vollkommene Finsternis. Das Mondlicht, das uns während des Fluges ständig begleitet hatte, war verschwunden. Dann bemerkte ich, dass mein Hemd durchnässt war und mein linker Fuß bis über den Knöchel im Wasser stand. Es ist tatsächlich ein Sumpf, dachte ich, wir sind in einen Sumpf gestürzt. Wir würden womöglich untergehen. Mein Selbst brachte die Dinge automatisch in eine Reihenfolge, das hatte auch Robinson tun müssen. Aber ich war nicht allein, so wie er es gewesen war. Neben mir lag ein Haufen Müllsäcke. Ich schob meinen Arm hinein und fand gleich Felicités Hand. Ihre Finger fühlten sich schlaff an, sie erwiderten meinen Druck nicht. Felicités leblose Hand in der meinen, schob ich die Müllsäcke zur Seite.

Eine neue, noch unbearbeitete Katastrophe entwickelte sich in meinem Kopf: Felicité könnte tot sein. Oder sie war schwer verletzt, und ich konnte ihr nicht helfen, wieder nicht. In der Kabine war es so finster wie im Hinterzimmer der Nacht. Ich tastete mich an Felicités Arm entlang und zog sie aus dem Tohuwabohu der aufgeplatzten Müllsäcke zu mir her, während ich auf verdächtige Sinkgeräusche horchte, weil ich damit rechnete, dass wir gleich untergehen würden.

Im Dunkeln fand ich ihr Gesicht, ich befühlte es genau, dann ihren Hals, die Schultern. Ich forschte nach Verletzungen, nach der Feuchtigkeit von Blut. Schließlich hatte ich sie vollends aus dem Müll heraus, fasste unter ihren Hinterkopf und zog sie an mich, um ihren Atem an meiner Wange zu fühlen. Sie war ganz schlaff und überraschend schwer, ich musste richtig zupacken. Mein Herz klopfte wie ein Motor mit Vollgas und ausreichend Benzin im Tank. Als unsere Gesichter einander ganz nahe waren, berührte ich mit meiner Nase ihre Wangen. Ich streifte ihre Lippen. An meinem Mund spürte ich auf einmal, dass sie atmete. Gott sei Dank. Ich war erleichtert, grenzenlos erleichtert. In diesem Moment meinte ich zu bemerken, dass Felicité sich rührte. Mein Mund war noch immer bei ihrem, unsere Lippen sehr nahe beieinander.

Etwas brachte mich dazu, meinen Mund dort zu lassen, wo er sich gerade befand. Vielleicht brach sich unter dem Druck der Katastrophe und in der Erleichterung, dass Felicité lebte, eine mir bisher nicht bekannte Keckheit Bahn, oder ich war einfach sehr durcheinander. Ich küsste sie.

Die Wirkung trat sofort ein. Der Kuss, wie soll ich es sagen, er erweckte sie zum Leben, es war wie im Märchen. Der Fortgang der Ereignisse jedoch nicht. Sie kicherte durch die Nase. Ich fühlte auch das Kichern sehr nahe auf meinem Gesicht.

»Aber, aber«, sagte Felicité. »Ist das jetzt Mund-zu-Mund-Beatmung, Bern', oder ist das was anderes?« Sie rührte sich unter den Müllsäcken, und ihr Mund war weg. Meine Keckheit ebenfalls.

»Wir müssen aussteigen«, sagte ich.

Ich hörte, wie Felicité sich aus den knisternden Müllsäcken herauswühlte, ohne dass sie auf das Zwingende meiner Äußerung eingegangen wäre. Draußen im Sumpf legten die paarungsbereiten Amphibien wieder los, sie hatten den Schreck über unsere Notlandung inzwischen verdaut und holten jeden Dezibel nach, den sie versäumt hatten.

»Vielleicht explodieren wir«, sagte ich leise.

Zwischen uns waren nur ein paar zerplatzte Müllsäcke, es war dunkel, wie wenn in der Hölle das Licht ausgeht, und wir waren ganz allein im Urwald. Jede Stunde konnte unsere letzte sein. Noch immer hatte ich meinen Arm um Felicités Nacken gelegt. Ich suchte nach den Resten meiner Keckheit, aber ich fand nichts mehr davon.

»Ich glaube nicht«, sagte Felicité. Noch einmal ein leises Kichern.

»Was glaubst du nicht?«

»Dass wir … explodieren«, sagte sie.

Er war vorüber, der Moment.

NEUN

Der neue Tag kam so rasch, als habe jemand das Licht angedreht. Ich musste eingeschlafen sein, denn als ich erwachte, erschien Felicités nackte Schulter vor meinen Augen, während ich zuhörte, wie sie atmete, und während die Nachtgeräusche draußen vor der aufgehenden Sonne verstummten wie vor einem Verdikt. Ich blickte auf die schöne Partie, wo ihr Hals in die Schulter überging, eine zart gewölbte Kontur, die stieg und fiel, auf ihr Schlüsselbein, die seidig braune Kuhle dahinter. Die Rundung ihres Schultermuskels mit dem Knick, der entstanden war, weil sie im Schlaf ihren Arm ausgestreckt hatte. Die zarte Vene unter der Haut. Ein paar schwarze Haarsträhnen lagen auf ihrer Schulter, man hätte sie mit Absicht nicht schöner hinlegen können, jedes Haar schimmerte wie einzeln schwarz lackiert. Felicité steckte bis zu den Hüften in einem Berg zerrissener gelber Säcke, herausgefallener Papierknäuel, Joghurtbecher und aus den Falzen gegangener Tetrapaktüten. Sie atmete ruhig. Neben ihr ragten meine behaarten Beine aus dem Müll. Sie wirkten blass und fremd, als gehörten sie nicht hierher.

»Guten Morgen«, sagte ich, ohne mich zu rühren.

Felicité öffnete die Augen. »Was gibt's zum Frühstück?«, fragte sie.

Wir krochen in der schräg stehenden Maschine erst einmal zum Seitenfenster hinauf, um uns einen Eindruck zu verschaffen. Das Flugzeug steckte, auf den linken Flügel gekippt, bis zum Kabinenboden im Modder. Um uns wuchsen Hunderte von Grasbüscheln in einem sumpfigen Gelände, in dem ab und zu auch ein paar Bäume standen. Einer davon hatte uns heute Nacht zum Stehen gebracht. Die Propellernabe hatte sich hineingebohrt, aus dem Baum war ein Haufen von Blättern auf uns heruntergefallen und hatte das Flugzeug zugedeckt, daher die absolute Finsternis, die nach der Notlandung geherrscht hatte. Nun stach die Sonne mit Lanzen durch die Lücken im Laub. Sie hatte das Einschussloch mit seinen Bruchadern in ein silbernes Spinnennetz verwandelt.

Ich schob das Kabinenfenster vollends auf. Modergeruch stieg mir in die Nase. Ein Arm voll Blätter fiel herein, es wurde hell.

Am gegenüberliegenden Waldrand leuchteten die Baumkronen in explosiven Grüntönen. Der Himmel über der Lichtung war azurblau. Über dem Wasser zuckten Libellen in geometrischen Linien über der Wasserfläche hin und her, sie stießen in Rauchschwaden hinein, bei denen es sich vermutlich um Mücken handelte. Frösche versuchten, sich gegenseitig mit Quaksalven fertigzumachen. Aus dem Wald hörte man Rufen, Vögel möglicherweise. Sehen konnte man sie nicht. Einer rief eintönig in einem erkältet rauen Ton, dazwischen erklang das aufgeregte Juchzen eines anderen.

Ich beugte mich aus dem Fenster hinaus und schaute am Flugzeug vorbei nach hinten. Von unserer nächtlichen Notlandung keine Spuren mehr. Die Grasbüschel hinter uns schienen so unversehrt, als wäre seit Jahren niemand mehr hier vorbeigekommen.

»Am wichtigsten ist Wasser«, sagte Felicité so ruhig, als schreibe sie einen Einkaufszettel.

Wir sichteten unsere Bestände. Robinson war besser dran gewesen als wir, viel besser. Es zeigte sich, dass wir über zwei Päckchen mit Keksen verfügten, die Wessing neben seinem Sitz im Seitenfach gehabt hatte. Dazu besaßen wir drei volle Flaschen Evian und drei Päckchen Zigaretten, zwei von Wessings Marke, die sich unter dem Armaturenbrett fanden, und eines von Felicité. Und ihr Feuerzeug. Ich steuerte zu unseren Habseligkeiten meine ungewaschenen Kleider bei, Joseph Conrads »Heart of Darkness« und meine Reservekleidung, eine saubere Hose mit dazu passendem Hemd aus meiner Sporttasche. Außerdem meine schmutzige Wäsche, Zahnputzsachen, drei Einmalrasierer und eine Sprühflasche mit Autan. In De Vries' Tasche fanden wir zwei Garnituren Unterwäsche und zwei neue Hemden. Und einen Lederbeutel mit einer guten Handvoll Rohdiamanten.

Die ich als Kurier überbringen sollte, erklärte ich Felicité, als sie sich ein paar davon auf die Hand geschüttet hatte. Sie hatte die Brauen erhoben, als ich es ihr erklärte. Dann ließ sie die Steine langsam in den Beutel zurückrollen, es gab ein Klickern wie bei Glasmurmeln.

»Damit kommen wir, wohin wir wollen«, sagte ich.

Noch ehe Felicité mir einen entsprechenden Blick zugeworfen hatte, begriff ich, was ich da von mir gegeben hatte. Naiv. Bernd, du bist so unglaublich naiv. Wir würden es nicht überleben, wenn man den Beutel bei uns finden würde, nicht eine Minute. Ich dachte an die Burschen auf dem Pick-up gestern Abend und war froh, dass Felicité meine Bemerkung nicht kommentierte.

»Hast du Geld?«, fragte sie stattdessen.

Ich zückte meine Geldbörse. Darin waren vier Euro in Münzen, meine Scheckkarte, mein Ausweis und mein Führerschein.

»Ich habe mein Geld im Safe gelassen«, sagte ich. »In der Lodge.«

»Keine Dollars?«

Ich verneinte. Auch Felicité hatte keine Dollars bei sich. Sie hatte überhaupt kein Geld mitgenommen bei ihrer Mission, das sprach für ihre Kompromisslosigkeit. Wenn man es so ausdrücken wollte.

Wir verfügten außerdem über De Vries' Großwildbüchse mit vier Patronen und über seinen Hut, einen feinen Filzhut mit geflecktem Band. Er hatte ihn bei seinem nächtlichen Ausflug mit Wessing nicht aufgehabt. Dazu besaßen wir jede Menge Müll. Und dann gab es noch das runde Päckchen, eingewickelt in die Tengelmanntüte, so groß wie eine kleine Kokosnuss. Felicité zeigte ich das Ding erst gar nicht, ich wusste nicht, welchen Eindruck es auf sie machen würde. Ze Zés Messer fanden wir am Boden des Cockpits. Die Blutspritzer darauf begannen sich in Rostflecken zu verwandeln. Ze Zé hätte sich gegrämt, wenn er es hätte sehen können.

Draußen vor der Kabinentür nahmen unterdessen die Tagesgeräusche zu. Das Juchzen des Vogels – war es ein Vogel? – wechselte sich mit einem sonoren Pochen ab. Es klang, als klopfe jemand in rascher Folge gegen ein leeres Fass. Sonst passierte nichts, außer dass die Sonne weiter stieg und die Temperatur in der Kabine kletterte wie in einem Backofen, der noch nicht die Endtemperatur erreicht hat. In einer Stunde würden wir durchgebraten sein.

Wir setzten uns erst einmal auf die Rückbank und rauchten

eine Zigarette. Zigaretten, meinte Felicité, seien Krisennahrung, bestens dazu geeignet, sich Mut zu machen. Und dazu, Ideen zu entwickeln, beides wäre in dieser Situation vonnöten. Ich pflichtete ihr bei. Ich dachte allerdings im Stillen auch an die Zigarette, die man bekommt, ehe das Erschießungskommando in Aktion tritt oder der Henker. Dennoch versicherten wir uns gegenseitig, während wir rauchten, dass wir gute Chancen hätten, bald auf eine Siedlung zu stoßen. Wir würden einfach an der Bahnlinie entlangwandern. Auf Essen mussten wir eben so lange verzichten, und unser Wasser würden wir gut einteilen, auf diese Weise könnten wir auf dem Bahndamm vierzig, fünfzig Kilometer schaffen, wir konnten ja auch nachts gehen. Außerdem würden schließlich Züge fahren, wir konnten versuchen, einen davon anzuhalten.

Auf jeden Fall mussten wir erst einmal den Sumpf durchqueren, um zur Bahnlinie zu gelangen.

»Er ist bestimmt nicht tief«, meinte Felicité.

Ich zog an meiner Zigarette, sagte nichts dazu. Ich dachte an die drei Meter langen Krokodile und an ihre Gewohnheiten, die Fox mir vor Kurzem noch so anschaulich geschildert hatte.

»Vielleicht gibt es Tiere da drin«, wandte ich ein, blieb aber allgemein. Natürlich gab es sie.

Felicité schlug vor, das Gewehr mitzunehmen. Das Gewehr, entgegnete ich, sei für mich wahrscheinlich gefährlicher als für alles, worauf ich zielte. Ich hätte es einmal in Aktion gesehen.

»Das ist kein Gewehr, sondern ein Geschütz«, sagte ich. »Es schlägt mich tot, wenn ich damit zu schießen versuche.«

»Dann schieße eben ich. Wir haben kein anderes. Wir nehmen es mit«, entschied Felicité.

Sie war gut im Improvisieren. Mit Hilfe von Ze Zés Messer, meinem Gürtel und ein paar Stoffstreifen fertigten wir unter ihrer Anleitung aus den beiden Reisetaschen provisorische Rucksäcke an und stopften unsere Sachen hinein, auch die Diamanten natürlich. Obwohl sie gefährlich waren, konnten wir uns nicht dazu entschließen, sie hierzulassen, das wäre vielleicht klug gewesen, aber wir brachten es einfach nicht fertig.

Felicité bestand darauf, alle Kleider mitzunehmen. Man wisse nie. Im Dschungel könne man auf nichts verzichten, schon gar nicht auf Kleider. Auch den Verbandskasten nahmen wir mit. Dazu ein paar Tetrapaks als Vorratsbehälter und vier leere Evianflaschen, die wir heil aus dem Müll geklaubt hatten. Sie waren besser zu transportieren als die Tetrapaks.

Es war so weit.

Ich hängte mir das Gewehr um, Felicité setzte De Vries' Hut auf. Ze Zés Messer stieß sie sich nach kurzem Überlegen unter dem Bund ihrer Jeans durch den Stoff nach außen. Nicht gerade der Umgang damit, den ein mönchischer Koch in einem Zenkloster gutheißen würde, aber da hatte sie ja zuvor schon keine Hemmungen gezeigt. Die Anatomie ihrer Pobacke drückte die Klinge nach außen, sie folgte jeder ihrer Hüftbewegungen, es sah beeindruckend aus. Als sie durch die Tür nach draußen geklettert war, schob ich als Letztes den Affenschädel in meinen Rucksack. Das Ding hatte mich in seiner Gewalt. Ich traute ihm nicht über den Weg, hier draußen im Urwald schon gar nicht, ich wollte die Mächte nicht ärgern, für die er stand und an die ich glaubte und nicht glaubte. So gerüstet, kletterte ich hinaus.

Obwohl ich meine Sonnenbrille aufgesetzt hatte, musste ich erst einmal den Kopf abwenden. Eine Breitseite aus Licht und Hitze traf mich, und ich verbrannte mir sofort die Hand, als ich mich auf dem Rumpf des Flugzeugs abstützte. Mit einem Aufschrei taumelte ich zurück. Die Frösche stoppten irritiert ihr Dauerkonzert.

»Wir bleiben auf den Büscheln«, sagte Felicité, sie hatte sich zu mir umgewandt. »Und springen.«

In ihren Chucks stand sie bis zu den Knöcheln im Wasser. Die Messerklinge an ihrem Hintern fing das Sonnenlicht und blitzte auf. Mein Gott, dachte ich, was wird das werden.

Felicité sprang und landete mit beiden Beinen im Wasser. Sie kletterte auf das nächste Büschel hinauf.

»Einen Stock«, rief sie. »Wir brauchen einen Stock.«

Ich suchte, noch immer auf der Tragfläche stehend, die Umgebung ab. Sah in dem Haufen Blätter, den der Baum in der vergangenen Nacht auf uns herabgeschüttet hatte, ein paar Äste, darunter einen mannslangen Stecken, der noch am wenigsten morsch aussah, hangelte mich hinüber und zog ihn heraus. Ich wollte nicht an die Krankheitserreger denken, die hier im Brackwasser herumwimmelten und schon eine Ewigkeit darauf warteten, einen anständigen Wirt für ihre Nachkommenschaft zu finden. Wenigstens hatte ich meine Schnürstiefel an.

Ich warf Felicité den Stock zu, sie fing ihn auf, sprang auf das nächste Büschel, sah sich nach mir um. Als ich ihr folgen wollte, wankte ich auf meiner Tragfläche erst einmal unter dem kombinierten Gewicht von Rucksack und Gewehr. Gerade noch konnte ich mich fangen, das heiße Blech fasste ich nicht mehr an. Ich starrte nach unten. Von dort, wo ich fast hineingefallen wäre, sahen mich aus der dunkelbraunen Brühe zwei Augen an. Ich erstarrte. Das gelbe Augenpaar hielt für zwei Schrecksekunden Blickkontakt mit mir, dann erschienen zwei mit Krallen bewehrte Vorderbeine und schoben das dazugehörende Tier zurück in die vorsintflutliche Dämmerung, in der es sein Leben zubrachte.

»Da war was«, sagte ich mit heiserer Stimme.

»Was?«

Felicité war schon drei Büschel weiter. Ich musste vorwärtsschauen und entsprechend denken. So ging das nicht.

»Eine Kröte oder ein Alligator«, sagte ich leichthin, als wären mir solche Begegnungen geläufig. Ich tat einen unsicheren Schritt Richtung Grasbüschel, verfehlte es und stand bis zu den Knien im Wasser. Ich überlegte, dass die Gefahr, Parasiten einzufangen, in erster Linie mit der Zeit zusammenhing, die man im Wasser verbrachte, und nicht mit der Wassertiefe. Besser, sich nicht mit Kunststücken aufzuhalten. Ohnehin war das Ufer, hinter dem die Bahnlinie liegen musste, nur hundert Meter entfernt.

Wir platschten also beide darauf zu und kamen gut voran. Kein Krokodil, kein Riesenpython hielt uns auf, an meinen Füßen spürte ich nichts Verdächtiges. Noch ein paar Meter blieben uns bis zum Ufer, da fiel ein Schatten auf mich.

Ich drehte mich um und starrte in die Augen eines enormen Adlers, er schwebte in höchstens zwei Metern Höhe hinter uns in der Luft. Eine Zehntelsekunde kreuzten sich unsere Blicke, dann lösten sich seine Jägeraugen von mir und hefteten sich auf

Felicité. Mit gesträubtem Federkragen schoss er über sie hinweg und trieb sich mit klatschenden Flügelschlägen auf die Höhe der Wipfel, hinter denen er verschwand wie ein Spuk.

»Was um Himmels willen war das?«

Felicité atmete langsam aus. Sie hatte unwillkürlich die Arme erhoben. »Ein – ein Affenadler vielleicht.«

»Und was wollte der von uns?«

»Was denkst du, was der wollte? Aber wir waren ihm dann wohl zu groß.«

Sie balancierte auf einer Baumwurzel zum Ufer. Schien sich nichts daraus zu machen, dass ein hiesiger Adler sie in sein Beuteschema einsortiert hatte, nur für kurze Zeit zwar, aber immerhin. Hinter Felicité erklomm ich ebenfalls die Böschung, dazu hielt ich mich an dem knorrigen Wurzelgeflecht fest, mit dem die Bäume sich im Sumpf verankert hatten. Sofort schoss mir ein heftiger Schmerz durch den Arm. Eine schwarze Ameise, gut zwei Zentimeter lang, saß auf meinem Handrücken und hakte ihre Mandibeln in meine Haut. Ich versuchte, sie herunterzuschnippen, aber sie hing mit ihren Zangen fest. Ohne Gnade riss ich ihr den Kopf ab, ich konnte auch anders. Die Zangen ließen nicht los, ich musste sie einzeln heraushaken. Meine Hand fühlte sich an, als hätte ich in eine Steckdose gefasst.

Ich bilanzierte, dass wir bereits zweimal attackiert worden waren, auf einer Strecke von vielleicht hundert Metern, seitdem wir das Flugzeug verlassen hatten. Felicité fasste nach meiner Hand und zog mich vollends in das dichte Unterholz hinauf, von dem das Ufer bewachsen war. Ich hockte mich auf eine Wurzel.

»Diese Adler«, sagte ich, »greifen die Menschen an?«

»Anscheinend nicht.« Sie wiegte den Kopf. »Es heißt, sie reißen Antilopen.«

Ich gab dazu keinen Kommentar. Unter anderem deshalb nicht, weil Felicité vor mir gerade laut zu schreien anfing und mit beiden Füßen auf den Boden trampelte, als wäre sie vom Veitstanz befallen. Sie wäre zurück ins Wasser gestolpert, wenn ich sie nicht festgehalten hätte. An ihrer Wade hingen vier oder fünf Blutegel, so dick wie mein Zeigefinger. Sie schrie weiter in unverminderter Lautstärke irgendetwas auf Französisch, während sie trampelte, die Fäuste geballt. Nicht schwer zu verstehen, was sie mir mitteilen wollte, vermutlich: »Mach sie ab!«

Bei Zecken, wusste ich, gab es einen Trick, welchen, hatte ich vergessen. Mir war aber klar, dass mir schnell etwas einfallen musste, weil Felicités anderes Hosenbein noch gar nicht hochgestreift worden war und sich dort mit Sicherheit auch welche festgesaugt hatten. Also packte ich die Viecher, die mit ihren schwarz-braun gestreiften Leibern pumpende Bewegungen veranstalteten, riss sie von Felicités Wade herunter und schleuderte sie ins Wasser zurück. Sie gingen ab, mit einem unguten Geräusch. Jeder Blutegel hinterließ eine Wunde von der Form eines kleinen Hufeisens, aus der ein feiner Faden Blut herausrann. Mein Magen machte eine Faust. Insgesamt waren es acht. Sechs rechts und zwei links. Ich zupfte sie herunter. Felicités Knie zitterten. Danach zog ich ahnungsvoll meine Stiefel aus. Bei mir waren es nur zwei.

»Ich hab sie gar nicht gespürt«, sagte Felicité. »Mein Gott.«

Auf ihren Wangen glitzerten Tränen. Wir sind verloren, dachte ich. Das schaffen wir nie. Wir standen noch immer am Ufer des Sumpfes. Standen vor einer grünen, dicht geflochtenen Mauer aus Geäst und Ranken. Als ich mich umdrehen wollte, um mir die Sache näher anzusehen, rammte ich mir gleich einen Dorn in die Schulter. Undurchdringlich.

»Wir brauchen eine Machete«, sagte ich.

Felicité griff sich ans Gesäß und zückte Ze Zés Messer. Aber schon als sie es in der Hand hielt und die papierdünne Schneide an eine der armdicken Lianen legte, war klar: Dafür taugte es nicht. Die zottige grüne Wand, vor der wir standen, stellte andere Anforderungen als ungeschälte Karotten. Felicité schob das Messer wieder zurück an seinen Platz.

»Lass uns überlegen«, sagte sie. »Wir sind nicht blöd und sollten uns auch nicht so anstellen, als wären wir es. Es gibt eine Menge Tiere im Dschungel, die haben keine Machete. Die kommen auch hier durch.«

Mit Hilfe ihres Stocks balancierte sie auf den Brettwurzeln, die sich von der Uferböschung aus in den Sumpf hineinkeilten, am Ufer entlang. Nach einer Weile rief sie mir zu, sie habe eine Art Höhle gesehen, einen Durchschlupf. Ich stand auf und warf einen letzten Blick zurück auf unser Flugzeug, das mit geknickter Nase im Sumpf steckte. »Cherokee«. Die geschwungenen roten Buchstaben, irgendwann einmal entworfen von einem Designer an einem gemütlichen Schreibtisch unter einer Klimaanlage. Ein letztes Zeichen der Zivilisation. Ich stellte mir den Rumpf einen Augenblick lang überwuchert von Sumpfpflanzen vor, den Lack verrottet, die Schrift abgeplatzt. Das Flugzeug würde sich nie wieder von hier wegbewegen, so viel stand fest.

Wenn jemand nach uns suchte, würde man uns beim Flugzeug vermuten. Gab es da nicht eine Notfallregel: Nie das Flugzeug verlassen. Aber wer würde nach uns suchen? De Vries würde höchstens seine Diamanten vermissen, aber sich nicht nach uns verzehren. Ohnehin hatten er und Wessing im Moment andere Sorgen.

Als ich vor dem Durchschlupf stand, den Felicité entdeckt hatte, schien er mir eher für ein Tier als für einen Menschen geeignet, für ein Tier, das vielleicht die Größe eines Dackels hatte. Ich erinnerte mich daran, dass irgendwer, Farouk oder Fox, gesagt hatte, es habe Vorteile, wenn man im Dschungel klein wäre. Wir machten uns klein, Felicité und ich. Unser Gepäck zerrten wir hinter uns her. Obwohl ich mich so klein wie möglich machte, zerkratzten mir Äste und Dornen den Rücken und die Arme. Auf Schlangen, die sich hier vielleicht aufhielten, konnte ich in dem Dämmerlicht, durch das wir krochen, nicht achtgeben, ich versuchte, das Ende des Gangs ins Auge zu fassen. Man soll ja immer vom Ziel her denken. Vielleicht lauerte aber dort eine noch unentdeckte Riesenspinnenart, die uns in Seidenfäden einweben und ein paar Wochen einlagern würde.

Ich atmete tief ein, vielleicht für einen Seufzer. Und plötzlich drang der Geruch des Urwalds in mich ein, als habe mein olfaktorisches Sensorium bis hierher eine schockbedingte Pause gemacht. Es roch intensiv nach verdorbenem Salat und nach zerplatzenden Springkrautsamen, nach alten Orangenschalen, nach Fäulnis, nach Sex, alles gleichzeitig. Irgendwo hatte ich mal gelesen, im Dschungel gäbe es keine Blumen. Daran erinnerte ich mich, als ich mit diesem Geruch in der Nase weiterkroch, ein Geruch, der nichts mit einem Garten gemein hatte. Es roch nach aggressivem, expansivem Wachstum, nach Fortpflanzung und nach Tod.

Ich bekam noch mehrere Ameisenbisse in die Finger ab, die ich beim Weiterkriechen einfach hinnehmen musste, dann brach Felicité vor mir durch das lichter werdende Unterholz und richtete sich auf. Sie gab mir die Hand, half mir auf die Füße. Ich rappelte mich auf und klopfte die Ameisen von meinen Ärmeln herunter. Direkt über uns juchzte ausgelassen der unbekannte Vogel in den Baumwipfeln, es klatschte ein paarmal wie Flügelschlagen, und hinter dem Dickicht, das wir gerade durchquert hatten, quakten rudelweise die zurückgelassenen Frösche. Ich schaute Felicité an. Sie sagte nichts. Aber sie hielt noch immer meine Hand und sah mich an. Ich erkannte das Entsetzen in ihrem Blick, noch ehe ich mich umgedreht hatte, was ich nun tat.

Wir standen vor dem Bahndamm. Nein: vor dem, was einmal ein Bahndamm gewesen war. Der schmale Riss zwischen den Baumwipfeln, den wir vom Flugzeug aus gesehen hatten, der Kratzer, den die Zivilisation im Urwald hinterlassen hatte, war schon lange dabei zu heilen. Keine Wunde mehr, nur noch eine Narbe. Auf dem Bahndamm wucherten von Chlorophyll strotzende Pflanzen, alle paar Meter dazwischen standen aufstrebende Urwaldbäume, schon so hoch wie ein Einfamilienhaus. Alle rissen sie sich um den Platz am Licht, den die gerodete Bahnlinie ihnen geboten hatte. An jedem Baum hingen bündelweise Schmarotzer, dafür bereit, mit nach oben zu reisen. Mindestens zehn Jahre war hier kein Zug mehr entlanggerollt. Wir würden schon Mühe haben, auf die andere Seite hinüberzukommen, und erst recht, am Damm entlang irgendwo hinzuwandern.

Eine Weile schwiegen wir miteinander. Es war nicht ratsam, auszusprechen, was das bedeutete. Es blieb nur, das Nächstliegende zu tun, wir mussten nach dem Robinson-Prinzip vorgehen, meinte Felicité. Zuerst eine Hütte bauen für die Nacht. Dann mussten wir uns um Wasser kümmern. Dann um Essen. Es hatte keinen Sinn, irgendwohin loszulaufen, wir mussten erst mal hierbleiben. Und wir durften nicht panisch werden, sollten uns jeden Schritt gut überlegen. So äußerte sie sich, nachdem sie der Sprache wieder mächtig geworden war.

Als Erstes beschlossen wir, umzukehren und Wasser zu holen. Wir würden einen Weg finden, es trinkbar zu machen, unser Vorrat würde bei der Hitze kaum mehr als einen Tag reichen. Also krochen wir zurück zum Sumpf und holten Brackwasser, das wir vor Ort erst einmal durch ein paar Lagen Socken in unsere leeren Evianflaschen hineinfilterten. Wir verbrauchten dabei die Hälfte von unserem Autan, weil wir die Mückenschwärme auf Distanz halten mussten, die außer sich vor Begeisterung waren, dass wir schon wieder hier auftauchten. Während wir die Flaschen in offene Wassertümpel hineindrückten, um sie zu füllen, sahen wir die braunen Egel elegant vorbeischwimmen, die wir schon kennengelernt hatten. Vielleicht verdauten einige von ihnen gerade unsere roten Blutkörperchen. Wir achteten gut auf unsere Hände. Wir hatten uns überlegt, die gefüllten Flaschen später in die pralle Sonne zu legen, um das Wasser provisorisch zu entkeimen. Fox hatte schließlich behauptet, das würde funktionieren. Besser, wir hätten einen Topf gehabt, um es abzukochen, aber wir hatten keinen. Schließlich krochen wir wieder zurück durch den Korridor. Wir würden ihn, dachte ich, mit der Zeit auf einen menschlichen Durchmesser erweitern, wenn wir noch ein paarmal hin- und herkriechen müssten.

Zurück am Bahndamm kerbten wir mit Ze Zés Messer kleine Stämmchen ein, brachen sie ab und bauten damit ein Gerüst, in das wir Zweige und Blätter hängten. Das hatte ich schließlich bereits geübt. Wir bauten neben dem Bahndamm, am Wasser hätten die Mücken uns aufgefressen. Auch hier waren noch genug davon, der Rauch unseres Feuers, hofften wir, würde sie schon vertreiben. Die fertige Hütte hatte schließlich die Größe eines kleinen Campingzelts, in der Mitte konnte man gerade noch knien. Vor dem Eingang sollte die Feuerstelle sein.

Während wir bauten, lagen die gefüllten Evianflaschen nebeneinander in der prallen Sonne. Ich warf ihnen ab und an einen Blick zu. Zur Ermutigung stellte ich mir vor, wie das ultraviolette Licht die Bakterien und Viren umbrachte, größere Parasiten allerdings würden bloß ein heißes Bad abbekommen. Vielleicht konnten wir ja einen Erdfilter bauen, um sie aus dem Wasser herauszubekommen. So intensiv wir die Wasserfrage zu lösen versuchten, die Essensfrage wartete ebenfalls noch auf eine Antwort. Das heutige Frühstück, inzwischen auch das Mittag- und bald das Abendessen, waren ausgefallen. Eine Notration an Keksen hatten wir. Sonst nichts.

»Es wird nicht einfach werden, hier was zu essen aufzutreiben«, sagte Felicité. Wir hockten vor unserer fertigen Hütte auf dem hübschen Pfostengestell, das ich für uns angefertigt hatte, und rauchten zum Richtfest eine der kostbaren Zigaretten aus unserem Fundus. »Was essbar ist, versteckt sich, und die Pflanzen verbrauchen alles, was sie an Nährstoffen haben, um ans Licht heranzukommen.«

So fasste sie es zusammen. Felicité sah durch den Rauch, den sie vor sich hin blies, in die Runde, wo das Nachmittagslicht zehn verschiedene Grüntöne in dem Dickicht um uns herum aufleuchten ließ, die Farben jeder Salat- und Gemüsesorte, die ich kannte. Ich äußerte mich dementsprechend.

»Viele Pflanzen sind giftig«, warnte sie mich. »Sie wollen nicht gefressen werden. Oder sie wollen es und verursachen Durchfall, damit man ihre Samen verteilt. Na ja«, schloss sie mit einem fürsorglichen Blick auf mein Gesicht, »vielleicht finden wir trotzdem ein paar wilde Bananen oder eine Ananas. Aber wenn da was ist, fürchte ich, sind die Tiere schneller dran als wir. Da bleibt uns nicht viel für die Ernte.«

»Was sollen wir dann essen?«

Felicité streifte mich mit einem weiteren Blick, anders, weniger fürsorglich jetzt.

»Da drüben ist Wasser.« Sie machte eine Kopfbewegung Richtung Sumpf und zog wieder an ihrer Zigarette, als wäre das schon eine Antwort gewesen.

»Ja, und?« Ich verstand noch immer nicht.

»Wir könnten eine Schildkröte fangen oder ein kleines Krokodil. Zur Not Frösche.«

Ein kleines Krokodil. Oder zur Not Frösche. Ich sagte nichts, und Felicité lachte. Ein wunderbares, unbeschwertes Lachen, das zwei Reihen aus Elfenbein gemeißelter Zähne bloßlegte.

»Du hast gut lachen«, kommentierte ich lahm, probierte aber ein Antwortlächeln. Sie zuckte mit den Achseln.

»Ich habe auch noch nie Frösche gegessen. Uns fällt schon was ein. Hilf mir, Feuerholz zu sammeln. Es ist sicherer, wenn wir ein Feuer brennen lassen.«

Erst als sie das sagte, fiel mir ein, dass es hier Leoparden gab, Wildschweine. Und Büffel, Nashörner und Waldelefanten. Um nur einige der Tiere zu nennen, die man durch ein Feuer beeindrucken konnte.

Wir brachen tote Äste ab, von denen es genug gab, rissen Rindenstreifen herunter, die einen brennbaren Eindruck machten, und wurden dabei ständig von Ameisen angefallen, die sich durch uns gestört fühlten. Drei Sorten kamen vor: große schwarze, die besonders wehtaten, kleine rote und eine gelbe Sorte, die in der Vertikalen an Bäumen verkehrte und deren Bisse Pusteln auf der Haut verursachten. Ich konnte keine der drei Sorten bestimmen. In Afrika gab es schätzungsweise zwei- bis dreihundert Ameisenarten.

»Kannst du nicht irgendwas gegen die Ameisen unternehmen?«, fragte mich Felicité mit vorwurfsvoller Miene, während sie an ihrem Handgelenk saugte. Diesmal waren es die kleinen roten gewesen.

»Ich wüsste nicht, was«, sagte ich. »Sie reagieren leider nicht auf Autan«, fügte ich hinzu.

»Komm, wir haben genug Holz.« Sie lud sich die Äste in die Armbeuge. »Auf was reagieren sie überhaupt, außer auf uns?«

»Sie geben Duftstoffe ab. Damit kommunizieren sie«, erklärte ich, während wir uns auf den vielleicht dreißig Meter langen Rückweg begaben, der unseren gegenwärtigen Aktionsradius ausmachte.

»Erzähl mir was über sie. Ich weiß nicht viel über Ameisen.«

»Wirklich? Es ist nicht so spannend, fürchte ich.«

»Spannender, als nur rumzusitzen, allemal. Wie bist du überhaupt darauf gekommen, dich mit Ameisen zu befassen?«

»Zunächst waren es Bienen«, erklärte ich, »zu den Ameisen kam ich erst später.«

Wir kauerten vor unserer Dschungelhütte und spalteten mit Ze Zés Messer Äste zum Anfeuern. Über uns in den Bäumen trieben sich die unsichtbaren Vögel herum, sie juchzten oder knarrten wie eine Tür im Gruselfilm, ab und zu klatschten sie auch aufmunternd in die Flügel.

Ich erzählte Felicité von den Sommerferien, die ich bei meinem Großvater an der Müritz verbringen durfte. Er lebte in einem alten Bauernhaus, wie ein Bär in Möbeln haust, so beschrieb es jedenfalls meine Mutter, seine Tochter. Ich erzählte Felicité, dass meine Eltern froh waren, wenn ich mal weg war, weil sie dann ungestört streiten konnten, und erzählte ihr von den Bienen, die ich in Opas sommerlichem Garten mit ihm zusammen versorgte. Von seiner stinkenden Bienenpfeife, von den tropfenden Waben in der Schleuder und vom Wunder des ausfliegenden Schwarms, der eines Tages an seiner rechten Hand gehangen hatte. Ein summender Klumpen aus aufgeregten Bienen, so groß wie ein Apfelkorb, die flink sich drehenden Leiber glänzten in der Sonne wie geschliffene Steine. Der ganze Klumpen an Opas Arm platzte vor Energie.

Ich, zehn Jahre alt, stand fassungslos davor. Fragte, was das wäre. Ein neues Volk, sagte Opa und erklärte mir, dass in der Mitte, direkt auf seinem Handrücken, die junge Königin sitze, der sich alle anderen Bienen angeschlossen hätten, um den neuen Staat zu gründen. Ich erzählte Felicité, dass ich dann einen Kasten für das neue Bienenvolk gebaut hatte, in dem es wohnen sollte, und nach diesem Sommer fest entschlossen war, Imker zu werden. Im Winter darauf aber war Opa gestorben, und ich kam nicht mehr nach Mecklenburg, weil das alte Haus und der Garten mit den Bienen verkauft werden mussten. Bald darauf vergaß ich die Bienen und erinnerte mich erst wieder an sie, als ich während des Biologiestudiums nach einem Promotionsthema suchte. Weil es über Bienen schon mehr als genug Arbeiten gab, war ich zu den Ameisen gewechselt.

»Was haben Ameisen mit Bienen zu tun?«

»Sie bilden Staaten, genau wie Bienen.«

»Aber sie haben keinen Honig, oder?«

»Nein. Aber sie sind ebenfalls Nahrungsspezialisten, wie die Bienen. Jeder Insektenstaat braucht einen ständigen Nahrungszufluss, nicht anders als eine große Stadt. Manche Ameisen züchten

Pilze in unterirdischen Kammern auf einem Kompostbrei, den sie aus Blattstücken zubereiten und mit Pilzsporen impfen. Sie bauen dafür eine Klimaanlage, damit die Temperatur konstant bleibt, und Straßen, die von Reinigungstrupps sauber gehalten werden, damit das Blattmaterial schnell in die Kammern kommt. Sie leben in Kolonien mit Millionen einzelner Insekten. Und sie führen Kriege um Ressourcen, bei denen Gefangene gemacht werden, die als Sklaven gehalten werden. Auch die Pilzplantagen werden gelegentlich von feindlichen Ameisen angegriffen und ausgeraubt. Es gibt Ameisenarten, die nur von der Sklaverei leben. Sie überfallen andere Arten, nehmen ihnen die Puppen weg und lassen sie für sich schuften, wenn sie geschlüpft sind, sie halten sie mit ihren Duftstoffen unter Kontrolle.«

Felicité hörte sich das alles an. Ob sie sich dafür interessierte, war mir nicht klar. Ich kannte nicht viele Leute, die man damit begeistern hatte können. Also hörte ich an dieser Stelle auf. Ich hätte noch viel erzählen können.

Felicité kniete vor unserem aufgeschichteten Brennmaterial und ließ ihr Feuerzeug klicken. Die Flamme fraß sich in das Häufchen aus Rindenstreifen. Vorsichtig blies sie hinein. Sah zu mir auf.

»Was haben sie für eine Regierung?«

»Schwer zu sagen. Man könnte sagen, sie regieren mit Hilfe von Sex.«

»Eine spannende Art zu regieren«, sagte Felicité.

»Mit restriktivem Sex allerdings«, erklärte ich. »Die Königin ist die Einzige, die Sex haben darf. Sie legt massenhaft befruchtete Eier, aus denen Larven schlüpfen, die zu Arbeiterinnen herangefüttert werden. Die künftigen Arbeiterinnen bekommen aber nicht das zu fressen, was eine Königin bekommt. Sie entwickeln sich aus dem Arbeiterinnenstadium nicht mehr weiter. Außerdem sendet die Königin ständig Duftsignale aus, auf die alle anderen Ameisen reagieren, die Arbeiterinnen bleiben auf diese Weise unfruchtbar. Sie paaren sich nicht, das tut nur die Königin. Und wenn Arbeiterinnen Eier legen, das tun sie manchmal, werden sie ihnen weggenommen und der Königin zum Fraß vorgelegt.«

»Aha«, sagte Felicité. Ich meinte, dieses »Aha« zu kennen, und schwieg.

Die Flammen schlugen aus dem kleinen Häufchen aus Spänen und Rinde. Felicité legte größere Äste auf das Feuer.

»Und woher kommen die Männchen?«, fragte sie.

»Um Männchen zu erzeugen, legt die Königin einfach unbefruchtete Eier. Die enthalten ihren eigenen halben Chromosomensatz. Aus diesen Eiern werden Männchen.«

»Interessant. Männchen als Nebenprodukt, oder?«

»So ähnlich. Leicht zu erzeugen.«

Felicité lachte amüsiert. »Und wie lernt man sich kennen? Also – ich meine, die Königin wird es ja nicht mit ihren Söhnen treiben, das wäre doch Inzest, oder?«

»Beim Hochzeitsflug. Die Königin macht einmal in ihrem Leben einen Ausflug, bei der Gründung der Kolonie. Da begegnen sich die Schwärme, und sie wird von zig fremden Männchen begattet. Deren Sperma speichert sie. Das reicht für ihre gesamte Regierungszeit.«

»Eine Horde Samenspender. Und eine Orgie zur Krönungsfeier.«

»Das kann man so sagen.«

»Merkwürdige Viecher«, urteilte Felicité.

»Insekten sind ziemlich anders als wir.« Ich nickte.

»Und was reizt dich daran?«

»Jemand hat mal gesagt, Insekten seien maskierte Wesen, sie würden nicht zeigen, was sie sind«, sagte ich. »Sie haben kein Gesicht, so wie andere Tiere, und dazu noch die Fähigkeit, sich zu verwandeln. Mit den meisten Tieren kann man sich ja identifizieren, sie sind auf eine Art wie wir. Aber Insekten bleiben einem fremd. Ein Insekt ist mindestens zwei Tiere, die Larve und das Imago. Ich finde das interessant. Ich bin nicht sicher, ob es erstrebenswert ist, immer derselbe zu bleiben.«

»Du bist ein komischer Kerl«, sagte Felicité.

Felicité und ich, wir waren Pfadfinder, Hänsel und Gretel. Zusammen ausgezogen, das Fürchten zu lernen, wie sich gezeigt hatte. Und nachdem wir mitten im Urwald gelandet waren, hätte sich alles Mögliche ereignen können. Aber um Felicité war eine Aura, die mich daran hinderte, sie wirklich zu begehren. Bis auf den einen Moment, in dem sie bewusstlos gewesen war, da hätte ich es beinahe in die Tat umgesetzt. Sie war noch immer sehr schön, ihre schlammverschmierten Jeans und das dünne T-Shirt betonten das noch, sie sah aus wie ein Model, das man für ein Casting mal ein bisschen in den Dreck geschickt hat, um den Kontrast herauszuholen. Ein anderer Mann als ich hätte es einfach noch einmal probiert. Und vielleicht hätte sie auch nichts dagegengehabt, wer weiß. Aber ich probierte es nicht noch einmal. Vielleicht verband ich ja Sex mit Zivilisation. Zumindest war ich das so gewöhnt. Man geht in ein Lokal, trinkt ein Glas Wein, man geht in ein Badezimmer und danach in ein Schlafzimmer. Lea hätte vielleicht behauptet, dass ich die Hosen voll hatte und deshalb im Urwald zu mehr als zum blanken Überleben nicht in der Lage wäre. Aber das glaube ich nicht.

Unser Feuer brannte, die feuchten Äste darin zischten. Aus dem Unterholz stieg die Dämmerung auf, und die Dschungelbewohner fingen pünktlich damit an, ihre Flügeldecken aneinanderzureiben und ihre Hautmembranen vibrieren zu lassen. Sie hatten mit dem Begehren keinerlei Probleme. Felicité und ich tranken das letzte Wasser aus unseren Evianflaschen und aßen die letzten Kekse auf. Es hatte keinen Sinn, sparsam zu sein.

Anschließend krochen wir unter den Stimmen der Dschungelbewohner, die um uns herum ihren stereotypen Lärm veranstalteten, zusammen in die Hütte und schliefen ein, brüderlich und schwesterlich. Irgendwann klangen die Geräusche dort draußen, als hörte ich ein fernes Rockkonzert. Ich war sehr froh, als ich zwei- oder dreimal nachts erwachte und nur Felicités ruhigen Atem hörte, nichts sonst, das etwas Größeres ankündigte als einen Gliederfüßler.

ZEHN

Als die Sonne aufgegangen war, erwachte ich. Ihre Strahlen drangen durch die Ritzen im Dach unserer Rundhütte, der Eingang war in Licht getaucht. Ich hatte großen Hunger. Felicité war nicht da. Ich zwängte mich nach draußen. Das Feuer, das unser Schutz gewesen war, rauchte schwach vor sich hin. Draußen begrüßte mich der juchzende Vogel. Er schien das Tagesgeschäft zu beherrschen, zusammen mit dem anderen, der knarren konnte, und einem weiteren, hinzugekommenen, der täuschend das Geräusch imitierte, das beim Platzen einer Kaugummiblase entsteht. Allerdings zehnmal in rascher Folge hintereinander. Falls es sich überhaupt jedes Mal um Vögel handelte. Ich rief Felicités Namen. Über mir platzten ein paar Kaugummiblasen. Sonst antwortete mir nichts und niemand.

Ich durchmaß unseren taktischen Radius, damit gelangte ich an die Kante des ehemaligen Bahndamms und stieß dort auf eine Phalanx armdicker Jungpflanzen, die entschlossen ihren Standort behaupteten. Ehe ich vollends verzweifeln konnte, hörte ich sie.

»Bern'!«, rief Felicité von irgendwoher.

Erleichterung durchströmte mich, ich holte zum ersten Mal heute Morgen richtig Luft. Noch einmal kam ein »Bern'!«.

Es klang so tröstlich wie früher zu Ferienbeginn, wenn meine Mutter mich zum Mittagessen herunterrief, nachdem ich das Frühstück verschlafen hatte. Felicité trat aus einer Lücke im Dickicht, die ich gar nicht gesehen hatte. Erzählte außer Atem, dass man ein Stück auf dem Damm entlanggehen könne. Es wäre nicht unmöglich. Ab und zu gebe es Gassen, durch die man weiterkönne. Wir hätten eine Chance, hier wegzukommen.

»Aber es wird dauern«, sagte sie. »Wir brauchen auf jeden Fall zuerst Wasser und was zu essen.«

Fürs Erste würden wir bei der Hütte bleiben, beschlossen wir. Würden ständig ein Feuer unterhalten, damit man den Rauch aus der Luft sehen konnte. Und wir würden so lange in der Nähe des

Flugzeugs bleiben, bis wir eine Nahrungsquelle hatten. Erst dann konnten wir den Versuch wagen, durch den Wald zu gehen.

»Wir müssen die Gegend erkunden«, sagte Felicité. »Wir haben noch keine Ahnung, wie es hier ist.«

»Du hast doch im Regenwald gelebt«, wandte ich ein, »das hast du mir jedenfalls erzählt.«

»Auf Martinique ist es anders. Der Wald ist nicht so dicht wie hier. Es gibt dort überall Wege aus der Zeit der Plantagen. Du kannst gemütlich in Sandalen darauf gehen, es gibt nicht mal giftige Schlangen und kaum giftige Insekten. Man kann das hier nicht mit Martinique vergleichen.« Sie machte eine Rundumbewegung mit ihrer Zigarette. »Dort läufst du herum wie in einem Gewächshaus. Ein paar Mückenstiche kannst du dir holen, das ist alles.«

»Wo hast du gelebt?«

»Meine Eltern hatten auf Martinique ein kleines Restaurant, oberhalb von St. Pierre, am Mont Pelé. Du würdest es vielleicht einen Imbiss nennen. Man brät Putenflügel auf dem Grill, trinkt ein Bier aus dem Kühlschrank oder einen Rum mit Ananas, hört Musik aus dem Radio. Es wird früh dunkel, man trifft sich abends. Das Leben ist nicht kompliziert in der Karibik.«

»Aber auch nicht ungefährlich, oder?« Ich deutete auf die Narbe an ihrer Lippe.

»Du möchtest wissen, wo ich das herhabe?«

Ich nickte.

»Na gut. Ich erzähl's dir. «

Wir gingen zurück zur Hütte, trugen die Evianflaschen mit unserem Wasservorrat in die Sonne, damit sie weiter die Mikroben darin abtötete, und setzten uns ans Feuer in den Schatten.

»Ich war siebzehn, und ich hatte einen Freund, Jaques. Wir gingen tanzen, waren unterwegs mit unserer Clique, saßen abends am Strand. Irgendwann erzählte mir Jaques, seine Großmutter gehe in ›die Sitzungen‹, so drückte er es aus. Er wollte mal mit mir hingehen, in so eine Sitzung. Meinen Eltern erzählte ich davon nichts, sie hätten es mir verboten, aber natürlich ging ich mit ihm. Die Sitzung fand in der alten Methodistenkirche statt, die nicht mehr benutzt wird, weil es keine Methodisten mehr auf der Insel gibt. An diesem Abend hatte man überall in der Kirche Kerzen angezündet, hundert kleine Teelichter, mir kam es vor wie eine Weihnachtsfeier. Jaques' Großmutter begrüßte uns, sagte uns, wo wir uns hinsetzen sollten. Dann verschwand sie, sie war sehr beschäftigt. Ein paar alte Männer probierten an ihren Trommeln herum. So ein einschläferndes Tom-Tom. Ich döste vor mich hin und dachte: Wie langweilig, so ein Alte-Leute-Treffen. Und irgendwann gackerte es von der Tür her. Dann war da nur noch eine einzelne Trommel, wie der Herzschlag des armen Hahns, den einer der Männer an den Beinen gepackt hielt. Ich war schockiert, als ich sah, wie er ihm auf einem Holzblock kurzerhand den Kopf abhackte. Der kopflose Hahn versuchte loszuflattern und wurde an den Beinen wieder heruntergeholt. Danach machte ich für eine Weile die Augen zu, weil ich spürte, wie mir schlecht wurde.«

Ich sah in den Wald hinein, der uns ohne Lücke umgab. Schon wieder ein Huhn, nein, ein Hahn, aber das machte keinen großen Unterschied. Der Dschungel ringsum wirkte kompakt, sehr anwesend. Er saugte die stellare Energie auf, wuchs in die Höhe, fiel zu Boden und verfaulte. Nichts war von menschlichem Maß, außer der primitiven Hütte, vor der wir saßen. Ein Anblick, wie man ihn auch hätte haben können, wenn man beim Auftritt der ersten Menschen vorbeigekommen wäre, vor fünfzig- oder hunderttausend Jahren. Die Zeit spielte an diesem Ort keine Rolle, alles kehrte immer wieder. Die Giulianis hätten ohne Weiteres zweitausend Dollar dafür bezahlt, wenn sie einen Tag mit uns hier hätten verbringen können.

»Kurze Zeit später kam ein alter Mann«, fuhr Felicité fort, »derselbe, der vorher die Machete geschwungen hatte, und gab mir ein Glas, in dem etwas zu trinken war. Ich dachte, Jaques hätte seiner Großmutter gesagt, es gehe mir nicht gut, und sie würde mir einen Rum bringen lassen. Es schmeckte so merkwürdig, dass ich das Glas gleich wieder wegstellen wollte, aber der Alte sagte, ich solle es austrinken, und in Gottes Namen tat ich es. Dann fingen alle Trommeln gleichzeitig an, und ich ging mit den Leuten auf die Tanzfläche, vielleicht würde es mir helfen, mich zu bewegen. Wenn ich gewusst hätte, was ich da getrunken hatte, wäre ich wahrscheinlich sofort auf die Toilette gerannt, um es wieder loszuwerden, aber ich hatte keine Ahnung. Ich dachte immer noch, ich befände mich unter normalen Leuten, meinen Nachbarn, verstehst du?«

Felicité griff nach der Zigarettenpackung, legte sie aber wieder auf den Boden, es waren nur noch wenige Zigaretten übrig.

»Ich versuchte also zu tanzen. Auf einmal hatte ich das Gefühl, ich könnte die Lautstärke der Trommeln mit meinen Bewegungen steuern. Das Zeug, das ich getrunken hatte, breitete sich in meinem Innern aus, ich konnte fühlen, wo es war. Zuerst wurde ich immer dicker, als wäre ich ein Ballon, dann bekam ich das Gefühl, mein Körper würde sich in der Mitte teilen wie eine Sanduhr. Ich musste den Trommeln folgen. Sie führten mich zu einer der alten Frauen. Auf ihrem Kopf hing das tote Huhn. Sie trug es wie einen bizarren Hut, und sie drehte sich langsam mit geschlossenen Augen im Kreis. Ihr runzliges Gesicht mit den wie schlafend geschlossenen Augen. Die Hände, die sie wegstreckte, das Fett auf ihrem Körper, das im Rhythmus der Trommeln zitterte. Das Hühnerblut lief über ihr Gesicht. Sie streckte die Hände aus und berührte mich. Ich konnte es nicht verhindern.«

»Ich glaube, ich möchte jetzt eine Zigarette«, sagte ich. Felicité klopfte für mich eine aus der Packung. Ich zog sie heraus.

»Sie haben dir Drogen gegeben, oder?«

»Das haben sie allerdings«, sagte Felicité. »Die Alte hatte plötzlich ein Tiergesicht. Mit Knopfaugen, einer platten Nase und großen, wachsamen Ohren. Das Gesicht einer Fledermaus. Und ihre Finger, sie taten etwas mit mir, sie krochen in meine Stirn hinein. Ich konnte nichts dagegen tun. Was immer sie mit mir machte, es ging schnell. Die Finger lösten sich wieder von meinem Gesicht. Von da an weiß ich nichts mehr.«

Felicités Miene wirkte so gelassen, als lese sie einem Kind eine Gutenachtgeschichte vor. Sie lächelte mich an und fuhr fort.

»Ich wachte schließlich im Freien vor der Kirche auf, wo Jaques mir einen kalten Lappen auf die Stirn drückte. Ein paar Tage nach dem Fest ging ich nach dem Nachmittagsregen durch die Bambushaine. Ein großer grüner Leguan kreuzte meinen Weg und starrte mich einen Moment lang an. Wäre ich nicht stehen geblieben, hätte ich die Gardenienblüte nicht bemerkt, die in der Astgabel eines Kakaobaumes wuchs. Die Blüte war gerade dabei aufzugehen. Wir nennen sie Tiaré. Ich schloss die Augen und roch daran, berührte die Blüte mit den Lippen, ich weiß nicht, warum, vielleicht weil sie so schön war. Da zuckte ich zurück, als hätte ich einen elektrischen Schlag bekommen. Die Blüte hatte sich bewegt. Sie antwortete mir. Ich machte zwei Schritte rückwärts. Sie sah nach wie vor aus wie eine Gardenie und machte auch nicht die kleinste Bewegung. Du magst mich für verrückt halten, aber es fühlte sich an, als wäre ich geküsst worden. Ich fand diese Idee selbst so abwegig, dass ich die Sache wieder vergaß.«

Felicité sah mich an. »Soll ich weitererzählen?«

»Ja«, sagte ich.

»Eine Woche später musste ich nach Fort de France zum Arzt. An meiner Lippe hatte ich eine Geschwulst bekommen. Ich dachte, es wäre ein Herpesbläschen. Es tat sehr weh, und der Hautarzt konnte keine Diagnose stellen. Ich ließ es entfernen, auf seinen Rat hin. Das Andenken daran kannst du heute noch sehen.«

Felicité fuhr sich mit dem Finger über die Oberlippe. Über die weiße Narbe. Der einzige Makel in ihrem schönen Gesicht.

»Eine Woche nach der Untersuchung rief mich der Arzt an und bat mich, nochmals in seine Sprechstunde zu kommen. Ich fuhr also wieder mit dem Bus nach Fort de France. Am Telefon hatte er gesagt, er müsse mit mir über den Befund reden. Kein Krebs, hatte er gemeint. Aber wir müssten trotzdem etwas besprechen. In seiner Praxis saß noch ein anderer Arzt, ein alter Mann, der mich auf eine merkwürdige Art ansah. Der Pathologe der Universität, so wurde er mir von Dr. Mathieu vorgestellt.

›Bin ich ein seltener Fall?‹, versuchte ich zu scherzen.

›Das kann man wohl sagen, Mademoiselle‹, sagte der alte Herr. ›Wie sind Sie zu diesem Geschwür an Ihrer Lippe gekommen?‹

Vielleicht eine Geschlechtskrankheit, dachte ich. Ich wusste es ganz einfach nicht, und das sagte ich auch.

›Wir sind hier aus wissenschaftlichem Interesse, Mademoiselle‹, erklärte Dr. Mathieu. ›Seien Sie bitte nicht beunruhigt, Sie sind nicht krank. Was allerdings Dr. Fabre unter seinem Mikroskop gesehen hat, also in der kleinen Geschwulst, die ich Ihnen exzidiert habe, das dürfte ganz und gar nicht dort drin gewesen sein.‹

›Was war denn da drin, um Gottes willen?‹, rief ich, denn es reichte mir jetzt mit der Geheimniskrämerei. Ich hatte einen halben Zentimeter Oberlippe eingebüßt und sah immer noch aus, als hätte ich einen Boxkampf bestritten.

›In Ihrer Lippe war ein Pflanzenkeimling, Mademoiselle.‹

›Das ist ja absurd‹, sagte ich.

›Der Meinung sind wir auch‹, sagte Dr. Fabre. ›Aber in der Wissenschaft halten wir uns an die Erscheinungen, auch wenn wir zunächst keine Erklärungen dafür haben. Und der Pflanzenkeimling war da, so viel botanische Kenntnisse dürfen Sie uns zutrauen.‹

Ich saß da wie vom Donner gerührt. Erst jetzt fiel mir der Garten von Baleta ein, die duftende Gardenie und der seltsame Kuss.

›Wir dachten, Mademoiselle, vielleicht haben Sie eine passende Erklärung für diese Erscheinung?‹

Ich schüttelte den Kopf.

›Ich habe keine Ahnung‹, log ich. Wenn ich ihnen erzählen würde, woher ich das hatte, würden sie mich in die Psychiatrie einweisen, dachte ich, und vielleicht wäre das ja auch angemessen.

›Brauchen Sie mich noch?‹, fragte ich.

Dr. Mathieu schüttelte den Kopf.

›Wir danken Ihnen, dass Sie gekommen sind. Sollten Sie irgendwann zur Klärung dieser interessanten Angelegenheit beitragen wollen, wären Dr. Fabre und ich Ihnen außerordentlich verbunden, wenn Sie Kontakt zu uns aufnehmen würden.‹

›Das werde ich tun‹, sagte ich und verließ die Praxis.«

Felicité sah zu mir herüber. Ich zog an meiner Zigarette und sah konzentriert auf den überwucherten Bahndamm. Ich hütete mich, irgendetwas zu sagen. Magie, dachte ich. Zum Teufel damit. In diesem Wald erschien mir nichts magisch, ich weigerte mich, das anzunehmen. Nicht das auch noch, wir hatten genug Probleme mit der Realität. Außerdem war meiner Meinung nach die Natur nicht beeinflussbar, sie war einfach nur da. Man musste sie nicht beschwören, man sollte sich lediglich vor ihr in Acht nehmen.

Felicité warf ihre aufgerauchte Zigarette ins Feuer. Ich dachte seit einer Weile an meine Sporttasche, die in der Hütte lag, und an das, was darin war, umwickelt von einer Tengelmann-Plastiktüte mit ein paar toten Ameisen dabei.

»Ich habe dich geküsst«, sagte ich, es rutschte mir so heraus.

»Du hast es versucht«, sagte Felicité. »Aber du wolltest es nicht.«

»Doch. Ich wollte schon«, sagte ich.

»Vielleicht wollte ich es nicht«, sagte sie. »Wie war das gleich mit deinen Ameisen? Ihr Prinzip ist Restriktion, hast du gesagt. Sie gehen damit restriktiv um. Mit Sex.«

Ich konnte dem nicht widersprechen. Die Ameisen ließen einem nicht viel Spielraum: entweder eine unfruchtbare Arbeiterin oder ein todgeweihter Bräutigam. Und wer hier die Königin war, daran gab es keinen Zweifel. Ich wollte es nicht noch genauer wissen.

Ich lächelte ein Untertanenlächeln. Stand auf und ging hinüber zu den Flaschen mit Sumpfwasser, die nun seit Stunden in der Sonne gelegen hatten. Nahm eine davon in die Hand und hob sie gegen das Licht. Das Wasser hatte eine gelbliche Farbe wie verdünnter Urin. Ich sah mir die undefinierbaren kleinen Teilchen an, die darin trieben, und stellte die Flasche wieder auf den Boden.

»Wir sollten das nicht trinken«, entschied ich.

Felicité hob die Brauen. »Was möchtest du stattdessen trinken?«

»Ich gehe noch mal zum Flugzeug. Da muss es irgendwas geben, was man als Topf benutzen kann. Damit wir das Wasser abkochen können.«

Felicités Brauen blieben oben. »Okay«, meinte sie. »Nimm eine Tasche und das Messer mit, falls du unterwegs was zu essen findest.«

Das Flugzeug machte den Eindruck, als wäre es immer schon da gewesen. Wolken von Stechmücken trieben über den Schilfbüscheln, Libellen surrten dicht über dem Wasser an mir vorbei wie Wurfpfeile, die mich knapp verfehlten. Ich sah auf meine aufgeweichten Stiefel hinunter, für die ich in einem Berliner Outdoorladen hundertfünfzig Euro bezahlt hatte. Dafür waren sie gemacht. Um durch afrikanische Sümpfe zu waten. Ein paar Blutegel würde ich abkriegen; wenn ich schnell war, hatten sie weniger Chancen, an meine bloße Haut zu kommen. Die Hälfte unserer Heftpflaster klebte bereits an Felicités Waden.

Ich lief los, aus dem Uferschatten hinaus in das gleißende Sonnenlicht, durch das spritzende Wasser auf das Flugzeug zu. Hinter mir juchzte es ermutigend. Nach zwei Minuten war ich an der Tragfläche und zog mich zur Tür hinauf. Da stach mich etwas heftig in den Oberschenkel. Ich ließ den Stock ins Wasser fallen und erschlug mit der flachen Hand eine getigerte Bremse auf meiner Hose, drei Zentimeter lang, ein paar weitere zogen bereits enge Kurven um meinen Kopf. Ich sperrte sie zusammen mit der Wolke Mücken aus, indem ich die Tür von innen zuschlug, als ich drin war.

Robinson, hilf mir, dachte ich, während mir in der Bruthitze der Kabine sofort der Schweiß aus den Poren zu tropfen begann. Was konnte man hier zu einem Topf machen? Ich rüttelte an den Sitzen, zerrte an der Verkleidung, am Ende schlug ich voller Wut auf die Lenkräder ein, die nutzlos aus dem Müll herausragten. Setzte mich auf die Bank im Cockpit und überlegte, ob es mich emotional erleichtern würde, wenn ich weinte. Mir war danach. Aber es klappte nicht, die Tropfen, die von meiner Nase fielen, waren Schweißtropfen. Dann dachte ich an meinen Subaru. Ein Auto und ein Flugzeug sind sich in manchem ähnlich. Wo würde ich an einem Auto etwas finden, woraus man einen Topf machen konnte?

Und mir fiel etwas ein. Ich würde eine Radkappe nehmen. Falls sie nicht aus Kunststoff war wie bei meinem Subaru. Autos hatten heutzutage Radkappen aus Kunststoff, aber ein altes Buschflugzeug? Mit der Energie, die einem eine gute Idee verleiht, stieß ich die Tür auf, der Mückenschwarm schwenkte herein, an mir vorbei, ich duckte mich darunter weg aus der Kabine, knallte die Tür zu und hangelte mich, durchs Wasser platschend, nach hinten zum Leitwerk, um nach dem abgerissenen Fahrwerk zu suchen. Sechzig, siebzig Meter weiter hinten im Sumpf sah ich tatsächlich eines der Räder bei einem Grasbüschel liegen. Und eine Radkappe war auch daran.

Zehn Sekunden später stand ich dort. Die Blutegel mühten sich vermutlich ab, durch die Stiefelverschnürung an meine Beine heranzukommen, die ersten Schnakenstaffeln landeten auf mir und senkten ihre Rüssel in meine Haut. Es war mir egal, für die Dauer von ein paar Herzschlägen. Ich war stolz. So stolz, wie ich mich nicht erinnerte, jemals gewesen zu sein. Ich hebelte die Radkappe mit Ze Zés Messer ab, dabei büßte es leider zwei Zentimeter von der Spitze ein, hielt das schüsselförmige Ding über den Kopf und schrie, so laut ich konnte, zu Felicité hinüber, die ich am Ufer stehen sah. Wenn ich einen Tarzanschrei hinbekommen hätte, ich hätte ihn ausgestoßen. Bernd, der Sammler und Jäger. Felicité winkte, rief etwas. Es hätte »Wow« sein können. »Wow, Bern'!« Ich war sehr zufrieden.

Ich machte mich auf den Rückweg, blieb ein Sammler. Das mit dem Jäger klappte natürlich nicht. Die Radkappe hatte mir einigen Auftrieb gegeben, und ich hielt aktiv Ausschau nach jagbarem Wild, aber es zeigte sich mir nicht. Keine Schildkröte, kein kleines Krokodil. Ich sah nicht einmal Frösche, obwohl man sie von überall her keckern hörte. Sie lachten mich wahrscheinlich aus, saßen irgendwo versteckt hinter Grasbüscheln und freuten sich ihres Lebens, während ich hungrig durchs Wasser stapfte und sie fangen wollte. Ich war nicht einmal sicher, ob ich einen ausgeruhten Frosch gekriegt hätte, auch wenn er direkt vor mir gehockt wäre. Eine längere Wasserjagd kam ohnehin nicht in Frage, ich wollte die Blutegelquote niedrig halten.

Felicité erwartete mich am Ufer. Ließ ihre Brauen hüpfen, wiegte fröhlich den Kopf.

»Prima«, sagte sie. »Jetzt können wir kochen.«

Ich entfernte drei Blutegel aus meinen Kniekehlen und schleuderte vier weitere fort, die zwischen den Falten meiner nassen Stiefel steckten. Dann scheuerten wir mit Blättern das verbackene Schmieröl aus der Radkappe heraus, so gut es ging. Anschließend schlug Felicité vor, nach den Wurzeln von Wasserpflanzen zu suchen. Irgendwo hatte sie aufgeschnappt, dass man die essen könnte, es gäbe sogar ein Gericht daraus, sie komme jetzt nicht auf den Namen, das gelte als schmackhaft. Schmackhaft, das sagte sie tatsächlich. Wir könnten die Wurzeln ja sicherheitshalber abkochen. Mit dem Rest von Ze Zés Messer schnitten wir uns Stöcke, um uns auf den Brettwurzeln der Uferbäume abzustützen. So kamen wir besser voran.

Es ging auf Mittag zu. Wolken schoben sich hinter den Baumkronen in die Höhe. Wo wir bei unserer Suche aus dem Schatten herauskamen, brannte jeder Fleck Haut, den wir nicht bedeckt hielten. Die Sonne saugte nahezu spürbar das Wasser aus dem Sumpf. Man hatte das Gefühl, dass alle organischen Zellen unter der Strahlung vibrierten, die ihren Stoffwechsel an den Rand des Kollabierens trieb. Bei mir waren es vor allem die Eingeweide, die sich rührten, mein Stoffwechsel hätte etwas Energiezufuhr gut vertragen können. Eine Schildkröte festzuhalten, hätte ich mir noch zugetraut, aber ein Krokodil? Wo musste man ein Krokodil festhalten, hinten oder vorn? Ich hätte es mir vorher gerne mal zeigen lassen.

Ich hatte mittlerweile solchen Hunger, dass die Gänge sämtlicher Menüs, die ich in der Lodge verzehrt hatte, schon mehrfach an meinem inneren Auge vorbeigezogen waren. Inzwischen war ich eher bei den einfachen Dingen angelangt. Wenn man großen Hunger hat, glaube ich, denkt man nicht an komplizierte Küche. Ein frisches Brötchen, dachte ich. Ein Apfel. Ein weich gekochtes Ei. Die Radkappe presste ich an mich wie eine Schüssel aus Meißener Porzellan. Darin, hoffte ich, würde bald unser Essen köcheln, vielleicht annähernd so etwas wie eine leckere Gemüsesuppe, wenn ich mir etwas Kühnes wünschen durfte.

In der Uferzone fanden wir schließlich große, vielversprechende Pflanzen mit langen Blättern. Wir zerrten an ihnen, um ihre Wurzeln ans Licht zu befördern. Als ich mir zum ersten Mal die Finger an den scharfen Blättern geschnitten hatte, wickelte ich mir ein Stück Stoff um die Hand, damit ging es besser. Tatsächlich förderten wir fette, weiße Wurzelstrünke zutage, die so aussahen, als enthielten sie einiges an Nährstoffen. Wir schnitten ein paar Pfund davon ab und beschlossen die Rückkehr.

»Wir probieren zuerst nur ein ganz kleines Stück«, sagte Felicité. »Wenn wir es vertragen, essen wir mehr.«

Ich nickte stumm, schulterte meinen Behelfsrucksack mit den Wurzelstrünken darin und dachte an ein Brötchen. Die braune Kruste gab ein leises Krachen von sich, als ich die Butter daraufstrich. Es war noch warm, das Brötchen, frisch gebacken, die Butter schmolz an den Rändern leicht an. Ich griff nach der Marmelade, Aprikosenmarmelade, dann machte ich dummerweise die Augen wieder auf, und das Marmeladenglas verschwand in einer Zeitschleife.

Die Wolken hatten unsere Lichtung bereits überquert, sie schoben sich über uns zusammen. Die Frösche quakten wie verrückt, und die Mücken stachen mit vorhersagbarer Regelmäßigkeit. Ich zupfte mein Reservehemd zurecht, das ich mir zum Schutz über den Nacken gelegt hatte. Da änderte sich das Licht, als habe man einen Dimmer auf »Dunkel« geschoben. Ich schaute noch einmal nach oben. Die Sonne wurde von einem Ensemble grauer Wolkentürme verdeckt, die ich sofort als Gewitterwolken erkannte.

»Wann fängt die Regenzeit an?«, fragte ich.

Klar, ich denke immer zuerst an das Schlimmste.

»Ich glaube, im September«, antwortete Felicité, den Blick auf die Wolken gerichtet, die so schnell in die Höhe wuchsen, dass man ihnen dabei zusehen konnte. »Aber es kann hier jederzeit regnen. Es gibt äquatoriale …«

Wie zur Bestätigung rollte Donner hinter den Baumwipfeln heran, polterte in verschiedene Richtungen auseinander und verlor sich mit feuerwerksartigem Krachen irgendwo. Wind kam auf.

»Äquatorialgewitter«, sagte Felicité leise, als habe ihr jemand verboten, das Wort auszusprechen.

»Wir gehen ins Flugzeug«, schlug ich vor.

Unsere Hütte war vor meinem inneren Auge erschienen und was aus ihr werden würde, wenn es einen Wolkenbruch gab.

»Und unsere Sachen?«

»Welche Sachen?«

»Die Kleider, das Gewehr. Was wir dort gelassen haben.« Felicité schaute wieder nach oben. »Die restlichen Zigaretten«, fügte sie an, in kläglichem Ton.

Der Wind griff in die Bäume am Ufer. Die Wipfel bogen

sich zur Seite, eine Wolke aus dürren Blättern stob aus ihnen heraus, verteilte sich in der Luft wie ein Starenschwarm und fiel als brauner Regen auf den Sumpf herunter. Ein Blitz tauchte alles für zwei Sekunden in kaltes Licht, Donner polterte hinterher. Das Wasser in den Pfützen kräuselte sich, und der Wind legte noch einmal zu. Ein Stück einwärts im Wald knackste es. In dem Augenblick, als ich das unmissverständliche Knacken und Brechen hörte, das ein fallender Baum verursacht, ein großer Baum, entschied ich, dass wir keine Alternative hatten. Der Baum knallte dumpf auf den Boden, alles schwankte. Um uns schaukelte das Wasser in den Löchern.

»Okay. Beeilen wir uns«, sagte Felicité.

Das taten wir. Ein weiterer Blitz verwandelte Felicité, die vor mir mit ihrem Stab und der Tasche auf dem Rücken im aufspritzenden Wasser durch den Sumpf rannte, in ein bedrückendes Bild aus einer schlimmen Zukunftsvision. Die letzten Menschen, dachte ich, verloren, versprengt in den Wäldern. Retten sich in die Überbleibsel der Zivilisation. Wir hasteten durch den Sumpf, zu gleicher Zeit klatschten die ersten Tropfen herunter. Hart wie Hagel, von größerer Dichte scheinbar, als Wasser sie haben kann, sie trafen mich schmerzhaft wie Geschosse am Rücken und an den Armen. Als wir am Flugzeug die Tür aufrissen und uns gegenseitig hineinschoben, waren wir bereits nass bis auf die Haut. Wir hörten unseren lauten Atem, als auf dem Blech des Rumpfes der Wolkenbruch zu dröhnen begann. Alle Fenster waren sofort beschlagen. Es wurde dunkel.

»Nom de Dieu.«

Felicité strich sich die nassen Haare zurück und legte den Kopf schräg, um mit beiden Händen das Wasser herauszudrücken. Sie lächelte mich hinreißend an. Mich, Bernd den Sammler, der einen Topf ergattert hatte.

»Das Wasser!«, rief sie auf einmal. »Wir müssen Wasser sammeln. Komm, schnell, solange es regnet.«

Ein Donnerschlag zerriss die Luft über dem Sumpf, und ein paar Blitze beleuchteten die Schicht aus herunterlaufendem Regen auf den Kabinenfenstern. Wir klaubten die Tetrapaks aus den zerrissenen Müllsäcken heraus, falteten sie auseinander, rissen sie auf. Ich stemmte die Tür auf und ging nach draußen in den trommelnden Regen, der alle Farben in Grau verwandelt hatte bis auf den hellen Flugzeugrumpf, der in einen leuchtenden Mantel aus zerspritzenden Tropfen gehüllt war. Sofort war ich nass, als wäre ich aus einem Schwimmbecken gestiegen. Ich spähte nach einer Stelle, wo das Wasser heruntertroff, und fand sie an einer Ecke des Flügels. Dort füllte ich die Tetrapaks, die mir Felicité herausreichte. Wir füllten alle Tetrapaks, die wir im Müll fanden. Als der zehnte voll war, tranken wir uns satt und füllten ihn gleich wieder auf.

Der Regen dauerte vielleicht zwei Stunden. Dann zogen die Wolken ab, als öffne man einen Vorhang, und die Sonne brannte wieder vom Himmel. Alles dampfte in der Hitze. Wir standen nebeneinander auf dem Flügel. Während wir die Kleider am Leib trocknen ließen, überlegten wir, was wir aus dem Flugzeug noch mitnehmen könnten. Es fiel uns nichts ein.

Also schulterten wir schließlich die Tasche mit den Wurzeln und der Radkappe darin, nahmen jeder vier zugefaltete Tetrapaks mit Regenwasser unter den Arm und stapften durch das Wasser, dessen Höhe schätzungsweise um eine Spanne zugenommen hatte. Am anderen Ufer angekommen, zupften wir uns die Blutegel ab, darüber verloren wir inzwischen keine Worte mehr, und krochen durch den Tunnel. Als wir am Bahndamm aus dem Gebüsch kamen und uns aufrichteten, war unsere Hütte nicht mehr da. Nur ein Haufen Blätter und Äste lag an der Stelle, an der sie gestanden hatte.

Wir stürzten darauf zu, zerrten die Reste unserer Behausung auseinander. Nichts war mehr da von unserer Habe. Kein Gewehr, keine Kleider, die Tasche mit den Diamanten, alles weg.

»Da ist jemand«, sagte Felicité.

Sie sah sich um, die Augen geweitet, horchte. Ihre Schultern waren gespannt, die Hände streckte sie nach der Seite, als werde sie gleich angegriffen.

»Ein Tier?«, flüsterte ich.

Sie schüttelte den Kopf. Noch immer drehte sie sich langsam um ihre Achse, um in alle Richtungen sehen zu können.

»Kein Tier«, sagte sie leise. »Kennst du Tiere, die Gewehre stehlen?«

Sie atmete rasch. Ihre Drehbewegung war zum Stillstand gekommen, mit dem Kinn deutete sie auf etwas.

»Schau mal da hin«, raunte sie.

Ich folgte ihrem Blick. Da hatte jemand etwas aufgebaut. In zehn Metern Entfernung standen unsere Taschen. Das Gewehr, noch im Futteral, lehnte an einem Baum, und vor dem Ganzen, unübersehbar, neben der zerfetzten roten Tengelmann-Tüte, der Affenschädel. Er stand auf einem kleinen, sorgfältig erbauten Podest aus Ästchen und Blättern wie der Kopf eines enthaupteten Kobolds.

Ich spürte, wie Felicité neben mir zu zittern begann. Nahm ihre Hand. Sie packte zu, als wollte sie mir die Finger brechen. Gleichzeitig waren ihre Augen überall. In den Wipfeln fing es an zu juchzen, danach platzten ein paar Kaugummiblasen. Sonst war es still. Von fern der Chor der Frösche, noch etwas verstimmt vom Gewitter. Kein anderer Laut.

»Wir müssen irgendwas machen«, flüsterte Felicité. »Da ist jemand, ich spüre es. Die sehen uns, aber wir sehen sie nicht. Wir müssen ihnen zeigen, dass wir harmlos sind.«

Inzwischen hatte sie mich angesteckt mit ihrer Angst. Ich spürte, dass meine Zähne wieder die fatale Neigung entwickelten zu klappern. Ich war auch noch ziemlich nass. Trotz der Hitze war mir kalt. Wenn wir unsere Harmlosigkeit bewiesen hatten, würde uns das etwas nützen?

»Los, sing was«, zischte Felicité.

»Ich soll singen?«, zischte ich zurück. »Was denn, um Himmels willen?«

»Egal. Irgendwas.«

»Ich – das ist doch Blödsinn!«

Aber da sie nicht aufhörte zu zittern und offenbar selbst nicht in der Lage war zu singen, sang ich eben. Mit bebender Stimme – ich hatte lange nicht gesungen – sang ich das Erste, was mir einfiel, vielleicht war es auch das Letzte gewesen, was ich gesungen hatte. In der Schule damals oder bei den Pfadfindern. Ich sang »Im Frühtau zu Berge«. Nach dem zweiten »Fallera« ging mir der Text aus. Ich fing wieder von vorn an. So sang ich die erste Strophe von »Im Frühtau zu Berge« ein paarmal. »Wir wandern ohne Sorgen fröhlich in den Morgen«, sang ich zum vierten Mal, »bevor noch im Tale die Hähne kräh'n.« Dann konnte ich nicht mehr.

Felicité drückte meinen Arm, gleichzeitig deutete sie mit dem Gesicht nach links. Dort stand jemand. Gerade eben waren dort nur Büsche und Blätter gewesen, jetzt stand da ein Mann.

Ein kleiner Mann in blauen Shorts, sonst war er nackt. Er hatte dunkle, fast europäisch wirkende Gesichtszüge, trug einen Bart und besaß einen muskulösen Körper von hellbrauner Farbe mit einem Kupferton darin. In der Hand hielt er ein Gerät, das aussah wie eine primitive Armbrust. Der Mann war höchstens einen Meter vierzig groß. Über seiner Schulter hing ein Jutebeutel an einer Schnur. Er starrte reglos zu uns herüber. Ich überlegte, ob ich noch einmal singen sollte, aber das kam mir doch zu blöd vor.

Obwohl der Mann dastand wie eine Statue und nicht einmal seine Augen bewegte, hatte ich das Gefühl, dass er uns nachhaltig studierte. Natürlich hatte er uns vorher schon beobachtet und mir beim Absingen von Wanderliedern zugehört, jetzt schien er als Nächstes herausbekommen zu wollen, was wir tun würden, nachdem er sich uns gezeigt hatte. Irgendetwas, vielleicht seine fehlende Mimik, verlieh ihm eine starke Präsenz. Ich verspürte den Wunsch, einen guten Eindruck auf ihn zu machen. Sein Gesicht hatte kaum Falten, er sah nicht alt aus, dennoch wirkte er nicht jung, sein Körper mit den gut sichtbaren Muskelsträngen sah so aus, als habe er schon einiges damit gemacht.

Felicité brach schließlich den Bann, indem sie sich hinsetzte. Mich zog sie am Arm zu sich auf den Boden herunter. Dazu begrüßte sie den kleinen Mann sehr höflich auf Französisch. Dann griff sie in ihre Tasche, holte eine unserer jüngst geernteten Wurzeln heraus und hielt sie dem Mann zusammen mit einem der wassergefüllten Tetrapaks hin.

Er reagierte nicht. Felicité stand auf, ging drei Schritte auf den Mann zu und stellte die Sachen vor ihm auf den Boden. Dann kam sie zurück und setzte sich wieder zu mir. Ich war sehr einverstanden mit dem, was sie tat. Zumindest ich hatte es verstanden und bewunderte ihr Talent für primitive Diplomatie.

Der Mann bewegte sich. Er machte ein paar Schritte auf uns zu und blieb bei dem Tetrapak stehen. Bückte sich danach und roch an der zugefalteten Öffnung. In seinem Gesicht zeigte sich zum ersten Mal eine Regung. Seine Mundwinkel gingen nach unten. Er schnupperte noch einmal an dem Tetrapak.

»Schüs?«, fragte er.

Er schüttelte missbilligend den Kopf und stellte den mit Wasser gefüllten Behälter wieder hin. Die Wurzel, die wir danebengelegt hatten, beachtete er nicht. Dann wandte er sich ab und ging zielsicher Richtung Gebüsch. Er verschwand darin so mühelos, als habe jemand eine Schiebetür flink auf- und zugemacht. Zehn Sekunden später, in denen Felicité und ich noch immer auf die Stelle starrten, an der er verschwunden war, und ich schon dachte, er hätte genug von uns, tauchte er wieder auf. An seiner Hand baumelte etwas Schweres, Rundes. In der anderen hielt er noch immer die Armbrust. Mit ihm erschien ein Hund. Ein magerer, kurzhaariger Hund, der uns mit gesenktem Kopf genauso entgeistert ansah wie wir ihn. Er gab keinen Laut von sich, blieb mit hochgestellten Ohren hinter dem Mann stehen, als der seine Last neben dem gelben Tetrapak auf den Boden plumpsen ließ. Das runde Ding lag am Boden und wackelte selbstständig mit dem Henkel, an dem der Mann es gehalten hatte. Ich fasste es näher ins Auge und erkannte, dass es eine Schildkröte war, die auf dem Rücken lag und ihre Beine bewegte. Der Hund schnüffelte kurz an ihr, dann zog er sich wieder hinter den Mann zurück.

»Okay, Bern'«, flüsterte Felicité, ohne den Mann aus den Augen zu lassen. »Wir haben vielleicht – aber nur vielleicht, verstehst du –, wir haben mehr Glück als Verstand.«

Der Pygmäe grinste uns an, zwei Eckzähne leuchteten in seinem Mund auf, die Schneidezähne waren nicht an ihrem Platz.

»Okay«, stellte er fest.

Wir machten uns bekannt. Der Mann hieß M'bale. Aus seinem Beutel ragten Pfeile, die zu der Armbrust gehörten. Ihre Spitzen steckten gut verwahrt in einer festen, aus Rindenstreifen geflochtenen Hülle. M'bale sprach etwas Französisch, vielleicht so viel wie ich, das er mit englischen Brocken mischte. Felicité holte die wenigen Zigaretten aus der Tasche, die trocken geblieben waren. Es waren noch acht. Wir rauchten zusammen, und M'bale schlug vor, zur Feier unseres Kennenlernens die Schildkröte zu essen.

Ich war halb ohnmächtig vor Hunger. Eine Schildkröte hatte ich noch nie gegessen, aber ich war in einem Zustand, in dem ich alles gegessen hätte, was man auf einen Teller legen konnte. Ich zweifelte außerdem nicht daran, dass M'bale die Schildkröte in landestypischer Weise schmackhaft für uns zubereiten würde. Um einen Arm voll halbwegs trockener Äste aus dem Dickicht herbeizuholen, brauchte er fünf Minuten. Dann entfachte er ein Feuer mit Hilfe von Felicités Feuerzeug und etwas Zunder, den er in seinem Beutel bei sich hatte. Während wir abwechselnd in die Flamme bliesen, erzählte uns M'bale, dass seine Leute ganz in der Nähe wären. Nur einen Tag entfernt: »Mes gens.« Er sei vorausgewandert auf der Suche nach einer Gegend für die Jagd.

M'bale nannte ein paar Tiernamen und machte illustrierende Bewegungen mit den Händen, wir verstanden aber nur »Elefants«, sonst nichts, und M'bale lachte, weil wir keine Ahnung hatten. Schüttelte den Kopf über uns seltsame Zeitgenossen. Er habe unser Flugzeug im Sumpf bereits begutachtet, erfuhren wir, und er hätte auch den Rauch gesehen, der gestern von unserem Feuer aufgestiegen war. Der Regen, meinte er, habe unsere Hütte zerstört.

»Mal maison«, sagte er. »Très mal«, und lachte wieder ohne Schneidezähne, haute sich ein paarmal auf die nackten Schenkel.

Und unsere Sachen? Hatte er die dort drüben so hübsch aufgestellt?, wollten wir wissen. Als wir auf das seltsame Arrangement deuteten, auf das Gewehr, die Tasche und den widerlichen Schädel davor, veränderte sich M'bales Gesichtsausdruck.

»Oui«, sagte er leise. »Je fait.«

Der Hund, der mit heraushängender Zunge neben ihm am Boden lag, spitzte sofort die Ohren, als er den anderen Klang in der Stimme seines Herrn vernahm.

»Maka«, flüsterte M'bale.

Und noch ein paar Worte, die ich nicht verstand. Wir fragten nach, aber er schüttelte den Kopf und sah uns dabei an, in seinem Gesicht lag eine Bitte. Er legte den Zeigefinger auf die Lippen. Felicité warf mir einen Blick zu, die Unterlippe vorgeschoben. Ich nickte, hatte verstanden: Nicht fragen.

Als das Feuer ordentlich brannte, richtete sich M'bale aus der Hocke auf und holte die Schildkröte. Ich rüstete mich seelisch dafür, dass er sie jetzt töten würde, und sagte mir: Bernd, das hältst du aus. Du musst ja nicht hinsehen.

Aber auf das, was dann kam, war ich nicht vorbereitet. Er schob das Tier einfach ins Feuer, ruckelte es zurecht wie einen Kochtopf und setzte sich gemütlich daneben. Die hilflos auf dem Rücken liegende Schildkröte ruderte mit den Beinen. Sie besaß Schwimmhäute und drehte ihren Kopf, mit einer Art Rüssel daran, jetzt heftig hin und her. Ich sprang auf und wollte sie herausholen, aber Felicité hielt mich am Arm fest.

»Bleib sitzen, um Himmels willen«, zischte sie. »Nimm dich zusammen.«

Dem Anblick konnte ich ausweichen, indem ich wegsah, aber nicht dem Ereignis, das einen halben Meter vor meinen Füßen stattfand. Obwohl ich unverwandt auf die grüne Blätterwand vor mir starrte, nahm ich dennoch wahr, wie die Schildkröte, die offenbar ihre Beine und den Kopf nicht unter den Panzer zurückziehen konnte, sich qualvoll zu Tode zappelte, während ihr Panzer in der Hitze zu knacken anfing. Ich schaute an M'bale vorbei, der ungerührt die Position unseres Abendessens in eigener Schale ab und zu prüfte und mit der Spitze seiner Machete ein wenig korrigierte. Er warf mir einen Blick zu und grinste. Führte die Finger mit einer Stopfbewegung an seinen offenen Mund.

»Faim?«, fragte er.

Eine Fehlinterpretation meines Gesichtsausdrucks. Ich nickte verstört. M'bale griff hinter sich in seinen Beutel und förderte eine hölzerne Dose zutage, gefertigt aus zwei ineinandergesteckten Stücken Bambus. Er zog den Deckel ab und reichte mir das steinzeitliche Gefäß vorsichtig herüber, ein erwartungsvolles Leuchten im Gesicht, als handle es sich um eine geöffnete Dose Kaviar. Felicité beugte sich vor und nahm es an meiner Stelle entgegen, befürchtete wohl, ich würde mich danebenbenehmen. Sie schnupperte daran.

»Das ist Honig«, sagte sie begeistert.

Der kleine Jäger nickte ein paarmal, schnalzte dazu mit der Zunge.

Wir leckten den Honig, der schwarz war wie Teer, von unseren Fingern herunter, die wir in die Bambusdose hineintauchten. Der Honig schmeckte pfeffrig, würzig süß und so verführerisch wie die Nahrung der ersten Menschen. Als ich zwei tote Bienen an meinem Zeigefinger kleben hatte, zögerte ich einen Moment, aber zu meiner eigenen Überraschung störte es mich kaum, denn der Geschmack war überwältigend. Die winzigen Bienen, die M'bale mit eingesammelt hatte, waren vielleicht ein Drittel so groß wie unsere europäischen Bienen, nicht viel größer als Stubenfliegen. Wir mussten uns beherrschen, sonst hätten wir ihm den ganzen Honig weggefuttert.

In der Zwischenzeit hatte es im Feuer zu zischen begonnen. Ich sah hin. Hielt innerlich meinen Magen fest. Die Schildkröte war jetzt tot, das nahm ich wenigstens an. Ihre Füße standen still. Auf der schuppigen Haut hatten sich Blasen gebildet. Ich sah doch lieber wieder weg.

M'bale schwatzte ohne Unterlass. Der Verständigungsanteil lag vielleicht bei zwanzig Prozent. Das merkte er nicht, oder es war ihm gleichgültig. Es reichte ihm, dass wir zuhörten. Er sprach zum größten Teil in seinem Idiom, streute französische Halbsätze oder englische Brocken ein. Felicité dolmetschte, indem sie einen Teil seiner Sätze auf Französisch wiederholte, um zu prüfen, ob es das war, was er gesagt hatte.

Wir erfuhren, dass die Gruppe, der er angehörte, vierzig Leute umfasste, davon acht erwachsene Männer, die anderen Frauen und Kinder. Dass viele Kinder inzwischen gestorben waren, weil man den Ort verlassen musste, an dem man gewohnt hatte. Nun ziehe man herum, seit zwei Jahren schon, und suche einen neuen Wohnsitz. Vielleicht hier, vielleicht weiter im Süden. Der Sumpf hier, der ziehe Elefanten und Schweine an, das sei günstig, vielleicht konnte man hier eine Weile bleiben und Hütten bauen.

Auf die Frage, woher wir kämen, gab M'bale sich damit zufrieden, dass wir aus dem Westen kamen und nicht aus dem Osten, aus dem Osten kämen Leute, denen man nicht trauen konnte: »Tueurs, tout les gens.«

M'bale hielt inne. Der aufgeräumte Ausdruck war aus seinem Gesicht verschwunden. Er starrte ins Feuer, wo die Schildkröte vor sich hin brutzelte. Mir war schwindlig. Der Honig hatte meinen Hunger nur noch größer werden lassen. Ich versuchte, nicht an die Schildkröte zu denken, weil mir dann schlecht werden würde, aber ich musste etwas essen. Ich konnte mich sonst nicht auf den Weg machen, der uns bevorstand, falls M'bale so entgegenkommend wäre, uns mitzunehmen. Wir konnten auf ein solches Entgegenkommen nur hoffen, denn sonst würden wir hier zugrunde gehen, davon war ich überzeugt. Der Hund sah mich aufmerksam an, seine Zunge hing heraus, er hechelte in meine Richtung. Vermutlich sagte ihm sein Beschützerinstinkt, dass ich das schwachste Mitglied der Herde sei. Mit seinem kurzen sandfarbenen Fell, den großen Ohren und dem schmalen Gesicht sah er aus wie ein Straßenköter aus dem Wedding. Aber er hatte einen drahtigen Körper mit einer breiten Brust und machte einen trainierten Eindruck.

M'bale beugte sich über das Feuer, um die Schildkröte zu taxieren. Er nahm sein Hackmesser vom Boden auf, es war die vordere Hälfte einer abgebrochenen Machete mit einem provisorischen Griff aus gewickelten Lederstreifen, und klopfte damit gegen den Panzer der Schildkröte. Es gab einen Klang wie bei einem kaputten Blumentopf. M'bale nickte, stülpte die Lippen vor. Dann stand er auf und schob die Schildkröte mit dem Messer aus der Glut. Der Panzer war schwarz geworden, die herausgestreckten Beine und der Kopf total verkohlt.

Der Hund sprang auf und fiepte ein paarmal aufgeregt. Hat Hunger, dachte ich teilnahmsvoll. Ich war zwar genauso hungrig, aber aus Selbstschutz trat ich ein paar Schritte zur Seite und tat, als müsste ich etwas in meiner Tasche suchen, trotzdem hörte ich die Schläge, mit denen M'bale den Panzer der Schildkröte zerdepperte.

»Okay«, hörte ich ihn hinter mir sagen.

Als ich mich wieder umdrehte, schauten M'bale und Felicité

mich auffordernd an, allerdings mit unterschiedlichem Gesichtsausdruck. In Felicités Miene erkannte ich unterdrückten Ekel und die stumme Bitte, ich möge unsere Überlebenschancen nicht empfindlich reduzieren, indem ich jetzt etepetete sei. Kindheitsbilder tauchten auf, Spinat, Wirsing, Blumenkohl. Gehasstes Gemüse, das ich jetzt ohne Zögern verschlungen hätte. Unerreichbar.

Ich hockte mich höflich zu Tisch. Vor uns lag der aufgeschlagene Panzer, randvoll mit den Eingeweiden der Schildkröte und ihrer entblößten Anatomie, die der eines platt gefahrenen Vogels ähnelte. An den Knochen klebte bestürzend wenig weißes Fleisch. Der Hund steigerte sein Hecheln. Er wusste, bald fiel etwas für ihn ab, und war restlos begeistert. Mit natürlicher Grandezza ermunterte uns M'bale zum Zugreifen. Er fischte ein Vorderbein aus der stinkenden Schüssel und reichte es Felicité hinüber, die es höflich entgegennahm. Dazu machte sie ein Gesicht wie meine Mutter, als Opa für uns Kutteln gekocht hatte. Er hatte es danach nie wieder getan, wenn sie dabei gewesen war.

Ich brauchte viel Kraft, um zuzugreifen, obwohl ich wusste, dass das Fleisch, das uns hier angeboten wurde, wahrscheinlich im Umkreis vieler Tagesreisen unerreichbar war. Ich fischte ein Hinterbein heraus, verbrannte mir dabei erst mal die Finger, aber ich ließ es nicht fallen, löste es mit einem Ruck aus dem Verbund von Knochen und Wirbeln, zu dem auch der Schwanz der Schildkröte gehörte, den ich lieber nicht gegessen hätte, ganz zu schweigen von dem, was sonst noch da lag.

Das Fleisch schmeckte wie Huhn, das ein paar Tage in Moorwasser gelegen hat. M'bale aß mit Appetit, er knabberte von den blanken Knochen die Knorpel ab und zerbiss anschließend die Röhren, um sie auszulutschen. Was übrig blieb, warf er dem Hund zu, der die Reste mit hochfrequenten Knackgeräuschen verputzte. Als das Muskelfleisch aufgegessen war, fischte M'bale nach den Organen der Schildkröte. Felicité bekam die Leber, einen braunen Klumpen. Sie versicherte M'bale in einem Ton, der mir recht gekünstelt vorkam, dass sie diese Leckerei mit mir teilen und damit das Mahl beschließen würde. Ich schloss mich dem an – nach einem Blick auf das graue Paket Gedärme in der gepanzerten Schüssel. M'bale ließ sich als guter Gastgeber nur schwer von unserer höflichen Zurückhaltung überzeugen, akzeptierte aber schließlich mit einem seufzenden Kopfschütteln.

Ich aß meine halbe Leber so schnell wie möglich. Zwanzig Sekunden später hätte ich keinen Bissen mehr herunterbekommen, als M'bale nämlich nach dem Verzehr der anderen Innereien die langen Därme zwischen zwei Fingern ausstrich und sie sich schlürfend einverleibte. Ich konzentrierte mich auf tief liegende innere Räume in meinem Gehirn, wo ich vielleicht auf Ablenkung stoßen könnte. Dazu dachte ich einfach konzentriert an Sex. An Sex mit einer von mir total begeisterten Frau. Es war nicht Felicité. Auch nicht Lea. Jedenfalls erfüllte es seinen Zweck. Über uns meldeten sich die Vögel, und der Hintergrundchor der Frösche, die zur Abendeinstimmung wieder zugelegt hatten, klang vom Sumpf herüber. So stand ich es durch. Zum Abschluss durfte der Hund den leeren Panzer auslecken. Ich gönnte es ihm von Herzen.

Nach dem Essen bauten wir mit M'bales Hilfe eine neue Hütte. Er hatte uns vorgeschlagen, am nächsten Morgen aufzubrechen und mit ihm zu seinen Leuten zu marschieren. Mit seiner Hilfe ging der Hausbau wesentlich rascher vonstatten. Seine kaputte Machete war ihr Gewicht in Gold wert. Unser Messer nahm er für einen Moment in die Hand, sah es sich an und lachte. Schüttelte den Kopf und gab es mir zurück.

Während M'bale ein Stück entfernt Stangen fällte, überprüften wir den Inhalt unserer Tasche, die er neben das Gewehr gelegt hatte. Nichts fehlte. Der Beutel mit den Diamanten schien unangetastet, sie waren jedenfalls noch darin. Der Affenschädel auf dem kleinen Altar sah uns beim Sortieren zu, starrte grinsend herüber, als wüsste er über alles Bescheid, was uns noch bevorstand. Nachdem er ein paar Stunden in der prallen Sonne gelegen hatte, stank er weniger, die Hitze hatte das modernde Gewebe in feste braune Placken verwandelt, trotzdem kletterte eine Menge Ameisen darauf herum, hauptsächlich die roten interessierten sich dafür. Im Moment sah er deshalb so aus, als habe er bewegliche rote Haare bekommen. Ich ging hinüber, klopfte die Ameisen mit einem Stock herunter und wickelte den Schädel wieder in die zerfetzte Plastiktüte ein.

Felicité sah mir dabei zu, die Fäuste in die Hüften gestemmt.

»Das ist er, oder?«, sagte sie überflüssigerweise.

Ich kommentierte ihre Frage nicht.

»Du hast ihn mitgenommen«, sagte sie.

Auch diese Feststellung bedurfte eigentlich keiner Bemerkung von mir, aber schließlich war es Felicité gewesen, die mir den Rat gegeben hatte, das Ding bei mir zu behalten.

»Ich habe gemacht, was du gesagt hast«, sagte ich also zu ihr. »Es war ja wohl ernst gemeint, oder?«

Sie nickte, sah mich an. »Ja«, sagte sie. »Ja, es war ernst gemeint.«

Dann kam M'bale und brachte die geschlagenen Stangen. Er steckte sie in einen Kreis und band ihre Spitzen oben mit Ranken zusammen. Die Bedeckung für unsere Hütte fertigte er aus speziellen Blättern an, die er von irgendwoher holte. Er kannte einen Trick, die Blätter mit Ranken und schmalen Streifen einer anderen Blattsorte ineinanderzuflechten, um ihnen mehr Stabilität zu verleihen. Während wir ihm zusahen, wie er eilfertig hin- und herlief, war er immer mal wieder weg, als habe ihn der Erdboden verschluckt. Er schien die Fähigkeit zu besitzen, ohne Verzögerung durch das Unterholz schlüpfen zu können, und er kam immer mit etwas Brauchbarem wieder. Er wusste, was man wo zu suchen hatte. Außerdem war er eben ziemlich klein. Günstig für einen Urwaldbewohner, wie ich bereits wusste.

Als die Nacht kam, legten wir das restliche Holz aufs Feuer. Saßen davor und hörten M'bale zu. Er erzählte gern und am liebsten vom Essen, schwärmte für Schweinefleisch: Porc. Sein Gesicht, die kupferfarbene Haut mit den kräftigen Knochen darunter und die genüsslich vorgestülpten Lippen, dazu die beschwörend aufeinandergelegten drei Finger, das internationale Zeichen für Hochgenuss: Porc. Besser als Elefant oder Büffel. Aber leider gefährlich. Wieso gefährlich? M'bale sagte ein unverständliches Wort, wir fragten nach. Er gestikulierte, schlug die Faust in die flache Hand. Wir kapierten nicht.

»L'homme porc?«, sagte er.

»Le sanglier«, half Felicité.

»Oui. Sanglier. Dangereux.«

M'bale riss den Mund auf und zeigte auf seine verbliebenen Eckzähne.

»Tué«, sagte er. Führte den abgespreizten Daumen gegen die Brust. »Tué. Très fort. Attention.«

Nach dieser Zusammenfassung einer Jagdgeschichte begaben wir uns in die Hütte und legten uns zu dritt schlafen. M'bale den Arm über seine Armbrust und seinen Tragebeutel gelegt. Der Hund hatte sich draußen neben dem Feuer niedergelassen. Er schien seinen Platz zu kennen. Diesmal war es fast gemütlich in der Hütte, von der wir annahmen, dass sie nicht schlecht gebaut war und vielleicht sogar dem nächsten Regen würde standhalten können. Felicité hatte sich im Schlaf an meinen Rücken geschmiegt. Schwesterlich. Auch ich schlief bald ein, obwohl ich noch immer heftigen Hunger verspürte.

Ich träumte von Lea. Sie hatte mir Stullen geschmiert, was sie im wirklichen Leben nie getan hätte, und ich träumte, dass ich die Brote zu Hause vergessen hatte. In meinem Traum kam ich nach dem Nachtdienst im Hotel in unsere Wohnung zurück, und Lea, die am Frühstückstisch saß, teilte mir mit, dass sie mit einem Mann, der seine Brote vergisst, nicht zusammenleben könne. Sie verlangte ihre Hausschlüssel zurück, ich gab sie ihr, und sie reichte mir die Stullen. Ich klappte sie auf und sah zu meinem Entsetzen, dass sie mit Schildkrötengedärm belegt waren.

An dieser Stelle wachte ich auf. Der Wald, der tagsüber so leer schien, war voller Umtriebe. Ich brauchte eine Weile, um zu wissen, wo ich war. Felicité lag dicht bei mir, ich spürte ihre Kuhlen und Kurven an meiner Rückseite und ihren warmen Atem an meinem Nacken. Wir lagen beieinander wie Liebende. Aber ich begehrte sie nicht.

Ich begriff, dass es so war, immer so gewesen war. Ich hatte mich nur nicht getraut, mir einzugestehen, dass ich sie nicht begehrte, obwohl sie doch so schön war. Nicht vor ihr hatte ich Angst gehabt, sondern vor mir selbst. Ich hatte einfach geglaubt, eine solche Frau müsse man als Mann begehren, und musste es nicht mehr.

Sie atmete ruhig und gleichmäßig. So wie M'bale, der mit uns die Hütte teilte, die er gebaut hatte. M'bale, der kleine Jäger, der uns nicht im Stich lassen würde, das war nicht seine Art. Ich fühlte eine kleine Welle der Zuversicht. Wir waren nicht verloren.

Am nächsten Morgen brachen wir auf. Zum Frühstück gab es noch einmal Honig auf die Finger. M'bale versicherte, wir würden unterwegs Essen begegnen, so drückte er sich jedenfalls aus: »Rencontrer le repas«.

Er nahm eine Marschroute, mit der wir nicht gerechnet hatten. Sie führte von Baum zu Baum. M'bale nutzte die Lücken, die in der Nähe der großen Bäume entstanden waren. In ihrem Umkreis, so erklärte ich es mir, war der knappe Nährstoff im Boden verbraucht und das Licht durch die Blattkronen abgesperrt, selbst die genügsamsten Urwaldpflanzen fanden dort nichts mehr, was sie verstoffwechseln konnten, um sich zu einem Dickicht zu formieren, und was noch wachsen konnte, war schwach, ließ sich beiseitedrücken. M'bale zwängte seinen kleinen, drahtigen Körper so flink durch das Unterholz, dass wir nie und nimmer hinterhergekommen wären, wenn er nicht ab und zu auf uns gewartet hätte. Fielen wir zu weit zurück, kam der Hund und guckte nach, ob wir noch da waren.

Nach einer Stunde merkte ich, dass meine Kräfte an ihrer Grenze angelangt waren. Ich blieb am Boden sitzen, ließ das bleischwere Gewehr und die Tasche auf den Boden fallen. Felicité hatte sich vor mir an einen Baumstamm gelehnt und schnappte nach Luft. Von ihren Waden hingen die Pflasterstreifen herunter, die Blutegelbisse hatten sich entzündet, waren zu kleinen Geschwüren geworden. Und ihre Chucks waren dabei, sich aufzulösen. Ohnehin war unsere Haut überall dort, wo sie nicht durch Kleider geschützt war, von Mückenstichen und Ameisenbissen übersät. Felicité tat einen langen Atemzug, der in einen Seufzer auslief, und ließ sich hinunter auf den Boden rutschen.

Der Hund kam zurück, um nachzusehen, und blieb bei uns stehen. In seinen gescheiten Augen glaubte ich, Verständnis erkennen zu können. Kurz darauf kam auch M'bale. Er sah uns da sitzen und lachte zahnlos. Schüttelte anschließend den Kopf, kapierte aber: Er musste sein Tempo drosseln.

Wir reichten ihm eine unserer noch gefüllten Wasserflaschen, aber er hob die Hand. Ging drei Schritte seitwärts zu einem grünen Monster von Pflanze, die aussah wie eine genmanipulierte Büropflanze mit drei Meter hohen Stängeln. Er nahm sein Messer aus dem Beutel und stach ein dreieckiges Loch in eine der fetten Blattscheiden hinein. Sofort lief Wasser heraus wie aus einem Hahn. Er brauchte sich nur darunterzustellen und den Mund aufzumachen. Wir sahen ihm fassungslos zu. Wir Idioten hätten beinahe mikrobenverseuchtes Sumpfwasser getrunken, ein paar hundert Liter bestes Regenwasser in greifbarer Nähe, die betreffende Pflanze wuchs nämlich überall. Zur Aufmunterung bekamen wir noch ein bisschen Honig, danach war die Bambusdose so gut wie leer, das Verhältnis von ertrunkenen Bienen zu Honig näherte sich seiner kritischen Grenze.

Ehe wir uns wieder auf den Weg machten, bemerkte ich, dass M'bale ein paar kleine Lianen zusammendrehte und einen Knoten hineinmachte. Wozu er das mache, fragte ich ihn.

»No' chemin.«

Damit man wisse, wo wir gegangen seien. M'bale zögerte, sah von mir zu Felicité. Winkte uns näher heran. Dann raunte er ganz leise: »Maka.« Er streckte die Hände seitwärts und legte sich dann den Finger auf den Mund. »M…hm!«, machte er.

Der Ungenannte. Er lebe im Wald. Man solle seinen Namen nicht aussprechen. Er sei ein Tier und kein Tier. »Bête et pas bête.« Der Ungenannte sei das Tier, das weiß. Die anderen Tiere wüssten nicht, dass sie Tiere sind. Maka habe es ihnen nicht gesagt. Weil sie es nicht wüssten, könne man sie jagen und töten. Aber Maka könne man nicht töten. Er folge unserer Spur, aber er zeige sich nicht, er zeige sich nur dem, der sterben müsse. Man dürfe deshalb nicht zu schnell auf dem gleichen Weg zurückgehen, sonst sehe man ihn vielleicht. »Il faut l'eviter.« Er wolle, dass man ihm aus dem Weg gehe. Deshalb müsse man ab und zu ein Zeichen hinterlassen.

M'bale schaute uns eine Weile ernst in die Augen, als wollte er das Ganze auf diese Weise in unseren Köpfen versiegeln. Dann deutete er auf meine Tasche: »C'est là.« Das dort drin: »La tête.« Das könne mit Maka sprechen. M'bale versicherte uns, dass wir Maka nicht begegnen würden, solange wir den Affenschädel bei uns hätten.

»Très fort, c'est là.« Aber das gelte nur für uns, nicht für ihn.

Mit einem angedeuteten Kopfschütteln ließ er uns wissen, dass er uns trotz der Kräfte, die er dem Schädel zuschrieb, nicht um das Ding beneide.

Noch zwei weitere Stunden quälten wir uns durch das Dickicht, dann brauchten wir wieder eine Pause. M'bale sah ein, dass wir nicht mehr weiterkonnten. Seine Vorräte waren nicht für einen Mann mit Hund plus zwei Riesen berechnet. Er werde Essen holen, sagte er nach einer Zigarettenpause, der letzten, weil die Zigaretten damit aufgeraucht waren. Danach verschwand er wie gewohnt spurlos zwischen den Blättern des nächstgelegenen Dickichts.

Wir Zurückgebliebenen beschäftigten uns solange mit den entzündeten Blutegelbissen, den Mückenstichen und den roten Ameisen, die immer wieder ihren Weg unter unsere Kleider fanden. Schweren Herzens verbrauchten wir das restliche Autan. Felicité meinte, wir müssten die Blutegelbisse ab jetzt mit Spucke behandeln, Spucke sei immerhin antiseptisch. Also versuchten wir es zuerst mal jeder mit seiner eigenen Spucke, aber das war langwierig, weil sie den Umweg über die Finger machen musste. Schließlich kauerten wir abwechselnd über den Waden des anderen und desinfizierten sie mit Spucke. Es gibt Schlimmeres, wenn man sich einigermaßen versteht. Ich bekam jedenfalls eine Ahnung davon, was Intimität unter extremen Bedingungen bedeuten kann.

Als Erster kam der Hund wieder. Er schlüpfte lautlos aus dem Gebüsch und freute sich, dass wir noch da waren, sein Schwanzstummel zeigte einen Ansatz von Wedeln. Zwei Schritte von uns entfernt ließ er sich nieder, um friedlich vor sich hin zu hecheln. Dann kam M'bale, ebenso lautlos wie sein Hund. Lachte zur Begrüßung sein Lachen ohne Schneidezähne und legte eine

Tasche vor uns auf den Boden, die geschickt aus einem großen fein geäderten Blatt gefaltet war, sie erinnerte an ein Kuvert und hatte die Größe einer Laptoptasche.

»Manger«, sagte er und verdrehte die Augen, dazu machte er mit zusammengedrückten Fingern vor dem Mund das schon erwähnte Zeichen. Wir kapierten nichts, aber das hatte er sich schon gedacht. Er schüttelte den Kopf über unsere Beschränktheit und faltete die Tasche auf. Zu meiner Überraschung lag ein gutes Dutzend Frühlingsrollen darin. Woher bekam man im Urwald derart hübsch gefaltete Blättertaschen mit Frühlingsrollen darin? Auf den ersten Blick sahen sie wirklich so aus wie Frühlingsrollen. Allerdings nur auf den ersten Blick. Frühlingsrollen krümmen nämlich nicht selbstständig ihre Hinterteile hin und her. Die weißlich gelben Dinger, die auf dem geöffneten Blatt lagen, waren große Insektenlarven. Die Larven einer Monsterinsektenart. M'bale musste sie irgendwo ausgegraben haben, oder er hatte sie unter der Rinde eines Baumes herausgepult. Ich brachte nur ein frostiges Lächeln zustande. Felicité stieß mir den Ellbogen in die Seite und bedankte sich enthusiastisch, worauf M'bale zufrieden nickte. Sie erkundigte sich bei ihm, ob man – ehm, das da – gekocht essen könne. Ich hörte die Hoffnung heraus, es möge so sein, denn roh hätten wir sie nicht herunterbekommen, ich jedenfalls nicht.

»Du feu«, bestätigte M'bale.

Wir würden hier übernachten, teilte er uns mit. Eine Tagesetappe für ihn war keine für uns, er hatte das inzwischen verstanden. Dankbar halfen wir ihm, eine neue Hütte zu bauen. Immer das Erste, noch vor dem Essen: der Hüttenbau. Ich ahnte, dass das sinnvoll sein konnte, dazu brauchte ich mich nur an das überfallartig losbrechende Gewitter von gestern zu erinnern. Auch diesmal ging der Hausbau schnell, wir hatten inzwischen schon mehr Routine. Aber so rechten Appetit hatte ich nicht auf Insektenlarven, auch wenn mir der Hunger in den Eingeweiden bohrte.

Beim anschließenden Feuermachen versagte Felicités Feuerzeug. Es kam keine Flamme mehr zustande, das Gas war aufgebraucht. Felicité versuchte, mit einer Serie von Funken den

Zunder zu entfachen, aber M'bale legte seine Hand auf ihren Arm.

»Arrête«, sagte er.

Er machte ein bedeutungsvolles Gesicht und kramte in seinem Umhängesack. Holte ein kleines Stück Bambus heraus, etwa fingerlang, in dem ein kleiner Stöpsel aus Knochen steckte.

»Zippo africain«, sagte er und grinste uns an.

Er zog den Stöpsel aus dem Rohrstück und behielt ihn zwischen zwei Fingern, während er aus seinem Lederbeutel eine Prise Zunder herausholte und ihn in das offene Röhrchen hineinbröselte. Dann setzte er den Stöpsel auf und klopfte mit der Handfläche leicht darauf. Der Stöpsel saß satt im Loch. M'bale zog ihn fast auf die ganze Länge heraus. Dann ein kurzer, harter Schlag darauf, M'bale zog ihn aus dem Röhrchen und ließ ein glimmendes Stück Zunder auf unser Feuernest fallen. Blies vorsichtig darauf. Schaute zu uns hoch.

»Zippo grand-père«, sagte er.

Wir waren hin und weg. Kompressionszündung, sagte jemand in meinem Hinterkopf, und wir wunderten uns gemeinsam. Der Dieselmotor funktionierte, soviel mir bekannt war, ebenfalls auf diese Weise. Wer kommt auf so etwas in der Steinzeit? Mein früherer Physiklehrer wusste es auch nicht.

Als das Feuer brannte und sich in die größeren Äste hineinfraß, kramte M'bale noch einmal in seinem Sack, holte ein paar Zigarettenstummel heraus und dazu zu unserer Überraschung ein silberglänzendes Benzinfeuerzeug. Er verteilte die Kippen, ließ sein Feuerzeug klicken und erfreute sich an unseren entgeisterten Gesichtern, mit denen wir die Flamme ansahen, die er an unsere Zigarettenstummel hielt. Paffend zuckte er die Achseln und wandte sich seinen Insektenpuppen zu. Er sortierte sie auf zwei großen Blättern, ehe er sie vorsichtig in die Glut legte, die großen zuerst. Sie krümmten sich. Ich war froh, dass sie es nach einer Minute schon bleiben ließen. Nach drei Minuten erklärte M'bale sie für fertig.

Sie schmeckten ein wenig wie Crevetten, waren weicher im Biss, aber eigentlich gar nicht übel. Etwas in mir, ein Reflex aus der Altsteinzeit, kam ihnen entgegen, dem sauberen Äußeren und der einheitlichen Konsistenz. Ich dachte an Fischstäbchen, auf diese Wiese ging es.

Nach dem Essen verkündete uns M'bale, dass er morgen alleine weitergehen werde – aber: »Je reviens.« Er werde wiederkommen und uns abholen.

Seine Leute würden ungeduldig, er müsse sich bei ihnen melden. Er werde uns holen, und wir würden mit seinen Leuten essen. Danach werde er uns zur Straße bringen: »Vers la route.«

Welche Straße? Wohin die führe? M'bale zuckte die Achseln.

»Katanga route«, sagte er. »Vers le nord. Trafic. Grand voiture.«

Wir waren also in Katanga. Zu welcher Stadt die Straße führe, wollte Felicité wissen. Dazu konnte er uns keine Auskunft geben. Er schien das Thema nicht gerne weiterzuverfolgen, und wir – wir mussten ohnehin zu allem Ja sagen, was er uns vorschlug. Immerhin klang es so, als meinte er, was er sagte.

Er würde uns doch nicht hier zurücklassen, nicht nachdem er sich so viel Mühe mit uns gegeben hatte. Ob er Kinder habe, fragte ihn Felicité.

»Mes enfants, mais oui«, sagte M'bale.

Er zeigte uns seine Eckzähne. Hob vier Finger, hielt den Daumen dabei eingeklappt. Sie wären dort, bei seinen Leuten. »Je vous montre.«

Das beruhigte mich. Ich vertraute ihm, hatte ihm schon in der Minute vertraut, als wir ihm begegnet waren, er dagestanden hatte wie das Denkmal eines kleinen Mannes und uns musterte. Dass diese Musterung ihn dazu gebracht hatte, uns zu helfen, obwohl wir eine Last für ihn sein würden, machte ihn meines Vertrauens mehr als würdig.

M'bale sah zum Himmel hinauf beziehungsweise zu dem blauen Fleck zwischen den Laubkronen. Er werde jetzt noch mehr Essen holen gehen, meinte er. Bestätigend klopfte er auf seine Armbrust. Ich fragte, ob ich mir die Waffe ansehen dürfe. Er gab sie mir.

Sie war beinahe so lang wie er und machte den Eindruck, als habe jemand mit primitivem Werkzeug versucht, ein Museumsstück nachzubauen. Der Bogen war aus hartem Holz gefertigt, die Sehne aus einem gedrehten Darmstrang, der Schaft bestand aus den zwei Hälften eines dicken Stocks, die man zusammendrücken musste, um die Sehne auszulösen. Das Ganze sah ziemlich provisorisch aus, aber ich zweifelte nicht daran, dass M'bale damit umgehen konnte. Die Pfeile in dem Sack, die dazugehörten, bekam ich nicht. M'bale legte die Hand auf die verpackten Spitzen und hob die Brauen.

»Danger«, sagte er. »Poison.«

Wir suchten gemeinsam noch einen Holzvorrat zusammen, damit das Feuer weiterbrannte, während er nachher jagen ging. Der Rauch hielt uns einen Teil der Insekten vom Leib, aber nur diejenigen, die Flügel hatten. Was am Boden unterwegs war, blieb unbehelligt und unberechenbar. M'bale warf einen letzten Arm voller Holz neben das Feuer, dann winkte er mich zu sich. Er kauerte sich auf den Boden und drehte Steine um. Schon unter dem zweiten saß ein blassrot gefärbter Skorpion, so groß wie eine Hummerkrabbe und so hässlich wie ein böser Traum. Der Skorpion machte sich flach und drückte die Beine an den Leib, hob schon mal den Schwanz mit dem Giftstachel. M'bale drückte ihn mit seinem Messer auf den Boden und riss ihm geschickt den Schwanz ab, als der Skorpion ihn gegen die Klinge stieß.

»Les singes les aiment, celle-là«, teilte er uns mit.

Er stieß dem Skorpion einen angespitzten Stock durch den Leib, warf ihn auf den Boden und ließ ihn daran zappeln. Dann drehte er weitere Steine um und fing noch zwei andere, die er auf die gleiche Art an Stöcken fixierte, nachdem er sie entwaffnet hatte. Felicité und ich saßen am Feuer, sahen ihm zu. Ich kannte M'bales Speisekarte noch nicht vollständig und überlegte, während die Skorpione am Boden zappelten, wie ich unserem Retter klarmachen konnte, dass ich unter gar keinen Umständen gegrillten Skorpion essen würde, auch nicht auf dem Totenbett.

Aber M'bale klaubte die Skorpione vom Boden auf und verschwand mit den gepfählten Tieren in der Rechten, Armbrust und Beutel umgehängt, im Wald. Der Hund erhob sich im richtigen Moment, das bedeutete, zwei Sekunden, ehe sein Herr verschwand, und trottete ihm nach, irgendwohin.

»Denkst du, er kommt wieder?«

»Ich glaube schon«, sagte Felicité. »Du bist immer so besorgt. Wir hatten doch Glück bis jetzt, oder?«

»Na ja«, sagte ich. »Maka scheint uns gewogen zu sein.«

Felicité sah mich scharf an. »Mach darüber keine Witze, Bern'. Vor allem nicht hier, im Wald.«

»Glaubst du tatsächlich an so was?«

»Ich glaube vor allem, dass man sich darüber nicht lustig machen sollte«, sagte sie und streckte sich, dehnte vorsichtig ihre Arme und Beine. »Mir tut alles weh, ich habe das Gefühl, ich werde von Ameisen aufgefressen.«

»Vielleicht brauchst du noch ein bisschen Spucke?«

»Danke, nein«, sagte sie. »Aber nimm es nicht persönlich.«

ELF

Ich nahm es nicht persönlich. Wir hörten den unsichtbaren Bewohnern des Waldes zu. Ab und zu meldete sich einer davon, ich versuchte, mir vorzustellen, um was für ein Tier es sich handeln mochte, aber die Töne boten keinen Anhalt dafür. Die Sonne stach zwischen den Baumwipfeln herunter. Wir versuchten, im Schatten zu bleiben.

Zuerst kam der Hund zurück. Er trottete so zielstrebig aus dem Urwald heraus, als werde er an einer Schnur in unsere Richtung gezogen, und wedelte mit dem Schwanzstummel zur Begrüßung. Dann kam M'bale. Über seiner Schulter, sah ich, hing ein Kind. Er hat ein totes Kind im Wald gefunden, dachte ich.

M'bale lachte sein Eckzahnlachen und warf den toten Affen neben dem Feuer auf den Boden, direkt vor meine Füße. Der Affe war so groß wie ein Säugling. Seine totenstarren Augen mit den langen schwarzen Wimpern waren halb geöffnet, das Greisenantlitz schwarz und runzlig, umrahmt von einem Haarbusch, der oben einen kecken Schopf besaß. An den Wangen wuchs ihm ein weißer Backenbart. Er hatte hellbraunes Fell mit fast weißer Bauchseite. Sein Schwanz war zur Hälfte aufgerollt. Die Arme hielt er vor der Brust gekreuzt, die Beine hatte er angezogen. Die Handflächen unter den halb geöffneten Fingern waren schwarz, die Fingernägel so sauber abgerundet, als hätte sie ihm jemand geschnitten. Er hatte absolut menschliche Kinderohren mit hübschen, samtig schwarzen Ohrläppchen. Ich musste mich abwenden.

»Manger tout de suite«, sagte M'bale stolz. »Très bien.«

Er schmatzte mit Wonne. Ich fühlte Hass auf den kleinen Jäger, stand auf, ging zur Hütte hinüber, als müsste ich etwas holen. Felicité erhob sich, ging mir nach. Vor der Hütte holte sie mich ein.

»Jetzt nimmst du dich mal zusammen«, fauchte sie. »Hör mit deinen Sentimentalitäten auf. Du hast in deinem Leben schon massenhaft Fleisch verdrückt, und zwar von Tieren, die zehnmal elender sterben mussten als dieser Affe. Komm sofort zurück und hilf uns dabei, ihn zu kochen, anstatt dir in die Hosen zu machen.«

Zur Bestätigung juchzte es über mir, und der unsichtbare Vogel klatschte zustimmend in die Flügel. Sie hatte natürlich recht. Auch die Vögel hatten recht. Ich versuchte, mich zusammenzunehmen, aber es war nicht so einfach.

Das wurde mir klar, als ich mich dazu zwang, M'bale zuzusehen, wie er den Affen häutete. Als ich mich wieder ans Feuer setzte, nahm er nämlich gerade die Haut am Bauch zwischen zwei Fingern hoch und schnitt mit seinem Urwaldmesser hinein. Er verlängerte den Schnitt zu den Beinen und zu den Armen, dann zog er dem Affen das Fell ab, als wäre es ein Overall, er steckte die Kniegelenke und Ellbogen hindurch und hackte ihm, zack!, die Hände und Füße ab, viermal zuckte ich zusammen. Hände und Füße kamen, wie sie waren, in die Radkappe, die wir zum Küchenbestand beigesteuert hatten.

M'bale hatte nämlich beschlossen, Affensuppe zu kochen. Das gab mehr her als Affe am Spieß, erklärte er; er habe vor, eine nahrhafte Brühe zu kochen, um uns zu päppeln. Noch einmal brauchte ich innere Kraft, als M'bale dem Affen die Ohren abschnitt, ehe er ihm das Fell vollends wie eine Kapuze über den Kopf herunterzog. Der Hund sprang auf und winselte voller Freude, weil er schon einmal das Fell zugeworfen bekam. Er packte es und schleppte es hurtig ein paar Meter weg, um mit enthusiastischem Knurren hineinzubeißen.

Auch den Kopf vergaß M'bale nicht. Er flog in die Radkappe. Dann schnitt der Jäger dem enthäuteten Affen den Bauch auf, langte hinein und holte Herz, Lunge, Leber und Nieren heraus. Die Organe kamen in die Suppe, die Gedärme bekam diesmal der Hund, der feierte einen Festtag. Danach wurde der Affe mit der Machete gevierteilt, an einem der Viertel hingen der winzige Penis und die Hoden, alles kam in die Radkappe. Sie wurde anschließend mit Wasser gefüllt und vorsichtig in die Glut geschoben, mit Steinen abgestützt, damit sie nicht umkippen konnte. Viel Suppe zum Sattessen, wir mussten dankbar sein. Vier oder fünf Pfund Fleisch schwammen in der Radkappe.

Was Fleisch war, hatte ich bisher noch nicht wirklich gewusst.

Das wurde mir klar, während ich dabei zusah, wie die Hände und Füße des Affen sich auf gespenstische Art in der heißen Brühe drehten. Das war nicht nur ein Wirbeltier gewesen, sondern ein Primat. Ein Verwandter, dessen Körper dem meinem glich, nur sein Großhirn war ein bisschen kleiner. Vor einer Stunde hatte er noch gelebt, war mit seinen Gefährten im Walddach herumgeturnt, bis M'bale kam, um ihn zu töten. Und wir saßen nun im Kreis um das Feuer herum wie ein Trupp Kannibalen und warteten darauf, ihn zu essen. Fleisch essen zu wollen, das bedeutete, zu töten. Ich schaute auf meine Handflächen, die denen des kleinen Affen aufs Haar glichen. Ob ich fähig wäre zu töten, um Fleisch essen zu können?

Mit solchen Gedanken wartete ich darauf, dass die Suppe fertig war, und hörte M'bale zu, der uns von der Affenjagd erzählte.

»C'est tout simple.«

Affen seien verrückt nach Salz, erklärte er, langte in seinen Beutel und zeigte uns eine alte Plastiktüte, die mit einer Lederschnur zugebunden war: »Sel.«

Er gehe dorthin, wo Affen wohnten, M'bale wies mit der Hand über seinen Rücken hinweg, als wäre die Richtung klar, in der man Affen finden konnte. Dort stecke er die Skorpione an einen Baum. M'bale imitierte illustrierend mit den Fingern das Zappeln ihrer Beine. Und dann streue er ein bisschen Salz darauf. Danach brauche er nur zu warten.

»Demi-heure.«

Dann kämen die Affen und holten sich die gesalzenen Skorpione.

»Et alors.« M'bale klopfte auf seine Armbrust.

Wir aßen zusammen unsere Suppe. Mit der Miene eines Wohltäters streute M'bale uns aus seiner Tüte Salz auf das Fleisch. Andere Gewürze gab es nicht. In der Brühe schwamm auch der Kopf des Affen. Gekocht sah er noch um einiges schauderhafter aus als mit frisch abgezogener Haut. Aber wie schon gesagt – ich hatte mir vorgenommen, diese Mahlzeit durchzustehen. Ich aß das Fleisch, das übrigens sehr gut schmeckte, mit Heißhunger. Es war mir gelungen, mir einzubilden, dass es sich um ein Kaninchen handle, über die anatomischen Unterschiede sah ich einfach hinweg. Am Schluss der Mahlzeit blieben der besagte Kopf und die Hände und Füße des Affen übrig. Diese Leckereien nötigten wir M'bale auf. Der gab schließlich nach, meinte aber, wenigstens das Gehirn hätte er uns schon gern angeboten, es wäre zum einen eine Delikatesse, »très fort«, und außerdem gut für Sex: »Pour baiser.« Dazu zwinkerte er uns verschwörerisch zu und schlug sich auf die Schenkel.

Wir beteuerten übereinstimmend, wir wären wirklich schon sehr satt. Daraufhin klaubte er sich mit Stielaugen den Kopf aus der Brühe. Felicité ließ mich ohne Widerrede gehen, als ich in diesem Moment vorgab, ich müsse kurz mal austreten. Ich musste also nicht dabei zusehen, wie M'bale den Schädel auseinanderhackte. Als ich zurückkam, knackte es bereits aus Richtung des vierbeinigen Jagdbegleiters und Endverwerters. Zum guten Schluss schöpften wir aus der Radkappe die Brühe mit einer Blechtasse, die M'bale aus seinem Sack hervorzauberte. Wir durften noch einmal extra aus der Tüte nachsalzen.

Danach saßen wir satt um das Feuer und warteten auf die Nacht. Während die Geräusche des Abends einsetzten, erfuhren wir von der Odyssee seines kleinen Stammes. Vor zwei Jahren, erzählte M'bale, habe man noch in der Nähe eines Dorfes wohnen können. Dort lebten nette Leute. Mit denen habe man Handel getrieben, habe Fleisch aus dem Wald gegen Messer getauscht, gegen Kochtöpfe, Zigaretten, Medikamente. Dann kam der Krieg. Er komme immer mit den Leuten aus dem Norden und aus dem Osten. Das seien Leute, die ständig Krieg führten: »Méchant.« Wenn sie kämen, töteten und plünderten sie, die Männer brächten sie auf der Stelle um, die Frauen nähmen sie mit fort, später würden auch sie getötet.

Diese Leute seien eines Tages gekommen und hätten in einer Stunde alle Einwohner des befreundeten Dorfes getötet: »Kalasniko. Tatatata«, und viele von seinen eigenen Leuten. M'bale streckte die Finger beider Hände zweimal aus. Zwanzig Männer, Frauen, Kinder des Stammes seien erschossen worden. Die anderen hätten sich nur retten können, weil er, M'bale, eine versteckte Stelle kannte, an der man den Fluss überqueren konnte, um in den Wald zu fliehen. Seitdem sei er mit dem Rest der Gruppe auf Wanderschaft. Ab und zu gehe man zur Straße, aber nur zu zweit. Zwei Männer, er und Azik. Mit Fleisch: »Bushmeat«, um von den Fahrern Sachen einzutauschen. Seine anderen Leute müssten sich so lange versteckt halten. An der Straße sei es zu gefährlich.

Nach dieser Mitteilung schwiegen wir, jeder in seinen Gedanken. Ich überlegte, ob es nicht klüger wäre, bei M'bale im Wald zu bleiben und weiter Affenfleisch zu essen, als mich mit einem Beutel voller Diamanten auf diese gefährliche Straße zu begeben.

Mit solchen Gedanken schlief ich lange nicht ein. Ich horchte auf die Geräusche der Nacht und auf die ruhigen Atemzüge von Felicité und M'bale. Draußen wachte der Hund. Ich fühlte mich sicher in Gegenwart des kleinen Jägers. Ich hatte ihm seinen grausamen Umgang mit Tieren vergeben, ich verstand, dass es hier anders war. Im Dunkel des Waldes, in dessen Mitte unsere kleine Behausung stand, wurde jetzt aufgelauert und getötet, Klagelaute ertönten, Körper wurden zerrissen und gefressen – der Wald war erfüllt von einer Sorte Leben, die mir bisher nicht begegnet war, und er war voller Tod. Wer hier herrschte, keine Frage, das war Maka, der Tod. Alles Lebendige musste sich ständig davor hüten, von Zähnen, Schnäbeln oder Chelizeren zerfetzt zu werden, es war keineswegs selbstverständlich, einfach weiterexistieren zu können.

Ich bewegte meine Finger, starrte auf meine Hand, ein Schatten bloß in der Dunkelheit der Hütte. Meine Hand aus Fleisch und Knochen, etwas größer als die des Affen, den wir heute gegessen hatten, aber ohne Zweifel ebenfalls essbar. Meine Umgebung war, gab ich ihr dazu Gelegenheit, darauf vorbereitet, mich zu verzehren, die Werkzeuge dafür standen bereit, von den Zähnen der Krokodile und Leoparden bis zu den ständig auf Nahrungssuche umherschweifenden Ameisen und Mücken und den allgegenwärtigen Mikroben. Ich würde ohne Zögern in ein strömendes Kontinuum assimiliert werden, in einen Strom der Verschwendung hineintreiben, in dem sich wieder auflösen würde, was ich einmal gewesen war, um an anderen Stellen in neuen Erscheinungen aufzugehen. Ich hatte enormes Glück gehabt, überhaupt gezeugt zu werden, aufwachsen zu dürfen, dreißig und mehr Jahre am Leben zu sein.

Was ich bisher zwischen mich und die Natur geschoben hatte, meine Vorstellungen von Sicherheit, Gut und Böse, mein stabiles Ich, das kam mir alles so fadenscheinig vor wie ein dünner Vorhang.

Am nächsten Morgen verließ uns M'bale. Er lachte noch einmal sein Eckzahnlachen für uns, der Hund wedelte dazu stummelmäßig. »À bientôt!«

M'bale verschwand zwischen den Blättern, ohne dass er eines davon gestreift hätte. Er hatte uns seine Büchse mit dem Honigrest dagelassen, dazu eine Handvoll ungekochter Insektenlarven. Einen Snack sozusagen. Hatte uns auch erzählt, wo die Larven zu finden seien, aber das war schwer zu verstehen gewesen, weil er eine Menge Namen dazu verwendet hatte, die wir nicht kannten. Wir beschlossen, einfach auf ihn zu warten. Bis »ce soir« oder »demain«. Er würde uns schon holen.

Dieser Tag ging vorüber, als wäre es kaum ein Tag gewesen. Ich begann zu begreifen, dass hier im Wald alles immer auf die gleiche Art vor sich ging. Zeit war hier nicht Zeit. Man konnte ein Jahr hier verbringen, und es tat sich nichts Besonderes, wahrscheinlich auch in hundert Jahren nicht. Gut, die Pflanzen wuchsen heran, verschafften sich Raum, stürzten zu Boden, vermoderten und verschwanden nach einiger Zeit. Das galt auch für die Tiere, sie schlüpften aus Eiern oder wurden geboren, sie hatten ihre Zeit, danach wurden sie abgelöst von anderen Artgenossen, die ihnen aufs Haar glichen. Ein langsames Pulsieren von Formen, die als gleiche wiederkehrten und sich allenfalls nach Tausenden von Jahren ein wenig veränderten, als Individuen alle ohne Belang, die Einzelwesen nur ein Taktschlag in einem langsamen, sehr langsamen Rhythmus. Ab und zu ließen sich die Stimmen der drei Vögel über uns hören, sie stellten tagsüber das einzige Hörprogramm dar. Und auch sie hatten wir bis jetzt noch kein einziges Mal zu Gesicht bekommen. Weder den, der juchzte, noch den mit den Kaugummiblasen oder denjenigen, der mit

Türen knarren konnte. Vielleicht war es auch nur ein Vogel, der alle drei Laute von sich geben konnte.

Die Sonne stieg gegen Mittag so hoch, dass sie den Wald bis auf den Boden herunter aufheizte, dann verschwand sie wieder, und die Feuchtigkeit, die ihre Strahlen aus den Blättern gezogen hatte, dampfte herauf, der nasse Film auf unserer Haut, der bis in die Nacht bleiben würde, erneuerte sich.

Sonst passierte rein gar nichts. Felicité und ich waren einsilbig geworden, als gebe es nichts zu reden. Wir passten uns an die Eintönigkeit an, unterhielten das Feuer, suchten trockenes Holz dafür und entfernten die Ameisen von unseren Kleidern, die inzwischen so nach Rauch stanken, dass ihr Geruch das fehlende Autan leicht ersetzen konnte. Trotzdem wurden wir laufend von verschiedenen Insektensorten gestochen. Die Stiche verjugendlichten unsere Gesichter, als hätten wir wieder Pickel bekommen. Jedenfalls sah das bei Felicité ein wenig so aus.

»Was denkst du, was die Diamanten wert sind?«, fragte ich, während ich im Feuer herumstocherte.

»Falsche Frage«, antwortete sie. »Sie sind wertvoll genug. Das Problem besteht darin, wo wir sie verstecken. Und an wen wir sie verkaufen.«

»Es genügt ja schon einer. Wenn wir einen loswerden können, haben wir genug Geld, um weiterzukommen.«

»Einer ist auch schon zu gefährlich. Wo willst du damit hingehen? In die nächste Tankstelle? Wo einer ist, sind noch mehr. Das wird sich auch der Dümmste denken können.«

Sie hatte recht. In meiner Hosentasche befand sich noch immer der Diamant, den De Vries mir geschenkt hatte. Der allein wäre Grund genug gewesen, mich umzubringen. Für einen von den Typen, von denen M'bale gesprochen hatte, den Leuten aus dem Norden oder Osten.

Abgesehen von einem kleinen Vermögen in Diamanten besaßen wir nur vier Euro in Münzen. Nichts sonst, was man unauffällig zu Geld machen konnte. Auch nicht De Vries' Gewehr. Das konnte man niemandem verkaufen, man würde es uns genauso wegnehmen wie die Diamanten.

»Wir schlucken sie runter«, sagte ich plötzlich.

Vielleicht hatten mich die seltsamen Mahlzeiten, die ich an unserem vor sich hin rauchenden Feuer schon genossen hatte, auf diesen Gedanken gebracht, das Überwinden von Würgereflexen.

»Im Ernst«, bekräftigte ich. »Das ist der einzige Weg, sie unauffällig zu transportieren.«

Felicité antwortete nicht. Sie bohrte ihren Stock ins Feuer. Ich sah zu ihr hinüber. Sie erwiderte meinen Blick und wiegte den Kopf hin und her.

»Nicht übel.« Sie nickte ein paarmal prüfend, als sortierte sie die Möglichkeiten, die sich aus der Idee ergaben. »Es darf nur keiner auf die Idee kommen, dass wir sie im Bauch haben«, sagte sie dann und hob die Brauen einen halben Zentimeter an. Mir fiel der Bauchschnitt ein, den M'bale gestern dem Affen verpasst hatte, ehe er ihn ausgeweidet hatte.

»Denkst du, M'bale weiß von den Diamanten?«

Felicité schüttelte den Kopf. »Wenn ja, wird er nicht darüber reden. Sie sind genauso gefährlich für ihn wie für uns. Man würde jede Hütte bei ihm umdrehen, wenn man glaubte, dass dort Diamanten wären. Nein«, schloss sie, »ich glaube, wenn er den Beutel aufgemacht und hineingesehen hätte, hätte er uns zu seiner eigenen Sicherheit lieber im Wald zugrunde gehen lassen.«

»Wieso hat er uns überhaupt geholfen?«

Felicité zuckte die Achseln. »Vielleicht war er neugierig auf uns. Oder es war dein Fetisch, den er gefunden hat. Möglich, dass er sich dadurch gezwungen sah, uns zu helfen.« Sie hatte die Glut zu einem Häufchen zusammengeschoben und warf den Stock ins Feuer. »Ich weiß nicht viel über die Kulte der Pygmäen. Vielleicht ist er auch einfach nur ein netter Kerl?«

Ich konnte mir nicht vorstellen, dass M'bale mit ein paar Bösewichten zurückkäme, um uns und die Diamanten für ein Kopfgeld auszuliefern.

»Ich glaube schon, dass er das ist«, sagte ich.

Unsere Einschätzung bewahrheitete sich am nächsten Morgen. Nachdem wir sehr hungrig aufgewacht waren und feststellen mussten, dass unser Feuer ausgegangen war, und nachdem Felicités Feuerzeug noch immer nicht funktionierte – warum sollte es auch? –, erschien M'bale. Das heißt, der Hund tauchte aus dem Gebüsch auf, geführt von seiner vorgestreckten Nase. Hinter ihm M'bale in seinem flinken Urwaldtrott, er lachte zur Begrüßung. Und brachte Frühstück in einem Tragebeutel mit. Frühstück in Form von Dörrfleischstreifen und einem kleinen Stapel lappigem Fladenbrot. Wir waren begeistert und verschlangen sofort, was er vor uns hinlegte. Die Fladen schmeckten wie eingeweichtes Knäckebrot mit einem kräftigen Schimmelstich. Ich wollte nicht wissen, was es war, sondern aß es einfach auf, dankbar, dass es keine neue Herausforderung für meine Essgewohnheiten darstellte.

M'bale hockte am ausgegangenen Feuer, er ließ uns höflich in Ruhe essen, stocherte dazu in der Asche. Der Hund bewachte uns freundlich mit gespitzten Ohren; mit seinen schräg stehenden Augen und dem schmalen Kopf hatte er etwas Ägyptisches, fand ich. Er glich ein wenig einem Schakal.

Seine Leute, meinte M'bale, befänden sich ganz in der Nähe. Er wies mit dem Stock irgendwohin in dem uns umgebenden Wald. In seinem Gesicht meinte ich eine gewisse Besorgnis zu erkennen, während wir ihm erfreut kauend versicherten, wie angenehm uns das wäre. Mögliche Gründe für Sorgen, die er mit uns haben könnte, versuchte ich zu verdrängen. Er sagte auch nichts dergleichen.

Nach dem Frühstück brachen wir auf. Wir folgten M'bale, passten uns seinem Trott an, der mir noch immer höllisch schnell vorkam, obwohl er aus Rücksicht auf uns sicher einen Gang zurückgeschaltet hatte. Der halb dunkle Wald begegnete uns nun anders, wir hatten ein Ziel, wir gingen auf einem Weg. Immer wieder stach ein Strahlenbündel durch das Laubdach, streifte uns, tauchte M'bale und Felicité, die vor mir gingen, in ein magisches Licht mit irisierenden blauen und roten Rändern. Und wieder verbarg sich alles, was Beine oder Flügel hatte. Nur einmal, als ich pinkeln musste, kamen aus dem Nichts Schmetterlinge. Sie interessierten sich sehr für meinen Urin, flatterten um den Strahl herum, und es wurden immer mehr. Schließlich stritten sich ein Dutzend Falter um die versickernde Pfütze, sie waren fast so groß wie meine Hand, von einem wunderbaren

Cremeweiß mit orangeroten Streifen. Selbst als ich mich wieder auf den Weg machte, blieben sie noch an Ort und Stelle, auf unerklärliche Weise von den Duftstoffen fasziniert, die ich abgesondert hatte.

Meine Stiefel begannen, Risse zu bilden. Es tat ihnen nicht gut, ständig nass zu werden und wieder zu trocknen, ohne dass man sie einfettete. Aber das war nichts gegen Felicités Schuhe, die beinahe auseinanderfielen. Ich wollte mir gar nicht vorstellen, wie M'bales Fußsohlen aussehen mussten. Vielleicht war die menschliche Hornhautproduktion in der Lage, eine bissfeste Schicht von einem Zentimeter Dicke zu produzieren. Dann brauchte man keine Ledersohlen mehr unter den Füßen.

Die kleine Siedlung tauchte unversehens auf. Wir traten aus den Büschen und waren schon fast mittendrin. Eine Gruppe Frauen stand zusammen, sie wandten uns die Gesichter zu. Alle sehr klein, ihre Köpfe kamen mir ein wenig zu groß für ihre Körper vor. Eine trug ein Baby auf dem Arm, sie war bis auf ein zusammengedrehtes Tuch nackt und starrte uns mit unbewegter Miene an. Drei kleine Kinder kamen erschrocken angelaufen und hielten sich an den Hüfttüchern der Frauen fest. Niemand sagte ein Wort, niemand verzog das Gesicht. Wir kannten das schon. Vorbereitet durch die erste Begegnung mit M'bale, begrüßte Felicité die Gruppe auf Französisch, ich sagte ein paar nette Worte auf Deutsch. Auf den Klang kam es an. Ich versicherte, wie froh ich wäre, dass man mich hierher eingeladen habe, und dass ich mir fest vorgenommen hätte, mich gut zu benehmen.

Die Gruppe entspannte sich, was man daran sehen konnte, dass die Kinder ihre Mütter losließen und ein paar Schritte näher kamen, um uns fasziniert aus der Nähe anzustarren. Der Bann war gebrochen.

M'bale, der seit der Begrüßung ohne Pause redete, stellte uns verschiedenen Männern und Frauen vor, die nacheinander auf dem Dorfanger erschienen. Einer war dabei, der mir schon sehr alt erschien. Er hatte eine wüst aussehende Narbe, die sich über Nacken und Schulter zog, und reichte mir als Einziger nach europäischer Manier die Hand. Der narbige Alte grinste zahnlos und hustete ein Lachen heraus. M'bale schlug ihm auf die Schulter und stellte ihn vor.

»'Ta. Beaucoup des éléphants.«

Beide lachten ausgelassen, mit zusammen weniger als einem halben Zahnstatus, und M'bale spreizte die Finger beider Hände ein paarmal, um die Anzahl der von 'Ta erlegten Elefanten anzudeuten. Dann zeigte er auf die Narbe an der Schulter des Alten. »Léopard«, sagte er, packte den Mann um den Hals und schüttelte ihn ein bisschen hin und her, um zu illustrieren, welche Art Jagderlebnis das gewesen war. Der Alte drückte dazu die Augen zu und lachte meckernd wie eine Ziege. Ich war beeindruckt.

»Manger«, sagte M'bale, als die Begrüßung zu Ende war, und wir setzten uns auf den Dorfplatz zwischen einem Dutzend Hütten nieder, exakt so gebaut wie die unseren der letzten Tage, um das zweite Frühstück zusammen mit Freiwilligen aus M'bales Volk einzunehmen.

Ich war froh darüber, dass es wieder die Fladen mit dem gewissen Stich gab, dazu bekamen wir winzige gekochte Eier unbekannter Herkunft und Zwergbananen, die noch kleiner waren, als sie proportional zur Körpergröße unserer Gastgeber hätten sein müssen. Wir aßen alles auf.

Die Unterhaltung bestritt M'bale, der als guter Gastgeber Konversation machte und uns zwei seiner Kinder vorstellte. Einen vielleicht achtjährigen Jungen, der uns zeigte, wie er seine Backen aufpumpen konnte, und ein herangeschlendertes halbwüchsiges Mädchen mit verträumten Augen, die kein Wort Französisch sprach. Stattdessen zwitscherte sie mit ihrem Vater eine Weile, als wäre sie ein Vogel in Menschengestalt. Die gefühlte Thematik bestand in einem typischen Generationenkonflikt. M'bale blieb nämlich mit finsterer Miene zurück, während seine Tochter, deren Brüste spitz nach vorne standen, sich mit eleganten kleinen Schritten entfernte und, tatsächlich, sie tat es, leise vor sich hin sang. Setz dich zu unseren Gästen und unterhalte dich mit ihnen, hatte er vermutlich verlangt, und sie hatte zurückgezwitschert, dass sie das ätzend finde und lieber noch ein bisschen in ihrer Hütte weiterträumen wolle.

Felicité lächelte der kleinen Schönen hinterher, wandte sich dann an M'bale und fragte ihn, wo seine Frau wäre. M'bale schüttelte den Kopf.

»Mort. Tué.« Und sah an uns vorbei.

Dann zog er die Luft durch die Nase ein und teilte uns mit, wir brauchten jetzt eine Hütte. Richtig, die Grundregel, erinnerte ich mich. Die Hütte kommt immer zuerst. M'bale bestellte seinen Sohn her, der uns helfen sollte. Am Ende waren es alle Kinder, die uns halfen, unsere Hütte zu bauen, und es ging deshalb nicht so schnell wie sonst, weil jedes Kind – sie waren zwischen zwei und zehn Jahren alt, die kleinsten konnten gerade gehen – darauf bestand, dass wir nur von ihm das nächste Blatt oder den nächsten Ast annehmen sollten, und sich gegenseitig kreischend schubsten, um in unsere Nähe zu kommen. Aber auch auf diese Art wurde unsere Hütte schließlich fertig, und wir konnten nach unserem Einzug das Defilee der erwachsenen Dorfbewohner entgegennehmen, die alle unsere neue Heimstatt begutachten kamen und uns zu verstehen gaben, dass es eine gute Hütte war, dass sie sozusagen den hiesigen Bauvorschriften entsprach.

Eine alte Frau und ein junges Paar hielten sich abseits. Sie kamen auch nicht zu unserer Hütte. Felicité fragte M'bale nach ihnen. Ihr Kind sei gestorben, sagte er. Zwanzig Tage nach der Geburt. Man werde heute Abend die Totenfeier halten. M'bale setzte hinzu, er wolle uns bekannt machen: mit »Grand-mère«.

Die alte Frau, die bei dem jungen Paar saß, erhob sich und kam zu uns herüber. Sie hatte so gut wie nichts an. Bloß eine Schnur um die Hüften mit einem Tuch daran. Ihre Haut sah aus wie verstaubtes Leder, ihre Brüste waren flache Beutel, die auf ihrem Bauch hingen, und ihre Haare waren grau wie Stahlwolle. Aber ihre Augen gingen hellwach zwischen uns hin und her. Sie sagte nichts, blieb nur vor uns stehen, die Daumen auf seltsam kindliche Art vor dem Bauch ineinandergehakt. So stand sie da und sah Felicité an, mit einem Ausdruck, als träume sie. Niemand sprach, und niemand bewegte sich, es war wie ein Bann. Und es dauerte lange, minutenlang, so kam es mir jedenfalls vor. Viel zu lange. Ich spürte, wie Felicité neben mir zu zittern anfing. M'bale sah zu Boden, stand dabei wie ein Schuljunge, während der Lehrer jemanden an die Tafel gerufen hat, und ich begriff, dass die Alte, die träumend ins Leere zu starren schien, uns einer Prüfung unterzog. Plötzlich lösten sich ihre Hände voneinander, und sie berührte Felicités Arm mit den Fingerspitzen.

Felicité ließ mit erleichtertem Schluchzen die Luft aus den Lungen, sie war den Tränen nahe. Dann sah die Alte mich an. Ich war auf einiges gefasst, aber bei mir dauerte die Prüfung nicht lange. Die Alte nickte nach ein paar Sekunden, wandte sich ab und sagte etwas Rasches, entschieden Klingendes zu M'bale, er nickte ebenfalls. Ich war gekränkt. Anscheinend war ich nicht interessant genug, um auf Herz und Nieren geprüft zu werden.

M'bale lachte sein Lachen und brach den Bann. Sagte, wir sollten jetzt zu seiner Hütte kommen. Zur »Conférence«. Auf dem Weg dorthin meinte er, »Grand-mère« habe ihm eben mitgeteilt, dass das, was in meiner Hütte sei, ich wisse schon: »La tête«, in den Wald gebracht werden sollte, jedenfalls solange wir bei seinen Leuten wohnten. Es könne nicht im Dorf bleiben. Er werde mir nachher einen Platz dafür zeigen. Ich wunderte mich nicht darüber, ich war bereits vorgewarnt. Maka und so weiter.

Vor der Hütte M'bales trafen wir den Alten mit der vernarbten Schulter wieder. Bei ihm saß ein junger muskulöser Mann, der uns zur Begrüßung zunickte. Er hatte viele karoförmige Schmucknarben auf beiden Schultern und trug eine kurze blaue Sporthose. »Azik«, stellte M'bale ihn uns vor. Azik werde uns morgen zur Straße bringen.

Man begann mit der Besprechung. M'bale sagte Verschiedenes zu Azik, worauf Azik antwortete. Der Alte, den M'bale 'Ta genannt hatte, warf ab und zu ein paar besserwisserisch klingende Worte ein, auf die die beiden anderen nicht reagierten. Azik jedenfalls stimmte M'bales Vorschlägen unumwunden zu, das konnte man leicht verstehen. Ich vermutete, dass 'Ta hier bloß Rederecht genoss, an den Beschlüssen aber nicht beteiligt war. Die Besprechung war anscheinend Formsache, und sie war bald zu Ende.

M'bale wandte sich im Anschluss an uns und teilte uns mit, dass seine Leute seinem Plan zugestimmt hätten, uns zur Straße zu bringen. Bei der Gruppe könnten wir nicht bleiben, denn bald werde man weiterziehen. Dorthin, wo wir hergekommen seien: »Vers l'ouest.« Und die Straße liege ostwärts: »Vers l'est.«

Wir dankten förmlich und erhoben uns. Der alte Jäger stand ebenfalls auf und zupfte mich am Ärmel, lachte zahnlos zu mir herauf.

»Fusil«, sagte er, dazu stupste er mich mit seinem knorrigen Zeigefinger ein paarmal in die Seite.

M'bale grinste, erklärte mir, 'Ta wolle gern unser Gewehr sehen.

Ich ging mit ihm zu unserer Hütte, holte es heraus und zog es aus dem Futteral. Es war das erste Mal, dass ich es wieder zu Gesicht bekam.

'Ta stand neben mir, grinste und nickte anerkennend, die Unterlippe vorgestülpt. Ich gab es ihm in die Hand. Er wog es prüfend mit ausgestreckten Armen, drehte es hin und her. Es wirkte viel zu groß an ihm, aber nicht unbedingt fehl am Platz. Flink spannte er die Hähne, entspannte sie langsam wieder mit seinem rissigen Daumen.

»Bon fusil«, sagte er. »Rhino.« Dann: »Élépha'« – ohne Zähne, mit doppellippigem »F«, und: »'Ippo!«

Plötzlich bellte er: »Wamm!«

Mit einer flüssigen Bewegung ging er in Anschlag und zielte auf die Kindergruppe, die sich zehn Meter hinter uns neugierig versammelt hatte. Sie spritzte mit lauten Schreien auseinander, als habe eine Granate in ihrer Mitte eingeschlagen. Mir stand beinahe das Herz still. 'Ta lachte in Form eines längeren Hustenanfalls und setzte das Gewehr wieder ab.

»Wamm!«, sagte er zufrieden.

»Wamm!«, echote M'bale von hinten. Er war eben herbeigeschlendert, zeigte mit dem Finger auf 'Ta, der mir das Gewehr zurückreichte.

»Bon fusil. Grand chasseur.«

Ich kniete in unserer Hütte, verstaute das Gewehr wieder im Futteral. Als ich es zwischen unsere Sachen schob, stieß ich gegen den eingepackten Kopf, den ich nachher in den Wald bringen sollte. Hoffentlich bleibt er vollends dort, dachte ich. Rang um Vernunft.

»Du warst vorhin ziemlich nervös«, sagte ich danach zu Felicité, die in ihren sehr benutzt aussehenden Kleidern malerisch vor unserer Hütte saß, als wohnten wir schon länger hier.

»Die hat einfach in mich hineingesehen, die alte Frau«, sagte sie mit belegter Stimme.

»Bei mir hat sie offenbar nichts Interessantes zu sehen gekriegt«, erwiderte ich schnippisch. »Sie war ziemlich schnell fertig mit mir.«

Felicité war nicht empfänglich für Selbstmitleid. »Ich konnte meine Gedanken hören«, fuhr sie fort, als hätte ich nichts gesagt, »und ich wusste, dass sie mir dabei zuhört. Sie war in mir. In mir drin.«

Sie legte ihre Hand auf die Brust. Ich fand, dass Felicité eine gewisse Neigung dazu besaß, solche Dinge auszugestalten, aber das sagte ich natürlich nicht. Stattdessen zuckte ich die Achseln.

»Na ja. Ich denke, wir müssen hier mit so was rechnen.«

Felicité fixierte mich, ihre makellos runden Brauen hoben sich. »Dich bringt so was ja zum Glück nicht aus der Fassung.«

Nein, dachte ich. Zum Glück nicht.

»Mich schon«, beendete Felicité ihre Betrachtungen.

Ich brachte den Affenschädel in den Wald. Unter der Anleitung M'bales legte ich ihn am Fuß eines bestimmten Baumes ab. Anschließend schütteten wir etwas Laub darüber, bis er nicht mehr zu sehen war. M'bale versicherte mir, dass er dort sicher sei, niemand werde ihn wegnehmen. Dass das nicht mein Problem war, wollte ich M'bale nicht mitteilen. Als wir zurück ins Dorf gingen, sagte er, es gebe bald Abendbrot, dazu eine kleine Feier: »La fête.« Abendbrot fand ich sehr vernünftig. Ich wusste es inzwischen zu schätzen, wenn es überhaupt etwas gab.

Bei Einbruch der Dunkelheit wurden wir an ein großes Feuer geladen. Es gab wieder Suppe. Ich wollte nicht wissen, was es war, jedenfalls schwammen ordentliche Fleischstücke in der Schale, die man mir in die Hand drückte. M'bale, der neben uns saß, teilte kauend mit, es handle sich um ein Tier namens »Umbe«. Zu den Fleischstücken gehörten zierliche Knochen, die ich einem Hasen zugeordnet hätte. Jedenfalls kein Affe. Und niemanden sah ich an einer Hand oder an einem Fuß kauen. M'bale hielt sich zwei Finger vor die Stirn und zeigte mit ausgestreckten Händen das Maß einer Katze.

»Eine Antilope«, sagte Felicité. »Ducker wahrscheinlich. Die sind sehr klein.«

Eine katzengroße Antilope also. Ich war dankbar dafür, dass es ein Tier war, das denjenigen ähnelte, die ich bisher gegessen hatte.

Die Nacht war gekommen, rasch und unmittelbar. Das Feuer bildete die einzige Lichtquelle. Ich schaute hinüber zu der Alten, zu Grand-mère, die langsam an ihrer Portion kaute, dabei wiegte sie sich ein wenig hin und her. In ihren verträumten Augen glänzte der Widerschein des Feuers. Erneut schienen sie irgendwohin gerichtet, wo sie etwas sah, was ernster und wichtiger zu sein schien als ihre Umgebung.

In der Runde um das Feuer saßen vielleicht drei Dutzend Leute in bunter Reihe, in T-Shirts und in Shorts. Die Älteren waren fast nackt, ihre Körper verschmolzen mit der Dunkelheit, die vom Feuerschein an den Waldrand zurückgeworfen wurde. Ab und zu stand jemand auf und fischte mit einer hölzernen Gabel nach Fleischstücken in den drei Töpfen, die am Feuer in einem Glutbett standen. Wer seine Schale hob, bekam eine Portion hineingelegt. Zum Schluss gab es für jeden noch zwei winzige Bananen.

Dann brachten zwei Männer schlanke Trommeln zum Feuer, setzten sie auf den Boden und knieten sich davor. Es waren der alte 'Ta und ein jüngerer Mann mit verschlossenem Gesichtsausdruck und breiten, sehr beweglichen Nüstern, die wirkten wie extra angesetzt. Sie fingen an, die Trommeln mit kleinen Schlegeln zu bearbeiten. Die Kinder standen beim Klang der Trommeln vom Feuer auf und setzten sich ein Stück weiter nach hinten, wo sie, nach Altersgruppen sortiert, ihre Geheimnisse bewisperten; die Erwachsenen blieben sitzen. Das Paar, das sein Kind verloren hatte, hatte sich hinter die träumende Alte gesetzt.

Die Trommeln tasteten sich durch einen komplizierten Rhythmus, fanden sich zusammen wie zwei Tänzer und einigten sich auf ein gemeinsames tappendes Voranschreiten. Es war still geworden, nur die Äste knackten im Feuer.

M'bale erhob sich und verschwand im Dunkeln. Die anderen schwiegen, sie schienen der Trommel zu lauschen. Einige von ihnen zeigten den entrückten Ausdruck, den die Alte ständig trug. Worauf sie warteten, wurde mir in dem Augenblick klar, als die Alte zu singen begann, wobei »singen« nicht das bezeichnet, was sie tat. Es war mehr ein Jodeln. Sie sang zuerst zwei, dann drei Falsettsprünge, die sich wiederholten; ihre Stimme sprang auf und ab, und sie klang so rein wie eine Oboe. Sie produzierte einen orchesterreifen Holzbläserklang. Noch niemals hatte ich einen Menschen so singen hören. Nach ein paar Strophen gesellte sich eine zweite, tiefere Stimme dazu, es hätte ein Fagott sein können. Die beiden Stimmen sprangen auf und ab, kletterten gemeinsam durch die Tonleitern. Der Sänger war zu meinem Erstaunen der alte 'Ta, der dazu auf seine Trommel schlug, der Rhythmus war zu einem raschen Herzschlag geworden. Dann setzten eine dritte und eine vierte Stimme ein, eine davon gehörte der jungen Frau, die hinter der Alten saß. Es war die ergreifendste Totenklage, die ich je gehört hatte – wenn es eine war. Wir erfuhren es nicht. Das Lied dauerte zehn, fünfzehn Minuten, dann verstummten die Stimmen.

Die zweite Trommel fiel wieder ein, zusammen wurden sie kräftiger, aggressiver. M'bale kam zurück, zusammen mit drei jungen Männern. Sie stampften gebückt hintereinander mit gebeugten Knien einen Tanz mit einer Schrittfolge, die sie nur langsam nach vorne rücken ließ. Wenn sie seitwärts oder vorwärts stampften, klapperten hölzerne Reifen, die sie an den Fußgelenken trugen.

Sie tanzten eine Jagd. Das konnte jeder verstehen, denn sie sahen sich nach allen Richtungen um, und sie waren unterwegs auf einem komplizierten Pfad. Ihre Gesichter zeigten alle Anzeichen der Furcht. Da verstand ich: Sie stellten das Wild dar, nicht die Jäger. Die Jäger, das waren die Trommeln. Sie hetzten die Tanzenden, waren hinter ihnen her, ließen sie nach rechts, nach links und nach vorn flüchten, aber nicht entkommen, bis sie erschöpft waren und sich ergeben niederkauerten. Sie waren zur Strecke gebracht. Die Jagd war zu Ende.

Die Pygmäen lachten, begannen wieder zu reden.

M'bale kam zu uns, auf seiner Stirn standen Schweißtropfen. Wir lobten das Lied und den Tanz.

»Bon chasse«, erwiderte er. Man hoffe auf gute Jagdgründe im Westen. Auf Schweine, Büffel, vielleicht sogar Elefanten. Aber am liebsten Schweine. »Du porc. Bon viande.« M'bale schloss die Augen und roch genießerisch an seinen Fingern. »Très bon viande.«

Jemand trat von hinten an den Sitzkreis heran und brachte eine qualmende Pfeife mit. M'bale nahm sie entgegen, wechselte mit dem Überbringer ein paar Worte. Dann paffte er an der Pfeife, nahm einige schnelle Züge. Er produzierte einen beißenden Qualm, es erinnerte mich stark an Opas Bienenpfeife. Aber M'bale blies den Rauch nicht aus, er sog ihn ein und ließ ihn eine Weile in der Lunge, ehe er ihn wieder ausstieß. Zwei tiefe Züge, dann reichte er mir das Ding. Die Friedenspfeife, wie ich mit meiner Vorbildung annehmen durfte.

»Tu das lieber nicht«, flüsterte Felicité neben mir und legte mir die Hand auf den Arm.

Aber M'bale knuffte mich mit dem Ellbogen an. »C'est bon. Pour la chasse. Pour tout.«

Diesmal wollte ich kein Spielverderber sein. Rauchen konnte ich schließlich schon, dabei würde ich nicht viel falsch machen. Ich hielt die Pfeife in der Hand, ein ungeschlachtes, schweres Ding, aus dem es heftig dampfte.

»Was ist das?«, zischte ich Felicité zu, die mich besorgt ansah.

»Vielleicht sind Drogen drin. Nimm höchstens einen kleinen Zug, aus Höflichkeit.«

Ich nahm einen Zug. Sofort biss mir der Rauch in die Lunge, ich musste husten. M'bale klopfte mir freundschaftlich auf den Rücken, während ich nach Luft rang. Mein Hustenanfall dauerte eine Weile, und in dieser Zeit inhalierte ich zwangsläufig ziemlich viel von dem Rauch, der aus der Pfeife herausquoll wie aus dem Schornstein einer alten Lokomotive. Um wieder Luft zu bekommen, streckte ich die Pfeife weit von mir. M'bale nahm sie mir ab und reichte sie Felicité, die höflich ablehnte und sie ihm zurückgab. Er akzeptierte ohne Protest, Männersache vermutlich, das Pfeiferauchen. Jedenfalls hatte ich mich nicht als zickig erwiesen. Aber in meiner Lunge rauchte es noch immer, das Zeug wirkte so heftig wie der Dampf einer Säure. M'bale nahm noch einen guten Zug, dann gab er die Pfeife weiter. Ein paar von den Männern im Kreis nahmen ebenfalls einen oder zwei vorsichtige Züge, sie bekamen dabei aber nicht so viel ab wie ich, wie ich mit einigem Schrecken feststellte.

»Was für Drogen«, ich hustete, »haben die eigentlich?«, fragte ich Felicité.

In meinen Augen biss noch immer der Qualm. Sie zuckte die Achseln und ließ ihren Blick über mein Gesicht gehen.

»Ibogain wahrscheinlich. Oder irgendetwas anderes mit halluzinogener Wirkung.«

»So wie LSD?« Ich hatte in meinem Leben ein paarmal gekifft, das war schon alles, was ich an Drogenerfahrungen vorweisen konnte, wenn man vom Bier absah.

»Beruhige dich«, sagte Felicité. »Es ist bestimmt nicht tödlich.«

Ich hatte das Gefühl, als hätte ich eine brennende Zigarre hinuntergeschluckt. In meinen Lungen schienen kleine Fünkchen zu glimmen.

»Die Leute hier rauchen das Zeug ja selbst, wie du siehst.« Felicité wies auf die qualmende Pfeife, die weiter um das Feuer wanderte. »Sie sind ziemlich geschickt im Umgang mit Giften und Drogen«, erklärte sie mir flüsternd. »Das Pfeilgift zum Beispiel, das sie verwenden, kann einen Elefanten töten. Es bleibt Jahrzehnte aktiv. Ich habe im Völkerkundemuseum in Libreville Pfeile gesehen, die waren fünfzig Jahre alt und noch immer gefährlich. Man hatte die Spitzen mit Packband umwickelt. Ein Totenkopf klebte darauf.«

Ein Totenkopf. Ich war so beruhigt, wie ich es den Umständen nach sein konnte. Aber mir war übel. Die Zigarre in meiner Luftröhre war inzwischen ausgegangen, in meinem Magen befand sich dafür eine kalte Faust.

»Mir ist nicht gut«, sagte ich.

Die Leute am Feuer schienen sich alle sehr wohlzufühlen. Aber ihre Gespräche waren mir zu laut, ihr Lachen klang blechern und vulgär. Ich fand überhaupt, dass man hier keine anständigen Sitten pflegte. Die Jäger verzogen ihre Gesichter zu hämischen

Grimassen, die Frauen sahen mich im flackernden Feuerschein lüstern an und räkelten sich am Feuer, um mir ihre Brüste und den dunklen Fleck in ihrem Schritt zu zeigen. Ich fand, ich sollte jetzt besser in die Hütte gehen.

»Ich gehe … mal schlafen«, lallte ich.

Felicités Antwort verstand ich nicht. Sicher etwas Zickiges, Unfreundliches. Ich wollte sie auch nicht verstehen, ich machte mir nichts aus ihr. Ich war ihr ohnehin lästig, da konnte ich auch verschwinden.

M'bale half mir aufzustehen. Sein wüstes, verzerrtes Gesicht kam mir ganz nahe, das Gesicht eines bösartigen Kannibalen, der die Hände und Füße von Affen aß. Ich roch seinen fauligen Mundgeruch, und mir wurde sehr übel. Felicité sagte gerade etwas an meinem Ohr, ich konnte es nicht verstehen, es klang wie Jodeln. M'bale redete dazwischen, seine Stimme hatte sich in Blechplatten verwandelt, die dröhnend gegeneinanderschlugen. Alles war viel zu laut. In meinen Ohren donnerte es wie Gewitter. Ich winkte ab. Ich brauchte Ruhe.

»Schlafen«, versuchte ich zu sagen. Aber meine Zunge war sehr schwer. So schwer wie ein Krokodil und auch so groß. Sie lag in meinem Mund, festgefahren in einem Bett aus Schlick, und rührte sich nicht mehr. Weg hier. Nur fort, dachte ich. Ich stolperte durch die Nacht. Meine Beine wollten mir nicht gehorchen, aber ich wollte weggehen, weit weg.

Dann, plötzlich, war ich ganz allein.

M'bale war fort und Felicité auch. Sie hatten mich in den Wald geführt und mich dort gelassen. Ich befand mich an dem Ort, wo wir den Affenschädel versteckt hatten, am Fuß eines besonderen Baumes und von bestimmten Blättern bedeckt. Es war die Stelle, ich fühlte es, ich spürte seine Anwesenheit, er zog an mir wie ein Magnet. Um mich ließen winzige Frösche ihre Kaugummiblasen platzen, ich sah es in der Finsternis, kleine blaue Lichter gingen ständig an und aus, die unterschiedlichsten Kerbtiere knarrten wollüstig mit ihren Extremitäten. Sie freuten sich, dass ich sie besuchen kam in ihrem Zwergenreich. Ich würde es vielleicht nicht mehr verlassen, schwante mir.

Satte Dunkelheit umgab mich, die kleinen blauen Blasen erhellten den Urwald nicht. Ich fühlte die Nähe harter, glänzender Blätter und wuchernder Äste, sie schienen hier schneller als sonst zu wachsen. Lianen, Farne und Urwaldriesen rückten raschelnd um mich zusammen, mir war plötzlich klar, dass Pflanzen selbstverständlich ihren Standort wechseln konnten, wenn sie es wirklich wollten, ich fragte mich, weshalb ich das nicht früher schon gewusst hatte. Sehen konnte ich nichts. Ich begriff, ich war verloren. Meine einzige Chance bestand darin, hierzubleiben und zu hoffen, dass mich jemand finden würde. Ich ließ mich vorsichtig auf dem Boden nieder. Zwischen Skorpionen, Giftschlangen, Wolfsspinnen, die, wie ich wusste, alle nachts jagten und meine Körperwärme mit ihren Infrarotsensoren orten konnten.

Mir war schwindlig. Ich stützte meinen Kopf in die Hände, eine ganze Weile. Versuchte, etwas gegen die sausende Drehung der Erde zu unternehmen, die ich jetzt wahrnehmen konnte, und fragte mich, wie ich es früher eigentlich hinbekommen hatte, auf ihr zu stehen, sie drehte sich ja ständig. Im Erstaunen hob ich meinen Kopf, und da sah ich das Licht. Ich sah ein fahles, schwankendes Licht wie von einer schwachen Laterne herrührend, das sich durch den Wald bewegte. Es verlor sich zwischen Blättern und Zweigen, erschien wieder und verschwand hinter einem Baumstamm. Tauchte wieder auf, näher jetzt, es kam näher, kam in meine Richtung. Die nächtlichen Geräusche legten an Lautstärke zu, Ouvertüre für ein Schauspiel, das ich schon ahnte: Ich bekam Besuch. Die Furcht heftete meinen Magen mit Klammern an die übrigen Eingeweide, denn ich erkannte inzwischen, dass das Licht von einer Gestalt ausging, deren Umrisse verrieten, dass sie kein Mensch war. Sie schien das Licht am Kopf zu tragen, eine Art Stirnlampe. Die Gestalt verschwand hinter einem Urwaldriesen und kam auf der anderen Seite zum Vorschein, nur noch fünf Meter entfernt. Eis breitete sich aus in meinem Leib. Ein Affe, groß wie ein Gorilla, und er hatte keine Laterne auf dem Kopf, das fahle Leuchten drang aus seinen leeren Augenhöhlen. Es war Maka. Ich musste sterben.

Maka kam auf mich zu, seine leuchtenden Augen richteten sich auf mich, und ich sah, dass der Affe eine Maske aus grauer

Menschenhaut vor dem Gesicht trug. Das tote Gesicht ähnelte auf fatale Weise dem alten Waldschrat, der mir den Affenschädel geschenkt hatte, das Geistwesen hatte sich sein totes Gesicht übergestreift wie eine Larve. Das Glühen seines Blicks drang durch die leeren Augenlöcher der Maske hindurch. Seine Hände waren groß wie Schaufeln, ein langer schwarzer Penis baumelte zwischen seinen Beinen, dahinter, wie eine doppelte Geschwulst, zwei winzige Hoden.

»Du bist Maka«, sagte ich leise. Meine Lippen bebten.

Ich hatte vergessen, dass man seinen Namen nicht aussprechen sollte, schon gar nicht, wenn er vor einem stand. Wahrscheinlich durfte man ihn auch nicht anstarren. Das Tier, das kein Tier war, antwortete nicht. Es maß mich mit seinen leuchtenden Augen, zwei nebeneinandergesetzten Einschusslöchern, die den glühenden Kern im Innern seines Schädels ahnen ließen. Maka schnaubte verärgert, zog die Oberlippe zurück, und zeigte mir seine langen Gorillazähne.

»Wieso rufst du mich, du Idiot?«, fragte er.

Seine Stimme klang gereizt. Sie erinnerte mich einen kurzen Moment lang an Lars Olson.

»Ich habe dich nicht gerufen«, wagte ich zu widersprechen.

Maka machte eine unwillige Bewegung mit einer seiner Pranken. »Das weiß ich ja wohl besser«, knurrte er.

Er reckte die Schultern, setzte sich auf seinen Gorillahintern, die mächtigen Arme neben sich auf den Boden gestemmt, und fixierte mich.

»Du wirst sterben«, stellte er fest. »Du gehst mir schon auf die Nerven, seitdem du hier bist.«

Ich wagte nicht, etwas dazu anzumerken.

»Willst du dir die Art aussuchen?« Maka schob seine dicken Gorillalippen nach vorn. »Hinter dir, zwanzig Meter entfernt, duckt sich gerade ein Leopard hinter einem Baum. Er beobachtet dich, er hat Hunger. Er könnte dich in zwei Sekunden kriegen. Er wirft dich um und zerknackt dir mit seinen Kiefern den Kopf, dann schlitzt er dich auf und frisst deine Eingeweide, solange sie noch warm sind. Den Rest holt er sich später, Stück für Stück. Oder möchtest du, dass es schneller geht? Einen Meter von dir entfernt liegt eine Grubenotter. Du kannst sie nicht sehen, sie versteckt sich unter vermoderten Blättern. Wenn sie dich beißt, spürst du bloß einen Stich am Knöchel. Eine Minute später kannst du nicht mehr atmen und nicht schreien, du erstickst innerhalb von drei Minuten. Oder wie wäre es mit dem Skorpion, der gerade zwischen deinen Füßen durchkrabbelt? Das dauert länger. Sein Gift ist nicht stark genug, um dich zu töten. Es lähmt dir nur für drei Tage die Beine. In dieser Zeit fressen dich die roten Ameisen, die kennst du ja bereits. Also?«

Ich blieb stumm. Wenn ich schon sterben sollte, wollte ich mir die Art nicht auch noch aussuchen müssen.

Maka maß mich verächtlich von oben bis unten. Seine Augen funkelten mich an, zwei glimmende Kohlen. Er schüttelte den behaarten Schädel mit dem aufgebundenen toten Menschengesicht, das dem Alten aus dem Wald im wahrsten Sinn des Wortes wie aus dem Gesicht geschnitten war.

»Ich habe vergessen, dass du ein Weißer bist«, zischte Maka. »Wie konnte ich dir den Tod eines Jägers vorschlagen?« Er schüttelte seinen Gorillaschädel. »Der Tod im Wald ist zu schade für dich, ich erlaube ihn dir nicht«, entschied er. »Du wirst so sterben, wie ihr Weißen sterbt. Durch eine Kugel oder durch eine Bombe, vielleicht bekommen wir das hin. Aber wenn ich es mir recht überlege, dann möchte ich dich am liebsten in einem Bett sterben lassen. Alt und schwach, eine Zumutung für alle in deiner Umgebung, bloß noch ein Name auf einem Papier oder ein Datensatz auf einem Bildschirm. Das Letzte, was du siehst, werden die Displays auf euren beschissenen Maschinen sein, das Letzte, was du hörst, das Gepiepse eines Computers.«

Maka erhob sich. Sein behaarter Körper wie ein Schatten, die glühenden Augen bohrten sich in mein Gesicht.

»Bis dahin: Mach, dass du hier wegkommst. Hau ab aus meinem Wald.«

Da schwanden mir die Sinne.

Ich kam zurück ins Bewusstsein, als ich das Dach der Grashütte über mir sah, die ich, das fiel mir langsam wieder ein, mit Felicité bewohnte, in einem Pygmäendorf in den Wäldern des Ostkongo.

An diesem Punkt angelangt, drehte ich meinen Kopf nach rechts, wo ich eine Bewegung wahrgenommen hatte. Felicité lagerte neben mir, den Kopf graziös auf die Arme gelegt. Sie sah mich an, mit den Augen einer ägyptischen Prinzessin, ohne einen Kommentar zu meiner Lage abzugeben.

»Ich habe Maka gesehen«, krächzte ich.

Felicité nickte. »Klar«, sagte sie. »Du warst stoned, mein Lieber. Ich hab dich gewarnt.«

Ich fühlte mich nicht verstanden. Mein Kopf tat so weh.

»Ich werde sterben«, hörte ich mich sagen mit einer Stimme wie ein Reibeisen. Die Heiserkeit verlieh meiner Stimme etwas Prophetisches, Unumstößliches, vor dem ich selbst erschrak.

»Unsinn«, sagte Felicité. »Du wirst in einer halben Stunde mit mir und Azik zusammen zur Straße aufbrechen. Ich habe schon alles gepackt.«

Ich stöhnte leise. Mein Kopf fühlte sich an, als hätte jemand, Maka oder wer sonst mir übel gesonnen war, glühende Schaschlikspieße hindurchgetrieben.

»Gepackt?«, echote ich, unfähig, etwas Eigenes von mir zu geben.

»Gepackt«, bestätigte Felicité. »Unsere Sachen. Auch deinen Fetisch übrigens. Wir haben ihn zusammen aus dem Wald geholt, M'bale und ich.«

Sie betrachtete die Fingernägel an ihrer ausgestreckten rechten Hand, sie waren noch immer atemberaubend mandelförmig und ziemlich sauber, alle fünf.

»Grand-mère meinte, wir würden das Ding noch brauchen.« Felicité schenkte mir ein Lächeln. »Sie wusste übrigens, dass du was mit Ameisen zu tun hast, stell dir vor. Sie hat gesagt, der Mann, der die Ameisen zählt, braucht ihn. Der Mann, der die Ameisen zählt. Könnte das nicht ein neuer Name für dich sein, Bern'?«

Ich schloss die Augen. Es tat weh, Felicité anzusehen.

»Wo habt ihr mich gefunden?«, stöhnte ich. Jedes Wort strengte mich an.

»Das war nicht schwierig«, sagte Felicité. »Wir haben dich gar nicht gesucht. Du bist aufgestanden, weil dir schlecht war, und zwanzig Meter vom Feuer entfernt umgefallen. Das nehme ich jedenfalls an, da hast du nämlich gelegen. M'bale hat dich gesehen und mich geholt. Zusammen haben wir dich dann in die Hütte gebracht. Du hast nichts davon gemerkt?«

Ich versuchte, den Kopf zu schütteln, ließ es aber gleich wieder bleiben, wegen der Schaschlikspieße, die darin steckten.

»Nein«, sagte ich mit großer Mühe. »Nichts.«

»Interessant«, sagte Felicité. »Ibogain erzeugt eigentlich nur intensive Träume. Eine Überdosis kann allerdings einen Herzstillstand verursachen. Du hast es ganz gut überstanden«, stellte sie fest. »Iss noch was, bevor wir losgehen. M'bale sagt, es sind gut vier Stunden durch den Wald. Näher wollen sie nicht an die Straße heran. Du kannst dir denken, warum?«

Ich konnte es mir denken.

Unter Schmerzen begab ich mich nach draußen. Es war noch etwas lauwarme Brühe übrig von gestern, dazu bot man uns ein Bananenblatt voller gebackener Insektenlarven an. Ich hatte wieder Hunger und aß drei davon. Versuchte, beim Kauen nicht einzuatmen: nur die Nährstoffe aufnehmen, nicht den Geruch. Felicité, M'bale und Azik aßen mit Appetit den Rest.

Ehe wir aufbrachen, versuchte ich, M'bale De Vries' Gewehr anzubieten. Ich tat es aus Höflichkeit, ohne zu glauben, dass er es annehmen würde, was er auch nicht tat. Immerhin schien er die Geste zu schätzen: »Bon fusil«, sagte er bedauernd und klopfte auf den gemaserten Schaft. »Élépha'«, fügte er hinzu und deutete auf die in Gold eingelegten Seitendeckel: »White Hunter.« Dann schüttelte er den Kopf und lachte ein letztes Mal sein Eckzahnlachen. Reichte mir das Gewehr zurück.

Azik legte ein Tempo vor, das mir von Anfang an keine Wahl ließ. Entweder riss ich mich zusammen, oder ich fiel um und blieb für den Rest des Tages liegen. Er trug eine Adidas-Sporthose und ein T-Shirt mit einem verblichenen Werbelogo auf der Rückseite, es zeigte einen amerikanischen Weißkopfseeadler, der eine Dollarnote in den Fängen hielt. Ich starrte auf den Adler mit der Dollarnote und stolperte hinter ihm her, als wäre ich mit einem Seil an Azik befestigt. Dabei dachte ich an Keynes, der sagte, man könne eine Schnur nun mal nicht schieben, um abhängige Prozesse zu kennzeichnen, und gab Keynes recht. Ich wäre sofort zusammengebrochen, wenn man versucht hätte, mich auf dem Urwaldpfad entlangzuschieben. Einem Pfad, den nur Azik erkannte, der zwar eine Machete bei sich hatte, sie aber nicht brauchte, weil er sich durch den Busch hindurchbewegte, als weiche alles vor ihm aus.

Ich also an der Schnur von Azik, und hinter mir ging Felicité, mit einer Energie, die ich nur bewundern konnte. Frauen, dachte ich, sind zu Dauerleistungen einfach besser geeignet als Männer. Skilangläuferinnen, Kanalschwimmerinnen, alleinerziehende Mütter. Die Schaschlikspieße in meinem Gehirn, die nur langsam herausfielen, erlaubten mir nicht, die Liste zu komplettieren.

Erst nach zwei Stunden gönnte uns Azik eine Pause.

»Stop here«, sagte er.

Uns zuliebe oder um seine Weltläufigkeit zu beweisen, sprach er Englisch, allerdings nur sehr wenig. Ich fiel einfach um, weil die Schnur schlaff geworden war. Bekam zu trinken von Felicité, dazu zwei kleine Bananen und etwas wie einen Hundeknochen von Azik. Ich nahm es in den Mund, es schmeckte wie getragener Schuh. Beim Kauen erkannte mein Sensorium, dass es eine Art Trockenfleisch war. Es stammte vermutlich von einem Wirbeltier, nicht von einem Arthropoden. Ich mümmelte es weich und schluckte es herunter. Anschließend rappelten wir uns wieder hoch.

Nach einer weiteren Stunde wechselte die Vegetation. Der Wald wurde lichter. Wir gelangten in ein von Büschen bewachsenes welliges Gelände, in dem Azik das Tempo verringerte. Ab und zu bedeutete er uns zu warten. Dann ging er voraus, sah sich um und winkte uns, nachzukommen. Er wirkte angespannt.

In dem Buschland war es leichter, voranzukommen, nur das Gras war hart und schnitt in die Haut, wenn man daran entlangstreifte. Meine Stiefel, die noch immer hielten, kamen mir sehr zupass, aber Felicité musste eines der T-Shirts aus unserem Gepäck zerreißen und es um ihre Beine wickeln, um sich vor den Grashalmen zu schützen. Das bleischwere Gewehr trugen wir abwechselnd. Es machte mir Kopfzerbrechen, weil man es nicht verstecken konnte wie die Diamanten. Schon von Weitem würde man es sofort als das erkennen, was es war. Ich wollte mir gar nicht vorstellen, was passieren würde, wenn wir damit in eine Ansiedlung einmarschierten, in der beschäftigungslose junge Männer mit Geschäftssinn auf Gelegenheiten warteten.

Auf einer Anhöhe winkte Azik uns zu sich heran. Er wies nach Osten, wo das wellige Gelände allmählich abfiel. Dort sah man zwischen Hunderten von dunkelgrünen Büschen, die sich über ein paar Quadratkilometer verteilten, ein dünnes, helles Band. Die Straße. Zwei Lastwagen krochen auf ihr entlang wie verirrte Raupen. Sie zogen lange Staubfahnen hinter sich her.

»The road«, sagte Azik, hob die Brauen und zog Luft durch die Nase ein, als habe er stattdessen gesagt: »Der Feind.« Wir rasteten und aßen den Rest unserer Wegzehrung. Azik teilte uns mit, er werde hier umkehren.

»Look Chinaman«, sagte er. »Talk to Chinaman driver. Not black driver.«

Mit dieser Empfehlung verließ er uns. Er tippte mit seinem Zeigefinger einen Gruß gegen die Schläfe und verschwand leichtfüßig zwischen den Büschen, auf immer.

Wir sahen uns an, Felicité und ich, wandten dann den Blick zur Straße. Sagten nichts, für eine Zeit, die mir lang vorkam.

»Was machen wir jetzt mit den Diamanten?«, fing ich an.

»Es gibt drei Möglichkeiten«, sagte Felicité.

»Runterschlucken, meinst du?«, sagte ich. »Ist dir klar, dass es zweiundzwanzig Diamanten sind, so groß wie Haselnüsse?«

»Das ist mir klar«, sagte Felicité. »Ich sagte: drei Möglichkeiten. Runterschlucken ist nur eine davon.«

Vielleicht baute mein Gehirn noch Ibogain ab, oder die Strapazen des dreistündigen Gewaltmarsches mit Azik hinderten mich am Denken. Ich zuckte die Achseln.

»Tut mir leid, ich kapier's nicht«, sagte ich.

»Versteck Nummer eins«, sagte Felicité, »ist dein Fetisch in der Plastiktüte dort. Affen haben ein ziemlich großes Gehirn. In den Schädel da passen elf Diamanten rein. Ich habe es ausprobiert. Sie sind schon drin.«

Ich spürte ein Würgen im Schlund. Ein Bild war aufgetaucht,

das ich nicht sehen wollte. Es zeigte Felicité dabei, wie sie Diamanten in die Hinterhauptöffnung eines stinkenden Makakenschädels drückte. Ich verschob es schnell in eine unbeleuchtete Ecke meines Bewusstseins.

»Schlau«, würgte ich heraus. »Bleiben noch zehn.«

»Denk mal über die menschliche Anatomie nach, Bern'.«

Ein kühler Blick von ihr, ein wenig Spott darin.

»Zwei für dich, acht für mich«, sagte sie. »Ich gebe zu, ich bin da im Vorteil.«

Mir fiel erst mal nichts dazu ein. Auch dann nicht, als ich es schließlich kapiert hatte. Andere Möglichkeiten gab es nicht. Sie zu schlucken hätte uns unberechenbaren Folgen ausgesetzt.

Wir tranken unser restliches Wasser, ehe wir, jeder diskret hinter einem eigenen Busch, mit dem Verstecken anfingen. Danach öffnete ich meine Tasche und holte die Tengelmann-Tüte heraus. Ich wollte sehen, was Felicité mit dem Schädel angestellt hatte. Eine Explosion aus Gestank kam zusammen mit dem Schädel heraus, es war, als hätten sich Tod und Pestilenz darin konzentriert über die Tage, in denen der Schädel nicht ungehindert seinen Aasgeruch verbreiten durfte. Ich drehte den Schädel in der Tüte, dabei hielt ich den Atem an, bis das mit Dreck verkleisterte Hinterhauptloch erschien. Dann ließ ich das Ekelding fallen, trat fünf Schritte zur Seite und holte tief Luft. Felicité kam hinter ihrem Busch hervor. Sie strich sich die Shorts glatt und grinste zu mir herüber.

»Eine sichere Sache«, sagte sie und wies auf den am Boden liegenden Schädel. »Das sicherste Versteck von allen. Du weißt ja inzwischen, dass er bei dir bleiben wird, Bern', bis alles daran verwest ist. Bis nur noch die Knochen da sind. Bis dahin hast du dich so an ihn gewöhnt, dass du ihn zu Hause als Andenken auf deinen Schreibtisch stellen wirst.«

Auf meinen Schreibtisch, dachte ich und kniete mich neben das Ding auf den Boden. Ich war nicht sicher, ob ich jemals wieder an einem Schreibtisch würde Platz nehmen können. Ohne Rücksicht auf die herausströmenden Ameisen und den Geruch sah ich mir die Hinterhauptöffnung noch einmal an.

»Womit hast du das zugemacht?«

»Baumharz und Dreck«, sagte Felicité. »Der Klebstoff der Steinzeit. M'bale hat mir das Zeug gegeben.«

Ich nickte ein paarmal mit angehaltenem Atem. Was für eine höllische Sparbüchse. Dann, ehe ich wieder Luft geholt hatte, wickelte ich die Plastiktüte drum herum und knotete sie fest.

»Was machen wir mit dem Gewehr?«

»Das verkaufen wir«, sagte Felicité. »Wir denken uns eine Geschichte aus. Man wird uns natürlich übers Ohr hauen, aber dann haben wir etwas Bargeld und kommen ein Stück weiter.« Sie musterte mich einen Moment. »Zieh De Vries' Hemd an und wirf das da weg«, sagte sie. »Später brauchst du dann auch noch den Hut.«

Wir würden erzählen, dass wir auf der Jagd gewesen seien. Dass wir unsere Gruppe verloren hätten, als wir eine Panne mit dem Geländewagen gehabt hatten. Das, meinte Felicité, reiche schon, um den Fahrer eines Lastwagens davon zu überzeugen, dass wir in die nächste größere Stadt gelangen müssten. Schließlich brauchten wir jemanden, der den Wagen reparieren konnte. Sobald wir in einer Ansiedlung waren, würden wir das Gewehr verkaufen können, mit Hilfe einer anderen Geschichte. Mir fiel nichts Besseres ein.

ZWÖLF

Es dauerte noch fast eine Stunde, ehe wir zur Straße kamen. Die Savanne war von tiefen Gräben durchschnitten, deren Ränder völlig ausgetrocknet waren. Versuchte man, sie zu durchqueren, brach man ein, rutschte in einer Wolke aus Dreck herunter und kam auf der anderen Seite nur mit Mühe wieder hinauf. Als wir schließlich den Damm erreicht hatten, auf dem die Straße verlief, waren wir gelb von Staub.

Vor etwa einer Viertelstunde hatten wir einen Lastwagen vorbeirollen sehen, der einen schweren Auflieger mit einer Plane darüber schleppte. Die Straße war nicht asphaltiert, der Lastwagen war langsam gefahren, höchstens dreißig, vierzig Stundenkilometer, die Gestalt im Führerhaus hatte man nicht erkennen können. Für ein paar Sekunden hatte ich geglaubt, eine weiße Mütze hinter der Scheibe zu sehen, das war alles. Nun saßen wir neben der Böschung, hinter einem Busch, der etwas Schatten spendete, und warteten.

»Lass mich reden, okay«, sagte Felicité und sah mich an, als wollte sie herausfinden, ob ich grundsätzlich in der Lage sei zu lügen. Da konnte ich sie beruhigen. Ich hätte sonst was erfunden, um heil hier herauszukommen, so ähnlich äußerte ich mich auch.

Felicité schüttelte den Kopf. »Du darfst nicht aussehen, als hättest du Angst, Bern'. Sei ärgerlich, schimpf auf das Auto, auf Toyota, wenn du meinst, dass du was sagen musst. Ab und zu fluchen ist gut. Aber zeig nicht deine Angst, ja?«

Wir vernahmen ein Motorengeräusch und machten uns bereit. Als Erstes erschien eine Staubwolke, ein paar hundert Meter entfernt hinter einem Hügel. Als die Staubwolke um die Kurve kam, tauchten darin zwei Gestalten auf. Zu meiner Überraschung waren es Reiter. Als ihre Silhouetten vor den Staubwolken schärfer wurden, verwandelten sie sich in Motorradfahrer. An den hochgezogenen Lenkern ihrer Maschinen flatterte buntes Zeug. Die beiden Fahrer fuhren auf Choppern mit nach vorn gestreckten Füßen im Easy-Rider-Stil. Hinter ihnen kam jetzt noch ein Motorrad um die Ecke, das aggressive Grollen wurde dreistimmig.

Felicité hatte mich schon hinter den Busch gezerrt, sie lag flach auf der Erde, und ich tat es ihr gleich. Riss mir schnell De Vries' Hut vom Kopf, den ich für meine Maskerade bereits aufgesetzt hatte. Das Bewusstsein einer unmittelbaren Gefahr vermittelte mir vor allem Felicités Hand, die auf meinen Rücken drückte. Sie zitterte wie Espenlaub, während ich durch den Busch, hinter dem wir lagen, auf die drei Motorräder starrte. Sie donnerten vorbei, eines nach dem anderen, der Staub kam wie ein Sandsturm auf uns herunter.

Als sich das Motorengeräusch entfernte, hoben wir die Köpfe. Sahen die Maschinen davonfahren, die schwarzen Typen mit Sonnenbrillen darauf, mit Stirnbändern und Lederwesten über den nackten Oberkörpern. Die flatternden Bänder an den Lenkern. Am Heck der hinteren Maschine bauschte sich eine schwarze Totenkopfflagge, so groß wie ein Leichentuch.

Wir sprachen nicht darüber. Es war ein böser Traum. Ich sah Felicité an, dass ihre Einschätzung der Begegnung keine gute war, und mir war es nicht anders gegangen. Wir versuchten einfach, es zu verdrängen.

Zehn Minuten später kam ein Lastwagen um die Kurve. Wir stellten uns an die Straße, ich setzte programmgemäß De Vries' Hut auf. Felicité hob den Daumen, und der Laster hielt. Insofern klappte erst mal alles. Der dunkelhäutige Fahrer, leider kein Chinese, ließ uns einsteigen, fragte noch nicht einmal, wohin wir wollten, sondern nickte nur mit dem Kopf und fuhr los. Begleitet von pfeifender Ju-Ju-Musik aus dem Radio rollten wir Richtung Norden. Der Fahrer, Anfang zwanzig vielleicht, eine dünne Goldkette um den Hals und sehr einsilbig, lenkte den Truck umsichtig durch die Schlaglöcher. Ab und zu traf ein scheuer Blick Felicité, die neben ihm saß, dabei tauchte seine fast schwarze Iris im Weiß der Augen auf, einem Weiß mit braunem Rand. Felicité erzählte ihm langatmig unsere ausgedachte Geschichte, obwohl selbst mir klar wurde, dass das gar nicht erforderlich war. »Oui« oder ein Nicken, mehr brachte unser Chauffeur nicht zustande.

Wir fuhren durch eine ausgetrocknete Landschaft, überall rechts und links der Straße standen Büsche, gelb bepudert von den Staubwolken der Lastwagen wie von einem Blizzard. Mittlerweile schwiegen wir alle drei, unsere Köpfe wackelten im gleichen Takt, wenn der Lastwagen durch die Bodenwellen schaukelte. Hitze strahlte vom Kabinendach ab, drang durch die halb verhängte Windschutzscheibe. Die heiße Luft, die durch die offenen Fenster hereinblies, kühlte nicht.

Nach einer Weile stellte Felicité dem Fahrer eine Frage, in ihrem schnellen Französisch, dem sie einen kehligen Ton beimischte, einen Lokalton sozusagen, vielleicht um den Mann nicht misstrauisch zu machen. Zweimal hörte ich das Wort »moto« heraus. Die Augen des Fahrers weiteten sich. Er nickte, er hatte verstanden. Aber er sagte nichts. Erst als Felicité noch einmal nachfragte, wieder einen Satz mit »moto« formulierte, sagte er ein Wort. Nur ein Wort, das ich aber – was ich in diesem Augenblick noch nicht wusste – nicht mehr vergessen sollte.

»Botoko«, sagte er.

Er sprach das Wort sehr leise, die Silben tropften nacheinander aus seinem Mund, ein Hauch von Angst lag dazwischen. Botoko. Felicité sah mich an, zuckte mit den Schultern.

Der Fahrer griff an den Radioknopf, drehte die zupfende Musik lauter, kein Gespräch mehr möglich. In den Musikpausen lärmte der Moderator, riss Schnellfeuerwitze oder regte sich über irgendetwas auf, vom Stakkato seines Französisch verstand ich kaum ein Wort. Danach begann wieder die tropfende, quiekende Musik, komponiert nach den Tönen des nächtlichen Urwalds.

Nach etwa zwei Stunden Fahrt tauchten neben der Fahrbahn große Löcher auf. Leute hockten am Rand der Löcher, Leitern ragten heraus. Eimer, Kiepen, Bütten standen daneben. Es wurden immer mehr Löcher, alle waren sie bevölkert von Menschen, die heraus- und hineinkletterten, als seien sie erdbewohnende Ameisen und bauten an einer unterirdischen Kolonie. Einige schleppten über die Leitern Traglasten voller Geröll aus den Löchern heraus, andere füllten den Inhalt in die Behälter und Säcke, die überall herumstanden. Kaum jemand sah auf, als der Laster vorbeifuhr.

Schließlich erreichten wir eine Ansiedlung, die im Wesentlichen aus ein paar Schuppen und einer Menge Zelte bestand, die teilweise mit Plastikplanen geflickt waren. Sie sahen aus, als habe man einen Campingplatz ein paar Tage lang einem Staubsturm ausgesetzt. Auch zwischen den Zelten konnte man große Löcher in der Erde erkennen. Zwei Hühner liefen gemächlich vor uns über die Straße, bei unserem Tempo hatten sie nichts zu fürchten. Feste Gebäude gab es nicht, nur die wellblechgedeckten Schuppen. Hier und da ging jemand, verschwand zwischen den Zelten, die man um die Löcher herum aufgestellt hatte, in denen gearbeitet wurde. Niemand sah sich nach unserem Lastwagen um, der durch das Zeltlager rollte und nun zwischen zwei größeren Schuppen anhielt. Der Fahrer blickte Felicité an und sagte etwas, zwei Worte. Sie antwortete mit zwanzig Worten. Leicht zu merken, dass im engen Raum der Kabine ein Konflikt entstanden war.

»Non«, sagte der Fahrer und schüttelte dazu den Kopf, als wäre das extra für mich erforderlich. Dabei verstand ich »non« ganz gut.

»Er will, dass wir bezahlen«, sagte Felicité, zu mir gewandt. »Er nimmt uns nicht weiter mit, wenn wir nicht bezahlen können.«

Sie wandte sich wieder dem Fahrer zu und warf ihm ein weiteres Dutzend Wörter an den Kopf, was ihn dazu veranlasste, die Augen kurz zu schließen, seinen Entschluss aber nicht erkennbar veränderte. Als Felicité Luft holte, sagte er noch einmal: »Non.«

Wir stiegen aus. Standen mit unseren Habseligkeiten auf der mit Schlaglöchern übersäten Straße neben dem eingestaubten Lastwagen. Der Motor grollte auf, und der Wagen rollte davon. Auf der gegenüberliegenden Straßenseite, die nun sichtbar wurde, stand ein weiterer Wellblechschuppen, der demjenigen aufs Haar glich, vor dem der Fahrer uns abgeladen hatte, in der Hitze wirkte es beinahe, als werde das Gebäude einfach gespiegelt. Im Hintergrund leuchteten die bonbonfarbenen Zelte, von der Staubschicht abgetönt, die über allem lag. Sie gaben der provisorischen Ansiedlung eine gewisse Urlaubsnote, obwohl mir klar war, dass es hier um etwas ganz anderes ging.

Ich drehte mich um, spähte in das Dunkel unter dem Wellblechdach. Erkannte eine Reihe Tische und Bänke, am Ende einen Tresen, aus Brettern gezimmert. Ein paar Kühlschränke standen dahinter, dicht mit Postkarten beklebt. Fotos hingen an der Wand. Darauf Palmenstrände, eine schöne schwarze Frau mit üppigen Brüsten, bloß in einem Bikiniunterteil. Mehrere Reklamefotos von Geländewagen. Aber niemand da. Hätte es sich um einen Campingplatz gehandelt, müsste man sich wohl hier anmelden. Das erste Wesen, das von unserer Ankunft Notiz nahm, war ein weiteres Huhn. Es kreuzte die Straße, stoppte, als es uns bemerkte, mit schief gehaltenem Kopf und gab anschließend Fersengeld. Die Flügel seitlich weggestreckt eilte es dahin, wo es hergekommen war. Schlechte Erfahrungen mit Fremden.

»Komm, wir setzen uns da rein«, sagte Felicité.

Wir gingen in den Schuppen hinein, der offensichtlich eine Kneipe war, und setzten uns auf eine der Bänke. Die Bank, auf der wir Platz nahmen, war eine aufklappbare Bierbank, wie man sie gern auf deutschen Gartenfesten verwendet. Die Tische hatte man aus Paletten und Brettern zusammengezimmert, wie auch den Tresen. Ehe ich überlegen konnte, ob hier Selbstbedienung angesagt war, kam jemand hereingeschlurft. Ein junger Typ mit Baseballkappe und Sonnenbrille.

»Hi«, sagte er und machte die dazu passende Handbewegung.

Er kurvte um die Theke herum und ging dahinter in Positur, indem er seine Ellbogen daraufstellte und zu uns herübergrinste. Der Junge war vielleicht sechzehn. Nach einer Kunstpause sagte er auf Englisch mit breitem amerikanischen Akzent: »Und wo kommt ihr Leute her?« Anschließend schniefte er zur Bekräftigung durch die Nase.

Welcher Film?, überlegte ich. Ich war ja bereit mitzuspielen, wenn wir dafür Essen und Trinken bekamen.

Felicité zeigte mit dem Daumen hinter sich. »Von da«, sagte sie, den Jargon des Jungen aufgreifend.

Der Junge nickte wissend, wiegte sich in den Schultern. »Wie sieht's aus. Erst mal 'ne Coke? Light, Zero oder natural?«

Den Ausdruck »natural« für Cola hatte ich noch nie gehört, aber die würde es für mich sein, genau die. Ich probierte es.

»Natural«, sagte ich. Mit einem Blick auf Felicité: »Zwei.«

Felicité lächelte den Jungen an und begann mit dem ersten Teil unserer Geschichte. Sie zog den wesentlichen Aspekt vor, den finanziellen. Wir warteten auf unser Geld, teilte sie dem Jungen mit, unsere Freunde kämen heute Abend. So lange müsse er sich mit dem Bezahlen gedulden.

»Kein Problem«, sagte der Junge. »Kein Problem, Mann.«

Er öffnete den Kühlschrank, der prallvoll mit Getränken war, nahm zwei kleine Colaflaschen heraus, hebelte die Kronkorken ab und stellte die Flaschen auf den Tresen.

»Cheers«, sagte er.

Ich musste mich beherrschen, sonst wäre ich vielleicht über die fünf Meter Distanz wie ein Rugbyspieler zum Tresen gehechtet für den Fall, dass er die Flaschen wieder wegnehmen würde. Aber ich bekam es hin. Ich schlenderte zum Tresen, tippte filmgemäß lässig an meinen Hut, dabei kam ich mir ziemlich blöd vor, nahm die beiden Flaschen mit und setzte mich wieder zu Felicité.

Der erste Schluck war grandios. Er brachte alles zurück, was ich an zivilisatorischer Dekadenz verloren geglaubt hatte. Er schmeckte nach Fritten bei McDonald's, nach regennassem Bürgersteig im Mai und nach einem Sommerabend auf dem Savignyplatz. Überwältigend. Ich schloss die Augen.

»Santé«, sagte Felicité neben mir. »Das haben wir lange nicht gehabt.«

Ich nickte und stieß meine Flasche gegen ihre. Nicht so lange, ein paar Tage nur. Aber dazwischen lag einiges.

»Danke«, sagte ich anschließend zu dem Jungen, der über dem Tresen lehnte und uns hinter seiner Sonnenbrille beobachtete. Er wiegte sich wieder leicht in den Schultern hin und her, die Ellbogen noch immer aufgestützt.

»Kein Problem. Überhaupt kein Problem«, sagte er. »Was habt ihr denn so vor?«

»Wir hatten einen Unfall«, sagte Felicité. »Unsere Freunde versuchen, das Auto wieder flottzukriegen, aber wir wollten schon mal sehen, ob wir einen Mechaniker finden. Gibt's hier jemanden, der einen Geländewagen reparieren kann?«

Der Junge öffnete den Kühlschrank und holte sich eine Dose

Bacardi-Cola heraus, knackte sie auf und stellte sie vor sich auf den Tresen.

»Kommt darauf an«, sagte er. »Was für'n Wagen ist das?«

»Mitsubishi«, sagte ich.

»Welcher Typ?«, wollte der Junge wissen.

»Weiß ich auch nicht«, sagte ich. »So ein Pick-up, hundertfünfzig PS oder so.«

»Hundertfünfzig PS«, wiederholte der Junge. »Ein Pick-up.«

»Na ja«, sagte ich. »Ist ja auch nicht so wichtig. Ich denke, ein Mechaniker kriegt das wieder hin. Irgendwas mit dem Motor.«

»Diesel oder Benziner?«

»Diesel«, sagte ich.

»Gibt's nicht«, sagte der Junge. »Gibt keinen Diesel mit hundertfünfzig PS von Mitsubishi als Pick-up.«

Er trank einen Schluck aus seiner Dose. Idiot, dachte ich.

»Wie weit ist es zur nächsten Stadt?«, fragte Felicité.

»Kommt darauf an«, sagte der Junge.

»Wie viele Kilometer?«

»Na, hundert oder hundertfünfzig vielleicht. Je nachdem, wie ihr dahinfahren wollt. Mit 'nem Laster oder mit 'nem Motorrad oder mit 'nem Pick-up von Mitsubishi, der 'n Diesel ist und hundertfünfzig PS hat. Was habt ihr da eigentlich für'n Gewehr?«

»Ich denke, wir fahren mit einem Laster. Sicher nimmt uns bald jemand mit.«

»Sicher«, sagte der Junge. »Vielleicht morgen.«

»Wieso morgen?«

Der Junge schlenkerte den linken Unterarm mit einer affektierten Bewegung in Augenhöhe und sah auf eine dicke Uhr mit einem Metallgliederband.

»In einer halben Stunde ist es dunkel. Der Truck vorhin war der letzte. Die fahren nicht, wenn's dunkel ist.«

»Vielleicht fährt sonst jemand«, sagte ich.

»Vielleicht«, sagte der Junge. »Vielleicht auch nicht.«

Er lachte, trank die Dose aus und warf sie mit der gleichen Bewegung, mit der er sie vom Mund nahm, irgendwohin unter den Tresen.

»Ihr habt 'n Problem, schätze ich«, sagte er.

Dazu gaben wir keinen Kommentar. Ich hätte mir nichts mehr gewünscht als einen Zwanzig-Dollar-Schein, um die Dinge in Gang zu bringen, aber den hatten wir nicht. Mit meinen Euromünzen brauchte ich hier erst gar nicht anzufangen. Ich sah Felicité an. Sie hatte die Unterlippe vorgeschoben, sagte nichts. Kein gutes Zeichen. Der Junge wiegte sich am Tresen hin und her und beobachtete uns.

»Wo sind wir hier eigentlich?«, wandte ich mich an ihn.

»Trouville«, sagte der Junge. »Hier gibt's nur Löcher.« Er kicherte gaumig.

Ich verstand ihn nicht, machte ein entsprechendes Gesicht.

»Die blaue Scheiße«, sagte der Junge. »Aus den Löchern kommt die blaue Scheiße. Ist genug davon da. Jeder kann mitmachen. Ihr könnt auch mitmachen.« Mit einer gönnerhaften Geste wies er auf die Straße. »Gibt noch 'n paar Zelte. Ich leih euch eins. Dann könnt ihr morgen mit rausgehen und die Scheiße aus dem Dreck kratzen.«

»Kobalt«, sagte Felicité, »oder?«

»Die blaue Scheiße«, sagte der Junge. »Genau. Wie war das noch mit dem Gewehr, das ihr da habt? Wart ihr auf der Jagd? 'nen Elefanten umgelegt oder 'n Rhino? Für das Horn von dem Rhino kriegt ihr 'nen Tausender von den Chinamännern.«

»Sind hier Chinesen?«

»Überall sind Chinesen, Mann«, sagte der Junge. »China wird die Welt regieren. Also sind die Chinesen schon mal hier, um sich die Welt anzusehen.«

»Und wo? Wo sind sie, die Chinesen?«

»Ja, wenn man das immer wüsste«, sagte der Junge.

Er holte ein Päckchen Zigaretten aus der Hosentasche. Klopfte sich eine Zigarette raus und steckte sie sich an. Warf uns einen Blick zu.

»Die Chinamänner kommen her und fahren zu den Löchern. Mit 'nem Mitsubishi Diesel-Pick-up, hundertfünfzig PS.«

Sein spöttischer Blick traf mich, ich kapierte diesen Blick trotz der Sonnenbrille.

»Na und dann nehmen sie die blaue Scheiße mit«, fuhr der Junge fort. »Dafür gibt's gute Dollars.«

Felicité sah mich an. Eine Frage in ihrem Blick. Ich nickte ihr zu, ich wäre mit allem einverstanden gewesen.

»Kennst du jemanden, der ein Jagdgewehr kaufen will?«, sagte sie.

»Wow«, kicherte der Junge. »Jetzt wird's geschäftlich.« Er markierte mit der qualmenden Zigarette eine Phantasieunterschrift in die Luft. »Kann ich's mal sehen?«

Ich ging zum Tresen, zog das Gewehr aus dem Futteral und legte es darauf. Die Augen des Jungen wurden groß. Er sah auf das Gewehr, dann auf mich. Den Hut hatte ich inzwischen abgenommen.

»Deine Knarre?«, fragte er. »Nein«, korrigierte er sich. »Nicht deine Knarre. Dann würdest du sie nicht verkaufen. Ihr steckt echt in der Scheiße«, sagte er.

»So war das nicht gemeint«, sagte ich und nahm das Gewehr von der Theke, schob es zurück ins Futteral.

»Nein, so war das nicht gemeint«, echote der Junge. »Okay, okay. Wartet hier«, sagte er. »Ich bin in 'ner halben Stunde wieder da.«

Ich tauschte einen Blick mit Felicité. Sie zuckte mit den Achseln.

»Lass deine Zigaretten hier«, sagte sie zu dem Jungen. »Und das Feuerzeug. Und noch eine Flasche Wasser.«

Die Würfel waren gefallen. Was hätten wir tun sollen? Wir bekamen die Zigaretten und das Wasser. Außerdem hätten wir ein Zimmer mit Dusche und ein Telefon gebraucht. Am besten auch noch eine nahe gelegene Bank, die am Ankauf von Rohdiamanten Interesse hatte.

Wir rauchten, sahen einem weiteren Huhn dabei zu, wie es ungestört die Straße überquerte, hofften auf einen Lastwagen, der nicht kam, und wurden nacheinander von vier eingestaubten Männern angestarrt, die kurz vorbeikamen, um nach den Neuigkeiten zu sehen. Es hatte sich anscheinend herumgesprochen, dass wir hier waren. Drei Zigaretten später kam der Junge zurück.

»Leute, ich denke, das klappt«, sagte er. »Wollt ihr noch 'ne Coke?«

»Kann ich dein Handy mal benutzen?«, fragte Felicité. »Und was klappt, bitte?«

»Ich hab einen Typen gefragt, der sagt, er sieht sich das Gewehr mal an. Er kann in, warte mal«, ein Blick auf die blitzende Uhr, »also in 'ner halben Stunde kann der hier sein.«

»Ob ich dein Handy mal benutzen darf«, wiederholte Felicité.

»Oh, der Akku ist leer, sorry«, sagte der Junge. »Muss ich erst aufladen.«

»Gibt's hier so was wie ein Zimmer?«, fragte ich. »Und vielleicht was zu essen? Und eine Dusche? Wir bezahlen, wenn wir das Gewehr verkauft haben. In Ordnung?«

»Kein Problem«, sagte der Junge. »Klar gibt's hier 'n Zimmer und auch was zu essen. In 'ner halben Stunde macht die Küche auf. Ich zeig euch mal das Zimmer. Kommt mit.«

Er führte uns durch die Hintertür hinaus. Wir betraten einen mit Wellblechplatten überdachten Gang mit einem Bretterboden, der die Verbindung zwischen den Gebäuden darstellte.

»Da drüben ist die Küche.« Der Junge wies auf einen offenen Schuppen, in dem ein paar Gasherde auf Paletten standen, dahinter eine Menge übereinandergestellter Wassercontainer von Kubikmetergröße.

Der überdachte Gang führte zu einem geschlossenen Gebäude, das aus Schrott und Bauschutt errichtet worden war, so kam es mir jedenfalls vor, als wir näher heran waren. Die Wände bestanden aus Aluminiumplatten, die ehemalige Zaunfelder sein konnten, mürbe gewordenen Spanplatten, das Ganze grell mit Sprühdosen lackiert. Graffiti und obszöne Darstellungen von Geschlechtsteilen dominierten im Dekor. Darüber wieder ein Wellblechdach. Und an der Außenseite die aufeinandergestellten Wassercontainer.

»Hier könnt ihr euer Zeug reinstellen«, sagte der Junge. »Schlafen könnt ihr da auch. Ich hol euch später ein Bett, wir haben noch eins. Ach ja, 'ne Dusche ist auch da, gleich daneben.«

Wir betraten den angewiesenen Raum. Es handelte sich um eine Abstellkammer, eher ein Gelass, halb voll mit leeren, aufeinandergestellten Getränkekisten. Das einzige Möbel war ein hellblauer Campingtisch, einer von der praktischen Sorte, die man zusammen mit zwei daran befestigten Bänken auseinanderklappen kann. Gedacht für vier Personen, vorausgesetzt, dass deren Körperlänge nicht die eines durchschnittlich großen Taiwanesen überschritt. In der Mitte des Tischchens befand sich ein Loch, wahrscheinlich dafür vorgesehen, einen Sonnenschirm hineinzustellen.

Das lächerliche Möbel stand mitten in dem fensterlosen Raum, in dem ein trübes Dämmerlicht herrschte, von dem Licht gespeist, das durch die Lücken zwischen Wänden und Dach hereinkam. Wir verzichteten darauf, uns zu setzen. Lehnten uns gegen die Wand und klopften zwei Gratiszigaretten aus dem Päckchen, das Felicité behalten hatte, als Provision sozusagen. Fragte sich nur, wofür. Ich zündete mir eine an. So viel wie in den letzten Tagen hatte ich lange nicht geraucht.

»Fühlt sich nicht gut an hier«, sagte ich überflüssigerweise.

»Wir konnten nichts anderes tun«, sagte Felicité nach einer Weile. »Wir können nicht hundert Kilometer die Straße entlanglaufen.« Sie schüttelte den Kopf, biss sich auf die Unterlippe. »Es wird schon klappen. Wir verkaufen jetzt das Gewehr, und dann sehen wir, dass wir in den nächsten Ort kommen. Genug Geld für den Fahrer und für ein ordentliches Zimmer dort wird herausspringen.«

Draußen hatte ein Brummgeräusch eingesetzt. Ich öffnete die Tür und sah auf den Gang hinaus. Man hatte die Generatoren eingeschaltet. Im Schuppen waren jetzt zwei Frauen, die anfingen, dort zu werkeln. Unwillkürlich verglich ich die Verhältnisse mit der Lodge. Ähnlichkeiten waren nicht von der Hand zu weisen. Ein autonomes Projekt, versorgungsabhängig zwar, aber funktionsfähig. Nur weniger romantisch als Fox' Konzeption, quasi das Gegenteil davon. Ausbeutung der Natur, um Profit zu erzielen. Wirklich anders? Ich verbot mir eine weitere Analyse.

»Die Küche hat aufgemacht«, sagte ich zu Felicité, als ich zurück war.

»Da sollte doch noch ein Essen für uns drin sein«, sagte sie. »Lass uns erst mal duschen.«

Ich ließ ihr den Vortritt. Als sie zurückkam, klebte das T-Shirt aufregend feucht an ihr, aber unser geschwisterlicher Pakt schien unauflöslich. Ich hätte mich vielleicht darüber gewundert, wenn in meinem Kopf dafür Platz übrig gewesen wäre. Mein Kopf befasste sich wie üblich lieber mit der aktuellen Katastrophe, die darin bestand, uns irgendwie Geld zu beschaffen. Geld ist ja bekanntlich der beste Schutz gegen alles, und ich war zuversichtlich. Für De Vries' Gewehr, das bestimmt einiges wert war, würden wir sicher ein paar hundert Dollar bekommen.

Ich zog das letzte noch ungetragene T-Shirt und meine zweite Hose aus unserem Gepäck und ging auf den Flur hinaus. Die Dusche, die ich nun betrat, bestand aus einem Winkel, der nicht überdacht war, und aus einem Schlauch, der in dem oberen von drei Wassercontainern endete. Man öffnete eine Klammer, die sich daran befand, und das Wasser, den ganzen Tag lang von der Sonne erwärmt, lief heraus. Seife gab es nicht. Trotzdem war es eine Wonne, als ich den Schlauch öffnete und das Wasser über mich laufen ließ, das mir den Staub vom Leib spülte. Ich trocknete mich mit meinem alten T-Shirt ab. Ich spürte, wie ich mich entspannte. Wir durften annehmen, dass wir es geschafft hatten.

Die Dämmerung hatte schon begonnen, als ich zurück in unsere Abstellkammer kam. Ich nahm eines von De Vries' Hemden aus der Tasche. Meine einstmals tropentaugliche Baumwollhose, die den Urwald mehr schlecht als recht überstanden hatte, hielt ich in der Hand. Die konnte ich nur noch wegwerfen.

»Komm, wir sehen mal nach dem Jungen«, sagte Felicité und erhob sich von dem hellblauen Möbel, auf dem sie gesessen hatte.

Wir wollten den Raum abschließen, aber die Tür, stellten wir fest, konnte man von innen nicht versperren. Es gab nur einen Riegel von draußen. Die Diamanten durften nicht unbeaufsichtigt bleiben. Wir konnten nicht beide gehen.

»Bleib hier und pass auf unsere Sachen auf«, sagte Felicité. »Ich gehe rüber zu ihm und mache gleich das mit dem Essen klar, in Ordnung?«

Was sollte ich sagen. Ich sagte, es wäre in Ordnung. Als sie gegangen war, versuchte ich, um mich abzulenken, mich ebenfalls an den hellblauen Campingtisch zu setzen, was sich als komplizierte Yoga-Übung herausstellte. Vielleicht war das Ding überhaupt ein Kindermodell. Ich gab es auf. Sah mir stattdessen die leeren Getränkekisten an. Sechs verschiedene Biersorten, dazu

Cola, Fanta und Sprite. Ich bemerkte jetzt auch die braunen Termitengänge, die sich um die Tragpfosten spannten wie ein Aderngeflecht. Termiten hatten hier ideale Bedingungen. Es war trocken, es gab genug Nahrung, und sie hatten Schutz vor Sonne und Regen. Wenn es überhaupt nichts mehr gab, würden sie zum Schluss einfach die Pfosten auffressen, damit hätten sie noch eine Weile ein Auskommen, auch wenn diese Geisterstadt bereits wieder aufgegeben worden war. Ich hätte Felicité gerne mal von den Termiten erzählt. Sie waren eigentlich noch interessanter als die Ameisen, weil sie in ihren Staaten nicht bloß eine Königin, sondern auch einen regierenden König hatten, und weil sie außerdem – Moment mal. Ich hörte ein Motorengeräusch. Es handelte sich eindeutig um ein Motorrad. Nein, um zwei Motorräder. Und es waren keine harmlosen Biker, die mal hier vorbeibullerten, so viel wusste ich bereits. Mein Fluchtreflex setzte ein, und zwar mit großer Intensität. Aber ich konnte doch nicht einfach davonlaufen. Wohin auch? Und Felicité war irgendwo da draußen, ich musste zu ihr.

Ich rannte zur Tür. Sie klemmte. Ich warf mich ein paarmal dagegen, ehe ich begriff: Sie klemmte nicht. Jemand hatte in aller Stille den Riegel vorgeschoben, während ich hier über Termiten nachgedacht hatte. Das Motorengeräusch war inzwischen verstummt. Ich horchte, gegen die Tür gestemmt, auf einen Ruf, auf einen Schrei, auf etwas, das mich mobilisieren würde, als hätte ich nicht schon genug Adrenalin ausgeschüttet. Wäre ich nicht der gewesen, der ich war, dann wäre mir jetzt vielleicht eingefallen, dass ich De Vries' Gewehr bei mir hatte. Mit vier Patronen, jede stark genug, um einem Büffel das Kreuz zu brechen. Aber das fiel mir nicht ein. Ich wusste ja nicht, was auf mich wartete. Hätte ich es gewusst, vielleicht dann.

Als ich hörte, wie der Riegel geöffnet wurde, machte ich als Erstes einen Schritt rückwärts. Eine Sekunde später stand in der Türöffnung, von den Lampen im Gang beleuchtet, eine Gestalt wie aus einem bösen Traum. Sie ragte hinauf bis zum Türbalken. Schwarze Haut, eine großgliedrige Stahlkette um den Hals und eine winzige Lederweste auf dem nackten Oberkörper. Eine libellenartige Sonnenbrille, der Schädel glatt rasiert, die Ringerarme voller Silberreife. Lederhosen mit Fransen, ein Paar Stiefel mit silbernen Kappen an den Spitzen.

Der glatzköpfige Riese ließ mir einen Atemzug Zeit, seine Wirkung in mich aufzunehmen, dann schrie er französisch klingende Worte auf mich herunter, deren Bedeutung komplett an mir vorbeischallte, tat ein paar klirrende Schritte in den Raum hinein und sah sich um. Die muskelschweren Arme mit den Armreifensortimenten daran pendelten um seine Schultern wie bei einem Kettenkarussell. Von seinem Hinterkopf hing ein Zopf herunter, entsprossen aus einem nicht rasierten Areal seines Schädels. Der Riese versetzte unserem Gepäck einen Fußtritt, drehte sich zu mir um und schrie mich wütend an:

»The rifle! Where is the rifle?«

Ich deutete auf das Gewehr, das in einer Ecke der Kammer lehnte, und rechnete mir einen Punkt aus dafür, dass er meinetwegen die Landessprache aufgegeben hatte. Er wollte verstanden werden. Noch klammerte ich mich an die Idee, dass gleich ein Geldgeschäft abgewickelt werden würde, zu meinen Ungunsten zwar, aber doch am Ende unter Partnern. Ich wurde eines Besseren belehrt. Der schwarze Unhold griff sich De Vries' Gewehr, in seinen Pranken wirkte es wie Spielzeug. Dann starrte mich die insektenhafte Sonnenbrille einen Moment lang an, ich hatte Gelegenheit, den millimeterschmalen Schnurrbart zu bemerken, der sich zu beiden Seiten der dicken Oberlippe herunterzog wie ein Termitengang.

»Come on«, knurrte der Riese.

Er wartete meine Zustimmung nicht ab, sondern stocherte mit dem Gewehrkolben nach mir; ich wich aus, um keinen Puff abzukriegen. Ich wollte unser Gepäck ins Spiel bringen, indem ich darauf deutete, aber der Riese hatte damit nichts im Sinn. Er spannte bloß synchron seine Brustmuskeln in meine Richtung an, das genügte, um mich auf Trab und aus der Tür zu bringen.

Ich beeilte mich. Seine Schritte dröhnten hinter mir auf den Planken des Gangs. Und in den zehn Sekunden, in denen er mich vor sich her trieb, auf die Kneipe zu, hatte ich Zeit, wieder an Felicité zu denken.

Ehe ich mir noch irgendetwas ausmalen konnte, sah ich sie

durch die offen stehende Tür in der Kneipe sitzen. Im Licht der Neonlampen aß sie Fritten von einem Teller, der vor ihr auf dem Tisch stand. Ihr gegenüber hockte ein weiteres Mitglied der Motorradbande. Ein fetter Typ, über seinen Oberkörper strammte sich ein Muscleshirt, das sein Fett in blutwurstähnliche Sektoren aufteilte. Zur Sonnenbrille trug er einen schwarzen Stahlhelm mit einem weißen Totenkopf an der Stirnseite. Seine tätowierten Arme von der Masse zweier Vorderschinken lagen nebeneinander auf dem Tisch, sie flankierten den Teller, von dem Felicité gerade aß, sehr manierlich aß, wie es eben ihre Art war. Der Dicke starrte sie mit halb offenem Mund und einem Ausdruck an, als habe er sie gerade auf dem Sklavenmarkt erworben und könne sein Glück nicht fassen. Bei meiner Ankunft wieherte er unmotiviert los, ließ die Faust auf den Tisch krachen, dass ein paar herumstehende Bierdosen herunterhüpften, und schrie seinem Gesellen Worte in einer kehligen Sprache zu, die weder dem Französischen noch dem Englischen auch nur annähernd ähnlich war.

Draußen vor dem Kneipenschuppen hatten sie ihre Motorräder abgestellt, illuminiert von der Gaststättenbeleuchtung. Mit hohen Lenkern aufgemotzte Maschinen, an denen ich vor ein paar Stunden, als sie an uns vorbeigefahren waren, etwas hatte hängen sehen, was ich für Bänder gehalten hatte. Jetzt konnte ich erkennen, dass Lenker und Gestänge der beiden Maschinen mit weiblicher Unterwäsche verziert waren. Slips und Büstenhalter in jeder Größe und Farbe waren daran geknotet.

Ungefragt setzte ich mich neben Felicité. Etwas in mir gab auf, wurde stoisch. Ich suchte nur noch ihre Nähe. Ich würde mit ihr zusammen zugrunde gehen. Sie sah nicht zu mir herüber, presste die Lippen zusammen und starrte auf den Tisch, auf dem der Teller mit den Pommes frites stand, noch halb voll. Der Junge, der uns an die Burschen verkauft hatte, war nirgends zu sehen.

Der Riese mit dem Zopf hatte inzwischen De Vries' Gewehr aus dem Futteral gezogen und legte es auf den Tisch. Die beiden Typen staunten es an. Der Fette lachte ein emotional labiles Falsettlachen, der andere knurrte ein paar abschätzig klingende Worte, die sich auf die Waffe zu beziehen schienen. Dann bekam ich einen Stoß in den Rücken, der mir die Luft nahm.

»Bullets?«, knarzte der großgewachsene Stutzer hinter mir. Er sprach in einer Tonlage, als halte man den Finger gegen ein laufendes Tonband. »No bullets?«

Ich sagte ihnen, dass sich die Patronen in unserem Gepäck befänden. Der Bezopfte fluchte fremdsprachig vor sich hin und stiefelte los, unser Gepäck zu holen. Mit Felicité zu reden traute ich mich nicht. Sie schien in eine Starre verfallen zu sein, die Mitteilungen nicht mehr zuließ, sie wirkte, wenn man es positiv ausdrücken wollte, sehr konzentriert. Wir hatten kaum noch etwas zu verlieren, wenn man von zwei Dutzend Diamanten absah, die sich teilweise an den delikatesten Stellen befanden und von denen die beiden Typen hoffentlich noch nichts ahnten.

»Was passiert mit uns?«, sagte ich auf Englisch zu dem Dicken.

Ich hatte schon damit gerechnet: Er ließ sein Fett lachend erzittern und endete in einem Glucksen, wozu er mir die Zunge herausstreckte und mit seinem Doppelkinn vielsagend auf Felicité wies. Dazu machte er eine obszöne Geste mit dem Mittelfinger.

»Non s'amuse«, kicherte er. »You go with us«, sagte er dann, polyglott wie sein Gefährte. »Our camp.«

Nach dieser Ankündigung fischte er ein Handy aus der Tasche, lehnte sich zurück und fotografierte uns. Der Blitz traf Felicité, die stumm und apathisch vor dem halb aufgegessenen Teller mit Fritten saß, und mich, der ich hungrig und auf alles gefasst neben ihr hockte.

Dann tippte der Kerl eine Nummer ein. Als sein Komplize zurückkam, unsere Taschen am Arm, hatte der Dicke Verbindung und schnatterte ein paar Sätze heraus. Unsere Sachen flogen neben mir auf den Boden. Ich bückte mich unaufgefordert, um die Patronen herauszusuchen. Währenddessen hörte ich den Dicken ein paarmal »oui« sagen, wieder »oui« und so weiter. Er führte ein Gespräch, bei dem er eine positive Grundhaltung zu vermitteln suchte, vermutlich ein Vorgesetztengespräch, bei dem er Instruktionen erhielt.

»Oui, tout de suite«, schloss der Dicke.

Fast genauso schnell konnte ich die vier Patronen auf den Tisch legen.

»C'est tout?«, krächzte der Stutzer.

Ich zuckte die Achseln, bejahte. Dann deutete ich, so viel Mut gaben mir der Hunger und mein Fatalismus, auf den Teller vor Felicité und meinte, ich wollte auch noch etwas essen. Ich würde sonst, aber das sagte ich nicht, dem noch weniger gewachsen sein, was auf uns wartete. Und den Hungertod wollte ich nicht sterben.

Der Dicke lachte im Falsett, der Stutzer rollte die Augen, dann brüllte er mit einer Stimme, wie Gott einst Moses rief: »Bruno! Des frites!«

Das Wellblechdach bebte nach von seiner Bestellung.

Prompt kam der Verräter – Bruno hieß er also – durch die Hintertür herein. Sein Gewissen, wenn er so etwas besaß, verbot ihm wohl, uns anzusehen. Er erhielt eine befehlende Kinnbewegung des Stutzers und verschwand wie ein Wiesel Richtung Küche.

Draußen auf der dunklen Straße war inzwischen ein Auflauf entstanden. Die hungrigen Mineure des Kobaltgräberdorfes sammelten sich. Sie wollten ihr Feierabendbier trinken, trauten sich aber nicht herein, zweifellos weil sie die angespannte Situation erfasst hatten. Schließlich standen die Motorräder der beiden Finsterlinge unübersehbar mitten auf der Straße. Anzunehmen, dass sie hier nicht unbekannt waren.

Ab und zu sah der Dicke stirnrunzelnd nach draußen, aber er musste niemanden verscheuchen. Nur für eine Sekunde tauchte ein Gesicht mit aufgerissenen Augen an der Kante einer Wellblechplatte auf, um rasch wieder zu verschwinden, während die beiden Kerle De Vries' Gewehr mit Geflüster und anerkennendem Gelächter begutachteten. Sie entdeckten auch gleich, wie man den Hebelverschluss aufmachte. Der schwarze Recke schob zwei Patronen hinein und kippte die Läufe zu, grinste den Dicken an. Als der Junge mit den Fritten zurückkam, schaute er in die Mündung der Doppelbüchse.

Ich sah noch den Pappteller und die Fritten fallen, dann schloss ich die Augen und hielt mir mit beiden Zeigefingern die Ohren zu. Er hatte uns verkauft, dieser Bruno, aber das hatte er nicht verdient. Ein Blitz erhellte den Raum, aber kein Knall folgte. Lediglich das schreckverzerrte Gesicht des Jungen war auf der Handykamera des Dicken konserviert worden. Ein herrisches Kopfschwenken des bezopften Recken hieß mich, die zu Boden gefallenen Fritten aufzuheben. Hunger, das wusste, glaube ich, auch Schiller schon, kommt noch vor der Würde. Jedenfalls kniete ich mich auf den Boden, sammelte die Fritten ein, setzte mich an den Tisch und stopfte sie in mich hinein. Fett, Stärke, Salz. Mein Stoffwechsel verlangte danach. Man ließ mir nicht viel Zeit.

»Allez«, sagte der Dicke und warf beim Aufstehen mit seiner Wampe beinahe den Tisch um. Ich grapschte nach dem Teller und nahm rasch noch eine Handvoll Fritten, ehe ich ihn stehen ließ.

Felicité warf mir einen Blick zu, nur einen. Er erinnerte mich fatal an den Augenblick, in dem Olson in der Lodge ihren Kopf gegen die Wand des Toilettenhauses gedrückt hatte. Trotz, aber keine Hoffnung war in diesem Blick. Ob auch Verachtung, wollte ich nicht wissen. Ich war, das musste ich mir in Bitterkeit klarmachen, nur ein Zeuge ihres Trotzes, aber niemand, der ihr Hoffnung vermitteln konnte. Ich war in einer solchen Situation nicht fähig zu handeln, wie Farouk es vielleicht getan hätte, ohne Rücksicht auf die Konsequenzen.

Auf der Straße trafen wir auf zwei Dutzend Leute, die sich sofort rückwärts in die Dunkelheit begaben, als sie uns mit den beiden Typen aus der Kneipe kommen sahen, aber die kümmerten sich gar nicht um sie. Der Dicke schwang sich auf sein Motorrad, das unter seinem Gewicht ächzend in die Federn ging, wandte sich um und winkte Felicité mit dem krummen Zeigefinger. Demnach sollte ich mich auf das andere Motorrad setzen, hinter den Riesen. Der schmiss unsere Sachen vorher noch in zwei Blechkästen am Heck seiner Maschine und hängte sich das Gewehr um. Dann bollerten die Motoren los, und wir fuhren.

Ich hielt mich am Rahmen der Maschine fest, hatte den penetranten Schweißgeruch des Recken in der Nase, der vor mir thronte in der Haltung eines übertrieben ausgeführten Reiterdenkmals. Wich dem Gewehr aus, das bei Schlaglöchern hin und her schwang. So ging es durch das dunkle Dorf. Die Kobaltschürfer standen am Rand der Straße, nicht gerade in zwei Reihen, aber dennoch erregte unsere Parade stumme Aufmerksamkeit. Von den Scheinwerfern angeleuchtete Gesichter huschten an uns vorüber, die Augen aufgerissen. Blicke von unten herauf. Ihre Mienen gaben keine Auskunft über unser Schicksal, keine positive jedenfalls. Die Leute schauten, wie man vielleicht eine fremde Armee beobachtet, die gerade einmarschiert, oder den Hinrichtungskarren auf dem Weg zur Guillotine. Eines war jedenfalls nicht zu übersehen: Sie hatten Angst.

Nachdem wir das Dorf hinter uns gelassen hatten, fuhren wir zu viert durch die Dunkelheit, die sich über der kahlen Landschaft ausbreitete, im flachen Scheinwerferlicht der Motorräder so düster wie das Ende der Welt. Vor mir Felicité hinter dem Dicken in der Haltung einer Motorradbraut, ihr Rücken angestrahlt von der Lampe meines Piloten. Mit ihren engen Jeans, den langen Haaren, die im Fahrtwind flatterten, hätte man sie durchaus für eine landestypische Ausflugsbegleitung halten können. Motorradfahren legt Körpersprache weitgehend fest. Ich gab vermutlich ein ähnliches Bild ab, man mochte mich für einen Kumpel des schwarzen Recken halten, wenn wir irgendwo vorbeifuhren. Es kam aber keine Ansiedlung mehr.

Unsere beiden Fahrer machten sich nicht viel Mühe, Schlaglöchern auszuweichen, und die Straße sah aus wie die Oberfläche des Mondes. Es ging auf und ab, ich hatte Mühe, nicht abgeworfen zu werden. Durch das Knattern der Motoren drangen gerade noch die hohen Frequenzen der Grillen hindurch, alle anderen Nachtgeräusche wurden davon übertönt. Über uns hing ein abnehmender Mond, gleichgültig. Sein altes Gesicht, von scharf gezeichneten Kratern übersät, wandte sich von allem menschlichen Treiben ab.

Nach etwa einer halben Stunde bogen wir von der Straße ab auf eine Piste, die nur noch aus zwei in die Erde gefurchten Fahrspuren bestand. Die Motorräder wühlten sich durch Sand und Geröll. Wenn der Hinterreifen durchdrehte, spritzte Dreck auf meine Hände, mit denen ich mich am Rahmenheck festklammerte. Nach einer weiteren Viertelstunde Motocross tauchten im Licht der Scheinwerfer einige Zelte auf, in gefleckten Tarnfarben gehalten, dazwischen zwei große grüne Geländewagen. Dort stand auch das dritte Motorrad, ähnlich verziert wie die beiden anderen, am Heck hing die schlaffe Totenkopfflagge. Wir hielten an und stiegen ab.

Der Riese packte schmerzhaft meinen Arm, winkte Felicité

mit der Pranke und gab mir einen Stoß in den Rücken. Wir sollten zu einem der Zelte hinübergehen, dessen Plane vorn hochgeschlagen war. Darin trafen wir auf vier junge Männer in Camouflage-Anzügen, Sturmgewehre zwischen den Knien. Sie saßen nebeneinander auf einer Bierbank, anscheinend das Universalmöbel in Katanga, rauchten und sahen sich ein Fußballspiel an, das auf einem großen Flachbildschirm lief, den man auf zwei Aluminiumkisten gestellt hatte. Im Schein der Gaslampen, die von den Zeltstangen herunterhingen, leuchtete das Weiß in ihren Augen. Keiner sagte ein Wort.

»Restez ici«, sagte der Riese zu uns.

Ein weiterer Rippenstoß überzeugte mich von der Ernsthaftigkeit seiner Aufforderung. Dann verschwand er. Ein Stromgenerator ratterte draußen vor sich hin, nicht so rücksichtsvoll gedämpft wie in der Lodge. Wir standen mitten im Zelt, Felicité und ich, und ich schaute unwillkürlich auf den Bildschirm, wo sich die Fußballer quirlig durch das Mittelfeld bewegten, zwei liefen gerade einem Steilpass hinterher. Es roch süßlich. Es roch süßlich. Nach Marihuana, stellte ich nach der ersten Schrecksekunde fest. Als wir eingetreten waren, hatten die Männer Felicité angestarrt wie eine Geistererscheinung, alle vier gleichzeitig und nur für ein paar Sekunden, ehe sie ihre Aufmerksamkeit wieder auf den Bildschirm richteten. Niemand sagte ein Wort. Niemand bot uns einen Platz an. Felicité stieß mich gegen den Oberarm, ich kapierte: aufpassen.

»Gibt's hier ein Klo?«, sagte sie auf Französisch.

Ich begriff, was sie vorhatte. Felicité war anscheinend auch in einer solchen Lage noch dazu fähig, klar zu denken. Aber man antwortete ihr nicht. Keiner von den vermutlich völlig zugekifften Soldaten wollte ihr sagen, wo es zur Toilette ging. Als Felicité aber zwei Schritte zum Ausgang hin machte, legte einer der Männer seine Hand auf das Sturmgewehr, ohne die Augen vom Bildschirm zu nehmen, seine andere Hand machte eine kurze horizontale, in diesem Kontext eindeutige Bewegung. Auf dem Bildschirm lief zwischen den beiden weißhäutigen Mannschaften indessen nicht viel. Bloß ein verhaltenes Hin und Her, das Spiel wollte nicht in Gang kommen. Der Sprecher versuchte das mit begeisterten Kommentaren auszugleichen, referierte die Lebensdaten von jedem Spieler, der gerade den Ball hatte. Merkwürdigerweise, das wurde mir erst in diesem Augenblick klar, tat er es auf Englisch.

Nach zwei Minuten kam der kettenbehangene Recke zurück, zielte mit dem Zeigefinger auf mich und winkte mich mit seinem kahlen Schädel nach draußen. Verbal ließ er sich nicht ein. Ich wurde von ihm aus dem Zelt geschoben, Felicité stoppte er mit ausgestreckter Pranke, die fünf beringten Finger gespreizt; ihren Wunsch, die Toilette besuchen zu dürfen, ignorierte er ebenfalls.

Ich folgte dem Kerl durch die Nacht. Mein Herz klopfte, als wollte es sich in Erinnerung bringen, mir mitteilen, dass es noch schlug und dass es gerne weiterschlagen würde, ich möge doch bitte dafür sorgen. Das Herz ist sehr empfänglich für Bedrohungen, meines jedenfalls ist es. Grillen zirpten ungerührt in der umliegenden Nacht, ab und zu flitzten Leuchtkäfer wie Geschosse vorbei. Wir gingen auf ein verschlossenes Zelt zu. An den Verbindungsstellen, dort, wo die Stoffstücke verknüpft waren, drang Licht heraus. Der Riese schlug die Plane am Eingang zurück. Ich ging hinein, rang um Fassung.

Ich hatte eine Hinrichtungsstätte oder eine Räuberhöhle erwartet, stattdessen betrat ich ein improvisiertes, aber sehr aufgeräumtes Büro. Der ungehobelte Kerl mit der Kette blieb draußen stehen. Von einem Schreibtisch erhob sich ein schlanker Mann, auch er in einem Camouflage-Anzug wie draußen die Soldaten, ein blaues Barett unter die Achselklappe gesteckt. Seine polierten Stiefel schimmerten im Licht der Gaslampen, die in dem Zelt aufgehängt waren. Mit einem Lächeln kam er auf mich zu und streckte mir die Hand entgegen.

»Herr Jesper«, sagte er zu meiner Überraschung auf Deutsch. »Guten Abend. Mein Name ist Duvalle. Möchten Sie einen Kaffee?«

Er wies auf eine Kaffeemaschine, daneben stand ein Türmchen aus ineinandergestellten Pappbechern. Auf zwei großen Klapptischen sah ich sauber aufgereihte Aktenordner, Ablageschuber. Ein aufgeklappter Laptop, ein paar glänzende CD-ROM-Scheiben. Meine Muskeln entspannten sich. Alles ein Missverständnis. Die deutschen Worte, sie rührten an mein Herz. Glück, dachte ich, man muss auch mal Glück haben. Wir hatten uns das irgendwie auch verdient. Das Betragen seiner ruppigen Knechte war ich bereit, dem Gentleman, dessen gefleckt uniformierten Rücken ich betrachtete, während er mir einen Kaffee zubereitete, zu vergeben. Wir würden ihm endlich das verdammte Gewehr verkaufen und dann wieder verschwinden.

»Woher wissen Sie, wer ich bin?«, fragte ich. Und begriff im gleichen Moment, dass im Gepäck meine Geldbörse steckte und mein Ausweis. Na gut, dachte ich, Militär. Da wird eben kontrolliert. Der schlanke Mann im Tarnanzug überging meine Frage.

»Sie wundern sich sicher, dass ich Deutsch spreche, Herr Jesper.«

Er wandte sich um, verhakte die Finger vor dem Koppelschloss und tippte seine Daumen gegeneinander, während die Maschine den Kaffee röchelnd in zwei Becher pumpte.

»Ich habe acht Jahre in Deutschland gelebt, habe in Bremen studiert. Das ist schon einige Zeit her, und viel ist inzwischen geschehen.« Er lächelte, schüttelte den Kopf. »Was für ein Zusammentreffen, mitten in Afrika. Bitte sehr.«

Er reichte mir einen der Becher, aus dem es gut nach frisch gebrühtem Espresso roch, dazu hielt er, zwischen Zeige- und Mittelfinger geklemmt, zwei Stücke eingepackten Zucker vor mir in die Luft, bis ich sie ihm abgenommen hatte.

»Erzählen Sie«, sagte Duvalle. »Was führt Sie beide hierher?«

Er setzte sich zu mir auf einen der beiden bereitgestellten Faltstühle, seinen Kaffeebecher in der Hand, und schlug die Beine mit den perfekt geputzten Schnürstiefeln übereinander.

»Wir hatten Pech«, sagte ich.

Ich überlegte, ob ich die Geschichte von der Jagd vortragen sollte, entschied aber, dass es besser wäre, nahe bei der Wahrheit zu bleiben. Ich erzählte Duvalle von dem Flugzeugabsturz. Wir hätten uns auf dem Flug verfranzt. Als uns der Sprit ausgegangen sei, hätten wir notlanden müssen, wo genau das gewesen sei, wüssten wir nicht. Dann eine Woche durch den Dschungel. Entbehrungen, aber wir hätten uns durchgeschlagen. Von den Pygmäen schwieg ich.

Der höfliche Mann hörte mir zu. Sagte mal »Aha«, oder »So, so«. Als ich fertig war, musterte er mich einen Moment.

»Haben Sie das Flugzeug geflogen oder die junge Dame da draußen?«

Ich hätte es geflogen, antwortete ich. Duvalle stellte seinen Kaffeebecher auf den Boden. Rückte ihn vorsichtig zurecht, damit er nicht umfiel. Richtete sich wieder auf und sah mich nachdenklich an.

»Ich glaube, dass Sie lügen, Herr Jesper«, sagte er. »Übrigens, ich habe mich noch gar nicht richtig vorgestellt.« Er lächelte. »Unhöflich, jemandem zu sagen, dass man ihn für einen Lügner hält, und sich nicht vorgestellt zu haben. Mein vollständiger Name ist Ambrose Duvalle. Hier nennt man mich allerdings anders. Man nennt mich Botoko.«

In meinem Magen gefror der Kaffee, den ich eben noch getrunken hatte. Duvalle verschränkte die Hände ineinander, am kleinen Finger seiner Linken glänzte ein goldener Ring. Die Hände eines Intellektuellen. Schlank, gepflegte Fingernägel, Hände für die Tasten eines Laptops.

»Es gibt zwei Möglichkeiten«, sagte Duvalle.

Sein Blick hatte mich losgelassen, er schien den verhängten Zelteingang zu betrachten. In der langen Pause, die auf seine Mitteilung folgte, war er mit Zusammenhängen beschäftigt, die ich nicht zu ergründen hatte. Er zelebrierte den Akt des Nachdenkens, das Abwägen von Alternativen. Ich konnte vielleicht einen Beitrag leisten, das war er dabei zu prüfen.

»Die erste Möglichkeit ist vielleicht unangenehm für Sie. Die zweite ist noch unangenehmer.« Er lächelte vor sich hin. »Erstens, Sie erzählen mir gleich, was ich wissen will, zweitens Sie erzählen es mir später. Aber glauben Sie mir, Herr Jesper«, er nahm wieder Blickkontakt mit mir auf, »Sie werden es mir erzählen.«

»Was passiert mit uns?«, sagte ich.

Es rutschte mir einfach heraus. Ich war noch nicht wieder ganz bei mir. Duvalle zuckte mit den Achseln, die Brauen bedauernd angehoben.

»Woher soll ich das wissen?«, sagte er. »Das hängt von Ihnen ab und von den Umständen. Wissen Sie«, er beugte sich nach unten und nahm den Kaffeebecher vom Boden auf, sah ihn sich an, »diese Frage stelle ich mir schon lange nicht mehr. Was passiert, meine ich.«

Er erhob sich, dehnte die Schultern. Trank seinen Kaffee aus. Blieb einen Moment vor mir stehen.

»Was ist das für ein Gewehr?«, fragte er. »Wem gehört es?«

Ich hatte ihn gut verstanden vorhin. Und die Zeit hatte mir auch gereicht, um nachzudenken. Ich sah keinen Grund, nicht kooperativ zu sein, bis hierher jedenfalls.

»Es gehört Knud De Vries«, sagte ich.

»De Vries. Warten Sie mal.«

Duvalle ging um den Tisch herum, auf dem der aufgeklappte Laptop stand. Den leeren Kaffeebecher warf er in einen bereitstehenden Papierkorb und setzte sich an den Tisch. Ich hörte die Tasten des Computers klappern.

»Ah«, sagte er. »De Vries, okay. Und wie kommen Sie zu dem Gewehr?«

»De Vries war bei uns in der Lodge, in Gabun«, sagte ich. »Als Gast, zusammen mit einem Russen namens Saffkin. Der verschwand nach ein paar Tagen, und De Vries nahm an, dass er sein Verschwinden selbst inszeniert habe. Er glaubte, der Russe wolle ihn bei einem Geschäft ausbooten. Deshalb hat er die Lodge verlassen. Und ich sollte ihn begleiten.«

»Und die hübsche junge Dame da draußen? Sollte die ihn auch begleiten?«

»Nein. Sie wollte das Ganze verhindern. Deshalb ist sie mitgeflogen. Aber De Vries hat das vereitelt.«

Ich erzählte die ganze Geschichte, nur die Diamanten ließ ich weg. Duvalle hörte mir zu. Dabei sah er mir die ganze Zeit aufmerksam ins Gesicht. Ich hatte das Gefühl, er ahnte mehr, als mir lieb war.

»Worum ging es bei De Vries' Geschäften, und weshalb sollten Sie ihn begleiten?«

»Das weiß ich nicht. Er wollte es mir nicht sagen. Er sagte, je weniger ich wüsste, desto besser für mich. Er wollte es mir erst sagen, wenn wir dort angekommen wären.«

Das kam glaubhaft heraus, fand ich. Duvalle sah mich noch

eine Weile lang an, dann wich sein Blick ab, ging wieder an mir vorbei.

»Verstehen Sie etwas von Geschäften hier in Afrika, Herr Jesper? Worin, denken Sie, bestehen zum Beispiel meine Geschäfte?«

»Keine Ahnung.« Ich schüttelte den Kopf. »Sie sind Offizier, oder?«

»So ähnlich«, sagte Duvalle. »Aber hier ist nichts, wie es scheint. Dieses Land befindet sich im Übergang. In einem Zustand der Gärung, verstehen Sie, aus dem etwas Neues entstehen wird. Ich bin ein Teil des Übergangs. Ist Ihnen die Offenbarung des Johannes ein Begriff?«

Ich verneinte. Ich hätte nicht geglaubt, dass meine Bibelfestigkeit hier geprüft werden würde. Duvalles hübsches Gesicht mit den markanten Wangenknochen und der glatten schwarzen Haut verriet nichts, er schien völlig entspannt zu sein.

»Ich sah ein fahles Pferd«, deklamierte er. »Und der, der auf ihm saß, heißt ›Der Tod‹, und die Unterwelt zog hinter ihm her. Und ihnen wurde die Macht gegeben über ein Viertel der Erde, Macht, zu töten durch Schwert, Hunger und Tod und durch die Tiere der Erde. Kennen Sie das?«

Ich schwieg. Was sollte ich sagen.

»Vier Reiter werden kommen«, fuhr Duvalle fort, die Stimme angehoben, als lese er in einer Kirche. »Der erste ist weiß, er ist der Gerechte, der zweite rot, der dritte schwarz und der vierte, das ist der, der auf einem fahlen Pferd sitzt. Sie bringen Blut und Tod, Krankheit und Furcht.« Mit normaler Stimme fügte er an: »Die Bibel enthält manches, Herr Jesper, was einem zu denken geben kann.«

»Was geschieht mit uns?«

»Wir werden sehen. Meine Wölfe dort draußen sind immer hungrig. Ich werde Sie und Ihre schöne Freundin vor ihnen schützen müssen. Aber ich weiß nicht, ob und wie lange ich das möchte.«

Ich wollte mir nichts dazu denken, aber es beschwerte mir das Herz, dass ich dem nicht ausweichen konnte, was mir sofort in den Sinn kam. Es war vielleicht schlimmer, als wenn Duvalle mir ausgemalt hätte, was auf uns wartete.

»In Ihrer Tasche, Herr Jesper, was haben Sie da drin?«, fragte er.

Ich zählte ihm die Socken und Hemden auf, meinen Geldbeutel, die vier Euro.

»Haben Sie nichts vergessen?«

»Ich habe den verdammten Schädel nicht vergessen«, sagte ich. »Ich rede nur nicht gern darüber.«

»Nein?« Duvalle wirkte amüsiert. »Das ist eine sehr afrikanische Sache, was Sie da haben, und ehrlich gesagt das Einzige an Ihnen, was ich nicht verstehe. Ich habe verstanden, dass Sie ein unerfahrener junger Deutscher sind, der sich etwas Geld verdienen wollte und in eine dumme Geschichte hineingeraten ist. Man hat mir berichtet, dass Sie ein Feigling sind, jemand, dem man keine Frau anvertrauen kann. Nun, es gibt viele Feiglinge. Aber dieses … Ding in Ihrem Gepäck, das gibt mir Rätsel auf.«

Duvalle machte ein paar Schritte zum Zelteingang und horchte einen Moment, als vermute er jemanden hinter der herunterhängenden Plane. Kam zurück.

»Hier in Afrika«, sagte er, »macht man mit so etwas keine Scherze. Mir zum Beispiel traut man zu, dass ich mich bei Bedarf in ein Krokodil verwandeln kann. Das kann ich auch, in der Vorstellung gewisser Menschen jedenfalls, und das ist gut so. Aber Sie, Herr Bernd Jesper aus Berlin, was haben Sie für eine Beziehung zu einem solchen – nun, ich nenne es vorsichtigerweise: Ding?«

Ich hatte Herzklopfen. Duvalle wusste es nicht. Er wusste nicht, was sich in dem Schädel befand. Sonst hätte er sofort aus mir herausbekommen wollen, woher die Diamanten stammten und ob er noch mehr davon kriegen konnte. Ich hoffte inständig, dass man Felicité inzwischen den Gang zur Toilette erlaubt hatte, wo sie ihre Diamanten verstecken konnte. Besser, die Steine zu opfern als das Leben. Mit rasendem Herzen wagte ich einen Test. Wenn er mich jetzt hinausgehen ließ, dann wusste er nichts.

»Ich erzähle es Ihnen«, sagte ich. »Es ist eine absurde Geschichte. Aber kann ich vorher mal zur Toilette?«

Duvalle deutete auf den Ausgang. Mein Herz klopfte schneller, es konnte offenbar noch zulegen. Als ich die Plane zurückschlug, stand dort einer der jungen Männer aus dem Gemeinschaftszelt, das Sturmgewehr umgehängt. Sein Gesicht war steinern. Vielleicht war er ärgerlich darüber, dass er sich das Fußballspiel nicht weiter ansehen konnte. Aus dem Fernsehzelt tönten die gedehnten Sätze des Kommentators herüber. Die Toilette, zu der mich der Mann brachte, befand sich in einem kleineren Zelt, in dem es mörderisch stank. Zwischen Eingang und Donnerbalken hatte man leere Getränkekisten bis zur Decke hinauf gestapelt.

Ich durfte alleine hineingehen, mein Herzklopfen ließ langsam nach. Ich förderte meine Diamanten zutage und drückte sie in einen der tiefen Risse, die sich in dem trockenen Boden auftaten. Auch den aus meiner Hosentasche legte ich dazu. Kratzte mit dem Stiefel etwas von der roten Erde zusammen und füllte den Riss damit auf. Ich wartete zwei Minuten, dann meldete ich mich zurück. Der stumme Mann mit dem Gewehr begleitete mich wieder in das Zelt des Kommandeurs. Duvalle winkte mich mit der flachen Hand hinein.

»Meine Landsknechte«, nahm er das Thema wieder auf, »das sollten Sie wissen, Herr Jesper, sind beunruhigt über dieses Spielzeug, das Sie bei sich haben. Im Gegensatz zu mir sind sie abergläubisch. Ich muss ihnen zeigen, dass das Ding nicht gefährlich ist. Deshalb schlage ich vor, dass Sie Ihre Geschichte nachher in unserer kleinen Runde zu Ende erzählen.«

Duvalle bedeutete mir, sitzen zu bleiben, und verließ das Zelt.

Der verdammte Schädel. Ich zweifelte nicht daran, dass ein Gespräch in dieser Runde auf meine Kosten geführt werden würde. Durch meinen Kopf gingen schlimme Bilder verschiedener Folterpraktiken, von denen ich in Zeitungen gelesen hatte. Ich versuchte, mich zusammenzunehmen. Um die Diamanten jedenfalls ging es nicht, das hätte er anders eingefädelt. Vielleicht auch nicht um unser Leben, sonst wären wir bereits tot. Möglicherweise würde er versuchen, aus uns Kapital zu schlagen. Dann hatten wir eine Frist, vielleicht sogar eine Chance. Aber wer würde Lösegeld für mich bezahlen?

Die Festplatte im Laptop summte leise, draußen ratterten die Generatoren. Sie riefen mir Ze Zé in Erinnerung. Ich hätte einen Monat Küchendienst gemacht und den ganzen Tag Perlhühner gerupft, wenn ich hätte zurückgehen können. Sie würden mich schon wieder aufnehmen im »Park«, auch wenn ich mich als Feigling erwiesen hatte. Es waren Menschen, sie wussten, dass man Fehler macht, dass man auch feige sein kann. Ich wusste nicht, wie viel Mut ich besaß, ich hatte mal irgendwo gehört, dass man das erst weiß, wenn man ihn braucht. Und Mut hatte ich in mehr als dreißig Lebensjahren eigentlich nie gebraucht, nicht mehr, als man benötigt, wenn man sich beim Vermieter beschwert. Wahrscheinlich besaß ich von Natur aus keinen Mut, nur sehr geringe Anlagen davon. Vielleicht würde ich mich in Kürze erneut als feige erweisen. Vielleicht war Mut ja auch eine Form von Angst. Angst kannte ich, in verschiedenen Variationen.

Nach einer Viertelstunde wurde ich abgeholt. Der stumme Mann mit dem Sturmgewehr kam herein und nahm mich mit. Wir gingen schweigend zusammen durch die Dunkelheit, das Zirpen der Grillen war voller Sehnsucht nach einem unversehrten Leben, Leuchtkäfer surrten dorthin, wo sie in Sicherheit waren. Der Mond hing am Himmel, unberührt von allem Menschlichen bis auf ein paar Fußstapfen auf seiner Oberfläche. Die Sterne füllten das Firmament, erstarrt und kalt.

Unsere Schritte knirschten auf dem sandigen Boden, wir gingen zwischen den zwei Reifenspuren, in der Hand meines Begleiters pendelte das Lichtbündel einer Taschenlampe. Mir kam es vor, als wäre es noch immer sehr heiß, jedenfalls lief der Schweiß an mir herunter. Wir gelangten zu einem flachen, gemauerten Gebäude am Ende der Piste. Aus einem der Fenster drang Licht. Am Eingang stand ein anderer Bewaffneter, er winkte mich stumm hinein. Im Innern des Gebäudes, das aus verputzten Betonmauern errichtet worden war, herrschte blankes Chaos. Die Wände des Flurs, den wir durchquerten, waren von Einschusslöchern übersät, der Boden voller Glasscherben und Gipssplitter, die man in die Ecken gefegt hatte, um den Weg frei zu machen. Türen gab es keine mehr, ausgebrochene Löcher zeigten, wo die Angeln gewesen waren.

Wir betraten einen großen Raum. Ich sah eine Menge Schulbänke, die an den Rand gerückt waren, die meisten davon waren zerschlagen. Vier Bänke standen in der Mitte. Duvalle saß darauf, zusammen mit seinen drei aufgeputzten Gesellen, jeder auf einem

Pult. Und Felicité war da. Sie stand neben Duvalle, und sie war nackt bis auf ihren Slip. Sie hatte die Hände vor ihre Brüste gelegt und starrte mit ausdrucksloser Miene irgendwohin. Von meiner Ankunft nahm sie keine Notiz. Der Raum wurde von den gleichen zischenden Gaslampen erleuchtet, wie sie in den Militärzelten gehangen hatten.

Duvalle wandte mir sein glattes Gesicht zu und sagte zwei Worte zu meinem Bewacher, der sich daraufhin zurückzog. Dann winkte er mich zu sich heran. Seine Kamarilla hatte sich um einen Dritten erweitert, einen hageren, bärtigen Kerl, mit einer Haut von hellbrauner, fast gelber Farbe. Seine Haare hatte er zu einem Wust von Dreadlocks zusammengedreht, sie hingen von seinem Hinterkopf herunter wie ein Vorrat Putzwolle, und er trug ein T-Shirt mit dem Konterfei von Che Guevara. Die kleinen Augen saßen tief in den Höhlen, seine Nase war schief verheilt und von den Narben irgendeiner Krankheit aufgetrieben wie ein Streuselkuchen. Er hockte auf seinem Pult neben dem Dicken und dem Riesen. Alle drei starrten mich an. Der Dicke mit seinem Dauergrinsen, er bekam wahrscheinlich keinen anderen Gesichtsausdruck hin.

»Was sagen Sie zu unserem Prüfungskomitee, Herr Jesper?« Duvalle lachte. »Ist das hier nicht eine passende Umgebung, um etwas fürs Leben zu lernen?«

Ich schaute Felicité nicht an. Dass sie nackt war, dass sie allen preisgegeben war, hinderte mich daran, sie anzusehen. Ich konnte mir den Ausdruck in ihrem Gesicht vorstellen, ich hatte ihn vorhin in dem Dorf voller Löcher bereits wahrgenommen. Als sehe sie etwas, das sonst niemand sieht.

»Allez«, sagte Duvalle.

Der hässliche Rastamann erhob sich. Er klaubte eine Machete von dem Pult, auf dem er gesessen hatte. Der Riese mit dem Zopf stand ebenfalls auf. Die beiden hatten mich in der Mangel, ehe ich nur daran denken konnte, mich zu wehren. Sie hielten meine Arme gepackt und zerrten mich zu einer Schulbank. Es war ein Kinderpult, ganz klein, für die erste Grundschulklasse gebaut. Mein Herz stolperte, ich rechnete mit einer Exekution. Zu meiner Überraschung überkam mich zusammen mit dieser

Annahme Gleichgültigkeit. Sie stieg als warme Welle auf, direkt aus meiner Brust. Zuerst dachte ich, mein Herz stünde vollends still, aber es war etwas anderes. Ich wehrte mich nicht mehr und spürte auch keine Panik. Ich würde jetzt sterben. Die Ergebenheit des Lamms, das geschlachtet werden soll. Der Stutzer hielt meinen Unterarm in seinem Schraubstockgriff. Er hatte einen Lederriemen aus der Tasche geholt und wickelte ihn um meinen linken Arm.

»Sie sind Rechtshänder, nicht wahr?«, sagte Duvalle, der neben mich getreten war. »Ich habe mich davon überzeugt, vorhin beim Kaffeetrinken. Wir nehmen daher erst mal die Linke. Keine Sorge, Herr Jesper, meine Leute haben Erfahrung mit solchen Operationen, Sie werden nicht verbluten. Wissen Sie eigentlich, dass menschliche Hände in den Zeiten der europäischen Verwaltung des Kongo als Tauschmittel beliebt waren? Hände gegen Geld oder gegen Munition. Schwarze Hände natürlich, das versteht sich. Hände als Strafe für Ungehorsam oder einfach so, ganz ohne Grund. Heute Abend, Herr Jesper, tauschen wir eine weiße Hand gegen die Wahrheit. Ich bin sicher, wir erfahren jetzt gleich, was es auf sich hat mit Ihrer seltsamen Trophäe.«

Duvalle deutete auf die Rückwand des Klassenzimmers. Erst jetzt sah ich den Schädel. Ich konnte ihn auch aus meiner erzwungenen Haltung gut erkennen. Er stand auf einem separaten Pult, schmutzig braun, die Zähne gebleckt, und starrte aus seinen toten Augen zu uns herüber. Ein Schmerz zuckte durch meinen Arm. Der bezopfte Stutzer hatte unterhalb meines Ellbogens eine Schlinge in den Riemen geknüpft und zog sie stramm. Nun fixierte er mit seiner Pranke meinen Unterarm auf dem Pult, so fest, als wäre er dort angenagelt. Im Holz waren zwei Einschusslöcher. Ich konnte nicht erkennen, ob die dunklen Flecke auf der Platte wirklich von Tinte stammten, ich wollte es auch nicht wissen. Der Lederriemen schnitt in meinen Arm, meine Finger begannen taub zu werden. Aber ich musste hinsehen. Ich musste auf meinen Arm sehen, auf meine Hand. Weich, weiß und sehr verletzlich sah sie aus neben der mit fünf Ringen geschmückten Klaue des Riesen. Vielleicht sah ich sie zum letzten Mal.

Der Rastamann trat neben mich, dabei klopfte er sich mit der flachen Klinge der Machete in die Handfläche, ein leises Klatschen. Die Schneide fing das Licht der Gaslampen ein, sie schimmerte frisch geschliffen. Dann beugte er sich zu mir herunter und starrte mir mit seinen eng stehenden Pavianaugen, deren Iris schwarz war, forschend ins Gesicht. Nachdem er mich ein paar Sekunden lang angestarrt hatte, grinste er und fuhr mir langsam mit seinem Daumennagel über das Handgelenk. Ich spürte jeden Millimeter. Als würde er sie mir jetzt schon abschneiden. Sein spatelförmiger, mit Dreck unterlegter Nagel hatte einen weißen Strich auf meiner Haut hinterlassen.

»Schießen Sie los, Herr Jesper. Erzählen Sie. Wir hören Ihnen zu.«

»Ich war im Wald«, hörte ich mich stammeln. »Wir haben dort übernachtet, die Leute aus der Lodge und ich, für eine Fotosafari. Ich musste pinkeln und traf im Klo auf einen alten Mann, der hatte den Schädel umhängen. Der Mann ist mir später wieder begegnet in der Lodge, als die anderen beim Abendessen saßen. Ich habe ihm Essen aus dem Kühlschrank gegeben. Danach lag der Schädel in meiner Hütte. Es hieß, ich müsste ihn behalten, weil es ein Fetisch ist. Ich sollte ihn nicht wegwerfen, weil er sonst zu mir zurückkommen würde. Deshalb habe ich ihn mitgenommen.«

Es war die Wahrheit. Nicht die ganze, die würde ich nicht preisgeben, weil sie mir nichts half. Auch die ganze Wahrheit würde meine Hand nicht retten. Und wenn Duvalle die Diamanten entdeckte, waren wir so gut wie tot. Ich konnte nur hoffen, dass sie noch in dem vermaledeiten Schädel steckten, der mich meine Hand kosten würde.

Mein Atem ging pfeifend wie eine kaputte Pumpe. Ich versuchte, alles Gefühl, das sich vielleicht noch in meinem Unterarm befand, herauszunehmen. Aber obwohl sich bereits Taubheit in meiner Hand ausbreitete, brannte der Strich mit dem Daumennagel des Rastamannes noch immer wie ein heißer Reif aus Draht.

Ich schloss die Augen. Wartete auf den Hieb. Zehn Sekunden lang blieb alles still. Dann öffnete ich die Augen wieder. Ich sah nach oben, in Duvalles Gesicht. Er starrte mich an, das Kinn vorgestreckt.

»Ihre Geschichte ist so unwahrscheinlich, dass sie kaum gelogen sein kann, Herr Jesper. Und Sie haben ausreichend Angst, sich um die Wahrheit zu bemühen, das sieht man Ihnen an. Bis dahin haben Sie mich überzeugt.«

Er hatte Deutsch gesprochen. Die drei Unholde hatten witternd die Köpfe gehoben, sahen ihn irritiert an. Der athletische Riese, der mich noch immer festhielt, ließ in demonstrativem Unwillen die Fingerknöchel an seiner freien Hand knacken.

»Allerdings«, fuhr Duvalle fort, »kann man meine Wölfe hier durch Worte allein nicht überzeugen. Sie glauben nicht an Worte, sie glauben an Zeichen. Eines Tages, Herr Jesper, werden sie vielleicht auch mich fressen. Es gibt wenig, was sie davon abhält.« Er beugte sich zu mir herunter. »Ich muss sie hungrig halten und ihnen ab und zu Futter geben. Solange sie mir aus der Hand fressen, beißen sie nicht. Wir werden also ein Zeichen setzen.«

Mit der flachen Hand führte Duvalle eine kirchenwürdige Geste in Richtung der drei Typen aus, die missmutige Gesichter machten, weil er im Deutschen geblieben war. Sie mussten sich gedulden.

»Sie haben mich gefragt, Herr Jesper, was mit Ihnen geschehen wird, und ich habe gesagt, dass ich das nicht weiß. Ich weiß es noch immer nicht, aber ich habe entschieden, dass wir einfach das Schicksal fragen werden. Meine Wölfe wissen vieles nicht, aber sie wissen, was ein Würfel ist. Wir spielen ein Spiel zusammen, Sie und Ihre reizvolle Begleiterin treten gegen meine Getreuen an. Sie, Herr Jesper, würfeln um eine ungestörte weitere Nacht. Ihr Einsatz ist Ihre linke Hand, und derjenige der jungen Dame ist das, was sie meinen Wölfen zu geben hat, wenn ich ihnen erlaube, es sich zu nehmen. Das ist amüsant, oder? Wir spielen ein spannendes Spiel, und meine Landsknechte können sehen, wie lange das Ding da, das Sie mitgebracht haben, Sie beschützen kann.«

Ich fühlte tiefen Hass gegen Duvalle. Ein Gefühl, das ich bisher noch nicht gekannt hatte. Ich hasste ihn weit mehr als den Rastamann mit seiner Machete. Die verlogene Intimität, zu der er mich zwang. Seine maliziöse Art, mich auf Deutsch zum Zeugen seiner perversen Einfälle zu machen.

»Sie sind vollkommen verrückt«, wagte ich zu sagen.

Ohne mich um die Konsequenzen zu kümmern. Vielleicht war das mutig. Der Hass half.

»Meinen Sie? Wir haben hier den Dreißigjährigen Krieg, Herr Jesper. Wir sind die Hefe dieses Krieges, wir gehen darin auf, Sie, ich und noch viele andere. Was glauben Sie, wie viele ängstliche junge Männer und schöne Frauen ihr Leben lassen mussten, dort, wo Sie herkommen? In Ihren Kriegen, in den Kriegen, die Europa groß gemacht haben? Das alles ist vielleicht verrückt, nicht ich. Ich bin nur ein Teil davon, ich bin zwangsläufig.«

Duvalle sagte ein paar Sätze, nicht französisch, nicht englisch, nicht deutsch. Die drei Typen entspannten ihre Kinnladen, sie fingen an zu lachen. Duvalle warf dem Dicken einen Lederbecher zu. Er fing ihn auf und stellte ihn auf das Pult.

»Sie würfeln als Erster, Herr Jesper«, sagte Duvalle.

Ich konnte Felicité nicht ansehen. Ich sollte um sie würfeln. Ich hatte sie schon nicht beschützen können, nun sollte sie auf Gedeih und Verderb von meinem Glück abhängen. Aber mein Pech würde mich auch meine Hand kosten. Der Dicke hatte einen Würfel zwischen Daumen und Zeigefinger gehalten. Er ließ ihn in den Lederbecher fallen.

»Jeder hat nur einen Wurf«, sagte Duvalle. »Fangen Sie an.«

Was, wenn ich nicht würfeln würde? Ich musste es tun, sonst hätte ich die Chance auch noch vergeben. Felicité nahm ich nur als Silhouette wahr, am Rand meines Gesichtsfelds. Makellos und unbeweglich stand sie da, wie eine Statue.

Ich nahm den Becher. Meine Hand zitterte. Wenn ich je gebetet hatte, dann in diesem Moment. Ich wusste nur nicht, zu wem. Mein Verhältnis zu Gott war seit Langem sprachlos geworden, und von den Göttern, die hier zuständig sein konnten, fiel mir nur Maka ein. Aber Maka würde mir nicht helfen, Maka wollte meinen Tod.

Dann sah ich plötzlich den Alten vor mir, sein runzliges Gesicht, die in den Gaumen geschlagenen Zahnstummel. Ich hörte ihn in mein Ohr flüstern. »Mojo«, flüsterte er und kicherte. Vielleicht kicherte er über meine abgehackte Hand, die er in seiner Anderwelt schon vor sich liegen sah. »Mojomojo.« Es blieb keine

Zeit mehr. Mit dem Geflüster des Alten in meinem Kopf drehte ich den Becher um und setzte ihn auf das Pult. Langsam kippte ich ihn zur Seite, damit der Würfel auf der schrägen Platte nicht herunterrollte. Ich hatte eine Vier.

Der bezopfte Stutzer riss mir den Becher aus der Hand und schmiss den Würfel hinein, ließ ihn rappeln und knallte ihn auf das Pult. Eine Zwei. Ich atmete aus, sehr, sehr langsam.

»Touché, Herr Jesper«, sagte Duvalle. »Sie haben gewonnen.«

Brocken fielen von meinem Herzen. Sie hätten ausgereicht, um sämtliche Kobaltlöcher von Trouville zu füllen. Nun wagte ich, Felicité einen Blick zuzuwerfen. Ich sah, wie rasch sie atmete. Aber sie schaute mich nicht an.

»Diese Nacht werden Sie ruhig schlafen«, sagte Duvalle. »Sie bekommen jetzt etwas zu essen und einen Platz in einem Zelt, wo Sie ungestört sind. Wir spielen fair. Gewonnen ist gewonnen.«

Mit bedauernd angehobenen Brauen lächelte er in die enttäuschten Gesichter der drei Unholde, die ihre gierigen Blicke von der schon bereitgestellten Felicité ab- und seiner Order zugewandt hatten, die er in ihrer Sprache wiederholt hatte. Der Riese mit der Kette um den Hals kickte wütend den Würfelbecher durch den Raum und ließ die Arme pendeln, der Dicke gluckste wie eine kaputte Wasserleitung, und der Rastamann starrte herüber mit dem Gesichtsausdruck eines Untoten.

Duvalle wandte sich mir zu. »Morgen Abend«, sagte er auf Deutsch, »würfeln wir um die nächste Nacht.«

Alle Brocken in meinem Innern kamen zurück wie in einem rückwärtsgespulten Film und versammelten sich erneut auf meiner Brust. Mir blieb die Luft weg. Duvalle sprach ein paar kehlige Sätze zu seiner Corona. Ich hörte ein hysterisches Kichern, die beiden anderen grinsten den Dicken an, stießen ihn in sein Fett. Alle würden drankommen, begriff ich, und der Dicke würde morgen seine Chance haben.

DREIZEHN

Duvalle ließ uns in Ruhe, er hielt Wort. Felicité erhielt ihre Kleider zurück, wir durften unter Bewachung die grausige Schule verlassen und bekamen anschließend Baked Beans aus amerikanischen Dosen und Wasser in Plastikflaschen ausgehändigt. Für unsere Verhältnisse ein Top-Menü. Wir verzehrten es in einem eigenen Zelt, das man uns zuwies, bewacht von einem stummen Soldaten mit einer Kalaschnikow, der vor dem Eingang stand. Es handelte sich um eines der Vorratszelte, in dem Kisten mit Dosen, Nudeln und Reispackungen verstaut waren und bis an die Decke hoch gestapelte, in Folie eingeschweißte Packs mit Mineralwasserflaschen.

Mir war klar, dass Duvalle nur die Spannung steigern wollte, desto besser ließ sich das Schauspiel ausschlachten. Er wusste, wie er seine Entourage bei Laune halten konnte. Wir hatten einen Tag Aufschub gewonnen, mehr nicht. Aber ich hatte inzwischen etwas dazugelernt. Mein Organismus oder meine Seele, ein mir noch nicht bekannter Teil meines Selbst jedenfalls, hatte gelernt, kurzfristiger zu denken. Ich konnte meine kalten Bohnen mit Appetit aufessen, ich konnte denken und mit normaler Stimme sprechen. Mit normaler Stimme sagte ich zu Felicité:

»Was denkst du, was Duvalle mit uns vorhat?«

»Er spielt mit uns Katz und Maus«, sagte sie.

Lakonisch, stoisch löffelte sie ihre Bohnen. Ihre Art, mit so etwas umzugehen. Sie machte sich hart.

»Vielleicht«, sagte sie dann, »hat er noch einen Plan B. Vielleicht will er, dass De Vries herkommt. Kann sein, dass er Geld für uns rausschlagen will.«

»Würde er mir dann vorher die Hand abhacken lassen und dich diesen Kerlen ausliefern? Wenn er Lösegeld kassieren möchte?«

Felicité stieß Luft durch die Nase aus. »Sicher würde er das. Du kennst diese Leute nicht, Bern'. Die Hauptsache ist, die Geiseln sind noch am Leben.«

Wir saßen nebeneinander auf Feldbetten. Man hatte uns dazu

noch je eine Decke spendiert. Die Plane am Eingang hing herunter, niemand hatte uns daran gehindert, sie zuzuknöpfen. Dennoch möglich, dass wir belauscht wurden. Über den Verbleib der Diamanten hatten wir uns bereits in Zeichensprache ausgetauscht. Sie lagen in einem Versteck im Toilettenzelt. Bis auf diejenigen natürlich, die noch in dem Schädel steckten. Ich hoffte, dass niemand auf die Idee kommen würde, das stinkende Ding näher zu inspizieren. Zumindest Duvalle hatte sicher keine Angst vor dem Schädel, aber er ekelte sich vermutlich davor. Das hielt ihn vielleicht davon ab, ihn anzufassen.

»Ein paar von denen«, flüsterte mir Felicité zu, »kommen wahrscheinlich aus Ruanda. Sie sehen sich englischsprachige Sendungen im Fernsehen an. In Ruanda sprechen viele Leute Englisch. Die aus Tansania ins Land gekommen sind, zum Beispiel.«

»Das bedeutet?«

»Das bedeutet, dass Duvalle ruandische Milizionäre bei sich hat. Wenn er selbst auch von dort kommt, sind sie illegal in Katanga.«

»Was macht er überhaupt hier?«

»Vielleicht paktiert er mit Separatisten, davon gibt es viele in Katanga. Die Provinz will immer mal wieder weg vom Kongo, möchte selbst ihre Bodenschätze ausbeuten. Und Duvalle ist so gut wie sicher am Rohstoffgeschäft beteiligt. Wahrscheinlich zwingt er Leute, für ihn Coltan auszugraben. Das kann er direkt an Zwischenhändler verkaufen, die reißen es ihm aus der Hand. Ein Kilo davon kostet ein paar tausend Dollar, es ist fast so viel wert wie Gold.«

Ich schaute die Zeltwand an, die Kisten mit leeren Flaschen. Sie konnten hier heraus, konnten zurückreisen in ein Getränkewerk in der Zivilisation, wo man sie reinigen und neu füllen würde. Niemand würde sie aufhalten. Wenn ich mich in das Flaschenteufelchen meiner Kindheit hätte verwandeln können, wäre es leicht gewesen, von hier zu entkommen.

»Morgen Abend soll ich wieder würfeln.«

»Denk einfach nicht dran, Bern'. Wir werden das alles irgendwie überstehen. Ich werde es schon überstehen und du auch. Schlaf jetzt.«

Merkwürdigerweise schlief ich tatsächlich ein. Vielleicht war ich zu erschöpft, um mich aufzuregen. Oder es war die Wut auf Duvalle, die etwas in mir anders sortiert hatte. Jedenfalls konnte ich bis zum Morgen schlafen.

Ich träumte vom Versteckspiel. Im Wedding, wo wir eine Zeit lang gewohnt hatten, gab es noch Trümmergrundstücke, dort hatten wir am liebsten gespielt. Einmal hatte ich die grandiose Idee gehabt, in einen alten Schornstein aus Backsteinen zu klettern, der vielleicht noch drei Meter hoch war. Ich ließ mich mit hochgereckten Armen hinunterrutschen, zufrieden, dass keiner mich hier finden würde. Das stimmte, es fand mich keiner. Aber ich konnte auch nicht wieder heraus. Ich stand in der engen Röhre, die Arme nach oben gestreckt und kam nicht mehr hoch. Erst nach der Abendbrotzeit, nach sehr langen zwei Stunden, kam jemand, einer der Väter, und holte mich heraus. Davon träumte ich, und seltsam, ich träumte nicht von der Angst, die ich gehabt hatte, dass ich für immer dort drinbleiben musste, ich träumte von der Erlösung, die ich empfunden hatte, als ich die Stimmen hörte, die sich dem Schornstein näherten, und ich rief und fand Gehör.

Am Morgen wachte ich auf und war nicht erlöst. Ich befand mich immer noch in Duvalles Camp. Der Stromgenerator brummte, das Sonnenlicht stand auf dem Zelt, gab den Lücken zwischen den Planen helle Ränder. Felicité putzte sich neben mir die Zähne. Jemand hatte unser Gepäck ins Zelt gebracht. Ich stand auf und sah meine Sachen durch. Mein Buch fehlte, aber meine Kleider waren da und meine Zahnbürste. Wir hatten einen Kanister mit Wasser hingestellt bekommen und konnten uns notdürftig waschen. Wenig später holte die stumme Ordonnanz uns ab und führte uns zu Duvalles Zelt.

»Guten Morgen«, sagte Duvalle. »Haben Sie gut geschlafen?«

Wieder war er tadellos gekleidet. Der Duft eines herben Rasierwassers hing noch in seinem Zelt.

»Trinken Sie einen Kaffee mit mir, ich habe etwas mit Ihnen zu besprechen.« Er warf Felicité einen Blick zu. »Verstehen Sie Deutsch, Mademoiselle?«

Felicité antwortete ihm nicht, sie schaute ihn nicht einmal an. Er teilte ihr auf Französisch mit, dass er die Unterhaltung dennoch auf Deutsch führen werde.

»Verzeihen Sie mir das, Mademoiselle, ich spreche so gerne Deutsch, ich habe so wenig Gelegenheit dazu. Und Herr Jesper wird Ihnen alles übersetzen, nicht wahr?«

Es machte ihm Spaß. Er hatte sein Vergnügen daran, mich zu vereinnahmen. Wahrscheinlich gefiel er sich in der Rolle des polyglotten Kommandeurs, der von einer Sprache in die andere flanierte. Wir bekamen unseren Kaffee. Duvalle meinte, er werde uns im Anschluss Frühstück in unser Zelt bringen lassen.

»Nichts Besonderes, wir haben einfache Küche hier. Soldatenleben.« Er hob die Hände und lachte. »Sie sagten, dass Sie über Herrn De Vries' Geschäfte nicht Bescheid wüssten«, fing er an. »Das finde ich erstaunlich. Man braucht nur ins Internet zu gehen, dann findet man gleich einiges. Interessante Dinge. Wieso wissen Sie nichts darüber, Herr Jesper?«

»Ich hatte keine Gelegenheit dazu, mich zu informieren«, sagte ich. »In der Lodge gab es für mich keinen Zugang zum Internet.«

»Und Sie, Mademoiselle Leotin?« Er wechselte ins Französische.

»Sie können Englisch mit uns sprechen«, sagte Felicité.

»Wieso nehmen Sie an, dass ich Englisch sprechen kann?«

»Ihre Leute draußen verstehen Englisch«, sagte Felicité.

»So, tun sie das.« Duvalle hatte ins Englische gewechselt. »Also gut. Was wissen Sie über De Vries, Mademoiselle?«

»Er handelt mit Diamanten, mit Gold, mit Rohstoffen. So ziemlich mit allem, womit man reich werden kann.«

»Das gefällt Ihnen nicht, habe ich recht? Weshalb wollten Sie eigentlich seine Abreise verhindern?«

»Er wollte sich davonmachen. Ich mag Leute nicht, die nur an ihren Profit denken.«

»Das ehrt Sie«, sagte Duvalle. »Respekt.«

»Ich lege keinen Wert auf Ihren Respekt«, sagte Felicité.

»Mutig sind Sie auch«, sagte Duvalle. »Schön und mutig, dazu noch gerecht.« Er hob die Brauen. »Beeindruckend. Schade, dass Ihre Haltung hier, außer bei mir und sicherlich auch bei Herrn

Jesper, wenig Beachtung finden wird. Ich fürchte, meine Landsknechte schätzen an Ihnen etwas anderes. Wir sind«, er knackte mit seinen Fingergelenken, »roh geworden hier draußen, sosehr man das bedauern muss.«

Er erhob sich und ging zu seinem Schreibtisch hinüber, wo er stehen blieb und sich umwandte.

»Ihr Gepäck, Herr Jesper, enthielt übrigens noch mehr Überraschungen. Nicht bloß den ominösen Fetisch, auch das hier.« Er hielt Joseph Conrads »Heart of Darkness« in der Hand. »Haben Sie es gelesen?«

Ich sagte ihm, dass ich es hatte lesen wollen, aber nicht dazu gekommen war.

»Ein durch und durch kolonialistisches Buch«, sagte Duvalle. »Wir Afrikaner kommen darin nur als Opfer vor. Ein Buch, das ein emigrierter Pole geschrieben hat, der unter anderem auch nach Afrika geraten ist, so wie Sie, Herr Jesper. Und sich in die Pose des Humanisten warf. Nachdem seine eigenen Unternehmungen im Kongo scheiterten, hat er ein Buch darüber geschrieben, um doch noch etwas daraus zu machen, das ist ihm auch gelungen. Und wir armen Neger haben darin die Aufgabe, zugrunde zu gehen, um bemitleidet zu werden. Die interessanten Charaktere in diesem Buch, die Bösen, das sind natürlich die Weißen.«

Duvalle warf das Buch auf den Tisch.

»Hier. Stecken Sie es ein«, sagte er. »Ich will es nicht mehr sehen. Was haben Sie eigentlich studiert, Herr Jesper?«

Ich überlegte, ob ich ihm so antworten sollte, wie Felicité es getan hatte, die so abweisend auf ihrem Faltstuhl saß wie ein Denkmal. Sie bekam es hin, zwischen sich und Duvalle eine Mauer zu errichten, als besitze sie noch immer einen Rest Souveränität. Mein Hass auf Duvalle aber wollte sich nicht in den Mut verwandeln, den man für eine solche Haltung braucht. Ich kochte, aber ich spürte die Grausamkeit, zu der er fähig war, das lähmte mich. Ich antwortete, dass ich Biologie studiert hätte. Als er nachhakte, auch, dass ich mich mit Ameisen beschäftigt hätte.

»Wunderbar«, sagte Duvalle. »Sie sind am richtigen Ort. Hier ist alles voller Ameisen, Herr Jesper. Die Armen wühlen sich Tag für Tag durch die Erde und graben heraus, was der reiche Rest der

Erde wünscht. Diese armen Ameisen, sie kommen von überall, sie stehen Schlange vor den Löchern, denn man verdient dort wenigstens ein bisschen Geld für harte Arbeit. Was hier in der Erde liegt, ist begehrt. Von Sony, Kyocera, Motorola, Samsung, Siemens und vielen anderen erfolgreichen Konzernen. Sie bauen daraus Spielzeug für den reicheren Teil der Welt, nicht wahr, Mademoiselle?«

Duvalle warf Felicité einen Blick zu, aber sie ignorierte ihn. Dann sah er mich wieder an. »Ameisen also, Herr Jesper. In Zeiten der Globalität, scheint mir, wimmeln die Märkte durcheinander wie ein Ameisenhaufen, auf den man mit der Hand geschlagen hat. Neunzig Prozent der Menschheit rackern sich ab für die restlichen zehn Prozent, ohne dass man es auf einen grünen Zweig bringt. Was sagt die Ameisenforschung dazu?«

»Die Ameisenforschung beschäftigt sich nicht mit Politik«, sagte ich.

»Aha. Nun, soviel ich weiß, bilden die Ameisen ebenfalls Staaten. Und es gibt eine Königin, die Eier legt und der die anderen dienen müssen.«

»Das stimmt. Aber Ameisen beschränken sich darauf, ihre eigene Existenz zu sichern. Sie bilden kein Kapital, und sie geben keine Kredite.«

»Klug von den Ameisen, Herr Jesper. Ausgesprochen klug. Darin sind sie uns ohne Zweifel überlegen. Aber wie lösen sie ihre Konflikte? Lassen Sie mich raten. Die Stärkeren töten die Schwächeren, habe ich recht?«

Wir verbrachten den Rest des Tages in unserem Zelt. Man brachte uns zu essen, etwas lappiges Brot und Corned Beef, dazu ein paar Flaschen Wasser. Die Hitze waberte über den Zelten, sie herrschte über das versteppte, trockene Land wie eine Heimsuchung. Selbst der Ton der Grillen veränderte sich am Mittag, als die Sonne hoch am Himmel stand. Sie klangen nicht mehr fordernd und aggressiv wie in der Nacht, sie zirpten verhaltener, energiesparender, ihre Töne wurden dünner, länger. Immerhin besaßen sie noch die Kraft, etwas von sich zu geben.

Felicité und ich hatten genug Zeit, ihnen zuzuhören. Wir

hörten, wie die Motorräder aus dem Camp abfuhren, wie sich ihr Grollen in der Ferne verlor. Man erlaubte uns auch, nach draußen zu gehen. Aber nur, um vor dem Zelt eine Weile zu stehen und die Toilette aufzusuchen. Einer der stummen Bewaffneten hatte den Auftrag, uns im Auge zu behalten. Er hockte im Schatten vor dem Mannschaftszelt und döste vor sich hin, ohne mehr Kontakt mit uns zu pflegen, als unsere Gesten nonverbal zu dekodieren und im Anschluss mit der flachen Hand einen Wink Richtung Toilettenzelt oder eine Stopp-Bewegung für alles andere auszuführen.

Ich beneidete ihn nicht darum, bei der Hitze vollständige Uniform zu tragen und das schwere Sturmgewehr umhängen zu haben. Sicher legte Duvalle Wert darauf, dass seine Soldaten adrett aussahen, ebenso wie er selbst und sein aufgeräumtes Bürozelt. Korrekte Kleidung, eine Umgebung von Gehorsam und Ergebenheit, so etwas macht immer einen guten Eindruck. Seine martialisch aufgemachten drei Erzengel dagegen sollten Schrecken verbreiten, wo immer sie auftauchten. Je furchterregender die Kostümierung, desto besser.

»Was denkst du, was machen die drei Typen hier?«

»Die kassieren Schutzgelder«, antwortete Felicité. »Ab und zu vergewaltigen sie, oder sie töten, damit die Leute ihnen gehorchen. Duvalle lässt sie gewähren und spielt den Gentleman. Glaubst du, man hat die Schule da oben, in der wir waren, mitten in den Busch hineingebaut? Hier war mal eine Siedlung, ein Ort, in dem man leben konnte. Aber diese Leute machen alles platt. Die interessieren sich nur für Profit und Macht. Die Einheimischen, die geblieben sind, müssen in den Löchern für diese Typen arbeiten. Vielleicht kratzen sie jetzt irgendwo hinter ihrer ehemaligen Schule Coltan aus der Erde.«

Felicité lag auf dem Feldbett, immer noch elegant in ihrem schmutzigen T-Shirt und in ihren Jeans, die nicht sauberer waren.

»Dieser Duvalle«, fuhr sie fort, »weiß, wie man herrscht. Sein Camp funktioniert wie ein kleiner Militärstaat. Auch dort tragen die Präsidenten gerne Uniformen, geben sich gebildet und haben ihre Leibgarde und ihre Schläger. Sie plädieren für Ordnung, und sie drohen mit Gewalt.«

»Wieso lässt man ihn einfach machen?«, fragte ich. »Man könnte ihn doch anzeigen.«

»Könnte man, sicher. Aber hier funktionieren die Behörden anders. Es gibt sie, aber sie handeln nicht wie Behörden. Sie vermitteln nur zwischen Mächtigen und weniger Mächtigen. Du kannst nicht einfach hingehen und jemanden anzeigen, der etwas darstellt. Ich bin sicher, dass man Duvalle bei den Behörden kennt, man weiß auch, was er tut. Aber zu viele profitieren von ihm, er reguliert die Geschäfte für die Behörden, weil es keine Polizei gibt, die etwas ausrichten könnte. Duvalle sorgt dafür, dass alles läuft, wie es laufen soll, und dass ein paar wichtige Leute ihren Schnitt dabei machen. Es gibt ja noch nicht einmal Grundeigentümer, die sich darum scheren, was hier aus dem Boden geholt wird. Es gibt nur Ausbeuter und Ausgebeutete. Die Ausbeuter kontrollieren, was passiert, sie machen Steine zu Geld. Duvalle kann das regulieren, deshalb tut er es und hat seinen Vorteil dabei. Er befindet sich im Krieg, in einem Krieg um Claims. Auf der nächsten Stufe, in den Städten, verwandelt sich das Ganze wieder in Geschäfte und in Dollars.« Felicité lachte leise. »Und wer kann etwas gegen Geschäfte haben. Geschäfte sind gut, oder?«

Es war uns bei unseren Klogängen inzwischen gelungen, die Diamanten so tief und so gut getarnt zu verbuddeln, dass man nicht zufällig auf sie stoßen würde. Ein Akt der Auflehnung, lächerlich eigentlich. Aber wir konnten sonst nichts tun, und einen Plan hatten wir nicht. Man könne nie wissen, was passiert, meinte Felicité, noch hätten wir Chancen. Man dürfe nie aufgeben, müsse hoffen bis zuletzt. Was man so sagt, ohne rechte Überzeugung, als eine Art Gebet. Mir jedenfalls gab das geheime Versteck in der trockenen roten Erde die Genugtuung, dass Duvalle die Diamanten, die darin steckten, nicht in die Finger kriegen würde. Vielleicht würde niemand sie bekommen. Dann waren sie wieder dorthin zurückgekehrt, wo sie hergekommen waren.

Der Abend fiel herunter wie ein Verhängnis. Innerhalb einer Viertelstunde verschwand die Sonne in einem roten Schmelztiegel am Horizont. Wenig später hörte ich die Motorräder zurückkommen. Sie wurden abgestellt, das Bullern ihrer Motoren versiegte eines nach dem anderen. Ich hörte die Typen lachen und schwadronieren, mit ihnen kehrte meine Angst zurück.

Als man uns abholte, sah mich Felicité nicht an. Wir hatten nicht über das gesprochen, was am Abend geschehen würde. Es hätte uns nicht geholfen. Wir hätten uns gegenseitig nur tiefer in die Verzweiflung hineingeredet. Was hier passierte, war nicht unsere Sache, es war der Plan Duvalles, wir mussten, jeder für sich, damit zurechtkommen. Dafür fanden wir keine Worte. Felicité konnte sich panzern, sie zog sich in sich zurück, irgendwohin, ich sah es an ihren gemessenen Bewegungen, als würden ihre Muskeln härter, an ihrer unbewegten Miene. Aber ich wurde flüssiger, in meinem Körper kam alles in Bewegung. Ganz oben schwamm Angst, Furcht vor dem Schmerz, die Versuchung, um Hilfe zu flehen, um Gnade. Darunter lag etwas Festeres, das neu war. Eine fatale Gleichgültigkeit, die nichts mehr bewegen wollte. Die eine Seite vertrug sich nicht gut mit der anderen. Ich durfte nicht zu viel darüber nachdenken, sonst bekam ich Angst vor meinem neuen Fatalismus.

Wieder führte man uns in die Schule. Ab und zu wuselte am Weg ein flinkes Insekt vor der Taschenlampe davon ins Dunkel. Die Grillen sägten am Gerüst der Nacht. Sie würden es auch morgen wieder tun und übermorgen. Sie hatten keinen Begriff von drohender Gefahr. Wenn ihre Zeit kam, starben sie. Bis dahin lebten sie im Gleichmaß, im Kontinuum, das über den Tausch von Tod und Leben nichts weiß.

Viel zu schnell waren wir an Ort und Stelle.

In der Schule fanden wir Duvalle mit seinen Schergen versammelt. Sie erwarteten uns, saßen auf ihren Pulten. Das zerstörte Klassenzimmer zeigte sich unverändert im Licht der Gaslampen. Und auf einer der Schulbänke stand noch immer der Affenschädel. Die Zähne zum Grinsen gebleckt, von Verwesung überzogen wie der ausgestellte Rest einer Moorleiche. Das Anschauungsobjekt für den heutigen Unterricht, der uns erteilt werden sollte. Ich meinte, den Gestank riechen zu können, obwohl das Ding fünf Meter entfernt war.

Duvalle hatte meinen Blick bemerkt, er lächelte. Gab einen Wink mit der Rechten, in der er heute eine Gerte hielt, ein

Stöckchen. Das elegante Stöckchen des Befehlshabers aus einem alten Kriegsfilm, den Taktstock eines Dirigenten. Der bezopfte Stutzer und der Rastamann rutschten von ihren Pulten herunter, kamen auf uns zu. Sie packten Felicité an den Armen, stießen mich zur Seite. Der Stutzer hielt sie fest, der Rastamann, die Machete im Gürtel, trat hinter sie, griff in ihr Haar und riss ihr den Kopf nach hinten.

Felicité zog die Luft durch die Zähne ein, gab einen stöhnenden Laut von sich und sah aus den Augenwinkeln auf Duvalle, das Weiß in ihren Augen glänzte. Der erwiderte ihren Blick, leckte sich über die Lippen. Dann ließ er das Stöckchen durch die Luft pfeifen. Felicité schrie auf, als ihr der Rastamann seine Machete am Rücken unter das T-Shirt schob. Die Klinge glitt nach oben und zerschnitt den Stoff. Die Machete wurde umgedreht und trennte ihr die Jeans samt dem Gürtel auf. Der Rastamann riss ihr die zerschnittenen Hosen zusammen mit den Schuhen herunter. Sie wand sich unter dem Griff des Riesen, der ihre Arme festhielt, es nützte ihr nichts, sie spielten mit ihr wie mit einer Puppe. Dann zerschnitten sie ihr den Slip und zogen ihn zwischen ihren Schenkeln heraus. Als Felicité nichts mehr am Leib hatte, drehte der Stutzer sie herum und packte sie an beiden Ellbogen, um sie den anderen zu präsentieren, der Dicke schnippte begeistert mit den Fingern.

»Das reicht«, sagte Duvalle auf Englisch. »Zuerst wird gewürfelt.« Er sah in die Runde, grinste. »Aber den Einsatz wollen wir doch erst einmal sehen.«

Ein Blitz. Der Dicke hatte Felicité mit dem Handy fotografiert, begleitet vom Gelächter seiner Kameraden. In der anderen Hand hielt er bereits den Würfelbecher.

Der Rastamann überließ Felicité der Aufsicht des Stutzers. Er kam auf mich zu, um mich für das Schlachtopfer herzurichten. Ich nahm mich zusammen, ich würde es durchstehen, schwor ich mir, der Hass auf Duvalle war jetzt da und gab mir Kraft. Ich versuchte, diesen Hass zu behalten, und schaute dem Rastamann absichtlich ins Gesicht, in dessen Augen die blanke Mordlust glomm. Ich verabscheute ihn, vielleicht mehr, als ich ihn fürchtete, und ich fürchtete ihn sehr.

Da hörte ich ein Geräusch.

Ein stetiges Klopfen, ganz leise zuerst, dann lauter werdend. Ich erkannte das Geräusch sofort. Es war das Motorengeräusch eines Helikopters. Auch Duvalle und seine Schergen hatten das Geräusch vernommen, und ich bemerkte, dass er nicht damit gerechnet hatte. Es überraschte ihn.

Er schaute zur Tür, die Brauen zusammengezogen. Das Stöckchen in seiner Hand wedelte hin und her, als überlege er sich zuzuschlagen. Die Gesichter seiner drei Handlanger zeigten einen Ausdruck, als habe ihnen gerade jemand das Bier ausgegossen. Sie standen für einen Moment da wie die erstarrten Bewohner des Dornröschenschlosses.

Duvalle rief dem Soldaten, der an der Tür Wache hielt, einen Befehl zu. Der Mann rannte hinaus. Das Rotorengeräusch, das inzwischen sehr nahe klang, verharrte an einer Stelle. Der Helikopter kam herunter, dicht bei der Schule. Von draußen hörte man Rufe, Stiefel trappelten auf dem Dach hin und her, anscheinend befanden sich dort oben Duvalles Leute, die ihre Positionen wechselten. Im Klassenzimmer herrschte Unschlüssigkeit; ich spürte, wie Duvalle die Situation entglitt, er wirkte mit seinen Schergen wie ein Dompteur, der drei Raubtiere in die Manege geholt und die Initiative aus der Hand gegeben hat. Das Klopfen wurde langsamer, der Hubschrauber musste inzwischen gelandet sein.

Einer der Uniformierten kam zur Tür herein, das Gewehr in der Hand, die Augen aufgerissen. Worte sprudelten aus ihm heraus, so schnell und so viele, als habe er sie in seiner tagelangen Stummheit in sich aufgestaut. Duvalle machte eine Kommandeursbewegung mit der Gerte, schnitt den Strom der Worte ab, stieß ein paar kurze, entschiedene Befehle hervor. Der Mann nickte, verschwand mit seiner Order. Diese Order betraf wahrscheinlich den Verzicht auf Schusswaffengebrauch, vorläufig zumindest.

Zwei Minuten später kamen die ungebetenen Gäste.

In der Türöffnung erschien De Vries', seine hagere Gestalt im Khakianzug. Er trägt einen neuen Hut, schoss es mir durch den Kopf, seinen anderen hatte ich ja verloren. Hinter ihm Wessing, ein Gewehr in der Hand, und danach, nicht zu glauben, auch noch Olson. Die bereits erwähnten Brocken fielen wieder von meiner Brust. Sie prasselten in den Orbit, für immer, hoffte ich. De Vries trat zu mir, reichte mir die Hand. Schob seinen Panamahut in den Nacken, lächelte in die Runde, nahm auf, was er sah, sein Blick ging hin und her.

»Guten Abend«, sagte er. »Alte Freunde und neue Bekannte. Es ist mir ein Vergnügen. Monsieur Duvalle, nehme ich an.«

Noch während er sprach, hatte De Vries seine Jacke ausgezogen, eine schicke khakifarbene Tropenjacke aus Baumwolle mit militärisch wirkenden Achselklappen daran, und reichte sie Felicité, die der stutzerhaft aufgemachte Riese inzwischen irritiert aus seinen Fängen gelassen hatte. Die beiden anderen Landsknechte im Klassenzimmer hatten sich nach hinten begeben. In strategischer Absicht vermutlich. Sie waren überrumpelt worden, sie waren nicht einmal bewaffnet, wenn man von der Machete absah, die noch auf einem der Pulte lag, wo sie im Licht der Gaslampe glänzte wie ein Richtschwert. Ich rührte mich nicht von der Stelle. So wie sich die Situation entwickelte, wollte ich keinen Fehler machen. Ich würde bei De Vries bleiben, nahm ich mir vor. Wessing und Olson, bemerkte ich, hatten bereits ihre Plätze eingenommen. Olson am Eingang, mit seinem Sturmgewehr seitwärts in die Türöffnung gedreht. Er behielt den Flur ebenso im Blick wie das Klassenzimmer. Wessing hatte sich in die nächstgelegene Zimmerecke begeben, dort drückte er sich gegen die Wand. Auch er hielt ein Gewehr in den Händen.

Unsere Blicke trafen sich. Er lächelte und – was sonst? – er zwinkerte mir zu. Sein Zwinkern tat mir gut, so gut wie lange nichts, was mir in den letzten Tagen passiert war. Das Gewehr in Wessings Händen machte mit dem dicken Lauf, unter dem sich ein zweites Rohr befand, einen überdimensionierten Eindruck. Es war eine Pumpgun, wie ich noch erfahren sollte.

Im Raum herrschte eine Atmosphäre wie bei einem Fußballspiel, ehe ein Elfmeter angepfiffen wird. Und ich wusste, dass auch ich zu den Spielern gehörte und dass hier nicht mit einem Lederball gespielt werden sollte.

»Herr De Vries«, sagte Duvalle im Plauderton in die angespannte Atmosphäre hinein. Er hatte sich auf eines der Pulte gesetzt und spielte mit seinem Stöckchen. »Wie angenehm. Ich hatte Sie erst morgen erwartet.«

»Ich habe mich beeilt«, sagte De Vries.

Ich konnte nur hoffen, dass er die Situation nicht unterschätzte. Duvalles drei Unholde blieben gefährlich, obwohl sie in unbehaglichen Positionen standen, man merkte es ihnen an. Sie wirkten wie Stürmer, die dem Spiel in ihrem eigenen Strafraum zuschauen mussten. Dass sie nicht bewaffnet waren, musste an ihrem Selbstbewusstsein kratzen.

»Nachdem Sie mich gefunden haben, Monsieur Duvalle«, fuhr De Vries fort, »wollte auch ich versuchen, Sie zu finden. Das war nicht allzu schwierig. Sie sind hier in der Gegend nicht unbekannt.« Er lächelte, und Duvalle neigte den Kopf, als wolle er sich geschmeichelt geben.

»Sie haben meine Freunde bei sich aufgenommen«, fuhr De Vries fort. »Das war freundlich von Ihnen.«

Duvalle klopfte mit seiner Gerte in die offene Hand. »Wir sind gastfreundlich«, sagte er. »Vor allem dann, wenn es die Geschäfte fördert.«

»Ja«, sagte De Vries. »Richtig. Die Geschäfte. Sie möchten mir mein Gewehr zurückgeben, wie ich gehört habe. Und sicher wollen Sie mir Ihre Gäste wieder anvertrauen, die meine Freunde sind. Das ist nobel, Monsieur Duvalle. Aber es handelt sich nicht um ein Geschäft. Es ist – lassen Sie mich die richtigen Worte finden –, es ist ein Akt der Großzügigkeit. Dafür bin ich Ihnen zu Dank verpflichtet.«

Duvalle lächelte, hob die Brauen. »So kann man das sehen«, sagte er. »Warum nicht. Machen wir einen Akt der Großzügigkeit daraus. Ihr Gewehr, Herr De Vries, ist mindestens zwanzigtausend Dollar wert. Sie hätten besser darauf achtgeben sollen.«

»Sie haben recht, das hätte ich tun sollen. Ich werde Ihren Rat in Zukunft beherzigen. Da fällt mir ein, es gibt noch etwas, worauf ich hätte achtgeben sollen.«

De Vries sah mich prüfend an, drehte den Kopf zu Felicité hinüber.

»Meine beiden Freunde wissen, wovon ich spreche, nicht wahr?«

De Vries' Raubvogelaugen, das gepflegte, glatt rasierte Gesicht, ich roch sogar das zurückhaltende Parfum, das er trug. »Blenheim Bouquet« vielleicht. Lea hatte mir einmal davon vorgeschwärmt, der richtige Duft für den älteren Herrn. Ja, mein Gedächtnis ist schon immer ein Fluch gewesen, die dämlichsten Sachen fallen mir ein, in den unpassendsten Momenten. Wie die Werbepause in einem Spielfilm.

Ohne die Diamanten nimmt er uns nicht mit. Mein Gehirn kam ganz von selbst wieder auf das Wesentliche zurück. Ich war sicher, De Vries war nur wegen seiner Diamanten gekommen. Und Duvalle – ich spürte seit de Vries' Äußerung seinen irritierten Blick auf mir –, Duvalle hatte mit dem Instinkt der Gier sofort begriffen, dass wir ihm etwas verschwiegen hatten.

»Worum handelt es sich?«, wandte Duvalle sich höflich wieder De Vries zu. »Vielleicht kann ich helfen.«

»Es handelt sich um zweiundzwanzig Rohdiamanten von je drei bis vier Karat, ein Teil davon in einem selten schönen Rosa. Meine Freunde hier haben sie für mich in Gewahrsam genommen, und ich hätte sie nun gerne wieder.«

»Natürlich«, sagte Duvalle. »Jetzt, wo Sie es sagen. Das hatte ich ganz vergessen, wie konnte ich.«

»Das kann passieren«, sagte De Vries. »Das Gedächtnis lässt einen zuweilen im Stich. Aber nun ist ja alles klar. Ich schlage vor, Sie lassen die Sachen holen, und ich halte Sie nicht länger auf. Sie hatten sich hier ohnehin etwas vorgenommen, wie ich sehe. Eine religiöse Feier?«

De Vries wies mit einer Kopfbewegung auf den Schädel, der fünf Meter entfernt auf einer Schulbank stand und seinen Pestilenzgestank in den Raum hineinsandte wie eine überdimensionale Stinkbombe. Dann wandte De Vries sich Felicité zu, die inzwischen seine Jacke trug, darunter war sie splitternackt. Sie fing seinen Blick auf, ihre Augen weiteten sich für einen Moment, dann sah sie an ihm vorbei. Duvalle hatte Felicité scharf beobachtet.

Er sagte ein paar Worte zu dem bezopften Stutzer, eine Anweisung. Der Riese nickte verdrossen und schritt zur Tür, wo Olson ihm im Weg stand und die Mündung seines Sturmgewehrs in

Brusthöhe hob, den Finger am Abzugsbügel. Seine Augen waren ganz blau im Licht der Gaslampen, sein stoppelbärtiges Gesicht zeigte die ungerührte Bereitschaft, ein Sieb aus dem Recken zu machen, der so selbstbewusst auf ihn zuschritt wie ein Gladiator.

»Er holt ihre Sachen«, sagte Duvalle. »Kein Grund zur Sorge.«

»Ich müsste auch mal zur Toilette«, hauchte da Felicité.

Ich atmete tief ein und hustete anschließend zur Tarnung ein paarmal, falls ich Aufmerksamkeit erregt hatte. Olson war einen Schritt zur Seite getreten. Der schwarze Riese blieb vor ihm stehen und musterte ihn verächtlich, während er auf Felicité wartete. Sie schlüpfte durch den Eingang, ohne von Olson mehr Notiz zu nehmen als von einem Wasserspeier. De Vries' Jacke reichte ihr bis knapp über den Hintern. Als nach ihr der Stutzer an Olson vorbeiwollte, spuckte Olson ihm gezielt auf die Stiefel. Die Spucke traf die Silberspitze seines rechten Motorradstiefels. Der Recke blieb stehen und sah auf Olson herunter, Mordlust im Blick, die Pranken in die Hüften gestemmt, seine schwarzen Schultern glänzten im Schummerlicht wie aufgepumpt.

»Fuck you«, sagte Olson, ohne das Geringste vom Blau seiner Augen oder vom Ausdruck seines Gesichts einzubüßen.

Von der Zimmerecke her kam prompt Wessings Intervention.

»Lary«, sagte er.

Das brachte die Dinge in Fluss. Der Riese schob sich hinter Felicité an Olson vorbei.

»Das ist nicht der geeignete Ort, um Gäste zu empfangen«, sagte Duvalle. »Aber da Sie es vorgezogen haben, mich zu überraschen«, er hob die Schultern, »müssen wir uns so behelfen. Ihre Sachen werden gleich hier sein, es dauert nur einen Moment.«

Ihre Sachen, dachte ich. Und begriff, dass Duvalle gerade so pokerte wie De Vries. De Vries konnte nicht wissen, wo die Diamanten waren, so wenig wie Duvalle. Aber wir wussten es. Und das wusste nun auch Duvalle. Und De Vries war im Bilde. Felicité hatte es ihm mit den Augen verraten.

»Ich wollte Herrn Jesper und seiner hübschen Freundin gerade die Schule hier zeigen«, sagte Duvalle. »Die Rebellen haben sie zerstört, wissen Sie, es kann noch nicht lange her sein. Es ist eine Schande. Man muss etwas für dieses Land tun, meinen Sie nicht?«

»Sie tun etwas?«, sagte De Vries. Er hatte seinen Hut abgenommen und sich auf eines der Pulte neben Duvalle gesetzt. »Sind Sie dafür extra aus Ruanda hergekommen, Monsieur Duvalle?« Er beugte sich ein Stück vor, er hätte nicht interessierter sein können.

»Leider«, sagte Duvalle, »gibt es hierzulande zu wenig Menschen, die es verstehen, Probleme konstruktiv zu lösen. Da helfe ich aus.«

Duvalles zurückgebliebene beiden Landsknechte waren inzwischen auseinandergerückt, scharf beobachtet von Wessing und Olson. Der Dicke lehnte an der Seitenwand, direkt hinter dem Pult, auf dem der Schädel stand, und starrte scheinbar geistesabwesend zur Tür, an der Olson sich postiert hatte. Ab und zu wurden seine Massen von einem tonlosen Wiehern geschüttelt, beide Hände hatte er in den Taschen seiner Lederhose. Der Rastamann bewegte sich sparsam wie ein Reptil. Ein urweltlicher Jäger, der sich in Position bringt. Die Machete lag noch immer auf der Schulbank, ihre Schneide glitzerte. Aber der Rastamann war ihr näher gekommen. Nur noch einen Sprung entfernt.

»Wo helfen Sie, Monsieur?«, sagte De Vries. »Sie machen mich neugierig.«

De Vries entging nichts von dem, was auch ich gesehen hatte, da war ich sicher. Das hier konnte nicht gut gehen, das konnte es einfach nicht.

»Es gab eine staatliche Minengesellschaft«, erzählte Duvalle. »Gécamines. Joseph Kabila ließ zu, dass man sie kaputtgewirtschaftet hat, selbstverständlich hat er davon persönlich profitiert. Ungefähr zehntausend Bergleute wurden deshalb vor ein paar Jahren entlassen, ins wirtschaftliche Nichts. Sie waren es, die mit dem Tagebau in Katanga anfingen. Es wurden immer mehr. Inzwischen gibt es hier fast dreihunderttausend Schürfer. Die Landwirtschaft ist so gut wie nicht mehr existent. Diese Leute sind auf unseren Schutz angewiesen, damit sie im Tagebau arbeiten können, sie haben sonst kein Einkommen. Jeder von ihnen versorgt mindestens zehn andere.«

»Wie nobel von Ihnen«, sagte De Vries.

»Ich sorge dafür, dass alle bekommen, was sie verdienen«, sagte Duvalle versonnen, während er seine Gerte bog, als wolle er herausfinden, wie viel er ihr zumuten konnte. Man hörte Stimmen draußen, das Knurren des Stutzers tönte durch den Flur.

»Dass alle bekommen, was sie verdienen«, wiederholte De Vries. »Sind Sie also so etwas … wie der Weihnachtsmann?«

Duvalle lächelte. Durch die Tür kam eben der Riese mit De Vries' Gewehr in der Hand, hinter ihm Felicité, ein wenig außer Atem. Und suchte meinen Blick, zum ersten Mal, seitdem wir in der Schule waren. Und nickte mir zu. Sie hatte die Diamanten. Jedenfalls die Hälfte davon.

»Das haben Sie schön ausgedrückt«, sagte Duvalle. »Das bin ich. Ein Weihnachtsmann. Santa Claus.«

Duvalle lächelte De Vries breit an.

»Und jetzt«, zischte er, »ist Bescherung.«

Er schlug mit seiner Gerte zu, und er hätte De Vries ins Gesicht getroffen, wenn der nicht auf der Hut gewesen wäre. De Vries duckte sich, gleichzeitig stieß er mich hart gegen die Schulter. Ich taumelte nach rechts. Und sah, wie der Dicke die Hand mitsamt einer Pistole aus der Hosentasche riss und sie auf Olson richtete. Fast gleichzeitig rumste Wessings Pumpgun zweimal, und die linke Seite des Dicken explodierte unter der Gewalt der Schrotladung, als wäre etwas in ihm detoniert. Blut und Gewebeteile spritzten gegen die Wand des Klassenzimmers. Es riss den Dicken herum, er polterte zu Boden. Ich war bereits am Boden, De Vries lag neben mir. Aber der Riese war auf den Beinen geblieben. Er hatte sich Felicité geschnappt, die aufschrie, als er sie zu sich heranzerrte und mit seinen Klauen nach ihrem Hals griff. Ehe er ihr die Kehle zudrücken konnte, erwischte ihn Olson mit einer Salve aus seinem Sturmgewehr. Ich sah, wie die Einschüsse die nackte Haut am Oberkörper des Recken zerrissen, und hörte ihn brüllen, als er zu Boden stürzte. Olson trat zwei Schritte vor, senkte das Gewehr und schoss noch einmal, er machte ihm kalten Blutes den Garaus. Die Kugeln spritzten jaulend vom Boden weg. Ich wälzte mich zur Seite, um nicht getroffen zu werden.

Von draußen wurde hereingeschossen. Der Putz stob an den Wänden entlang. Als Antwort ein weiteres Rumsen aus Wessings Schrotflinte, ein Fensterrahmen krachte heraus. Wessing schoss noch einmal auf das Fenster und produzierte eine Gipswolke, die das Deckenlicht verdunkelte. Ich starrte zwischen den Holzbeinen der Schulbänke auf Duvalle und auf den Rastamann, die am Boden in Deckung gegangen waren und sich auf allen vieren seitwärts bewegten. Duvalle hielt nach den Fenstern Ausschau, von dort erhoffte er sich wohl Unterstützung, der Rastamann hangelte sich mit finsteren Absichten hinter den Pulten entlang wie eine Krabbe. Vom Dach her hörte man ein paar Gewehrsalven, dann etwas wie einen Peitschenschlag, der sich noch einmal wiederholte und dem Knattern des Sturmgewehrs ein Ende setzte.

Ich versuchte, Richtung Ausgang zu robben, heraus aus der Schusslinie. Kam auf die Beine, bückte mich neben De Vries, der inzwischen auch Felicité dazu gebracht hatte, sich hinter eines der Pulte zu kauern.

Wir mussten den Rückzug planen, das war selbst mir klar. Aber wie sollten wir sicher hier herauskommen? Duvalle und der Rastamann, die hinter den Schulbänken über den Boden krochen, wurden von Wessings Pumpgun in Schach gehalten, der eben noch einmal eine Schrotladung über die Pulte schickte und eine Ansammlung schwarzer Punkte in die Wand zauberte. Am Boden lag der tote Riese wie ein erschlagener Gladiator, De Vries' Gewehr dicht neben ihm. Zehn Meter weiter hinten, wusste ich, lag der aufgerissene Torso des Dicken, direkt unter dem Affenschädel. An der Wand über dem grausigen Altar prangte ein Riesenblutfleck, als habe man einen Eimer roter Farbe hingeschüttet. Der Schädel und die Schulbank, auf der er stand, waren mit Blut bespritzt.

»Mojomojo«, sagte jemand in meinem Ohr.

De Vries griff nach seinem Gewehr. Er zog Felicité am Ellbogen zu sich heran. Sah ihr ins Gesicht.

»Wo haben Sie die Steine?«, sagte er.

»Hier«, keuchte Felicité.

Sie kniete halb nackt hinter dem Pult und drückte die Hand auf ihren Busen unter De Vries' Jacke. »Sie waren auf dem Klo«, sagte sie mit großen Augen, noch immer außer Atem.

»Sehr gut«, sagte De Vries. »Jetzt können wir gehen.« Er berührte meinen Arm. »Los, Herr Jesper. Laufen Sie!«

Wir rannten zur Tür, Wessing folgte uns, die Schrotflinte

im Anschlag. Olson zielte mit dem Sturmgewehr zwischen die Schulbänke, um Duvalle und den Rastamann in Schach zu halten oder sie vielleicht doch noch zu erwischen. Ich schaute, dass ich hinauskam, ich wollte keinen letzten Blick auf meine Gastgeber werfen. Dass man sie nicht unterschätzen durfte, sollte ich gleich merken. Olson, das Betondenkmal eines schussbereiten Kämpfers, nahm das Sturmgewehr hoch, als ich als Letzter an ihm vorbei war, wandte sich ab und schloss sich unserem Rückzug an.

Die Glasscherben im Flur splitterten unter unserem Getrampel. Wessing und De Vries waren schon am Eingang, da hörte ich hinter mir einen Schlag. Ein seltsames Geräusch, als benutze jemand eine Axt für etwas anderes als Holz. Ich drehte mich um und sah Olson taumeln, aus seinem Hals sah die Spitze der Machete heraus. Er griff danach, drehte sich langsam um, und ich sah die restlichen dreißig Zentimeter der Klinge mit dem Griff daran aus seinem Nacken ragen. Seine Augen standen weit offen, sie waren noch immer sehr blau. Dann fiel er nach vorne. Sein Sturmgewehr klapperte über den Zementboden.

Wessing war stehen geblieben. »Lary!«, brüllte er.

Er wollte umkehren, aber De Vries hielt seinen Arm fest. »Nicht«, zischte er. »Wir müssen hier raus, Gustav. Geht nicht. Bitte.«

Auf dem Dach wieder eine ratternde Salve. Noch eine. Wessing, dessen Gesicht ich im Dunkeln nicht erkennen konnte – ich wollte es auch gar nicht –, hielt uns am Eingang mit ausgestreckter Hand zurück.

»Wartet«, sagte er.

Das Gewehr auf dem Dach knatterte wieder. Dann ertönte erneut der Peitschenschlag, den ich vorhin schon einmal gehört hatte.

Wessing gab De Vries die Pumpgun und fingerte sein Handy aus der Tasche.

»Verdammte Schweine«, knurrte er, während er in die Tasten tippte. »Gottverdammte Schweine.«

Er wartete, das Handy am Ohr, auf die Verbindung, während De Vries den Flur im Auge behielt, die Schrotflinte halb erhoben.

Wessing sagte ein paar englische Worte, es hörte sich an wie ein Code.

»Wir holen ihn nachher, Gustav«, sagte De Vries zu ihm, »okay? Wenn wir die Brüder alle haben.«

Während Wessing telefonierte, starrte ich auf das helle Viereck der Tür. Das Licht aus dem Klassenzimmer fiel auf Olson, der auf dem Bauch lag, auf seinen gefleckten Tarnanzug und auf die Machete, die aus seinem Genick ragte. Ich rechnete jeden Moment damit, dass Duvalle oder der Rastamann in der Türöffnung auftauchen würden. Aber nichts rührte sich.

»Okay. Wir können!«, sagte Wessing.

Er winkte uns aus dem Gebäude heraus. Alles war dunkel bis auf den Lichtschein, der aus dem Fenster der Schule drang und ein paar Büsche daneben beleuchtete. Auf der Mauer neben uns sah ich zwei kleine rote Lichtpunkte. Sie saßen dort wie Leuchtkäfer, und sie bewegten sich ein wenig hin und her, dann rutschten sie nach oben und verschwanden auf dem Dach.

»Sie haben uns auf dem Kieker«, sagte Wessing. »Alles klar.«

Etwa zweihundert Meter entfernt stand der Helikopter. Die Beleuchtung war ausgeschaltet. Sein schwarzer Umriss mit den herunterhängenden Rotorblättern wäre mir zuerst gar nicht aufgefallen. Er war riesig, ein Fabeltier, das uns gefunden hatte wie eine Nadel im Heuhaufen und das uns gleich durch die Luft davontragen würde, weg von Duvalle und seinen Schergen. Wessing schaltete eine Taschenlampe ein, schwenkte sie ein paarmal zum Hubschrauber hinüber. Dessen Bordbeleuchtung ging an. Man erwartete uns. Wir waren gerettet. Die gedehnten Töne der Grillen füllten die Nacht. Aber da war noch etwas, ein anderes Geräusch, es war vorhin schon da gewesen, ganz außen am Rand meiner Wahrnehmung.

»Los«, sagte De Vries.

Niemand rannte los. Alle horchten. Das Geräusch war jetzt nicht mehr zu überhören und wurde zunehmend lauter. Ein Knistern, als brenne ein Buschfeuer, als wären tausend und abertausend Hölzchen, Blätter, Erdkrumen ins Brodeln gekommen. »Mojomojo«, flüsterte jemand in meinem Ohr.

»Was ist das?«, flüsterte Felicité.

Sie schaute im Dunkeln an ihren nackten Beinen herunter.

»Da ist was«, stieß sie hervor. »Mein Gott! Was ist das denn?«

Niemand antwortete ihr, auch ich nicht, obwohl ich eine Ahnung hatte, eine hellsichtige Ahnung, die sich gleich bestätigen sollte.

Jetzt fingen wir alle gleichzeitig an zu laufen, und das Geräusch folgte uns. Es war hinter uns, neben uns, es kam inzwischen von überall. Aber hauptsächlich von unten. In dem flachen Licht, das vom Helikopter herüberdrang, schien der Boden in Bewegung geraten zu sein. Keine Karrenspuren mehr, keine rote Erde. Stattdessen eine prasselnde Flut krabbelnder Leiber, Fühler, Köpfe, Beine, drohend ausgestreckter Mandibeln.

»Treiberameisen!«, schrie ich.

Ich spürte die Ameisen oberhalb meiner Stiefel, wo sie durch den Stoff der Hose gekommen waren. Fünfzig Meter. Noch fünfzig Meter zum Hubschrauber, vielleicht zehn Sekunden. Ich hörte die anderen schreien, fluchen, auf die Kleider schlagen. Im Rennen hoffte ich, dass es sich nur um die Vorhut handelte, um die Späher, und nicht um die Hauptmasse, die in mehreren Schichten übereinander eine Rollbewegung ausführen konnte, die uns spielend überholen würde. Ich rannte, wie ich nie gerannt war. An meinen Beinen brannten die Bisse, wütende Ameisensoldaten hatten erkannt, dass ich fremd und fressbar war, sie kämpften sich durch zu meiner bloßen Haut und hakten ihre Mandibeln hinein, gleichzeitig versprühten sie Duftsignale, die die anderen herbeiriefen.

Ich hörte Felicité, die vor mir mit De Vries lief, beim Rennen anhaltend schreien. Mit ihren nackten Beinen war sie von uns am Schlechtesten dran. Es gab nur noch ein Ziel: die beleuchtete Einstiegsluke des Hubschraubers, die Aluminiumleiter, die daraus herunterhing. Wir waren bereits unter der rettenden Öffnung. Indirekt beleuchtet, kauerten über uns zwei zusammengeduckte Gestalten. Sie hielten Gewehre in den Händen, zwei dünne rote Linien zitterten von den Zielfernrohren aus in die Nacht, sie zeigten in die Richtung, aus der wir angerannt kamen.

»Abflug!«, brüllte Wessing den beiden Scharfschützen entgegen. »Schnell. Wir müssen hier weg!«

Auf den letzten Metern waren meine Beine schwer von ein paar Pfund Ameisen, die sich in den Stoff verbissen hatten und an mir hinaufkletterten. Felicité hing bereits an der Leiter, De Vries schrie ihr etwas ins Ohr, und sie blieb auf der zweiten Sprosse stehen. Er schlug ihr mit seinem Hut die Ameisen von den Beinen herunter. Sie hastete nach oben, dann war De Vries auf der Leiter, streifte seine Hosen, auf denen es wimmelte, herunter und ließ sie nach unten fallen. Der Motor des Helikopters lief rumpelnd an, die Rotorblätter drehten sich. De Vries und Felicité waren oben.

»Gebt Stoff«, schrie Wessing, an der Leiter hängend, zu der Besatzung hinauf, seine untere Hälfte war von einem dunklen Pelz aus Ameisen bewachsen. »Drückt sie runter!«

Der Pilot schien unser Problem verstanden zu haben. Ich schlug mir mit der Hand die Ameisen von den Ärmeln herunter, unterhalb der Taille sah ich schon aus wie ein Bär, aber meine Stiefel erlaubten mir nicht, die Hose auszuziehen. Die Rotoren nahmen Geschwindigkeit auf, die Turbine kam auf Touren, der Luftdruck klatschte mir die Haare an den Kopf und riss an meinem Hemd. Als ich hinter Wessing die Leiter hinaufkletterte, wurden die Insekten, die sich noch nicht festgebissen hatten, weggerissen, flogen von unseren Kleidern. Jemand packte meine Hand. De Vries beugte sich aus der Öffnung heraus und zog mich hinein. Dabei rutschte ihm sein Gewehr von der Schulter und fiel auf den Boden neben der Luke.

Ich stieg hinauf. Man schlug mir die Ameisen von den Kleidern, sie purzelten in die Tiefe, der Luftdruck des Rotors riss sie weg. Es gelang. Die heruntergeschlagenen Ameisen flogen aus der Luke hinaus in die Nacht. Ein paar Dutzend Bisse hatte ich abbekommen, sicher weniger als Felicité, die eine Decke gereicht bekam und sie sich um die Beine wickelte. Die Leiter wurde hochgezogen. Unter den kreisenden Rotorblättern zeigte die Bordbeleuchtung ringsum einen dunklen Teppich. Es sah aus, als habe jemand ein paar hundert Quadratmeter schwarze Auslegeware im Busch verlegt.

Wir hatten uns neben die Luke gehockt, De Vries in Unterwäsche und Felicité in ihrer Decke, und schauten in die grinsenden weißen Gesichter der beiden Scharfschützen, die ihre Gewehre hochkant in eine Halterung eingehängt hatten. Einer von ihnen hob den Daumen und grinste, als die Drehzahl des Rotors nach oben ging; es war der Moment, in dem ich beschloss, die restlichen Ameisen loszuwerden, die noch in den Falten meiner Stiefel hingen.

Ich schlug sie herunter, trampelte auf den Boden und stieß dabei gegen Wessing, der gerade mit demselben Ziel aus seiner Hose gestiegen war und sich an dem Geländer festhielt, das den Aufgang zur Pilotenkanzel säumte. Der Hubschrauber verlor den Kontakt zum Boden und kippte in die Schräge. Ich schwankte und streckte die Hand nach Wessing aus, und ich hätte ihn auch erwischt, wenn ich nicht im selben Augenblick über De Vries' Jagdgewehr gestolpert wäre, das zwischen uns am Boden lag.

Wessing versuchte, meine Hand zu greifen, aber der Helikopter ging mit zweifacher Erdbeschleunigung aufwärts, und unsere Hände verfehlten sich um die Breite zweier Finger. Ohne Halt stolperte ich an Wessings erstaunt entgleisten Gesichtsfalten vorbei, rutschte über den schrägen Blechboden, hörte noch, wie Wessing: »Heeee!«, schrie, sah, wie Felicité ihre Hand nach mir ausstreckte, sah ihr Gesicht an mir vorbeigleiten, ihr Gesicht mit den Mandelaugen von unantastbarer Schönheit und ihre weichen Lippen, die fassungslos geöffnet waren, ich hatte sie ein Mal geküsst, diese Lippen, sie formten ein »B«, ein »B« für »Bern'«, oder für »Bitte nicht!«, was auch immer sie formten, ich erfuhr es nicht. Ich hörte sie meinen Namen nicht aussprechen. Ich flog aus der Luke, beschleunigt vom Impuls des startenden Hubschraubers, hinaus in die Finsternis.

VIERZEHN

Ich drehte einen Salto, etwas streifte mich im Fallen, ich schrie oder auch nicht, ich weiß es nicht mehr, jedenfalls durchschlug ich einen Busch mit Zweigen aus Draht und knallte hart auf den Boden. Rollte auf den Rücken und sah den Helikopter über mir, sah, wie er sich am Nachthimmel entfernte, schwach beleuchtet, beinahe schon wieder zum Traumbild geworden. Ich bildete mir ein, ich hätte im Fallen Schreie gehört, vielleicht so etwas wie: »Halt aus, wir holen dich da raus« oder was man sich unter Kameraden zuruft in solchen Momenten, aber ich war nicht sicher. Sicher war nur, dass der Hubschrauber immer kleiner wurde, während er höher in die Nacht hinaufstieg, die Hoheitszeichen, das stand mit fotografischer Präzision auf meiner Netzhaut, waren sorgfältig mit breiten Streifen Packband zugeklebt gewesen. Zehn Sekunden lag ich so da, dann rappelte ich mich auf die Beine. Der lebende schwarze Teppich, den ich eben noch gesehen hatte, stand mir vor Augen.

Aber da war nichts, ich fühlte nichts an meinen Hosenbeinen, spürte keine Bisse, bemerkte kein Gekrabbel am Boden. Nichts. Ich rührte mich nicht, wagte kaum zu atmen. Anflutende Treiberameisen können sich verhalten wie ein Tornado. Eine Reihe Häuser stürzt ein, eines davon bleibt unversehrt stehen. Dieses Haus wollte ich sein. Ich wollte keinerlei Signale aussenden, die das in Frage stellten. Vielleicht war der Strom ja inzwischen an mir vorbeigegangen, und die Ameisen würden sich, nachdem die Hälfte von ihnen umgekommen war, irgendwo neu eingraben, möglichst weit weg von hier. Oder der Luftdruck des Hubschraubers hatte sie irritiert, und sie hatten die Richtung geändert.

Um mich herrschte Stille, wenn man von den unvermeidlichen Grillen einmal absah. Ich verharrte regungslos in dieser Stille, ich empfand es als Glück, dass ich wahrscheinlich von den Ameisen nichts zu befürchten hatte, weiter dachte ich erst einmal gar nicht.

Natürlich rechnete ich damit, dass der Hubschrauber zurückkommen würde, und verwarf alle Zweifel daran. Ich blieb einfach stehen und wartete. Mit der verstreichenden Zeit jedoch mehrten sich diese Zweifel. Nach etwa zehn Minuten wagte ich, ein paar Schritte zu machen, ich tat es so vorsichtig, als beträte ich vermintes Gelände. Ich hatte mir nichts gebrochen, so viel stand fest. Aber die Hüfte tat mir weh. Zum Glück war ich auf das »Herz der Finsternis« gefallen, das ich in der Hüfttasche trug, das Buch hatte wahrscheinlich die Restenergie meines Sturzes durch den Busch aufgefangen. Und De Vries' Gewehr, merkte ich nach einer vorsichtigen Erkundung, lag einen Meter neben mir. Es war mit mir aus dem Hubschrauber gefallen. Vielleicht wurde ich auch dieses Gewehr nicht los. Ebenso wenig wie den vermaledeiten Schädel, der womöglich dafür verantwortlich war, dass meine Rettung vereitelt worden war, wenn man an solche Dinge glaubte. Weil er mich nicht fortlassen wollte. Mir ging es inzwischen wie Felicité. Ich glaubte daran, und ich glaubte nicht daran. Es war auch völlig gleichgültig, ich hatte ganz andere Probleme.

Ich sah hinauf zum Himmel, auf die ungestörte Ordnung der Sterne. Ich wusste nicht, für wie lange De Vries einen Militärhubschrauber einer inkognito auftretenden Macht buchen konnte, aber ich war überzeugt davon, dass er genügend Einfluss hatte, ihn zum Umkehren zu bringen, wenn er es wirklich wollte. Vielleicht hatten sie mich einfach aufgegeben. So wie in dem spannenden Spiel, das die Teilnehmer von Bewerbungsseminaren spielen müssen: Wen von uns würden wir zur Not aus dem Flugzeug werfen? Womöglich dachten sie, dass ich keine Chance gehabt hatte und bereits in ein Skelett verwandelt worden war. Leider hatte De Vries mich als Ameisenspezialisten nicht in seiner Beraterrunde. Ich hätte ihm gesagt, dass Treiberameisen so schnell wieder verschwinden, wie sie kommen, nach einer Stunde ist nämlich alles Fressbare gefressen. Ist man nicht mit aufgefressen worden, kann man die Sache als abgehakt ansehen.

Ich warf noch einmal einen Blick nach oben, ich hoffte noch immer. Der Himmel blieb leer, alles, was man an Lichtern sah, war kosmischen Ursprungs. Kein Hubschrauber, der zurückkehrte. Ich war auf mich allein gestellt.

Was würde Felicité jetzt tun, was Wessing oder De Vries? Ich überlegte, was wohl von Duvalle übrig geblieben war. Und was aus dem Schädel geworden war, dessen Inhalt mir nicht gleichgültig sein konnte.

Jemand sagte etwas in meinem Kopf. »Mojo«, sagte er.

Es war nicht weit bis zur Schule. Gerade einmal die Distanz des Kurzstreckensprints, den ich vor einer halben Stunde absolviert hatte. Ich sah hinüber. Alles dunkel, nirgends brannte Licht. Zwei von Duvalles Leibwächtern hatte ich sterben sehen. Die Scharfschützen im Hubschrauber hatten auf das Dach der Schule geschossen und wahrscheinlich auch getroffen. Duvalle selbst und der hässliche Rastamann waren den Treiberameisen ausgesetzt gewesen. Wer das Ganze überlebt hatte, würde sich davongemacht haben, übersät von Bissen. Meine Chancen waren nicht schlecht.

Ich klaubte De Vries' Gewehr aus dem Sand, hängte es mir um und ging los. Horchte genau auf verdächtige Geräusche. Wusste Duvalle über Treiberameisen so viel wie über das Alte Testament? Wahrscheinlich nicht. Jetzt konnte ich, einmal wenigstens, aus meinen biologischen Kenntnissen einen Vorteil ziehen. Ich hörte nur meine eigenen Schritte und die Grillen. Ab und zu flitzte ein Leuchtkäfer zwischen den Büschen hindurch, sonst herrschte eine Stille wie vor der Erschaffung des Menschen. Die Sterne standen, klar in den Himmel gestochen, noch immer an ihrem Platz, am Horizont leuchtete silbern eine Wolkenbank, dort wollte der Mond gerade aufgehen. Hell genug, um den Weg zu erkennen und auch den Schauplatz des Gefechts, an dem ich teilgenommen hatte. Ich war überzeugt davon, dass dort niemand mehr war.

Als ich bei der Schule anlangte, graute mir davor, in das Gebäude hineinzugehen, aber nachdem ich eine Weile horchend am Eingang gestanden hatte, betrat ich schließlich den Flur und ging langsam weiter. Im Dunkeln konnte ich Olsons Umrisse ahnen, er lag noch immer dort auf dem Bauch, wie er hingestürzt war. Seine Kleider schienen vom Reißwolf zerfetzt worden zu sein. Ich hielt Abstand von seiner Leiche, ging an ihm vorbei und betrat das Klassenzimmer. Das Licht des aufgehenden Mondes draußen reichte, um den Schädel zu erkennen, der knochenweiß auf seinem Pult stand und mit leeren Augenhöhlen zu mir herüberstarrte. Hier herrschte der Tod. Überall der süße, stumpfe Geruch von Blut. Die Position des Dicken war mir bereits bekannt, auch der bezopfte Recke lag noch an dem Platz, an dem er gestorben war. Sein massiger Leib war auf die Seite gedreht, die Nieten an seiner Weste fingen das Licht. Ich mochte ihn mir nicht näher ansehen, ging an ihm vorbei, auf den Schädel zu. Ich wollte sonst nichts sehen und nichts tun. Nur schnell wieder hier heraus.

Der Affenschädel leuchtete mir entgegen, er war so sauber, als habe man ihn frisch aus einer anatomischen Sammlung geholt, die Zähne wie gefasste Perlen in der grinsenden Fratze. Mojo. Die Ameisen hatten sich mit ihm befasst, und zwar gründlich. Sie hatten alles abgefressen, was nicht aus Knochen war. Ich nahm ihn in die Hand und schüttelte ihn. Es klapperte darin wie Murmeln. Ich schob den Schädel in mein Hemd.

Als ich den Raum verlassen wollte, stieß ich an etwas, das meinen Stiefel hemmte, und bückte mich unwillkürlich danach. Es war Duvalles Gerte, sein Taktstock und Feldherrnstab. Ich beugte mich unter das Pult und sah ihn. Duvalle lag am Boden in einem Streifen Mondlicht, unter ihm eine dunkle Blutlache. Er hielt das Stöckchen noch immer in der verkrampften Hand. Ein tiefer Schnitt hatte seinen Hals halb abgetrennt. Das Zwielicht zeigte seine ausgefressenen Augenhöhlen. Die ehemals so saubere Uniform war mit Blut getränkt wie mit Teer. Mir wurde übel.

Ich hastete, den Schädel im Hemd, durch das Klassenzimmer hinaus in den Flur hinein, dort stolperte ich über Olsons Leiche. Ich musste mich an der Wand abstützen, sah nach unten und entdeckte, dass die Machete fehlte. Jemand hatte sie aus Olsons Nacken gezogen. Innerhalb einer Zehntelsekunde leuchtete mir der Zusammenhang mit dem Schnitt im Hals von Duvalle ein. Ich erstarrte zu Stein. Da hatte einer die Gunst der Stunde zu nutzen gewusst. Einer, den die Treiberameisen nicht zur Strecke gebracht hatten. Mir war kalt, trotz der Hitze. Ich wusste nicht, wo er war. Vielleicht hatte ich noch eine Chance davonzukommen, ohne dass er mich sah. Ich nahm mich zusammen.

Aber er erwartete mich bereits. Kaum zur Tür hinaus, prallte ich zurück. Ein Motorradscheinwerfer flammte auf, der Motor wurde angelassen. Das Licht des Scheinwerfers nagelte mich an die Wand der Schule wie eine ertappte Motte. Mein Herz flatterte. Ich wusste, wer auf der Maschine saß. Wer den Angriff der Ameisen überstanden hatte mit der Schlauheit eines Anthropoiden, wer Duvalle massakriert hatte, weil er ihm nicht mehr aus der Hand fressen wollte. Und wahrscheinlich die Kriegskasse in seine Motorradtaschen gesteckt hatte. Der Rastamann hatte abgewartet, so wie ich, um sich den Rückzug frei zu halten.

Der Scheinwerfer bewegte sich, das Motorrad fuhr los. Achtzig Meter, vielleicht siebzig. Kein Schuss fiel. Seine Waffe war die Machete. Dieselbe, die er Olson ins Genick geworfen hatte, mit der er meine Hand abhacken wollte, die Felicités Kleider zerschnitten hatte. Der Reiter mit dem Schwert.

Er würde das Gewehr haben wollen, schoss es mir durch den Kopf. Ich riss es von der Schulter, schon halb bereit, es ihm auszuliefern, ein Reflex aus der Kiste meiner immer bereiten Servilität. Ich fühlte das Gewicht der Waffe in meinen Händen, den kühlen Stahl durch das Leder des Futterals. Das Motorrad pflügte durch den Sand, der Umriss des Reiters kam auf mich zu, die Konturen vom Mondlicht poliert, das schwarze Totenkopfbanner flatterte, verdeckte die hellen Wolken am Rand des Horizonts.

Ich stand mit dem Rücken an der Wand, an der Wand einer zerschossenen Grundschule, und benahm mich wie ein Lamm, das auf den Schlächter wartet. Dieser Reiter würde mir für das Gewehr nicht dankbar sein, der Letzte der drei, nein, das würde er nicht. Blut und Tod. Ich riss die Doppelbüchse aus dem Futteral. Dreißig Meter. Keine Zeit mehr, um zu prüfen, ob die Patronen noch drin waren, mit denen der Stutzer es geladen hatte, in der Kneipe von Trouville, um den Jungen zu erschrecken, dessen Name Bruno war. Nicht der richtige Umgang mit einer Jagdwaffe, auf Menschen zu zielen. Aber in mir war keine Angst mehr, sondern Hass. Ein Rest flüssige Seele ließ meine Hände zittern. Zweimal ein »Klick«, die Hähne rasteten ein, das Scheinwerferlicht ließ die eingravierten Elefanten aufglänzen. Thirty Yards, es war weniger.

Ich hob das Gewehr, hielt direkt auf das heranbockende Motorrad, ein Stück über den Scheinwerfer, und gewärtig, vielleicht nur ein weiteres Klicken zu hören, mit dem mein Schicksal vollends besiegelt gewesen wäre, drückte ich ab. Der enorme Knall riss ein Loch in die Nacht, das den Himmel aufschlitzte bis hinüber zum Horizont, und der Rückstoß nagelte mich gegen die Wand. Das Motorrad ging mit zersplittertem Scheinwerfer in einer Staubwolke zu Boden, die ich nicht sehen, aber spüren konnte, weil der Dreck eine Sekunde später auf mich herunterregnete.

Zehn Meter. Vor mir tuckerte es am Boden mit blindem Zyklopenauge, das Gestänge der Maschine glänzte. Sonst rührte sich nichts. Die Schulter tat mir weh, in meinen Ohren pfiff es. Ich zwang mich hinzugehen, das Gewehr hielt ich an der Hüfte, den Finger am Abzug. Der Motor tat noch ein paar Schläge, dann ging er aus, das Hinterrad machte eine Drehung, stand still. Es stank nach Benzin und heißem Öl. Unter der Maschine sah ein einzelner Arm hervor. Kein Kopf, kein Rumpf, nur ein Arm, die Hand zur Klaue gekrümmt. Und die Machete lag da, einen Meter entfernt, der geschliffene Stahl glänzte auf dem Sand. Das genügte mir, ich kannte die Wirkung des Gewehrs.

Ich ging zurück, hob das Futteral vom Boden auf und schob das Gewehr hinein. Stand da, das Gewehr in der Hand, und überlegte, einen Augenblick nur. Dann lehnte ich De Vries' Büchse an das zertrümmerte Motorrad und ging davon, ohne mich noch einmal umzusehen.

Ich ging durch die Nacht, unbehelligt. Mein Verstand war vielleicht ein wenig angeknackst durch das, was ich in den letzten zwei Stunden erlebt hatte, aber ich fühlte mich nicht unbedingt schlecht. Ich hörte meine Schritte auf der Piste, auf der meine Stiefel Fußspuren hinterlassen würden, die so lange blieben, bis der Wind oder ein Regen sie auslöschte. Ich drehte mich nicht um, ich würde nicht verfolgt werden. Der Mond war aufgegangen. Er beleuchtete die weite, wellige Landschaft, die von niedrigen Büschen bedeckt war, so weit der Blick reichte. Gut möglich, dass es hier Löwen gab. Ich dachte keinen Moment daran, dass mir von ihnen Gefahr drohen könnte. Ich fasste nach dem Affenschädel, der in meinem Hemd steckte. Fühlte seine glatte Oberfläche, den wie polierten, runden Knochen. Die Ameisen hatten alles weggenagt, was scheußlich daran gewesen war.

Man muss nicht ein zweites Mal in die Hölle. Ich hatte meine Lektion bekommen. In meinen Ohren war noch immer das Singen, das der Knall von De Vries' Büchse verursacht hatte. Für das, was ich getan hatte, fühlte ich kein Bedauern, nur eine Art Entsetzen war tief in mir und die Erleichterung, diesem Entsetzlichen entronnen zu sein. Vielleicht hatte ich Schuld auf mich geladen, aber ich fühlte nichts. Ich fühlte mich nur leicht. Niemand kümmerte sich um mich, und mich selbst kümmerte wenig in dieser merkwürdigen Stunde unter dem Mond, der mir nun nicht mehr so abgewandt vorkam wie in den letzten beiden Tagen. Unbekümmert. So ging ich meiner Wege.

Etwas würde sich ergeben. Irgendwie kam ich weiter, ich würde jetzt einfach ein wenig Glück brauchen. Das hatte auch Felicité gesagt, als wir im Flugzeug über dem Urwald schwebten ohne eine Ahnung, wohin wir fliegen sollten. Sie jedenfalls war jetzt in Sicherheit, sie hatte Glück gehabt. De Vries würde sie in den »Park« zurückbringen. Und Wessing würde den in Ehren gefallenen Olson, der diesmal weniger Glück gehabt hatte, betrauern. Er würde ein paar Dosen Bier auf sein Wohl trinken.

Um mich, dachte ich, während ich Schritt für Schritt weiter durch den afrikanischen Sand ging in meinen Stiefeln aus einem Berliner Outdoor-Laden, um mich würden sich meine Gefährten – konnte ich sie so nennen? – natürlich auch Gedanken machen. Vor allem würde De Vries nach dem Abzählen seiner Diamanten feststellen, dass es nur noch elf waren. Sein Gewehr – das würde zu ihm zurückkommen, es würde ihn finden, daran zweifelte ich nicht. Es gehörte zu den Gegenständen, die in Wirklichkeit keine Gegenstände waren, ebenso wenig wie der Affenschädel, der mich noch immer begleitete, obwohl ich ihn nun eigentlich hätte loswerden können, jedenfalls wenn ich der magischen Logik folgte, die Felicité mich gelehrt hatte. Bis alles daran verwest ist, hatte sie gesagt, und das war ja nun der Fall. Die Ameisen hatten dafür gesorgt. Aber er hatte sich als ein gutes Versteck für die Diamanten erwiesen, und die wiederum wollte ich keineswegs loswerden.

Mein Gepäck war übersichtlich geworden. Ich hatte alles eingebüßt, Geldbörse, Ausweis und Scheckkarte, meine Reservekleidung. Außer dem Schädel besaß ich nur noch das zerfledderte »Herz der Finsternis«. Nicht eben viel, um meinen Weg zu machen. Da fiel mir Hans im Glück ein, der so dumm gewesen war, dass er alles weggegeben hatte. Aber dafür blieb das Glück an seiner Seite.

Zum Morgen hin wurde es kühler. Als ich einen der flachen Hügel erstiegen hatte, sah ich im Mondlicht vor mir die Straße liegen. Am östlichen Horizont zeigte sich bereits ein heller Schein. Ich nahm mir vor, bis zum Tagesanbruch zu warten, wenn wieder Lastwagen unterwegs waren. Dann würde ich mich von jemandem mitnehmen lassen. Ich würde dem Fahrer irgendetwas erzählen, mir würde eine passende Geschichte einfallen, und mit den drei apokalyptischen Reitern auf ihren Motorrädern brauchte ich nicht mehr zu rechnen.

Ich verbrachte zwei Stunden am Straßenrand. Mit der aufgehenden Sonne kam der Durst, aber ich hatte Glück. Der erste Lastwagen, er kündigte sich schon von fern an, mit einer mächtigen, von der aufgehenden Sonne rosa gefärbten Staubwolke, hielt an, als ich mich an den Straßenrand stellte und winkte. Die Windschutzscheibe spiegelte, ich konnte den Fahrer nicht erkennen. Ich ging um den Kühler herum, stieg aufs Trittbrett, das vom Nageln des Dieselmotors vibrierte, und öffnete die Tür.

Hinter dem Steuer saß eine Frau. Dreißig Jahre alt vielleicht, das krause Haar so kurz, dass es aussah, als trage sie eine schwarze Kappe. Drei Reihen Schmucknarben auf der Stirn, dazu eine Narbe quer durch die linke Augenbraue, die aber sicher nicht als Schmuck gedacht war.

»Komm rein«, sagte sie auf Englisch.

Ich setzte mich neben sie. Sie trug ein »Budweiser«-T-Shirt, das lose an ihr herunterhing, und ehemals weiße, ölverschmierte Shorts. Und sie fuhr barfuß. Ihre Flipflops lagen auf dem Armaturenbrett, zusammen mit einem Stapel zerfledderter Mangas und leeren Zigarettenschachteln, einer Fastfoodpackung und zerknüllten Bacardi-Cola-, Bier- und Coladosen.

»Danke«, sagte ich, und: »Hallo.«

»Hallo«, sagte sie. »'n Bier?«

»Lieber ein Wasser«, sagte ich. »Wenn's das gibt.«

»Gibt's alles«, sagte sie. »Greif mal unter deinen Sitz, da ist 'ne Kühlbox. Und gib mir gleich 'ne Cola raus.«

Sie legte den Gang ein und fuhr los. Ich zog die Kühlbox ein Stück unter dem Sitz hervor, öffnete sie und holte aus der köstlichen Kühle, die darin hin- und herwaberte, eine Dose Wasser und eine mit Cola heraus.

»Mach sie mir auf«, sagte die Fahrerin.

Ich knackte die beiden Dosen auf und reichte ihr die Cola hinüber. Sie nahm sie mir ab, und ich erschrak so sehr, dass ich fast meine Dose hätte fallen lassen. Ihre linke Hand war nicht da, fehlte einfach. Anstelle der Hand trug sie eine Ledermanschette, aus der ein blanker Haken ragte, den sie aus dem Lenkrad ausgehakt hatte. Tin Man. Tin Woman vielmehr. Der Rastamann mit der Machete. War sie ihm begegnet? Die Frau hatte die Dose an den Mund genommen und trank sie aus, ohne sie abzusetzen. Dann drückte sie sie mit der Rechten gegen das Lenkrad und verpasste ihr einen gezielten Hieb mit dem Haken, der die Dose in der Mitte eindellte.

»Rollen sonst überall rum«, sagte sie. Warf einen Blick auf mein Gesicht und hob den Haken in die Höhe. »Törnt dich nicht an, oder?«

Dazu lachte sie ein glucksendes Lachen, selbstzufrieden, nicht verächtlich und schon gar nicht beschämt. Wir fuhren durch eine kahle Landschaft, die sich, soweit ich sehen konnte, nicht im Mindesten verändert hatte. Sie bestand aus trockener roter Erde, in regelmäßigen Abständen wuchsen die hochgradig hitzeresistenten Büsche. Die Sonne stieg, ihre Strahlen prallten auf das Blechgehäuse der Lastwagenkabine und versuchten, sie auf Backofentemperatur zu bringen.

»Sumire«, sagte die Frau mit dem Haken nach einer Weile, ohne sich mir zuzuwenden. »Das bin ich.«

»Bernd«, sagte ich.

So stellten wir uns vor. Sumire fragte nicht nach meinen Plänen oder warum ich kein Gepäck hatte, es schien ihr zu genügen, dass ich mitfahren wollte. Ab und zu musste sie abbremsen, um ganz langsam über ein Stück Wellblechpiste zu fahren, oder um tiefe Löcher herumkurven, damit der Lastwagen nicht aufsetzte. Dabei handhabte sie ihren Haken geschickt, indem sie ihn Hand über Haken in die Lenkradspeichen einhängte.

Gerade wich sie von der Straße ab, weil ein hundert Meter langes Stück der Trasse einfach abgebrochen war. Der Lastwagen wühlte sich durch die rote Erde, und sie bekreuzigte sich ein paarmal, so lange, wie sie neben der Böschung entlangfuhr. Ich schaute fragend zu ihr hinüber.

»Gefährlich«, sagte sie. »Scheiß-Erdhunde.«

Als wäre das Erklärung genug gewesen. Hand über Haken kurvte sie wieder zurück auf die Fahrbahn.

»Die Erdhunde graben dauernd Löcher«, sagte sie. »Wenn du Pech hast, fährst du rein. Dann ist Feierabend.« Nickte zu mir herüber. Bekreuzigte sich zweimal. »Glaube ist alles«, sagte sie. »Du musst glauben. Ich glaube an die Muttergottes, die gefällt mir am besten.«

Ich hoffte, dass sie kein Glaubensbekenntnis von mir verlangen würde, und schwieg zu diesem Thema. Meine religiösen Erfahrungen hierzulande waren bisher nicht ermutigend gewesen. Die Muttergottes, die konnte ich noch verkraften. Sumire deutete auf eine Postkarte, die zusammen mit einem Rosenkranz am Armaturenbrett klemmte. Darauf war eine Gottesmutter zu sehen, die entsagungsvoll nach oben schaute, das Jesuskind auf dem Arm.

»Maria«, sagte Sumire. »Sie heißt Maria.«

»Aha«, sagte ich nun doch, weil ich meinte, etwas sagen zu müssen. »Das ist nicht die Hauptstraße, oder?«, wollte ich anschließend wissen.

»Nein, siehst du das nicht? Das ist die beknackte Straße, die am Arsch der Welt liegt und von Loch zu Loch führt.« Sie kicherte. »Nicht was du jetzt meinst. Richtige Löcher meine ich, solche in der Erde. Die Hauptstraße, das ist die Katanga-Straße. Kommt noch.« Sie schüttelte den Kopf. »Hauptstraße«, sagte sie und lachte vor sich hin. »Also so was. Was machst du überhaupt hier?«

Sie sah mich an, als habe sie sich das noch gar nicht überlegt.

Ich erklärte ihr, ich hätte einen Unfall gehabt. Nun müsste ich in die nächste Stadt, in eine größere Stadt, fügte ich sicherheitshalber an, um nicht im nächsten Kaff aussteigen zu müssen. Dort wollte ich einen Mechaniker suchen.

»Weißt du, Brennt – nein«, sagte sie. »Anders, du heißt anders. Wie heißt du wieder?«

»Bernd«, sagte ich.

»Komischer Name«, sagte Sumire. »Ich nehme jeden mit«, hängte sie an, was ich nicht als Kompliment wertete. »Zünd mir mal 'ne Zigarette an, Bernd. Nimm dir auch eine.«

Ich fand eine halb gefüllte Zigarettenschachtel, nahm zwei Zigaretten heraus und zündete sie an. Eine reichte ich Sumire und nahm anschließend einen tiefen Zug aus der anderen. »Marlboro« hatte auf der Packung gestanden, vermutlich ein Imitat. Aber die Zigarette schmeckte gut.

»Die Männer, weißt du«, fing Sumire noch einmal an, »tun mir nichts.« Sie lachte ihr glucksendes Lachen, wie ein zufriedenes Huhn klang es. »Die haben Angst vor meinem Dingsda.«

Sie fuchtelte mir so unvermittelt mit dem Haken vor der Nase herum, dass mir die Zigarette aus der Hand fiel und wir Schlangenlinien auf der verstaubten Straße fuhren.

»Und ich«, kicherte sie, den Haken schwenkend, »ich hab keine Angst vor ihrem Dingsda.«

Der Wagen schlingerte noch immer hin und her. In der Ladung kollerte es, und der Hänger ächzte in den Streben.

»Pass auf!«, schrie ich.

»Ach Mann«, sagte Sumire. Ein verächtlicher Blick traf mich. »Ich kann fahren, das kannst du mir glauben.«

Nach einer Stunde oder nach zwei Stunden kam uns der erste Lastwagen entgegen. Sumire hupte ein paarmal von Weitem, der andere Laster antwortete auf dieselbe Art. Beide bremsten sie ab und hielten dicht nebeneinander an, die Führerhäuser auf gleicher Höhe. Durch die heruntergekurbelten Fenster klatschten sie sich einen Gruß in die offenen Hände. Der Fahrer des anderen Lastwagens, ein junger Mann mit länglichem Gesicht und sehr krausen Haaren, sprach Sumire auf Französisch an. Sie antwortete mit einem Kauderwelsch aus französischen und englischen Brocken, auf das der Mann sich lachend einließ. Ich verstand nicht viel davon. Nach kurzer Konversation drehte sich Sumire zu mir um und sagte:

»Bernd, das ist Alec. Spricht kein Englisch. Trinkt aber gerne 'ne Bacardi-Cola, oder, Alec?«

»Oui«, sagte Alec.

»Macht tausend Kongo«, sagte Sumire. »Oder zwei für fünfzehnhundert, okay? Hol mal zwei Bacardi-Cola raus, Bernd.«

Ich zog die Kühlbox hervor und kam der Aufforderung nach. Alec hatte inzwischen ein paar Scheine herausgefingert und hielt sie hoch. Die beiden Dosen wechselten hinüber. Alec nahm sie sehr vorsichtig aus der rechten Hand Sumires entgegen. Die rollte die Scheine zusammen, hob ihr T-Shirt an und steckte sie in den Bund ihrer Hose.

»Fuck you, Alec«, sagte sie und schlug mit dem Haken an das Blech der Nachbarkabine.

»Sumire«, sagte Alec. Schüttelte den Kopf und gab Gas.

Wir näherten uns der Hauptstraße. Dreimal waren uns bereits fabrikneu aussehende Geländewagen entgegengekommen. Nun kam wieder einer. Drei Chinesen saßen darin, mit weißen Stoffhüten auf den Köpfen, zwei im Fond und einer auf dem Beifahrersitz.

»Chinamänner«, sagte Sumire. »Die Arschlöcher von Chinamännern.«

Sie wich diesmal nicht aus, der Lastwagen rollte wie auf Schienen auf den Landrover zu. Der hupte, aber er musste von der Straße herunter. Er holperte die Böschung hinab und schwankte gehörig, als er sich mit durchdrehenden Reifen durch das Gelände neben der Straße wühlte. Der Mann am Steuer schimpfte mit geballter Faust zu uns herauf. Die Chinesen hielten ihre weißen Hüte fest und schauten empört.

»Können nicht fahren, die Chinamänner. Wieso bleiben sie nicht in China«, sagte Sumire.

»Was hast du eigentlich dahinten in deinem Wagen?«, sagte ich. »Darf ich das wissen?«

»Klar darfst du das wissen. Roten Dreck und gelben Dreck.

Was diese Typen da kaufen wollen, die Chinesen. Deshalb sind sie hier.«

»Und wohin fährst du?«

»Ich fahre überallhin. Mich brauchen sie überall. Mal fahre ich zu den Löchern, so wie heute, mal fahre ich ein paar Tage lang bis ans Meer. Ich bin zuverlässig. Nicht wie die Kerle, die saufen und Zeug klauen. Ich bin eine Frau.«

»Ans Meer«, sagte ich. »Wo ist das, am Meer?«

»Große Stadt. Viele Schiffe, viele Chinesen. Weiß nicht, ob du die kennst, die Stadt. Ist ziemlich weit weg.«

»Wie heißt sie, vielleicht kenne ich sie?«

»Daressalam.«

Auf der Hauptstraße, in die wir eingebogen waren, herrschte plötzlich Verkehr. Als wären wir aus einer gesperrten Zone herausgekommen, rollten wir nun zwischen Lastwagen, Pkws, Lieferwagen und Mopedfahrern entlang, es gab Verkehrsschilder, ab und zu eine Bude mit Bananen und Melonen. Wir rollten über Asphalt, es gab Begrenzungspfosten. Sumire erhöhte das Tempo. Ich lehnte mich zurück. Fühlte mich wieder in der Zivilisation angekommen. Hier konnte es für mich weitergehen. Ich würde eine Geschichte erzählen, eine gute Geschichte, das traute ich mir inzwischen zu. Dass ich noch einmal in eine solche Situation geraten konnte wie bei Duvalle, hielt ich schlichtweg für unmöglich.

»Wie heißt die nächste Stadt?«, wollte ich wissen.

»Novonbashi«, sagte Sumire.

»Ist das eine richtige Stadt? Mit einem Mechaniker, was zu essen und so weiter?«

»Klar ist das 'ne richtige Stadt«, sagte sie und lachte vor sich hin. »Das kannst du singen. Du wirst staunen.«

Nach einiger Zeit erreichten wir die Randbezirke von Novonbashi. Wir rollten auf einer nagelneuen Straße durch den Ort. Meistens an Hütten vorbei, hier und da stand ein festes Haus, dazwischen ein paar alte Geländewagen und viele kaputte Autos aus vergangenen Tagen, stillgelegt, ausgeschlachtet. Randbezirke eben, dachte ich. Drei Ziegen meckerten wie wild unter einem Schattendach aus geflochtenen Palmwedeln, als wir an ihnen vorbeifuhren. Aber ich sah keine Bank, in der man mir einen Kaffee anbieten würde, während ich auf den Geschäftsführer wartete, um meine Diamanten dann auf einen kleinen Rahmen, ausgeschlagen mit rotem Samt, auszulegen und zu beobachten, wie seine Augen groß wurden. Stattdessen hörte die ausgebaute Straße plötzlich auf wie mit dem Messer abgeschnitten. Sumire trat auf die Bremse, und wir rollten wieder über eine Staubstraße voller Schlaglöcher. Über der Straße spannten sich Drähte, an schief stehenden Masten befestigt. Es war, als habe der Film gewechselt. Noch immer gab es bloß hässliche einstöckige Betonbauten und viele Hütten dazwischen. Eine Stadt hatte ich mir anders vorgestellt.

»Am Ortsende gibt's eine Tankstelle«, sagte Sumire. »Ich bring da ein paar Getränke hin. Da gibt's auch einen Mechaniker.«

»Wie weit«, sagte ich zu Sumire, »ist es bis zur nächstgrößeren Stadt?«

»Zwei Tage«, sagte sie. »Mit dem da.« Sie klopfte auf das Blech der Motorabdeckung. »Mit einem Flieger eine halbe Stunde.«

»Mit einem Flieger«, sagte ich.

»Ja klar, mit einem Flieger.«

Sie warf mir einen verständnislosen Blick zu, während sie in die Tankstelle hineinkurvte, Haken über Hand.

Die Tankstelle sah so traurig aus, dass ich statt der zwei Zapfsäulen übereinandergestapelte Fässer passender gefunden hätte. Der Lastwagen hielt mit quietschenden Bremsen. In der Fahrerkabine roch es nach heißem Öl und Diesel. Ich schwieg betreten. Sumire sah an mir herunter, zeigte mir als Ergebnis ihres Eindrucks ein leichtes Stirnrunzeln.

»Also wenn du Arbeit brauchst, Bernd. Ich sag das nur mal so. Weil du vielleicht knapp bist. Dann –«

Ihr Blick war eine Frage. Meine Mechanikergeschichte war bereits gestorben.

»Ja. Dann?«, sagte ich.

Sie drehte den Schlüssel zurück. Der Motor kam mit ein paar rüttelnden Zuckungen zum Stillstand.

»Dann geh zu den Chinamännern ins Restaurant. Rue Principale, es heißt ›Yang Tse‹. Dort gibt's Arbeit. Sag, Sumire schickt dich, okay?«

»Okay«, sagte ich.

»Pass auf dich auf«, sagte Sumire. »Vielleicht schau ich mal nach dir, wenn ich wieder vorbeikomme. Eine Woche, zwei, ich weiß noch nicht. ›Yang Tse‹, okay?«

»Okay«, sagte ich noch einmal.

Sumire nickte mir zu und hebelte ihre Tür mit dem Haken auf.

»Victor!«, schrie sie. »Wo steckst du? Komm raus! Gangsta!«

Ich verließ den Wagen und trollte mich Richtung Stadt, wenn man Novonbashi so nennen wollte.

Als ich bei der Straße war, schaute ich noch einmal zurück nach Sumire. Sie stand neben ihrem Lastwagenungetüm mit der grazilen Figur einer Marathonläuferin, im »Budweiser«-Shirt und den verfleckten Shorts, ein Bein elegant vorgestreckt, die Hände – also Hand und Haken – auf die Hüften gestemmt. Sie unterhielt sich mit dem Tankstellenbesitzer, die beiden lachten zusammen über irgendwas. Ich hätte mich gern dazugestellt, aber ich gehörte nicht dazu. Wohin gehörte ich? Auch nicht hierher, das war mir klar, als ich jetzt die staubige Straße entlangging mit nichts als einem Affenschädel voller Diamanten im Hemd und dem »Herz der Finsternis« in der Hosentasche.

Auf dem Weg in die Stadt hätte ich mir außerdem De Vries' Hut gewünscht, denn die Sonne stand im Mittag, keine Wolke, die sie daran gehindert hätte, alles zu versengen, unterbrach das Blau des Himmels. Man begriff unmittelbar, dass nichts vor dieser Hitze Bestand haben konnte. Sie ließ die Erde zu Pulver zerfallen, die Pflanzen, soweit das neben der Straße wuchernde Unkraut die Bezeichnung zuließ, konnten nur überleben, wenn sie drahtharte Blätter und Stängel entwickelten und die Fähigkeit, den letzten Rest Wasser von irgendwoher an sich zu ziehen. Vielen war das nicht gelungen, sie lagen vertrocknet herum, ihr Grün hatte sich in knochenhelles Weiß verwandelt. Ich sehnte mich nach einem Fleckchen Schatten.

Das erste Wesen, das mir in Novonbashi entgegenkam, war wieder ein Huhn. Hätte man mich gefragt, welches Tier ich zum Symbol Afrikas erklären würde, vielleicht als Vorschlag für ein Emblem in der Kontinentalflagge, ich hätte eine Antwort gehabt. Aber vielleicht ging es ja auch nicht mit rechten Dingen zu, dass mir an Scheidewegen hier immer Hühner begegneten. Ich war inzwischen bereit, zu glauben und nicht zu glauben. Vielleicht waren die Hühner keine Hühner, sondern Zeichen. Nur konnte ich das Zeichen, das mir ständig als Huhn erschien, nicht entschlüsseln. Ob es Gutes oder Böses verhieß.

Das bewusste Huhn stand mitten auf der Straße und legte den Kopf schief, um mich in Augenschein zu nehmen. Nach kurzer Prüfung entschied es, dass es seinen Weg fortsetzen könne, und verschwand gemächlich zwischen den Hütten auf der anderen Straßenseite. Dieser Bewohner von Novonbashi schätzte mich offenbar als ungefährlich ein. Die anderen Bewohner der Stadt hielten wohl zurzeit ihre Siesta, außerdem erwies sich der Ort als ziemlich ausgedehnt, die verstaubten Zwischenräume zwischen den Hütten und bunkerartigen Betongebäuden zogen sich hin. Jedenfalls begegnete mir niemand bis auf zwei Geländewagen, die an mir vorbeiröhrten und mich mit einer Staubfahne einhüllten.

Im Zentrum, es sah in gewisser Weise nach einem Zentrum aus, weil sich hier einige Staubstraßen kreuzten, gesellten sich mir aus dem Nichts zwei kleine Jungen zu, die auf selbst gebauten Rollern fuhren. Diese Roller ähnelten auf bestechende Weise den schicken Gefährten, die manche Banker bei uns vor einiger Zeit noch benutzt haben, um den anderen Arbeitenden, die nicht so flink waren, zu zeigen, dass sie die Nasen vorn hatten. Inzwischen sind die Dinger wieder aus der Mode, ich glaube aber nicht aus Gründen einer neuen Bescheidenheit. Die Gefährte jedenfalls, auf denen sich die Jungen mit blitzenden Augen rechts und links an mir vorbeitraten, ließen, obwohl sie aus Kistenbrettern angefertigt waren, die Merkmale der Originale ganz gut erkennen. Selbst die winzigen Räder hatten sie hingekriegt, ich glaube, es waren Möbelroller, die auf der kaputten Straße furchtbar bockten. Einer der Roller war mit einer Sprühdose rot eingefärbt worden, der andere nur zur Hälfte, vielleicht hatte die Farbe nicht gereicht.

»He«, rief ich den Jungen zu. »Rue Principale?«

Die Jungen lachten ein quietschendes Lachen und rollerten

weiter um mich herum. Klar, dass sie nicht auf die Idee kamen, ich könnte sie was fragen wollen, es ging darum, mir ihre Gefährte vorzuführen, nicht um meine Bedürfnisse.

»Yang Tse«, probierte ich es noch einmal und erntete wieder das zwitschernde Lachen.

Dann rief eine dunkle Stimme von irgendwoher etwas Unfreundliches, und die beiden Jungen hasteten auf ihren Rollern davon. Die Stimme hatte geklungen, als komme sie aus einem Keller heraus.

»M'sieur«, sagte dieselbe dunkle Stimme.

Sie gehörte einem Mann, den ich gar nicht bemerkt hatte. Er hockte im Schatten unter dem Dach einer Hütte. Sein Oberkörper war nackt, er trug nur eine alte Arbeitshose. Seine Hautfarbe war ein verstaubtes, tiefes Schwarz. Neben ihm lag ein aufmerksam blickender Hund. Nein, kein Huhn, diesmal war es ein Hund, irgendwie erleichterte mich das. Der Mann war alt. Schwer zu schätzen, wie alt. Seine Haare und sein Bart besaßen ein Grau wie poliertes Eisen.

»Bonjour«, sagte der Mann und wies mit einer eleganten Bewegung neben sich, wo auf dem Stamm einer flach gelegten Kokospalme noch Platz war. Ich nahm dankend an. Der Mann nickte vor sich hin, als bestätige sich nun eine Reihe von Vermutungen, die er bereits über mich hegte, dann griff er hinter sich.

»Coco?«, fragte er.

Ich bejahte. Sah, wie der Mann eine Machete und eine Kokosnuss hinter dem Palmstamm hervorzauberte und die Nuss mit ein paar geschickten Schlägen anspitzte, bis die harte Schale in der Hülle zu sehen war. Dann stach er mit der Spitze der Machete geschickt ein kleines Dreieck heraus. Ze Zé hätte seine Freude an ihm gehabt. Saft spritzte. Der Alte reichte mir die Nuss.

»Voilà«, sagte er.

Ich trank den klaren Saft. Und war versöhnt. Schatten, ein erfrischendes Getränk. Freundlichkeit. Es war leicht, mich zu versöhnen. Man musste mich nur gut behandeln, dann konnte man mit mir auskommen.

»Merci«, sagte ich.

Der Alte winkte ab. Mit einer schweren Hand, die Finger von

alten Narben kreuz und quer zerschnitten. Seine Hand sah so aus, als hätte man sie jahrelang dazu benutzt, um etwas anderes vor scharfen Drähten zu schützen.

Er schaute zur Straße hinüber. Das Weiß seiner Augen war von roten Äderchen durchzogen. Der Hund sah mir dabei zu, wie ich aus der Nuss trank, hechelte zustimmend, seine rosa Zunge hing heraus. Ich setzte die Nuss ab, bemerkte eine Bewegung neben der Hütte. Eine Ziege. Sie schaute mit schief gelegtem Kopf um die Ecke nach mir. Ein gelbes Auge mit der waagerechten Iris leuchtete aus dem Schatten heraus. Sie bewegte ihre Ohren ein ganz klein wenig hin und her, um mir zu zeigen, dass sie von mir Notiz nahm. Ziegen, dachte ich, gelten als klug.

»Rue Principale?«, fragte ich. »Yang Tse?«

Der Alte hob das Kinn und schnalzte mit der Zunge, ich konnte die Bedeutung dieser Geste nicht entschlüsseln.

»C'est là«, sagte er dann.

Er wies auf eine Kreuzung weiter unten, über der abenteuerlich gespannte Stromleitungen nach links abzweigten. Man hatte sie nicht nur auf Pfosten, sondern je nach Bedarf auch an günstig stehenden Kokospalmen befestigt. Da ihre Spannhöhe ständig wechselte, gaben sie der Eintönigkeit der Ortschaft eine bizarre Note, als wären sie ein beabsichtigtes Ornament. Ich trank aus meiner Nuss. Der Saft war überraschend kühl und viel weniger süß, als ich erwartet hatte. Er schmeckte nach einer erdigen Unberührtheit, die einem Kraft verleihen konnte. Kraft konnte ich gebrauchen.

Ich dankte dem Mann. Verabschiedete mich, verließ den Schatten der Hütte und ging weiter durch die Sonne hinüber zur Kreuzung. Dort gab es ein Straßenschild, das erste und einzige, das ich sah. Darauf stand »Rue Principale«. Na also.

Das »Yang Tse« befand sich zweihundert Meter weiter die Straße hinunter. Es bestand aus mehreren großen, mit gelben Kunststoffplatten gedeckten Gebäuden. Daneben stand die größte Ansammlung von Autos, die ich in den letzten Wochen gesehen hatte. Ein Dutzend Fahrzeuge, mehr als die Hälfte nagelneu, bloß etwas eingedreckt, hauptsächlich Geländewagen von japanischen

Herstellern. Daneben einige Roller und ein paar Limousinen, auch japanische Marken. Drei Leute standen unter einem breiten Vordach, es schien gerade wenig Betrieb zu sein. Ich trat unter den Schatten des Wellblechdachs und wurde von den dreien kurz gemustert, es waren zwei Chinesen und ein Afrikaner.

»Hello«, sagte ich und hob einen Finger in der Meinung, damit ein international verständliches Begrüßungszeichen ausgeführt zu haben.

Niemand antwortete mir. Ich schien die drei bei ihrer Unterhaltung gestört zu haben. Bei Chinesen, dachte ich, ist es immer günstig, sich vorsorglich zu entschuldigen, allerdings hatte ich bisher kaum welche kennengelernt. Jedenfalls entschuldigte ich mich, aber auch das zeigte keine Wirkung. Sie sahen mich in einer Weise an, als warteten sie darauf, dass ich wieder ginge. Ich fuhr mir kurz über den Bart, wie um zu betonen, dass das mein Stil war und keinen Mangel an Rasiergelegenheiten bezeugte, dann sagte ich kühn, dass ich gern den Küchenchef sprechen wolle.

»Wir haben geschlossen«, sagte einer der Chinesen. Er klebte höflich, aber abweisend ein »Sir« hintendran, mit einer halben Sekunde Abstand, um klarzumachen, dass diese Ehrung ihn zu nichts verpflichtete, jedenfalls nicht mir gegenüber.

»Ich suche Arbeit«, sagte ich zu ihm.

Ich hoffte, meine Ehrlichkeit würde entwaffnend wirken. Arbeit, hatte ich einmal gehört, schände nicht. Wer sie sucht, muss sich folgerichtig auch nicht schämen oder entschuldigen. Dabei ignorierte ich geflissentlich die wirtschaftliche Entwicklung der letzten zwanzig Jahre.

»Sumire«, fiel mir noch ein, im letzten Moment, als in den abweisenden Gesichtern zusätzlich Ungeduld auftauchte. »Sumire schickt mich. Wir kennen uns.«

»Sumiiire«, rief der andere Chinese. »Sumiiiire.«

Daraufhin brachen die beiden in einträchtiges Lachen aus, das fremd und chinesisch in meinen Ohren klang und mir seine Bedeutung verschloss. Vielleicht war »Sumire« ja Chinesisch und hatte eine sehr lustige Bedeutung, vor allem wenn ein Arbeitssuchender damit ankam. Der Afrikaner lachte nicht mit, er blieb bei seinem muffigen Gesichtsausdruck. Ich hatte inzwischen bemerkt, dass er einen Blaumann trug. Ein Auftragsempfänger also, vielleicht sollte er etwas reparieren.

»Haben Sie schon einmal in einer Küche gearbeitet?«, fragte einer der beiden Chinesen, nachdem sie zu Ende gelacht hatten. Ohne auf meine Antwort auf seine erste Frage zu warten, fügte er an: »Haben Sie Papiere?«

»Ich habe in einer Safarilodge gearbeitet«, sagte ich. »Und ich habe in Berlin in einem Hotel gearbeitet. In der Küche. Alles, was man da so macht. Jahrelang.«

Das war gelogen. Ich hatte die Küche dort nie von innen gesehen, und ich hatte höchstens ein halbes Jahr bei Lea in Lohn und Brot gestanden, obwohl es mir manchmal viel länger vorgekommen war.

»Ihre Papiere? Wo kommen Sie her? Haben Sie Probleme mit der Polizei?«

Das waren viele Fragen bei vierzig Grad im Schatten. Sie brachten meinen erhitzten Verstand auf Touren. Wenn es überhaupt Fragen waren und nicht vorgezogene Begründungen für den gleich zu erwartenden Rausschmiss und das anschließende Lokalverbot.

»Ich hatte einen Unfall«, sagte ich und strich mir noch einmal über den Bart. »Ich war mit meinem Motorrad unterwegs und wurde von ein paar Typen überfallen. Alles weg, Motorrad, Papiere, Geld. Ich möchte ein paar Wochen arbeiten, damit ich Geld habe, um zurück nach Hause zu kommen.«

»Haben Sie keine Familie, keine Leute, die Ihnen Geld leihen können?«

Ich suchte verzweifelt nach einer Antwort, die die beiden Männer überzeugen konnte, die mich mit den Händen in den Hüften taxierten wie einen Hausierer. Möglich, dass sie mich nur ein bisschen piesacken wollten, bevor sie mich wieder wegschickten. Ich hatte mal etwas über einen Chinesen gelesen, der Probleme mit seiner Familie hatte, welche, fiel mir im Moment nicht ein. Mir fiel nur ein, dass der Chinese sich viel Mühe gegeben hatte, mit seiner Familie wieder ins Reine zu kommen.

»Wissen Sie«, sagte ich, »meine Familie ist sehr stolz. Ich wollte meinen Eltern beweisen, dass ich es alleine schaffen kann. Jetzt schäme ich mich, Geld von ihnen zu verlangen. Es geht gegen meine Prinzipien. Ich will sie nicht mit Schande belasten. Es sind ehrenwerte Leute.«

Der ältere der beiden Chinesen musterte mit vorgeschobener Unterlippe weiterhin die obere Hälfte meiner Erscheinung. Ich gab mir Mühe, wie ein Motorradfahrer auszusehen, der überfallen worden, sonst aber vertrauenswürdig war, der Prinzipien hatte und aus guter Familie stammte. Dafür, dass nichts davon zutraf, klappte es ganz gut.

»Gehen Sie in die Küche«, sagte der Chinese, die Unterlippe in unverändert skeptischer Position. »Melden Sie sich bei Ah Soo. Wir versuchen es für eine Woche mit Ihnen. Der Koch gibt Ihnen saubere Kleider und sagt Ihnen, was Sie tun sollen. Sie bekommen zehn Dollar am Tag. Die Arbeit dauert zwölf Stunden.« Er ließ seine Unterlippe wieder in Normalstellung zurückrutschen. »Sie bekommen das Geld bar auf die Hand. Wenn wir Ihretwegen Probleme mit der Polizei kriegen, sind Sie gefeuert. Ohne Gehalt natürlich.«

Er lachte wieder los, den Kopf eingezogen vor Begeisterung, der andere Chinese lachte mit, in genau der gleichen Körperhaltung. Sie fanden, sie hatten die Sache gut gelöst. Dann wandte man sich von mir ab, Wichtigerem zu.

Ich betrat das »Yang Tse« auf der Suche nach der Küche und nach einem Koch, der Ah Soo hieß. Im Inneren des großen Gebäudes, an dessen Decke vier Ventilatoren langsam kreisten, standen so viele Bänke und Tische, dass es leicht für ein mittelgroßes Bierzelt gereicht hätte. Zwei Frauen, einheimische, keine Chinesinnen, stopften langsam gebrauchte Papiertischtücher und Servietten in blaue Müllsäcke. Ihre Blicke folgten mir, während ich mich zwischen den Bänken hindurchdrückte, Richtung Küche. Sie befand sich hinter einer Wand mit einer großen Durchreiche, in der sich Stapel von schmutzigem Geschirr türmten. Als ich das Geschirr sah, ahnte ich bereits, wofür man mich einsetzen würde.

Ich ging an der Wand vorbei und betrat die Küche. Dort stand eine Reihe von Gasherden nebeneinander, daran werkelten zwei Chinesen, weiter hinten an einer Spüle stand ein Afrikaner. Es war brüllend heiß, und es roch durchdringend nach Essen. Plötzlich spürte ich meinen Hunger. Es war wie ein Schlag in den Magen. Auf den Herden standen große Aluminiumtöpfe, Pfannen mit Essensresten. Unmengen von runden Bambusrahmen mit Drahteinsätzen stapelten sich auf den Anrichten zu schiefen Türmen, überall standen schmutzige Schälchen und Teller herum. Ich sprach einen der beiden Chinesen an, fragte nach Ah Soo. Der Mann in weißer Küchenkleidung, an den Füßen trug er strohgeflochtene Sandalen, deutete völlig amimisch mit dem Daumen auf den anderen Chinesen, ohne mit mir Blickkontakt aufzunehmen. Ich zwängte mich zu ihm hindurch, möglichst ohne gegen einen der Geschirrtürme zu stoßen.

»Ich soll mich bei Ihnen melden. Der Herr draußen vor dem Eingang meinte, ich könnte für eine Woche hier aushelfen. Sumire schickt mich übrigens, sie hat mir den Tipp gegeben.«

Das alles sagte ich zu dem sehr beschäftigten Koch namens Ah Soo, der mir vermutlich gar nicht zuhörte, sondern gerade mitbekam, obwohl die Durchreiche fast vollkommen von Geschirr versperrt war, dass die Frauen draußen zu den dreckigen auch saubere Papiertischtücher in die Müllsäcke stopften.

»No!«, schrie er und rannte an mir vorbei. »No, no!«

Draußen im Speisesaal machte Ah Soo seinem Ärger in sehr schlechtem Französisch Luft. Ich hörte, wie er die Einweisung dahingehend präzisierte, dass saubere Papiertischtücher noch einmal zu verwenden seien. Die beiden Frauen nahmen die Schelte stoisch entgegen, sie waren beide zur Bewegungslosigkeit erstarrt und sahen den gestikulierenden Koch mit umflortem Ausdruck an, solange er redete. Als er sich von ihnen abwandte, warfen sie sich gegenseitig einen bedeutsamen Blick zu, dann stopften sie weiter die Tischbeläge in ihre Müllsäcke hinein.

Ah Soo kam in seine Küche zurück und setzte die Schelte zu Ohren des anderen Chinesen in ihrer gemeinsamen Sprache fort, natürlich wesentlich flüssiger als vorhin, ohne mich zu beachten. Ich hatte Gelegenheit, dem faszinierenden Singsang von Kantonchinesisch zu lauschen, dem Dialekt, den Ah Soo und die anderen Chinesen hier sprachen, wie ich später erfahren sollte. Der andere Chinese hörte dem Koch so schweigend und regungslos zu wie die

Frauen draußen. Nach einer Weile deutete er mit dem Daumen über seine mir zugewandte Schulter auf mich. Ah Soo erinnerte sich. Er kam zu mir herüber.

»Keine Zeit«, sagte er. »Also?«

Ich sollte noch lernen, dass »Keine Zeit« Ah Soos Devise war. Sein Mantra, mit dem er alles bewältigte, was ihn an Malaisen anfiel, und das war nicht wenig.

Im Augenblick lag mir bloß daran, einen guten ersten Eindruck zu machen. Ich führte eine kleine Verbeugung aus und wiederholte meine wenigen Sätze von vorhin in beschleunigtem Tempo. Ah Soo hörte mit gerunzelten Brauen zu, mehrfach nickend, was ich als Einverständnis wertete. Es hieß aber bloß, dass er den größten Teil meines Englischs verstanden hatte. Die Gesamtmitteilung löste ein heftiges Kopfschütteln bei ihm aus. Auch das musste man bei ihm nicht allzu ernst nehmen, es bedeutete nur, dass das Leben an sich nicht bejahenswert war.

»Ich frage«, erklärte Ah Soo.

Damit verschwand er in Richtung Halle.

Er wollte sich überzeugen, dass ich ihm keinen Bären aufgebunden hatte, gut, das musste ich akzeptieren. Ich sah zu dem anderen Chinesen hinüber, der in dem Augenblick, als unsere Blicke sich trafen, den Kopf in die andere Richtung drehte, natürlich wieder ohne seine Miene zu verziehen. Der Afrikaner wusch im Eiltempo Schalen ab, die in zwei Spülbecken lagen, und stapelte sie in praktischen Stellagen, die über den Becken hingen, wo sie abtropfen konnten. Mein neuer Wirkungsbereich, wieder im Gaststättengewerbe. Vielleicht war das ja meine Bestimmung.

Ah Soo kehrte zurück. Er deutete zu den Spülbecken hin und sagte: »Geh Geschirr waschen.«

Damit war ich eingestellt. Ich ging zu dem Afrikaner, einem hageren Mann in Shorts und Muscleshirt, aber ohne den dafür passenden Körperbau, der barfuß am Spülbecken stand. Er warf mir einen Blick zu.

»Bonjour«, sagte er und rückte ein Stück für mich zur Seite.

»Bonjour«, antwortete ich.

Wir wuschen einen Berg Schalen ab, dann gingen wir zu

den Schälchen über, von denen ebenfalls eine Unmenge Stapel bereitstanden. Es gab vier verschiedene Schalen- und Schälchengrößen, die kleinsten nicht größer als Eierbecher, die passend sortiert werden mussten. Zwischendurch holten wir Hunderte von Kunststoff-Essstäbchen aus einer mit warmem Wasser gefüllten Bütte, wo sie zum Einweichen gelegen hatten, putzten sie ab und warfen sie in eine Kiste. Die benutzten Kochtöpfe wurden in großen Plastikwannen am Boden schon gewässert, bevor wir sie mit Drahtkissen ausrieben.

Als die beiden hängenden Trockengestelle voll waren, hakte mein Kollege eines davon aus und wies mit dem Kinn auf das andere. Ich hatte zugesehen, wie er es machte, und kriegte es gleichfalls hin, aber unter dem Gewicht wäre ich beinahe zu Boden gegangen. Wir trugen die elend schweren Gestelle zu den Geschirrregalen und räumten das halb trockene Geschirr an den richtigen Stellen hinein. Dann hängten wir die leeren Gestelle über die Spüle und stellten uns wieder davor. Auf ein Neues.

»François«, sagte mein Kollege nach der zweiten Runde und hielt mir seine aufgeweichte schwarze Hand hin.

»Bernd«, sagte ich.

»Hä?«

»Bernd.«

»Bern'«, wiederholte er und nickte.

»Oui«, sagte ich.

Nachdem das Geschirr abgewaschen war, nahm mich Ah Soo mit zu den Vorratsräumen hinter der Küche. Sie bestanden aus vier Containern, zwei davon waren an der Außenseite mit brummelnden Kühlaggregaten bestückt. Derjenige, den wir betraten, enthielt Küchenutensilien, Geschirr, Ersatzmöbel, ineinandergestellte Kochtopfpyramiden, Kleidung. Ah Soo suchte eine weiße Hose und einen schicken weißen Kittel für mich heraus, den man sich mit zwei Bändern um den Leib festband, und sagte, ich solle das in Zukunft anziehen, wenn ich in die Küche käme. Dazu bekam ich ein Paar Sandalen aus Rattangeflecht mit Kunststoffbändern. Ich nutzte die Arbeitspause, um Ah Soo zu fragen, wo ich schlafen könnte.

»Wieso schlafen?«, sagte Ah Soo. Er war schon wieder dabei, zu seiner Küche zurückzueilen.

»Ich brauche einen Platz zum Schlafen«, sagte ich. Ich hatte mich schließlich schon bei der Arbeit bewährt, daher fasste ich mich kurz.

»Keine Zeit«, sagte Ah Soo. Er schüttelte den Kopf über die Unbill, die ständig auf ihn zukam, hob die Schultern. »Weiß nicht, irgendwo«, fügte er an. »Wir suchen einen Platz. Heute Abend. Jetzt ist keine Zeit.«

Ich zog mich um. Meine paar Habseligkeiten, den Affenschädel, der mein Hemd noch immer ausbeulte, und das »Herz der Finsternis«, stopfte ich in eine Plastiktüte, die ich herumliegen sah, und nahm sie mit, aus guten Gründen.

In der Küche deponierte ich die Tüte in Greifweite von den Spülbecken. Ich würde sie nicht aus den Augen lassen.

François spülte neben mir ohne Freude, aber mit Ausdauer. Seine Bewegungsabläufe waren so gleichförmig und exakt, dass er wie eine Maschine wirkte. Man hätte eine Studie zur Effektivitätssteigerung an Geschirrspül-Arbeitsplätzen in Schwellenländern ganz mit ihm alleine durchführen können. Ich versuchte, es ihm nachzumachen, aber ich musste einsehen, dass es mir noch an Erfahrung fehlte.

Nach zwei Stunden Schälchenwaschen tat mir der Rücken weh. Draußen neben dem Kühlcontainer hatte ich vorhin ein paar Campingstühle stehen sehen, die so aussahen, als wären sie der Pausenplatz für die Küchenbelegschaft. Dort hätte ich mich jetzt gern für ein paar Minuten hingesetzt, um mich auszuruhen. Auch um herauszubekommen, ob sich die aufgequollene Haut an meinen Händen wieder glätten würde. Pausen gab es aber nicht.

Denn jetzt hieß es, das Gemüse für das Abendessen zu putzen. François war inzwischen verschwunden, er war offenbar nur für das Tellerwaschen eingestellt. Ich aber sollte auch Küchentätigkeiten ausführen, daher vielleicht die weiße Kleidung, die um die Körpermitte vom Spülen bereits ziemlich eingenässt war. Mir war noch nicht klar, ob mein Dauereinsatz eine Ehre war oder ob ich einfach rund um die Uhr ausgenutzt werden sollte.

Vielleicht bekam ich ja die Gelegenheit, mich zu bewähren, nachdem ich vorhin vollmundig behauptet hatte, dass das meine Absicht wäre.

Ah Soo kam in die Küche gerannt und machte scheuchende Bewegungen in meine Richtung. Dazu wies er mit ungeduldiger Miene auf den anderen Chinesen, der gerade dabei war, mehrere Kessel mit Wasser zu füllen. Ich kapierte, nahm ihm die Kessel ab und stellte sie auf die Gasherde. Am Boden standen große Aluminiumkisten, die die beiden geholt hatten. Als ich an ihnen vorbeistreifte, spürte ich die Kälte darin. Sie kamen aus dem Kühlhaus, und sie waren bis oben hin mit Gemüse gefüllt. Mit Karotten, Lauch, Sellerie, Kartoffeln, allem, was man sich in einem Gemüsegarten vorstellen kann, und mit noch ein paar mir unbekannten exotischen Knollen. Das alles wartete darauf, geputzt zu werden.

Ich sollte noch lernen, dass Chinesen dreimal am Tag warm essen und dass sie es überhaupt nicht vertragen, wenn das Essen nicht pünktlich auf dem Tisch steht. Ah Soo hatte zu jeder dieser Gelegenheiten etwas über fünfzig Chinesen und ein paar Einheimische zu versorgen. Und Chinesen lieben die Vielfalt. Daher mussten bei jeder dieser Mahlzeiten verschiedene Suppen, verschieden gefüllte Teigtaschen, verschieden zubereitete Eier, unterschiedlich zubereiteter Fisch, Geflügel, auf jeden Fall Schwein und möglichst auch noch Rind angeboten werden.

Die schwerste und nervenaufreibendste Arbeit von allen war das Gemüseputzen. Ich bekam ein Messer und einen Schäler.

Der schweigende Chinese, dem ich zugeteilt worden war, zog mit dem Fuß einen zweiten Hocker unter der Arbeitsfläche hervor und zeigte wortlos mit dem Finger darauf. Dann nahm er eine Karotte aus der Kiste, schälte sie in zwei Sekunden ab, griff das Messer an der Klinge und ließ die Karotte in der anderen Hand rotieren. Sie tanzte in seinen Händen auf und ab, das Ganze dauerte vielleicht noch einmal zehn Sekunden. Er reichte mir die Karotte herüber. Sie hatte sich in eine Rose verwandelt mit zarten Blütenblättern und einem markant geschnittenen Stiel. Ich glotzte den Kerl an. Er grinste, zuckte die Achseln. Sein erstes Lebenszeichen.

Der Kollege hieß Lin Tau, und er sprach kein Wort Englisch. Aber wir verständigten uns. Er war dreimal so schnell wie ich beim Gemüseputzen, aber er trug es mir nicht nach. Durch mich war Entlastung in sein Leben getreten. Leicht auszurechnen, dass er vorher alles alleine hatte machen müssen. Wir putzten etwa neunzig Minuten lang Gemüse, dann musste das geputzte Gemüse geschnitten werden. Wie, zeigte mir Lin Tau. Da gab es Vorschriften, die von der Harmonie der Speisen her diktiert wurden. Man wird krank, wenn man falsch isst, erklärte zwischendurch Ah Soo, der mir ab und zu auf die Finger sah, und das betraf nicht bloß die Zusammensetzung des Gerichts, sondern auch die Gestalt des zu Verzehrenden. Die Gäste, meinte er grimmig, würden die Suppe stehen lassen, wenn die Karottenstücke darin falsch geschnitten wären. Alles habe sich dem Gebot der Harmonie zu fügen.

Während ich also das Gemüse schnitt, brutzelten in den riesigen Woks, gewendet von dem flinken Lin Tau, die anzubratenden Gemüsestücke. Ah Soo bereitete in der Zwischenzeit die verschiedenen Teige für die Teigtaschen, deren Füllung wiederum von uns gehackt, gewiegt, gedünstet und gemengt wurde. Ich spürte meine Arme nicht mehr, als mir Lin Tau zeigte, wie die verschiedenen Brühen für die fünf unterschiedlichen Suppen anzusetzen waren, die es heute Abend geben sollte, und zwar um genau neunzehn Uhr. Um achtzehn Uhr dreißig bekam ich den ersten Schwächeanfall.

Ich hockte am Boden, die Beine gegen die Wand des Schuppens hochgestellt, und trank wie ein Schiffbrüchiger aus einer Tasse heiße Gemüsebrühe mit Schweinefleischeinlage, die wunderbar schmeckte. Zehn Minuten später kam ich wieder auf die Füße, gerade rechtzeitig, um die Bambussiebe mit den Teigtaschen über das sprudelnde Wasser zu setzen und nach genau fünf Minuten wieder herunterzunehmen, die Teigtaschen auf Wärmeplatten zu setzen und die Siebe neu zu füllen.

Um achtzehn Uhr fünfzig füllte sich der inzwischen eingedeckte Speisesaal mit lärmendem Publikum. Durch die Durchreiche spähend erkannte ich: nur Chinesen. Es wurden immer mehr. In Anzügen, Arbeitskleidung, Freizeitkleidung. Und fast nur Männer. Verstreut dazwischen ein paar Einheimische. Ein

Geschwader von afrikanischen Helferinnen trug das Essen hinaus. Die Küche, in der wir am Ende kaum mehr hatten treten können, leerte sich zusehends, alles wanderte hinaus auf die Tische. Hier wurde nicht bestellt, es wurde einfach alles aufgetragen, was gekocht worden war.

Ich taumelte auf einen freien Hocker und löffelte eine zweite Schale Suppe hinunter, die mir Lin Tau mit unbewegter Miene gereicht hatte. Huhn mit Zitronengras diesmal und harmonisch geschnittenes Gemüse in den fünf Grundfarben. Lin Tau lehnte an der Arbeitsplatte und schaute mir zu, bis ich fertig war. Zeigte mir schließlich in seiner hohlen Hand ein Päckchen Zigaretten und wies zum Ausgang hin. Ich nickte, rappelte mich hoch.

Draußen saßen wir beim Kühlcontainer, den Rücken gegen das kalte Metall gelehnt, und rauchten amerikanische Zigaretten. Lin Tau erwies sich als angenehm schweigender Zeitgenosse, er verfügte über ein Schweigen, das den Kontakt vertiefte, als hätten wir über alles bereits geredet und alles wäre gesagt. Sein Gesicht mit den mongolisch konturierten Wangen und der breiten Nase wirkte auf eine endgültige Art gemeißelt, vielleicht auch deshalb, weil seine Mimik äußerst sparsam war. Er hatte seine Haare vollkommen abrasiert, damit sah er aus wie ein Mönch. Er rauchte konzentriert, zog den Rauch tief hinein und ließ ihn eine Weile absitzen, als wäre die Zigarette ein Joint. Dann blies er den Rauch genüsslich durch die Nase wieder hinaus. Nach einigen weiteren Minuten angenehmen Schweigens zeigte er, während Rauch aus seiner Nase strömte, auf seine Brust und sagte:

»Nanjing.«

Ich antwortete mit dem Zweisilber »Ber-lin«.

Lin Tau nickte, damit waren wir als Kollegen sozusagen verortet.

Die Zigarettenpause hatten wir uns verdient, denn kaum waren wir zurück, wanderten schon die ersten Schalenstapel zurück in die Küche, und François tauchte wieder auf. Die Spülerei ging los, sie dauerte alles in allem genau bis einundzwanzig Uhr fünfundvierzig.

Ich war nicht sicher, wie viele Arbeitstage ich auf diese Art durchhalten würde. Immerhin, es gab zu essen, ich bekam etwas Geld, und ich war nicht von Erschießen oder Händeabschlagen bedroht. Und ich befand mich am sichersten Ort, den es auf Erden geben kann: in einer Küche. Dass ich Essen für die künftigen globalen Machthaber der Erde kochte, wie Bruno, der Verräter, die Chinesen genannt hatte, machte meine Position keineswegs unsicherer.

Vielleicht konnte ich ja Karriere in China machen, nachdem das Gaststättengewerbe sich immer deutlicher als meine Bestimmung entpuppte. So mancher hatte mit Geschirrwaschen angefangen. Solche Gedanken bewegten mich, während mir Ah Soo schließlich nach Feierabend meinen Schlafplatz zuwies. Er war mit einem kleinen Sack in der Hand aufgetaucht und drückte ihn mir in die Hand.

»Zum Schlafen«, sagte er.

In dem Sack befand sich ein fabrikneues Kuppelzelt für drei Personen. Ich stellte es im Finstern auf, ein Stück entfernt vom Kühlcontainer, unter dem nervenverzehrenden Zirpen der Grillen, mit den letzten mir verbliebenen Kräften. Dann zippte ich den Reißverschluss auf und legte mich hinein. Auf den blanken Boden. Die Küchenkleidung noch am Leib streckte ich alle Glieder von mir, unfähig, noch irgendeine Bewegung mit meiner Willkürmuskulatur auszuführen.

Ich dachte an Felicité, an De Vries, an Wessing. Sie würden sich sicher Vorwürfe machen, es wäre nur recht und billig. Ich versuchte, mir Felicité vorzustellen, wie sie um mich weinte, aber das wollte mir nicht so recht gelingen. Stattdessen erschien ihr Gesicht mit dem Ausdruck vor mir, wie ich ihn gesehen hatte, als ich durch die offene Luke des Helikopters an ihr vorbeigesegelt war. Ich sah ihn ganz deutlich wie auf einem Foto, und ich konnte diesen Ausdruck in Ruhe analysieren wie ein Kriminalist ein Verbrecherporträt, das er vor sich auf dem Schreibtisch hat. Überraschung war in ihrer Miene gewesen, Erschrecken. Aber nicht das blanke Entsetzen, das man empfindet, wenn man jemanden verliert, ohne den man nicht sein möchte. Gut, sie war halb nackt durch ein Rudel Treiberameisen gerannt, aber das Gesicht meiner Gefährtin, mit der ich den Dschungel und die Nähe des Todes erlebt hatte, war nicht von Schmerz gezeichnet gewesen. In ihren schönen mandelförmigen Augen stand nicht: Um Gottes willen, nein! Eher: Na so was!

Mein verletzter Stolz und meine berechtigten Vorwürfe schoben mich zur Schwelle des Schlafes hin. Man schläft ja gut, wenn man bei den Gerechten weilt. Leider erschien im letzten Augenblick auch noch Lea, das heißt, ihre Stimme kam verzerrt über einen altmodischen Kurzwellensender herein, dessen Fiepen den Grillen draußen sehr ähnlich war. »Quatsch«, sagte Lea piepsend. »Die waren froh, dich los zu sein.«

Ich griff nach dem Affenschädel, in dem sich elf Diamanten befanden, so groß wie Haselnüsse, und zog ihn an mich. Vielleicht so, wie man als Kind ein Stofftier umklammert, um einzuschlafen. Elf mal fünftausend Euro. Bei vorsichtiger Schätzung, das hatte ich mir ausgerechnet. So schlief ich ein.

Am nächsten Tag wurde ich in die Kunst der Suppenküche eingewiesen. Ich lernte mehr über die Harmonie der Brühen, in denen Fischteigtaschen, Fleischteigtaschen, Gemüseteigtaschen, Schweinemettbällchen und Fischmettbällchen gesotten wurden. Ah Soo legte die Gemüse und Gewürze, die zueinander gehörten, damit zwischen Einlage und Brühe Harmonie entstand, auf großen Schneidbrettern zusammen und hackte sie in den passenden Formen klein. Lin Tau hatte mit meiner Unterstützung zwei frische Schweinehälften aus dem Kühlhaus geholt und an Haken gehängt, die im Schlachtraum von der Decke hingen. Nun hieb er das Schwein mit einem Beil in Stücke. Seine Schläge kamen schnell und scheinbar ungezielt, sie saßen aber haargenau. Das Beil schnitt nur millimeterbreit an den Knochen vorbei, und das Schwein fiel nach und nach auseinander wie die Spalten einer Orange. Er war ein Meister mit der Klinge. Dabei waren seine Messer dünn geschliffene, billig aussehende Dinger, die Ze Zé nicht einmal zum Fischeschuppen genommen hätte. Aber scharf waren sie wie Glasscherben.

Im Kühlcontainer hatte ich noch ein weiteres Dutzend Schweinehälften gesehen, das erschien mir ziemlich viel, nachdem ich angenommen hatte, dass das Essen in erster Linie aus Gemüse bestand und nachdem mein Vorwissen die Chinesen als Vorreiter einer gesunden fleischarmen Kost gespeichert hatte.

In einer Pause, es gab doch ab und zu Pausen, wie ich erleichtert feststellen konnte – sie durften nur nicht so genannt werden –, bei einer dieser Pausen also fragte ich Ah Soo, wozu man so viele Schweine benötigte, und erfuhr, dass Chinesen erklärte Schweinefleischliebhaber seien. Die chinesische Regierung, verriet er, habe für Notzeiten vorsorglich Tausende Tonnen Schweinefleisch einfrieren lassen, damit es nicht knapp werde, damit also kein Schweinefleischnotstand entstehen könne. Wohl der Harmonie wegen, witzelte ich, damit es keinen Aufstand gäbe, wenn kein Schwein mehr auf den Tisch komme? Ah Soo bestätigte meine Vermutung mit ernster Miene. Ohne Spaß, Schweinefleisch sei unverzichtbar, bestätigte er. Es gebe wenig, worauf man in China im Ernstfall nicht verzichten könne. Schweinefleisch aber müsse auf den Tisch.

»Wo kommen eigentlich die Leute alle her?«, wollte ich wissen.

Während draußen die Gäste am Buffet vorbeiströmten und sich die Teller vollpackten, gönnten wir uns in der Küche leichte Omeletts mit kross gebratenen Schweinespeckwürfelchen und dunkelgrünen, genau vierundzwanzig Stunden lang eingeweichten Pilzen. Dazu gab es schwarz gekochte Eier.

»Die arbeiten hier«, sagte Ah Soo. »Sie bauen eine Straße. Eine Straße und vielleicht auch noch eine Eisenbahnstrecke.«

Er stach sein linkes Stäbchen in ein schwarzes Ei, das rechte in ein Fischbällchen. Balancierte das Ei geschickt in den Mund und schob das Fischbällchen hinterher. Auf meine fragende Miene hin machte er mit dem freien linken Stäbchen eine kreisförmige Bewegung.

»Bis zum Meer«, ergänzte er mit vollen Backen.

Woher die Unmengen Gemüse kämen, fragte ich ihn, und das ganze Fleisch, all die chinesischen Küchenutensilien. Das werde eingeflogen, erklärte Ah Soo. Von Beijing oder von Shanghai nach Lubumbashi. Von dort mit dem Lastwagen hierhergefahren oder mit dem Flugzeug gebracht. Die Nahrungsmittel müssten kühl bleiben, anders wäre das unmöglich. Tiefgefrorenes Gemüse bringe er nicht auf den Tisch, das würde kein Chinese essen. Und das Gemüse halte sich anschließend im Container höchstens eine Woche.

Er sei, sagte Ah Soo, nun seit drei Jahren hier. Zurzeit befinde sich nur die Hälfte der chinesischen Angestellten vor Ort. Das Projekt habe sich verzögert, er kenne die Gründe nicht. Schwierigkeiten eben. Aber bald kämen wieder mehr Chinesen. Er selbst, ließ er mich wissen, komme, wie Lin Tau, aus Nanjing. Ob ich mal dort gewesen sei? Ich verneinte.

»Nanjing war mal Hauptstadt von China«, sagte Ah Soo, musterte mich und nahm sich noch ein schwarzes Ei.

Vier Kaiser in zweitausend Jahren, erklärte er, nachdem das Ei verzehrt war, seien dort begraben, in einem großen Park unter dem Berg der Ersten Pflaumenblüte. Auch Sun Yat-sen sei in Nanjing begraben worden, den würde ich ja wohl kennen, oder? Man steige zwanzig Treppen hoch zu seinem Grab, er werde sehr verehrt, noch heute. Wie Konfuzius. Der komme auch aus Nanjing, wahrscheinlich jedenfalls, so genau wisse man das nicht mehr.

Das Essen in Nanjing, führte Ah Soo weiter aus, während er sein rechtes Stäbchen kritisch betrachtete, habe Stil. Es gehöre zum besten in ganz China. Ah Soo bekräftigte dieses Urteil, indem er mit dem Stäbchen zweimal gegen seine Reisschüssel klopfte. Hundenacken zum Beispiel. Man esse nirgends so köstlich gebratenen Hundenacken wie in Nanjing. Er hob die Brauen und schüttelte den Kopf. Aber das könne ich als Europäer wohl nicht richtig einschätzen. In der Altstadt, erzählte er weiter, fahre man im Boot abends unter roten Laternen auf den Kanälen und sehe sich die Häuser berühmter Dichter an, die dort gelebt hatten, und die Paläste, in denen die Lieblingskonkubinen der höheren Beamten gewohnt hatten. Den wichtigsten von ihnen habe man später Denkmäler errichtet, die seien heute noch am Ufer zu sehen. Alles werde zudem seit einigen Jahren bunt beleuchtet, und jeden Abend würde Feuerwerk abgebrannt. Die Menschen in Nanjing seien fröhlich und lebensbejahend. Auch Mao Zedong, meinte Ah Soo, habe Nanjing besonders ins Herz geschlossen gehabt. Deshalb habe er dort eine Brücke über den Yang Tse bauen lassen, die sechs Kilometer lang sei. Damals sei das die längste Brücke der Welt gewesen.

Ah Soo schob seine leeren Schälchen zusammen und legte die beiden Stäbchen darüber, sie bildeten dadurch eine kleine Brücke. Leider, fügte er an, brächten sich heutzutage viele Leute um, indem sie vom Geländer der Brücke in den Fluss hinuntersprängen. Weil die Brücke so lang sei, könne man das schlecht verhindern. Aber die Polizei fahre regelmäßig mit Motorrädern auf der Brücke hin und her, um die Selbstmörder aufzuspüren und zu verwarnen. Sich das Leben zu nehmen, schloss Ah Soo, sei ausgesprochen unordentlich.

Wir aßen schweigend und kommentierten diese Einschätzung Ah Soos nicht weiter. Lin Tau, weil er kein Englisch verstand und ohnehin nie etwas kommentierte, und ich, weil mir die Sache mit der Brücke und den Selbstmördern wie eine Metapher für die chinesische Diktatur vorkommen wollte und ich darüber nachdachte, ob sich in Ah Soo nicht vielleicht ein besonders gewitzter Satiriker verbarg.

»Keine Zeit«, unterbrach er schließlich meine Überlegungen und scheuchte uns wieder an die Töpfe.

Der zweite Tag brachte mich aufs Neue an den Rand der Erschöpfung. Bereits nach dem Mittagessen musste ich mit einer Extraportion Tee und einer Suppe, in der geriebener Ingwer, Seetangfäden und feine Streifen aus gedünstetem Fisch schwammen, wieder auf die Beine gebracht werden. Ich erledigte alle Hilfsarbeiten, die in der Küche anfielen, wusch Geschirr mit François, putzte Gemüse mit Lin Tau und ging Ah Soo zur Hand, wenn er Assistenz brauchte. Küchenhelfer im »Yang Tse« zu sein hatte sich zur anstrengendsten Arbeit entwickelt, die ich in meinem Leben je gemacht hatte. Und Ah Soo und Lin Tau waren die schnellsten Köche, denen ich jemals zur Hand gegangen war.

Gerade stand Ah Soo neben mir und lehrte mich das Herstellen von Fleisch- und Fischbällchen, eine der Grundtechniken in der chinesischen Küche. Man müsse, meinte er, und dabei bewegten sich seine Finger am Rande der mit bloßem Auge noch wahrnehmbaren Geschwindigkeit, man müsse die Fleischbällchen und die Fischbällchen in einer bestimmten Richtung drehen, und zwar so-und-so-oft und nicht ein einziges Mal mehr. Die Fischbällchen rotierten in seinen Händen nach rechts und anschließend nach links.

»Harmonie«, sagte ich.

»Genau«, bestätigte Ah Soo zufrieden.

In einer Ecke der Küche hielt sich Ah Soo so etwas wie einen kleinen Hausaltar. Ein brennendes Teelicht stand vor einer Postkarte und einer kleinen Statue, die ein merkwürdiges Fabelwesen darstellte. Auf der Postkarte sah man die schon erwähnte Yang-Tse-Brücke. Bunt bewimpelt, in dem vom Fotografen gewählten Bildausschnitt stürmten ein riesiger Soldat und ein gleich großer Bauer aus Sandstein – sie waren schätzungsweise zwanzig Meter hoch – die Rampe hinauf, um symbolisch zusammen den Yang Tse zu überqueren.

»Was ist das für ein Tier?«, fragte ich und deutete auf die Statue.

Das Wesen besaß klauenbesetzte Pranken und einen bemähnten Kopf. Eine Kreatur, die zwischen Schwein und Löwe stand, hätte ich gesagt. Das Tier starrte mit einem merkwürdigen Ausdruck vor sich hin auf den Boden; es wirkte, als fühle es sich nicht wohl.

»Shi-shi«, sagte Ah Soo.

Das Tier sei sehr bekannt in China, fügte er hinzu, musterte mein verständnisloses Gesicht und schüttelte den Kopf. Unglaublich, dass ich das Tier nicht kannte.

»Shi-shi«, sagte er noch einmal und lachte.

»Shi-shi«, wiederholte ich.

»Nein: Shi-shi«, korrigierte mich Ah Soo. Ich müsse die zweite Silbe tiefer sagen als die erste. Er schüttelte noch einmal den Kopf. Ich würde das nie lernen.

Ah Soo erklärte mir, dass es sich bei dem vor sich hin starrenden Tier um das Wahrzeichen von Nanjing handle. Es sei das Tier, das Geld essen könne. Es esse das Geld, aber es könne es nicht wieder ausscheiden. Ah Soo nahm die Statue in die Hand, drehte sie um und wies auf die Stelle unter dem Schwanz, an der bei Wirbeltieren die Ausscheidungsöffnung ihren Platz hat.

»Kein Loch drin«, sagte er vergnügt. »Behält alles bei sich.«

Nanjing, führte Ah Soo weiter aus und stellte das Fabeltier vorsichtig an seinen Platz zurück, sei einmal sehr reich gewesen. Dafür stehe das Tier, und es werde immer ohne Loch skulpturiert.

Zum zweiten Mal erwies sich Ah Soo als Meister der Metaphorik. Möglicherweise kannte er ja Sigmund Freuds Deutung von Verdauungsproblemen, hinter denen sich angeblich anale Raffgier verbergen soll. Ah Soo schob seine Schälchen von sich und teilte Lin Tau und mir mit, dass heute Abend ein Essen im kleinen Kreis geplant sei. Wir seien daher gehalten – ein Seitenblick schloss mich mit ein –, nach dem allgemeinen Abendessen zu seiner Unterstützung dazubleiben.

Keine Zeit mehr zum Plaudern. Ich machte mich mit schmerzenden Muskeln an das Geschirr.

FÜNFZEHN

Die abendliche Gesellschaft, die Ah Soo angekündigt hatte, bestand aus drei älteren Chinesen, die in Begleitung junger einheimischer Damen eintrudelten, unter dem markigen Gelächter der Herren und dem Kichern der jungen Damen. Sehr junger Damen, wie mir ein Blick durch die Durchreiche zeigte. Leitende Ingenieure der Gesellschaft, meinte Ah Soo, sie feierten heute Abend ihre Ablösung, ehe sie zurück nach China flögen.

Ah Soo kochte schon seit einer Stunde parallel. Er zweigte einiges vom üblichen Abendessen ab und fügte nach und nach Spezialitäten hinzu, die er für besondere Gelegenheiten in Reserve hielt. Es sollte zusätzlich kross gebratene Hühnerfüße geben, gedünstete Entenzungen, den schon gepriesenen Hundenacken, eingeweichte Fischgräten als spezielle Suppeneinlage und diverse Teile von Lebewesen mit und ohne Zentralnervensystem, die wohl ihrer magischen Eigenschaften wegen auf den Tisch kamen. Vielleicht auch wegen ihrer aphrodisischen Eigenschaften, dachte ich nach einem weiteren Blick auf die jungen Damen angesichts des Altersunterschieds.

Auf meine sondierende Frage nach der Zusammensetzung der Tischgesellschaft sagte Ah Soo lakonisch: »African Beauties.«

Es handle sich dabei, erklärte Ah Soo, während er mit einer Holzkelle die Hundenackenmedaillons wendete, um eine Website, auf der man Escortdamen buchen könne. Darauf werde von den besseren Angestellten zu solchen Anlässen gern zurückgegriffen. Ich wollte wissen, wie die Damen, die recht elegant gekleidet und wirklich sehr attraktiv waren, hierher nach Novonbashi kämen. Ich hatte die anstrengende Fahrt mit Sumire ja noch lebhaft in Erinnerung. Ah Soo teilte mir mit, dass die Gesellschaft über ein paar Flugzeuge verfüge, die man privat buchen könne. Nach Lumumbashi zum Beispiel fliege man eine Stunde, nach Sambia oder Tansania vielleicht zwei Stunden, je nachdem, wohin man wolle. Die Betreiber von »African Beauties« verlangten Tarife, die andere Transportmittel von vornherein ausschlössen. Die Damen kämen in der Regel am Nachmittag und reisten am nächsten Morgen wieder ab.

Im Speisesaal hatte man ein paar Bambusparavents aufgestellt, um die besonderen Gäste nicht mit den Aufräumarbeiten zu belästigen, die noch nicht ganz beendet waren; die einheimischen Helferinnen waren nicht so pünktlich wie die Tischgesellschaft, die auf den Glockenschlag um acht eingetroffen war. Ich wurde hinaus zum Kühlcontainer geschickt, um drei Flaschen Sekt und eine Kiste Cola zu holen. Auf diese Weise wieder im gehobeneren Service tätig, fühlte ich mich beinahe wie bei Ze Zé in der Lodge.

Im Innern des Containers wand ich mich zwischen den ekelerregenden Schweinehälften hindurch, suchte den Sekt und fand ihn auch. Die Aufschrift auf den Etiketten war kyrillisch, der berühmte Krimsekt vermutlich. Ich nahm drei Flaschen heraus und brachte sie in die Küche.

Ah Soo wollte es sich nicht nehmen lassen, den Sekt persönlich am Tisch zu öffnen. Ein Koch muss den Gästen auch mal die Gelegenheit geben, ihn zu loben. Während er die Korken knallen ließ, hier fehlte ihm ein wenig der Stil, saßen die Gäste vor der Suppe – nein, vor den fünf verschiedenen Suppen, die Lin Tau ihnen zuvor serviert hatte. Ich spähte durch die Durchreiche, sah Ah Soo dienern, hörte die Damen in hohen Tonlagen kichern, die Herren gaben im Bass und Tenor kurze, markige Lachsalven von sich. Sie fingen alle gleichzeitig an – wie die Frösche im Dschungel, denen ich vor Kurzem noch zugehört hatte –, lachten eine Weile, dann hörten sie wieder auf, bis einer von Neuem anfing. Unabhängig von den Gesprächsthemen, wie ich vermutete, Lachen bedeutet ja, auch international, dass alles in Ordnung ist, dass Eintracht und Frohsinn herrschen.

Ich war angewiesen worden, nach dem Aperitif zusammen mit Lin Tau die vierundzwanzig Schüsseln mit Spezialitäten aufzutragen, die bei Tisch auf einer eigens dafür montierten drehbaren Platte angerichtet wurden, damit die Gäste sich nacheinander bedienen konnten. Mein Erscheinen löste bei den Herren Überraschung aus, und man fasste mich wohlwollend-kritisch ins Auge.

Wo ich herkäme, natürlich, wollte der älteste der Herren wissen, seine vielleicht achtzehnjährige Dame fest im Arm, die ihre sehr vollen Lippen kussbereit schürzte, sodass sie aussahen wie zwei kleine Sofakissen.

»Aus Berlin«, sagte ich.

»Ber-lin«, echote die Runde der spärlich behaarten Brillenträger.

Gemeinsam brachen sie in eine neue Lachsalve aus. Ich hatte, glaube ich, schon festgestellt, dass Chinesen aus Höflichkeit lachen, weniger aus Amusement. Und da sie sehr höflich sind, wird gelacht, solange alle lachen.

Der ranghöchste Chinese der Tischrunde hörte auf zu lachen. »Was machen Sie in Katanga?«, fragte er, dabei spielte er mit ein paar sorgfältig entkrausten, lackschwarzen Haarsträhnen seiner Dame.

»Ich serviere Ihnen das Essen«, sagte ich.

Die Chinesen lachten wieder und grinsten sich gegenseitig an. Ich kam mir vor wie ein Komiker, den man zur Unterhaltung herbestellt hat. Vielleicht sollte ich nachher mal sammeln gehen. Ich nahm das leere Tablett, die Chinesen waren noch dabei, mit Nicken und Grinsen die Lachrunde zum Abschluss zu bringen, und verschwand, um die restlichen Schälchen aus der Küche zu holen. Als ich zurückkam, waren die drei Herren damit beschäftigt, den jungen Damen zu zeigen, wie man mit Stäbchen isst. Alle drei stützten sie mit der Linken das Kinn ihrer Tischdamen, und die schnappten gehorsam mit offenen Mündern nach Ah Soos Köstlichkeiten, die zwischen den Stäbchen klemmten. Hühnerfüße oder Entenzunge, was auch immer. Die Kois aus dem Berliner Zoo fielen mir ein. Die hatten auch bereitwillig nach allem geschnappt.

»Sind Sie auf Reisen hier?«, wandte sich der Älteste wieder an mich, nachdem seine Begleiterin erfolgreich ihren Brocken geangelt und dafür einen Klaps auf die nackte runde Schulter geerntet hatte.

»Ja«, sagte ich. »Ich lerne Land und Leute kennen. Und Sie?«, sagte ich frech. »Was machen Sie hier?«

Ich blieb am Tisch stehen, bis die Lachsalve verklungen war, obwohl ich wusste, dass Ah Soo mich aus der Küche beobachtete und wahrscheinlich die Hände rang vor Verlegenheit.

»Wir bauen eine Straße«, sagte der betagte Chinese ernst. »Meine Kollegen und ich, die Herren –«, er singsangte ein paar chinesische Silben, die bei den jeweils Genannten Verbeugungen auslösten, »wir sind die leitenden Ingenieure für diesen Abschnitt.«

Ich wiegte den Kopf. »Es ist mir eine Ehre«, sagte ich, legte die Hand auf die Brust und verbeugte mich. »Bernd Jesper«, stellte ich mich vor. »Leitender Entomologe des noch zu gründenden Jesper-Instituts an der Humboldt-Universität zu Berlin.«

Niemand lachte mehr. Auch ich war beeindruckt von mir. Die Herren machten eine Miene, als müssten sie mir jetzt einen Platz anbieten; das wäre aber schon deshalb schwierig gewesen, weil ich dann keine Tischdame gehabt hätte, und die drei bereits vergebenen Damen starrten mich verunsichert an, als wäre ich gekommen, um ihnen den Spaß zu verderben. Die beiden jüngeren Chinesen schauten auf den Tischältesten. Hier wurde das Alter noch geehrt.

»China und die Demokratische Republik Kongo sind befreundete Nationen«, beendete der ältere Herr die peinlich werdende Pause und bekräftigte diese kühne Behauptung mit zweifachem Nicken.

»Wir werden in drei Jahren eine Straße gebaut haben, die bis zur Kongomündung führt, und dann«, er sah in die Runde, die Kollegen nickten ihm zu, die Essstäbchen ragten aus ihren Fäusten, als taugten die auch zum Straßenbau, »dann wird es möglich sein, die enormen Rohstoffquellen dieses Landes zu erschließen. Unsere Länder werden beide profitieren«, behauptete er und sah mich triumphierend an.

»Ohne Zweifel«, sagte ich. »Guten Appetit.«

Zurück in der Küche musste ich mir Ah Soos Vorwürfe anhören, während vom Speisesaal das fröhliche Kichern der Mädchen und die disziplinierten Lachsalven der Herren herüberdrangen. Er wolle bloß wissen, zischte Ah Soo streng, was zum Teufel mich dazu gebracht habe, ein Gespräch mit den Herren anzufangen.

»Keine Zeit für so was. Wenn sie sich beschweren, bist du gefeuert«, sagte er und schüttelte den Kopf.

Inzwischen lagen vier Tage Arbeit in Ah Soos Küche hinter mir. Ich arbeitete in Frieden und durchaus auch in Harmonie. An die Maloche hatte ich mich einigermaßen gewöhnt, und mittlerweile ließ man mir auch mehr Freiheiten. Ah Soo hatte sich als gutmütiger erwiesen, als es zunächst den Anschein gehabt hatte. Ich glaube, es verschaffte mir Anerkennung, dass ich mich umstandslos dem Arbeitspensum unterwarf, das er mir auferlegte. Und ich bekam bei ihm das beste Essen, das ich je gegessen habe, ohne Übertreibung. Offensichtlich hatte die Kulturrevolution vor dem chinesischen Essen haltgemacht. Ich war überzeugt davon, dass schon vor tausend Jahren die Dichter in Nanjing zusammen mit ihren Lieblingskonkubinen diese wunderbare Suppe mit braunen Seetangfäden und hauchdünnen, in Ingwer eingelegten gerösteten Schweinespeckscheibchen gelöffelt hatten, die ich gerade genoss. Sie brachte das Meer zu einem, diese Suppe, den strengen Geruch am frühen Morgen auf einem lärmenden Fischmarkt, mit Räucherstäbchenbuden und einer fernen Dschunke im Dunst des Pazifiks. Nicht zu reden von anderen Köstlichkeiten, die meinen kulinarischen Horizont Schälchen für Schälchen erweiterten.

Es hätte also alles gut gehen können. Ich plante, nach Sambia oder nach Tansania zu gehen. Dort würde ich das deutsche Konsulat aufsuchen. Wenn ich genug Geld beisammenhatte, um aufzubrechen. Hundert Dollar sollten reichen, dafür kam man mit dem Flugzeug über die Grenze, für ein paar Dollar mehr vielleicht auch ohne Papiere, möglicherweise ließ man mich auch einmal mitfliegen, wenn die nächste Mädchenstaffel von »African Beauties« nach Hause gebracht wurde.

Meinen Aufenthalt in der Demokratischen Republik Kongo wollte ich aus guten Gründen nicht über Gebühr verlängern. Schließlich gab es da den kleinen Affenschädel, sorgsam vergraben unter dem Kunststoffboden meines Kuppelzelts, gerade so tief, dass ich seine gewölbte Kontur jeden Abend beim Einschlafen ertasten konnte, um mich davon zu überzeugen, dass er noch da war. Weiß und geruchsfrei, sauber geputzt von den Mandibeln der Treiberameisen. Vor weniger als einer Woche noch hatte ich ihn vom Blut der Landsknechte Duvalles bespritzt gesehen.

Es brauche Blut, hatte Felicité mir erzählt, für Magie. Für

starke Magie jedenfalls. Mojo, bestätigte jemand in meinem Kopf, wenn ich an den Showdown im Klassenzimmer dachte. Jemand, der sich manchmal von selbst einschaltete, unversehens und unverzerrt. Nicht so wie Lea, die auf ihrer eigenen Kurzwellensendung in meinem Kopf sendete, einer fernen Frequenz, ziemlich schrill und nicht immer verständlich. Derjenige, der mir ab und zu das magische Mantra zuflüsterte, war mir näher, und das Verwaschene, Undeutliche seiner Sprache kam davon, dass er fast keine Zähne mehr hatte, abgesehen von den eingeschlagenen Stummeln in seinen Gaumenspangen. Er saß direkt in meinem Kopf, zwischen uns gab es keinen Abstand. Zum Glück sagte er nur dieses eine Wort und erschreckte mich nur ab und zu damit, als sollte ich ihn nicht vergessen. Ich hätte es auch nicht vertragen, zu dem ganzen Stress hier auch noch Stimmen hören zu müssen, vielleicht sah er das ein.

Ich nahm meine Hand von der harten Wölbung unter dem Zeltboden und rappelte mich auf die Beine, stand auf und verließ meine Schlafstatt, um hinüber in die Küche zu gehen, meine Arbeit anzutreten. Ich wusch mich an einem aufgehängten Wasserkanister im Schatten hinter einem der Container, das Wasser war warm, es wurde nie kalt. Putzte mir die Zähne. Dann trabte ich hinüber ins Restaurant und empfing in der Küche von Ah Soo den fünften Zehn-Dollar-Schein. Ein Beweis seines Vertrauens. Er hatte damit begonnen, mich jeden Tag im Voraus zu entlohnen. Es hätte alles gut gehen können, wie gesagt.

Wir richteten das Frühstück her. Ich spülte mit François das Geschirr ab, stapelte es in die Regale und machte mich anschließend ans Gemüseputzen für das Mittagessen. Aber vorher musste ich noch mal austreten. Dazu begab ich mich in das Dixie-Klo, das hinter dem Restaurant für das Personal aufgestellt war. Es erinnerte mich mit seinem betäubenden Parfümduft an Klemms Schrottplatz, wo am anderen Ende des ausgedehnten Geländes auch so ein Klo gestanden hatte. Während ich chauvinistisch im Stehen pinkelte, lugte ich, einer Laune folgend, durch das Klofensterchen hinaus auf den Parkplatz des »Yang Tse«.

Es handelte sich genau genommen gar nicht um ein Fenster. Dieses Klo war eine Variante mit zwei Löchern an der Seite, ich glaube, um zwei Haken einzuhängen, mit dem man das Ding per Kran transportieren konnte. Ich spähte also durch eines dieser Löcher, weil ich das Motorengeräusch eines großen Wagens gehört hatte, der die Rue Principale entlangfuhr und sich dem Restaurant näherte. Es war eigentlich nicht die Zeit, in der hier Autos vorbeifuhren. Ich beugte mich näher heran zu dem Loch, um mir den Wagen anzusehen. Es war ein Landrover-Kastenwagen, er hielt gerade vor dem Aufgang zum Restaurant. Die Hitze strömte durch das Loch herein und ließ mich blinzeln, als ich hinter der Windschutzscheibe zwei breitkrempige Hüte erkannte. Eine hochgewachsene Gestalt stieg aus, wandte mir den Rücken zu, sprach in den Wagen hinein zu dem Mann, der am Steuer saß.

Mein Herz setzte aus, ich zögerte keinen Moment. Stieß die Tür des Dixie-Klos auf, knöpfte im Loslaufen meine Hose zu. Rannte zu meinem Zelt, sah mich im Laufen um, entdeckte keine Zuschauer. Es blieben mir schätzungsweise fünf, vielleicht auch zehn Minuten. Ich warf mich ins Zelt und griff nach der Plastiktüte mit meinen Klamotten, rollte wieder heraus, riss das Zelt aus den Heringen, warf es zur Seite und pulte den Schädel aus der roten Erde heraus. Steckte ihn zu den Kleidern in die Tüte. Dann sprintete ich los. Über das Gelände des »Yang Tse« rannte ich nach hinten, mitten hinein in die ausgetrockneten Felder und zwischen die ärmlichen Hütten von Novonbashi. Ich wollte vor allem weg von der Hauptstraße. Zum Glück hatte hier niemand an Zäune gedacht. Ich rannte, ohne anzuhalten. Rennen schien mir die emotional passende Bewegungsweise für meinen Zustand.

Ich keuchte in der Hitze, während meine Beine ganz von selbst vorwärtsdrängten. Woran De Vries interessiert war, wusste ich nur zu genau, und hinter wem er her war, auch. Es konnte nur einen Grund geben, aus dem er gekommen war, zusammen mit Wessing natürlich, der den Wagen fuhr. Sie hatten mich aufgespürt, wie auch immer sie es angestellt hatten. De Vries hatte ja auch Duvalle gefunden, und ich zweifelte nicht daran, dass er seine Augen und Ohren überall hatte.

Während mich nacheinander zwei entgeisterte Hunde anbellten, zum Glück beide angebunden, ein Dutzend Hühner beim Davonflattern sehr viel Lärm machten und ich in das erschrockene Gesicht einer Frau schaute, die hinter ihrem Haus irgendetwas werkelte, verfestigte sich im Laufen meine Überzeugung, dass sie mich wahrscheinlich ungerührt aus einem Helikopter geworfen hätten, wenn ich nur die Diamanten dagelassen hätte. Ich kam überhaupt nicht auf die Idee, dass es freundschaftliche Motive sein könnten, die De Vries und Wessing dazu bewegten, auf die Suche nach mir zu gehen. Vielleicht war das ungerecht von mir, aber ich dachte nicht allzu viel nach. Ich rannte, bis ich die Parallelstraße der Rue Principale erreicht hatte, auf der ich mein Tempo verminderte und in gemessenem, unauffälligem Schlenderschritt weiterging, um nicht aufzufallen. Soweit man halt nicht auffällt, wenn man in der Kluft eines chinesischen Kochs auf Strohsandalen durch eine kongolesische Kleinstadt geht. Ich schaute mich ständig um, obwohl ich mir ausrechnen konnte, dass Ah Soo und Lin Tau erst einmal eine Weile im Restaurant nach mir suchen würden, nachdem De Vries nach mir gefragt hatte. Schließlich hatte ich mich als zuverlässig erwiesen, und einfach wegzulaufen, das trauten sie einem wie mir bestimmt nicht zu.

Victors Tankstelle. Dorthin wollte ich. Es war der einzige Ort, an dem ich jemanden kannte, und der einzige Ort, an dem ich mich verstecken konnte. Ich konnte nur hoffen, dass Victor mitmachen würde. Als ich die Kreuzung zur Durchgangsstraße erreicht hatte, bewegte ich mich noch immer in gehobenem Schlendertempo, ich strebte mit klopfendem Herzen zum Ortsausgang. Einmal sauste ein Auto an mir vorbei und hüllte mich in eine Staubwolke, während es davonbrauste. Kein Landrover, irgendein Toyota oder Mitsubishi, was auch immer.

Ich war inzwischen um einen Satz chinesische Küchenkleidung reicher, die so auffällig war wie Sträflingsklamotten, und um fünfzig Dollar, die in der Tasche meiner Hose steckten. In der Plastiktüte, die ich trug, befanden sich der Affenschädel, eine verschmutzte Jeans, ein ebensolches Hemd und ein Paar verdreckte Schnürstiefel. Und ein Werk der Weltliteratur, das »Herz der Finsternis«, das hatte ich immer noch, es war mir bisher noch nicht gelungen, das Buch zu verlieren oder irgendwo zurückzulassen. Die Straße führte vom Ortsende weiter ins Ungewisse, eine lange

Schrunde im roten Sand. Reihen von Felskämmen säumten sie in den kahlen Hügeln wie das Gebiss eines Dinosauriers. Vor dieser Kulisse lag verloren die Tankstelle. Niemand zu sehen. Ich überwand die restlichen dreihundert Meter schattenlose Ödnis, überquerte die Zufahrt und klopfte an die Scheibe.

»Victor!«, rief ich.

Ich hätte nicht damit gerechnet, aber Victor kam tatsächlich heraus.

Er blinzelte mich an. Erkannte mich aber nicht, wie hätte er auch.

»Sumire«, sagte ich, »Sumire hat gesagt, ich soll hier auf sie warten. Mein Handy ist leer. Sie hat mich vor einer Woche hierhergebracht und will mich wieder mitnehmen. Weißt du was von ihr? Wann sie kommt? Ich bin Bernd.«

Bernd, dem es brennt, so musste es sich wohl anhören. Meine Sätze hatte ich auf Englisch herausgestottert, vermischt mit französischen Brocken. Aber Victor hatte mich verstanden. Er warf einen Blick auf seine Digitaluhr.

»Heute nicht«, sagte er. »Morgen vielleicht.« Er zuckte mit den Achseln. »Sie kommt vielleicht übermorgen«, schob er nach, die Optionen noch etwas ausweitend.

Ich holte einen meiner Zehn-Dollar-Scheine aus der Tasche. »Kann ich solange hier bleiben?«

Victor sah mich an, die Lippen gekräuselt. Seine Hand bewegte sich zur Schläfe, wo er sich kurz kratzen musste, dann griff er an seinen Mützenschirm und ruckelte ihn zurecht.

»Okay«, sagte er.

Victor besaß einen Gameboy und eine Unmenge Autozeitschriften in französischer Sprache. Die meiste Zeit saß er in seinem Büro, einem Raum, der mit Pin-up-Bildern aus alten Pirelli-Kalendern tapeziert war und eine Vorliebe für blonde Frauen mit großer Oberweite erkennen ließ. Die Frauen posierten auf Autoreifen oder Geländewagen, ein paar davon auch auf Motorrädern. Auf einem Tisch lagen verstaubte Stapel von Papieren, jemand hatte dekorativ ein paar Stempel darübergestreut. Davor stand ein ausgedienter Bürostuhl auf Rollen. Die Tankstelle wirkte vom ersten Moment an auf mich, als sei sie eine Kulisse, vielleicht für einen der Filme, die nach der Apokalypse spielen, wenn es kaum mehr Menschen gibt und nichts mehr funktioniert. Und niemand zum Tanken kommt natürlich, zumindest das stimmte, denn es kam niemand, den ganzen Tag lang nicht.

An einer Unterhaltung mit mir war Victor nicht interessiert. Nachdem ich mich ein wenig umgesehen hatte, fragte ich ihn, wo ich heute Nacht schlafen könnte, und er wies mir einen Platz in der Werkstatt an, wenn man die Garage so nennen wollte, in die man zwei Auffahrschwellen hineinbetoniert hatte und in der eine verlassene Werkbank darauf wartete, dass man etwas mit ihr anstellte. In einer Ecke des Raumes brummte der Stromgenerator, auf der Werkbank lagen ein paar verloren wirkende Zangen und Schraubenschlüssel, drei gebrauchte Autobatterien standen daneben, die einzigen Zeugnisse davon, dass hier Reparaturarbeiten stattfanden. Victor fand irgendwo eine alte Campingliege für mich. Wir falteten sie auseinander, vorsichtig, weil der Stoff an den Ecken zu reißen begann. Als ich sie neben die Werkbank platzierte, flohen zwei Eidechsen gewandt über den Betonboden. Sie rannten fast aufrecht mit angeklappten Vorderbeinen und balancierten mit dem Schwanz, wie winzige Dinosaurier. Nachdem sie in den Ecken verschwunden waren, zeigten sich keine weiteren Lebewesen mehr.

Da die Kundschaft ausblieb, fragte ich mich, ob Victor überhaupt Benzin dahatte. Es gab aber zwei Zapfsäulen, und in der gesamten Anlage stank es penetrant nach vergossenem Diesel. Zweimal sah ich Victor telefonieren. Mir rutschte schon das Herz in die Hose. Aber offensichtlich unterhielt er sich bloß mit jemandem. Er schwatzte lange und sehr ausführlich, dem Klang nach drehte es sich um heitere Belanglosigkeiten. Ob er mich verraten würde? Wie Bruno es getan hatte mit seinem Sinn für Gangsterfilme und schnelle Geschäfte? Ich entschied, dass Victor nicht der Typ dafür war, wenn man es so ausdrücken mochte. Der Ort, an dem er arbeitete, oder den er bewachte – was kaum einen Unterschied machte, er verrichtete ja ohne Zweifel Arbeit –, dieser Ort hatte ihn geprägt und umgekehrt er ihn. Vielleicht bewachte er die Tankstelle auch nicht, sondern er war hierher verbannt worden. Das wäre eine weitere Möglichkeit gewesen.

Victors Tankstelle besaß die karge Schönheit von Orten, an denen nichts aufeinander abgestimmt ist, ihre Bestandteile und ihre Umgebung hatten keinen Bezug zueinander. Sie hätte in Sibirien oder in Patagonien stehen können. Sie hätte auch einfach vom Himmel gefallen sein können. Das Metallgebäude mit seinen körnig gewordenen Aluminiumprofilen und den getönten Kunststoffscheiben knackte alle zehn Sekunden, ohne den Schmelzpunkt zu erreichen, der ihm ermöglicht hätte, in ein erlösendes Nirwana zu verschwinden. Die einzigen Geräusche neben dem Knacken waren Victors piepsender Gameboy, die brummenden Aggregate des Kühlschranks, in dem Victor ein paar Sixpacks Bier und Diet-Coke verwahrte, und der Generator in der Garage, der den ganzen Tag Benzin in Strom verwandelte. An den Wänden von Victors Büro warteten die erstarrten Frauen in ihren lasziven Posen darauf, dass jemand sie noch einmal anschaute. Sie versprachen etwas, das nie versprochen werden sollte, und führten damit die Gleichgültigkeit der Dinge an Victors Tankstelle zur Vollendung. Ich war fasziniert von diesem absurden Sortiment von Dingen, irgendwo hergestellt und auf unerklärliche Weise zusammengekommen, implodiert nach Novonbashi. Es hätte auch noch ein Bechsteinflügel oder ein Zimmerspringbrunnen da stehen können, ohne die Wirkung wesentlich zu steigern.

Nach einem weiteren Rundgang, dem fünften oder sechsten, fühlte ich, wie die Zeit mir zu entgleiten begann. Ich legte mich auf die Liege in die nach Diesel stinkende Garage, zu dem brummenden Generator, um zu schlafen, das schien mir noch die angemessenste Art, die Zeit totzuschlagen.

Mit dem Einbruch der Dunkelheit, also um etwa achtzehn Uhr, erschien Victor und holte mich zum Essen. Wir setzten uns ins Büro und aßen kalte Ravioli in Tomatensauce aus zwei Dosen, die Victor für uns geöffnet hatte. Das passende Essen in dieser Umgebung. Victor führte, während er aß, mit der Gabel einige Bewegungen in der Luft aus und erklärte mit englischen Brocken, dass er manchmal auch warmes Essen hole. Oder es komme jemand vorbei und bringe ihm was, nur heute nicht.

»Too hot«, sagte er. »Maybe later. Or tomorrow.«

Wieso eigentlich niemand zum Tanken komme, wollte ich wissen. Es gab doch einige Autos hier, ich dachte an den Wagenpark des »Yang Tse«. Aber vielleicht organisierten die Chinesen ihre Treibstoffversorgung ja selbst.

»Out of order«, erklärte Victor. Mit einem resignierten Blick wies er auf die Zapfsäulen. Sein Gesichtsausdruck hätte weiteres Nachfragen unhöflich erscheinen lassen.

Sumire kam am nächsten Morgen. Ihr Lastwagen war der einzige, der in die Einfahrt einbog, weshalb, war mir ja erklärt worden, und ich ahnte, dass sie darin saß, noch ehe sie die Tür aufgemacht hatte. Sie fuhr einen anderen Laster, er war in einem lebhaften Himmelblau lackiert und deutlich größer als der, in dem ich mitgefahren war. Er hatte vorn eine altmodisch wirkende Schnauze und zog einen langen Auflieger hinter sich her. Das Blech am Führerhaus war verbeult, die Plane, die über den Anhänger gezurrt war, hatte man mit Draht geflickt und mit verschiedenen Graffitis besprüht, von denen ich nur eines entziffern konnte, als das Ungetüm vor der Tankstelle angehalten hatte. »Dieu est juste« stand dort in Veilchenblau. Ich las es gleich noch einmal, um sicher zu sein.

Das Nageln des Motors erstarb. Victor und ich, Empfangskomitee, standen einträchtig nebeneinander. Die Fahrertür klappte auf, Sumire erschien mit graziler Haken-Akrobatik, klinkte ihre Prothese aus der Tür aus, winkte zu uns herüber. Victor murmelte eine Willkommensbeschwörung und ging los, sie zu begrüßen.

Ich blieb stehen, wie angewachsen, meinem Schicksal ausgeliefert. Keine Ahnung, was ich zu ihr sagen, worum ich sie bitten sollte. Sie sollte mich bloß mitnehmen, weg von hier, wohin auch immer. Ich wollte nicht an diesem Ort bleiben, an dem die Zeit auf tückische Art stehen bleiben konnte, wo man mit nackten Frauen auf Kalenderblättern, mit einem Gameboy und kalten Ravioli aus der Dose in einer kaputten Tankstelle auf das Ende der Welt wartete.

Ich schaute Victor und Sumire zu, die einen Begrüßungsplausch hielten. Sumire fuhr sich ein paarmal mit ihrer Prothese über die wolligen Haare, der Haken blitzte im Sonnenlicht auf. Sie sah zu mir herüber.

»Hallo, Bernd.« Sie deutete einen Hakengruß gegen die Schläfe an. »Alles okay mit dir?«

Ich atmete tief ein und wollte meine Sache vortragen, aber sie winkte ab. Ich solle ihr mal helfen, meinte sie. Wir luden Kisten mit Cola und Bier aus, die sie auf dem Beifahrersitz deponiert hatte, und Victor verstaute die Getränke in seinem Büro. Sumire ging zu ihm hinein, anschließend wurde die Tür zugemacht und drinnen über irgendetwas verhandelt, wovon ich nichts mitbekommen sollte.

»Steig ein«, sagte Sumire, als sie zurückkam.

Ich kletterte auf den Beifahrersitz. Gleichgültig, wohin sie fuhr, ich hatte sowieso keine andere Wahl. Dennoch hätte ich gern mehr gewusst.

»Wo fährst du hin?«

»Ans Meer«, sagte sie.

Sie warf mir einen Blick zu, lachte. Schob den Kopf zum offenen Fenster hinaus und wechselte ein paar Worte mit Victor. Ich starrte auf die Geistertankstelle, vor der wir standen, ihre Konturen waberten so heftig in der Hitze, als hätten die Moleküle doch noch den Trick herausgefunden, wie sie sich dematerialisieren konnten. Ich beschloss, Sumire erst einmal gar nichts mehr zu fragen. Ich machte mir klar, dass ich einfach Glück gehabt hatte, und das reichte mir.

»Bye, Victor«, hörte ich sie sagen.

Sie drückte den Anlasser, das Blech des Trucks begann sich zu schütteln. Victor blieb zurück, unbewegt, die Mütze nach hinten geschoben, die Arme verschränkt. Wächter einer vergessenen Tankstelle. Als wir aus der Einfahrt hinausrollten, spürte ich, wie das Gewicht des Aufliegers an den Verbindungen zum Führerhaus zerrte. Das Gefährt schwankte in den Federn und setzte mit einem harten Krachen auf, als wir durch die tiefe Bodenwelle fuhren, die das Gelände von der Straße trennte. Sumire schaltete hoch in den zweiten Gang.

»Daressalam«, sagte sie. »Dahin fahre ich. Nimm dir ’ne Cola.«

Ich wusste ja schon, wo die Getränke waren, angelte unter dem

Sitz nach der Kiste. »Wie lange fahren wir bis dahin?«, fragte ich. Hatte kühn ein »wir« formuliert, ich konnte auf dieses »wir« nur hoffen.

Sumire warf mir einen Blick zu. »Drei Tage oder vier, je nachdem.«

»Du nimmst mich mit?«

Nun war es doch heraus. Ich musste ja immer alles genau wissen.

»Sieht so aus«, sagte Sumire.

»Ich kann dir was geben«, sagte ich. »Ich habe im ›Yang Tse‹ gearbeitet, ich habe ein bisschen Geld.«

Sumire wehrte mit dem rechten Arm die Geldscheine ab, die ich ihr anbot.

»Lass das«, sagte sie. »Du hast aber keinen Mist gebaut, oder?«

»Nein. Ich wollte nur wieder weg, sobald ich genug Geld hatte, um weiterzukommen.«

»Und wer ist hinter dir her?«

Ihr Profil, die vollen Lippen, wie aus feinem Ton modelliert. Ihre runde Stirn mit zwei umlaufenden Reihen Schmucknarben. Das kurze Haar, eine Kappe aus Wolle.

»Das ist eine lange Geschichte«, sagte ich.

»Wir haben Zeit«, sagte sie.

Ich erzählte Sumire den zweiten Teil meiner Geschichte, während wir in dem verbeulten blauen Lastwagen die Fahrt antraten, die uns bis zur afrikanischen Ostküste bringen sollte. Mit der Notlandung fing ich an, dann berichtete ich vom Marsch durch den Urwald mit Felicité. Ich erzählte, was man im Urwald zu essen findet, und vom Jodeln der Pygmäen, schließlich kam ich zu der Festnahme durch die apokalyptischen Reiter und zu meiner gelungenen Flucht, nachdem meine Gefährten mich aus dem Hubschrauber und zurück in den Ameisenschwarm hatten fallen lassen. Den Showdown mit dem Rastamann ließ ich weg. Sumire hörte mir die ganze Zeit zu, ohne einen Kommentar abzugeben.

»Kennst du diesen Duvalle?«, fragte ich, als ich mit meiner Geschichte fertig war. »Er wird auch Botoko genannt.«

Sumire dirigierte den Laster über eine Buckelpiste, die Linke am Lenkrad eingehakt. Wir schaukelten in den Spurrillen, es fühlte sich an, als bewege sich der schwere Lastwagen nicht über eine Straße, sondern über das Meer. Durch das offene Fenster blies der Wind wie in einem Umluftbackofen.

»Kann sein«, sagte Sumire schließlich nach einer Pause. »Vielleicht kenne ich ihn, vielleicht auch nicht. Gibt viele Arschlöcher von der Sorte.«

Sie sprach gedehnt. In ihrer Stimme war etwas, ein rauer Ton, der zuvor nicht da gewesen war.

»Er wollte mir die Hand abhacken lassen.«

Ich sagte es, ohne nachzudenken. Sumire sah zu mir herüber. Ihr Blick glitt an mir herunter, kühl, amüsiert fast.

»Du hast sie ja noch beide«, stellte sie fest. »Anscheinend hast du Glück gehabt.« Sie schnaubte durch die Nase. »Und jetzt willst du wissen, wo ich meine gelassen habe, oder? Willst du doch.«

Ich kam mir blöde vor, weil ich davon angefangen hatte. Aber vielleicht wollte ich es doch wissen.

»Ich war im Krieg«, sagte Sumire. Sie dehnte die Schultern, schloss für einen Moment die Augen und legte den Kopf zurück. »Hier ist immer Krieg. Und ich habe gekämpft, da war ich zwölf.«

Der Lastwagen quälte sich durch tiefe Rinnen, vom Regen ausgewaschen und mit Sand gefüllt. Die Vorderachse schob hin und her, hinten drehten die Antriebsräder durch. In den Verbindungen des Aufliegers ächzte es, als wir uns wieder zu einem tragfähigen Teil der Straße hinaufarbeiteten.

»Kannst du Auto fahren?«, fragte Sumire.

»Sicher kann ich fahren.«

»Okay. Wenn du mich mal ablöst, sind wir schneller dort. Am Meer.«

Sie warf mir einen Blick zu, als prüfe sie, wie das bei mir ankam. Es war kein koketter Blick. Die Kühle von vorhin war noch immer darin.

»San-si-bar«, sang Sumire. Legte den Kopf schief und wechselte übergangslos zu einem strahlenden Lächeln. »Reiche Leute, Strand, jede Menge Bars gibt's da und gute Musik. Dort sind die Saudis, die haben Geld.«

Sie klopfte mit dem Haken einen kurzen Rhythmus aufs Lenkrad. Hob ihn zu mir herüber und drehte ihn vor meinem Gesicht hin und her.

»Das hier. Wolltest du ja wissen. Die Leute aus Kasai, die möchten schon immer nach Katanga, verstehst du. Seit hundert Jahren schon. Kasai ist arm, dort ist bloß Dschungel, nichts sonst. Ein bisschen Maniok, faulige Bananen, kein Fleisch, Krankheiten. Nichts zu essen, kein Geld. Die Leute aus Kasai wollen nach Katanga, weil man dort Geld verdienen kann.«

Ihre Linke mit dem Haken schlug rückwärts gegen das Blech der Trennwand, aggressiv und laut. Bamm-badamm-bamm!

»Das Zeug da hinten kommt aus Katanga, alles illegal. Es ist Erz. Man darf es nicht ausführen, nach dem Gesetz müsste es in Katanga verarbeitet werden. Aber du wirst sehen, wenn wir an die Grenze kommen, nach Sambia, dann müssen wir lange warten, weil dort dreißig, vierzig Lastwagen stehen. Alle für den Transit und alle voll mit Erz.«

»Was für Erz?«

Sumire zuckte die Achseln.

»Kupfer, Kobalt und anderes Zeug, worauf die Europäer und die Chinesen scharf sind. Keine Ahnung, mir egal. Ich fahre es, das reicht mir.«

Sie hakte die Linke am Steuerrad ein, griff mit der Rechten auf die Ablage unter den Armaturen und holte eine aufgerissene Packung Zigaretten heraus. »Zünd uns mal zwei an.«

Als ihre Zigarette brannte, nahm sie einen tiefen Zug. »Gabriel Kyungu«, sagte sie dann, »Gabriel Kyungu war der Chef von Katanga. Ein Freund von Mobutu, sie haben zusammen Zigarren geraucht im Fernsehen. Das war vor fast zwanzig Jahren. Mobutu hat zu ihm gesagt, er soll die Leute, die aus Kasai gekommen waren, wieder aus Katanga rauswerfen. Dafür brauchten sie Soldaten. Ich war einer davon.«

Ihr Kopf, das Profil modelliert aus Rundungen, schaukelte auf dem schlanken Hals, während sie den schweren Lastwagen auf die roten Berge am Horizont zurollte. Die Berge waren noch nicht näher gekommen, seitdem sie aufgetaucht waren.

»Sie kamen in unser Dorf und töteten die Erwachsenen mit Macheten. Sie haben alle getötet, die älter waren als vierzehn oder fünfzehn. Sie wollten die Kinder. Ich war zwölf. Ich war gut in der Schule. Als die Soldaten gingen, gab es keine Schule mehr und kein Dorf. Wir Kinder mussten mitkommen.«

»Hast du da deine Hand verloren?«

Sumire schüttelte den Kopf. »Dann hätten sie mich erst gar nicht mitgenommen, sie hätten mich gleich totgeschlagen. Zum Schießen brauchst du beide Hände. Das da ist später passiert. Wir sollten eine Straße blockieren, irgendwo, keine Ahnung, wo das war, und wir wussten auch nicht, gegen wen wir kämpften, es war eben der Feind, die Teufel, die Motherfucker und so weiter. Kannst du dir aussuchen. Wir hatten keine Patronen mehr, wir mussten uns ergeben. Sie haben uns nicht erschossen. Für so was nehmen sie die Machete, das spart Munition. Sie haben uns zu einem Haufen zusammengetrieben, ich kriegte gleich am Anfang eins ins Gesicht. Hier.«

Sie wies mit dem Haken auf ihre gespaltene linke Braue.

»Ich hab dann meinen Arm hochgehalten. Da war die Hand ab. Ich fiel auf den Boden. Die anderen fielen auf mich drauf. Sie haben einfach auf den Haufen eingehackt, bis sich nichts mehr rührte. Da war nur noch Blut und abgeschlagene Glieder. Ich habe mich nicht bewegt, und sie haben mich übersehen, weil noch zwei ältere Mädchen da waren, die haben sie abgelenkt. Sie wollten sie erst vergewaltigen, bevor sie sie umgebracht haben.«

Die Sonne stand hoch am Himmel. Das Licht spiegelte unerträglich hell auf der himmelblau lackierten Motorhaube. Ich schloss die Augen.

»Wie«, sagte ich nach einer Weile, »bist du da herausgekommen?«

»Ich habe mir auf die Schlagader gebissen, damit ich nicht verblute, und hab mich nicht gerührt, bis sie fortgegangen sind. Es wurde Nacht, nach einer Stunde oder zwei. Dann habe ich mir den Arm abgebunden und konnte abhauen. So war das.«

Der Dieselmotor brummte und schüttelte das heiße Blech, in dem wir saßen. Sumire schaute zu mir herüber. Das Kühle in ihrem Blick war weg.

»Mutter Maria«, sagte sie, mit einer Bewegung ihres Kinns wies sie auf die Postkarte am Armaturenbrett, der Rosenkranz darüber gehängt. »Mutter Maria hilft. Hat mir damals geholfen. Hilft mir auch jetzt.«

»Hast du keine Angst? Wenn du hier tagelang alleine fährst?«

Sumire hob den Haken ins Licht. Drehte ihren Arm mit der Ledermanschette daran hin und her.

»Die Männer haben Angst vor dem da. Die rühren mich nicht an, wenn sie das sehen. Kriegen ihren Schwanz nicht hoch.« Sie kicherte vor sich hin. »Und das Zeug dahinten, das kann man nicht klauen. Und sonst gibt's bei mir bloß ein paar Sixpacks mit Cola oder Bier, ich hab kaum Geld im Auto. Lasse ich an den Tankstellen, die ich kenne. Besser als eine Bank.«

Sumire hakte ihre Linke ins Lenkrad ein und drehte am Knopf des Radios.

»Bernd«, sagte sie, »such mal Musik.«

Gegen Mittag wurde die Gegend grüner. Am Himmel bauten sich enorme Wolkentürme auf, man konnte ihnen dabei zusehen, wie sie in die Höhe wuchsen. Das hatte ich schon einmal erlebt, es konnte ein heftiges Gewitter daraus werden, wie ich inzwischen wusste. Aber die Türme zergingen wieder und lösten sich auf, als hätten sie nicht die Kraft, die Sonne erfolgreich zu belagern, und bald stand sie wieder glühend und frei am Himmel.

Wir hörten beim Fahren die pfeifend einschläfernde Musik, die ich bereits kannte. Nach einer Weile nickte ich tatsächlich ein. Ich hatte wohl eine ganze Weile geschlafen und erwachte erst, als der Lastwagen bremste und hielt. Wir standen in einer Senke. Ein fast ausgetrocknetes Flussbett, in dem bloß noch ein paar Wasserpfützen zu sehen waren. Mückenwolken wehten wie Rauchsignale darüber.

»Zeit zum Essen«, sagte Sumire.

Die Senke war von Buschland umgeben, in dem der Bewuchs niedrig war, vom Beifahrersitz aus konnte ich darüber hinwegsehen. Ich sah flache Hügel, alle mit Büschen bewachsen, ab und zu ragte ein größerer Baum daraus hervor. Ein Stück unterhalb der Straße lag der Fluss. Man sah ein Stück braunes Wasser, das sich nicht zu bewegen schien. Dichtes Gestrüpp säumte die Uferböschung. Die Sonne stand im Westen, sie stach durch das Fenster herein. Mein Hemd war nass von Schweiß.

Sumire war ausgestiegen, sie werkelte auf der Fahrerseite, ich hörte etwas klappern. Ich stieg ebenfalls aus und ging um den Lastwagen herum, dabei hütete ich mich, das blau lackierte Blech zu berühren, es strahlte Hitze ab wie eine Pfanne auf dem Herd. Sumire stand im Schatten der offenen Tür. Sie hatte eine Tupperschale auf den Tritt der Fahrerseite gestellt, eine dunkelbraune Masse befand sich darin.

»Ich hab nur einen Löffel«, sagte sie und wies auf die Schale. »Du kannst anfangen.«

Ich hatte Hunger. Aber auch Erfahrung mit afrikanischem Essen.

»Was ist das?«, fragte ich.

»Funje«, sagte Sumire und ergänzte auf meinen fragenden Blick hin: »Maniokpaste. Das ist gut.«

Nach dieser Bewertung war es nicht mehr möglich, sich heikel zu geben. Ich wandte die Technik an, die ich schon bei M'bale und seiner Schildkrötenmahlzeit erfolgreich eingesetzt hatte. Ich nahm einen Löffel und sperrte beim Kauen meinen Gaumen, um den Luftstrom zur Nase auszuschalten. Trotzdem drang der muffige Geschmack an meine Riechnerven, es schmeckte, als habe man schwarze Bohnen zerstampft und mit Gips angerührt. Ohne Zweifel enthielt auch diese Nahrung Nährstoffe. Ich nahm einen zweiten Löffel und versuchte, das Zeug runterzuschlucken. Dabei achtete ich nicht auf Sumire, die neben mir stand und mich beobachtete.

»Oh Bernd!«, lachte sie los. Sie platzte fast vor Vergnügen, rollte die Augen. »Du bist so tapfer. Mann, bist du tapfer.«

Dann griff sie in die Tasche und zog ein paar bunt eingepackte Riegel heraus.

»Hier«, sagte sie und präsentierte mir zwei davon.

Meine Augen wurden ganz von selber groß. Es waren Mr.-Tom's-Erdnussriegel, die kannte ich schon seit meiner Kindheit. Schwimmbad, Schulausflug, Fußballspiel. Vielleicht der einzige Riegel auf der Welt, der vierzig Grad Wärme überstehen kann.

»Danke!«

Mehr brachte ich nicht heraus. Die Riegel waren eine Offenbarung. Erdnüsse und Zuckersirup. Mein Körper lechzte danach. Ich mampfte mit vollen Backen.

»Morgen fahren wir nach Sambia und durch ein paar Städte«, sagte Sumire. »Da gibt's vielleicht was für dich.«

Sie hatte die Tupperbox wieder auf das gelochte Blech des Radkastens gestellt und aß einen Löffel nach dem anderen von der ekelhaften Paste.

»Was isst du eigentlich für Sachen?« Sumire kaute. Nahm noch einen Löffel. »Kartoffeln. Huhn, Rindfleisch. Bestimmt Nudeln, oder? Wie die Chinamänner. Gibt's hier alles nicht. Doch, Huhn, das gibt's manchmal. Kostet vier- bis fünftausend Kongo, eines. Oder du klaust es. Hast du gesehen, wie schnell die Hühner hier sind?«

Hühner, dachte ich. Und hakte meine Assoziationskette rasch wieder auseinander. Sumire löffelte weiter, sah sich um. Insekten umsummten uns mit Absichten, ein paar tagaktive Grillen gaben Tonproben ab.

»Nachher gehen wir uns mal waschen«, sagte sie. Ich bekam noch einen Blick ab. »Du stinkst.«

Es stellte sich heraus, dass Sumire sich nicht nur waschen, sondern auch baden wollte. Sie holte ein Handtuch und ein Stück Seife aus der Kabine und drückte mir die Sachen in die Hand.

»Du kannst mitkommen«, sagte sie.

Wir gingen zum Fluss hinunter. Wichen den Büschen am Ufer aus, sie besaßen Äste, so gefährlich wie ein Stacheldrahtverhau. Schließlich standen wir vor der braunen Brühe, die sich träge voranbewegte. Der Fluss füllte die Rinne, die aus getrocknetem Schlamm bestand, bloß noch zu einem Viertel aus. Das ideale Habitat für so ziemlich alle wasserbewohnenden Parasiten.

»Es könnte«, sagte ich, »gefährlich sein, hier ins Wasser zu gehen.«

»Quatsch«, sagte Sumire. »Das Wasser hier ist okay.«

»Wegen Bilharziose zum Beispiel«, wagte ich einzuwenden.

»Das denkst du«, sagte Sumire. »Du willst dich nicht waschen.«

Sie band die Ledermanschette auf, mit der ihr Haken am Arm befestigt war. Zog den Armstumpf heraus und gab mir die Manschette.

»Ich zuerst. Dreh dich solange um«, sagte sie.

Die speckige Manschette mit dem blank polierten Haken fühlte sich erstaunlich leicht an. Nicht schwerer als ein Damenschuh. Ich drehte sie in der Hand. »Jesus loves you« hatte jemand mit Kugelschreiber darauf geschrieben, nicht weit davon stand »Fuck you bitch«. Dazu eine Menge Blümchen und Strichzeichnungen, die mich an Höhlenmalereien erinnerten, Menschen, Ziegen und Hühner. Zwei Giraffen. Eine Menge Namen. Andere Aufschriften, die ich nicht entziffern konnte, französische und fremdländische. Eine Art Poesiealbum. Hinter mir hörte ich Sumire im Wasser planschen.

»Klasse«, prustete sie. »Das Wasser ist klasse.«

Ich fühlte mich eingeladen, mich umzuwenden. Ihr runder Kopf und ihre schmalen Schultern ragten aus dem schlammigen Wasser. Sie lachte mit weiß blitzenden Zähnen, schwenkte den Armstumpf.

»Komm rein.«

Ich legte die Ledermanschette auf den Boden und zog mich aus. Mir war etwas klamm, zum einen weil Sumire mir ungeniert zusah, während sie im Wasser herumruderte, zum anderen weil ich mit dem Thema Bilharziose noch nicht abgeschlossen hatte. Immerhin wies das Wasser etwas Strömung auf, Bilharzien lebten meines Wissens in stehenden Gewässern. Als ich mich, mit dem Rücken zu Sumire, ausgezogen hatte, musste ich mich schließlich umdrehen, um ins Wasser zu kommen.

»Gibt's hier keine Krokodile?«, fragte ich.

»Ha«, sagte Sumire, während sie mich ohne Hemmungen taxierte. »Klar gibt's hier Krokodile, ich hab gerade eins gesehen.« Sie kicherte. »Komm rein. Keine Angst, ich mach mir nichts aus Männern.«

Mit dieser Kommentierung versehen, begab ich mich in das braune Wasser. Es war angenehm kühl. Meine Füße versanken sofort zehn Zentimeter tief im weichen Schlamm. Ich versuchte, nicht an die Mikroorganismen zu denken, die hier ihren Lebensraum hatten und auf einen Wirt angewiesen waren, dessen Anwesenheit sie in Sekundenschnelle erkennen konnten.

Sumire spritzte mir rechtshändig Wasser ins Gesicht, dabei kam sie bis zum Bauch aus dem Wasser, und ich sah ihre Brüste, ganz spitz mit großen, vortretenden Warzenhöfen. In ihren millimeterkurzen Haaren hingen glitzernde Wassertropfen.

Das Licht der Sonne prallte auf das Wasser, wurde abgewehrt, zurückgeworfen, drang nicht vor in die Kühle, die unter mir war. Meine Bedenken gegen dies und das, meine ungewisse Zukunft und meine Pläne schwammen fort, ich tauchte unter, machte ein paar Schwimmzüge und ließ mich treiben. Versuchte den »toten Mann« und erschrak, als ich Sumires Hand an meinem Nacken spürte.

»Ich rette dich«, sagte sie dicht neben meinem Ohr. »Bevor die Krokodile kommen. Die beißen dir sonst was ab«, kicherte sie und verschwand wie eine Wasserschlange.

Anschließend wuschen wir uns am Ufer, nebeneinanderstehend. Ich hatte Gelegenheit, Sumires Figur wahrzunehmen. Sie hatte schlanke Beine und grazile Gelenke, ihr Hintern war klein und rund. Als sie mich dazu aufforderte, ihr den Rücken zu waschen, kam ich nicht umhin, diesen Hintern zu betrachten, der auf eine gewisse Art gut gepolstert war, und bekam eine Erektion. Ich hoffte, Sumire würde sich nicht umdrehen. Aber meine Erektion ging nicht zurück. Ich drehte mich zur Seite, als Sumire sich zum Fluss wandte, um die Seife abzuwaschen.

»Hey«, sagte sie, an mir heruntergucken. »Was hast du vor?«

Ich zuckte die Achseln, mir fiel nichts Passendes ein, obwohl ich eine Ahnung davon hatte, was ich gern getan hätte.

»Aber der da«, Sumire zeigte mit ihrem vorhandenen Zeigefinger auf meinen entdeckten und prompt wieder halb erschlafften Penis, »der hat was vor.«

Sie warf sich ins Wasser und schlug in den Schaum hinein, der um sie herumschwamm.

»Bernd hat nichts vor«, lachte sie. »Aber sein Schwanz hat was vor!«

Nach dem Baden sollte ich die nächste Schicht fahren. Ich setzte mich hinter das große abgegriffene Lenkrad, probierte die ausgeleierte Handbremse, den Schalthebel. Alles war sehr übersichtlich. Ich startete den Motor, hörte das Wiehern des Anlassers, das Nageln, mit dem der alte Dieselmotor sich drehen musste. Es ist eigentlich ein Wunder, dass Maschinen die Zumutungen, die man ihnen antut, oft so lange aushalten können. Und ich fuhr los, Sumire neben mir, die Beine auf dem Armaturenbrett, eine Zigarette in der Hand, den Haken hinter den Kopf gelegt.

Es war nicht einfach, das himmelblaue Ungetüm zu beherrschen. Ich lernte erst mit der Zeit, das Getriebe richtig zu bedienen. Man musste Zwischengas geben, damit die Gänge hineinrutschten, weil die Kupplung sich vermutlich längst verabschiedet hatte, und ich gewöhnte mich auch nicht so schnell daran, dass der Motor im Vergleich zu dem Gewicht, das er zu ziehen hatte, erbärmlich schwach war. Es tat sich kaum etwas, wenn man aufs Gas stieg, beim Bremsen war es genau so. Es passierte wenig, wenn man auf die Bremse trat.

Nach etwa einer Stunde Fahrt kam uns ein Lastwagen entgegen. Wir sahen ihn von einer Kuppe aus. Er fuhr schnell und zog eine enorme Staubwolke hinter sich her, mit der er in einer Senke verschwand, die noch zwischen uns lag. Als er wieder auftauchte, hatte ich immer noch den Eindruck, dass er ziemlich schnell fuhr. Auf der Straße war nicht genug Platz für zwei Lastwagen, gerade mal für einen.

»Der ist leer«, urteilte Sumire und entschied: »Wir weichen nicht aus.«

Sie langte über meinen Arm und drückte anhaltend auf die Hupe. Zwei-, dreimal. Der andere Laster dachte aber nicht daran, auszuweichen, so kam es mir jedenfalls vor, und ich wollte nach rechts drehen, damit wir nicht zusammenstießen. Aber Sumire griff mit ihrer heilen Hand nach dem Lenkrad und hielt es fest.

»Was ist los mit dir, Mann. Hast du keine Eier?«

Der gegnerische Lastwagen, so musste man es wohl ausdrücken, wich dann doch aus. Aber erst im letzten Moment. Zwanzig Meter vor uns verließ er mit Gepolter die Fahrbahn und rasierte eine kleine Baumschule aus Büschen weg, während er hupend an uns vorbeidonnerte. Ich sah den Fahrer lachen, seine weißen Zähne blitzten, ich hörte ihn johlen, während wir mit einem halben Meter Abstand so knapp aneinander vorbeikamen wie ein Stierkämpfer an einem Stier.

»Motherfucker«, schrie Sumire ihm aus dem Fenster hinterher. Auch sie lachte vergnügt.

»Komische Späße«, sagte ich verkniffen.

Sumire stieß mich mit dem Haken aufmunternd gegen die Schulter. »Hast du eine Freundin, Bernd? Da, wo du herkommst?«

»Klar«, sagte ich kühn. Ich wäre mir blöd vorgekommen, wenn ich Nein gesagt hätte.

»Wie ist sie? Sie ist schön, oder?«

»Klar ist sie das«, sagte ich trotzig.

»Na sicher«, sagte Sumire. »Und diese Frau, mit der du im Flugzeug warst, wie hieß die noch mal?«

»Felicité«, sagte ich.

»Hast du mit der – also, du weißt schon?«

»Habe ich nicht«, sagte ich.

»Ihr habt es nicht gemacht, obwohl ihr tagelang allein im Urwald gewesen seid?«

»Nein. Wir haben es nicht gemacht, wenn du es genau wissen willst.«

»Du hast dich nicht getraut«, sagte Sumire.

»Ist das Verhör jetzt zu Ende?«

»Na ja«, sagte Sumire und langte unter den Sitz nach der Kühlbox. »Dein, na ja, dein Dingsda, der hätte es schon gern gemacht, oder?«

Sie hatte eine Cola aus der Kiste geklaubt und schaute zu mir herüber, die Augen voller Schalk.

»Was weißt du denn von meinem Dingsda?«, sagte ich.

»Nicht viel«, sagte sie. »Aber ich glaube, der weiß was von mir.«

Sie knackte die Dose auf und reichte sie mir.

»Du kannst noch bis zur Grenze fahren. Drei, vier Stunden. Dann musst du nach hinten. Oder hast du Papiere?«

Ich verneinte.

Sumire meinte, ohne Papiere könnte ich nicht so einfach über die Grenze. Das Beste wäre, ich versteckte mich so lange. Die Transitfracht werde nicht kontrolliert.

»Du hast einen Frachtbrief, da steht drauf: ›Transit Daressalam‹ und die Firma, die das Zeug von dort aus verlädt. Das Ganze auf Chinesisch mit drei Sätzen auf Französisch, und – sehr wichtig – du brauchst einen Fünfzig-Dollar-Schein, den legst du zwischen die Papiere. Das gibst du im Büro ab, und dann«, sie klatschte sich mit der flachen Hand auf das Knie, »dann gibt's den Stempel. ›Allez‹, sagt der auf der Kongoseite. ›Go on‹, sagt der in Sambia. Der kriegt nichts. Ein Bier, okay, das kriegt er. Jedenfalls von mir.«

Wir fuhren weiter und zogen eine lange Wolke aus Staub hinter uns her, fuhren an Büschen in allen Formen und Größen entlang, und die Sonne fand uns überall, einen himmelblauen brummenden Käfer, der ihr ausgeliefert war, weil er nicht vom Weg abweichen durfte, weil er weitermusste, weil wir ans Meer wollten, nach Daressalam und vielleicht auch noch nach Sansibar. Ich hatte eines von Sumires Handtüchern ins Seitenfenster geklemmt, um von der sinkenden Sonne nicht wie eine Toastscheibe geröstet zu werden. Die Wolkentürme plusterten sich auf, bekamen regenverheißende graue Ränder, aber ehe sie auch nur ein bisschen Schatten spenden konnten, sackten sie wieder in sich zusammen.

»Morgen«, sagte Sumire. »Morgen regnet es oder heute Nacht. Besser morgen. Die Straßen in Sambia sind besser.«

Kurz vor Sonnenuntergang erreichten wir die Grenze. Ein Schild wies darauf hin, dass es noch drei Kilometer bis dahin wären. Sumire sagte, ich solle anhalten.

»Soll ich jetzt nach hinten?«

»Quatsch.« Sie lachte. »Du musst nicht hinten rein, wo der ganze Dreck ist. Geh nach oben. In mein Bett. Da schaut keiner nach.«

Sie wies auf die Schlafnische über uns, die mit einem Vorhang abgedeckt war. Ich stellte mich auf das Sitzpolster und schob meinen Kopf durch den Vorhang hindurch. Dort oben war eine schmale Matratze, auf der zwei Kissen und ein Leintuch lagen. Ich kletterte hinauf und versuchte, mich auszustrecken. Am Kopfende hing wieder ein Marienbild, diesmal war es eine Gottesmutter, die die Arme ausgebreitet hatte und ein blutendes Herz mit einer Dornenkrone auf ihrer Brust sehen ließ. Ein Rosenkranz war darüber gehängt.

»Kann ich meine Sachen mit nach oben nehmen?«

Ich beugte mich aus der Koje heraus und wollte meinen Beutel holen, den ich unter dem Armaturenbrett verstaut hatte. Sumire hatte ihn schon in der Hand.

»Was ist das denn?« rief sie. »Meine Güte!«

Hatte ihn geöffnet, mit Hand und Haken.

»Ein Andenken«, sagte ich.

Sumire drehte den Affenschädel in der heilen Hand.

»Komisches Andenken«, sagte sie.

»Na ja«, meinte ich. Ich streckte die Hand danach aus. »Ich bin Biologe. Deswegen, verstehst du. Der stammt von einer seltenen Affenart, den wollte ich haben. Ich hab ihn gekauft, und ich möchte nicht, dass er verloren geht.«

»Da ist was drin«, sagte sie. Sie schüttelte den Schädel.

»Ein paar lose Knochen wahrscheinlich«, sagte ich. »Zu Hause muss ich ihn fertig präparieren.«

Endlich reagierte sie auf meine ausgestreckte Hand und reichte ihn mir nach oben. Sie sah mich an, mit einem gewissen Blick.

»Du hast komische Interessen, Bernd. Du solltest dir das abgewöhnen, du bist doch sonst ganz normal.« Sie kicherte. »Jedenfalls das, was ich heute bei dir gesehen habe, das war ganz normal.«

Ich verzichtete auf eine Antwort, zog die Vorhänge zu und legte mich in die Kabine.

Während wir in der Lastwagenschlange vorrückten, konnte ich nichts sehen. Ich hörte nur das Radio im Führerhaus, in dem jemand endlose aufgekratzte Tiraden in englischer Sprache von sich gab, ehe wieder Musik zu hören war, und ich roch die Zigaretten, die Sumire rauchte, während wir Wagenlänge für Wagenlänge weiterkamen. Zweimal hörte ich, wie sie eine Dose aufknackte. Einmal reichte sie mir einen Lipton Ice Tea durch den Vorhang herein.

Längst war es dunkel geworden. Man hörte Türen klappen,

Motoren anlaufen, Räder rollen, ab und zu lamentierte jemand draußen. Nach etwa zwei Stunden waren wir an der Reihe.

Als die Tür zuschlug und Sumire ausgestiegen war, bekam ich Angst. Ich stellte mir vor, was passieren könnte. Dass jemand die Vorhänge aufriss, sich eine Gewehrmündung auf mich richtete, dass man mich herausholte, dass ich von genervten Typen verhört wurde, die an meinem Wohlergehen nicht mehr interessiert waren als an dem eines Moskitos. Ich sah die Blechtür einer Gefängniszelle sich hinter mir schließen mit einem Pisspott in der Ecke, sah mich bei vierzig Grad im Schatten auf einer Pritsche sitzen. Kurz, ich beschwor Ereignisse, die mein Geschick vielleicht noch für mich bereithalten mochte, durchlitt schon mal, was dann hoffentlich doch nicht passieren würde. Früher opferte man ein Lamm, ich opfere in solchen Situationen meine Ruhe.

Sumire kam irgendwann zurück, stieg ein, ließ den Motor an. »Alles okay. Ich sag dir, wenn du runterkommen kannst.«

Als ich wieder auf den Beifahrersitz geklettert war, ein paar Kilometer weiter, sagte Sumire, ich sollte die nächste Schicht übernehmen. Die Straße wäre ab jetzt gut.

Unter einem von Sternen übersäten Himmel wechselten wir die Plätze, das Konzert der Zikaden klang dazu aus der Dunkelheit herüber. Die Straße war asphaltiert, das hatten wir lange nicht gehabt.

»Links«, sagte Sumire, als ich am Steuer saß. »Hier ist Linksverkehr, okay?«

Ich nickte, als wäre mir das egal. Es war auch ziemlich gleichgültig, weil die Straße kaum Platz für zwei Lastwagen nebeneinander aufwies, aber beim Ausweichen war es gut, das zu wissen.

Ich fuhr los. Auf Asphalt hatte ich zum ersten Mal das Gefühl, dass ich ein Automobil bewegte, nicht einen Panzer.

»Wieso heißt du eigentlich Sumire?«, wollte ich wissen, schaltete Gang für Gang hoch und verfolgte den wandernden Lichtfleck, den die Scheinwerfer auf die Straße hefteten. »Das ist doch nicht afrikanisch, Sumire, oder?« Ich erinnerte mich daran, wie die Chinesen gelacht hatten, als ich den Namen erwähnt hatte.

»Japanisch«, sagte Sumire. »Es ist japanisch. Es heißt: Veilchen.«

»Aha«, sagte ich.

Wieder hatte ich es mir nicht verkneifen können. Einfach zu dumm mit meinem blöden »Aha«. Aber Sumire reagierte nicht darauf. Sie kramte unter dem Armaturenbrett nach ihren Zigaretten, klopfte zwei aus der Packung und gab mir eine. Als der Zigarettenanzünder brannte, zündete sie ihre an und gab mir den Anzünder herüber.

»Als ich Soldat war«, sagte sie, »durften wir fernsehen. Sie haben uns oft vor ein Fernsehgerät gesetzt. Die Kleinen konnten sonst nicht schlafen. Und da haben wir uns am liebsten Mangas angesehen. Die kamen aus Sansibar, die Saudis waren damals verrückt nach Mangas. Weißt du, was Mangas sind?«

»Sicher«, sagte ich. »Japanische Comics.«

»Ja. Bei denen geht es immer ums Kämpfen. Sie kämpfen für ihre Ehre und für ihre Familie, und sie halten zusammen. Wir haben die Mangas gerne angeschaut und haben uns daraus Namen gegeben. Ich und meine Leute. Wir waren zu viert, und wir sind immer zusammengeblieben, wenn wir gekämpft haben. Wir haben uns den Rücken freigehalten und unsere Munition untereinander aufgeteilt. Makoto, Kiba, Sanjuro und Sumire.« Nach einer Pause: »Ich bin die Einzige, die noch da ist.«

Ich schwieg und steuerte den Lastwagen weiter durch die Nacht. Ich mochte diese Straße, die eine richtige Straße war und die, das hatte mir Sumire mitgeteilt, auf einer Länge von über vierhundert Kilometern durchgehend asphaltiert sein würde. Wir hatten es geschafft, wir hatten den Kongo verlassen. Bald würden wir in Daressalam sein, am Meer.

»Wo hast du eigentlich so gut Englisch gelernt?«

»Ich hatte Glück«, sagte Sumire. »Ich kam über die Grenze nach Sambia. Nachdem das passiert war, mit meiner Hand, erreichte ich noch die Straße. Ich hatte kaum noch Blut. Ich konnte nicht mehr stehen, ich fiel um. Am Straßenrand bin ich liegen geblieben. Es war Nacht, so wie jetzt. Ein Lastwagen kam, er hat mich fast überfahren. Aber der Fahrer hat mich gesehen. Mutter Maria hat ihm gesagt, er soll anhalten. Er hat mich in seinen Laster getragen und mich da oben reingelegt, wo du vorhin warst. Hinter der Grenze hat er mich in einem Hospital abgeliefert, bei den Engländern. Ich bin vier Jahre dort geblieben. Ich habe gelernt, ich wollte wieder was lernen.«

Sumire rauchte. Der Motor des Lastwagens nagelte, die ausgeschlagenen Lager klopften im Takt, unsere acht Räder rollten auf Asphalt. Auch ich habe Glück, dachte ich.

»Und ich habe gearbeitet«, sagte Sumire. »Putzen, Verbände wechseln, Kranke versorgen. Der englische Arzt hat mir erzählt, dass Gabriel Kyungu seine Kindersoldaten an die Mai-Mai-Rebellen verkauft hat, als er sie nicht mehr brauchte. Wir haben also mit den Mai Mai zusammen gegen unsere Landsleute aus Katanga gekämpft und wussten es nicht. Das war egal, es war überall gleich.«

Die Straße führte in die Berge. Dort kamen wir langsamer voran, aber immer noch schneller als im Kongo. Sumire legte sich zum Schlafen in die Koje. Das Fahren bei Nacht war nicht anstrengend, weil es kaum Verkehr gab. Wenn uns jemand entgegenkam, waren es meistens Lastwagen. Sie blendeten ihre Scheinwerfer nicht ab, im Gegenteil, sie veranstalteten schon aus einiger Distanz eine Licht- und Huporgie, bis man aneinander vorbei war. Ich achtete darauf, die richtige Seite zu nehmen, aber auf den letzten fünfzig Metern musste ich die Augen zumachen, damit ich anschließend wieder etwas sehen konnte.

Hin und wieder kamen wir durch Dörfer, vielleicht waren es auch Städte, ich konnte es nicht unterscheiden. Plötzlich waren Gebäude da, es roch nach Essen, Leute liefen herum, Fetzen von Musik trieben zum Fenster herein, ein paar Jungen rasten mit dem Moped neben uns her, dann war wieder alles weg, und die Scheinwerfer streiften nur das Gestrüpp am Straßenrand. Ich fuhr über Pässe mit Serpentinen, die ich genauso langsam hochkroch, wie es nach der Passhöhe hinunterging. In den Steigungen setzten sich die Nachtgeräusche, die durch das offene Fenster hereinkamen, gegen das Brummen des Dieselmotors durch. Zikaden, Grillen unter der Mondsichel, das immer gleiche Konzert der Wildnis. Im Dunkeln hinter der Straße konnte ich eine Weite ahnen, die mir verschlossen blieb.

Nach vier Stunden Fahrt hätte ich Sumire wecken sollen, damit sie mich ablöste, aber ich fuhr wie in Trance weiter. Der

Lastwagen rollte mit fünfzig Meilen über die schnurgerade Straße, die runden Büsche rutschten einer nach dem anderen ins Scheinwerferlicht. Mir war, als hätte ich das alles schon einmal erlebt. Meine Hände, die sich um das abgegriffene Lenkrad schlossen, den schüttelnden Schalthebel neben meinem rechten Knie, die mit Verpackungsmüll und Zeitschriften ausgestopfte Ablage und das Armaturenbrett, auf dem als einziges Licht im Führerhaus die Tachometerbeleuchtung glomm.

Ich war nicht auf ihn vorbereitet, ich weiß noch nicht einmal, ob er eine reale Erscheinung war oder ob er gerade durch seine Parallelwelt marschierte, die ich in meinem Dämmerzustand streifte. Jedenfalls tauchte er plötzlich auf im Lichtkegel des Scheinwerfers, am rechten Straßenrand. Nackt, klein und runzlig, einen Fetzen um die Mitte seiner Mumiengestalt gewickelt. Ganz nah. Sein ledriger Rücken, die hervortretenden Wirbel unter der Haut, der kahle Schädel. Ich riss das Lenkrad ein Stück nach links, sonst hätte ich ihn über den Haufen gefahren, im selben Moment drehte er sich um. Ich war bereits an ihm vorbei, der Lastwagen kam unter dem Gewicht der Ladung in ein gefährliches Schaukeln.

Mein Herz raste. Denn ich hatte sein Gesicht gesehen, für den Bruchteil einer Sekunde, das Gesicht des Waldschrats, und ich hatte gemeint, er habe seine Hand gehoben. Und wenn ich es genau nachprüfte, ganz genau, dann zeigte mir ein Engramm auf meiner Netzhaut mit der Schärfe der Angst, wie sich die schlaffen Lippen für ein »M« nach vorn gestülpt hatten: Mojo. Ich schaute auf meine Hände am Lenkrad. Meine Knöchel waren weiß, da war ich mir sicher; es war nur zu dunkel, um es zu erkennen.

Sumire streckte ihren Kopf zwischen den Vorhängen heraus. »Was ist los, bist du eingepennt?«

»Nichts«, sagte ich. »Da war bloß ein Tier.«

»Halt an«, sagte sie. »Ich lös dich ab.«

Im Morgengrauen hielten wir an, um zu frühstücken. Wir befanden uns nahe der tansanischen Grenze. Ich aß Erdnussriegel und eine Stange Cracker. Sumire ihr unvermeidliches Funje. Zu trinken gab es Cola und französisches Evian. Vor der Weiterfahrt versteckte ich mich wieder in der Schlafkoje. Diesmal lief die Abfertigung wie am Schnürchen, wir mussten kaum warten. Das Ziel schien sich bemerkbar zu machen, es zog uns an. Das Meer, Sansibar. Die Straße blieb asphaltiert, wir rollten weiter Richtung Küste.

»San-san-san«, sang Sumire hinter dem Steuer. »San-, das steckt in Tansania drin. San-sibar. Das war ihnen so wichtig, dass sie es in den Namen aufgenommen haben. Tansania.«

Sumire nickte mit dem Kopf, während sie das Armaturenbrett aufräumte, indem sie die leeren Crackerpackungen und die Evianflaschen aus dem offenen Fenster warf.

»Daran siehst du, dass es die Araber sind, die hier was zu sagen haben. Sie sind Sklavenhändler. Ein paar hundert Jahre lang haben sie Sklaven aus halb Afrika geholt und sie in Sansibar verkauft. Damit sind sie reich geworden, lange bevor es das Öl gab. Das müssen sie jetzt nicht mehr tun«, schloss sie, blähte empört die Nasenlöcher und legte den Kopf nach hinten. »Wir machen die Sklavenarbeit inzwischen freiwillig und dazu noch bei uns zu Hause. Wir kratzen für sie das Zeug aus der Erde, und sie werden damit reich.«

Sie knallte den Haken gegen das Kabinenblech.

»Du wirst es nicht glauben, aber der Kongo ist ein sehr teures Land«, fuhr sie fort. »Wir kaufen Mineralwasser aus Frankreich, Kartoffeln aus der Türkei, Marmelade aus Vietnam, Saft aus Spanien, Äpfel aus Südafrika und Würstchen aus Algerien. Sandalen aus Brasilien, Kochtöpfe aus China, Dosenfleisch aus Argentinien, Milchpulver aus Holland und Haferflocken aus England. Verstehst du, was ich meine?«

»Haben die Leute eine andere Wahl?«

»Sie müssten Typen wie Mobutu oder Kabila rauswerfen«, sagte Sumire. »Sie schaffen es doch auch, sich gegenseitig totzuschlagen, oder? Dann könnten sie auch seine Clique umbringen.«

»Das stelle ich mir nicht so einfach vor«, sagte ich.

»Okay«, sagte Sumire. »Ist nicht so einfach.« Sie schnaubte.

Wies auf einen Termitenbau, zwei Meter hoch, an dem wir gerade vorbeirollten.

»Kennst du die?«, sagte sie.

»Termiten«, sagte ich.

»Ja, Ameisen.«

»Das sind keine Ameisen«, widersprach ich.

»Du willst Biologe sein und behauptest, dass da keine Ameisen drin wohnen.« Sumire zeigte mit dem Finger auf ihre Stirn. »Du hast in der Schule nicht aufgepasst, Bernd. Geh mal dorthin und schau nach. Alles voller Ameisen.«

»Sie sehen vielleicht so aus«, wandte ich ein, »aber es sind nun mal keine Ameisen. Sie sind so was wie Heuschrecken oder Schaben. Sie haben mit Ameisen biologisch nichts zu tun.«

Sumire schwieg. Kratzte sich vorsichtig mit dem Haken am Kopf.

»Man kann sie essen«, sagte sie dann. »Die Affen essen sie, manche Leute essen sie auch. Ich nicht.«

»Ich weiß schon, dass sie wie Ameisen aussehen, aber es sind wirklich keine. Trotzdem haben sie einen Staat, wie die Ameisen auch. Allerdings mit einem wichtigen Unterschied.«

Ich hätte Sumire viel über Termiten erzählen können. Am liebsten in gepflegter Umgebung, nach einem mehrgängigen Abendessen in einer luxuriösen Lodge, im Schein von geschmackvoll aufgestellten Windlichtern.

»Interessiert dich das überhaupt?«, wollte ich wissen.

»Na ja«, sagte Sumire. »Erzähl mal. Ich glaube aber, dass es Ameisen sind.«

»Sie haben nicht nur eine Königin wie die Ameisen, sondern einen König und eine Königin, die zusammenleben.«

»Und wenn sie nicht gestorben sind«, sagte sie, »dann leben sie noch heute.«

»Interessiert es dich jetzt oder nicht?«

»Ja, ja.«

»Eine Ameisenkönigin braucht nur einmal Sex zu haben, dann hat sie genug Sperma für den Rest ihrer Regierungszeit. Aber die Termitenkönigin wird immer wieder vom König befruchtet.«

»Besser«, sagte Sumire. »Eindeutig besser für sie.«

»Und die Arbeiter bei den Termiten sind nicht nur weiblich, wie bei den Ameisen, sondern sie sind männlich und weiblich, allerdings dürfen Arbeiter und Arbeiterinnen keinen Sex haben, das ist dasselbe wie bei den Ameisen auch.«

»Sklaven«, sagte Sumire. »Selber schuld.«

Ich wollte noch mehr erzählen. Über dreißig Meter tiefe Wasserleitungen, die Termiten konstruieren, dass sie kilometerlange überdachte Straßen bauen können, über ihre Fähigkeit, alles auszuhöhlen, was nicht aus Metall oder Stein ist, über ihre Soldaten und ihre ständigen Kriege mit Ameisen. All das wollte ich Sumire erzählen, aber mir wurde plötzlich schwindlig. Sehr schwindlig. Das gleißende Sonnenlicht verschwand vor meinen Augen, stattdessen erschien ein riesiger Termitenschwarm vor mir, der den Himmel verdunkelte.

»Bernd, he, Bernd!«

Ich erkannte Sumires Gesicht, es war dicht über mir. Ihre heile Hand klopfte auf meine Schulter. Ich lag ausgestreckt auf den Sitzen des Lastwagens, beide Türen standen offen. Ich drehte den Kopf in den Nacken. Wir standen mitten in der Savanne, ich sah flache gelbbraune Hügel mit den malerischen dunkelgrünen Tupfen der Büsche darauf und einen vom Wind abgeschrägten Baum. Es sah hübsch aus, wie auf dem Titelbild eines Bildbands, allerdings stand das Bild auf dem Kopf, weil ich auf dem Rücken lag.

»Alles okay?«, fragte Sumire.

Ich richtete mich auf. Das fiel mir nicht leicht. Ich hatte das Gefühl, schwerer als fünfundsiebzig Kilo zu sein. Viel schwerer. In meinem Hinterkopf bereitete sich eine kalte Welle darauf vor, mich aufs Neue zu überrollen.

»Ich glaube, ich bin krank«, hörte ich mich sagen.

SECHZEHN

Die nächsten zwei Tage verbrachte ich in Sumires Oberstübchen auf ihrem Trucker-Bett. In meinen Ohren brauste es. Mir war sogar im Liegen schwindelig. Ich träumte unentwegt. Ich träumte von Duvalle, er klopfte mit seinem Stöckchen grinsend auf Felicités nackte Hinterbacken. Ich träumte von dem Rastamann, der mit seiner Machete auf mich zukam, und ich lag am Boden, zusammen mit Wessing, De Vries und Felicité, und der verrückte Rastamann hackte sich zu mir durch, während Sumire in der Kleidung einer Krankenschwester danebenstand und die abgehackten Glieder mit ihrem Haken einsammelte, um sie schon einmal in die Ambulanz zu bringen. Aber in der Ambulanz waren Treiberameisen, und Sumire kam zurück und schrie, es wäre alles voller Termiten. Sie warf die abgehackten Glieder auf den Boden, wo sie sich in Diamanten verwandelten und über den Boden davonrollten. »Mojo«, flüsterte jemand, es war der Affenschädel, der mich von einer Schulbank her angrinste und die Zähne bleckte.

Ich träumte, dass ich den Schädel ins biologische Institut gebracht hätte, dort gab ich ihn einem Mann, der aussah wie der Antiquar, der mir das »Herz der Finsternis« verkauft hatte, und mich belehrte, dass es zwischen dem Affenschädel und dem meinen überhaupt keinen Unterschied gäbe, abgesehen davon, dass er noch bessere Zähne besitze als ich. Ansonsten wären wir einander so ähnlich wie eine Ameise der anderen, das gälte auch für die Neuroanatomie unserer Gehirne. Mein erlebendes Ich, sagte der Antiquar und bleckte grinsend seine Biberzähne, stelle das am wenigsten Bedeutsame dar. Lediglich ein menschlicher Trick, um die Angst vor dem Dasein zu verdrängen. Die Affen hätten sich in Wirklichkeit viel weiter entwickelt als die Menschen, sie hätten solche Tricks nicht nötig. Während ich dem Antiquar zuhörte, der einen weißen Kittel trug, sah ich durch eine offene Tür des biologischen Instituts Maka, er trottete vor den Glasvitrinen mit den ausgestellten Monstren in Spiritus vorbei und starrte drohend mit seinen leuchtenden Löchern im Kopf zu mir herüber.

Nicht nötig, hinzuzufügen, dass mir der Schweiß in Strömen herunterlief. In den Phasen, in denen ich wach war, trank ich mindestens ein Paket Evianflaschen, mein Verbrauch an Mineralwasser stellte inzwischen sogar den von Vern Giuliani in den Schatten. Essen konnte ich kaum etwas, mein Stoffwechsel war ausschließlich auf Verbrennung eingestellt, und ich wurde zusehends dünner. Ich brannte ab wie eine Kerze, meine Hose schlackerte an mir. Wenn ich einmal die Vorhänge auseinanderschob und nach unten schaute, sah ich Sumires runden Kopf mit der eng anliegenden Kappe ihrer schwarzen Haare, hörte sie beim Fahren leise vor sich hin singen. Unter dem Nageln des Dieselmotors glitt an den Fenstern die Savanne vorbei, endlos, immer gleich. Die Hitze unter dem Dach stieg tagsüber backofengleich an, bis sie wieder abfiel, wenn die Sonne sich senkte. Nachts standen wir irgendwo am Straßenrand, ich schlief oben, Sumire unten auf den Sitzen.

»Du bist erkältet«, war Sumires Diagnose.

Es musste irgendein Virus sein, ein tückischer Erreger, der auf mich gewartet hatte, um mir vorzuführen, wie ich mich eines Tages als Neunzigjähriger fühlen würde. Mit Mühe konnte ich meine Notdurft am Straßenrand verrichten. Sumire musste mir danach helfen, wieder in den Wagen zu steigen.

»Vielleicht ist es dein Dingsda. Dein Andenken«, sagte sie an meinem zweiten Krankheitstag. »Wirf es weg.«

Ich protestierte matt mit ausgestreckten Händen. Mir liege unendlich viel an dem Schädel, beteuerte ich, und wie wertvoll das Material sei. Einmalig, ein Schatz, ein biologisches Kleinod. Ich hörte erst auf, als sie versprach, sie werde ihn in Ruhe lassen.

»Es tut dir nicht gut«, stellte sie fest. »Ich weiß das.«

Dann kam der Durst. Ich schwitzte und träumte von Finnland, wo ich mit Lea einmal Urlaub gemacht hatte. Lea wollte nach Helsinki reisen, wegen der tollen Kaurismäki-Filme, die wir zusammen gesehen hatten, und nach Sankt Petersburg wollte sie auch, weil das direkt danebenliegt. In meinem Traum war es sehr kalt, mein Sensorium drehte mal wieder die Temperatur um. Ich war in Helsinki, aber Lea war seltsamerweise nicht dabei. Ich saß im »Kapelli«, in der Bar, in der wir damals ein paarmal gewesen waren. Ich saß ganz allein an meinem Tisch im Lokal, um mich herum eine große Zahl trauriger Finnen, die alle mit dem Gesichtsausdruck, den die Schauspieler in Kaurismäki-Filmen meistens haben, schweigend in ihre Ein-Liter-Plastikbecher starrten, in denen sich Dünnbier mit einem Alkoholgehalt von eineinhalb Prozent befand. Ständig gingen welche zur Toilette. Sie mussten dauernd Bier nachtrinken, um den Blutalkohol zu erreichen, den man in Finnland braucht – aus verschiedenen Gründen, über die man in den Filmen von Kaurismäki einiges erfährt –, aber das ist wegen des niedrigen Alkoholgehalts und der beschränkten menschlichen Nierenleistung nicht so einfach. Deshalb wahrscheinlich dieser Gesichtsausdruck. Die Plastikbecher mit dem gelblichen Spiegel darin sahen jedenfalls ein bisschen so aus, als sitze jeder Finne vor seiner eigenen Urinprobe. Ich hätte auch gern etwas getrunken in meinem Traum, aber man bediente mich nicht, ich bekam kein Bier, und ich konnte kein Finnisch.

Als ich aufwachte, trank ich noch eine Flasche Evian in einem Zug aus, ich hätte auch eine zweite getrunken, aber Sumire meinte, das reiche fürs Erste, und schickte mich wieder nach oben.

Sie fuhr den Laster die ganze Zeit allein. Ich war zu nichts zu gebrauchen. Wenn ich Hunger hatte, fütterte sie mich mit Keksen, lappigem Toastbrot und Kartoffelchips. Einmal bekam ich dünne, scharfe Würstchen aus einer Kunststoffpackung, die ausgesprochen ekelhaft schmeckten. Sie holte die Sachen in den Tankstellen, an denen wir Sprit aufnahmen, und erzählte mir, dass sie nur solche Tankstellen ansteuere, mit der die Gesellschaft einen Vertrag unterhielt. Dort nahm sie Lebensmittel und Getränke mit, deponierte oder holte Bargeld.

»Das machen wir alle so«, sagte Sumire. »In einem Lastwagen ist kein Geld. Lohnt nicht, ihn zu überfallen. Passiert aber trotzdem.«

Sumire aß jeden Tag zweimal ihre Maniokpaste. Sie kombinierte das Zeug mit allem. Ob es Frankfurter Würstchen aus dem Glas waren oder Schokoriegel, sie schwor darauf. Und sie blieb eigensinnig dabei: Ich wäre nicht krank geworden, wenn ich auch Funje gegessen hätte. Ich widersprach ihr nicht, schon aus Schwäche.

Am Abend des dritten Tages ging es mir besser. Ich konnte während der Fahrt für eine Stunde neben Sumire auf den Beifahrersitz herunterkommen. Und ich bekam Appetit. Großen Appetit. Ich aß alle Kekse auf, die noch da waren, und auch alle Erdnussriegel, trank dazu vier Dosen Cola. Danach fühlte ich mich noch besser.

»Hier leben Massai.« Sumire zeigte aus dem Fenster hinaus auf die gelbe Savanne. Die Abendsonne zog lange Schatten aus den Büschen. »Sie sind sehr stolz, die Massai. Und ziemlich dünn.«

Sie warf mir einen Blick zu.

»Du musst mehr essen, Bernd«, sagte sie. »Du siehst nicht gut aus. Hier sagt man zu jemand, du bist ganz schön fett, wenn man ihm sagen möchte, dass er gut aussieht. Du solltest mehr Fett ansetzen, du bist zu dünn.«

Ich meinte, ich könnte jetzt wieder ans Steuer, aber Sumire winkte ab.

»Lass nur«, sagte sie. »Morgen sind wir am Meer. Wir sind fast da.«

Als sie schließlich anhielt, irgendwo auf freiem Feld, umgab uns die Nacht.

Ich war eingenickt gewesen und sah mich um. Die Fahrertür stand offen. Ich schaute hinaus, sah Sumire an den Wagen gelehnt rauchen, ihre Zigarette glühte auf. Ein Blitz erhellte die weite Savanne und die grandiose Wolkenkulisse darüber. Sumire drehte sich um, sah zu mir herauf. Ein Rumpeln rollte über das Land, verlor sich in der Ferne.

»Wenn es regnet«, sagte Sumire, »bleiben wir hier. Zu gefährlich sonst, bei Nacht.«

Als hätten die fürs Wetter Zuständigen ihr zugehört, blitzte es erneut. Sie kletterte in den Wagen. Der Donner rollte über uns hinweg. Die Finsternis schien auf einmal dichter zu werden, die Sterne waren wie ausgelöscht, und ein neues Geräusch kam hinzu, das zunehmend lauter wurde. Ich begriff nicht gleich, dass es der Regen war, der auf uns zukam wie eine Walze aus Wasser.

»Mach dein Fenster zu«, sagte Sumire.

Da prasselte es schon auf das Blech. Und wurde zu einem Dröhnen, als wäre es Hagel, der herunterkam, es war aber nur eine Unmasse Regen. Vor der Windschutzscheibe schäumte das

Wasser, als hätte man Schleusen über uns geöffnet. Das Geräusch war so laut, dass man sich kaum verständigen konnte. Sumire, die mir etwas sagen wollte, brachte ihr Gesicht dicht an mein Ohr.

»Dein Dingsda –«, rief sie.

»Welches Dingsda?«

»Das du dabeihast, dein Andenken.«

»Was ist damit?«, schrie ich.

Ein Blitz faltete die verschwommene Unterwasseraufnahme der Straße vor uns auseinander.

»Das tut dir nicht gut.«

»Warum?«, schrie ich zurück.

»Ich weiß es. Diese Frau, mit der du zusammen warst«, rief sie in mein Ohr, »die hat es dir gegeben.«

»Nein«, rief ich. »Hat sie nicht.«

»Es tut dir aber nicht gut«, schrie Sumire in mein Ohr.

»Warum?«, sagte ich noch einmal, wieder sehr laut.

Irritierenderweise spürte ich in diesem Moment Sumires Hand auf meinem Schenkel.

»Sonst würdest du auf ihn hören«, schrie sie.

Ihre Hand, die einzige, über die sie verfügte, verdeutlichte mir jetzt unmissverständlich, wer mit dem gemeint war, auf den ich hören sollte.

Ich verfiel in den Gedankenstau, der mich in Krisen heimsucht, obwohl ich die Situation nicht unbedingt als Krise empfand. Sollte ich mehr auf »ihn« hören? Vielleicht hatte ich das bisher zu wenig getan.

Während ich diese und andere Fragen abwog, handelte Sumire, die das Ausbleiben meiner Antwort als Zustimmung wertete, und die physische Antwort war, an meinen Grübeleien vorbei, bereits eingetreten. Anscheinend hatte Sumire eine Vereinbarung mit »ihm« getroffen. Und »er« verhielt sich ihren Wünschen entsprechend. Sie knöpfte mein Hemd auf. Das machte sie geschickt, indem sie mir den Stoff mit dem Haken auf die Brust drückte und mit den Fingern der gesunden Hand flink die Knöpfe öffnete. Mein explizites Einverständnis wartete sie auch für diesen Schritt nicht ab.

Sie sagte kein Wort. Sie tat es einfach mit mir.

Ich erinnere mich an die feste Kontur ihrer Oberlippe, ein vogelförmiges, flaches »M«. An das kurze, drahtfeste Haar, unter dem ihr Kopf sich ganz rund anfühlte, so rund, wie ein Kopf nur sein kann. An ihre festen, ebenfalls sehr runden Pobacken und an den Haken, der in einem bestimmten Moment schmerzhaft an meinem Rücken entlangschrammte. Die Blitze, die zur Beleuchtung ab und zu geliefert wurden, zeigten mir, dass sie die Augen geschlossen hatte. Das tat ich schließlich auch, aber nicht deshalb, weil ich Sumire nicht anschauen wollte. Immer wieder donnerte es, der Lastwagen vibrierte unter den Schlägen. Das Gewitter erschöpfte sich zur gleichen Zeit wie wir beide.

»Ich gehe schlafen«, sagte Sumire irgendwann.

Sie kletterte nach oben, zu ihrem Marienbild und zu ihrer Matratze. Etwas, das sie herunterwarf, plumpste auf meinen Bauch.

»Dein Dingsda«, hörte ich sie noch rufen.

Ich blieb wach und horchte auf den Regen. Das Trommeln auf dem Blechdach wurde allmählich leiser. Etwa eine halbe Stunde später hörte ich draußen vor dem Wagen ein Geräusch, das ich nicht einordnen konnte. Ich richtete mich auf.

Es klang wie ein Husten, ein tiefes, sehr tiefes Husten.

»Sumire«, sagte ich.

Sie antwortete nicht. Das Husten kam wieder. Wenn man von einem Husten sagen kann, dass es Größe besitze, dann war das dort draußen ein ziemlich großes, beunruhigendes Husten.

»Mach die Scheinwerfer an«, sagte Sumire über mir. »Der Knopf links neben dem Lenkrad, weißt du doch.«

Ich schaltete die Scheinwerfer ein. Vor dem Lastwagen standen drei Löwen. Sie hatten die Köpfe in unsere Richtung gedreht, ihre Augen leuchteten rot, und sie kamen mir enorm groß vor. Einer der Löwen besaß eine Mähne. Eine nasse Mähne. Sie verharrten ein paar Sekunden wie Standbilder, lang genug, dass mein Herz wieder zu schlagen anfing. Dann setzten sie sich in Bewegung und trotteten, drei nasse Löwen, zurück in die Savanne.

Am nächsten Tag erreichten wir Daressalam. Wir rollten auf einer vierspurigen Straße durch großstädtischen Verkehr in die

Metropole hinein. Flotte Autos surrten an uns vorbei, auch viele Lastwagen waren unterwegs. Gleich vier davon standen an der roten Ampel für Rechtsabbieger, wo es zum Hafen ging. »Port« stand auf einem Schild neben der Ampel, ein stilisiertes Schiff darunter. Die übrigen Verkehrsschilder waren ausnahmslos in einer mir unverständlichen Sprache beschriftet. Swahili, teilte Sumire mir mit. In Tansania spreche man nicht Englisch. Das gelte nicht als angebracht.

»Araber«, sagte sie. »Es sind Araber. Arrogant bis in die Knochen. Aber das Meer ist schön.«

Man konnte das Meer noch nicht sehen, es wurde von öden Industriebauten verdeckt, hinter ihnen konnte man aber bereits die Aufbauten von Schiffen erkennen, die in den Docks lagen, und die stählernen Gerüste von Verladekränen.

Sumire war heute früh ziemlich einsilbig gewesen. Nach dem, was letzte Nacht zwischen uns vorgefallen war, hätte ich mir mehr Vertrautheit vorstellen können. Eben noch hatten wir an einer Tankstelle gefrühstückt, Kaffee und Kekse. Auch diese Tankstelle gehörte zu ihrem »Business«, wie sie es nannte. Sie hatte mit dem Betreiber eine Weile geschäkert, ich durfte solange Getränke bunkern, dann waren wir losgefahren. Sumire hatte gleich das Radio eingeschaltet, sie kurbelte am Lenkrad, sah in den Rückspiegel, fluchte aus dem offenen Fenster hinaus über die Dummheit tansanischer Wagenlenker. Sie war vollauf mit Fahren beschäftigt.

Die Ampel sprang wieder auf Rot. Zwei Laster vor uns fuhren noch durch, die dadurch blockierten Verkehrsteilnehmer hupten empört. Sumire trat auf die Bremse, hielt an.

»Du kannst hier raus«, sagte sie.

Ich dachte, ich hätte nicht richtig gehört.

»Nimm deine Sachen«, sagte sie. »Geh schon. Und pass auf dich auf.«

Sie hatte Arm und Haken über das Lenkrad gelegt, die Lippen gekräuselt und starrte aus dem Fenster nach vorn. Schaute mich nicht an.

»Ich mach mir nichts aus Männern«, setzte sie hinzu. »Hab ich dir doch gesagt, oder?«

Die Ampel sprang auf Grün.

Sumire stieß mir die gesunde Faust gegen die Schulter. »Hau schon ab.«

Hinter uns hupte es. Ich riss die Tür auf.

»Danke!«, rief ich. »Für alles!«

Sumire legte den Gang ein, das Gesicht noch immer in Fahrtrichtung, als müsse sie ihre ganze Aufmerksamkeit dorthin richten. Hinter ihr mehrstimmiges Hupen. Der Lastwagen rollte an, als ich vom Trittbrett sprang, sein ausgedienter Motor rasselte los, das Gefährt rollte die Straße hinunter. Ich stand am Straßenrand in der Sonne und schaute ihr nach, schmeckte Staub. Das himmelblaue Blech, die geflickte Plane. »Dieu est juste« darauf gesprüht. Erst als der Lastwagen sich im Flimmern der heißen Luft aufgelöst hatte, drehte ich mich um und ging an der Straße entlang. Ich ging den Weg zurück, den wir gekommen waren.

Zuerst wollte ich das Konsulat aufsuchen. Nein, nicht zuerst. Etwas anderes war dringender und musste erledigt werden, nach Möglichkeit, bevor es Mittag war. Ich hatte noch vierzig Dollar in der Tasche, mehr, als ich brauchen würde. Es gab hier keinen Schatten außer unter den Vordächern der Gebäude, die entweder dem Wellblech-und-Beton-Typ oder dem Bambus-und-Strohmatten-Typ angehörten. Und alles, was nach Industrie und Produktion aussah, wo also vielleicht etwas zu holen gewesen wäre, hatte man eingezäunt und mit Stacheldrahtrollen garniert. Wieder einmal hätte ich mir einen Hut gewünscht. Ein Zweiwochenbart ist kein Ersatz für einen Hut.

Zunächst trabte ich die glühend heiße Straße wieder zurück, bis ich den Boulevard erreicht hatte, von dem ich vorhin mit Sumire abgebogen war. Dort gab es ein paar Buden, in denen hoffte ich, fündig zu werden. In einiger Entfernung konnte man Hochhäuser am Ende des Boulevards erkennen, vielleicht zwei, drei Kilometer von hier. Ich steuerte eine der Buden an, die im Schatten von drei Dattelpalmen lag. Ich trat unter das Vordach zwischen Ständern mit Zeitschriften, einem Sortiment schicker Kunststoffblenden als Schattenspender für Pkw-Scheiben, T-Shirts im Ausverkauf und Windrädern, die man Kindern mitbringen konnte, und fragte in das Dunkel hinter dem Schalter hinein nach einem Kaffee.

Auf Englisch, trotz Sumires Analyse der sprachlichen Vorlieben des Landes. Ein schnauzbärtiger Mann, der einen Kaftan trug, erschien hinter Stapeln von CDs und Zeitungen. Er nickte, verschwand wieder, und nach einer Weile bekam ich meinen Kaffee. Während ich ihn probierte, er schmeckte sehr gut, fragte ich den Mann nach einer Schachtel. Das Wort »Box« funktionierte nicht gleich. Erst als ich ein paar Pappkartons im Dämmer der Bude gestapelt sah, konnte ich mich verständlich machen. Ich zeigte darauf und gab per Hand die Größe an. Bekam einen kleinen davon. Dann ließ ich mir noch eine Zeitung geben, ich wählte eine voluminöse Tageszeitung mit ausreichend Papier. Anschließend reichte ich dem Mann einen Zehn-Dollar-Schein und sagte, wieder auf Englisch, dass ich ein Taxi brauche.

Der Mann sah mich an, den Zehn-Dollar-Schein in der Hand. Ich machte mit der Hand eine schiebende Bewegung in Richtung des Geldscheins, dazu sprach ich das international gängige Wort für den gelungenen symbolischen Tausch aus. Mein »Okay« zauberte ein Handy in seine Finger, und zehn Minuten später hielt ein Taxi mit quietschenden Reifen neben der Bude.

»Post office, please«, sagte ich.

Der Fahrer nickte und gab Gas. Wir brausten den vierspurigen Boulevard hinunter, scheuchten bei flinken Spurwechseln Radfahrer, Mopedfahrer und andere weniger wichtige Verkehrsteilnehmer zur Seite und bogen blitzartig im Neunziggradwinkel in Seitenstraßen ein, um etwaige Verfolger abzuschütteln. Es war heiß, daran hatte sich nichts geändert, und der Wagen besaß keine Klimaanlage. In den Gassen drängten sich Menschen, sie wichen dem Taxi elegant aus, ohne hinzusehen, so kam es mir vor, während der Fahrer sich zwischen ihnen durchhupte. Vorbei an Straßencafés und einer Unzahl von Läden, in denen es irgendetwas gab, was ich natürlich nicht verstand, da sämtliche Schilder abgesehen von den Getränke- und Zigarettenmarken, die die Welt kennt, auf Swahili waren. Einmal meinte ich, im Getümmel der Gassen einen alten Mann am Straßenrand sitzen zu sehen, der ein Huhn auf dem Schoß hielt, und mir wurde schwindlig, weil ich den Zwang verspürte, mich umzudrehen und nachzusehen, ob er Muscheln auf den Boden warf. Aber da waren wir schon vorbei an der Erscheinung, die sicher eine Halluzination gewesen war, und schossen wieder hinaus in einen anderen großzügigen Boulevard, wo sich im Verkehrsstrom eine Lücke aufgetan hatte, die der Fahrer instinktiv vorausberechnet hatte. Wenig später bremste er energieverzehrend, drehte sich zu mir um und sagte:

»Post office.«

Ich reichte ihm meinen zweiten Zehn-Dollar-Schein und machte dieselbe schiebende Handbewegung, die ich vorhin bei dem Budenbesitzer ausprobiert hatte. Sie funktionierte auch bei dem Taxifahrer. Er tippte mit dem Zeigefinger dienstleistungsgerecht an seine Stirn und sagte mit bester Aussprache:

»Thank you, Sir.«

Wer sagt, dass Englisch keine Weltsprache und der Dollar keine Weltwährung mehr ist?, dachte ich. Ich begab mich in die Post, wo ich den internationalen Paketdienst suchte und auch fand. Das Wort »Express« war nämlich englisch geschrieben oder deutsch, das macht ja keinen Unterschied in diesem Fall. Aber ehe ich zum Schalter ging, suchte ich mir eine stille Ecke in dem Gebäude, um mein Paket fertig zu machen. Vorher hielt ich Ausschau nach Uniformierten oder Polizisten in Zivil, die mir vielleicht auf den letzten Metern noch einen Strich durch die Rechnung machen könnten, sah aber bloß Bürger in westlicher oder arabisch anmutender Kleidung ihre Postgeschäfte tätigen. Zwei sehr schicke dunkelhäutige Mädchen mit Kopftüchern, an denen kleine Glöckchen baumelten, gingen in hüftbetontem Schlendergang kichernd an mir vorbei, sie hielten ihre Handflächen nach außen gedreht wie Signalflaggen. Ich fühlte mich geschmeichelt. Mit meiner fleckigen Jeans und meinem Tropenhemd, beides notdürftig an einer Tankstelle ausgewaschen, und meinen hier total deplatzierten Schnürstiefeln konnte ich ja vielleicht als westlicher Rucksacktourist durchgehen.

Ich wandte dem Publikum den Rücken zu, während ich mich an meiner Schachtel zu schaffen machte. Nachdem ich ihn ausgepackt hatte, starrte mich der nackte Affenschädel mit seinen leeren Augenhöhlen an. Abgesehen von einer leicht muffigen Aura stank er kein bisschen mehr, und noch immer klapperte es darin vielversprechend. Ich legte ihn in den Pappkarton und stopfte den Karton anschließend mit der gekauften Zeitung aus, die ich Bogen für Bogen zerknüllte. Was ich davon nicht brauchte, warf ich in einen der Papierkörbe. Nun brauchte ich noch Klebestreifen. Vielleicht konnte man mir am Schalter weiterhelfen.

Ich stellte mich in die Schlange. Dort war nur eine alte Dame vor mir, die sehr viel redete – es klang wie der zusammengefasste Bericht über die bedeutsamen familiären Ereignisse der vergangenen zwei Jahre – und nebenbei ihre Briefe abfertigen ließ. Der alte Mann am Schalter antwortete ihr nicht, sondern ließ den Stempel in behördlicher Endgültigkeit nacheinander auf die Briefe knallen, dann war ich dran. Ich stellte mein Paket auf den Schalter, sagte meinen Spruch, aber hier funktionierte mein Englisch zum ersten Mal nicht. Der diensttuende Beamte knurrte zum Auftakt etwas Fragendes in einer kehligen Sprache, Swahili vermutlich, vielleicht traf er auch eine kritische Feststellung. Ich hatte nur noch zwanzig Dollar, ich musste haushalten. Hier war es vermutlich nicht angebracht, einen Bestechungsversuch zu unternehmen.

So stand ich da, wohl wissend, dass ich Schwierigkeiten verursachte, und hörte seiner Klage zu, denn dass es eine Klage war, konnte ich auch ohne Übersetzung aus der Intonation heraushören. Ich stand also da und hob ab und zu die Schultern, um für mein Erscheinen und die damit verbundene Unbill um Verzeihung zu bitten. Nachdem der Mann eine Weile geklagt hatte, stieß er die Hände ein paarmal seitlich weg vom Körper, wie um sich Luft zu verschaffen in einer Umgebung voller Misshelligkeiten, dazu sagte er wiederholt zwei Worte, die vielleicht eine islamische Anrufung waren, der Name »Allah« klang jedenfalls darin an. Die Anrufung war nicht vergebens. Nachdem er verschwunden war, ersetzte ihn nach kurzer Zeit eine junge Frau, die mich charmant anlächelte und in lupenreinem Englisch fragte, was sie für mich tun könne.

»Ich möchte dieses Paket nach Deutschland schicken«, sagte ich. »So schnell es geht.«

Die hübsche Postbeamtin stöckelte zum Nachbarschalter und

kam mit einer Tabelle zurück. Sie fuhr mit dem Finger darauf entlang.

»Deutschland. Das ist richtig«, bestätigte sie die Existenz meines Heimatlandes.

»Was kostet es?«, fragte ich.

Sie nannte mir einen Betrag in der Landeswährung. Ich hob die Schultern und sagte mit dem jungenhaftesten Lächeln, das ich zustande brachte, ich wäre gerade vom Schiff gekommen und wollte das Paket rasch abschicken. Ich hätte keine Zeit mehr gehabt, eine Bank aufzusuchen. Ob sie, fragte ich, bei meinem Lächeln bleibend, in ihre groß gewordenen Augen hinein, ob sie ausnahmsweise zwanzig Dollar annehmen wolle. Den Rest dürfe sie gerne behalten. Sie würde mir damit aus einer wirklichen Verlegenheit helfen, denn mein kleiner Sohn, fügte ich hinzu – er wäre jetzt gerade vier Jahre alt geworden –, freue sich so auf das Paket, und auf dem Schiff würde ich eine Woche lang wieder keine Gelegenheit haben, es abzuschicken. Sein Geburtstagsgeschenk. Wir liefen in einer halben Stunde aus.

»Okay«, sagte sie, den letzten Vokal ließ sie etwas ansteigen.

Ihre Augen blieben groß. In einem mehr amtlichen Tonfall erklärte sie mir, dass zwanzig Dollar zu viel seien. Umgerechnet koste es bei Expressversand ungefähr – einen Augenblick, also etwa acht Dollar fünfzig. Das Paket brauche bei diesem Tarif zwei Tage bis nach Deutschland. Ich legte einen Zehn-Dollar-Schein auf die Theke. Sie nickte dienstlich. Sie werde mir den Restbetrag in der Landeswährung auszahlen. Ich machte eine anerkennende Miene zu so viel Korrektheit und fügte ein dankbares Lächeln hinzu, ohne jede Komplizenschaft. Mit diesem Gesichtsausdruck bat ich sie, mir noch Klebestreifen zu geben, wenn es ihr nicht zu viel ausmache. Sie verließ den Schalter und besorgte einen Klebestreifenspender, den sie mir durch den Paketschlitz hindurch zuschob. Mein dankbares Lächeln ignorierte sie, vielleicht hatte ich ihr Entgegenkommen schon überstrapaziert.

Als das Paket zugeklebt war, bekam ich ein Formular unter der Scheibe durchgereicht. Die Adresse und den Inhalt müsse ich angeben. Ich erstarrte. Welche Adresse sollte ich angeben? Darüber hatte ich nicht nachgedacht. Bei Lea in der Bleibtreustraße war ich noch gemeldet. Aber Lea würde das Päckchen garantiert in die Mülltonne stecken. Alle anderen Leute, die ich kannte, einschließlich meiner Eltern, wollte ich in meinen neuen Reichtum vorläufig nicht einbeziehen. Das zweite Problem, das mich kalt anrührte, während der Kugelschreiber in meinen Fingern zwei Zentimeter über dem Papier schwebte und die hübsche Postangestellte tief und hörbar hinter der Glasscheibe eingeatmet hatte, war der Zoll. Das Artenschutzabkommen. Schon wegen einer am Strand gefundenen Muschel konnte man ja Probleme kriegen. Aber es gab kein Zurück. Die junge Frau in der weißen Bluse und dem blauen Rock schaute mich mit einem Blick an, der mir sagte, dass sie genug für mich getan und noch anderes zu verrichten habe. Ich musste handeln.

»Bernd Jesper, c/o Firma Klemm, Berlin-Britz« schrieb ich auf das Formular, Zehntausendirgendeine Berliner Postleitzahl dazu. Da konnte nicht viel passieren. Der Zusteller in Berlin würde wissen, wo Britz lag. Absender: »B. Jesper, Berlin«, Phantasiestraße. Ich bekam ja eine Sendungsnummer, das Paket konnte also nicht verloren gehen. Aber was sollte ich zum Inhalt schreiben? Vor meinem inneren Auge tauchte ein Zöllner auf, der das Paket öffnete, Stichprobe. Den Schädel auspackte, ihn stirnrunzelnd ansah und anschließend in die Kiste warf, in der schon die Leopardenfelle, das Nashornpotenzpulver und die Schildkrötenpanzer vor sich hin stanken, und weg wäre er.

Die Postangestellte klopfte einen leisen Rhythmus mit ihren perfekt lackierten Fingernägeln auf die Theke. Da fiel mir mein Sohn wieder ein, der auf das Paket wartete, mein kleiner Sohn, mit dem ich ihr Herz zumindest vorübergehend erreicht hatte. Ich setzte den Stift auf das Formular. »African Toy« schrieb ich darauf. Wert: »Ein Dollar«.

Der letzte Zehn-Dollar-Schein brachte mich per Taxi in einer halben Stunde zum deutschen Konsulat. Es befand sich in einem eindrucksvollen futuristischen Glaspalast, nicht weit vom Meer gelegen, und war umgeben von modernen Geschäftsgebäuden. Securitykräfte in Phantasieuniformen, die sie aussehen ließen wie amerikanische Fensterputzer, patrouillierten grüppchenweise um das Ensemble. Ich betrat das Gebäude durch eine schwere Glastür und wurde von einem Uniformierten gefragt – auf Englisch –, was ich wolle. Dabei beäugte er mich kritisch, sein Blick blieb für zwei Sekunden an meinen Stiefeln hängen, ehe er mir wieder ins Gesicht sah. Ich wusste, was ich wollte.

»German Consulate«, sagte ich, mit einer gewissen Hochnäsigkeit, die ihm meine dandyhafte Gleichgültigkeit gegen die verdächtigen Stiefel vermitteln sollte. Der Uniformierte hatte keine Einwände, er fühlte sich vielleicht nach meiner Mitteilung schon nicht mehr zuständig für meine Belange. Er wies stumm auf den Aufzug und entfernte sich, die Daumen in seinen Gürtel eingehakt. Ich fuhr hinauf in den dritten Stock.

Im Büro des Konsuls trug ich einer freundlichen Dame mein Anliegen vor, erhielt ein Blatt Papier und einen Stift und durfte das eben Gesagte noch einmal schriftlich festhalten. Die Klimaanlage klapperte mir eine halbe Stunde lang etwas vor, ehe die nette dunkelhäutige Dame wieder im Wartezimmer erschien und mir auf Deutsch bedeutete, der Herr Konsul wünsche mich jetzt zu sprechen.

Der Konsul bat mich herein, schüttelte mir die Hand und bot mir anschließend einen Sessel an. Ich ließ mich darauf nieder und bemühte mich um das Grinsen eines schuldlos gestrandeten Abenteurers. Meine Kleidung und mein Aussehen ließen nichts anderes zu: Ein Raubein mit Manieren wollte ich geben. Ob mir die Vorstellung gelang, weiß ich nicht. Der Konsul, der auf mich wirkte, als habe er keine Lust auf Reibereien, hörte sich meine Geschichte an, ab und zu warf er einen Blick auf seine Unterlagen.

Ich erzählte ihm die Motorradversion, die ich schon den Chinesen angetragen hatte. Zuerst dieser Überfall im Kongo, in einer Stadt namens, Moment – ja: Trouville. Geld, Papiere, alles weg. Dann ein freundlicher Lastwagenfahrer, der mich mitnahm, auf der Fahrt dann der Ausbruch meines schlimmen Fiebers. Es gäbe Tage, die mir krankheitsbedingt fehlten, wir waren eben immer nur unterwegs gewesen. Der Fahrer, ein gewisser Victor, den Nachnamen wüsste ich leider nicht, habe mich schließlich hier in Daressalam abgesetzt, weil das seine Route gewesen war. Wie ich über die Grenzen gekommen wäre, sei mir schleierhaft, ich hätte oben in der Schlafkabine des Fahrers gelegen, und womöglich – ich schüttelte den Kopf – hätte der Fahrer den Zöllnern nichts von meiner Anwesenheit erzählt.

Und nun, schloss ich, bäte ich um Hilfe für den Rückflug. Der Konsul nickte ein paarmal vor sich hin. Dann schwieg er. Mein Herz begann zu klopfen. Vor ihm auf dem Schreibtisch, der ansonsten sehr aufgeräumt war, lagen einige Papiere, die mich misstrauisch hätten machen können.

»Wir helfen Ihnen natürlich, Herr –«, ein Blick auf eines der Papiere, »Herr Jesper.«

Der Konsul schob seinen Bürostuhl ein Stück nach hinten und faltete die Hände vor der Krawatte.

»Bitte haben Sie Verständnis dafür, wenn ich Ihnen vorher ein paar Fragen stellen muss. Was hat Sie dorthin geführt, in die Demokratische Republik Kongo? Das ist ja – wie soll ich mich ausdrücken – nicht gerade ein Urlaubsort erster Wahl, nicht wahr?«

Ich machte ein Gesicht wie jemand, der sich seine Urlaubsorte nicht nach den üblichen Kriterien aussucht, und fuhr mit dem Zeigefinger über meinen Zweiwochenbart.

»Ich habe schon ein paar Reisen mit dem Motorrad unternommen, wissen Sie. Unter extremen Verhältnissen«, setzte ich hinzu. »Ich bin durch die Sahara gefahren, über den Hohen Atlas. Dort habe ich eine Weile bloß von Nüssen gelebt, aber die Berber waren sehr freundlich zu mir. Da oben in viertausend Metern Höhe mit meiner Maschine«, sagte ich, und mein Blick ging irgendwohin, aus dem komfortablen Gebäude durch die großen, verglasten Fenster ins Freie, zum Meer, falls es dort lag, »das war ein Geschenk für mich. Ich langweile Sie nicht?«

»Keineswegs«, versetzte der Konsul und lächelte.

»Ich war auch im Sudan«, sagte ich, »ich war gerade dreißig geworden und wollte es noch einmal wissen. Das war schlimm, sehr gefährlich. Dumm von mir. Ich glaube, das war die erste Lektion. Ich saß im letzten Flugzeug, das durchkam.«

Ich schüttelte den Kopf, schaute dem Konsul in die Augen und bemühte mich um einen geläuterten Ausdruck. Um mir affektiv dazu zu verhelfen, dachte ich daran, wie ich in Trouville vor den beiden Unholden auf den Knien herumgerutscht war, um meine Fritten wieder einzusammeln, das half.

»Und der Kongo«, sagte ich, »das war die zweite.«

»Ich verstehe«, sagte der Konsul. »Manchmal möchte man wissen, was in einem steckt.«

»Genau. Das möchte man«, bestätigte ich.

»Noch eine Frage, Herr Jesper, ich muss Sie das fragen. Haben Sie illegale Handlungen in Tansania begangen oder unterstützt? Oder«, er schaute einen Moment zur Decke hinauf, »waren Sie Zeuge solcher Handlungen? Ich muss Sie darauf hinweisen, dass Sie von den deutschen Behörden strafrechtlich verfolgt werden können, falls sich herausstellen sollte, dass Sie hier falsche Angaben gemacht haben.«

Ich schüttelte den Kopf. »Nein«, sagte ich. »Nichts dergleichen.«

»Nun«, sagte der Konsul, »den illegalen Grenzübertritt wollen wir Ihnen nicht ankreiden, Sie waren ja, sagten Sie nicht so, in einer Notlage, nicht wahr?«

»Ganz recht«, sagte ich. »In einer Notlage. Noch gestern Nacht hatte ich deutlich erhöhte Temperatur.«

»Ja«, sagte der Konsul. »Unterschreiben Sie bitte das Protokoll. Sie bekommen dann Ihren vorläufigen Ausweis ausgehändigt.«

Er drückte auf eine Tischklingel. Die Dame von vorhin erschien.

»Herr Jesper bekommt ein Flugticket nach Berlin, einfach. Sehen Sie doch bitte nach, wann die Maschine geht. Ich denke, wir finden heute noch einen Platz, sonst spätestens morgen.«

Der Konsul erhob sich und reichte mir die Hand.

»Viel Glück, Herr Jesper«, sagte er. »Und gute Heimreise.«

Zu dem Ticket bekam ich hundert Euro geschenkt, Taschengeld sozusagen, das mir die Dame gegen Quittung aushändigte. Dazu noch ein paar Scheine in der Landeswährung, die »Schilling« hieß, um ein Taxi zum Flughafen bezahlen zu können. Als Heimatadresse hatte ich in den Papieren des Konsulats meine alte angegeben, bei Lea in der Bleibtreustraße, das konnte man schließlich behördlich nachprüfen. Der Flug sollte um vier Uhr früh gehen. In dem futuristischen Gebäude, in dem sich das Konsulat befand, gab es auch Gästezimmer, ich durfte eines davon beziehen.

Als Erstes stellte ich mich unter die Dusche. Und hatte ein grandioses Gefühl von Luxus, während mich die Brause verschwenderisch mit Wasser versorgte; ich brauchte die ganze Seife in dem bereitstehenden Fläschchen auf. Ich dachte an den Dschungel, in dem unser verlassenes Flugzeug stand und weiter stehen würde, bis es in hundert Jahren verrottet wäre, dachte an den Durst und an die Verzweiflung, die ich gefühlt hatte, als ich mir das gelbe Sumpfwasser in der Plastikflasche mit den darin treibenden Teilchen angesehen hatte, das wir beinahe getrunken hätten. Und genoss es, Wasser zur Verfügung zu haben, Wasser ohne Ende, ich feierte ein Wasserfest.

Dann legte ich mich auf das frisch bezogene Bett und schlief zehn Minuten später ein. Als ich aufwachte, war es dunkel, und ich erschrak furchtbar, weil ich dachte, ich hätte meinen Flug verpasst. Es war aber erst acht Uhr abends, das zeigte mir das Fernsehgerät an, das ich geistesgegenwärtig einschaltete. Während ich mich durch die Programme zappte, versuchte ich, nicht wieder einzuschlafen. Ich löste das Problem schließlich so, dass ich den Fernseher so laut wie möglich stellte und »CNN News« laufen ließ. Dort wechselte immer wieder das Programm, und ein neuer Sprecher wurde zugeschaltet, und das, hatte ich mir überlegt, würde mich wach halten. Der Schlaf suchte mich trotzdem heim, was gerade in der Welt geschah, rüttelte mich nicht auf. Als ich das nächste Mal aufwachte, war es Mitternacht. Nun wollte ich kein Risiko mehr eingehen. Ich rief bei der Rezeption an und bat darum, mir ein Taxi zu rufen. Der Nachtwächter verstand Englisch.

»Ten minutes«, sagte er.

Der Flughafen von Daressalam muss eigentlich nicht beschrieben werden. In der Halle, in der es um diese Zeit sehr ruhig war, schlief ich noch einmal drei Stunden. Ich schlief wie in Abrahams Schoß, weil ich mich so sicher fühlte wie lange nicht mehr. Ich fühlte mich aufgehoben in der Zivilisation, umgeben von funktionierender Technik, von Klimaanlagen, Espressomaschinen,

Getränkekühlern, Staubsaugern und Computern; die mit dem Nachtdienst besetzten Terminals erschienen mir wie gut geführte Krankenstationen, die mein Wohl im Auge hatten. Alles um mich herum war mit dem Ziel konstruiert, gebaut und in Gang gehalten, für mein persönliches Wohlbefinden zu sorgen. Ich war von Mauern umgeben, von Zäunen, wurde von Sicherheitskräften bewacht, ich war wieder, was ich gewesen war, ein Konsument. Im Halbschlaf hörte ich, wie die Flugzeuge draußen starteten und landeten, wusste, dass jedes von ihnen alle paar Stunden überprüft wurde, dass Fliegen sicherer war, als die Toilette aufzusuchen, statistisch gesehen jedenfalls. Wie ich im Konsulat ein Wasserfest gefeiert hatte, feierte ich nun eines der Sicherheit. Ich hätte in diesem Flughafen vierundzwanzig Stunden schlafen können. Es traten demnach auch keine bedeutsamen Ereignisse mehr ein. Außer einem.

Als mein Flug aufgerufen wurde und ich zur Leibesvisitation schritt, Gepäck hatte ich ja keines, da begegnete ich einem Putzmann, an sich nichts Außergewöhnliches. In allen Flughäfen der Welt gibt es ja solche Leute in auffallenden Kostümen, in diesem Fall rot-gelb, die den Boden putzen, Trolleys zusammenschieben, auf herrenloses Gepäck achten. Manchmal schleichen sich vielleicht Terroristen in ihre Reihen ein, aber ich gehe davon aus, dass das genau überprüft wird. Ich ging also zum Kontrollschalter, da begegnete mir dieser Mann. In einem rot-gelben Overall mit Kapuze, ich sah ihn zuerst nur von hinten. Er war klein, trug einen blauen Plastikeimer und einen Feudel. Keinen runden Eimer, der Eimer hatte eine rechteckige Öffnung, passend für den rechteckigen Feudel, das weiß ich noch genau. Ich sah den Mann, wie schon erwähnt, zuerst nur von hinten. Als ich ihn bemerkte, ich weiß nicht, weshalb ich ihn überhaupt bemerkte, aber damit fing es schon an, als ich ihn also bemerkte, blieb er stehen. Als habe er darauf gewartet, dass ich ihn bemerke, und als bliebe er stehen, damit ich an ihm vorbeimusste. Ich überholte ihn, den stehen gebliebenen klein gewachsenen Mann im rot-gelben Overall, und er wandte mir sein Gesicht zu.

Ich glaube, wenn ich in diesem Moment vom Sicherheitspersonal beobachtet worden wäre, hätte man mich umgehend festgenommen. Ich warf die Arme hoch und zog die Luft ein, mein vegetatives System zündete unmittelbar die dritte Stufe für einen Panikanfall. Das Gesicht unter der gelben Kapuze: ein zusammengeknüllter Putzlumpen. Ich kannte die uralten Augen, die flache Nase, die runzlige Haut. Der Alte verzog den Mund zu einem Grinsen, sah mir in die aufgerissenen Augen. Seine Lippen bewegten sich, gaben einen Zahnstummel frei.

»Mojo«, formte der welke Mund, lautlos.

Und noch einmal: »Mojomojo.«

Der Schrat bewegte die Finger seiner halb erhobenen Hand wie zu einem Winken, dann wandte er sich ab und schlappte den Flur hinunter. Mit Eimer und Feudel, den Kopf wieder in der Kapuze verborgen.

Ich stolperte besinnungslos weiter zur Kontrolle. Wurde dort unfreundlich hin- und hergeschickt, wahrscheinlich weil ich so abwesend wirkte wie ein Selbstmordattentäter auf Drogen. Ich musste meine Taschen leeren und meine dschungeltauglichen Stiefel ausziehen, sie schienen beim Sicherheitspersonal ob ihrer offensichtlichen Deplatziertheit besonderen Verdacht zu erwecken. Was konnte man nicht alles in solchen Stiefeln verstecken! Ich ließ mich in einem Zustand der Trance an allen Stellen meines Körpers, die zum Waffenversteck geeignet waren, abtasten. Das lederne Gesicht des Alten stand mir die ganze Zeit vor Augen.

Schließlich gab der Uniformierte mich mit muffigem Gesichtsausdruck frei, ohne mich anzusehen, wahrscheinlich enttäuscht über meine erwiesene Harmlosigkeit. Mein einziges Gepäck, Joseph Conrads »Heart of Darkness« und eine Plastiktüte mit einer Garnitur Wäsche, die ich mir am Flughafen gekauft hatte, rutschte anstandslos in einer Kunststoffschüssel durch den Scanner. Der Weg nach Berlin war frei.

Das Flugzeug hob ab, so leicht und so schnell, als hätte es mein Bedürfnis gespürt, alles hinter mir zu lassen, was sich am Boden befand. Als die Maschine langsam nach links kippte und die Lichterkette der nächtlichen Küstenlinie in der linken Fensterreihe auftauchte, machte ich mir klar: Ich hatte den ganzen Kontinent durchquert, von Küste zu Küste. Nicht absichtlich, noch nicht einmal freiwillig, aber ich hatte.

Vielleicht befand sich Sumire schon auf der Rückfahrt und rollte in ihrem hellblauen Lastwagen dort unten entlang, in ihrem Lastwagen, auf den jemand ein Gebet gesprüht hatte, nein, kein Gebet, eher eine Beschwörung. Vielleicht schlief sie auch gerade neben einer Tankstelle. Vielleicht hörte sie das Flugzeug vorbeifliegen und dachte an mich. Aber wahrscheinlich nicht.

Das Flugzeug stieg weiter, neigte sich auf die andere Seite und begab sich auf seinen Kurs entlang der Küste. Unter meinem Fenster tauchten beleuchtete Strände auf, bunte Marinas, dicht gestaffelt liegende Segeljachten darin, angestrahlt von den erleuchteten Fronten großer Hotels. Rechtwinklige, helle Boulevards, von Palmen gesäumt, glänzende käferartige Autos schoben sich darauf entlang: Sansibar. San-si-bar.

Noch mussten wir angeschnallt bleiben, wir waren noch nicht auf Reiseflughöhe angekommen. Der Passagier neben mir hatte sich seine Decke über den Kopf gehängt, um die Umgebung auszuschalten und zu schlafen. Aber ich war nicht müde. Ich wollte den Kilimandscharo sehen. Vielleicht würde ihn die aufgehende Sonne beleuchten, wenn ich Glück hatte, kam es hin. Mein Abschied von Afrika. Bis dahin könnte ich ja lesen.

Ich knipste mein Leselicht an und nahm das ramponierte Penguin-Taschenbuch zur Hand, das »Herz der Finsternis«. Sah mir den Titel nochmals genauer an. Der Umschlag zeigte einen dunklen Fluss, eingerahmt von grünen Dschungelpflanzen. Im Hintergrund, wo es finster wurde, trieben sich schemenhafte Gestalten herum. Das Dunkle, das war wohl die Finsternis, und mittendrin, wo man nichts mehr erkennen konnte, musste dann das Zentrum liegen, das Herz der Finsternis eben. Das Umschlagbild erinnerte mich an eine Teedose, von der ich als Kind fasziniert gewesen war. Meine Mutter hatte immer die Weihnachtsplätzchen darin aufgehoben. Auf der Teedose war eine chinesische Dschunke abgebildet gewesen, die auf dem nächtlichen Meer lag. Sie besaß ein fremdartiges Segel mit vielen Stäben darin, und eine große Laterne hing vom Heck herunter. Man konnte auch ein paar Chinesen erkennen, die etwas an Deck machten, ich dachte damals, sie verstauen den Tee an Bord, bevor sie auf große Fahrt gehen, Richtung Hamburg oder Bremen. Auf der Teedose schien der Mond, er beschien Wolken vor dem dunklen Horizont, dahinter war es ebenfalls schwarz. Dort lag die Ferne, das Ungewisse, in das die Dschunke gleich aufbrechen würde, die Finsternis.

Ich warf noch einen Blick auf den Einband, dann steckte ich das Buch wieder in das Netz vor mir und nahm mir stattdessen eine Zeitung. Leider sah ich den Kilimandscharo nicht, wir flogen in der nächtlichen Finsternis an ihm vorbei.

SIEBZEHN

Um zehn Uhr abends landete das Flugzeug in Tegel.

Nach zweimaligem Umsteigen in Transitflughäfen war ich hundemüde. Ich nahm eine S-Bahn nach Charlottenburg, stieg am Savignyplatz aus und steuerte auf die Bleibtreustraße zu. Automatisch wahrscheinlich, mein halb bewusstloses Ich strebte dorthin, wo ich mal zu Hause gewesen war. Zu spät, um nach Britz rauszufahren und zu Klemm zu gehen, das musste bis morgen warten.

Die ganze Zeit über dachte ich darüber nach, ob das Paket schon hier sein konnte. Womöglich war es gar im selben Flugzeug gereist wie ich. Durchaus möglich, wenn die Expresspost in Daressalam ihren Namen verdiente. Vor Leas Wohnung fand ich mich wieder, ich war erstaunt darüber, aber ich stand mitten in der Nacht dort und las ihren Namen, der auf dem schicken Messingschild eingraviert war, und sah mir den Klingelknopf daneben an.

Und sagte zu dem Klingelknopf: »Hör zu Lea, die Dinge haben sich geändert. Ich habe mein Glück gemacht in Afrika. Ich werde jetzt zügig darangehen, meine Promotion abzuschließen, und ein geordnetes Leben beginnen, und zwar am liebsten mit dir. Darf ich dich zum Frühstück ins Kempinski einladen? Oder gleich daneben ins Savoy? Das Buffet haben wir doch schon ein paarmal durch die Fenster bewundert, du erinnerst dich doch bestimmt.« Lea antwortete mir nicht. Sie schlief noch. Vielleicht nicht allein, sagte ein Dämon in meinem Ohr. Seltsamerweise, fiel mir gerade ein, hatte es von ihr in letzter Zeit keine Kommentare mehr gegeben, die Lea-Welle sendete nicht mehr. Ich starrte auf den blanken runden Klingelknopf, mein Gehirn war leer, vielleicht vom Schlafentzug.

Da erschien plötzlich ein kleines Bild auf der Klingel. So klein, wie man es durch den Spion in der Wohnungstür sehen kann, wenn man auf den Hausflur hinausguckt, klein und verzerrt, wie durch ein umgedrehtes Fernglas, aber gestochen scharf. Das

Guckloch zeigte mir Lea im Nachthemd, die Haare standen wie eine schwarze Explosion um ihren Kopf, ihre Hände fuchtelten hin und her. »Hau ab«, sagte die winzige Lea. »Ich mach mir nichts aus dir. Hab ich dir doch gesagt!« Es klang wie das Piepsen einer Zwergin.

Ich wandte mich ab, trottete die Straße hinunter, meine Plastiktüte in der Hand, in der Tasche noch sechzig Euro.

Ich ging Richtung Stadtschloss. Da wollte ich schlafen, auf einer Bank oder auf dem Gras im Park. Mir waren die vielen Penner eingefallen, die ich dort schon gesehen hatte, die wussten, wo es gemütlich war. Nach einer halben Stunde war ich am Schloss. Ich fand auch eine freie Bank, und es war durchaus gemütlich darauf. Unter dem Zirpen der heimischen Grillen schlief ich sofort ein, abgesehen von der geringeren Lautstärke unterschieden sie sich nicht von den afrikanischen.

Bei Tagesanbruch erwachte ich nach einem traumlosen Schlaf vom Gesang der Vögel in den Bäumen. Ich blieb noch eine Weile liegen, bis die ersten Besucher eintrudelten, dann ging ich frühstücken. Ich schlenderte Richtung Kantstraße, dort wollte ich in einem der netten Berliner Trottoircafés frühstücken, die um diese Zeit schon aufhatten. Ein Frühstück mit Schrippen, Butter, Marmelade und Honig aus dem Topf. Mit einem genau richtig gekochten weichen Ei, einem danebengestellten kleinen Salzstreuer und mit einem Kännchen prima Bohnenkaffee.

Als das Frühstück kam, fast genau so, wie ich es mir vorgestellt hatte, nahm ich es andächtig zu mir und aß alles restlos auf. Voller Ehrfurcht vor dem in Berlin gebackenen Brötchen, der heimischen Butter und Marmelade und vor dem wahrscheinlich auch in Berlin und Umgebung gelegten Ei, das mir vor Augen führte, dass ich die Begegnung mit Hühnern nicht mehr fürchten musste. Hühner, dachte ich, während ich die Kaffeetasse leerte, waren keine magischen Tiere, die Schicksalsmuscheln vom Boden aufpickten und einem zu den seltsamsten Gelegenheiten über den Weg liefen. Sie waren Kosmopoliten. Kein Land, in dem sie nicht gebraucht wurden. Ich war sicher, dass selbst die Inuit Eier importierten.

Inzwischen war das Viertel zum Leben erwacht. Ich ging die Straße hinunter und überlegte, ob ich mir ein Taxi nach Britz leisten sollte. Warum auch nicht? In ein paar Tagen würde ich um schätzungsweise fünfzig- bis sechzigtausend Euro reicher sein. Die Tage bis zur Auszahlung der Summe konnte ich ja hier draußen nächtigen oder, falls es regnete, bei der Stadtmission. Ich war ausgeschlafen, und ich war voller Tatendrang. Während ich die Straße hinunterging und nach einem Taxi Ausschau hielt, kam ich an dem Antiquariat vorbei, in dem ich das »Herz der Finsternis« gekauft hatte. Es hatte schon geöffnet. Draußen standen ein paar Kisten mit Büchern auf alten Tapezierböcken. Ich schlenderte vorbei, las an einer der Kisten das Angebot: »Gratis. Zum Mitnehmen.« Ich zog mein Buch aus der Tüte und stellte es dazu. Ein guter Platz. Vielleicht kam jemand vorbei, der es haben wollte.

Das Taxi hielt vor der Einfahrt zu Klemm. Ich sagte zu dem Fahrer, er solle ruhig in das Gelände hineinfahren und mich direkt zum Büro bringen. Ich hatte keine Lust, durch die Schrotthaufen zu wandern. Sie hatten sich, wie ein Blick aus dem Fenster zeigte, nicht im Mindesten verändert, warum sollten sie auch. Beim Büro bat ich den Fahrer zu warten. Ich hatte vor, gleich wieder mit ihm zurückzufahren, mit oder ohne Paket. Ich eilte zur Tür und öffnete sie. Alina saß vor dem PC, den Blick in den Bildschirm versenkt, als habe sie ihn in den letzten Wochen nicht ein Mal verlassen. Andere Frisur, hübsche Rüschenbluse, die Augen geweitet, ihre rechte Hand mit den zweifarbig gestylten Nägeln um die Computermaus gekrallt.

»Hallo«, sagte ich.

Alina blickte auf. Nahm für zwei Sekunden lang Blickkontakt auf, in ihren blauen Augen ein Funke des Wiedererkennens.

»Oh, hallo, Bernd«, sagte sie und schenkte den Rest ihres Lächelns wieder dem Computerbildschirm. »Bist so braun, warst du im Urlaub?«, fügte sie an, weiter tippend. »Und der tolle Bart.«

»Sag mal, Alina, ist ein Paket für mich hier angekommen?«

»Ein Paket, nee.«

»Wirklich nicht? Luftpost, Express. Müsste heute angekommen sein.«

Alina lächelte noch einmal entzückt in den Bildschirm, zog die Unterlippe unter die Schneidezähne und saugte geräuschvoll daran.

»Wieso für dich?«, sagte sie nach einer Pause. »Hier kommen doch keine Pakete für dich an.«

Sie tippte mit spitz herausgestreckter Zunge ein paar Worte. Klick, klick, klick. Die Maus zuckte nach rechts.

»Ich hab im Moment keine andere Adresse, deswegen. Ich habe es aus Afrika hierhergeschickt.«

»Du spinnst, Bernd«, sagte Alina, klapste sich mit zwei Fingern auf den Mund und schüttelte in begeisterter Entrüstung den Kopf. »Nee, also – nee. So ein Schweinigel aber auch.«

»Alina, ich hab draufgeschrieben: ›Bei Klemm‹. Mit meinem Namen als Empfänger. Ist da ganz sicher nichts gekommen?«

»Guck einfach mal nach. Heute früh hat die Putzfrau die Post angenommen.«

Alina wies hinter sich, ohne den Blick vom Bildschirm zu lösen. Hinter ihr am Boden sah ich Zeitschriften liegen, einen Stapel Kuverts. Und daneben stand es. Ein dicker Aufkleber darauf: »Air Mail«, die Zollfreigabe klebte daran.

»Das ist es«, sagte ich, hob es hoch. »Kann ich es mitnehmen?«

»Klar«, sagte Alina. »Wenn's für dich ist.«

»Es ist für mich«, sagte ich. »Ich geh dann mal raus, den anderen kurz Guten Tag sagen, okay?«

»Klar. Okay«, sagte Alina.

Ich dachte nicht daran, irgendjemanden zu begrüßen.

Kaum war ich draußen, riss ich mit zitternden Fingern die Klebestreifen vom Paket, trabte an dem Taxi vorbei, gab dem Fahrer mit der offenen Hand ein Wartesignal, dann war ich um das Büro herum und hatte die zerknüllten Zeitungen aus dem Karton herausgerissen. Der Schädel rollte mir in die Hand, blank poliert von den Mandibeln der Treiberameisen, er grinste mich an. In der trockenen Hirnschale klapperte es. »Mojomojo«, sagte jemand. Ganz leise, weit entfernt.

Meine Finger zitterten noch immer, als ich mit einem Schnipsel Blech, den ich vom Boden auflas, den Stöpsel herauspulte, der das Hinterhauptloch verschloss. Ich machte meine Hand hohl und schüttete die Diamanten heraus. Zwei kamen zum Vorschein, drei, dann sechs. Elf mussten es sein. Noch während ich vor Glück erschauerte, dem Glück, dass sie noch da waren und meine Hand mehr und mehr füllten, bis es schließlich elf sein würden, fand ich, dass sie sich verändert hatten. Vielleicht waren sie einfach schmutzig geworden. Sie hatten ja einiges durchgemacht.

Ich schob sie mit den Fingern in meiner hohlen Hand hin und her, zählte sie noch einmal nach. Es waren elf. Als ich einen von ihnen zwischen Daumen und Zeigefinger nahm und mein Herz Vollgas gab, sah ich es. Sie hatten sich nicht verändert. Es waren gar keine Diamanten, es waren schlicht und einfach Steine. Graue und braune Kieselsteine, so groß wie Haselnüsse, ein bisschen rot angestaubt. Ich musste mich setzen.

Nach vielleicht fünf Minuten kam mein Gehirn wieder in Gang.

Wer?, wollte mein Gehirn wissen, es arbeitete vorerst ohne Körper, und wann?

Felicité, in Trouville, als ich duschen war? Oder bereits davor, im Wald, als sie behauptet hatte, sie habe die Diamanten im Schädel versteckt? Vielleicht hatte sie sie einfach alle in ihrer Hosentasche gehabt. Oder war es Duvalle gewesen? Der mich um meine Hand würfeln ließ, während er die Diamanten längst in seinem Gewahrsam hatte, nur um weiter mit uns als Geiseln zu pokern? Oder Ah Soo und Lin Tau im »Yang Tse«, solange ich Gemüse putzte? Vielleicht der langweilige Victor, der meine Sachen durchsucht hatte, während ich schlief? War es womöglich Sumire gewesen, als ich krank war?

Ich hob das Paket vom Boden auf. Das Klassenzimmer kam mir vor Augen, das Pult mit dem blutbespritzten Schädel darauf. Blut besaß magische Kräfte. Nein. An so etwas glaubte ich nicht, und ich wollte es auch nicht glauben. Ich horchte ein paar Sekunden in die Ferne, aber nichts kam. Kein bestätigendes »Mojo«. Die Fakten sprachen ja für sich. Die Diamanten hatten sich in Steine verwandelt.

Das Taxi vor dem Büro hupte. Ich stand auf, besiegt, zerstört, und warf den Schädel in hohem Bogen auf eine Müllhalde. Er würde nicht mehr zu mir zurückkommen, er konnte bleiben, wo er hingehörte, im Dreck. Die Kieselsteine warf ich hinterher.

Ich stolperte um das Büro herum zum Taxi. Der Fahrer zeigte mir seine erhobenen Handflächen, rollte die Augen. Ich nickte ihm zu.

»Wir fahren zurück«, sagte ich.

Als ich eben einsteigen wollte, öffnete sich die Tür zum Büro. Alina kam heraus, winkte mir zu.

»Bernd«, rief sie, »kannst du noch mal kurz reinkommen?«

»Dauert nur 'ne Minute«, sagte ich zu dem Taxifahrer.

Der warf einen vielsagenden Blick auf das Taxameter, einen Blick, dem ich folgte. Vierundzwanzig Euro.

»Okay«, sagte ich. »Ich bezahle. Fahren Sie los, ich bleibe noch hier.«

Ich gab ihm das Geld und betrat anschließend das Büro. Alina saß wieder an ihrem Platz, die Schultern hochgezogen, lächelte um Verzeihung.

»Tut mir leid, Bernd, ich hatte das total vergessen vorhin. Gustav sagte, er will dich sprechen.«

»Gustav?« Ein Eisregen durchrieselte mich. »Meinst du Gustav Wessing? Ist der etwa hier?«

»Gestern gekommen. Heute früh sagte er, wenn Bernd hier auftaucht, schick ihn zu mir.«

Der Eisregen in meinem Innern nahm zu, Packeis bildete sich, schloss meine Eingeweide ein.

»Wo ist er?«

»Na, auf der Waage. Wo er immer ist.«

Ich brauchte keine Entscheidung zu treffen. Wohin ich rennen sollte zum Beispiel, oder welcher Gegenstand in Reichweite sich als Waffe eignen würde. Fünf Sekunden später ging nämlich die Tür zum Büro auf und Wessing kam herein. Mit breitem Lächeln, den mimischen Faltenwurf in u-förmige Wellen gelegt. Er machte zwei Zeigefingerstriche über sein Bärtchen und streckte seine Hand anschließend in meine Richtung aus.

»Mensch, Bernd«, sagte Wessing, »das ist ja 'ne freudige Überraschung«, und zu Alina: »Gib uns mal zwei kleine Helle raus, Kind.«

Alina stellte die Bierflaschen auf den Schreibtisch und hebelte die Kronkorken ab, während Wessing meine Hand schüttelte.

»Ich hab so halb damit gerechnet, dass du hier auftauchen könntest. Nun komm mal mit raus. Hast sicher einiges zu erzählen.«

Wir saßen vor den Schrotthaufen, Wessing und ich, jeder mit seinem Bier. Die sommerliche Sonne wärmte uns, ein paar dünne Aluminiumprofile wackelten in der lauen Brise und machten leise melodiöse Geräusche wie eine Windharfe. Als wäre ich gar nicht fort gewesen.

»Wir hatten ihm gesagt, er soll zurückfliegen. « Wessing hob die freie Linke in einer erklärenden Gebärde. »Der Pilot hat es einfach nicht mitgekriegt. ›Mann über Bord‹, haben wir gebrüllt, verdammt, so lange, bis wir heiser waren.«

Er warf mir einen Blick zu, taxierte meine Miene.

»Du musst auch sehen«, sagte er dann, »das waren reguläre Soldaten. Engländer, wenn du's genau wissen willst. Die haben das nur uns zuliebe gemacht. Hatten Schiss, dass man sie womöglich bei einem illegalen Einsatz im Kongo erwischt. Das hätte böse Konsequenzen haben können.«

Wessing atmete tief ein, schüttelte den Kopf, den Blick irgendwohin geheftet, auf einen festen Punkt wahrscheinlich. Besorgt um internationale Verwicklungen, die es zu verhindern gegolten hatte.

»Wir haben geschrien, Bernd, alle zusammen, ich schwör's dir. Als der Pilot es endlich kapiert hatte, waren wir schon zwanzig Kilometer weit weg.«

Wessing fuhr sich vorsichtig mit dem Rücken der verölten Hand über die Stirn. »Na ja, und das mit Lary. Diese Schweinebacken aus Ruanda. Lary hätten wir auch gern noch geholt. Wir dachten, dass es dich auch erwischt hätte. Diese Ameisen, mein lieber Mann.«

Er wiegte langsam den Kopf hin und her, beeindruckt von Erinnerungen an durchgestandene Kämpfe und an Gefallene, die zu bergen waren, mich eingeschlossen.

»Dachte nicht, dass man das überleben kann.«

»Na ja, wie du siehst, kann man es«, sagte ich.

Wessing lachte, schlug mir auf die Schulter. »Ja, genau, man kann. Alles in allem hast du ein Riesenschwein gehabt, Bernd. Man muss das auch so sehen.«

Er setzte die Flasche an und trank sie konzentriert, mit andächtig geschlossenen Augen, zur Hälfte aus.

»Du hast aber gewusst, dass ich da wieder rausgekommen bin, oder?«, sagte ich, als er fertig war. »Sonst hättest du kaum hier eine Nachricht für mich hinterlassen.«

»Wir haben es erfahren«, sagte Wessing, die Lippen nach vorn gestülpt. »Afrika ist ja ein Dorf, so gesehen.«

»Von wem habt ihr es erfahren? Habt ihr nach mir gesucht?«

»Nein, das nicht. Aber so ein netter junger Mann wie du, der fällt auf. Hinterlässt Spuren.«

»Finde ich nobel«, sagte ich, »dass so viel Interesse an mir besteht.«

»Klar. Was denkst du denn?« Er gab mir einen sanften Rippenstoß. »Wir haben ja ziemlich lange Gesichter gemacht, als ihr beide abgehauen seid in der Nacht an der Bahnlinie dort, du weißt schon, beim Kasai. Ich hätte nie geglaubt, dass ihr die Kiste hochkriegen würdet. War ziemlich knapp.«

»Warst du das, der auf uns geschossen hat?«

»Geschossen?« Wessings Gesichtsfalten waren ein einziges Fragezeichen. »Wer hat geschossen?«

»Na, jemand hat geschossen, als wir gestartet sind. Die Kugel ging durch die rechte Scheibe.«

»So was.« Wessing schüttelte den Kopf, sich gleichzeitig am Nacken kratzend. Machte eine wackelnde Bewegung mit der Bierflasche. »Wir hatten zu tun, mit den ganzen Leuten, die kamen«, sagte er. »Gab eine Menge Ärger.«

»Kann ich mir vorstellen«, sagte ich.

»Wenn man vernünftig redet«, sagte Wessing, »lässt sich alles klären.«

»Das habt ihr da also gemacht«, sagte ich. »Vernünftig geredet.«

»Ja klar. Die jungen Typen, die an solchen Orten rumhängen, machen sich immer erst mal wichtig. Du musst nicht mit denen reden, sondern mit dem Chef, der braucht immer irgendwas. Ein neues Handy, einen Flachbildschirm, einen Toyota mit zweihundert PS. Und der will keinen Ärger, verstehst du.«

»Gibt's denn immer einen Chef?«

»Immer«, sagte Wessing. »In Afrika gibt's immer einen Chef, und wenn's keinen gibt, ist jeder sein eigener Chef. Und benimmt sich auch so.«

Er lachte voller Überzeugung und stellte seine Bierflasche vor sich auf den Boden.

»Du hast 'ne schöne Reise gemacht im Ganzen«, stellte er fest und sah von Kopf bis Fuß an mir herunter. »Einmal quer durch Afrika. Und alles mit deinen Stiefeln da?«

»Anscheinend weißt du ja Bescheid«, sagte ich. »Warst du eigentlich auch im ›Yang Tse‹? In Novonbashi? Habt ihr da nach mir gesucht?«

»Yang Tse? Das ist chinesisch, oder?« Wessing schniefte durch die Nase. »Nein. Da war ich nicht. Wir waren bei De Vries. Auf seiner Ranch in Namibia und haben ein bisschen ausgespannt, nachdem er seine Sachen erledigt hatte.«

»Hat er?«, sagte ich. »Seine Sachen erledigt?«

»Ja. Alles paletti«, sagte Wessing.

Ich war so gut wie sicher, dass De Vries seine Diamanten wiederbekommen hatte. Es gibt offensichtlich Dinge, die keine Dinge sind. Die zu dem zurückkehren, für den sie bestimmt sind. Ein Affenschädel, ein Gewehr, ein Beutel Diamanten.

»Woher wusstest du eigentlich, dass ich zurück nach Deutschland kommen würde?«

»Nachdem du in Tansania im Konsulat warst«, antwortete Wessing, »war schon klar, dass du zurückfliegen würdest.«

»Das weißt du also auch«, stellte ich fest.

»Klar«, sagte Wessing selbstzufrieden. »Man will doch wissen, wer kommt und wer geht. Bleibt ja in der Familie.«

In der Familie. Ich dachte an De Vries, der von Nachbarschaft geredet hatte. Eine ziemlich große Familie, um die es sich hier handelte. Der nette Konsul in Daressalam gehörte auch dazu.

»Was ist mit Felicité?«, wollte ich wissen. »Ist sie wieder in der Lodge?«

»Ja und nein«, sagte Wessing. »Die Lodge in Gabun liegt auf

Eis, sozusagen. Fox ist sauer. Er sagt, er weiß nicht, ob er weitermachen will. Hat viel Ärger gehabt, nachdem ihr weg wart. Aber zur Not kann er ja wieder Filme machen.«

Wessing ließ seinen Blick in die Ferne schweifen, das heißt hundert Meter weiter, bis zum nächsten größeren Schrotthaufen.

»Aber deine Freundin«, fuhr er fort, »die macht jetzt Karriere.«

»Felicité? Ist sie zurück an die Uni gegangen?«

Er schüttelte unwillig den Kopf. »Nein. Ich sage doch: Karriere. De Vries hat ihr angeboten, eine Lodge bei ihm in Namibia aufzuziehen. Bisschen größer und mehr Luxus. Mit einem ständigen Filmteam und einer Fernsehsendung.«

Wessing sah seine Bierflasche prüfend an, vielleicht um festzustellen, ob er den Rest auf einen Zug austrinken konnte.

»De Vries meint, das Ganze hat Zukunft«, sagte er. »Er will noch mehrere Lodges dort aufmachen, und sie kann das Management dafür übernehmen. ›Park eins‹ bis ›Park drei‹.« Wessing grinste. »Rein optisch«, fügte er an, »ist das mit ihr ja ein Glücksgriff, oder? Und ein helles Mädchen ist sie schließlich auch.«

Er schloss die Augen und leerte die Flasche. Sein Adamsapfel bewegte sich so regelmäßig auf und ab wie ein Uhrwerk.

»Und was ist mit dir«, fragte er dann, mich ins Auge fassend. »Willst du auch wieder einsteigen?«

Ich starrte auf den schwermetallverseuchten Boden vor uns, auf meine tropentauglichen Stiefel. Ein paar Ameisen kletterten auf einem verrosteten Stück Blech herum, verständigten sich mit ihren Fühlern. Ich kannte sie. Es waren rote Waldameisen.

Ich schaute den Ameisen zu, deren Gene und deren Programm seit Millionen von Jahren gleich geblieben waren, weil sie angekommen waren. Ich konnte einfach da bleiben. Der Sommer war noch nicht vorbei.

»Nein«, sagte ich. »Ich glaube nicht.«

Wessing nickte bedeutsam. »Nimm das nicht so schwer. Solche Projekte sind nicht kompliziert, Bernd. Du steigst aus, du steigst ein. Überleg es dir in Ruhe. In Afrika kannst du fast alles machen, du brauchst bloß ein bisschen Grips, die richtigen Kontakte und genug Geld in der Tasche. Apropos Geld«, sagte er. Er zog seinen Bauch ein, um den Griff in die Hüfttasche zu erleichtern. »Ich soll dir was geben.«

Er öffnete den speckigen Geldbeutel, den er zutage gefördert hatte.

»Einmal das«, er reichte mir zwei Fünfhundert-Euro-Scheine. »Abschlag auf dein Gehalt«, sagte er, »hast du ja liegen lassen im ›Park‹. Und dann noch was, warte mal.«

Er erhob sich. Kramte mit konzentriertem Gesichtsausdruck in seiner Hosentasche.

»Wo hab ich denn? Wo – ach ja«, sagte er. »Da ist er.« Er grinste mich freundlich an. »Mach mal die Hand auf.«

Er öffnete seine geschlossene Faust und ließ etwas in meine offene Hand fallen. Ich begriff, noch ehe ich es sehen konnte, was es war. Das harte, haselnussgroße Ding in meiner Hand.

»Schönen Gruß von De Vries«, sagte Wessing.

Und zwinkerte.

256 Seiten, 573 Bilder
ISBN 978-3-613-50791-3
€ 19,95 / € (A) 20,60

256 Seiten, 450 Bilder
ISBN 978-3-613-50817-0
€ 19,95 / € (A) 20,60

256 Seiten, 498 Bilder
ISBN 978-3-275-02062-1
€ 19,95 / € (A) 20,60

256 Seiten, 446 Bilder
ISBN 978-3-613-50832-3
€ 19,95 / € (A) 20,60

224 Seiten, 515 Bilder
ISBN 978-3-613-03787-8
€ 14,95 / € (A) 15,40

224 Seiten, 393 Bilder
ISBN 978-3-613-03917-9
€ 14,95 / € (A) 15,40

224 Seiten, 458 Bilder
ISBN 978-3-613-03786-1
€ 14,95 / € (A) 15,40

DMAX™